Conrad Ferdinand Meyer
Der Schuß von der Kanzel
Erzählungen

Conrad Ferdinand Meyer

DER SCHUSS VON DER KANZEL

ERZÄHLUNGEN

Mit einer Einleitung von
Karl-Heinz Ebnet

Die Reihe erscheint bei SWAN Buch-Vertrieb GmbH, Kehl
Editorische Betreuung: Karl-Heinz Ebnet, München
Gestaltung: Schöllhammer & Sauter, München
Satz: WTD Wissenschaftlicher Text-Dienst/pinkuin, Berlin
Umschlag: unter Verwendung von Adolph Menzels
»Kanzelpredigt«, 1881 (Ausschnitt)

DIE DEUTSCHEN KLASSIKER

© 1994 SWAN Buch-Vertrieb GmbH, Kehl
Gesamtherstellung: Brodard et Taupin, La Flèche
Printed in France
ISBN: 3-89507-032-7

Band Nr. 32

ERZÄHLUNGEN

CONRAD FERDINAND MEYER

Meyers spätzeitliche, vorausweisende Stellung innerhalb der deutschen Literatur des 19. Jahrhunderts zeigt sich vor allem an der Distanz, die er gegenüber sich selbst, seinen persönlichen Erlebnissen und subjektivem Empfinden, aber auch gegenüber dem Leser sich vorbehält. Mehr noch als in der Novellistik äußert sich dies in seiner Lyrik; in zahlreichen »Dinggedichten« – das berühmteste ist der *Römische Brunnen* – tritt das Subjektive zugunsten einer symbolistischen Bildsprache zurück. Der strengen Objektivität, der sich das lyrische Ich unterwirft, fällt jedes unmittelbare Sprechen zum Opfer. Persönlichste Erfahrungen gerinnen zu verdinglichten Symbolen und allegorischen Bildern, Kunstgebilde, die – formal vollendet – von kunstvoll-künstlicher Distanz zeugen.

> *Aufsteigt der Strahl und fallend gießt*
> *Er voll der Marmorschale Rund,*
> *Die, sich verschleiernd, überfließt*
> *In einer zweiten Schale Grund;*
> *Die zweite gibt, sie wird zu reich,*
> *Der dritten wallend ihre Flut,*
> *Und jede nimmt und gibt zugleich*
> *Und strömt und ruht.*

Eigentümliche, beinahe kühle Distanz markiert auch die Position des Erzählers in seinen Novellen. Leidenschaftslos, beinahe indifferent erzählt, berichtet er von bewegten, leidenschaftlichen Szenen; doch keine Regung des Gefühls, kein Hinweis auf eigenes Mitempfinden und Mitleiden entkommen ihm, auch keine bewertenden, kommentierenden Aussagen – alles bleibt in der Schwebe; mit Hartnäckigkeit verweigern Meyers Texte Eindeutigkeit. Der Leser bleibt mit sich und dem Text allein.

Am konsequentesten manifestiert sich diese teilnahmslose Distanz in der Novelle *Das Amulett,* in der sich die Existenz einer übergeordneten Erzählinstanz lediglich in den ersten beiden Sätzen offenbart – *Alte vergilbte Blätter liegen vor mir mit Aufzeichnungen aus dem Anfange des siebzehnten Jahrhunderts. Ich übersetze sie in die Sprache unserer Zeit*; ansonsten aber meldet sich der Erzähler nicht mehr zu Wort.

Und am kunstvoll-verschlungensten gelingt dies Meyer in *Die Hochzeit des Mönchs,* wo neben dem Erzähler die Figur Dantes auftritt, der die Geschichte des Mönches Astorre dem höfischen Publikum vorträgt.

Die Distanz, die Meyer zwischen sich, dem Leser und den Text schafft, ist bereits durch die erzählte Zeit bestimmt: alle Novellen Meyers sind in der historischen Vergangenheit angesiedelt. *Ich bediene mich der Form der historischen Novelle einzig und allein,* schrieb er in einem Brief an Bovet, *um meine Erfahrungen sowie meine eignen Anschauungen darin unterzubringen. Ich ziehe sie dem Zeitroman vor, weil sie mich besser tarnt und den Leser in größerer Distanz hält. Unter der Hülle einer sehr objektiven und äußerst künstlerischen Form bin ich also ganz subjektiv und individuell.* Und er fügte hinzu, in allen seinen Gestalten stekke etwas von ihm selbst.

Ein Zitat aus *Die Hochzeit des Mönchs* mag dies verdeutlichen. Astorre betritt, nachdem er sich von seinem Mönchsgelübde losgesagt hat, den Saal, wo er nun – zum ersten Mal einer weltlichen Gesellschaft gegenüberstehend – seine Verlobung bekanntgeben und vollziehen will. *Der Druck der auf ihn gerichteten Aufmerksamkeit und die sozusagen in der Luft fühlbaren Formen und Forderungen der Gesellschaft ließen ihn empfinden, daß er nicht die Wirklichkeit der Dinge sagen dürfe, energisch und mitunter häß-*

lich, wie sie ist, sondern ihr eine gemilderte und gefällige Gestalt geben müsse. So hielt er sich unwillkürlich in der Mitte zwischen Wahrheit und schönem Schein und redet untadelig. Eine Situation, der sich Meyer auf ähnliche Weise gegenübersah und aus der sich sein gesamtes persönliches Dilemma und seine schriftstellerische Arbeitsweise ableiten ließen, entfernte man nur das Zitat aus seinem fiktiven, durch zwei Erzählinstanzen gebrochenen Kontext.

Es waren nicht nur Rücksichten und Dezenz gegenüber der Züricher Gesellschaft, die der aus einem Patriziergeschlecht stammende Meyer zu wahren hatte und auch wahren wollte, welche ihn zur *Hülle einer sehr objektiven und äußerst künstlerischen Form* trieben. Veranlagung, krankhafte Erbanlagen, eine pathogene Umwelt taten das ihrige; Meyers Krankengeschichte ist die Geschichte eines Menschen, der sich vor sich selbst und der Welt zurückzog.

Geboren wurde Conrad Ferdinand Meyer am 11. Oktober 1825 in Zürich. Der Vater, im Lehr- und Staatsdienst der Stadt tätig, pflichtbesessen, teilnahmslos, starb, als Conrad fünfzehn Jahre alt war. Die Mutter, ihr ängstlich-strenger Pietismus, die Erwartungen der Züricher Gesellschaft, der Anpassungsdruck, der von ihr ausging, schufen eine Atmosphäre, die den zwanzig- und noch fast dreißigjährigen Meyer geradezu lähmte. (Die Mutter sollte sich 1856, an neurotischen Selbstvorwürfen leidend, ertränken, Meyers Tochter Camilla stand dasselbe Schicksal bevor, und seine über alles geliebte Schwester Betsy starb, laut Auskunft des Arztes, an krankhaftem Verfolgungswahn.)

Ab dem zwanzigsten Lebensjahr zog sich Meyer mehr und mehr in Einsamkeit und Isolation zurück, bald verließ er nur noch nachts das Haus. Mit siebenundzwanzig wurde »das verrückte Conrädli« in die Irrenanstalt Préfargier bei Neuenburg eingeliefert.

Bereits nach wenigen Monaten wurde er entlassen, bei dem Theologen und Historiker Vuillemin in Lausanne fand er Aufnahme; dieser ließ ihn den französischen Geschichtsschreiber Thierry übersetzen – Beschäftigungstherapie, die die Genesung des Kranken förderte. Doch sollte es noch ein langer Weg sein, bis er seine Befangenheit und Scheu ablegte – seine Schwermut und seine Selbstzweifel verließen ihn nie.

Daran änderten auch nichts die Reisen nach Paris (1857) und Italien (1858), die, vor allem durch die Erfahrung der Kunst Michelangelos, zu Bildungserlebnissen wurden, die ihn stark beeindruckten und Halt gaben. Noch als Sechsundvierzigjähriger, 1871, als die Verserzählung *Huttens letzte Tage* erschien, war er so schüchtern, daß er es nicht wagte, in Gesellschaft anderen in die Augen zu schauen.

Meyers literarischer Durchbruch – nach einem ersten und ziemlich erfolglosen, 1864 erschienen Gedichtband *Zwanzig Balladen von einem Schweizer* – erfolgte 1870/71 durch den im Grunde völlig belanglosen *Deutschen Schmied*; doch die berüchtigten Verszeilen *Den Erbfeind trifft der zweite Schlag, / Daß er sich nimmer rühren mag* öffneten ihm nach dem Krieg gegen Frankreich den deutschen Markt – ein Kalkül, das er bewußt einging: *Auch ich habe meine französischen Sympathien schwer überwunden; aber es mußte in Gottes Namen ein Entschluß gefaßt sein, da voraussichtlich der deutsch-französische Gegensatz Jahrzehnde beherrschen und literarisch jede Mittelstellung völlig unhaltbar machen wird.* In einem Brief an Mathilde Wesendonck teilte er sogar mit, daß er, um sich völlig zu »entfranzifieren«, alle seine französischen Romane verkauft habe.

Die Rechnung ging auf; die Novellen des nun nicht mehr Unbekannten, die jetzt entstanden, fanden im Deutschen Reich willige Aufnahme. 1873 erschien *Das Amulett*, 1874 *Jürg Jenatsch*, 1878 *Der Schuß von der Kanzel*, 1879 *Der Heilige*, 1882 *Gustav Adolfs Page*, 1884 *Die Hochzeit des Mönchs*, 1885 *Die Richterin*, 1887 *Die Versuchung des Pescara*, 1891 schließlich vollendete er noch *Angela Borgia*.

Neben den literarischen Erfolg trat die gesellschaftliche Anerkennung, selbst mit dem Züricher Großbürgertum, das ihn als Anstaltsinsassen und nichtsnutzigen, literarisierenden Patriziersohn anfeindete, schloß er seinen Frieden. 1875 heiratete er, wie Gottfried Keller sarkastisch schrieb, »eine Million«, die wenig attraktive und intellektuell beschränkte Tochter des ehemaligen Stadtpräsidenten, Luise Ziegler, 1880 verlieh ihm die Züricher Universität das Ehrendoktorat; er führte einen großbürgerlichen Lebensstil und genoß das Ansehen, das ihm nun zuteil wurde.

Schatten auf sein spätes vermeintliches Lebensglück warf die Eifersucht der Ehefrau auf seine Schwester Betsy, die ihm all die Jahre über den Haushalt geführt hatte und aktiv bei seinen literarischen Produktionen beteiligt war. Und es blieben die schwermütigen Selbstzweifel, *ein Unnötiger oder Unmöglicher* zu sein. 1887/88 steigerten sie sich zu Erstickungsängsten und Strangulationsschmerzen, die monatelang anhielten. Im Oktober 1891 erkrankte er an einem Augenleiden, seine Nervosität nahm zu, er wurde mißtrauisch und melancholisch, im Juli 1892 wurde er, geistig umnachtet, in die Irrenanstalt in Königsfelden gebracht. Sein Zustand besserte sich nur noch wenig. Die letzten Jahre verbrachte er in seinem Haus in Kilchberg, wo er am 28. November 1898 starb.

Der Schuss von der Kanzel

Erstes Kapitel

Zween geistliche Männer stiegen in der zweiten Abendstunde eines Oktobertages von dem hochgelegenen
Ütikon nach dem Landungsplatze Obermeilen hinunter. Der kürzeste Weg vom Pfarrhause, das bequem neben der Kirche auf der ersten mit Wiesen und Frucht-
bäumen bedeckten Stufe des Höhenzuges lag, nach der
durch ein langes Gemäuer, einen sogenannten Hacken,
geschützten Seebucht, führte sie durch leere Weinberge. Die Lese war beendigt. Zur Rechten und Linken
zeigte der Weinstock nur gelbe oder zerrissene Blätter,
und auf den das Rebgelände durchziehenden dunkel-
grünen Rasenstreifen blühte die Zeitlose. Nur aus der
Ferne, wo vielleicht ein erfahrener Mann seinen Wein
außergewöhnlich lange hatte ausreifen lassen, damit
der Tropfen um so kräftiger werde, scholl zuweilen ein
vereinzeltes Winzerjauchzen herüber.

Die beiden schritten, wie von einem Herbstgefühle
gedrückt, ohne Worte einer hinter dem andern. Auch
bot ihnen der mit ungleichen Steinplatten und Blöcken
belegte steile Abstieg eine unbequeme Treppe und wurden sie vom Winde, der aus Westen her in rauhen Stößen
über den See fuhr, zuweilen hart gezaust.

Die ersten Tage der Lese waren die schönsten des
Jahres gewesen. Eine warme Föhnluft hatte die Schnee-
berge und den Schweizersee auf ihre Weise idealisiert,
die Reihe der einen zu einem einzigen stillen, großen
Leuchten verbunden, den andern mit dem tiefen und
kräftigen Farbenglanze einer südlichen Meerbucht übergossen, als gelüste sie eine bacchische Landschaft, ein
Stück Italien, über die Alpen zu versetzen.

Heute aber blies ein heftiger Querwind und die durch

grelle Lichter und harte Schatten entstellten Hochgebirge traten in schroffer, fast barocker Erscheinung dem
Auge viel zu nahe.

»Pfannenstiel, dein Vorhaben entbehrt der Vernunft!« sagte nun plötzlich der Vorangehende, ein kurzer, stämmiger, trotz seiner Jugend fast etwas beleibter
Mann, stand still und kehrte sein blühendes Gesicht
rasch nach dem schmalen und hagern Gefährten um.

Dieser stolperte zur Antwort über einen Stein; denn er
hatte den Blick bis jetzt unverwandt auf die Turmspitze
von Mythikon geheftet, die am jenseitigen Ufer über
einer dunkel bewaldeten Halbinsel als schlanke Nadel in
den Himmel aufstach. Nachdem er seine langen Beine
wieder in richtigen Gang gebracht hatte, erwiderte er in
angenehmem Brusttone:

»Ich bilde mir ein, Rosenstock, der General werde
mich nicht wie ein Lästrygone empfangen. Er ist mein
Verwandter, wenn auch in entferntem Grade, und gestern noch habe ich ihm meine Dissertation über die
Symbolik der Odyssee mit einer artigen Widmung zugesendet.«

»Heilige Einfalt!« brummte Rosenstock, der sein kräf-
tiges Kolorit dem Gewerbe seiner Väter verdankte, die
seit Menschengedenken eine in Zürich namhafte Flei-
scher- und Wursterfamilie gewesen, »du kennst ihn
schlecht, den da drüben!« und er deutete mit einer kurzen Bewegung seines runden Kinns über den See nach
einem Landhause von italienischer Bauart, das an der
nördlichen Einbuchtung der eichenbestandenen Halbinsel lag. »Er ist für seine Verwandten nicht zärtlich, und
deine schwärmerische Dissertation, die übrigens alle
Verständigen befremdet hat, spottet er dir zuschanden.«
Der Pfarrer von Ütikon blies in die Luft, als formte er
eine schillernde Seifenblase, dann fuhr er nach einer
Weile fort:

»Glaube mir, Pfannenstielchen, du hast besser mit
den beiden Narren dort drüben, den Wertmüllern,

nichts zu schaffen. Der General ist eine Brennessel, die keiner ungestochen berührt, und sein Vetter, der Pfarrer von Mythikon, das alte Kind, bringt unsern Stand in Verruf mit seiner Meute, seinem Gewehrkasten und seinem unaufhörlichen Puffen und Knallen. Du hast ja selbst im Frühjahre als Vikar genug darunter zu leiden gehabt. Freilich die Rahel mit ihrem feingebogenen Näschen und ihrem roten Kirschenmunde! Aber die liebt dich nicht! Die Junkerin wird schließlich bei einem Junker anlangen. Es heißt, sie sei mit dem Leo Kilchsperger verlobt. Doch laß dich's, hörst du, nicht anfechten. Ein Korb ist noch lange kein Consilium abeundi. Um dich zu trösten: Auch ich habe deren einige erhalten, und siehe, ich lebe und gedeihe, bin auch vor kurzem in den Stand der Ehe getreten.«

Der lange Kandidat warf unter seinen blonden, vom Winde verwehten Haaren hervor einen Blick der Verzweiflung auf den Kollegen und seufzte erbärmlich. Ihm mangelte die dessen Herzmuskel bekleidende Fettschicht.

»Weg! fort von hier!« rief er dann schmerzvoll aufgeregt. »Ich gehe hier zugrunde! Der General wird mir die erledigte Feldkaplanei seiner venezianischen Kompanie nicht verweigern.«

»Pfannenstiel, ich wiederhole dir, dein Vorhaben entbehrt der Vernunft! Bleibe im Lande und nähre dich redlich.«

»Du nimmst mir allen Lebensatem«, klagte der Blonde. »Ich soll nicht fort, und kann nicht bleiben. Wohin soll ich denn? Ins Grab?«

»Schäme dich! Deine Knabenschuhe vertreten sollst du! Der Gedanke mit der venezianischen Feldkaplanei wäre an sich so übel nicht. Das heißt, wenn du ein resoluter Mensch wärest und nicht so blaue unschuldige Kinderaugen hättest. Der General hat sie neulich mir angetragen. Ein so geräumig entwickelter Brustkasten würde seinen Leuten imponieren, meinte er. Natürlich Affenpossen! Denn er weiß, daß ich ein befestigter Mensch bin und meinen Weinberg nicht verlasse.«

»Warst du drüben?«

»Vorgestern.« – Dem Ütikoner stieg ein Zorn in den Kopf. – »Seit er wieder hier ist – nicht länger als eine Woche –, hat der alte Störefried richtig Stadt und See in Aufruhr gebracht. Er komme, vor dem nächsten Feldzuge sein Haus zu bestellen, schrieb er von Wien. Nun er kam, und es begann ein Rollen von Karossen am linken Seeufer nach der Au zu. Die Landenberge, die Schmidte, die Reinharte, alle seine Verwandten, die den ergrauten Freigeist und Spötter sonst mieden wie einen Verpesteten, alle kamen und wollten ihn beerben. Er aber ist nie zu Hause, sondern fährt wie ein Satan auf dem See herum, blitzschnell in einer zwölfrudrigen Galeere, die er mit seinen Leuten bemannt. Meine Pfarrkinder reißen die Augen auf, werden unruhig und munkeln von Hexerei. Nicht genug! Vom Eindunkeln an bis gegen Morgen steigen feurige Drachen und Scheine aus den Schlöten des Auhauses auf. Der General, statt wie ein Christenmensch zu schlafen, schmiedet und schlossert zuweilen die ganze Nacht hindurch. Kunstreiche Schlösser, wahre Prachtstücke, hab' ich von seiner Arbeit gesehn, die kein Dietrich öffnet, für Leute, sagte er mit einem boshaften Seitenblicke auf meine apostolische Armut, die Schätze sammeln, welche von Dieben gestohlen und von Motten gefressen werden. Nun du begreifst, die Funkengarbe spielt ihre Rolle und wird als Straße des Höllenfürsten durch den Schornstein viel betrachtet und reichlich besprochen. So wuchs die Gärung. Die Leute aufklären ist von eitel bösen Folgen. Ich wählte den kürzeren Weg und ging hinüber, den General als Freund zu warnen. Kreuzsapperlot, an den Abend werd' ich mein Lebtag denken. Meine Warnung beseitigte er mit einem Hohnlächeln, dann faßte er mich am Rockknopfe und ein Diskurs bricht los, wie Sturm und Wirbelwind, sag' ich dir, Pfannenstiel. Mit abgerissenen Knöpfen und gerädert kam ich nach Hause. Mosler hat er mir vorgesetzt, aber mit den größten Bosheiten vergällt. Natürlich sprach er von seinem Testamente, denn das ist jetzt sein Steckenpferd. ›Ihr steht auch darin, Ehrwürden!‹ Ich erschrecke. ›Nun, ich will Euch den Paragraphen weisen.‹ Er öffnet das Konvolut. ›Leset.‹ Ich lese, und was lese ich, Pfannenstiel?

... ›Item, meinem schätzbaren Freunde, dem Pfarrer Rosenstock, zwei hohle Hemdknöpfe von Messing mit einer Glasscheibe versehen, worunter auf grünem Grunde je drei winzige Würfelchen liegen. Gestikuliert der Herr auf der Kanzel nun mit der Rechten, nun mit der Linken, und schüttelt besagte Würfelchen auf eine ungezwungene Weise, so kann er vermittelst wiederholter schräger Blicke bei währendem Sermone mit sich selbst ein kurzweiliges Spielchen machen. Vorgenannte Knöpfe sind in Algier, Tunis und Tripolis bei den Andächtigen beliebt und finden ihre Anwendung in den Moscheen während der Vorlesung des Korans‹ ...

Nun denke dir, Pfannenstiel, das Ärgernis bei Eröffnung des Testamentes! – Der Bösewicht ließ sich dann erbitten, mir die Gabe gleich auszuhändigen und den Paragraphen zu streichen. Hier!« Und Rosenstock hob das niedliche Spielzeug aus seiner Brusttasche.

»Das ist eine ganz ruchlose Erfindung«, sagte Pfannenstiel mit einem Anfluge von Lächeln, denn er kannte die Neigung des Ütikoners zum Würfelspiele, »und du meinst, der General ist allen geistlichen Leuten aufsässig?«

»Allen ohne Ausnahme, seit er puncto gottloser Reden prozessiert und um eine schwere Summe gebüßt wurde!«

»Ist ihm nicht zu viel geschehen?« fragte Pfannenstiel, der sich den helvetisch reformierten Glaubensbegriff mit etwas bescheidener Mystik versüßte und in dem keine Ader eines kirchlichen Verfolgers war.

»Durchaus nicht. Nur mußte er die ganze große

Rechnung auf einmal bezahlen. Auf seinem ganzen Lebenswege, von Jugend an, hat er blasphemiert, und das wurde dann so gesammelt, das summierte sich dann so. Als er endlich in unserm letzten Bürgerkriege Rapperswyl vergeblich belagerte, ohne Menschenleben zu schonen, was die erste Pflicht eines republikanischen Heerführers ist, erbitterte er die öffentliche Meinung gegen sich und wir durften ihm an den Kragen. Da wurde ihm eingetränkt, was er alles an unserer Landeskirche gefrevelt hatte. Jetzt freilich dürfen wir dem Feldherrn der apostolischen Majestät weiter nichts anhaben, sonst wird er uns zum Possen noch katholisch und das zweite Ärgernis schlimmer als das erste. Man erzählt sich, er tafle in Wien mit Jesuiten und Kapuzinern. – Wir geistlichen Leute sind eben, so oder so betitelt und verkleidet, in der Welt nicht zu entbehren!«

Der Ütikoner belachte seinen Scherz und blieb stehen. »Hier ist die Grenze meines Weinbergs«, sagte er. Mit diesem Ausdrucke bezeichnete er seine Gemeinde. »Willst du nach dem Erzählten noch hinüber zum Generale? Pfannenstiel, begehst du die Torheit?«

»Ich will es ein bißchen mit der Torheit versuchen, die Weisheit hat mir bis jetzt nur herbe Früchte gezeitigt«, erwiderte Pfannenstiel sanftmütig und schied von seinem gestrengen Kollegen.

ZWEITES KAPITEL

Wenig später saß der verliebte und verzweifelte Kandidat auf dem Querbrette eines langen und schmalen Nachens, den der junge Schiffmann Bläuling mitten über die Seebreite mit kaum aus dem Wasser gehobenem Ruder der Au zulenkte.

Schon warf das schweigsame Eichendunkel seine schwarzen Abendschatten weit auf die schauernden Gewässer hinaus. Bläuling, ein ernsthafter, verschlossener

Mensch mit regelmäßigen Gesichtszügen, tat den Mund
nicht auf. Sein Nachen schoß gleichmäßig und kräftig
wie ein selbständiges Wesen durch die unruhige Flut.
Auf und nieder war der ganze See mit gewölbten Segeln
bevölkert; denn es war Sonnabend und die Schiffe kehrten von dem gestrigen städtischen Wochenmarkte heim.
Drei Segel flogen heran, die eine Figur mit sich ver-
schiebenden Endpunkten bildeten, und schlossen das
Schifflein des Kandidaten in ihre Linien ein. »Nehmt
mich mit in die weite Freiheit!« flehte er sie unbewußt
an, aber sie entließen ihn wieder aus ihrem wandernden
Netze.

Unterdessen näherte sich zusehends das Landhaus
des Generals und entwickelte seine Fassade. Der fest,
aber leicht aufstrebende Bau hatte nichts zu tun mit den
landesüblichen Hochgiebeln und es war, als hätte er bei
seiner Eigenart die Einsamkeit absichtlich aufgesucht.

»Dort ist das Kämmerlein der Türkin«, ließ sich jetzt
der schweigsame Bläuling vernehmen, indem seine
Rechte das Ruder fahren ließ und nach der Südseite des
Hauses zeigte.

»Der Türkin?« Der ganze Kandidat wurde zu einem
bedenklichen Fragezeichen.

»Nun ja, der Türkin des Wertmüllers; er hat sie aus
dem Morgenlande heimgebracht, wo er für den Venezianer Krieg führte. Ich habe sie schon oft gesehen, ein
hübsches Weibsbild mit goldenem Kopfputze und langen, offenen Haaren; gewöhnlich wenn ich vorüberfah-
re, legt sie die Finger an den Mund, als pfiffe sie einem
Mannsvolk; aber gegenwärtig liegt sie nicht im Fenster.«

Ein langgezogener Ruf schnitt durch die Lüfte, gerade über die Barke hin. »Sweine-und!« scholl es vernehmlich vom Ufer her.

Der aufgebrachte Bläuling schlug sein Ruder ins Wasser, daß zischend und spritzend ein breiter Strahl an der
Seite des Fahrzeuges emporschoß.

»So wird man«, zürnte er, »seit den paar Tagen, daß

der Wertmüller wieder hier ist, überall auf dem See mit Namen gerufen. Es ist der verrückte Schwarze, der mit dem Sprachrohre des Generals rumort und spektakelt. Vergangenen Sonntag im Löwen zu Meilen schenkten sie ihm ein und soffen ihn unter den Tisch. Dann brachten sie ihn nachts in meinem Schiffe dem Wertmüller zurück. Nun schimpft der Kaminfeger durch das Rohr nach Meilen hinüber, aber morgen, beim Eid, sitzt er wieder unter uns im Löwen. – Nun frage ich: woher hat der Mohr das fremde Wort? Hier sagt man sich auch wüst, aber nicht so.«

»Der General wird ihn so schelten«, bemerkte Pfannenstiel kleinlaut.

»So ist es, Herr«, stimmte der Bursche ein. »Der Wertmüller bringt die hochdeutschen, fremdländischen Wörter ins Land, der Staatsverräter! Aber ich lasse mir auf dem See nicht so sagen, beim Eid nicht.«

Bläuling wandte ohne weiteres seine Barke und gewann mit eiligen, kräftigen Ruderzügen wieder die Seemitte.

»Was ficht Euch an, guter Freund? Ich beschwöre Euch«, eiferte Pfannenstiel. »Hinüber muß ich: Nehmt doppelte Löhnung!«

Doch das Silber verlor seine Kraft gegen die patriotische Entrüstung, und der Kandidat mußte sich auf das Bitten und Flehen legen. Mit Mühe erlangte er von dem beleidigten Bläuling, daß ihn dieser – »weil Ihr es sei?«, sagte der Bursche – außerhalb der Tragweite des Sprachrohrs um die ganze Halbinsel herum in ihre südliche Bucht beförderte. Dort ließ er den Kandidaten ans Ufer steigen und ruderte nach wenigen Minuten den sich rasch verkleinernden Nachen wieder mitten in der Bläue.

Drittes Kapitel

So wurde Pfannenstiel wie ein Geächteter unter den Eichen der Halbinsel ausgesetzt. Ein enger Pfad vertiefte sich in das Halbdunkel und er zögerte nicht, ihn zu betreten. Mit Diebesschritten eilte er durch das unter seinen Sohlen raschelnde Laub einer nahen Lichtung zu. Das einem bösen Traume verwandte Gefühl, den fremden Besitz auf so ungewöhnlichem Wege zu betreten, gab ihm Flügel, doch begann auch das Element des Aberteuerlichen, das in jedem Menschenherzen schlummert, seinen geheimen Reiz auf ihn auszuüben. So wirft sich ein Badender in die Flut, die er zuerst leise schauernd mit der Zehe geprüft hat.

Die bald erreichte Lichtung war nur eine beschränkte, von oben wie durch eine Kuppelöffnung erhellte Moosstelle. Ein darauf spielendes Eichhorn setzte über den Kopf des Kandidaten weg auf einen niederhangenden Zweig, der erst ins Schwanken geriet, als das schnelle Tierchen schon einen zweiten erreicht hatte.

Wieder führte der Pfad eine Weile durch das grüne Dunkel, bis er sich plötzlich wandte, und der Kandidat das Landhaus in der Entfernung von wenigen Schritten vor sich erblickte.

Diese Schritte aber tat er sehr langsam. Er gehörte zu jenen schüchternen Leuten, für welche das Auftreten und das Abgehen mit Schwierigkeiten verbunden sind, und der General stand im Rufe, seinen Gästen nur dieses, nicht aber jenes zu erleichtern. So kam es, daß er hinter der äußersten Eiche, einem gewaltigen Stamme, unschlüssig stehenblieb. Was er indessen aus seinem Verstecke hervor erlauschte, war ein idyllisches Bild, das ihn in keiner Weise hätte einschüchtern können.

Der General plauderte in der hallenartig gebauten und zur jetzigen Herbstzeit nur allzu luftigen Veranda, deren sechs hohe Säulen ein prächtiges ausländisches Weinlaub umwand, gemütlich mit seinem Nachbar,

dem Krachhalder, einem der Kirchenältesten von Mythikon, die der Kandidat während seines Vikariats allsonntäglich im Chore hatte sitzen sehen, und die ihm
bekannt waren wie die zwölf Apostel. Mit aufgestützten
Ellenbogen ritt Wertmüller auf einem leichten Sessel
und zeigte seine scharfe Habichtsnase und das stechen-
de Kinn im Profil, während der schöne, alte, schlaue
Kopf des Krachhalders einen ungemein milden Ausdruck hatte.

»Wir sind wie die Blume des Feldes«, führte der Alte
in erbaulicher Weise das Gespräch, »und es trifft sich,
Herr Wertmüller, daß wir beide in diesen Tagen unser
Haus bestellen. Ich mache Euch kein Geheimnis daraus:
Drei Pfund vergebe ich zur neuen Beschindelung unse-
rer Kirchturmspitze.«

»Ich will mich auch nicht als Lump erweisen«, versetzte der General, »und werfe testamentarisch ebensoviel
aus zur Vergoldung unsers Gockels, daß sich das Tier
nicht schämen muß, auf der neu beschindelten Spitze zu
sitzen.«

Der Krachhalder schlürfte bedächtig aus dem vor ihm
stehenden Glase, dann sprach er: »Ihr seid kein kirchlicher Mann, aber Ihr seid ein gemeinnütziger Mann. Er-
fahret: Die Gemeinde erwartet etwas von Euch.«

»Und was erwartet die Gemeinde vor mir?« fragte der
General neugierig.

»Wollt Ihr es wissen? Und werdet Ihr es nicht zürnen?«
»Durchaus nicht.«

Der Krachhalder machte eine zweite Pause. »Vielleicht ist Euch eine andere Stunde gelegener«, sagte er.

»Es gibt keine andere Stunde, als die gegenwärtige.
Benützt sie!«

»Ihr würdet Euch ein schönes Andenken stiften, Herr
General, bei Kind und Kindeskind ...«

»Ich unterschätze den Nachruhm nicht«, sagte der General. Dem Krachhalder, der den wunderlichen Herrn
so aufgeräumt sah, schien der günstige Augenblick ge-

kommen, dem lange genährten Wunsche der Mythikoner in vorsichtigen Worten Gestalt zu geben.

»Euer Forst im Wolfgang, Herr Wertmüller«, begann er zögernd – der General verfinsterte sich plötzlich und der alte Bauer sah es wie eine Donnerwolke aufsteigen –, »stößt seine Spitze« ...

»Wohin stößt er seine Spitze?« fragte Wertmüller grimmig.

Der Krachhalder überlegte, ob er vor- oder rückwärts wolle, ungefähr wie ein mitten auf dem See vom Sturm Überraschter. Er entschied sich für das Vorrücken. »... mitten durch unsere Gemeindewaldung« ...

Jetzt sprang der General mit einem Satze von seinem Sessel auf, faßte ihn an einem Bein, schwang ihn durch die Lüfte und setzte sich in Fechtpositur.

»Wollen mich die Mythikoner plündern?« schrie er wütend, »bin ich unter die Räuber gefallen?« Dann fuhr er, seine hölzerne Waffe senkend, gelassen fort: »Daraus wird nichts, Krachhalder. Redet das den Leuten aus. Ich will Euch nicht noch von jenseits des Grabes eine Nase drehen!«

»Nichts für ungut«, versetzte der Alte mit Ruhe, »Ihr werdet es bedenken, Herr Wertmüller.«

Auch er hatte sich erhoben und nahm von dem Generale mit einem treuherzigen Händedruck den landesüblichen Abschied.

Wertmüller geleitete ihn ein paar Schritte, dann wandte er sich und vor ihm stand sein Leibmohr Hassan. Der Schwarze machte eine flehentliche Gebärde und bat, das Deutsche wunderlich radebrechend, um einen Urlaub für morgen nachmittag; denn seine Seele zog ihn zu seinen neuen Freunden in Meilen.

»Bist du ganz des Teufels, Hassan!« schalt ihn der General. »Sie haben dir letzten Sonntag drüben arg genug mitgespielt.«

»Mitgespielt!« wiederholte der Mohr, der das Wort mißverstand. »Schön, wundervoll Spiel!«

»Hast du denn gar kein Ehrgefühl? Die Berührung mit der Zivilisation richtet dich zugrunde, – du säufst wie ein Christ!«

»Nicht saufen, Gnaden! Schön Spiel einzig Spiel; I-aß!«[1] Er riß eine solche Grimasse und verdrehte die Augen mit so leidenschaftlicher Inbrunst, daß Pfannenstiel, der, wie oft die unschuldigen Menschen, viel Sinn für das Komische und überdies jetzt etwas gespannte Nerven hatte, in ein vernehmliches Gekicher ausbrach, welches er mit aller Gewalt nicht unterdrükken konnte.

Seine Gegenwart verraten sehend, trat der Kandidat, da er nicht wie eine überraschte Dryade in die Eiche hineinschlüpfen konnte, verschämt hinter derselben hervor und näherte sich dem General mit wiederholten verlegenen Bücklingen.

»Was will denn Er hier?« fragte dieser gedehnt und maß ihn vom Wirbel bis zur Zehe. »Wer ist Er?«

»Ich bin der Vetter ... des Vetters ... vom Vetter ...« stotterte der Angeredete.

Der General runzelte die Stirne.

»Mein Vater war ein Pfannenstiel und meine Mutter ist eine selige Rollenbutz ...«

»Will Er mir seinen ganzen verfluchten Stammbaum explizieren? Was Vetter? Mein Bruder ist Er – alle Menschen sind Brüder! Scher' Er sich zum Teufel!« und Wertmüller wandte ihm den Rücken.

Pfannenstiel regte sich nicht. Der Empfang des Generals hatte ihn versteinert.

»Fannen-stiel –« buchstabierte der Schwarze das ihm noch unbekannte Wort, als wolle er seinen deutschen Sprachschatz bereichern.

»Pfannenstiel?« wiederholte auch der aufmerksam werdende General, »der Name ist mir bekannt – halt, Er ist doch nicht der Autor«, und er kehrte sich dem Jüng-

---

[1] Jaß, ein am Zürchersee beliebtes Kartenspiel

ling wieder zu, »der mir gestern seine Dissertation über die Symbolik der Odyssee zugesendet hat?«

Pfannenstiel neigte bejahend das Haupt.

»Dann ist Er ja ein ganz liebenswürdiger Mensch!« sagte Wertmüller und ergriff ihn freundlich bei der Hand. »Wir müssen uns kennenlernen.«

VIERTES KAPITEL

Er trat mit dem Gaste in die Veranda, drückte ihn auf einen Sitz nieder, goß ihm eines der auf dem Schenktische stehenden Gläser voll und ließ ihn sich erholen und erquicken.

»Der Empfang war militärisch«, tröstete er ihn dann, »aber Ihr werdet im Soldaten keinen unebenen Hauswirt finden. Ihr nächtigt heute auf der Au – ohne Widerrede! – Wir haben manches zu verhandeln. – Seht, Lieber, Eure Abhandlung hat mich ganz angenehm unterhalten«, und Wertmüller langte nach dem Buche, welches in einer Fensternische des die Rückwand der Veranda bildenden Erdgeschosses lag und zwischen dessen Blätter er die zerlesene Dissertation des Kandidaten eingelegt hatte.

»Zuerst eine Vorfrage: Warum habt Ihr mir Euer Werk nur mit einer Zeile zugeschrieben, statt mir es coram populo auf dem ersten weißen Blatte mit aufrichtigen, großen Druckbuchstaben zu dedizieren? Weil ich mit den Pfaffen, Euren Kollegen, gespannt bin, he? Ihr habt keinen Charakter, Pfannenstiel; Ihr seid ein schacher Mensch.«

Der Kandidat entschuldigte sich, seine unbedeutende Arbeit habe den Namen des berühmten Feldherrn und Literaturkenners nicht vor sich her tragen dürfen.

»Durchaus nicht unbedeutend«, lobte Wertmüller. »Ihr habt Phantasie und seid in die purpurnen Tiefen meines Lieblingsgedichtes untergetaucht, wie nicht

leicht ein anderer. Freilich um etwas Absurdes zu beweisen. Aber es ist einmal nicht anders: wir Menschen verwenden unsere höchsten Kräfte zu albernen Resultaten.
Dachtet Ihr daran, mich rechtzeitig zu Rate zu ziehen,
ich gab Eurer Dissertation eine Wendung, die Euch selber, Eure pfäffischen Examinatoren, das ganze Publikum in Erstaunen gesetzt hätte. Ihr habt es gefühlt,
Pfannenstiel, daß die zweite Hälfte der Odyssee von besonderer Schönheit und Größe ist. Wie? Der Heimge-
kehrte wird als ein fahrender Bettler an seinem eigenen
Herde mißhandelt. Wie? Die Freier reden sich ein, er
kehre niemals wieder und ahnen doch seine Gegenwart.
Sie lachen und ihre Gesichter verzerrt schon der Todes-
kampf – das ist Poesie. – Aber Ihr habt recht, Pfannenstiel, was nützt mir die Poesie, wenn nicht eine Moral
dahinter steckt? Es ist eine Devise in das Zuckerwerk
hineingebacken – zerbrechen wir es! Da der Odysseus
nicht bloß den Odysseus bedeuten darf, wen oder was
bedeutet er denn? Unsern Herrn und Heiland – so beweist Ihr und habt Ihr es drucken lassen –, wenn er
kommt zu richten Lebendige und Tote. Nein, Kandidat,
Odysseus bedeutet jede in Knechtsgestalt mißhandelte
Wahrheit mitten unter den übermütigen Freiern, will
sagen, Faffen, denen sie einst in sieghafter Gestalt das
Herz durchbohren wird.

He, Kandidat, wie gefällt Euch das? – So hättet Ihr es
wenden sollen und seid gewiß, Eure Dissertation hätte
gerechtes Aufsehen erregt!«

Pfannenstiel erbebte bei dem Gedanken, daß sich seiner Symbolik diese gotteslästerliche und verwegene
Wendung hätte geben lassen. Sein einfaches Wesen ließ
ihn den Pferdefuß des alten Spötters nicht oder doch
nur in unbestimmten Umrissen erkennen.

Um sich der Verlegenheit zu entziehen, dem alten
Freigeiste eine Antwort zu geben müssen, nahm der Kan-
didat den Pergamentband in die Hände, mit welchem
Wertmüller während seiner Rede gestikuliert hatte. Es

war die aldinische Ausgabe der Odyssee. Pfannenstiel betrachtete andächtig das Titelblatt des seltenen Buches. Plötzlich fuhr er zurück wie vor einer züngelnden Natter. Er hatte auf dem freien Raume links neben dem Wappen des venezianischen Buchhändlers etwas verblichene, kühn fließende Federzüge entdeckt, die folgende Zeilen bildeten:

*Georgius Jenatius me jure possidet
Constat R. 4. Kz. 12.*

Er warf das Buch weg, als atme es einen Blutgeruch aus.

Damals moderte der fragwürdige Bündner schon seit Dezennien in der Domkirche von Chur, während sein Bild in zahmen und unpatriotischen Zeiten sich zu einem widerwärtigen verzerrt hatte, so daß nur der Apostat und der Blutmensch übrigblieb. Pfannenstiel betrachtete ihn einfach als ein Ungeheuer, an dessen Dagewesensein er kaum glauben, das er sich nicht realisieren konnte.

Der General weidete sich an seinem Schrecken, dann sagte er leichthin: »Der liebe Mann, Euer gewesener Kollege, hat mich damit beschenkt, wie wir noch auf gutem Fuße standen und ich ihn auf seinem Malepartus in Davos besuchte.«

»Also hat er doch gelebt!« sprach der Kandidat halblaut vor sich hin, »er hat Bücher besessen, wie unsereiner, und ihren kostenden Preis auf das Titelblatt geschrieben.«

»Jawohl hat er gelebt, und recht persönlich und zähe«, sagte der General mit kurzem Lachen. »Noch heute nacht träumte mir von dem Bündner ... Das kam daher, daß ich mich den ganzen gestrigen Tag mit einem häßlichen Geschäfte abgegeben hatte. Ich schrieb mein Testament nieder, und was ist kläglicher, als bei atmendem Leibe über seinen Besitz zu verfügen, der ja auch ein Teil von uns selber ist!«

Die Neugierde des jungen Geistlichen wurde rege.
Vielleicht war es ein warnendes Traumgesicht gewesen,
das, fein und erbaulich ausgelegt, in dem ihm Gegenübersitzenden einen guten und frommen Gedanken
konnte entstehen lassen. »Wollt Ihr mir Euern Traum
nicht mitteilen?« fragte er mit einem gefühlvollen Blikke.

»Er steht zu Diensten. Es war in Chur. Menschengedränge, Staatsperücken, Militärpersonen, – von der Hof-
kirche her Geläute und Salutschüsse. Wir treten unter
dem Torbogen hervor in den bischöflichen Hof. Jetzt
gehen wir zu zweien, neben mir ein Koloß. Ich sehe nur
einen Federhut, darunter eine Gewaltsnase und den in
den Kragen gesenkten pechschwarzen Spitzbart: ›Wertmüller‹, fragte der Große, ›wen bestatten wir?‹ – ›Ich
weiß nicht‹, sage ich. Wir treten in die Kathedrale zwischen das Gestühl des Schiffes. ›Wertmüller‹, fragte der
andere, ›wem singen sie ein Requiem?‹ – ›Ich weiß nicht‹,
sag' ich ungeduldig. ›Kleiner Wertmüller‹, sagt er, ›stell
dich einmal auf die Zehen und sieh, wer da vorn aufge-
bahrt liegt.‹ – Jetzt unterscheide ich deutlich in den Ek-
ken des Bahrtuches den Namenszug und das Wappen
des Jenatschen, und im gleichen Augenblicke wendet er,
neben mir stehend, mir das Gesicht zu – fahl mit ver-
glühten Augen. ›Donnerwetter, Oberst‹, sag' ich, ›Ihr
liegt dort vorn unter dem Tuche mit Euern sieben To-
deswunden und führt hier einen Diskurs mit mir! Seid
Ihr doppelt? Ist das vernünftig! Ist das logisch? Schert
Euch in die Hölle, Schäker!‹ Da antwortete er niedergeschlagen: ›Du hast mir nichts vorzurücken – mach dich
nicht mausig. Auch du, Wertmüller, bist tot.‹«

Pfannenstiel überlief es kalt. Dieser Traum am Vor-
abende des ohne Zweifel blutigen Feldzuges, welcher
dem General draußen im Reiche bevorstand, schien ihm
von ernster Vorbedeutung und er sann auf ein Wort
geistlicher Zusprache.

Auch Wertmüller konnte seinen Traum, nachdem er

ihn einmal mitgeteilt, nicht sogleich wieder loswerden. »Der Oberst wurde von seinem Liebchen mit der Axt wie ein Stier niedergeschlagen«, erging er sich in lauten Gedanken, »mir wird es so gut nicht werden. Fallen – wohlan! Aber nicht in einem Bettwinkel krepieren!«

Vielleicht dachte er an Gift, denn er war am Hofe zu Wien in ein hartnäckiges Intrigenspiel verwickelt und hatte sich dort durch seinen Ehrgeiz Todfeinde gemacht.

»Ehe ich meinen Koffer packe«, fuhr er nach einer Pause fort, »möchte ich wohl noch einen Menschen glücklich machen ...«

Dem Kandidaten schoß das Wasser in die Augen, nicht in selbstsüchtigen Gedanken, sondern in uneigennütziger Freude über diese schöne Regung; doch es trocknete schnell, als der General seinen Satz abschloß: – »besonders wenn sich ein kräftiger Schabernack damit verbinden ließe.«

Das abergläubische Gefühl, das den General angewandelt hatte, war rasch vorübergegangen. »Was ist Euer Anliegen?« fragte er seinen Gast mit einer jener brüsken Wendungen, die ihm geläufig waren. »Ihr seid nicht hierhergekommen, um Euch meine Träume erzählen zu lassen.«

Nun berichtete Pfannenstiel dem Generale mit einer unschuldigen List, denn er wollte ihm seine Liebesverzweiflung, für die er ihm kein Organ zutraute, nicht verraten, wie ihn über dem Studium der Odyssee ein unwiderstehliches Verlangen ergriffen, die Heimat Homers, die goldene Hellas kennenzulernen. Da er keinen andern Weg wisse, seine Wanderlust zu befriedigen, sei ihm der Gedanke gekommen, sich bei dem Herrn für die Feldkaplanei seiner venezianischen Kompanie zu melden, die ja in den griechischen Besitzungen der Republik stationiere. »Sie ist erledigt«, schloß er, »und wenn Ihr mir ein weniges gewogen seid, weiset Ihr mir die Stelle zu.«

Wertmüller blickte ihn scharf an. »Ich bin der letzte«, sagte er, »der einem jungen Menschen eine gefährliche Karriere widerriete! Aber er muß dazu qualifiziert sein. Euer Knochengerüste, Freund, ist nicht fest genug gezimmert. Der erste beste relegierte Raufbold von Leipzig oder Jena wird meinen Kerlen mehr imponieren als Euer Johannesgesicht. Schlagt Euch das aus dem Kopfe. Wollt Ihr den Süden sehen, so sucht als Hofmeister Dienste bei einem jungen Kavalier und klopft ihm die Kleider! Doch auch das kann Euch nicht taugen. Das beste ist, Ihr bleibt zu Hause. Blickt aus! Zählt alle die Turmspitzen am See – das Kanaan der Pfarrer. Hier ist Euer Rhodus, hier tanzt – will sagen predigt! – Wozu sind die Geleise bürgerlicher Berufsarten da, als daß Euresgleichen sie befahre? Ihr wißt nicht, welcher Schenkelschluß dazu gehört, um das Leben souverän zu traktieren. Steht ab von Eurer Laune!« und er machte die Gebärde, als griffe er einem Rosse in die Zügel, das mit einem unvorsichtigen Knaben durchgegangen ist.

Es entstand eine Pause. Wieder warf der General dem Kandidaten einen beobachtenden Blick zu.

»Ihr seid ein lauterer Mensch«, sagte er dann, »und es war Euer Ernst, Ihr würdet das griechische Abenteuer bestanden haben. Wie reimt sich das mit dem Pfannenstiel, den ich hier vor mir sehe? Da liegt ein Aal unter dem Steine. Ein verrückter Antiquar, wie sie zwischen den Ruinen herumkriechen, seid Ihr nicht. Also seid Ihr desperat. Aber *warum* seid Ihr desperat? Was treibt Euch weg? Heraus damit! Eine Figur? He? Ihr errötet!«

Der sechzigjährige Wertmüller behandelte die weiblichen Wesen als Staffage und pflegte sie schlechtweg mit dem Malerausdrucke »Figuren« zu benennen.

»Wo habt Ihr zuletzt konditioniert?«

»In Mythikon bei Euerm Herrn Vetter während seiner Gichtanfälle.«

»Bei meinem Vetter? Will sagen bei der Rahel. Nun ist alles klar und deutlich wie mein neuverfaßtes Exerzierreglement. Das Mädchen hat Euch den Kopf verrückt und dann, wie recht und billig, einen Korb gegeben?«

Der zartfühlende Kandidat hätte sich eher das Herz aus dem Leibe reißen lassen, als eingestanden, daß die Rahel – wie er daran nicht zweifeln konnte – ihm herzlich wohlwolle. Er antwortete bescheiden:

»Der Herr Wertmüller, sonst mein Gönner, hat mich verabschiedet, weil ich mit Schießgewehr nicht umzugehen verstehe und mich auch davor scheue. Vor zwanzig Jahren ist damit meiner Familie ein Unglück begegnet. Er nötigte mich, mit ihm in die Scheibe zu schießen, und ich habe keinen Schuß hineingebracht.«

»Ihr hättet Euch weigern sollen. Das hat Euch in Rahels Augen heruntergesetzt. Sie trifft immer ins Schwarze. – Donnerwetter, da fällt mir ein, daß ich dem Alten noch etwas schuldig bin. Der geistliche Herr hat mir, während ich am Rheine bataillierte, meine Meute hier ganz meisterhaft beaufsichtigt. Er ist ein Kenner. Hassan, hol mir gleich das violette Saffianfutteral her, links zu unterst im Glasschranke der Waffenkammer. – Laßt Euch nicht stören, Kandidat.«

Der Mohr beeilte sich, und nach wenigen Augenblicken hielt Wertmüller zwei kleine Pistolen von zierlicher Arbeit in der Hand. Er reinigte mit einem Lederlappen die damaszierten Läufe und den Silberbeschlag der Kolben, in welchen hübsche seltsame Arabesken eingegraben waren.

»Fortgefahren, Freund, in Eurer Elegie!« sagte er. »Das Mädchen also gab Euch einen Korb – oder ist es möglich, liebt sie Euch? Es gibt wunderliche Naturspiele! – und nur der Alte hätte Euch abblitzen lassen, he? Was gab er Euch für Gründe?«

Pfannenstiel blieb erst die Antwort schuldig. Ihm war ängstlich zumute geworden, denn der General hatte, während er sprach, den Hahn der einen Pistole gespannt. Jetzt berührte Wertmüller den Drücker mit ganz leisem Finger, und der Hahn schlug nieder. Er spannte die zweite, streckte den Arm aus, schnitt eine Grimasse; nur nach harter Anstrengung gelang es ihm, loszudrücken. Das Spiel der Feder mußte sich aus irgendeinem Grunde verhärtet haben, und er schüttelte unzufrieden den Kopf.

Der Kandidat, der stark mit den Augen gezwinkert hatte, nahm jetzt den Faden des Gesprächs wieder auf, um den wahren Grund seiner Hoffnungslosigkeit anzudeuten. »Eine Wertmüllerin und ein Pfannenstiel!« sagte er in einem resignierten Tone, als nenne er Sonne und Mond und finde es ganz natürlich, daß dieselben nicht zusammenkommen.

»Laß Er mich mit diesen Narreteien zufrieden!« fuhr ihn der General hart an. »Sind wir noch nicht über die Kreuzzüge hinaus, in welcher geistreichen Epoche die Wappen erfunden wurden? Aber auch damals, wie überhaupt jederzeit, galt der Mann mehr als der Name, sonst wäre die Welt längst vermodert wie ein wurmstichiger Apfel. Seh Er, Pfannenstiel, ich gelte hier für einen Patrizius; als ich aber in kaiserliche Dienste trat, wie blickten die Herren Kollegen von soundso viel Quartieren hochnasig auf das plebejische Mühlrad in meinem Wappen herunter. Dennoch mußten sie es eben leiden, daß der Müller die von ihnen mehr als zur Hälfte ruinierte Kampagne wiederherstellte und gewann! Hör Er, Pfannenstiel, es fehlt ihm an Selbstgefühl, und das schadet ihm bei der Rahel.«

Der Kandidat befand sich in einem seltsamen Falle. Er konnte den Standpunkt Wertmüllers nicht teilen, denn er fühlte dunkel, daß eine so vollständige Vorurteilslosigkeit die ganze alte Ordnung der Dinge durchstieß, und diese war ihm ehrwürdig, auch da, wo sie zu seinen Ungunsten wirkte.

Aber Wertmüller verlangte keine Antwort. Er hatte sich erhoben und trat, in jeder Hand eine Pistole, einem hochgewachsenen Mädchen entgegen, das auf dem vom festen Lande her ausmündenden Wege einherkam. Der

General hatte den Kies unter ihren leichten, raschen Schritten knirschen hören.

»Guten Abend, Patchen«, begrüßte er sie, und seine grauen Augen leuchteten.

Das schöne Fräulein aber zog die Brauen zusammen, bis der Alte die beiden Pistolen, die ihr offenbar ein Ärgernis waren, die eine in die rechte, die andere in die linke seiner geräumigen Rocktaschen steckte. »Ich habe Besuch, Rahel«, sagte er. »Erlaube mir, meinen jungen Freund dir vorzustellen, den Herrn Kandidaten Pfannenstiel.«

Die Wertmüllerin war näher getreten, während sich Pfannenstiel linkisch von seinem Stuhle erhob. Sie bekämpfte ein Erröten, das aber sieghaft bis in die feine Stirn und bis unter die Wurzeln ihres vollen braunen Haares aufflammte. Der Kandidat schlug erst die Augen nieder, als hätte er mit ihnen ein Bündnis geschlossen, keine Jungfrau anzuschauen, erhob sie dann aber mit einem so innigen und strahlenden Ausdrucke des Glückes und der Liebe, und seine guten Blicke fanden in zwei braunen Augen einen so warmen Empfang, daß selbst der alte Spötter seine Freude hatte an der ungeschminkten Neigung zweier unschuldiger Menschenkinder.

Er vermehrte seltsamerweise die erste süße Verwirrung der beiden mit keinem Scherzworte. Ist es nicht, als ob ein tiefes und wahres Gefühl in seinem natürlichen und bescheidenen Ausdrucke aus dieser Welt des Zwanges und der Maske uns in eine zugleich größere und einfachere versetzte, wo der Spott keine Stelle findet?

Lange freilich hätte er sie nicht ungeneckt gelassen, aber das gescheite und tapfere Mädchen enthob ihn dieser Versuchung. »Ich habe mit Euch zu reden, Pate«, sagte sie, »und gehe voran nach der zweiten Bank am See. Laßt mich nicht zu lange warten!«

Sie verbeugte sich leicht gegen den Kandidaten und war verschwunden.

Der General nahm diesen bei der Hand und führte

ihn eine Treppe hinauf in sein Bibliothekzimmer, in das
die Seebreite durch drei hohe Bogenfenster herein-
leuchtete.

»Seid getrost«, sagte er, »ich werde bei Rahel für Euch
Partei nehmen. Unterdessen wird es Euch hier an Unterhaltung nicht mangeln. Ihr liebt Bücher! Hier findet Ihr
die Poeten des Jahrhunderts tutti quanti.« Er zeigte auf
einen Glasschrank und verließ den Saal. Da standen sie
in glänzenden Reihen, die Franzosen, die Italiener, die
Spanier, selbst einige Engländer, ein gehäufter Schatz
von Geist, Phantasie und Wohllaut, und Wertmüller, der
ohne Frage auf der Höhe der Zeitbildung stand, würde
ungläubig den Kopf geschüttelt haben, wenn ihm zuge-
flüstert worden wäre, einer fehle hier, der sie allesamt
voll aufwiege.

Der überall Belesene hatte William Shakespeare nicht
einmal nennen hören.

Der Kandidat ließ die Poeten unberührt, denn für ein
junges Blut ist die Nähe der Geliebten mehr als alle neun
Musen.

FÜNFTES KAPITEL

Der General hatte einen Pfad eingeschlagen, der sich
dicht am Ufer um die Krümmungen der Halbinsel
schlängelte, und hier erblickte er bald Rahel Wertmüller, die, auf einer verwitterten Steinbank sitzend, das feine Profil nach der jetzt abendlich dämmernden Flut hin-
wendete. Ein aufrichtiger Ausdruck tiefer Betrübnis lag
auf dem hübschen und entschlossenen Gesichtchen.

»Was dichtest und trachtest du?« redete er sie an.

Sie antwortete, ohne sich zu erheben: »Ich bin nicht
mit Euch zufrieden, Pate.«

Der General lehnte sich an den Stamm einer Eiche
und kreuzte die Arme. »Womit habe ich es bei Euer
Wohlgeboren verscherzt?« sagte er.

Das Fräulein warf ihm einen Blick des Vorwurfs zu. »Ihr fragt noch, Pate? Wahrlich, Ihr handelt an Papa nicht gut, der Euch doch nur Liebes und nichts zuleide getan hat. – Was war das wieder für ein Spektakel vergangenen Sonntag! Durch Eure Verleitung hat er den ganzen Nachmittag mit Euch auf Euerm Au-Teiche herumgeknallt. Welch ein Schauspiel! Aufflatternde verwundete Enten, im Moor nach der Beute watende Jungen, der Vater in großen Stiefeln und das ganze Dorf als Zuschauer!«

»Er beurteilte die Schüsse«, warf Wertmüller ein.

»Pate« – das Mädchen war von seinem Sitze aufgesprungen und seine schlanke Gestalt bebte vor Unwillen –, »ich meinte bisher, Ihr hättet – trotz mancher Wunderlichkeit – das Herz am rechten Flecke. Aber ich habe mich geirrt und fange an zu glauben, hier sei bei Euch etwas nicht in Ordnung!« und sie wies mit einer kleinen Gebärde des Zeigefingers nach der linken Brustseite des Generals. »Ich hielt Euch«, fügte sie freundlicher hinzu, »für eine Art Rübezahl ... so heißt doch der Geist des Riesengebirges, von dessen Koboldstreichen Ihr so lustig zu erzählen wißt?«

»Dem es zuweilen Spaß macht, Gutes zu tun, und der, wenn er Gutes tut, dabei sich einen Spaß macht.«

»So ungefähr. Doch, wie gesagt, wenn Ihr ebenso boshaft seid wie der Berggeist – von Wohltat ist dabei nichts sichtbar. Ihr werdet den Vater noch ins Verderben stoßen. Wären unsere Mythikoner im Grunde nicht so gute Leute, die ihren Pfarrer decken, wo sie können, längst wäre in Zürich gegen ihn Klage erhoben worden. Und mit Recht; denn ein Geistlicher, der wachend und träumend keinen andern Gedanken mehr hat als Halali und Halalo, muß jeder christlichen Seele ein tägliches Ärgernis sein. Das wächst mit den Jahren. Neulich, da der Herr Dekan seinen Besuch meldete und zur selben Zeit der Bote eine in der Stadt angekaufte Jagdflinte dem Vater zutrug, mußte ich ihm dieselbe unkindlich entwinden und in meinen Kleiderschrank verschließen, sonst hätte er noch – ein schrecklicher Gedanke – den ehrwürdigen Herrn Steinfels aufs Korn genommen. Ihr lacht, Pate? – Ihr seid abscheulich! – Ich könnte Euch darum hassen, daß Ihr, der seine Schwäche kennt, ihn noch anstachelt und aufreizt, als wäret Ihr sein böser Engel. – Nächstens wird er noch einmal mit geladenem Gewehr die Kanzel besteigen! ... Ich freute mich, da Ihr kamet, und nun frage ich: Reist Ihr bald, Pate?«

»Mit geladenem Gewehr die Kanzel besteigen?« wiederholte Wertmüller, den dieser Gedanke zu frappieren schien. »La, la, Patchen! Der Vater ist mir der erträglichste aller Schwarzröcke, und du bist mir die liebste aller Figuren. Ich will dem Alten eine Genugtuung geben. Weißt du was? Ich gehe morgen bei Euch zur Kirche – das rehabilitiert den Vater zu Stadt und Lande.«

Rahel schien von dieser Aussicht wenig erbaut. »Pate«, sagte sie, »Ihr habt mich aus der Taufe gehoben und das Gelübde getan, auf mein zeitliches und ewiges Heil bedacht zu sein. Für das letztere könnet Ihr nichts tun, denn es steht in diesem Punkte bei Euch selbst sehr windig. Aber ist das ein Grund, auch mein zeitliches zu ruinieren? Ihr solltet, scheint mir, im Gegenteil darauf denken, mich wenigstens auf dieser Erde glücklich zu machen – und Ihr macht mich unglücklich!« Sie zerdrückte eine Träne.

»Vortrefflich räsoniert«, sagte der General. »Patchen, ich bin der Berggeist und du hast drei Wünsche bei mir zu gut.«

»Nun«, versetzte das Fräulein, auf den Scherz eingehend. »Erstens: Heilt den Vater von seiner ungeistlichen Jagdlust!«

»Unmöglich. Sie steckt im Blute. Er ist ein Wertmüller. Aber ich kann seiner Leidenschaft eine unschädliche Bahn geben. Zweitens?«

»Zweitens ...« Rahel zögerte.

»Laß mich an deiner Stelle reden, Mädchen. Zweitens: Gebt dem Hauptmann Leo Kilchsperger Urlaub zu Werbung, Verlöbnis und Heirat.«

»Nein!« versetzte Rahel lebhaft.

»Er ist ein perfekter Kavalier.«

»Einem perfekten Kavalier hängt manches um und an, worauf ich Verzicht leiste, Pate.«

»Ein beschränkter Standpunkt.«

»Ich halte ihn fest, Pate.«

»Meinetwegen. – Also ein anderes Zweitens. Zweitens: Berggeist, verschaffe dem Kandidaten Pfannenstiel die von ihm begehrte Feldkaplanei in venezianischen Diensten.«

»Nimmermehr!« rief die Wertmüllerein. »Was? der Unglückliche begehrt die Feldkaplanei unter Euerm venezianischen Gesindel? Der zarte und gute Mensch? *Darum* ist er zu Euch gekommen?«

Der General bejahte. »Ich rede es ihm nicht aus.«

»Redet es ihm aus, Pate. Grassiert nicht Pest und Fieber in Morea?«

»Zuweilen.«

»Liest man nicht von häufigen Schiffbrüchen im Adriatischen Meere?«

»Hin und wieder.«

»Ist die Gesellschaft in Venedig nicht ganz entsetzlich schlecht?«

»Die gute ist dort wie allenthalben und die schlechte ganz vortrefflich.«

»Pate, er darf nicht hin, um keinen Preis!«

»Gut. Also ein anderes Zweites verbunden mit dem Dritten: Berggeist, mache den Kandidaten Pfannenstiel zum wohlbestellten Pfarrer von Mythikon und gib mich ihm zur Frau!«

Rahel wurde feuerrot. »Ja, Berggeist«, sagte sie tapfer.

Diese resolute Antwort gefiel dem General aus der Maßen.

»Er ist eine reinliche Natur«, lobte er, »aber ihm fehlt

die Männlichkeit, welche die Figuren unwiderstehlich
hinreißt.«

»Bah«, machte sie leichthin und fuhr entschlossen
fort: »Pate, Ihr habt ein Dutzend Feldschlachten gewonnen, Ihr verderbt Euern listigsten Feinden in der Hof-
burg das Spiel, Ihr seid ein berühmter und welterfahre-
ner Mann – wendet ein Hundertteilchen Eures Geistes
daran, mich – was sage ich – uns glücklich zu machen,
und wir werden es Euch zeitlebens Dank wissen.«

Der General ließ sich auf die leere Steinbank nieder
und legte in tiefem Nachdenken die Hände auf die
Knie, wie eine ägyptische Gottheit. So berührte er die
beiden Pistolen in seinen Taschen; es blitzte in seinen
scharfen grauen Augen plötzlich auf und er brach in ein
unbändiges Gelächter aus, wie er seit Dezennien nicht
mehr gelacht hatte, in ein wahres Schulbubengelächter.
Da er zugleich aufgesprungen war, rasch dem Innern
der Halbinsel sich zukehrend, wiederholte ein Echo diesen Ausbruch ausgelassener Lustigkeit in so geisterhaf-
ter und grotesker Weise, daß es war, als hielten sich alle
Faune und Panisken der Au die Bäuchlein über einen
tollen und gottvergessenen Einfall.

Der General beruhigte sich. Er schien seinen Anschlag und die Möglichkeit des Gelingens mit scharfem
Verstande zu prüfen. Das Wagnis gefiel ihm. »Zähle auf
mich, mein Kind«, sagte er väterlich.

»Hört, Pate, dem Papa darf kein Leides geschehen!«

»Lauter Gutes.«

»Pfannenstiel darf nicht gezaust werden!«

Wertmüller zuckte die Achseln. »Der spielt eine ganz
untergeordnete Rolle.«

»Und Ihr werdet Euern Spaß dabei haben?« fragte das
Mädchen gespannt, denn das Gelächter hatte sie doch
etwas bedenklich gemacht.

»Ich werde meinen Spaß dabei haben.«

»Kann es nicht mißlingen?«

»Der Plan ist auf die menschliche Unvernunft gegründet und somit tadellos. Aber etwas Chance gehört zu jedem Erfolg.«

»Und mißlingt es?«

»So bezahlt Rudolf Wertmüller die Zeche.«

Noch einmal besann sich das Mädchen recht ernstlich; aber ihre resolute Natur trug den Sieg davon. Sie hatte überdies ein unbedingtes Vertrauen zu der verwegenen Kombinationsgabe und selbst in gewissen Grenzen zu der Loyalität ihres Verwandten. Daß ein schadenfroher Streich mitlaufen werde, wußte sie – es war das eben der Kaufpreis ihres Glückes –, aber sie wußte auch, daß Wertmüller sie lieb habe und seinen Spuk darum nicht allzu weit treiben würde. Zudem lag etwas in ihrem Blute, das eine rasche, wenn auch gewagte Lösung einer nagenden Ungewißheit vorzog.

»Ans Werk, Rübezahl!« sagte sie. »Wann beginnst du dein Treiben, Berggeist?«

»Morgen mittag bist du Braut, Kindchen. Ich verreise Montag in der Frühe.«

»Adieu, Berggeist!« grüßte sie enteilend und warf ihm eine Kußhand zu, während er ihr nachsah und seine Freude hatte an ihrem schlanken und sichern Gange.

SECHSTES KAPITEL

Zu später Abendstunde saßen der General und der Kandidat an einer reichbesetzten und glänzend erleuchteten runden Tafel sich gegenüber in einem geräumigen Saale, dessen helle Stuckwände mit guten, in Öl gemalten Schlachtenbildern bedeckt waren.

Wertmüller wußte, welche Poesie das »Tischlein, deck dich!« für einen in dürftigen Verhältnissen aufgewachsenen Jüngling hat; aber auch an geistiger Bewirtung ließ er es nicht fehlen. Er erzählte von seinen Fahrten in Griechenland, er rühmte die Naturwahrheit der Landschaften und der Meerfarben in der Odyssee, er ließ die edeln und maßvollen Formen eines hellenischen Tempels vor den Augen des entzückten Kandidaten aufsteigen – kurz, er machte ihn glücklich.

Seiner davon unzertrennlichen militärischen Abenteuer gedachte er nur im Vorbeigehen, aber so drastisch, daß Pfannenstiel in der Nähe des alten Landsknechtes sich als einen herzhaften und verwegenen Mann fühlte, während Wertmüller in der naiven Bewunderung seines Zuhörers um einige Dezennien sich verjüngte und erleichterte.

So achtete es Pfannenstiel nicht groß, als der General in der Hitze des Gespräches ihm auf den Leib rückte, von den vier breiten flachen Knöpfen, die sein Gewand zwischen den schmächtigen Schultern vorn zusammenhielten, den obersten abriß und denselben, nachdem er ihn einer kurzen Betrachtung unterworfen, in einen dunkeln Zimmerwinkel warf, dann an einem der mittlern drehte, bis dieser nur noch an einem Faden hing.

Zwischen den Birnen und dem Käse aber änderte sich die Szene. Der General hatte gegen seine Gewohnheit – er war längst ein mäßiger Mann geworden – einige Gläser feurigen Burgunders geleert, und da er, wie man zu sagen pflegt, einen grimmigen Wein trank, begann es ihn denn doch ein bißchen zu wurmen, daß die schöne und tapfere Rahel ihr Herz an einen sanftmütigen, unkriegerischen Menschen, noch dazu an einen »Faffen« verschenkt hatte, und sein Dämon nötigte ihn, den Kandidaten, den er doch leiden mochte, zu gutem Ende noch einmal unbarmherzig zu foppen.

Er befahl dem aufwartenden Hassan, Pulverhorn und Kugelbeutel zu bringen, zog die beiden Terzerole aus seinen Rocktaschen und legte sie vor sich auf die Tafel.

»Die Rahel mag Euch«, wendete er sich jetzt an den Kandidaten, »aber wollt Ihr sie zum Weibe gewinnen, müßt Ihr dem schönen Kinde einmal als ein ganzer Mann entgegentreten. Das wird ihr einen bleibenden Eindruck machen, und Ihr dürft Euch dann ruhig die eheliche Schlafmütze über die Ohren ziehen. – Mein

Plan ist ganz einfach: Ich gehe morgen in Mythikon zur Kirche – erstaunt nicht, Pfannenstiel, ich bin kein Heide – und lade mich bei dem Vetter Pfarrer zu Mittag. Natürlich bleibt Rahel zu Hause und besorgt den Tisch, Ihr aber gewinnt bei währendem Gottesdienste auf Schleichwegen die Pfarre, entführt das Mädchen, bringt es hieher und, während Ihr sie küßt, armiere ich die zwei eisernen Kanonen, die Ihr auf dem Hausflur gesehen habt, und verteidige den schmalen Damm, der meine Insel mit dem Festlande verbindet. Treffen! Unterhaltung! Friedensschluß!«

Wäre der Kandidat in seiner natürlichen Verfassung gewesen, er hätte diese Soldatenschnurre belächelt, aber der starke Wein war ihm in den Kopf gestiegen.

»Entsetzlich!« rief er aus, fügte dann aber nach einer Pause und erleichtert hinzu: »und unmöglich! Die Rahel würde niemals einwilligen.«

»Sie wird! Ihr erscheint, werft Euch zu ihren Füßen: Entflieh mit mir! oder ...« Er ergriff ein Pistol und setzte es sich an die rechte Schläfe.

»Sie ist eine Christin!« rief der erhitzte Kandidat.

»Sie wird und muß wollen! Jede Figur wird von der männlichen Elementarkraft bezwungen. Kennt Ihr die neueste deutsche Literatur nicht? ... den Lohenstein, den Hofmannswaldau?«

»Sie wird nicht wollen – nimmermehr!« wiederholte Pfannenstiel mechanisch.

»Dann fahrt Ihr ab – glorios mit Donner und Blitz!« und Wertmüller drückte los. Der Hahn schlug nieder, daß es Funken stob.

Jetzt ermannte sich Pfannenstiel. Die ihm so nahegelegte ungeheure Freveltat und sein Schauder davor gaben ihm die Besinnung wieder und ernüchterten sein Gehirn. Auch fiel ihm die Warnung Rosenstocks ein. Er narrt und quält dich boshaft, sagte er sich, du bist ja ein geistlicher Mann und hast es mit einem schlimmen Feinde der Kirche zu tun.

Ein Hohnlächeln zuckte in den Mundwinkeln des ihn beobachtenden, scharf beleuchteten Gesichtes, das in diesem Augenblicke einer grotesken Maske glich. Der Kandidat erhob sich von seinem Sitze und sprach nicht ohne Würde:

»Wenn das Euer Ernst ist, so verweile ich keine Minute länger unter einem Dache, wo eine mehr als heidnische Verruchtheit gelehrt wird; ist es aber Euer Scherz, Herr Wertmüller, wie ich es glaube, so verlasse ich Euch ebenfalls, denn einen einfachen Menschen, der Euch nichts zuleide getan hat, zu hänseln und zu verhöhnen, das ist nicht christlich, nicht einmal menschlich – das ist teuflisch.«

Ein schöner, ehrlicher Zorn flammte in seinen blauen Augen und er schritt der Türe zu.

»La, la«, sagte der General. »Was frühstückt Ihr morgen? Eier, Rebhuhn, Forelle?«

Pfannenstiel öffnete und enteilte.

»Der Mohr wird Euch aufs Zimmer leuchten! Auf Wiedersehen morgen beim Frühstück!« rief ihm Wertmüller nach.

Der Alleingebliebene lud sorgfältig das leichtspielende Pistol mit Pulver und stieß einen derben Pfropfen nach. Das schwerspielende ließ er ungeladen. Beide übergab er dem Mohren mit dem Befehle, dieselben in seinen schwarzen Sammetrock zu stecken. Dann ergriff der General einen Leuchter und suchte sein Lager auf.

SIEBENTES KAPITEL

Der Kandidat eilte in raschem Laufe dem Damme zu, durch welchen die Südseite der Insel mit dem festen Lande zusammenhing. Oft hatte er, da er sich im verflossenen Frühjahre in Mythikon aufhielt, den Sitz des damals in Deutschland bataillierenden Generals mit neugierigen Augen gemustert, ohne ihn je zu betreten. Er wußte, daß der Damm gegen seine Mitte hin durch ein altertümliches kleines Tor und eine Brücke unterbrochen war, aber er war gewiß, kein Hindernis zu finden, da dieses Tor, wie er sich erinnerte, niemals geschlossen wurde, sich auch nicht schließen ließ, da es keine Torflügel hatte.

Jetzt erreichte er das Ufer und erblickte zu seiner Linken die Linie des Dammes. Aber, o Mißgeschick! der von dem dämmernden Hintergrunde scharf abgehobene Balken der Brücke schwebte in der Luft und bildete statt eines rechten einen spitzen Winkel mit dem Profil der Pforte, an deren Steinbogen er durch zwei Ketten befestigt war. Das Tor, die aufgezogene Brücke, die kleine Verbindungslinie der Ketten – alles ließ sich mit überzeugender Deutlichkeit unterscheiden; denn der Mond gab genügendes Licht, und in dem leeren, nicht zu überspringenden Zwischenraume flimmerte sein Widerschein in dem silbernen Gewässer. Pfannenstiel war ein Gefangener. Unmöglichkeit, durch das Moor zu waten! Er wäre, da er die Furten des tückischen Röhrichts nicht kannte, bei den ersten Schritten versunken und hätte ein klägliches Ende genommen. Ratlos stand er am Inselgestade, während aus dem Sumpfe dicht vor seinen Füßen ein volltöniges Brekeker Koax Koax erscholl.

Gerade an jenem Abende war unter den Fröschen der Au ein junger Lyriker von bedeutender Begabung aufgetaucht, der das feste und gegebene Motiv der Froschlyrik so keck in Angriff nahm und so gefühlvoll behandelte, daß der begeisterte Chor nicht müde wurde, die vorgesungene Strophe mit unersättlichem Enthusiasmus zu wiederholen. Auf den Kandidaten freilich machte das leidenschaftliche Gequäke einen tief·melancholischen Eindruck, als steige es aus den Sümpfen des Acheron empor.

In halber Verzweiflung wollte er nun über den Damm nach der Pforte eilen, ob sich die Zugbrücke mit Anstrengung aller Kräfte nicht senken ließe. Da gewahrte er, noch einmal vorwurfsvoll nach dem unheimlichen Landhause sich umwendend, eine ihm entgegenwandernde Helle und nach wenigen Augenblicken stand Hassan mit einem Windlicht in der Faust an seiner Seite. Mit untertäniger Zutunlichkeit redete ihm der gutmütige Mohr zu, in die von ihm geflohene Wohnung zurückzukehren.

»Langweilig Frosch, geistlicher Herr!« radebrechte Hassan, »Schloß an Zugbrücke – Zimmer bereit!«

Was war zu tun? Nichts anderes als Hassan zu folgen. In der großen, auf den gepflasterten Hausflur mündenden Küche entzündete der Mohr zwei Kerzen und leuchtete dem Kandidaten die Treppe hinauf. Auf der zweitobersten Stufe ergriff er ihn rasch am Arme: »Nicht erschrecken, geistlicher Herr!« flüsterte er. »Schildwache vor Zimmer von General.«

Und in der Tat, da stand eine Schildwache. Hassan beleuchtete sie mit der Kerze und Pfannenstiel erblickte ein Skelett, das die Knochenhände auf eine Muskete gestützt hielt und an dem über die Rippen gekreuzten und blank gehaltenen Lederzeuge Patronentasche und Seitengewehr der zürcherischen Landmiliz trug. Ein kleines dreieckiges Hütchen war auf den hohlen Schädel gestülpt.

Der Kandidat fürchtete das Bild des Todes nicht, er war mit demselben von Amts wegen vertraut, ja er hatte eine gewisse Vorliebe für die warnende und erbauliche Erscheinung des Knochenmannes. Aber wer war der Mensch, der da drinnen unter der Hut dieser gespenstischen Wache schlief? Und welche seltsame Lust fand er daran, mit den ernstesten Dingen sein frevles Gespött zu treiben?

Jetzt öffnete der Mohr das zweitäußerste Zimmer der Seeseite und stellte die beiden Leuchter auf den Kamin. Pfannenstiel, dessen Wangen glühten und fieberten, trat ans Fenster, um es aufzureißen; Hassan aber hielt ihn zurück. »Seeluft ungesund«, warnte er und machte die Flügeltüre eines Nebenzimmers auf, um dem Erhitzten in unschädlicher Art mehr Luft zu verschaffen. Dann entfernte er sich mit einem demütigen Gruße.

Der Kandidat schritt eine gute Weile in der Kammer auf und nieder, um seine erregte Phantasie zur Ruhe zu bringen und den wunderlichsten Tag seines Lebens einzuschläfern. Aber das gefährlichste Abenteuer desselben war noch unbestanden.

Aus dem von Hassan geöffneten Nebenzimmer klang ein leiser Ton wie ein tiefer Atemzug. Hatte die streichende Nachtluft die Falten eines Vorhanges bewegt oder war ein Käuzlein an den nur halb geschlossenen Jalousien vorbeigeflattert?

Der Kandidat hemmte seinen Schritt und horchte. Plötzlich fiel ihm ein, daß dieses nächste Zimmer, das letzte der Fassade, kein anderes sein könnte als die Räumlichkeit, welche der Schiffer Bläuling der Türkin des Generals angewiesen hatte.

Die Möglichkeit einer solchen Nähe brachte den unbescholtenen jungen Geistlichen begreiflicherweise in die größte Angst und Unruhe, doch nach kurzer Überlegung beschloß er, in die berüchtigte Kammer mutig hineinzuleuchten.

Er betrat einen reichen türkischen Teppich und stand, sich zur Rechten wendend, vor einem lebensgroßen Bilde, welches von vergoldetem, üppigem Blätterwerk eingerahmt war und die ganze, dem Fenster gegenüberstehende Wand des kleinen Kabinetts füllte. Das Bild war von einem Niederländer oder Spanier der damals kaum geschlossenen glänzenden Epoche in jener naturwarmen, bestrickenden Weise gemalt, die den Neuern verlorengegangen ist. Über eine Balustrade von maurischer Arbeit lehnte eine junge Orientalin mit den berauschenden dunkeln Augen und glühenden Lippen, bei deren Anblicke die Prinzen in Tausendundeiner Nacht unfehlbar in Ohnmacht fallen.

Sie legte den Finger an den Mund, als bedeute sie den vor ihr Stehenden: Komm, aber schweige!

Pfannenstiel, der nie etwas auch nur annähernd Ähnliches erblickt hatte, wurde tief und unheimlich erschüttert von der Verlockung dieser Gebärde, der Sprache dieser Augen. Es tauchte etwas ihm bis heute völlig unbekannt Gebliebenes in seiner Seele auf, etwas, dem er keinen Namen geben durfte – eine brennende Sehnsucht, die glückselige Möglichkeit ihrer Erfüllung! Vor diesem Bilde begann er an so übergewaltige Empfindungen zu glauben und vor ihrer Macht zu erbeben ...

Plötzlich wandte sich der Kandidat, lief in sein Schlafgemach zurück und begnügte sich nicht, die Türe zu verschließen, er schob noch den Riegel und drehte zuletzt den Schlüssel um. Nun glaubte er sein Lager gesichert und begrub sich in die Kissen desselben.

Doch kaum war er entschlummert, so trat der schöne Schemen durch die Türe, ohne sie zu öffnen, und nahm tückisch Gestalt und Antlitz der Rahel Wertmüller an, ihren maidlichen Wuchs, ihre feinen geistigen Züge. Aber ihre Augen schmachteten wie die der Orientalin, und sie legte den Finger auf den Mund.

Nun kam eine böse, schlimme Stunde für den armen Kandidaten. Er wollte fliehen und wurde von einer dämonischen Gewalt zu den Füßen des Mädchens hingeworfen. Er stammelte unsinnige Bitten und machte sich verzweifelte Vorwürfe. Er umfaßte ihre Knie und verurteilte sich selbst als den ruchlosesten aller Sünder. Rahel, erst erstaunt, dann streng blickend und unwillig, stieß ihn zuletzt empört von sich weg. Jetzt stand der General neben ihm und reichte ihm das Pistol. »Die Figur«, dozierte er, »wird bezwungen von der männlichen Elementarkraft.« Dem Kandidaten wurde wie von eisernen, teuflischen Krallen der Arm gebogen, und er setzte sich die tödliche Waffe an die rechte Schläfe. »Fliehe mit mir!« stöhnte er. Sie wandte sich ab. Er drückte los, und erwachte, nicht in seinem Blute, aber in kaltem Schweiße gebadet. Dreimal trieb ihn der quälende Halbtraum in diesem Kreislaufe von Begierde, Frevel und Reue herum, bis er endlich das Fenster aufschloß und im reinen Hauche der heiligen Frühe in einen tiefen, beruhigenden Schlaf versank.

Er erwachte nicht, bis Hassan mit warmem Wasser ins Zimmer trat und auf seinen Befehl die Jalousien öffnete. Ein himmlischer, innig blauer Tag und das nun halb verwehte, nun vollhallende Geläute aller Seeglocken drang in die Traumkammer.

»General Kirche gegangen«, sagte der Mohr. »Geistlicher Herr frühstücken?«

ACHTES KAPITEL

Und der Mohr log nicht.

Rudolf Wertmüller wandelte in dem Augenblicke, da sich sein Gast dem Schlummer entriß, schon unweit der Kirche von Mythikon unter den sonntäglichen Scharen, welche alle dahin führenden Wege und Fußsteige bevölkerten.

Der sonst so rasche Schritt des Generals war heute ein gemessener und seine Haltung durchaus würdig und untadelig. Er war in schwarzen Sammet gekleidet und trug in der behandschuhten Rechten ein mit schweren vergoldeten Spangen geschlossenes Gesangbuch.

Seltsam! Wertmüller, der seit langem jede Kirche gemieden hatte, stand bei den Mythikonern in dem schlimmen Rufe und der schwefelgelben Beleuchtung eines verhärteten Freigeistes, es war ihnen eine ausgemachte, nicht anzufechtende Tatsache, daß ihn über kurz oder lang der Teufel holen werde – und dennoch waren sie herzlich erfreut, ja gerührt, ihn auf ihrem Kirchwege einherschreiten zu sehen. Sie erblickten in seinem Erscheinen durchaus nicht einen Akt der Buße, denn sie liebten es nicht und hielten es für schmählich – hierin

den griechischen Dramatikern ähnlich – wenn eine er-
wachsene Person ihren Charakter wechselte; sie trauten
es dem Generale zu, daß er konsequent bleibe und reso-
lut ins Verderben fahre. Die Mythikoner faßten vielmehr den Kirchgang des alten Kriegsmannes als eine
Höflichkeit auf, als eine Ehre, die er der Gemeinde er-
weise, als einen öffentlichen Abschiedsbesuch vor seinem Abgange ins Feldlager.

Das Grüßen nahm kein Ende, und jeder Gruß ward
von dem heute ausnahmsweise Leutseligen mit einem
Nicken oder einem kurzen freundlichen Worte erwi-
dert. Nur ein altes Weib, das böseste in der Gemeinde,
stieß ihre blödsinnige Tochter zurück, die den General
angaffte, und raunte ihr vernehmlich zu: »Verbirg dich
hinter mir, sonst nimmt er dich und macht dich zur
Türkin!«

Weniger erfreut über den Anblick des ungewohnten
Kirchgängers war der Pfarrer Wilpert Wertmüller, als
er, mit Mantel und Kragen angetan, aus dem Tore seines
Hofraums trat, in dessen Mitte hinter einem altersgrau-
en Brunnen zwei mächtige Pappeln sich leis im Winde
wiegten. Seine Überraschung war eine vollständige;
denn Rahel hatte geschwiegen.

Der Pfarrer, ein Sechziger von noch rüstigem Aussehen und nicht gerade geistreichen, aber männlichen Gesichtszügen mochte den General als einen versuchten
Weidmann in Wald und Feld wohl leiden; daß er aber
seine Erbauung gerade in der Kirche von Mythikon
suchte – das hätte er ihm gerne erlassen.

Je unwillkommener, desto höflicher war der General.
Er zog den Hut, dann nahm er den Pfarrer an der Hand
und führte ihn in den Flur seines Hauses zurück. Gerade
in diesem Augenblicke setzte die schöne, morgenfrische
Rahel ihren Fuß auf die unterste Stufe der Treppe,
sonntäglich angetan und ebenfalls ein kleines, in schwarzen Sammet gebundes Gesangbuch in der Hand.

»Kind, du bist reizend! eine Nymphe!« begrüßte sie

Wertmüller. »Lasse dich väterlich auf die Stirn küssen!«

Sie weigerte sich nicht, und der kleine, aber fest und wohlgebaute General richtete sich auf den Fußspitzen empor, um die feine weiße Stirn des hochgewachsenen Mädchens zu erreichen, eine eher komische als zärtliche Gruppe.

»Bittest du mich nach der Predigt zu Tische, Alter?« fragte Wertmüller.

»Selbstverständlich!« versetzte der gastfreundliche Pfarrer. »Rahel bleibt zu Hause und besorgt die Küche.«

Das willige Mädchen fügte mit einem leichten Knickse hinzu: »Wir bedanken uns, Pate!« und eilte in das obere Stockwerk zurück.

»Ich bringe dir etwas mit, Alter«, lächelte der General.

»Gewehr?« fuhr der Pfarrer heraus, und seine Augen leuchteten.

Wertmüller nickte bejahend und zog unter dem breiten Schoße seines Sammetrockes ein Pistol hervor. Die vornehme Fasson und der damaszierte Lauf des kleinen Meisterstückes der damaligen Büchsenschmiedekunst stachen dem Pfarrer gewaltig in die Augen. Seine ganze Leidenschaft erwachte. Wertmüller trat mit ihm aus dem dämmrigen Flur durch die Hintertüre der Pfarre in den Garten, um ihn die kostbare kleine Waffe im vollen Tageslichte bewundern zu lassen.

Die ganze Langseite des Hauses war mit einer ziemlich niedrigen Weinlaube bekleidet; an dem einen Ende dieses grünen Bogenganges hatte der Pfarrer vor Jahren eine steinerne Mauer mit einer kleinen Scheibe aufführen lassen, um sich, an dem entgegengesetzten Eingange Posto fassend, während seiner freien Stunden im Schießen zu üben.

»Aus der Levante?« fragte er, sich des Pistols bemächtigend.

»Venezianische Nachahmung. Sieh hier die verschlungene Chiffre GG – bedeutet Gregorio Gozzoli«, rühmte Wertmüller.

»Ich erinnere mich, diesen Schatz von Pistölchen in deiner Waffenkammer auf der Au gesehen zu haben – aber war es nicht ein Pärchen?«

»Du träumst ...«

»Ich kann mich geirrt haben. Spielt das kleine Ding leicht?«

»Leider ist der Drücker etwas verhärtet, aber du darfst das fremde Magisterstücklein keinem hiesigen Büchsenmacher anvertrauen, er würde dir es verderben.«

»Etwas hart? tut nichts!« sagte der Pfarrer. Er nahm trotz Mantel und Kragen an einem Ende der Laube Stellung. Auf dem linken Fuße ruhend, den rechten vorgesetzt, zog er den Hahn und krümmte den Arm.

Eben verstummten die Glocken auf dem nahen Kirchturme, und das Auszittern ihrer letzten Schläge verklang in dem Gesumme der Wespen, die sich geräuschvoll um die noch nicht geschnittenen Goldtrauben der Laube tummelten.

Der Pfarrer hörte nichts – er drückte und drückte mit dem Aufgebot aller Kraft.

»Pfui, Alter, was schneidest du für Grimmassen?« spottete Wertmüller. »Gib her!« Er entriß ihm die Waffe und legte seinen eisernen Finger an den Drücker. Der Hahn schlug schmetternd nieder. »Du verlierst deine Muskelkraft, Vetter! Dich entnervt die gliederlösende Senectus! Ich will dir selbst den Mechanismus etwas geschmeidiger machen – du weißt, daß ich ein ruhmreicher Schlosser und ganz leidlicher Büchsenschmied bin!« Der General ließ die schmucke kleine Waffe in die Tiefe seiner Tasche zurückgleiten.

»Nein, nein, nein!« rief der Pfarrer leidenschaftlich. »Du hast es mir einmal geschenkt! Ich lasse es nicht mehr aus den Händen! ...«

Zögernd hob der General das Pistol wieder hervor – nicht mehr dasselbe. Er hatte es, der alte Taschenspieler, mit dem auch für ein schärferes und ruhiges Auge nicht leicht davon zu unterscheidenden Zwillinge gewechselt.

Der Pfarrer hielt die Waffe kaum wieder in der Hand, als er sich von neuem in Positur stellte, denn er war ganz Feuer und Flamme geworden, und Miene machte, den Hahn noch einmal zu spannen.

Der General aber fiel ihm in den Arm. »Hernach!« redete er ihm zu. »Donnerwetter! Es hat längst ausgeläutet.«

Herr Wilpert Wertmüller erwachte wie aus einem Traume, besann sich, lauschte. Es herrschte eine tiefe Stille, nur die Wespen summten.

Er steckte das Pistol eilig in die geräumige Rocktasche, und die Vettern beschritten den kurzen, jetzt völlig menschenleeren Weg nach der nahen Kirche.

Neuntes Kapitel

Als die zwei Wertmüller den heiligen Raum betraten, war er schon bis auf den letzten Platz gefüllt. Im Schiffe saßen rechts die Männer, links die Weiber, im Chore, das Antlitz der Gemeinde zugewendet, die Kirchenältesten, unter ihnen der Krachhalder.

Zwei breite, oben durch ein großes Halbrund verbundene Mauerpfeiler schieden Chor und Kirche. An dem rechts gelegenen schwebte die Kanzel und am Fuße der steilen Kanzeltreppe befand sich der einzig leer gebliebene Sitz, der mit Schnitzwerk verzierte Stuhl von Eichenholz, welchen der Pfarrer während des Gesanges einzunehmen pflegte. Diesen wies er jetzt dem General an und bestieg ohne Verzug die Kanzel. Der Verspätete hatte Eile, der Gemeinde die Nummer des heutigen Kirchenliedes zu bezeichnen.

Es war das beliebteste des neuen Gesangbuchs, ein Danklied für die gelungene Lese, erst in neuerer Zeit verfaßt und aus Deutschland gekommen, mit dreisten und geschmacklosen Schnörkeln im damaligen Rokokostile, aber nicht ohne Klang und Farbe.

Jede Strophe begann mit der Aufforderung, den Geber alles Guten vermittels eines immer wieder andern Instrumentes zu loben. Dem Autor mochte ein Kirchenbild vorgeschwebt haben. Aber nicht jene zarten, musizierenden Engel Giambellinis, welche an das Dichterwort erinnern:

Da geigen die Geiger so himmlisch klar,
Da blasen die Bläser so wunderbar ...

Nein! sondern die auf einer robusten Wolke lagernde und mit allen möglichen Instrumenten ausgerüstete pausbackige, himmlische Hofkapelle irgendeines Bravourbildes aus der Rubensschen Schule.

»Frohlocket, frohlocket! ...« erscholl es heiter und volltönig in dem schönen, reinlichen Raume, durch dessen acht Spitzbogenfenster das leuchtende Blau des himmlischen Tages hereinquoll.

Der General, dessen Eintritt ein wohlgefälliges Gemurmel erregt hatte, wendete sein gesammeltes Antlitz der Gemeinde zu, konnte aber mit einer ungezwungenen Wendung des Kopfes leicht den hohen Sitz beobachten, wo sein Vetter horstete. Eben jetzt warf er einen Blick hinauf. Der Seelsorger von Mythikon, der das Jubellied schon oft gehört hatte und seiner ebenfalls schon oft gehaltenen Predigt sicher war, betastete leise seine Tasche.

»Posaunet, posaunet! ...« dröhnte es durch das Schiff. Wertmüller schielte die Kanzeltreppe hinauf. Der Vetter hatte das kleine Terzerol aus der Tasche gezogen und betrachtete es hinter der hohen Kanzelbrüstung mit Augen der Liebe.

»Drommetet, drommetet! ...« sangen die Mythikoner. Mitten durch den Trompetenlärme hörte der General deutlich ein scharfes Knacken als würde droben der Hahn gezogen. Er lächelte.

Jetzt kam die letzte, die Lieblingsstrophe der Mythikonerinnen. »Und flötet, o flötet! ...« sangen sie, so schön sie konnten. Der General warf wieder einen verstohlenen Blick nach der Kanzel hinauf. Spielend legte der Pfarrer eben seinen dicken Finger an den Drücker; wußte er doch, daß er die Feder mit aller Gewalt nicht bewegen konnte. Aber er zog ihn gleich wieder zurück, und die sanften Flöten verklangen.

Der General unten an der Kanzel legte in gedrückter Stimmung sein Gesicht in Falten.

Jetzt betete der geistliche Herr, der das kleine Gewehr in seine geräumige Tasche zurückgleiten ließ, in aller Andacht die Liturgie und las dann den Text aus der großen, ständig auf dem Kanzelbrette lagernden Bibel. Es war der herrliche siebenundvierzigste Psalm, der da beginnt: Frohlocket mit Händen, alle Völker, lobet Gott mit großem Schalle!

Frisch und flott ging es in die Predigt hinein und schon war sie über ihr erstes Drittel gediehen. Noch einmal lauerte der General empor, sichtlich enttäuscht, mit einem fast vorwurfsvollen Blicke, der sich aber plötzlich erheiterte. Der Pfarrer hatte im Feuer der Aktion, während seine Linke vor allem Volke gestikulierte, mit der durch die Kanzel gedeckten Rechten instinktiv das geliebte Terzerol wieder hervorgezogen. »Lobet Gott mit großem Schalle!« rief er aus, und, paff! knallte ein kräftiger Schuß. Er stand im Rauch. Als er wieder sichtbar wurde, quoll die blaue Pulverwolke langsam um ihn empor und schwebte wie ein Weihrauch über der Gemeinde.

Entsetzen, Schreck, Erstaunen, Ärger, Zorn, ersticktes Gelächter, diese ganze Tonleiter von Gefühlen fand ihren Ausdruck auf den Gesichtern der versammelten Zuhörer. Die Kirchenältesten im Chor aber zeigten entrüstete und strafende Mienen. Die Lage wurde bedenklich.

Jetzt wendete sich der General mit einer zugleich leutseligen und imponierenden Gebärde an die aufgeregten Mythikoner:

»Lieben Brüder, laßt Euch den Schuß nicht anfechten. Bedenket: es ist nach menschlicher Voraussicht das letztemal, daß ich mich in eurer Mitte erbaue, ehe ich diesen meinen sterblichen Leib den Kugeln preisgebe. – Und Ihr, Herr Pfarrer, zeigt Euch als einen entschlossenen Mann und führt Euern Sermon zu Ende.«

Und wirklich, der Pfarrer setzte unerschrocken wieder ein und fuhr in seiner Predigt fort, unbeirrt, ohne den Faden zu verlieren, ohne sich um ein Wort zu vergreifen, zu stottern oder sich zu versprechen.

Alles kehrte wieder in die Ordnung zurück. Nur das blaue Pulverwölkchen wollte sich in dem geschlossenen Raume gar nicht verlieren und schwebte hartnäckig über der Gemeinde, bald im Schatten, bald von einem Sonnenstrahl beleuchtet, bis seine Umrisse immer ungewisser wurden und sich endlich auflösten.

Zehntes Kapitel

Während der Pfarrer seine Predigt tapfer zu Ende führte, hatte die daheimgebliebene Rahel der alten Babeli und dem zur Aushilfe von dieser herbeigeholten Nachbarskinde ihre Befehle gegeben und trat jetzt, ein Körbchen und ein kleines Winzermesser in der Hand, vor die hintere Haustüre, um einige ihrer reifen, sonnengebräunten Goldtrauben von der Laube zu schneiden.

Da sah sie, sich gerade gegenüber, wo der Fußsteig um die von der Landstraße abliegende Seite des Gartens lief, ein seltsames Schauspiel.

Ein unheimlicher Mensch stützte die Hände auf den Zaun, schwang sich mit fliegenden Rockschößen in einem wilden Satze über die Hecke und kam ihr stracks entgegen. Kaum traute sie ihren Augen. Konnte er es sein? Unmöglich! Und doch, er war es.

Pfannenstiel hatte das Frühstück, welches ihm der dienstbeflissene Mohr im Speisesaale auf der Au vorsetzte, kaum berührt. Es trieb ihn fort über die jetzt gesenkte Zugbrücke, bergan, der Pfarre von Mythikon zu. Er wußte, daß er die Straßen und Steige, wenn auch nur für kurze Zeit, noch leer fand. Der orientalische Schemen war im Morgenwinde verflattert; aber, wie himmlisch leuchtend und frisch der Herbsttag aus seinen Nebelhüllen hervortrat, einer der gestern empfangenen Eindrükke war wie ein Stachel in der aufgeregten Seele des Kandidaten haften geblieben.

Ihm fehle die Männlichkeit, hatte der General ihm vorgehalten, die einen unfehlbaren Sieg über das Weibliche davontrage. Das gab dem Kandidaten zu schaffen, und da sich ihm eine nächste Gelegenheit bot, etwas nach seiner Ansicht Kühnes zu unternehmen, und gerade das, wozu der General ihn aufgefordert hatte, so entschloß sich der Verwilderte, Rahel, wenn auch ohne Feuerwaffe, mit einem Morgenbesuche zu überraschen.

Der Sprung über die Hecke war dann freilich keine Heldentat gewesen, sondern eine Flucht vor den ersten heimkehrenden Kirchgängern, die er zwischen den Bäumen der Landstraße zu sehen glaubte.

Wie er sich mit unternehmender Miene und in entschiedener Haltung der Wertmüllerin näherte, erschrak diese ernstlich über sein Aussehen, seine fiebernden Augen, die Blässe und Abspannung, wie sie eine schlaflose Nacht auf dem Antlitze zurückläßt. Auch der herabhängende, halb abgedrehte Knopf und die Leere, die der andere weggerissene gelassen, entgingen ihr natürlich keinen Augenblick und vollendeten den beängstigenden Eindruck.

»Um Himmels willen, was ist Euch, Herr Vikar?« sagte das Mädchen. »Seid Ihr krank? Ihr habt etwas Verstörtes, Fremdes an Euch, das mich erschreckt. Oh, der heillose Pate, – was hat er mit Euch vorgenommen? Er gelobte mir doch, Euch nichts anzutun, und nun hat er Euch gänzlich zerrüttet! Erzählt mir haarklein, was Euch auf der Au zugestoßen – vielleicht weiß ich Rat.«

Als ihr der Kandidat in die verständigen und doch so warmen Augen blickte, ward er sich urplötzlich dessen bewußt, was ihn eigentlich hergetrieben: Der Kobold des Abenteuers, der sich beim ersten Schritte, den er auf der Au getan, ihm auf den Nacken gesetzt hatte, sprang von seinem Rücken und ließ ihn fahren.

Bis ins kleinste beichtete er den klaren, braunen Augen seine Erlebnisse auf der Insel, nur die Vision der Türkin weglassend, die ja eine Ausgeburt seines erhitzten Gehirns gewesen war. Er gestand ihr, ihn habe der Vorwurf des Generals, ihm fehle das Männliche, verblüfft und beunruhigt, auch jetzt könne er noch nicht darüber hinwegkommen. Und er bat sie, ihm aufrichtig zu sagen, ob hier ein Mangel sei und wie dem abzuhelfen wäre?

Rahel betrachtete ihn ein Weilchen fast gerührt, dann brach sie in ein helles Gelächter aus.

»Der Pate trieb mit Euch sein Spiel«, sagte sie, »aber daß er Euch das griechische Abenteuer widerriet, war recht. Ihr wolltet aus Eurer eigenen Natur heraus, und er hat Euch heimgespottet ... Warum auch? Wie Ihr seid, und gerade wie Ihr seid, gefallt Ihr mir am besten. Papas ungeistliche Weidlust hat mir genug schwere Stunden gemacht! Für mich lob' ich mir den Mann, der unsern Dorfleuten mit einem erbaulichen, durchsichtigen Wandel vorleuchtet, unsern Zehntwein schluckweise trinkt, seine Frau liebhat und zuweilen von einem bescheidenen und gelehrten Freunde besucht wird! ... Diese Kavaliere! Ich habe übergenug von ihren Tafeldiskursen, wenn sie den Vater mit Roß und Wagen überfallen! – Der Pate hat Euch gestern in so manches eingeweiht, hat er Euch nicht auch den Streich erzählt, den er mit achtzehn Jahren seinem jungen Weibe spielte? Sie gelüstete nach Spanischbrötchen, wie man solche in Baden bäckt. ›Ich hole sie dir warm!‹ sagte er galant, sattelte und verritt. In Baden legte er die Brötchen in eine Schachtel und eine Zeile dazu, er verreise ins schwedische Lager. Diesen Abschied sandte er durch einen Boten, ihn selbst aber sah sie viele Jahre nicht wieder. Das hättet Ihr nicht getan!« Und sie reichte dem stillen Vikar die Hand.

»Aber jetzt muß ich Euch sogleich die Knöpfe befestigen«, setzte sie rasch hinzu, »es tut mir in den Augen und in der Seele weh, Euch in diesem Zustande zu sehen! Setzt Euch!« – dabei zeigte sie auf ein Bänklein unter der Laube – »ich hole Zwirn und Nadel.«

Pfannenstiel gehorchte, und sie entsprang mit dem traubengefüllten Körbchen.

Nun kam es über ihn wie Paradiesesglück. Licht und Grün, die niedrige Laube, das bescheidene Pfarrhaus, die Erlösung von den Dämonen des Zweifels und der Unruhe!

Sie freilich, die ihn davon befreit hatte, war selbst von Unruhe ergriffen. Welchen Streich hatte der General geplant oder schon ausgeführt? Sie machte sich Vorwürfe, ihm freie Hand dazu gegeben zu haben.

In der Küche erfuhr sie, der Herr Pfarrer habe sich mit dem General eingeschlossen und bald darauf seien die Kirchenältesten, langsam und feierlich die Treppe hinaufgeschritten. Etwas Unerhörtes müsse in der Kirche vorgefallen sein.

Der Fischkuri, der ihr aus seinem Troge Forellen brachte, wurde von ihr befragt; aber er war nicht zum Reden zu bringen und schnitt ein dummes Gesicht.

Bestürzt eilte das Mädchen in ihre Kammer und mußte lange suchen, ehe sie Nadel und Zwirn fand.

Elftes Kapitel

Nachdem der Gottesdienst zu Mythikon ohne weitere Störung sein Ende genommen hatte, waren die Vettern nebeneinander in die nahe Pfarre zurückgeschritten, der Seelsorger zur Rechten des Generals, ohne sich um den Ausdruck der öffentlichen Meinung zu kümmern, welcher in den Mienen der ihnen Begegnenden unverkennbar zu lesen war.

Dort öffnete der geistliche Wertmüller sein Studierzimmer, ließ den weltlichen wie einen straffälligen, armen Sünder nachkommen und verschloß sorgfältig die Türe. Dann trat er dicht an den Freveltäter heran. »Vetter General«, sagte er, »du hast an mir gehandelt als ein Schelm und ein Bube!« und er machte Miene, ihn am Kragen zu packen.

»Hand weg!« entgegnete dieser. »Soll ich mich mit dir raufen, wie weiland mit dem Vetter Zeugherr von Stadelhofen in der Ratslaube zu Zürich, als wir uns die Perücken zausten, daß es nur so stob! Bedenke dein Amt, deine Würde!«

»Mein Amt, meine Würde!« wiederholte der Pfarrer langsam und schmerzlich. Eine Träne netzte seine graue Wimper. Mit diesen vier schlichten Worten war dasselbe ausgedrückt, was uns in jener großartigen Tirade erschüttert, mit welcher Othello von seiner Vergangenheit und seinem Amte Abschied nimmt.

Der General schluckte. Die Träne des alten Mannes war ihm entschieden zuviel.

»La, la«, tröstete er, »du hast eine prächtige Kaltblütigkeit gezeigt. Auf meine Ehre, ein echter Wertmüller! Es ist ein Feldherr an dir verlorengegangen.«

Aber die Schmeichelei verfing nicht. Auch der Moment der Wehmut war vorübergegangen.

»Womit habe ich dich beleidigt?« zürnte der Entrüstete. »Habe ich je in meiner Kirche auf dich gestichelt oder angespielt? Habe ich dich nicht in deinem Heidentume völlig werden lassen und dich gedeckt, wie ich konnte? – Und zum Danke dafür hast du mir hinterlistig das Pistol vertauscht, du Gaukler und Taschenspieler! – Warum beschimpfst du meine grauen Haare, Kind der Bosheit? Weil es dir in deiner eigenen Haut nicht wohl ist!«

»La, la«, sagte der General.

Es pochte. Die Kirchenältesten von Mythikon traten in

die Stube, dem Krachhalder den Vortritt lassend, und stellten sich in einem Halbkreise den Wertmüllern feierlich, fast feindselig gegenüber. Der General las in den langen gefurchten Gesichtern, daß er mit seinem lästerlichen Scherze das dörfliche Gefühl schwer beleidigt hatte.

In der Tat, der Krachhalder, auf den sie alle hinhörten, war in den Tiefen seiner Seele empört. Wenn er sich auch den abenteuerlichen Vorfall nicht ganz erklären konnte, setzte er ihn doch unbedenklich auf die Rechnung des Generals, welcher, die Schwäche seines geistlichen Vetters sich zunutze machend, ein landkundiges Ärgernis habe anstiften wollen. Dem Krachhalder lag die Ehre seiner Gemeinde am Herzen, und er hatte das Mythikonerkirchlein mit seinem schlanken Helme und seinen hellen acht Fenstern aufrichtig lieb. – Süß war ihm nach dem Schweiße der Woche der Kirchgang im reinlichen Sonntagsrocke und den Schnallenschuhen, süß und nachdenklich Taufe und Bestattung, die den Gottesdienst und das menschliche Leben begrenzen und einrahmen, süß das Angeredetwerden als sterblicher Adam und unsterbliche Seele, süß das Kämpfen mit dem Schlummer, das Übermanntwerden, das Wiedererwachen; süß das kräftige Amen, süß das Zusammenstehen mit den Ältesten auf dem Kirchhofe und die Begrüßung des Pfarrers, süß das gemütliche Heimwandeln.

Man mußte ihn sehen, den ehrbaren Greis mit dem scharf gezeichneten Kopfe, wenn er bei einer Armensteuer, nach der Aufforderung des Herrn Pfarrers zu schöner brüderlicher Wohltat, das Wasser in den Augen, aus seinem Geldbeutel ein rotes Hellerchen hervorgrub!

Kurz, der Krachhalder war ein kirchlicher Mann und das Herz blutete oder, richtiger gesagt, die Galle kochte ihm, die Stätte seiner sonntäglichen Gefühle verunglimpft und lächerlich gemacht zu sehen.

»Was führt Euch hierher?« redete der General ihn an und fixierte ihn mit blitzenden Augen so scharf, daß der

Krachhalder, der trotz seines guten Gewissens das nicht wohl ertragen konnte, mit seinen Augensternen nach rechts und links auswich, bis es ihm endlich gelang, standzuhalten.

»Macht aus einer Mücke keinen Elefanten!« fuhr Wertmüller, ohne die Antwort zu erwarten, fort. »Nehmt den Schuß als einen verspäteten aus der Lese oder, in Teufels Namen, für was Ihr wollt!«

»Die Lese war mittelmäßig«, erwiderte der Kirchenälteste mit verhaltenem Grimme, »und der Schuß ist ein recht böser Handel, Ihr Herren Wertmüller! Ich besitze eine Chronik von Stadt und Land; darinnen steht verzeichnet, daß vor Jahren einem jungen geistlichen Herrn, der seine Braut über den heiligen Kelch hin mit verliebten Augen zuwinkte ...«, der Krachhalder machte an seinem Halse das Zeichen eines Schnittes.

»Blödsinn!« fuhr der General ungeduldig dazwischen.

»Ich habe zu Hause auch eine Ketzergeschichte«, sprach der Krachhalder hartnäckig fort, »darinnen alle Trennungen und Sekten von Anfang der Welt an beschrieben und abgebildet sind. Aber kein Adamit oder Wiedertäufer hat es je unternommen, bei währender Predigt einen Schuß abzugeben. Das, Herr Pfarrer, ist eine neue Religion.«

Dieser seufzte. Das Beispiellose seiner Tat stand ihm deutlich genug vor Augen.

»Man wird den Schuß in Zürich untersuchen«, drohte jetzt der unbarmherzige Bauer, »die Synagoge«, er wollte sagen Synode, »wird darüber sitzen. Es tut mir leid für Euch, Herr Pfarrer; aber ich hoffe, sie fällt einen scharfen Spruch. Auch so wird uns der Spott nicht erspart werden, und das ist das Schlimmste, denn der Spott hat ein zähes Leben an unserm See. Wenn ich nur daran denke, wird es mir, beim Eid, schwarz vor den Augen. Das ganze rechte Ufer da drüben lacht uns aus. Keinen Schoppen können wir mehr trinken in Meilen oder Küsnacht, ohne daß sie uns verhöhnen in allen Tonarten und Liederweisen. Der Schuß von Mythikon stirbt nicht am See, so wenig als in Altdorf der Tellenschuß. Er haftet und lebt bei Kind und Kindeskind. Ich berufe mich auf Euch, Herr General«, fuhr er fort, und die alten Augen leuchteten boshaft, »Ihr wißt, was das heißen will! Wie lange ist es her, daß Ihr von Rapperswyl abzogt? Damals wurdet Ihr von den Katholischen besungen, und, glaubt Ihr's? das lebt noch. Ihr seid ein verrühmter, abfigürter Mann, aber was hilft das? Erst vorgestern noch fuhr ein volles Pilgerschiff von Richterswyl her um die Au mit großem Lärm und Gesang. Ich stand in meinem Weinberge und denke: die Narren! – Gegen Euer Haus hin werden sie still. Das macht der Respekt, sag' ich zu mir selbst. Ja, da hatt' ich es getroffen. Kaum sind sie recht unter Euern Fenstern, so bricht das Spottliedlein los. Ihr wißt das, wo sie den Wertmüller heimschicken zur Müllerin! Gut, daß Ihr verritten wart! Meineidig geärgert hab' ich mich in meinen Reben ...«

»Schweigt!« fuhr ihn der alte General zornig an; denn der alte Schimpf jener aufgehobenen Belagerung brannte jetzt noch auf seiner Seele, ja schärfer als früher, als wäre er mit jener Tinte verzeichnet, die erst nach Jahren schwarz und unvertilglich hervortritt.

Doch er beherrschte sich und wechselte den Ton. »Etwas Konfusion gehört zu jeder Komödie«, sagte er, »aber wenn sie ihren Höhepunkt erreicht hat, muß ihr eine rasche Wendung zu gutem Schlusse helfen, sonst wird sogar die Verrücktheit langweilig.

Herr Pfarrer und liebe Nachbarn!

Gestern bis tief in die Nacht habe ich an meinem Testamente geschrieben und es Schlag zwölf Uhr unterzeichnet. Ich kenne Euer warmes Interesse an allem, was ich tue, lasse und nachlasse; erlaubt denn, daß ich Euch einiges daraus vorlese.«

Er zog eine Handschrift aus der Tasche und entfaltete sie. »Den Eingang, wo ich ein bißchen über den Wert der

Dinge philosophiere, übergeh' ich ... ›Wenn ich, Rudolf Wertmüller, jemals sterbe ...‹, doch das gehört auch nicht hierher«, ... er blätterte weiter. »Hier! ›Schloß und Herrschaft Elgg, die ich aus den redlichen Ersparnissen meines letzten Feldzuges erworben, bleibt als Fideikommiß in meiner Familie‹, usw. ›Item – Sintemal diese Herrschaft eine treffliche, aber vernachlässigte Jagd besitzt und eine mit den Beutestücken eben jener Kampagne versehene, aber noch unvollständige Waffenkammer, so verfüge ich, daß nach meinem Ableben mein Vetter, der Herr Pfarrer Wilpert Wertmüller, benanntes Schloß und Herrschaft bewohne und bewerbe, die Jagd herstelle, die Waffenkammer vervollkommne und überhaupt und in jeder Weise bis an sein Ende frei darüber schalte und walte, wenn anders dieser geistliche Herr sich wird entschließen können, sein in Mythikon habendes Amt niederzulegen und antistite probante an den Kandidaten Pfannenstiel zu transferieren, welchem Kandidaten ich mein Patenkind, die Rahel Wertmüllerin, zur Frau gebe, nicht ohne die väterliche Einwilligung jedoch, und mit Hinzufügung von dreitausend Zürchergulden, die ich dem Fräulein, in meinen Segen eingewickelt, hinterlasse.‹«

»Uff«, schöpfte der General Atem, »diese Sätze! Eine verteufelte Sprache das Deutsche!«

Der Pfarrer kam sich vor wie ein Schiffbrüchiger, den dieselbe Welle begräbt und ans Land trägt. Seine verhängnisvolle Leidenschaft abgerechnet, ein verständiger Mann, erkannte er sofort, daß ihm der General den einzigen und dazu einen höchst angenehmen Weg öffne, der ihn aus Schimpf und Schande führen konnte.

Er drückte seinem Übel- und Wohltäter mit einer Art von Rührung die Hand, und dieser schüttelte sie ihm mit den Worten: »Komme ich durch, so soll es dein Schade nicht sein, Vetter! Ich tue dann, als wär' ich tot und installiere dich als mein eigener Testamentsvollstrecker in Elgg!«

Die Mythikoner aber lauschten gleichsam mit allen Gliedmaßen, denn es schwante ihnen, daß jetzt sie an die Reihe kämen, beschenkt zu werden.

»Ich vermache den Mythiker«, fuhr der General fort und sein Bleistift flog über das Papier in seiner Linken, denn er skizzierte den durch die Eingebung des Augenblicks entstandenen Paragraphen, »denen Mythikern vermache ich jene in ihre Gemeindewaldung am Wolfgang eingekeilte, zu zwei Dritteln mit Nadelholz, zu einem Drittel mit Buchen bestandene Spitze meines Besitztums, in der Weise, daß die beiden Marksteine des Gemeindegutes zu meinen Ungunsten durch eine gerade Linie verbunden werden. –

Heute noch – auf Ehrenwort und vor Zeugen – erhält dieser Zusatz mit meiner Unterschrift seine Endgültigkeit«, erklärte der General, »in der Meinung jedoch und unter der Bedingung, daß der heute, wie eine unverbürgte Sage geht, in der Kirche von Mythikon abgefeuerte Schuß zu den ungeschehenen Dingen verstoßen und, soweit er Realität hätte, mit einem ewigen Schweigen bedeckt werde, welches sich die Mythiker eidlich verpflichten, weder in diesem Leben zu brechen, noch jenseits des Grabes am Jüngsten Tage und letzten Gerichte.«

Der Krachhalder war während dieser Mitteilung äußerlich ruhig geblieben, nur die Nasenflügel in dem übrigens gelassenen Gesicht zitterten ein wenig und seine Fingerspitzen hatten sich um ein kleines einwärts gebogen, als wolle er das Geschenk festhalten. »Herr General, so wahr mir Gott helfe!« rief er jetzt und hob die Hand zum Schwure; Wertmüller aber schloß:

»Widrigenfalls und bei gebrochenem Schweigen ich dies Vermächtnis bei meiner Rückkehr aus dem bevorstehenden Feldzuge umstoßen und vertilgen werde. Wäre mir dies nicht möglich wegen eingetretenen Sterbefalles, so schwöre ich, mich den Mythikern als Geist zu zeigen und zur Strafe ihres Eidbruches zwischen zwölf und eins ihre Dorfgasse abzupatrouillieren. – Werdet Ihr die Bedingung erfüllen können, Krachhalder?«

»Unwitzig müßten wir sein«, beteuerte dieser, »wenn wir nicht das Maul hielten!«

»Und eure Weiber?«

»Dafür laßt uns Mythikoner sorgen«, sagte der alte Bauer ruhig und machte eine bedeutungsvolle Handbewegung.

»Aber, Krachhalder, stellt Euch vor, ich sei aus dem Reiche zurück«, sagte der General freundlich, »wir sitzen unter meiner Veranda, ich lege Euch so wie jetzt die Hand auf die Schulter, stoße mit Euch an und wir plaudern allerlei. Dann sag' ich so im Vorbeigehen: Jener Schuß hat gut gekracht!« ...

»Welcher Schuß? – Das lügt Ihr, Herr General!« rief der Kirchenälteste mit einer sittlichen Entrüstung, die komischerweise durchaus nicht gespielt war, sondern das Gepräge vollkommener Aufrichtigkeit trug.

Wertmüller lächelte zufrieden.

»Jetzt heim, ihr Männer!« mahnte der Alte. »Damit kein Unglück geschehe, muß in einer Viertelstunde das ganze Dorf wissen, daß der Schuß ... will sagen, daß wir heute eine gute Predigt gehört haben.«

Er drückte dem Pfarrer die Hand: »Und Euch, Herr General«, sagte er, »reiche ich sie als Eidgenosse.«

»Verzieht einen Augenblick«, befahl Wertmüller, »und seid Zeugen, wie ein glücklicher Vater zwei Hände zusammenlegt. Der Vikar kann nicht ferne sein. Trogen mich nicht die Augen, so sah ich ihn von weitem über eine Hecke voltigieren mit einem Salto, den ich ihm nie zugetraut hätte.«

»Rahel, mein Kind, schnell!« rief der Pfarrer durch die geöffnete Tür ins Haus hinein.

»Gleich, Vater!« scholl es zurück; aber nicht aus dem Innern der Wohnung, sondern von außen durch das Weinlaub des Bogenganges herauf.

Rasch blickte der General aus dem Fenster und gewahrte durch das Blattgitter seine Schützlinge in einer Gruppe, die er sich durchaus nicht erklären konnte.

»Hervor, Hirt und Hirtin, aus Arkadiens Lauben!« rief der alte Soldat.

Da schritt Rahel unmutig errötend unter dem schützenden Blätterdache hervor und betrat mit Pfannenstiel, den sie mit zog, ein kleines von Edelobstbäumen umzogenes Rondell, das hart vor den Fenstern der Studierstube lag, aus denen der General mit den neugierigen Kirchenvorstehern herunterschaute.

Das Fräulein hielt eine Nadel in der gelenken Hand und befestigte vor aller Augen einen herabhangenden Knopf am Rocke des Kandidaten. Sie ließ sich in der Arbeit nicht stören. Erst nachdem sie den Faden gekappt hatte, heftete sie die braunen Augen, in denen Ernst und Übermut kämpften, fest auf ihren wunderlichen Schutzgeist und rief ihm zu:

»Pate, Ihr habt mir in kurzer Zeit den Herrn Vikar fast zerstört und zugrunde gerichtet. Wohl mußt' ich ihn wieder in Ordnung bringen, damit er vor Gott und Menschen erscheinen könne! Was aber habt Ihr mit dem obersten Knopfe angefangen, der hier mangelte und den ich durch einen des Vaters ersetzen mußte? – Schafft ihn zur Stelle oder ...« Sie erhob die Nadel mit einer so trotzigen und blutdürstigen Gebärde gegen den General, daß die Männer alle in schallendes Gelächter ausbrachen.

Nach wenigen Augenblicken traten Pfannenstiel und Rahel vor den Pfarrer, der sie verlobte und segnete.

Als aber die vergnügten Kirchenältesten sich entfernt hatten, gab der würdige Herr seinem künftigen Schwiegersohne noch eine kurze Ermahnung:

»Was war das, Herr Vikar? An der Kirche vorüberschlüpfen, abgerissene Knöpfe! ... Wo bleibt da die Würde, das Amt?«

Dann wandte er sich gegen den General: »*Ein* Pärchen!« sagte er, »nun das andere! Gebt her, Vetter!«

Und er langte ihm ohne Umstände in die Rocktasche, hob daraus das hartspielende Pistol, zog dann das in der Kirche entladene leichtspielende aus der seinigen und hielt sie vergleichend zusammen.

So begab es sich, daß der Schuß von Mythikon totgeschwiegen und, im Widerspiel mit dem Tellenschusse, aus einer Realität zu einer blassen wesenlosen Sage verflüchtigt wurde, die noch heute als ein heimatloses Gespenst an den schönen Ufern unsres Sees herumschwebt.

Aber auch wenn die Mythikoner geplaudert hätten, der General konnte sein Testament nicht mehr entkräften, denn er hatte die Eichen der Au zum letzten Male gesehen.

Sein Ende war rasch, dunkel, unheimlich. Eines Abends beim Lichteranzünden ritt er mit seinem Gefolge in ein deutsches Städtchen ein, stieg im einzigen schlechten Wirtshause ab, berief den Schöffen zu sich und ordnete Requisitionen an. Ein paar Stunden später wurde er plötzlich von einem Krankheitsanfalle niedergeworfen, und Schlag Mitternacht hauchte er seine seltsame Seele aus.

JÜRG JENATSCH

Eine Bündnergeschichte

ERSTES BUCH

Die Reise des Herrn Waser

ERSTES KAPITEL

Die Mittagssonne stand über der kahlen, von Felshäuptern umragten Höhe des Julierpasses im Lande Bünden. Die Steinwände brannten und schimmerten unter den stechenden senkrechten Strahlen. Zuweilen, wenn eine geballte Wetterwolke emporquoll und vorüberzog, schienen die Bergmauern näher heranzutreten und, die Landschaft verengend, schroff und unheimlich zusammenzurücken. Die wenigen zwischen den Felszacken herniederhangenden Schneeflecke und Gletscherzungen leuchteten bald grell auf, bald wichen sie zurück in grünliches Dunkel. Es drückte eine schwüle Stille, nur das niedrige Geflatter der Steinlerche regte sich zwischen den nackten Blöcken, und von Zeit zu Zeit durchdrang der scharfe Pfiff eines Murmeltiers die Einöde.

In der Mitte der sich dehnenden Paßhöhe standen rechts und links vom Saumpfade zwei abgebrochene Säulen, die der Zeit schon länger als ein Jahrtausend trotzen mochten. In dem durch die Verwitterung bekkenförmig ausgehöhlten Bruche des einen Säulenstumpfes hatte sich Regenwasser gesammelt. Ein Vogel hüpfte auf dem Rande hin und her und nippte von dem klaren Himmelswasser.

Jetzt erscholl aus der Ferne, vom Echo wiederholt und verhöhnt, das Gebell eines Hundes. Hoch oben an dem

stellenweise grasbewachsenen Hange hatte ein Berga-
maskerhirt im Mittagsschlafe gelegen. Nun sprang er
auf, zog seinen Mantel fest um die Schultern und warf
sich in kühnen Schwüngen von einem vorragenden Fels-
turme hinunter zur Einholung seiner Schafherde, die
sich in weißen beweglichen Punkten nach der Tiefe hin
verlor. Einer seiner zottigen Hunde setzte ihm nach, der
andere, vielleicht ein altes Tier, konnte seinem Herrn
nicht folgen. Er stand auf einem Vorsprunge und win-
selte hilflos.

Und immer schwüler und stiller glühte der Mittag.
Die Sonne rückte vorwärts, und die Wolken zogen.

Am Fuße einer schwarzen, vom Gletscherwasser be-
feuchteten Felswand rieselten die geräuschlos sich her-
unterziehenden Silberfäden in das Becken eines kleinen
Sees zusammen. Gigantische, seltsam geformte Felsblö-
ke umfaßten das reinliche, bis auf den Grund durchsich-
tige Wasser. Nur an dem einen flachern Ende, wo es,
talwärts abfließend, sich in einem Stücke saftig-grünen
Rasens verlor, war sein Spiegel von der Höhe des Saumpfades aus sichtbar. An dieser grünen Stelle erschien
jetzt und verschwand wieder der braune Kopf einer gra-
senden Stute, und nach einer Weile weideten zwei Pferde behaglich auf dem Rasenflecke, und ein drittes
schlürfte die kalte Flut.

Endlich tauchte ein Wanderer auf. Aus der westlichen
Talschlucht heransteigend, folgte er den Windungen
des Saumpfades und näherte sich der Paßhöhe. Ein
Bergbewohner, ein wettergebräunter Gesell war es nicht.
Er trug städtische Tracht, und was er auf sein Felleisen
geschnallt hatte, schien ein leichter Ratsdegen und ein
Ratsherrenmäntelchen zu sein. Dennoch schritt er jugendlich elastisch bergan und schaute sich mit schnellen,
klugen Blicken in der ihm fremdartigen Bergwelt um.

Jetzt erreichte er die zwei römischen Säulen. Hier entledigte er sich seines Ränzchens, lehnte es an den Fuß
der einen Säule, wischte sich den Schweiß mit seinem

saubern Taschentuche vom Angesicht und entdeckte nun in der Höhlung der andern den kleinen Wasserbehälter. Darin erfrischte er sich Stirn und Hände, dann trat er einen Schritt zurück und betrachtete mit ehrfurchtsvoller Neugier sein antikes Waschbecken. Schnell bedacht zog er eine lederne Brieftasche hervor und begann eifrig die beiden ehrwürdigen Trümmer auf ein weißes Blatt zu zeichnen. Nach einer Weile betrachtete er seiner Hände Werk mit Befriedigung, legte das aufgeschlagene Büchlein sorgfältig auf sein Felleisen, griff nach seinem Stocke, woran die Zeichen verschiedener Maße eingekerbt waren, ließ sich auf ein Knie nieder und nahm mit Genauigkeit das Maß der merkwürdigen Säulen.

»Fünfthalb Fuß hoch«, sagte er vor sich hin.

»Was treibt Ihr da? Spionage?« ertönte neben ihm eine gewaltige Baßstimme.

Jäh sprang der in seiner stillen Beschäftigung Gestörte empor und stand vor einem Graubarte in grober Diensttracht, der seine blitzenden Augen feindselig auf ihn richtete.

Unerschrocken stellte sich der junge Reisende dem wie aus dem Boden Gestiegenen mit vorgesetztem Fuße entgegen und begann, die Hand in die Seite stemmend, in fließender, gewandter Rede:

»Wer seid denn Ihr, der sich herausnimmt, meine gelehrte Forschung anzufechten auf Bündnerboden, id est in einem Lande, das mit meiner Stadt und Republik Zürich durch wiederholte, feierlichst beschworene Bündnisse befreundet ist? Ich weise Euern beleidigenden Verdacht mit Verachtung zurück. Wollt Ihr mir den Weg verlegen?« fuhr er fort, als der andere, halb verblüfft, halb drohend, wie eingewurzelt stehenblieb. »Sind wir im finstern Mittelalter oder zu Anfang unseres gebildeten siebzehnten Jahrhunderts? Wißt Ihr, wer vor Euch steht? ... So erfahrt es: der Amtschreiber Heinrich Waser, Civis turicensis.«

»Narrenpossen!« stieß der alte Bündner zwischen den Zähnen hervor.

»Laß ab von dem Herrn, Lukas!« ertönte jetzt ein gebieterischer Ruf hinter den Felstrümmern rechts vom Wege hervor, und der Zürcher, der unwillkürlich dem Klange der Stimme seewärts sich zuwandte, gewahrte nach wenigen Schritten den mittäglichen Ruheplatz einer reisenden Gesellschaft.

Neben einem aus dunkeln Augen blickenden, kaum dem Kindesalter entwachsenen Mädchen, das im Schatten eines Felsens auf hingebreiteten Teppichen saß und ausruhte, stand ein stattlicher Kavalier, denn das war er nach seiner ganzen Erscheinung, trotz des schlichten Reisegewandes und der schmucklosen Waffen. Am Rande des Sees grasten die des Sattels und Zaumes entledigten Rosse der drei Reisenden.

Der Zürcher ging, die Gruppe scharf ins Auge fassend, mit immer gewissern Schritten auf den bündnerischen Herrn zu, während ein mutwilliges Lachen die Züge des blassen Mädchens plötzlich erhellte.

Jetzt zog der junge Mann gravitätisch den Hut, verneigte sich tief und begann:

»Euer Diener, Herr Pom ...«, hier unterbrach er sich selbst, als stiege der Gedanke in ihm auf, daß der Angeredete seinen Namen auf diesem Boden vielleicht zu verheimlichen wünsche.

»Der Eurige, Herr Waser«, versetzte der Kavalier. »Scheut Euch nicht, den Namen Pompejus Planta zwischen diesen Bergen herzhaft auszusprechen. Ihr habt wohl vernommen, daß ich auf Lebenszeit aus Bünden verbannt, daß ich vogelfrei und verfemt bin, daß auf meine lebende Person tausend Florin und auf meinen Kopf fünfhundert gesetzt sind und was dessen mehr ist. Ich habe den Wisch zerrissen, den das Thusnerprädikantengericht mir zuzuschicken sich erfrecht hat. Ihr, Heinrich, das weiß ich, habt nicht Lust, den Preis zu verdienen! Setzt Euch zu uns und leert diesen Becher.« Damit bot er ihm eine bis zum Rande mit dunklem Veltliner gefüllte Trinkschale.

Nachdem der Zürcher einen Augenblick schweigend in das rote Naß geschaut, tat er Bescheid mit dem wohlüberlegten Trinkspruche: »Auf den Triumph des Rechts, auf eine billige Versöhnung der Parteien in altfrei Rhätia – voraus aber auf Euer Wohlergehen, Herr Pompejus, und auf Eure baldige ehrenvolle Wiedereinsetzung in alle Eure Würden und Rechte!«

»Habt Dank! Und vor allem auf den Untergang der ruchlosen Pöbelherrschaft, die jetzt unser Land mit Blut und Schande bedeckt!«

»Erlaubt«, bemerkte der andere vorsichtig, »daß ich als Neutraler mein Urteil über die verwickelten Bündnerdinge einigermaßen zurückhalte. Die vorgefallenen Formverletzungen und Unregelmäßigkeiten freilich sind höchlich zu beklagen, und ich nehme keinen Anstand, sie auch meinerseits zu verdammen.«

»Formverletzung! Unregelmäßigkeit!« brauste Herr Pompejus zornig auf, »das sind gar schwächliche Ausdrücke für Aufruhr, Plünderung, Brandschatzung und Justizmord! Daß ein Pöbelhaufe mir die Burg umzingelt oder eine Scheuer in Brand steckt, davon will ich noch nicht viel Aufhebens machen. Man hat mich ihnen als Landesverräter vorgemalt und sie so gegen mich verhetzt, daß ich ihnen einen bösen Streich nicht verarge. Aber daß diese Hungerleider von Prädikanten einen Gerichtshof aus der Hefe des Volks zusammenlesen, mit der Folter hantieren und mit Zeugen, die verlogener sind als die falschen Zeugen in der Passion unsers Heilandes – das ist ein Greuel vor Gott und Menschen.«

»An den Galgen alle Prädikanten!« erscholl hinter ihnen der Baß des die Pferde zum Aufbruche rüstenden alten Knechts.

»So seid ihr aber, ihr Zürcher«, fuhr Planta fort, »daheim führt ihr ein verständiges, züchtiges Regiment und bekreuzt euch vor Neuerung und Umsturz. Täte sich bei euch ein Bursche hervor wie unser Prädikant Jenatsch, er säße bald hinter Schloß und Riegel im Wellenberg, oder ihr legtet ihm flugs den Kopf vor die Füße. Von Ferne aber erscheint euch der Unhold merkwürdig, und eure Zünfte jauchzen seinen Freveln Beifall zu. Euer neugieriger und unruhiger Geist ergötzt sich daran, wenn die Flammen des Aufruhrs hell aufschlagen, solange sie euern eigenen First nicht bedrohen.«

»Erlaubt –«, wiederholte Herr Waser.

»Lassen wir das«, schnitt ihm der Bündner das Wort ab. »Ich will mir nicht das Blut vergiften. Bin ich doch nicht hier als das Haupt meiner Partei, sondern um eine einfache Vaterpflicht zu erfüllen. Lukretia, mein Töchterchen – sie ist Euch ja nicht unbekannt –, kommt aus dem Kloster Cazis, wohin ich sie zu den frommen Frauen geflüchtet hatte, als der Sturm gegen mich losbrach, und ich führe sie nun auf einsamen Pfaden in ein italienisches Kloster, wo sie sich in den schönen Künsten üben soll. Und Ihr? Wohin geht Euer Weg?«

»Eine Ferienreise, Herr Pompejus, um den Aktenstaub abzuschütteln und die rhätische Flora kennenzulernen. Seit unser Landsmann Konrad Geßner die Wissenschaft der Botanik begründet hat, treiben wir sie eifrig an unserm Carolinum. Überdies schuldet mir das Schicksal eine geringe Schadloshaltung für ein gescheitertes Reiseprojekt. Ich sollte nämlich«, fuhr er etwas schüchtern, aber nicht ohne geheime Eitelkeit fort, »nach Prag an den Hof seiner bömischen Majestät gehen, wo mir durch besondere Gunst eine Pagenstelle zugesichert war.«

»Ihr tatet klug daran, es bleiben zu lassen«, höhnte Herr Pompejus. »Dieser klägliche König wird in kurzem ein Ende nehmen mit Schrecken und Schande. Und jetzt«, fuhr er lauernd fort, »wenn Ihr mit der rhätischen Flora vertraut seid, wollt Ihr nicht auch die des Veltlins studieren? So böte sich Euch Gelegenheit, bei Eurem Studienfreunde Jenatsch auf seiner Strafpfarre einzukehren.«

»Angenommen es fügte sich so, ich hielte es für kein Verbrechen«, versetzte der Zürcher, dem dies rücksichtslose Eindringen in seinen Reiseplan die Röte der Entrüstung auf Stirn und Wangen trieb.

»Ein nichtswürdiger Bube!« grollte Herr Pompejus.

»Mit Gunst, das ist ab irato gesprochen, Herr. Wohl mögt Ihr Euch mit Recht über meinen Schulgenossen zu beklagen haben. Ich verzichte darauf, ihn Euch gegenüber und in dieser Stunde zu verteidigen. – Erlaubt mir lieber, Euch um geneigten Aufschluß zu bitten über jene merkwürdigen Säulen dort. Sind sie römischen Ursprungs? Ihr müßt das wissen, ist doch Euer hochberühmtes Geschlecht seit Kaiser Trajan in diesen Bergen heimisch.«

»Darüber«, antwortete Planta, »wird Euch Euer gelehrter Freund, der Blutpfarrer, Auskunft geben. – Du bist bereit, Lukretia?« rief er dem Fräulein zu, das, als das Gespräch sich zu erhitzen begann, mit bekümmerter Miene still nach dem Saumpfade hinauf sich entfernt und bei den Säulen verweilt hatte, wo ihr jetzt eben Lukas eines der wieder gezäumten Pferde vorführte.

»Gehabt Euch wohl, Herr Waser!« grüßte Planta, sich rasch in den Sattel des zweiten schwingend. » Ich kann Euch nicht einladen, auf Euerm Heimwege bei mir im Domleschg einzusprechen, wie ich es unter anderen Umständen gerne getan hätte. Die schuftigen Hände, die jetzt unser Staatsruder führen, haben mir, wie Ihr wißt, mein festes Haus Riedberg zugeriegelt und das durch sie entehrte Bündnerwappen auf mein Tor geklebt.«

Waser verbeugte sich und schaute eine Weile nachdenklich dem über die Hochebene davontrabenden Reisezuge nach. Dann bückte er sich nach seinem aufgeblättert am Wege liegenden Taschenbuche und warf, bevor er es schloß, noch einen Blick auf seine Zeichnung. Was war das? Mitten zwischen die zwei flüchtig entworfenen Säulen hatte eine kindlich ungeübte Hand große Buchstaben hineingeschrieben. Deutlich stand es zu lesen: Giorgio, guardati.

Kopfschüttelnd preßte er das Büchlein mit dem eingesteckten Stifte zusammen und versenkte es in die Tiefe seiner Tasche.

Unterdessen hatten die Wolken sich gemehrt und verdüsterten den Himmel. Waser setzte seinen Weg durch die sonnenlose Felsenlandschaft mit beschleunigten Schritten fort. Noch heftete sein lebhaftes Auge sich zuweilen auf die großen, dunkeln, jetzt unheimlich grotesken Felsmassen, aber es bestrebte sich nicht mehr, wie am Morgen, mit rastloser Neugierde diese ungewohnten seltsamen Formen sich einzuprägen. Es schaute nach innen und suchte mit Hilfe alter Erinnerungen das Verständnis des eben Vorgegangenen sich aufzuschließen. Offenbar konnten die warnenden Worte nur von der jungen Lukretia geschrieben sein; sie mußte, als die Rede auf Jenatsch kam, des Wanderers Absicht, den Jugendfreund aufzusuchen, durchschaut haben. Offenbar hatte sie sich weggestohlen in der Angst ihres Herzens, um dem jungen Pfarrer im Veltlin ein mahnendes Zeichen naher Gefahr zu geben. Offenbar zählte sie darauf, das Taschenbuch werde ihm zu Gesicht kommen.

Von dem eben Erlebten spannen sich Wasers Gedanken an fliegenden Fäden in seine Knabenzeit zurück. Auf dem düstern Hintergrunde des Julier malte seine Seele ein farbenlustiges Bild, in dessen Mitte wiederum Herr Pompejus mit seinem Töchterlein Lukretia stand.

ZWEITES KAPITEL

Waser sah sich in der dunkeln Schulstube des neben dem großen Münster gelegenen Hauses zum Loch im Jahre des Heils 1615 auf der vordersten Bank sitzen. Es war ein schwüler Sommertag, und der würdige Magister Semmler erklärte seiner jungen Zuhörerschaft einen

Vers der Iliade, der mit dem helltönenden Dativ magádi schloß. »Magás«, erläuterte er, »heißt die Drommete und ist ein den Naturlaut nachahmendes Klangwort. Glaubt ihr nicht den durchdringenden Schall der Drommete im Lager der Achaier zu vernehmen, wenn ich das Wort ausrufe?« Er hemmte seinen Schritt vor der großen Wandkarte des griechischen Archipelagus und rief mit hellkrähender Stimme: Magádi!

Diese Kraftanstrengung wurde durch ein schallendes Gelächter belohnt, das der Magister mit Genugtuung vernahm, ohne den Hohn zu bemerken, der im Beifalle seiner belustigten Schüler mitklang. War es ihm doch verborgen geblieben, daß ihm diese alljährlich wiederholte effektvolle Szene schon längst den kriegsmäßigen Spitznamen Magaddi zugezogen hatte, der sich im Wechsel der nachrückenden Geschlechter von Klasse auf Klasse vererbte.

Heinrich Wasers Aufmerksamkeit aber wurde seit einigen Minuten von einem andern Gegenstande gefesselt. Er saß der morschen Eichentüre gegenüber, an welcher sich in längern Zwischenräumen ein zweimaliges, dreimaliges Klopfen hatte vernehmen lassen und die sich dann leise, leise auftat. Durch die Spalte wurden zwei spähende Kinderaugen sichtbar. Als der Drommetenstoß erscholl, mochte der kleine Besuch das tönende Wort für die in einer fremden Sprache an ihn ergehende Aufforderung zum Eintritte nehmen. Es öffnete sich geräuschlos die Tür, und über die hohe Schwelle trat ein vielleicht zehnjähriges Mädchen mit dunkeln Augen und trotzig scheuer Miene. Ein Körbchen in der Hand, näherte sie sich ohne Zögern dem würdigen Semmler, verneigte sich vor ihm mit Anstand und sprach: »Mit Eurer Erlaubnis, Signor Maëstro.« Dann schritt sie auf Jürg Jenatsch zu, den sie auf den ersten Blick in der Schülerschar entdeckt hatte.

Dieser saß, eine fremdartige Erscheinung, unter seinen fünfzehnjährigen Altersgenossen, die er um Haupteshöhe überragte. Seinem braunen Antlitz gaben die düstern Brauen und der keimende Bart einen fast männlichen Ausdruck, und seine kräftigen Handgelenke ragten weit vor aus den engen Ärmeln des dürftigen Wamses, dem er längst entwachsen war. Beim Eintreten der Kleinen überflog eine dunkle Schamröte seine breit ausgeprägte Stirn. Er behielt eine ernste Haltung, aber seine Augen lachten.

Jetzt stand das Mädchen vor ihm, umschlang den Sitzenden mit beiden Armen und küßte ihn herzlich auf den Mund. »Ich habe gehört, daß du hungerst, Jürg«, sagte sie, »und bringe dir etwas ... Von unserm gedörrten Fleische, das du so gerne issest!« fügte sie heimlich hinzu.

Ein unbändiges Gelächter durchdröhnte die Schulstube, das Semmlers gebieterisch erhobene Rechte lange nicht beschwichtigen konnte. Die Augen des Mädchens blickten befremdet und überquollen dann von schweren Tränen des Unmuts und der Scham, während sie Jenatsch fest bei der Hand faßte, als fände sie bei ihm allein Schutz und Hilfe.

Jetzt endlich brach sich die strafende Stimme des Magisters Bahn: »Was ist da zu lachen, ihr Esel? – Ein naiver Zug, sag ich euch! Rein griechisch! Euer Gebaren ist ebenso einfältig, als wenn ihr euch beigehen laßt, über die unvergleichliche Figur des göttlichen Sauhirten oder die Wäsche des Königstöchterleins Nausikaa zu lachen, was ebenso unziemlich als absurd ist, wie ich euch schon eines öftern bewiesen habe. – – Du bist eine Bündnerin? Wem gehörst du, Kind?« wandte er sich jetzt mit väterlichem Wohlwollen zu der Kleinen, »und wer brachte dich hierher? Denn«, setzte er, seinen geliebten Homer parodierend, hinzu, »nicht kamst du zu Fuß, wie es scheint, nach Zürich gewandelt.«

»Mein Vater heißt Pompejus Planta«, antwortete die Kleine und erzählte dann ruhig weiter: »Ich kam mit ihm nach Rapperswyl, und als ich den schönen blauen

See sah und hörte, daß am andern Ende die Stadt Zürich sei, so machte ich mich auf den Weg. In einem Dorfe sah ich zwei Schiffer zur Abfahrt rüsten, und da ich sehr müde war, nahmen sie mich mit.«

Pompejus Planta, der Vielgenannte, der angesehenste Mann in Bünden, das allmächtige Parteihaupt! Dieser Name machte auf Herrn Semmler einen überwältigenden Eindruck. Sogleich schloß er die Schulstunde und führte die kleine Bündnerin unter sein gastliches Dach, gefolgt von dem jungen Waser, der bei dem Magister, seinem mütterlichen Ohm, an diesem Wochentage das Mittagsmahl einzunehmen pflegte.

Als sie die steile Römergasse hinunter schritten, kam ihnen gestiefelt und gespornt ein stark gebauter, imponierender Herr entgegen.

»Hab ich dich endlich, Lukrezchen!« sagte er, das Kind auf den Arm nehmend und heftig küssend. »Was fiel dir ein, mir zu entspringen, Kröte!«

Dann, ohne eine Antwort zu erwarten und ohne das Mädchen aus den Armen zu lassen, wandte er sich mit einer nur leichten Verbeugung, aber nicht ohne Anmut gegen Semmler und sagte in fließendem, doch etwas fremdartig ausgesprochenem Deutsch: »Ihr habt seltsamen Besuch in Eurer Schule erhalten, Herr Professor! Verzeiht die Störung Eures gelehrten Vortrags durch meinen Wildfang.«

Semmler beteuerte, daß es ihm zur besondern Freude und Ehre gereiche, das junge Fräulein und durch sie den edeln Herrn Vater kennengelernt zu haben. »Tut mir die Ehre an, hochmögender Herr«, schloß er, »eine bescheidene Mittagssuppe mit mir und meiner lieben Ehefrau zu teilen.«

Der Freiherr willigte ein, ohne sich bitten zu lassen, und erzählte unterwegs, wie er Lukretias Verschwinden spät bemerkt, dann aber gleich sich aufs Pferd geworfen und die Reisende mit Leichtigkeit von Spur zu Spur verfolgt habe. Er erzählte weiter, er besitze in Rapperswyl ein Haus, das er sich auf alle Fälle hin erworben, da es in Bünden wie draußen im Reich nicht mehr ganz geheuer sei. Lukretia habe ihn dahin begleiten dürfen. – Wie er dann von Semmler erfuhr, was das Kind nach Zürich getrieben, brach er in ein schallendes Gelächter aus, das aber nicht heiter klang.

Als nach beendigtem Mahle die Herren beim Weine saßen, während die Frau Magisterin sich mit Lukretia beschäftigte, erkundigte sich Planta, vom Gespräch abspringend, plötzlich nach dem jungen Jenatsch. Semmler lobte seine Begabung und seinen Fleiß, und Waser wurde abgeschickt, ihn aus dem Hause des ehrsamen Schuhmachers, wo er sich in Kost gegeben hatte, abzuholen. Nach wenigen Augenblicken trat Georg Jenatsch in die Stube.

»Wie geht es, Jürg?« rief der Freiherr dem Knaben gütig entgegen, und dieser antwortete bescheiden und doch mit einer gewissen stolzen Zurückhaltung, daß er sein mögliches tue. Der Freiherr versprach, ihn bei seinem Vater zu rühmen, und wollte ihn mit einem Wink verabschieden; aber der Knabe blieb stehen. »Gestattet mir ein Wort, Herr Pompejus!« sagte er leicht errötend. »Die kleine Lukretia ist um meinetwillen wie eine Pilgerin im Staube der Landstraße gegangen. Sie hat meiner nicht vergessen und mir aus der Heimat eine Gabe gebracht, die sie mir freilich besser nicht gerade vor meinen Kameraden überreicht hätte. Doch bin ich ihr dafür dankbar und möchte ihr schon um meiner Ehre willen ein Gegengeschenk anbieten.« Damit enthüllte er aus einem Tüchlein einen kleinen, inwendig vergoldeten Silberbecher von schlichtester Form.

»Ist der Junge toll!« fuhr der Freiherr auf. Dann aber mäßigte er sich sogleich. »Was denkst du, Jürg!« fuhr er fort. »Kommt der Becher von deinem Vater? ... Ich wußte nicht, daß er über Gold und Silber gebiete. Oder erwarbst du ihn selbst im Schweiße deines Angesichts mit einer Schreiberarbeit? So oder so darfst du ihn nicht wegschenken. Es geht dir knapp genug, und er hat Geldeswert.«

»Ich darf darüber verfügen«, antwortete der Knabe selbstbewußt, »denn ich habe ihn mit dem Einsatze meines Lebens gewonnen.«

»Ja, das hat er, Herr Pompejus!« ließ sich jetzt der lebhafte Waser mit Begeisterung vernehmen, »der Becher kommt von mir. Er ist das Zeichen meiner Dankbarkeit dafür, daß Jürg mich beim Baden aus den Wirbeln der reißenden Sihl, die mich hinuntergezogen, mit eigener Lebensgefahr gerettet hat. Und Jenatsch und ich und Fräulein Lukretia, wir wollen alle daraus auf Euer Wohl trinken.« Sprach's und füllte trotz eines seine unerhörte Kühnheit mißbilligenden Blickes, den ihm sein Ohm zuwarf, das Becherlein mit duftendem Neftenbacher aus dem geblümten Deckelkruge.

Jürg Jenatsch ergriff den Becher und suchte mit den Augen Lukretia. Sie hatte dem Vorgange mit brennender Aufmerksamkeit gefolgt. Jetzt machte sie sich von der Magisterin los und stellte sich ernsthaft zu der Gruppe. Jürg kostete den Wein und reichte ihn mit dem Spruche: »Auf dein Wohl, Lukretia, und auf das deines Vaters!« dem schweigenden Kinde, das langsam von dem Tranke schlürfte, als beginge es eine feierliche Handlung. Dann gab es den Becher seinem Vater, und dieser leerte ihn aus Verdruß mit *einem* Zuge.

»Mag es denn sein, du törichter Junge!« sagte Planta, »aber jetzt mach, daß du fortkommst. Auch wir werden bald aufbrechen.«

Jenatsch schied, und Lukretia wurde von der Magisterin zu den Stachelbeersträuchern in den kleinen Hausgarten geführt, um sich, wie die kinderfreundliche Frau sagte, ihren Nachtisch selbst zu holen. Während die Herren, diesmal in italienischer Sprache sich unterhaltend, noch einmal zum Becher griffen, setzte sich Waser still in eine Fensternische mit einem Orbis pictus, in den er angelegentlich vertieft schien. Der Schlaue war des Italienischen nicht unkundig, er hatte es mit Jenatsch halb spielend getrieben und ließ, mit scharfem Ohre lauschend, sich kein Wort des interessanten Gespräches entgehen.

»Ich werde dem Jungen den Kinderbecher zehnfach ersetzen«, begann Planta. »Kein übler Bursche, wenn er nicht so hoffärtigen und verschlossenen Gemütes wäre: Hochmut kleidet schlecht, wo das Brot im Hause mangelt. Sein Vater, der Pfarrer von Scharans, ist ein rundbraver Mann und spricht als mein Nachbar häufig bei mir ein. Früher häufiger als jetzt. Ihr könnt Euch nicht vorstellen, Herr Magister, welch ein schlimmer Geist in unsere Prädikanten gefahren ist. Sie donnern von den Kanzeln gegen den spanischen Kriegsdienst und predigen Gleichberechtigung des Letzten mit dem Ersten zu allen Ämtern im Lande, auch zu den wichtigsten, was bei den gefährlichen politischen Konjunkturen, welche die umsichtigste Führung unsers Staatsschiffleins erfordern, notwendig zum Verderben des Landes ausschlagen muß. Von der unsinnigen protestantischen Propaganda, mit der sie unsere katholischen Untertanen im Veltlin quälen, will ich nicht reden. Ich bin wieder katholisch geworden, Herr, obgleich ich von reformierten Eltern stamme. Warum? Weil im Protestantismus ein Prinzip des Aufruhrs auch gegen die politische Autorität liegt.«

»Stellt Eure Pfarrer besser«, warf Semmler behaglich lächelnd ein, »und sie werden als zufriedene und angesehene Leute dem Untertan von der notwendigen Ungleichheit der menschlichen Verhältnisse den richtigen Begriff zu geben wissen.«

Planta lachte etwas höhnisch über diese der bündnerischen Opferwilligkeit gemachte Zumutung. »Um auf den Jungen zurückzukommen«, sagte er dann, »so gehört er auf einen Kriegsgaul, nicht hinter das Kanzelbrett, und würde dort weniger Unheil stiften. Ich hab es dem Alten oft gesagt: Gebt den Burschen mir, es ist schade um ihn! Aber der besegnete sich vor dem spanischen

Kriegsdienste, wohin ich den hübschen Jungen empfeh-
len wollte.«

Semmler nippte bedächtig seinen Wein und schwieg.
Er schien den Widerwillen des Scharanserpfarrers gegen
die seinem Sohne geöffnete Laufbahn nicht zu mißbilli-
gen.

»Ein Weltkrieg steht bevor«, fuhr Planta leidenschaftlicher fort, »und wer weiß, wie weit es ein so verwegenes
Blut bringen könnte! Tollkühn ist der Bursche über alles
Maß. Da muß ich Euch doch etwas erzählen, Herr Magister! Im Sommer vor etlichen Jahren – der Junge war
noch zu Hause – trieb er sich täglich mit meinem Bru-
derssohne Rudolf und mit Lukretia auf dem Riedberg
herum. Da kommt einmal Lukretia, als ich durch den
Garten gehe, im Sturm mit freudeblitzenden Augen auf
mich zugelaufen. ›Sieh, sieh, Vater!‹ ruft sie atemlos und
deutet in die Höhe zu den Schwalbennestern meines
Schloßturmes. Was erblick ich dort, Herr Magister! Ratet
einmal ... Den Jürg, der rittlings auf dem äußersten
Ende eines weit aus der Dachluke ragenden und sich auf
und nieder wiegenden Brettes sitzt. Und der Schlingel
schwingt noch den Filz und begrüßt uns mit Jubelge-
schrei! Der andere mochte drinnen auf dem sicheren
Ende der improvisierten Schaukel hocken, und da Rudolf – ich sag es ungern – ein tückischer Junge ist, graute
mir vor dem Wagstück. Ich erhob drohend die Hand
und eilte hinauf. Als ich ankam, war alles wieder an Ort
und Stelle. Ich faßte Jürg am Kragen, ihm seine Frechheit vorhaltend; er antwortete aber ruhig, Rudolf hätte
gemeint, er würde sich dessen nicht getrauen, und das
hätte er nicht dürfen auf sich sitzen lassen.«

Semmler, dessen Hände bei dieser Geschichte ängstlich nach den Armlehnen seines Stuhls gegriffen hatten,
erlaubte sich nun das in ihm aufsteigende Bedenken auszusprechen, ob der Umgang Lukretias mit so wilden
Jungen, vornehmlich mit dem durch eine unübersteigli-
che, mit der Zeit immer größer werdende Kluft von ihr

getrennten Jenatsch, nicht die weibliche Zartheit und adelig feine Sitte des kleinen Fräuleins gefährden könnte.

»Flausen!« rief der Freiherr. »Ihr dürft Euch darüber keine Gedanken machen, daß das Kind dem Jungen nach Zürich nachgelaufen ist. Daran ist niemand als der Rudolf schuld. Er tyrannisiert das Mädchen und ängstigt es damit, daß er es seine kleine Braut nennt. – Er mag wohl Derartiges von seinem Vater gehört haben, meinem Bruder wär' es nicht unwillkommen, denn ich bin der Reichere; – aber das liegt in weitem Felde. Kurz, sie hat den stärkern Jürg, den der andere fürchtet, zu ihrem Beschützer gemacht. – Natürlich Kindereien. – Lukretia kommt nächstens zu adeliger Erziehung ins Kloster, und hinter den Mauern wird sie mir sittsam genug werden, denn sie ist nachdenklichen Gemüts. – Was übrigens Eure unübersteiglichen Klüfte betrifft, so meinen wir in Bünden, auch wenn wir es nicht sagen: Das ist Vorurteil. Ehre, Macht und Besitz, versteht sich von selbst, muß haben, wer um eine Planta werben will. Ob es aus Jahrhunderten stamme oder gestern errafft sei, danach fragen wir zuletzt.« –

Hier verjagte der sausende Sturm die vor dem Blicke des jungen Wanderers gaukelnden Bilder seiner Knabenzeit. Waser war wieder um fünf Jahre älter und schritt rüstig auf dem einsamen Saumpfade des Julier abwärts. Und auf rauhe Weise wurde er in die Gegenwart zurückgeholt. Ein aus der Talöffnung des Engadins aufbrausender Windstoß riß ihm den Hut vom Kopfe, den er mit einem verzweifelten Seitensprunge gerade noch erhaschte, ehe der zweite die leichte Beute dem in der Tiefe strudelnden Wildbache zuwarf.

Drittes Kapitel

Waser drückte seinen Filz tiefer in die Stirn, schnallte sein Ränzchen fester und sprang, am jetzt steil werdenden Abhange die weiten Windungen des Saumpfades kürzend, eilig abwärts. Erst überschritt er die Wurzeln blitzgeschwärzter, seltsam verdrehter Arvbäume und die harten Rinnen ausgetrockneter Wildbäche, dann trat er weichen Rasen, und plötzlich lag das sammetgrüne Engadin geöffnet ihm zu Füßen mit seinen am blitzenden Inn wie ein Geschmeide aufgereihten Bergseen. Aber es war ein letzter Sonnenstrahl zwischen Wolken, der es erhellte und talabwärts in lichter Ferne über dem See und den Weiden von St. Moritz regenbogenfarbig spielte.

Dem Niedersteigenden gegenüber ragte eine kahle, dunkle Pyramide empor und daneben talaufwärts ein ebenso hoher, mit grünschimmernden Gletschern behangener Grat. Hinter dem Joche, das sie verband, braute sich das Gewitter und drängte seine leise donnernden Wolken durch die Lücke, in der noch zuweilen grell ein entfernteres Schneehaupt auftauchte.

Zur Rechten des Wanderers maskierten die Berge der andern Talwand jene steile Felstreppe, die fast plötzlich durch ein tief eingeschnittenes Tal aus der leichten Bergluft in die Hitze Italiens hinunterführt. Dort hinter der Maloja quollen, vom Südwinde heraufgejagt, die schwülen Dünste wie ein Nebelrauch hervor über die feuchten Wiesen von Baselgia Maria, dessen weiße Türme hinter einem Regenschleier kaum noch sichtbar waren.

Jetzt erreichte der Saumpfad das erste Engadinerdorf, eine Gasse fester Häuser, die mit ihren Strebepfeilern und vergitterten Fensterluken kleinen Festungen glichen. Aber der junge Zürcher klopfte an keine der schweren Holztüren, sondern beschloß trotz der Dämmerstunde auf der Talstraße längs der Seen rüstig südwärts zu schreiten. Sein Vorsatz war, im Hospiz der Maloja zu nächtigen, um in der Frühe des nächsten Tages über den Murettopaß nach dem Veltlin aufzubrechen; denn – Herr Pompejus hatte es erraten – es verlangte ihn, und jetzt mehr als je, seinen Schulfreund Jenatsch zu umarmen.

Zwischen diesen hohen Bergen war es früh Abend und kühl geworden, und der Weg dehnte sich endlos neben den am Gestade plätschernden Wellen. Ein feiner frostiger Nebelregen verhüllte die Gegend und durchdrang nach und nach die Kleider des in gleichmäßigem Schritte vorwärts Eilenden. Eine Schläfrigkeit, wie er sie während der Hitze des Tages nicht gefühlt, fiel auf seine Sinne und Gedanken wie eine leichte Erstarrung. Einmal an einer Stelle, wo der Inn mit raschen Wellen in engem Bette an ihm vorüberschoß und auf dem andern Ufer der stumpfe Turm eines schwerfälligen Kirchleins erschien, glaubte er Pferdegetrappel zu vernehmen. Über die Holzbrücke zu seiner Linken flog ein Reiter, der, nach der Maloja schwenkend, vor ihm her jagte und im Abenddunkel verschwand. War diese in einen Mantel gehüllte Gestalt nicht Herr Pompejus gewesen? Nein, es war ein einzelner scheuer Nachtfahrer, und der Freiherr geleitete und beschützte ja sein Töchterlein, für das er gewiß die sichere Gastfreundschaft seiner Sippe in einem der vornehmen Engadinerdörfer angesprochen hatte.

Endlich, endlich war der letzte See umschritten, trat der letzte Felsvorsprung zurück. Durch den Nebel schimmernder Feuerschein und Hundegebell verkündeten die Nähe eines Hauses, das nur die Paßherberge sein konnte. Waser gewahrte, der dunklen Steinmasse zuschreitend, mit Befriedigung, daß die Pforte der Hofmauer geöffnet war, und sah den Wirt, einen hagern, knochigen Italiener, die tobenden Hunde an die Kette legen, wozu ihm der Stalljunge mit einer Pechfackel leuchtete. Das versprach einen gastlichen Empfang. Jetzt ergriff der Wirt die Fackel und hielt sie dem anlangenden Wanderer vors Gesicht.

»Was verlangt der Herr? Womit kann ich dienen?« fragte er, in unangenehmer Überraschung einen leisen Fluch, die Äußerung seines ersten Gefühls, unterdrückend.

»Welche Frage!« antwortete Waser in fröhlichem Tone, »Platz an der Feuerstelle, um mich zu trocknen, Abendbrot und Nachtlager.«

»Tut mir leid, Herr – unmöglich!« versetzte der Wirt mit einer sein Bedauern und zugleich seine Unerschütterlichkeit höchst lebhaft ausdrückenden Gebärde, »das Haus ist besetzt.«

»Was, besetzt? Ihr schient ja noch Gäste zu erwarten? Ein Obdach, wie immer beschaffen, könnt Ihr einem Reisenden in dieser Öde und in solcher frostigen Regennacht nicht unchristlich verweigern!«

Der Italiener reckte die Hand aus, gegen Süden weisend, wo der Nebel dünner war und jenseits der Wetterscheide der Maloja über zerrissenen Bergzacken die Mondscheibe durchschimmerte. »Von dorther kommt es besser«, sagte er und holte aus dem Hause einen vollen Becher Wein. »Stärkt Euch damit! Ihr kehrt am klügsten nach Baselgia zurück. Ich wünsche Euch eine gesegnete Nacht.«

Der Trank leuchtete beim Fackelscheine im Glase wie feuriger Rubin. Begierig langte Waser nach dem roten Gefunkel und erquickte sich ohne weitere Gegenvorstellung. Der Wirt drängte ihn höflich und ohne Bezahlung zu verlangen durch die Hofpforte und schob den Riegel.

Der junge Zürcher gab das Spiel noch nicht verloren. Statt einen langweiligen Rückzug auf dem eben durcheilten Wege anzutreten, stieg er, seine Lage bedenkend, den wenige Schritte entfernten Vorsprung hinan, der wie eine Warte hinausragt über das hier mit steilem Abfalle beginnende Bregagliatal, jetzt ein brodelnder Nebelkessel, aus dem mondbeglänzt die Spitzen der zuhöchst am Rande stehenden Tannen auftauchten. Waser spreitete seinen kurzen Mantel aus, setzte sich darauf und lauschte.

Aus dem Stalle der Herberge erscholl von Zeit zu Zeit das Wiehern eines Pferdes – sonst blieb alles still. Das Brausen der Wildbäche aus der Tiefe war, vom Nebel gedämpft, dem Ohr kaum vernehmbar ... Jetzt löste sich von dem fernen Rauschen ein leiser, heller Ton ab, ein Geklingel, das nun verwehte – und nun nach einer Pause deutlicher emporstieg. Wieder verklang es und hub von neuem wieder an, diesmal näher und lauter, als kröche es die Bergwand herauf, den Windungen eines Pfades folgend. – Lange horchte Waser wie im Traume diesem lieblich unheimlichen Bergwunder zu; jetzt aber schlug der Ton von Menschenstimmen an sein Ohr. Offenbar waren es Reiter oder Säumer, die ihre Tiere antrieben, und – sein Schluß war rasch gezogen – die vom Wirte erwarteten Gäste.

Er legte sich flach auf die Erde, um nicht sichtbar zu werden. Er wollte wissen, wer ihn seines Nachtlagers beraube. Nach geraumer Zeit erreichten zwei Maultiere die Höhe, zwei Reiter sprangen ab, offenbar Herr und Diener, bestürmten mit einigen harten Schlägen das sofort sich öffnende Tor und wurden vom Wirte diensteifrig in das noch immer erleuchtete Haus geführt.

Unwille und Neugier stachelten den jungen Zürcher. Wie neubelebt sprang er auf und umschlich die geheimnisvolle Festung. Er erinnerte sich des Feuerscheins, der ihm bei der Ankunft entgegengeleuchtet und der nicht von der Hofseite gekommen sein konnte. Richtig, da war an der Rückseite des Hauses das einzelne Seitenfenster mit seiner durch ein schweres Eisengitter flammenden Helle. Er schwang sich auf die Ruine eines an die Hausmauer gelehnten Ziegenstalles, und es gelang ihm, in die Tiefe des rauchigen Gemaches zu blicken.

Da stand am lodernden Herdfeuer eine steinalte Frau mit einem grundehrlichen Gesichte und hielt eine Eisenpfanne in der Hand, worin Bergforellen im prasselnden Fette brieten. Ein bleicher Bursche, dessen krankhaft starre Züge in dem Schwalle des dunkeln, verwirrten

Lockenhaares fast verschwanden, schlief, in eine Schafhaut gewickelt, auf einer Steinbank im Hintergrunde.

Jetzt galt es klug sein. Waser, als angehender Diplomat, suchte erst lauschend sich die Situation klarzumachen und dann den Punkt zu finden, von welchem aus er sich derselben bemächtigen könnte. Der Zufall war ihm günstig. Der bleiche Schläfer begann mit einem ängstlichen Traume zu kämpfen; erst warf er sich ächzend hin und her, von einer Seite auf die andere, dann richtete er sich plötzlich mit geschlossenen Augen und einem Ausdrucke stumpfen Seelenleidens auf, ballte die Faust, als umschlösse sie eine Waffe, führte einen Stoß und stöhnte mit dumpfer Traumstimme: »Du wolltest es, Santissima!«

Jetzt setzte die Alte rasch ihre Pfanne weg, faßte den Träumer unsanft an der Schulter, rüttelte ihn und rief ihn an: »Erwache, Agostin! Ich will dich nicht länger in meiner Küche. Das sind nicht die Träume des Erzvaters Jakob ... Dich plagt der Böse. Fort ins Heu! Und der Herr behüte dich vor den Fallstricken der Hölle.« –

Die langlockige, schmale Gestalt erhob sich mit gesenktem Haupte und entfernte sich ohne Widerrede.

»Was du für meinen Sohn, den Pfarrer Alexander in Ardenn, mitzunehmen hast, werd ich dir morgen in der Frühe, wenn du hier deinen Tragkorb holst, selber obenauf binden!« rief ihm die Alte nach und setzte dann kopfschüttelnd hinzu: »Eigentlich sollt' ich dem papistischen Querkopfe das teure Erbstück nicht anvertrauen!« ...

»Das könnt' ich Euch besser besorgen, gute Frau«, sprach Waser mit Vertrauen erweckender Stimme zwischen den Eisenstäben hindurch ins Gemach hinein. »Ich gehe morgen über den Muretto ins Veltlin zu Pfarrer Jenatsch, dem Freunde und Nachbar Eures würdigen Sohnes, Herrn Blasius Alexander, dessen Name mir wohl bekannt ist, denn er hat ein gutes Gerücht in protestantischen Landen. Wohlverstanden, wenn Ihr mir bis zur Frühe ein trockenes Schlafplätzchen anweisen könnt, denn der Wirt hat mich andrer Gäste wegen ausgeschlossen.« –

Die Alte griff erstaunt, aber unerschrocken nach ihrer Öllampe. Das Flämmchen mit der Hand gegen den Luftzug deckend, näherte sie sich der Fensteröffnung und beschaute sich den durch das Gitter redenden Kopf.

Als sie das heiter kluge, junge Gesicht und die wohlanständige Halskrause erblickte, wurden ihre scharfen grauen Augen sehr freundlich und sie sagte: »Ihr seid wohl auch ein Prädikant?«

»Ein Stück davon!« antwortete Waser, der in seiner Heimat nicht leicht eine Unwahrheit sagte, aber auf diesem wilden, unwirtlichen Boden den Umständen etwas einräumte. »Laßt mich ein, Mütterchen, das Weitere wird sich finden.«

Die Alte nickte ihm zu, den Finger auf den Mund legend, und verschwand. Jetzt knarrte ein niedriges Pförtchen neben dem Ziegenstalle, Waser kletterte hinunter und wurde von der Alten, die seine Hand ergriff, über ein paar dunkle Stufen hinauf in die Küche gezogen.

»Ein warmes Kämmerchen findet sich wohl – das meinige!« sagte sie, auf eine Leitertreppe neben dem Rauchfange deutend, die zu einer Falltüre in der gemauerten Decke führte. »Ich habe die ganze Nacht am Feuer zu tun – die Herrschaften drüben setzen sich eben erst zu Tische. Haltet Euch droben still, Ihr seid dort sicher, und einen Diener am Wort werd ich auch nicht verhungern lassen.«

Damit reichte sie ihm die Ampel, er stieg ohne weitere Umstände die Leiter hinauf, hob mit der Rechten die Türe und trat in ein nacktes, kerkerähnliches Kämmerchen. Die Alte folgte ihm mit Brot und Wein, trat dann durch das Seitenpförtchen in der Wand in ein, wie es schien, weites luftiges Nebengemach und kehrte mit einem ansehnlichen Stück gedörrten Schinkens zurück.

An der Wand über einem wenig einladenden Schragen hing ein großes, massiv mit Silber beschlagenes Pulverhorn.

»Das, Herr«, sagte darauf deutend die Alte, »will ich meinem Sohne morgen schicken. Es ist das Erbe von seinem Ohm und Paten, ein hundertjähriges Beutestück aus dem Müsserkriege.«

Nach kurzer Zeit streckte sich Waser auf das Lager und versuchte zu schlafen, aber es gelang ihm nicht. Einen Augenblick war er eingedämmert, Traumgestalten bewegten sich vor seinen Augen, Jenatsch und Lukretia, Herr Magister Semmler und die Alte am Feuer, der Wirt zur Maloja und der grobe Lukas setzten sich zueinander in die seltsamsten Wechselbeziehungen. Plötzlich saßen sie alle auf einer Schulbank, Semmler hob als griechische Drommete merkwürdigerweise das große Pulverhorn an den Mund, aus dem die unerhörtesten Klagetöne hervordrangen, beantwortet von einem aus allen Ecken schallenden teuflischen Gelächter.

Waser erwachte, hatte Mühe, sich zu erinnern, wo er sich befinde, und war im Begriffe wieder einzuschlummern, da erschollen, wie er meinte von der Nebenkammer her, in lebhafter Zwiesprache ferne Männerstimmen. Was er jetzt hörte, war kein Traumgelächter.

War es die Aufregung der Reise, war es ein die heimlich aufsteigende Furcht bekämpfender rascher Entschluß oder war es einfache Neugier, was den jungen Zürcher vom Lager trieb? Was immer, er stand schon an der Tür des anstoßenden Raumes, überzeugte sich, erst horchend, dann sachte öffnend, daß er leer sei, und nun durchschritt er auf leisen Zehen die ganze Breite der Kammer, einem schmalen Lichtschimmer folgend, der durch die gegenüberstehende Wand drang. Der schwache rötliche Strahl kam, wie der Tastende sich überzeugte, durch die Spalte einer morschen, mit schweren Eisenbändern beschlagenen Eichentür. Vorsichtig legte er sein scharfes Auge an das klaffende Holzwerk, und was er sah und vernahm, war derart, daß er, seine eigene Lage vergessend, an seinen Posten gebannt blieb.

Es war ein enges, durch eine beschirmte Hängelampe erhelltes Gemach, in das er blickte. Der Redenden waren zwei, und sie schienen sich an einem kleinen, mit Briefschaften und unordentlich zur Seite geschobenen Flaschen und Tellern bedeckten Tische gegenüberzusitzen. Der Nähere wandte der Tür den Rücken zu, und die breiten Schultern, der Stiernacken, der struppige Krauskopf des heftig Sprechenden füllten zuweilen den ganzen von der Spalte gewährten Sehkreis. Jetzt beugte er sich mit demonstrierender Gebärde vorwärts und über seiner Achsel ward in der grellsten Schärfe des Lichtes das auf die Hand gestützte Haupt des andern – Waser erschrak –, des Herrn Pompejus Planta sichtbar. Wie gespannt und gramvoll sah er aus! Tief eingeschnittene Falten zogen seine buschigen Brauen zusammen über den eingefallenen, aber unheimlich blitzenden Augen. Die stolze, kräftige Lebenslust war geschwunden, und in seinen Zügen kämpften heißer Groll und tiefer Jammer. Er schien seit heute mittag um zehn Jahre gealtert.

»Ich willige ungern in das Blutbad, das mir manchen früher befreundeten Mann aus meiner Sippe kostet, und noch schwerer in die dann notwendig werdende spanische Hilfe«, sprach Planta jetzt langsam und gedrückt, nachdem der andere seine sprudelnde, Waser unklar gebliebene Rede vollendet hatte, »... aber«, und hier fuhr ein Blitz des Hasses aus den Augen des Freiherrn, »muß Blut fließen, Robustelli, so vergeßt mir wenigstens *ihn* nicht!«

»Den Giorgio Jenatsch!« lachte der Italiener wild und stieß sein Messer in einen neben ihm liegenden kleinen Brotlaib, den er Herrn Pompejus vorhielt wie einen gespießten Kopf an einer Pike.

Bei dieser nicht mißzuverstehenden symbolischen Antwort kehrte der Italiener die Hälfte seines rohen Gesichtes dem Lauscher in nächster Nähe zu. Dieser fuhr zurück und fand es geraten, sich geräuschlos auf seine Lagerstätte zurückzuziehen. Die Szene gab ihm viel zu denken und bestärkte ihn in seinem Vorsatze, auf dem nächsten Wege in das Veltlin zu eilen und seinen Freund zu warnen. Wie er es ausführen könne, ohne sich selbst in diese hochgefährlichen Dinge zu verwickeln, dies überlegend entschlummerte er, von Müdigkeit überwältigt.

Das erste Morgenlicht dämmerte durch ein schmales Fensterlein, das eher eine Schießscharte zu nennen war, als Waser durch ein Klopfen an der Falltüre geweckt wurde. Er fuhr in seine Kleider und machte sich reisefertig. Die Alte trug ihm Grüße an ihren Sohn auf, hing ihm sorgfältig das Pulverhorn um, das sie als eine wertvolle Familienreliquie zu verehren schien, und beförderte ihn mit einiger Ängstlichkeit durch das Küchenpförtchen ins Freie. Hier zeigte sie ihm den in die Berge zur Linken der Maloja sich verlierenden Anfang seines heutigen Weges, den schmalen Eingang zum Talkessel von Cavelosch.

»Seid Ihr einmal drinnen«, sagte sie, »so blickt nach dem kahlen Hange zur Linken des Sees, dort schlängelt sich, weithin sichtbar, der Pfad, und dort müßt Ihr ohne anders den Agostino erblicken. Er ist vor einer Viertelstunde mit seinem Tragkorbe aufgebrochen und geht wie Ihr nach Sondrio hinüber. Den sprecht an und haltet Euch zu ihm. Es ist freilich mit ihm hier«, sie wies auf die Stirne, »nicht ganz richtig, aber den Weg weiß er auswendig und ist sonst wie ein andrer.«

Waser verabschiedete sich mit herzlichem Danke und entfernte sich schnellfüßig aus dem Umkreise des noch stillen Hauses. Zwischen wilden Felstrümmern, die den Pfad kaum durchließen, betrat er bald das eiförmige, rings von gletscherbeladenen Wänden abgeschlossene Tal. Er erblickte den schmalen Steig mit dem längs dem Abhange schreitenden Agostino und eilte ihm nach.

Der junge Mann hatte die Eindrücke der Nacht noch

nicht überwunden, sosehr er sich bemühte, ihrer Herr zu
werden und sie in klare Gedanken zu verwandeln. Er
ahnte, daß, was er geschaut, schweres Unheil bedeutet
und daß ihm der Zufall nur einen geringen, für ihn zu-
sammenhangslosen und unverständlichen Teil sich vor-
bereitender ungeheurer Schicksale enthülle. Trotz seines leichten Jugendblutes war er davon tief erschüttert,
denn zwei der hier sich feindlich entgegengetriebenen
Persönlichkeiten, sein Freund und Herr Pompejus, besa-
ßen, wenn auch auf verschiedene Weise, seine Liebe und
Bewunderung.

Und wie eigen, bezaubernd und schauerlich, war diese jetzt vom Morgen gerötete Gegend. Unten eine grüne
Seetiefe, umkränzt von üppig bewachsenen Vorsprün-
gen und buschigen Inselchen, versenkt in eine überall,
überall sich zudrängende, unendliche Wildnis dunkelrot
blühender Alpenrosen wie in ein blutiges Tuch. Ringsum ragten senkrechte schimmernde Felswände, durch-
zogen von den silbernen Schlangenwindungen stürzen-
der Gletscherbäche, und im Süden, wo der im Zickzack
sich aufwärts windende Pfad den einzigen Ausgang aus
dem Talgrunde verriet, blendete den Blick ein glänzendes Schneefeld, aus dem rötliche Klippen und Pyrami-
den hervorstachen.

Jetzt hatte Waser seinen Vormann erreicht und suchte
grüßend ein Gespräch mit dem Schweigsamen anzu-
knüpfen, der, in langsames Brüten vertieft, ihn gleichgültig kaum ansah und sich seine Gesellschaft ohne Verwunderung und ohne Neugier gefallen ließ. Er konnte
ihm nur wenige Worte abnötigen, und da der Pfad ohnedies immer rauher und bald auf dem Schnee schlüpfrig
wurde, gab er seine Bemühungen auf.

Schneller, als Waser erwartet hatte, erreichten sie die
Paßhöhe. Hier beherrschte den Ausblick nach Süden
eine hochgetürmte, düstere Gebirgsmasse. Waser erkundigte sich nach dem Namen dieses drohenden Riesen.
»Er hat deren verschiedene«, antwortete Agostino, »hier

oben in Bünden nennen sie ihn anders als wir unten in Sondrio. Hier heißt er der Berg des Unglücks und bei uns der Berg des Wehs.« Von diesen leidvollen Namen unangenehm berührt, ließ Waser seinen wortkargen Begleiter voranschreiten, hielt eine kurze Rast und blieb dann, ohne ihn aus den Augen zu lassen, eine Strecke hinter ihm, um sich in der kräftigen Bergluft allein der freien Lust des Wanderns zu ergeben.

So ging es stundenlang abwärts längs des schäumenden, über Felsblöcke tobenden Malero, während die Sonne immer glühender in die Talenge hinunterbrannte. Jetzt begannen kräftig aus dem Wiesengrunde emporgewundene Kastanienbäume den Pfad zu beschatten, und die ersten Weinlauben grüßten mit ihren schwebenden Ranken. Auf den Hügeln schimmerten prunkbeladene Kirchen, und der Weg wurde immer häufiger zur gepflasterten Dorfgasse. Endlich durchschritten sie die letzte Schlucht, und vor ihnen lag im goldenen Abenddufte das breite, üppige Veltlin mit seinen heißen Weinbergen und sumpfigen Reisfeldern.

»Dort ist Sondrio«, sagte Agostino zu dem jetzt wieder an seiner Seite schreitenden Waser und wies auf eine italienische Stadt mit schimmernden Palästen und Türmen, die dem aus der Einöde Kommenden wie ein Feenzauber durch den dunkeln Rahmen des Felstors entgegenlachte.

»Ein lustiges Land, dein Veltlin, Agostino«, rief der Zürcher, »und dort am Felsen wächst ja, irr ich nicht, der löbliche Sasseller, die Perle der Weine!«

»Er ist im April erfroren«, versetzte Agostino in schwermütiger Stimmung, »zur Strafe unsrer Sünden.«

»Das ist schade«, versetzte jener, »was habt ihr denn eigentlich verbrochen?«

»Wir dulden unter uns den giftigen Aussatz der Ketzerei, aber wir werden in Kürze gereinigt und das faule Fleisch wird ausgeschnitten werden. Die Toten und die Heiligen haben in feierlicher Versammlung das Für und

Wider erwogen, am achten Mai um Mitternacht dort zu San Gervasio und Protasio«, er wies auf eine vor ihnen liegende Kirche, »– der Wächter hat es wohl gehört und ist vor Schrecken krank geworden – sie haben scharf gestritten ... aber unser San Carlo, dessen Stimme zwanzig gilt, ist Meister geworden.«

Nicht bemerkend, wie spöttisch ihn sein Begleiter von der Seite aus lachenden Augenwinkeln ansah, tat er jetzt, was er unterwegs schon immer getan, wo ein Kreuz oder Heiligenbild am Pfade stand, er setzte, vor einem bunten Schreine der Muttergottes angelangt, seinen Tragkorb nieder, warf sich auf die Knie und starrte mit brennenden Augen durch das Gitter.

»Saht Ihr, wie sie mir winkte?« sagte er nach einiger Zeit im Weitergehen wie geistesabwesend.

»Jawohl«, meinte der Zürcher lustig, »Ihr scheint bei ihr gut angeschrieben zu sein. An was hat sie Euch denn erinnert?«

»Meine Schwester umzubringen!« erwiderte er mit einem schweren Seufzer.

Das war dem jungen Zürcher zuviel. »Lebt wohl, Agostino«, sagte er. »Auf meiner Karte steht ein Seitenweg nach Berbenn, da ist er ja schon, nicht wahr? Ich kann abkürzen.« Und er drückte dem leidigen Gesellen ein Geldstück in die Hand.

Waser wandte sich zwischen den Mauern der Weinberge rechts um den Fuß des Gebirges und erblickte nach kurzer Wanderung das unter dem schattenden Grün der Kastanien fast verborgene Dorf Berbenn, sein Reiseziel. Ein halbnackter Bube wies ihm die Pfarre. Ein ärmliches Haus – aber an seiner Vorderseite umhangen und beladen mit einem so reichen Prunke von Blättern und Trauben, mit so üppigen Kränzen von übermütigem Weinlaube, daß sein dürftiger Bau darunter verschwand. Ein breites Gitterdach auf morschen Holzsäulen bildete die schwache Stütze dieses lastenden Reichtums und die

Vorhalle des Häuschens. Oben spielten die letzten Strahlen der Abendsonne auf den warmen, goldgrünen Blättern, darunter lag alles im tiefsten Schatten.

Während Waser diese noch nie geschaute freie Fülle bestaunte, erschien eine leichte Gestalt in der Türe, und als sie aus dem grünen Schatten trat, war es ein schönes, noch mädchenhaftes Weib, das einen Krug zum Wasserholen auf dem Kopfe trug. Der nackte Arm stützte leicht das auf den dicken braunen Flechten ruhende Gefäß, sie bewegte sich in schwebender Anmut mit gesenkten Wimpern heran, und als nun Waser in achtungsvoller Haltung höflich grüßend vor ihr stand und sie die sanften, leuchtenden Augen auf ihn richtete, war ihm, er habe noch nie im Leben einen solchen Triumph der Schönheit gesehen.

Auf seine Erkundigung nach dem Herrn Pfarrer zeigte sie ruhig mit der freien Hand durch die Weinlaube und den dunkeln Flur nach einer Hintertür des Hauses, wo die goldene Abendhelle eindrang. Von dorther scholl zu Wasers Verwunderung kriegerischer Gesang.

> *»Kein schönrer Tod ist in der Welt*
> *Als wer vorm Feind hinscheidt ...«*

Das Lied des deutschen Landsknechts, das so todesfreudig und doch so lebensmutig klang, konnte, daran war kein Zweifel, nur aus der kräftigen Kehle seines Freundes kommen. In der Tat, da kniete er im Schatten einer mächtigen Ulme, und womit beschloß der Pfarrer von Berbenn sein Tagewerk? er schliff am Wetzsteine einen gewaltigen Raufdegen.

Vor Überraschung blieb Waser einen Augenblick wortlos stehen. Der Kniende gewahrte ihn, stieß das Schwert in den Rasen, sprang auf, breitete die Arme aus und drückte mit dem Rufe »Herzenswaser!« den Freund an seine breite Brust.

Viertes Kapitel

Nachdem sich der Ankömmling aus der Umschlingung des Pfarrers losgewunden, maßen sie sich gegenseitig mit fröhlichen Augen.

Waser war etwas verblüfft; aber es gelang ihm, nichts davon merken zu lassen. Er fühlte sich ein wenig gedrückt neben der athletischen Gestalt des Bündners, von dessen braunem, bärtigen Haupte ein Feuerschein wilder Kraft ausging. Er ahnte es, die Gewalt eines unbändigen Willens, die früher in den düstern, fast schläfrigen Zügen seines Schulgenossen geschlummert haben mochte, war geweckt, war entfesselt worden durch die Gefahren eines stürmischen öffentlichen Lebens.

Jenatsch seinerseits war von der fertigen und saubern Erscheinung seines zürcherischen Freundes, der mit klug bescheidenen Blicken, doch in seiner Weise sicher vor ihm stand, sichtlich befriedigt und offenbar erfreut, mit einem Vertreter städtischer Kultur in seiner Abgeschiedenheit zu verkehren.

Der Bündner lud seinen Gast mit einer Handbewegung zum Sitzen ein auf die rings um den Stamm der Ulme laufende Bank und rief mit tönender Stimme:

»Wein! Lucia.«

Das schöne, stille Weib, dem Waser beim Eintritte in das Haus begegnet war, erschien bald mit zwei vollen Steinkrügen, die sie mit einer lieblich schüchternen Verneigung zwischen die Freunde auf die Holzbank setzte, demütig sich gleich wieder entfernend.

»Wer ist das holdselige Geschöpf?« fragte Waser, der ihr mit Wohlgefallen nachschaute.

»Mein Eheweib. Du begreifst, daß hier mitten unter den Götzendienern«, Jenatsch lächelte, »ein protestantischer Priester nicht unbeweibt bleiben durfte. Es ist einer unserer Hauptsätze! Überdies schärfte mir das jetzige laue Regiment, das mich aus dem Wege haben wollte und mich auf diese einsame Strafpfarre beförderte, ausdrücklich ein, so viele Seelen als möglich aus dem Pfuhle des Aberglaubens zu ziehen. Das war mein redlicher Vorsatz. Aber bis jetzt ist mir nur *eine* Bekehrung gelungen, die der schönen Lucia. Und wie? Indem ich meine eigene Person dafür verpfändete.«

»Sie ist aus der Maßen schön«, bemerkte Waser nachdenklich.

»Gerade schön genug für mich!« sagte Jenatsch, seinem Gaste den einen Krug überreichend, während er den andern an die Lippen setzte, »und die Sanftmut selbst – sie hat von ihren katholischen Verwandten meinetwegen viel zu leiden. Aber was hast du da für ein stattliches Pulverhorn, Freund? das ist ja das Erbstück aus der Familie der Alexander! ... Richtig, der Alte in Pontresina ist gestorben, und nun kommt es an den wackern Blasius, meinen Kollegen in Ardenn. Darum könnt' ich ihn beneiden. Doch wie in aller Welt kommst gerade du dazu, es ins Veltlin zu bringen?«

»Das gehört zu meinen Reiseerlebnissen, die ich dir später des nähern berichten werde«, erwiderte Waser, der mit sich selbst noch nicht im klaren war, wieweit er das warnende Abenteuer der Maloja enthüllen könne, ohne gegen seinen Vorsatz von dem heißblütigen Freunde aus der einen Mitteilung in die andere fortgerissen zu werden. »Aber jetzt, lieber Jürg, kläre mich vor allen Dingen auf über die merkwürdigen Ereignisse, die in den letzten Jahren die Aufmerksamkeit aller Politiker auf dein Vaterland lenkten. Quorum pars magna fuisti! Du warst dabei die Hauptperson.«

»Darüber kannst du leichtlich besser unterrichtet sein als ich, wenigstens was den Zusammenhang betrifft«, antwortete Jenatsch, indem er den linken Fuß auf den Schleifstein setzte und ein Bein über das andere schlug, »du arbeitest ja auf eurer Staatskanzlei, und die Herren von Zürich lassen sich nichts zuviel kosten, um nur immer auf dem laufenden zu bleiben. Übrigens ist alles ganz natürlich zugegangen, verkettet nach Ursache und

Wirkung. Du weißt also, denn in eurer Ratsstube mag es häufig aufs Tapet gekommen sein, daß seit Jahren Spanien-Österreich unsere Katholiken besticht, um unser Bündnis und freien Durchzug für seine Kriegsbanden zu erlangen, und uns jetzt, aus Verdruß, durch seine Mietlinge nichts erreicht zu haben, dort«, er wies nach Süden, »die Festung Fuentes gegen alle Verträge als eine tägliche Bedrohung an die Schwelle unseres Landes Veltlin gesetzt hat. – Wir können sie morgen besuchen, Heinrich, wenn du willst, und du wirst bei deinen gnädigen Herren in Zürich einen Stein im Brette gewinnen durch die Beschreibung des an Ort und Stelle besichtigten Streitobjektes. – Das war lästig, aber es ging uns nicht ans Leben. Dann aber, als es jedem klardenkenden Kopfe zur Gewißheit wurde, daß die katholischen Mächte zum Vernichtungskriege gegen den deutschen Protestantismus rüsteten...«

»Unbestreitbar«, warf Waser ein.

»... Da wurde es zur Lebensfrage für Spanien, sich die Militärstraße von seinem Mailand ins Tirol durch unser Veltlin, über unser Gebirg, um jeden Preis zu sichern, und zur Lebensfrage für uns, dies um jeden Preis zu verhindern. Unsere spanische Partei mußte zum Nimmerwiederaufstehn niedergeschmettert werden!«

»Ganz richtig«, sagte der Zürcher, »wenn ihr nur nicht zu so gar gewalttätigen Mitteln gegriffen hättet, wenn nur euer Volksgericht in Thusis weniger form- und regellos und seine Strafen weniger blutig gewesen wären!«

»Bündnerdinge! – Wer bei uns Politik treibt, setzt seinen Kopf ein. Das ist herkömmlich und landesüblich. Übrigens war es nicht so schlimm. Wir wurden durch übertriebene Berichte verleumdet, und die beiden Planta zogen an euern Tagsatzungen und in aller Herren Ländern herum, uns anzuschwärzen und schlechtzumachen.« –

»Der keiner Partei verfallene und von allen Rechtschaffenen geachtete Fortunatus Juvalt hat nach Zürich geschrieben, ihr wäret unbarmherzig mit ihm umgegangen.« –

»Geschah dem Pedanten recht! In einer kritischen Zeit muß man Partei zu ergreifen wissen. Es heißt: die Lauen will ich aus dem Munde speien.« –

»Er klagte, es wären falsche Zeugen gegen ihn aufgestanden.« –

»Mag sein. Auch kam er ja mit dem Leben davon und wurde nur zu einer Buße von vierhundert Kronen verurteilt wegen zweideutiger Gesinnung.« –

»Ich begreife«, fuhr Waser nach einer Pause fort, »daß ihr Pompejus Planta und seinen Bruder Rudolf des Landes verweisen mußtet; aber war es denn nötig, sie wie gemeine Verbrecher zu brandmarken und mit Henkerstrafen zu bedrohen, ohne Rücksicht auf die glänzenden Verdienste ihrer Vorfahren und die tiefen Wurzeln ihrer Stellung im Lande?« –

»Niederträchtige Verräter!« fuhr Jenatsch zornblitzend auf. »Die Schuld unserer ganzen Gefahr und Verstrickung lastet auf ihnen und möge sie zermalmen! Zuerst und vor allen haben sie mit Spanien gezettelt! Kein Wort, Heinrich, zu ihrer Verteidigung!« –

Verletzt durch dies herrische Ungestüm, sagte Waser mit etwas gereizter Stimme und dem Gefühle, jetzt einen wunden Punkt zu treffen: »Und der Erzpriester Nikolaus Rusca? – Er galt allgemein für unschuldig.« –

»Ich glaube, er war es« – flüsterte Jenatsch, dem sichtlich bei dieser Erinnerung unbehaglich zumute ward, und blickte starr vor sich hin in die Dämmerung.

Erstaunt über diese seltsame Aufrichtigkeit schwieg der andere eine Weile. »Er ist auf der Folter mit durchgebissener Zunge gestorben ...«, sagte er endlich vorwurfsvoll.

Jenatsch antwortete in kurzen abgerissenen Sätzen: »Ich wollte ihn retten ... Wie konnt' ich wissen, daß der Schwächling die ersten Foltergrade nicht überstehen würde ... Er hatte persönliche Feinde. Die Aufregung gegen die römischen Pfaffen wollte ihr Opfer haben. Unsere katholischen Untertanen hier im Veltlin mußten eingeschüchtert werden. Es kam, wie geschrieben steht: Besser ist's, daß *einer* umkomme, als daß das ganze Volk verderbe.« –

Wie um die trübe Stimmung abzuschütteln, erhob sich nun Jenatsch, den Freund aus dem dunkelnden Gartenraume ins Haus zu führen. Über der Mauer sah man den schlanken Kirchturm vom letzten Abendgold sich abheben.

»Der Unglückliche hat übrigens hier noch zahlreiche Anhänger«, sagte er, und dann auf die Kirche weisend: »dort las er seine erste Messe vor dreißig Jahren.« –

Im Hauptgemach, das nach dem Flur offenstand, brannte eine Lampe. Als die beiden das Haus betraten, sahen sie die junge Frau an der Vordertür bei einer Freundin stehen, die sie herausgerufen zu haben schien und ihr mit ängstlichen Gebärden etwas zuflüsterte. Hinter den Frauen liefen in der dämmernden Dorfgasse Leute vorüber, und man vernahm ein wirres Getön von Stimmen, aus dem jetzt deutlich der Ruf eines alten Weibes hervorkreischte: »Lucia, Lucia! Ein entsetzliches Wunder Gottes!«

Jenatsch, dem solche Szenen nicht neu sein mochten, wollte, seinem Gaste den Vortritt lassend, die Zimmerschwelle überschreiten, als die junge Frau sich ihm näherte und ihn angstvoll am Ärmel faßte. Waser, der sich umwendete, sah, wie sie totenblaß die gefalteten Hände zu ihrem Manne erhob.

»Geh an deinen Herd, Kind, und besorge uns ruhig das Abendessen«, befahl er freundlich, »damit du mit deiner Kunst bei unserm Gaste Ehre einlegest.« Dann wandte er sich unmutig lachend zu Waser: »Die verrückten welschen Hirngespinste! Sie sagen, der tote Erzpriester Rusca stehe drüben in der Kirche und lese Messe! – Ich will dem Wunder zu Leibe rücken. Kommst du mit, Waser?«

Diesem lief es kalt über den Rücken, aber die Neugierde überwog und: »Warum nicht!« sagte er mit mutiger Stimme; dann, als sie der vorwärts treibenden Menge verstörter Leute durch die Dorfgasse nach der Kirche folgten, fragte er flüsternd: »Der Erzpriester ist doch wirklich nicht mehr am Leben?«

»Sapperment!« versetzte der junge Pfarrer, »ich war dabei, als man ihn unter dem Galgen in Thusis verscharrte.«

Jetzt traten sie durch die Hauptpforte in die Kirche. Das Schiff, welches sie nun durchschritten, war zum Behufe des protestantischen Gottesdienstes von allen Heiligtümern gereinigt und enthielt außer den Bänken für die Zuhörer nur den Taufstein und eine nackte Kanzel. Ein Bretterverschlag mit einer kleinen Türe trennte davon den weiten Chor, der den Katholiken verblieben und von ihnen zur Kapelle eingerichtet worden war.

Als Jenatsch öffnete, befanden sie sich dem Hauptaltare gegenüber, dessen heiliger Schmuck und silbernes Kruzifix in einem letzten durch das schmale Bogenfenster einfallenden Abendschimmer kaum mehr zu erkennen waren. Vor ihnen drängte sich Kopf an Kopf die kniende murmelnde Menge, Weiber, Krüppel, Alte. Längs der Wände schoben sich dürftige Männergestalten, mit den langen magern Hälsen vorwärts lauschend und den Filz krampfhaft vor die Brust gedrückt.

Auf dem Hochaltare flackerten zwei düstere Kerzen, deren Licht mit dem letzten von außen kommenden Schimmer der Dämmerung kämpfte. Die zwei Flämmchen bewegten sich in einem von zerbrochenen Fensterscheiben eingelassenen Luftzuge, der sie auszulöschen drohte, und tanzende Schatten trieben auf dem Altare ein seltsames Spiel. Der streichende Wind bewegte zuweilen mit leisem Geknatter die schwach schimmernden Falten der Altardecke. Erregte Sinne mochten wohl das weiße Gewand eines Knienden auf den Stufen erblicken.

Jenatsch stieß im Mittelgange mit seinem Freunde

vor, von den einen, in Verzückung Versunkenen, kaum bemerkt, von den andern mit bösen, feindlichen Blicken und leisen Verwünschungen verfolgt, aber von keinem zurückgehalten. Jetzt stand der athletische Mann, allen sichtbar, dem Altare gegenüber; aber vor diesem hatte sich auch schon eine Anzahl unheimlicher Gesellen wie eine Schutzwehr gegen Heiligenschändung drohend zusammengedrängt. Waser glaubte blinkende Dolche zu erblicken.

»Was ist das für ein unchristlicher Zauber!« rief Jenatsch mit schallender Stimme. »Laßt mich zu, daß ich ihn breche!« –

»Sakrilegium!« murrte es aus der dichten Reihe der Veltliner, die einen Ring um den Bündner zu schließen begann. Zwei griffen nach seiner vorgestreckten Rechten, andere drängten sich von hinten an ihn; aber Jenatsch machte sich mit einem gewaltigen Rucke frei. Um sich nach vorn Luft zu schaffen, packte er den nächsten seiner Angreifer mit eiserner Faust und schleuderte ihn rücklings gegen den Hochaltar. Der Stürzende schlug mit ausgebreiteten Armen, die nackten Füße gegen die Menge streckend, hart auf die Stufen und begrub den buschigen Hinterkopf in die Altardecken. Leuchter und Reliquienschreine klirrten, und es erhob sich ein langes, durchdringendes Wehgeheul.

Dieser Moment der Verwirrung rettete den Pfarrer. Er benutzte ihn blitzschnell, durchbrach gewaltsam, seinen Freund nach sich ziehend, den verwirrten Menschenknäuel, erreichte die offene Sakristei, gewann das Freie und eilte mit Waser seinem Hause zu.

In dem sichern Wohnraume angelangt, stieß der Hausherr einen Schieber an der Wand zurück und rief in die Küche hinaus:

»Trag uns auf, meine Lucia!«

Herr Waser aber klopfte den Staub des Handgemenges aus seinen Kleidern und zog Manschetten und Halskrause zurecht. »Pfaffentrug!« sagte er, diesem Geschäfte mit Sorgfalt obliegend.

»Vielleicht, vielleicht auch nicht! Warum sollten sie nicht etwas gesehen haben? Irgendein Phantom? Du weißt nicht, welche sinnverwirrenden Dünste aus den Sümpfen dieser Adda aufsteigen. – Schade um das Volk; es ist sonst so übel nicht. Im obern Veltlin lebt ein geradezu tüchtiger Schlag, ganz verschieden von diesen gelben Kretinen.«

»Hättet ihr Bündner nicht klüger getan, ihnen einige beschränkte bürgerliche Freiheiten zu gewähren?« warf Waser ein.

»Nicht bürgerliche nur, auch die politischen Rechte hätte ich ihnen gegeben, Heinrich. Ich bin ein Demokrat, das weißt du. Aber da ist ein schlimmer Haken. Die Veltliner sind hitzige Katholiken, zusammen mit dem papistischen Drittel unserer Stammlande würden sie Bünden zu einem katholischen Staate machen – und da sei Gott vor!«

Indessen hatte die reizende Lucia, die jetzt sehr niedergeschlagen aussah, den landesüblichen Risott aufgetragen, und der junge Pfarrer füllte die Gläser.

»Auf das Wohl der protestantischen Waffen in Böhmen!« rief er, mit Waser anstoßend. »Schade, daß du deinen Plan aufgegeben hast und jetzt nicht in Prag bist. In diesem Augenblicke vielleicht geht es dort los.«

»Möglicherweise ist es für mich rühmlicher, hier bei dir zu sein. Man darf nach den neuesten Nachrichten bezweifeln, ob der Pfalzgraf den Hengst zu regieren weiß, auf den er sich so galant gesetzt hat. – Es ist doch nichts daran, daß ihr euch mit dem Böhmen verbündet habt?«

»Wenig genug, leider! Wohl sind ein paar Bündner hingereist, aber gar nicht die rechten Leute.«

»Das ist sehr gewagt!«

»Im Gegenteil, zu wenig gewagt! Keiner gewinnt, der nicht den vollen Einsatz auf den Tisch wirft. Unser Regiment ist erbärmlich lässig. Lauter halbe Maßregeln! Und doch haben wir unsere Schiffe verbrannt, mit Spanien so gut wie gebrochen und die Vermittlung Frankreichs grob abgewiesen. Wir sind ganz auf uns selbst gestellt. In ein paar Wochen können die Spanier von Fuentes her einbrechen und es ist – kannst du's glauben, Waser? – für keine Verteidigung gesorgt. Ein paar erbärmliche Schanzen sind aufgeworfen, ein paar Kompanien einberufen, die heute kommen und sich morgen verlaufen. Keine Kriegszucht, kein Geld, keine Führung! Und mich haben sie wegen meines eigenmächtigen Eingreifens, wie sie's nennen, das sich für meine Jugend und mein Amt nicht schicke, von jedem Einflusse auf die öffentlichen Dinge abgeschnitten und so fern als möglich von ihren Ratsstuben an diese Bergpfarre gefesselt. Die ehrwürdige Synode aber ermahnt mich, eine faule Friedsamkeit zu predigen, während über meinem Vaterlande stoßfertig die spanischen Raubgeier schweben. Es ist zum Tollwerden! – Täglich mehren sich die Anzeigen, daß hier unter den Veltlinern eine Verschwörung brütet. Ich kann nicht länger zusehen. Morgen will ich selbst noch eine Rekognoszierung gegen Fuentes vornehmen – du kommst mit Waser, ich habe einen anständigen Vorwand –, und übermorgen reiten wir zum bündnerischen Landeshauptmann nach Sondrio. Er versteht nichts anderes, als am Mark dieses fetten Landes zu zehren, das wir morgen verlieren können, der träge Blutsauger! Aber ich will ihm so zusetzen, daß ihm der Angstschweiß aus allen Poren bricht. – Du hilfst mir, Waser.« –

»In der Tat« bemerkte dieser zögernd und geheimnisvoll, »auch ich habe auf meiner Reise durch Bünden einige Witterung bekommen, daß etwas im Tun sein möchte.«

»Und das sagst du mir jetzt erst, Kind des Unglücks!« rief der andere scharf und gespannt. »Gleich erzähle alles und ganz nach der Ordnung. Du hast etwas gehört? Wo? von wem? was?«

Waser ordnete geschwind in seinem Geiste das Erlebte, um es seinem gewalttätigen Freunde passend vorzulegen. »Auf dem Hospiz der Maloja«, begann er vorsichtig.

»Sitzt als Wirt der Scapi, ein Lombarde, also mit den Spaniern einverstanden. Weiter.«

»Hörte ich, freilich halb im Schlummer, neben meinem Schlafkämmerlein ein Zwiegespräch. Ich glaubte, es sei von dir die Rede. – Wer ist Robustelli?«

»Jakob Robustelli von Grosotto ist ein ausbündiger Schuft, ein Dreckritter, durch Kornwucher reich und durch spanische Gunst adelig geworden, der Patron und Spießgeselle aller Malandrini und Straßenräuber – jeder Missetat und jeden Verrates fähig!«

»Dieser Robustelli« sagte Waser mit Gewicht, »trachtet dir, wenn ich richtig hörte, nach dem Leben.«

»Wohl möglich! Das ist nicht die Hauptsache. Wer war der andere, mit dem er zettelte?« –

»Ich hörte seinen Namen nicht«, antwortete der Zürcher, der es für Pflicht hielt, dem Herrn Pompejus das Geheimnis zu bewahren, und als Jenatsch ihn drohend anblitzte, fuhr er herzhaft fort: »Und wüßt' ich den Namen, so will ich ihn nicht nennen!«

»Du weißt ihn! ... Heraus damit!« drang Jenatsch auf ihn ein.

»Jürg, du kennst mich! du weißt, daß ich mir diese Faustrechtmanieren nicht gefallen lasse, ich verbitte mir das«, wehrte Waser mit möglichst kalter Miene ab.

Da legte ihm der andere liebkosend den starken Arm um die Schultern und sagte mit zärtlicher Wärme: »Sei offen, Herzenswaserchen! Du verkennst mich! Nicht für meine Person sorg ich, sondern für mein vielteures Bünden. Wer weiß, vielleicht hängt an deinen Lippen seine Rettung und das Leben von Tausenden!« ...

»Schweigen ist hier Ehrensache«, versetzte Waser und machte einen Versuch, sich der leidenschaftlichen Umarmung zu entziehen.

Jetzt fuhr eine düstere Flamme über das Antlitz des Bündners. »Bei Gott«, rief er, den Freund an sich pressend, »sprichst du nicht, so erwürg ich dich, Waser!«, und als der Erschrockene schwieg, griff er nach dem Dolchmesser, womit er Brot geschnitten, und richtete die drohende Spitze desselben gegen die Halskrause des Zürchers.

Dieser wäre sicherlich auch jetzt noch standhaft geblieben, denn er war im Innersten empört; aber bei einer unvorsichtigen Bewegung des Sträubens, die er gemacht, hatte der spitze Stahl seinen Hals geritzt, und ein paar Blutstropfen rieselten unheimlich warm gegen die Halskrause herunter.

»Laß mich, Jürg«, sagte er, leicht erbleichend, »ich will dir etwas zeigen!« Er holte zuerst sein weißes Schnupftuch heraus und wischte sich behutsam das Blut ab; dann zog er sein Taschenbuch hervor, schlug das Blatt mit der Skizze der Juliersäulen auf und legte es auf den Tisch hin vor Jenatsch, der das Büchlein hastig ergriff. Der erste Blick des Bündners auf die Zeichnung traf die von Lukretia zwischen die Juliersäulen geschriebenen Worte und er versank plötzlich in finsteres Nachdenken.

Waser, der ihn schweigend beobachtete, erschrak innerlich über den Eindruck, den Lukretias von ihm wider Willen übernommene und bestellte Botschaft auf Jürg Jenatsch machte. Er hatte nicht ahnen können, wie rasch der Scharfsinn des Volksführers den Zusammenhang der Tatsachen erriet und wie sicher und unerbittlich er sie verkettete. Trauer und Zorn, weiche Erinnerungen und harte Entschlüsse schienen über den halb Abgewandten wechselnd Gewalt zu gewinnen. »Arme Lukretia!« hörte Waser ihn aus tiefster Seele seufzen, dann wurde sein Ausdruck immer rätselhafter, verschlossener, und härtete sich zur Undurchdringlichkeit. – »Sie waren auf dem Julier ... ihr Vater ist also in Bünden ... Stolzer Herr Pompejus, du hast einen Robustell zum Spießgesellen ... tief gesunken!« sprach er fast ruhig.

Plötzlich sprang er auf: »Nicht wahr, Waser, meine verwünschte Hitze? Du hattest auf der Schule davon zu leiden, und ich bin ihrer noch immer nicht Herr geworden! ... Geh zu Bette und verschlafe dein böses Abenteuer! – Morgen in der kühlen Frühe machen wir den Ritt nach Fuentes auf zwei untadeligen Maultieren. Du sollst an mir den leidlichen Gesellen finden von ehedem. Unterwegs läßt sich über manches gemütlich plaudern.«

FÜNFTES KAPITEL

Herr Waser erwachte vor Tagesanbruch. Als er mit Mühe den Fensterladen aufstieß, der von dem üppigen Geäste und Blätterwerke eines Feigenbaumes gesperrt und dicht überflochten war, geschah es im Widerstreite zweifelnder Gedanken. Er war mit dem Vorsatze entschlafen, seinen gewalttätigen Freund und das allzu abenteuerliche Veltlin ohne Zögern und auf dem nächsten Wege über Chiavenna zu verlassen. Ein erquickender Schlaf jedoch hatte die gestrigen Eindrücke gemildert und seinen Entschluß wankend gemacht. Die Liebe zu seinem merkwürdigen Jugendfreunde gewann die Oberhand. War es denn dieser heftigen und, wie er sich sagte, nicht durch städtische Bildung veredelten Natur stark zu verargen, wenn sie losbrach, wo Heimat und Leben gefährdet war? Und kannte er nicht von früher her Jürgs jähen Stimmungswechsel, seine wilden, heißblütigen Scherze! Eines jedenfalls war für ihn außer Frage: Durch plötzliche Abreise hätte er ein Unheil nicht verhütet, das aus dem halben Geständnisse entstehen konnte, welches ihm Jürg abgezwungen; blieb er aber, teilte er seinem Freunde das Erlebte vollständig mit, so erwiderte dieser sicherlich sein Vertrauen und er erfuhr, wie sich Jürgs Verhältnis zu Lukretias Vater so grenzenlos verbittert hatte. Dann erst kam der Augenblick, seinen versöhnenden Einfluß geltend zu machen.

So ritten sie in vertraulichem Gespräche nach Fuentes. Jenatsch kam nicht auf das Gestrige zurück und war freudig wie der helle Morgen. Fast leichtsinnig nahm er Wasers ausführlichen Reisebericht entgegen und bereitwillig antwortete er auf dessen eingehende Fragen. Aber Waser erfuhr weniger und minder Wichtiges, als er erwartete. – Nach einem letzten Universitätsjahre in Basel, erzählte Jürg, sei er ins Domleschg zurückgekehrt. Dort habe er seinen Vater auf dem Sterbelager gefunden und sei nach dessen Ableben von den Scharansern trotz seiner grünen achtzehn Jahre einstimmig zu ihrem Pfarrer gewählt worden. Auf Riedberg habe er einen einzigen Besuch gemacht, wobei er allerdings mit Herrn Pompejus über politische Dinge in Wortwechsel geraten sei. Persönliches habe sich nicht eingemischt; aber der Eindruck auf beide sei der gewesen, daß sie sich besser mieden. Als der erste Volkssturm gegen die Planta sich erhoben, habe er von der Kanzel abgewarnt, denn er sei damals noch der Meinung gewesen, ein Geistlicher müsse seine Hände von der Politik rein halten; als aber das Staatsruder bei wachsender Gefahr keinen mutigen Steuermann gefunden, habe ihn das Mitleid mit seinem Volke überwältigt. Das Strafgericht von Thusis, das er für eine blutige Notwendigkeit gehalten, habe er allerdings mit einsetzen helfen und ihm sein Tagewerk angewiesen. Die Verurteilung der Planta dagegen, deren Praktiken übrigens landeskundig gewesen, habe er weder begünstigt noch verhindert, sie sei wie ein einstimmiger Schrei aus dem Volke hervorgegangen.

So wendete das Gespräch sich völlig der Politik zu, obwohl Waser zuerst sich bestrebte, es auf den persönlichen Verhältnissen seines Freundes festzuhalten; aber er wurde überwältigt und hingerissen durch das Ungestüm, mit dem Jürg die den Zürcher höchlich interessierenden und von ihm gründlich erwogenen Probleme europäischer Staatskunst anfaßte; er wurde erschreckt und aufgeregt durch die Frechheit, mit der Jürg die harten Knoten rücksichtslos zerhieb, deren behutsame Lösung Waser als die höchste Aufgabe und den wünschenswerten Triumph der Diplomatie erkannte.

Es war ihm denn in diesem raschen Wechsel der Rede und Widerrede kaum die einzige schüchterne Frage gelungen, ob Fräulein Lukretia während der traurigen Wirren im Domleschg auf dem Riedberge gewohnt habe. Da hatte sich Jürgs Antlitz wie gestern abend wieder plötzlich verfinstert und er hatte kurz geantwortet: »Zu Anfang. – Das Kind hat gelitten. Es ist ein treues, festes Herz ... Aber soll ich die Fesseln eines Kindes tragen? ... Und dazu einer Planta! – Torheit. – Du siehst, ich habe ein Ende gemacht.«

Hier hatte er sein Tier so heftig gestachelt, daß es in erschreckten Sprüngen vorwärts setzte und Waser nur mühsam das seinige in Zucht hielt.

In Ardenn trieben sie ihre Maultiere vor die Türe des Pfarrers, aber diese war verschlossen. Blasius Alexander war nicht zu Hause. Jenatsch, der mit den Gewohnheiten seines einsam lebenden Freundes vertraut schien, umging das baufällige Häuschen, fand den Schlüssel zur Hintertüre in der Höhlung eines alten Birnbaumes und trat mit dem Freunde in Alexanders Stube. Der von den Bäumen des wilden Gartens verdunkelte Raum war leer bis auf die längs der Fensterseite laufende Holzbank und den wurmstichigen Tisch, auf dem eine große Bibel ruhte. Neben dieser geistlichen Waffe blickte aus der Ecke eine weltliche. Dort lehnte eine altväterische Muskete, über welche nun Jenatsch das ihm von seinem Begleiter gebotene Pulverhorn aus dem Müsserkriege an einen Holznagel aufhängte. Dann riß er ein Blatt aus Wasers Taschenbuche und schrieb darauf: »Ein frommer Zürcher erwartet dich bei mir heute abend zur Zeit des Ave Maria. Komm und stärk ihm den Glauben!« Den Zettel legte er in die beim Buche der Makkabäer aufgeschlagene Bibel.

Schon brannte die Sonne heiß, als Jenatsch seinem Gefährten die aus dem breit gewordenen Addatale drohend aufsteigende Zwingburg zeigte, das Ungeheuer, wie er sie hieß, das die eine Tatze nach Bündens Chiavenna, die andere nach seinem Veltlin ausstrecke. Auf der Straße nach den Wällen zog eine lange Staubwolke. Der scharfe Blick des Bündners erkannte darin eine Reihe schwerer Lastwagen. Aus ihrer Menge schloß er, daß Fuentes auf lange Zeit und für eine starke Besatzung verproviantiert werde. Und doch ging in Bünden die Rede, daß die spanische Mannschaft durch die hier herrschenden Sumpffieber auf die Hälfte zusammengeschmolzen sei und der Aufenthalt in der Festung unter den Spaniern als todbringend gelte. Das war Jenatsch von einem blutjungen Lokotenenten aus der Freigrafschaft bestätigt worden, der in Fuentes erkrankt war und, um solch ruhmlosem Untergange auszuweichen, ein paar Wochen auf Urlaub in der Bergluft von Berbenn verlebt hatte. Sich die Zeit zu kürzen, brachte er ein neues spanisches Buch mit, eine so lustige Geschichte, daß er es für unrecht hielt, allein darüber zu lachen, und er sie dem jungen Pfarrer mitteilte, an dessen Umgang er Gefallen fand und der ihm durch seinen Geist und seine Kenntnis der spanischen Sprache zu diesem Genusse vollkommen befähigt schien. Dies Buch war im Pfarrhause zurückgeblieben, und heute gedachte Jenatsch den ingeniosen Hidalgo Don Quixote – so lautete sein Titel – als Schlüssel zu der spanischen Festung zu benützen.

Eben öffnete sich ein Tor der äußersten Umwallung vor dem ersten Proviantwagen, und Jenatsch trieb sein müdes Tier an, um bei dieser Gelegenheit leichter Eingang zu erlangen. Als die Freunde jedoch die Festung erreichten, stand an der Fallbrücke, die Einfahrt beaufsichtigend, ein spanischer Hauptmann, ein gelber, zäher Geselle – nur Haut und Knochen –, von dem das Fieber abgezehrt, was abzuzehren war. Er maß die Ankommenden mit hohlen, mißtrauischen Augen, und als Jenatsch mit anstandsvollem Gruße nach dem Befinden seines jungen Bekannten sich erkundigte, erhielt er die knappe Antwort: »Verreist.« Wie er darauf Argwohn schöpfte und weiter fragte, wohin und auf wie lange, hinzufügend, daß er noch etwas vom Besitze des Jünglings in Händen habe, versetzte der Spanier bitter: »Dorthin. Auf immer. Ihr könnt Euch als seinen Erben betrachten.« – Dabei streckte er den Zeigefinger seiner Knochenhand nach den dunkeln Zypressen einer unfern gelegenen Begräbniskirche aus. Dann gab er der Schildwache einen Befehl und wandte den beiden den Rücken.

Da Jenatsch kein anderes Mittel kannte, in die streng bewachte Festung einzudringen, schlug er dem Freunde vor, weiterzureiten bis an das Gestade des Comersees, den sie in geringer Entfernung lieblich leuchten sahen. Bald erreichten sie den belebten Landungsplatz seines nördlichen Endes. Kühl hauchte ihnen die blaue, vom Geflatter heller Segel belebte Flut entgegen. Die Bucht war mit Schiffen gefüllt, die gerade ihrer Ladung entledigt wurden. Öl, Wein, rohe Seide und andere Erzeugnisse der fetten Lombardei wurden zum Transport über das Gebirge auf Karren und Mäuler geladen. Der Platz vor der großen steinernen Herberge bot den Anblick eines bunten Marktes mit seinem betäubenden Lärm und fröhlichen Gedränge. Mit Mühe bahnten sich, vorüber an Körben voll schwellender Pfirsiche und duftiger Pflaumen, die beiden Maultiere den Weg bis zur gewölbten Pforte des Gasthauses. In dem düstern Torwege kniete der Wirt vor einer Tonne und zapfte ein rötliches, schäumendes Getränk für die durstig sich zudrängenden Gäste. Ein Blick in den anstoßenden Schenkraum überzeugte Jenatsch, daß hier zwischen lärmenden Menschen und bettelnden Hunden keine kühle Stätte zu finden sei, er wandte sich darum nach dem Garten, der eine einzige dichte Weinlaube bildete und dessen mit rankendem Grün überhängte Mauern und zerfallende Landungstreppen von den Wellen bespült wurden.

Als sie durch die Torhalle am Wirte vorüberschritten,
der von einem dichten Kreise von Bauern umringt war,
welche ihm geleerte Krüge entgegenstreckten, schien er
mit einer ängstlichen Gebärde gegen das Vorhaben des
Bündners Einsprache tun zu wollen; doch in diesem Augenblicke kam ihnen vom Garten her ein nach fremdem
Schnitte gekleideter Edelknabe entgegen und wendete
sich mit anmutigem Gruße an den jungen Zürcher, in
zierlichem Französisch folgenden Auftrag ausrichtend:

»Mein erlauchter Gebieter, Herzog Heinrich Rohan,
der sich hier auf der Durchreise nach Venedig befindet,
glaubte von seinem Ruheplatz im Garten aus zwei reformierte Geistliche vor der Herberge absteigen zu sehen
und ersucht die Herren, wenn sie dem Gewühl auszuweichen vorzögen, sich durch seine Gegenwart nicht vom
Besuche des Gartens abhalten zu lassen.«

Sichtbar erfreut von diesem glücklichen Zufalle und
der ihm widerfahrenden Ehre, erwiderte Herr Waser,
etwas steif, aber tadellos in demselben Idiom sich bewe-
gend, daß er und sein Freund sich die Gunst erbäten,
seiner Durchlaucht für die ihnen zuteil gewordene Berücksichtigung persönlich zu danken.

Die Freunde folgten dem vor ihnen herschreitenden
schönen Knaben in die Lauben des Gartens. Gegen Süden hatte er einen balkonähnlichen Vorsprung, durch
dessen Laubwände bunte Seidengewänder schimmerten
und das Gezwitscher plaudernder Frauenstimmen,
durchbrochen von dem hellen Jubel eines Kindes, ertönte. Dort lehnte auf sammetnen Polstern eine schlanke,
blasse Dame, deren hastige Rede und bewegliches Mienenspiel die Lebhaftigkeit eines Geistes verriet, der sie
nicht zu erquicklicher Ruhe kommen ließ. Vor ihr auf
dem Steintische trippelte und jauchzte ein zweijähriges
Mädchen, das eine niedliche Zofe an beiden Händchen
emporhielt. Dazu klang die melancholische Weise eines
Volksliedes, die ein italienischer Junge in schüchterner
Entfernung auf seiner Mandoline spielte.

Der Herzog selbst hatte sich an das stillere nördliche Ende des Gartens zurückgezogen, wo er allein auf der niedrigen, von der Flut bespülten Mauer saß, eine Landkarte auf den Knien, mit deren Linien er die gewaltig vor ihm aufragenden Gebirgsmassen zweifelnd verglich.

Waser hatte jetzt den Ruheplatz des Herzogs erreicht und stellte sich und seinen Freund mit einer tiefen Verbeugung vor. Rohans Auge blieb sofort an der in ihrer wilden Kraft seltsam anziehenden Erscheinung des Bündners haften.

»Euer Rock ließ mich auf den evangelischen Geistlichen schließen«, sagte er, sich mit Interesse ihm zuwendend. »Ihr könnt also, obgleich wir uns auf diesem Boden treffen und trotz Eurer dunkeln Augen kein Italiener sein. Da seid Ihr wohl ein Sohn der nahen Rhätia, und so will ich Euch denn bitten, mir von den Gebirgszügen, die ich gestern, den Splügen überschreitend, durchschnitt und die ich zum Teil noch vor mir sehe, einen klaren Begriff zu geben. Meine Karte läßt mich im Stich. Setzt Euch neben mich.«

Jenatsch betrachtete begierig die vorzügliche Etappenkarte und fand sich schnell zurecht. Er entwarf dem Herzog mit wenigen scharfen Zügen ein Bild der geographischen Lage seiner Heimat und ordnete ihr Tälergewirr nach den darin entspringenden und nach drei verschiedenen Meeren sich wendenden Strömen. Dann sprach er von den zahlreichen Bergübergängen und hob, sich erwärmend, mit Vorliebe und überraschender Sachkenntnis deren militärische Bedeutung hervor.

Der Herzog war mit sichtlichem Wohlgefallen und steigendem Interesse der raschen Auseinandersetzung gefolgt, jetzt aber erhob er sein mildes, durchdringendes Auge zu dem neben ihm stehenden Bündner und ließ es nachdenklich auf ihm ruhen.

»Ich bin ein Kriegsmann und rühme mich dessen«, sagte er, »aber es gibt Augenblicke, wo ich diejenigen

glücklich preise, die dem Volke predigen dürfen: ›Selig
sind die Friedfertigen.‹ Heutzutage darf nicht mehr dieselbe Hand das Schwert des Apostels und das Schwert
des Feldherrn führen. Wir sind im neuen Bunde, Herr
Pastor, nicht mehr im alten der Helden und Propheten.
Die Doppelrollen eines Samuel und Gideon sind ausgespielt. Heute warte jeder in Treue des eignen Amtes. Ich
achte es für ein schweres Unglück«, hier seufzte er, »daß
in meinem Frankreich die evangelischen Geistlichen
durch ihren Eifer sich hinreißen ließen, die Gemüter
zum Bürgerkriege zu erhitzen. Sache des Staatsmannes
ist es, die bürgerlichen Rechte der evangelischen Gemeinden zu sichern, Sache des Soldaten, sie zu verteidigen. Der Geistliche hüte die Seelen, anders richtet er
Unheil an.«

Der junge Bündner errötete unmutig und blieb die
Antwort schuldig.

In diesem Augenblicke erschien der Page mit der ehr-
erbietigen Meldung, die Reisebarke des Herzogs sei zur
Abfahrt bereit, und Rohan beurlaubte die Freunde mit
einer gütigen Handbewegung.

Auf dem Heimritte erging sich Waser in Betrachtungen
über die politische Rolle des Herzogs, der gerade damals
seinen protestantischen Mitbürgern in heimischer Fehde
einen ehrenhaften Frieden erkämpft hatte. Er meinte,
freilich werde derselbe von kurzer Dauer sein, und fand
Gefallen daran, die Lage Rohans und der französischen
Reformierten seinem Freunde mit den dunkelsten Farben zu malen. Er schien etwas empfindlich und verdüstert, daß seine Person vor dem Herzog neben Jürg sehr
zurückgetreten, ja gänzlich verschwunden war. – Seit
Heinrich IV., behauptete er, setze sich die französische
Politik zum Ziele, die Protestanten in Deutschland gegen
Kaiser und Reich zu schützen, den Reformierten im
eigenen Lande dagegen den Lebensnerv zu durchschneiden. Sie trachte, durch Wiederherstellung der

staatlichen Einheit Kraft zum Vorstoße nach außen zu gewinnen. Es ergebe sich daraus das seltsame Verhältnis, daß die französischen Protestanten unterliegen müßten, damit den deutschen die diplomatische und militärische Hilfe Frankreichs, deren sie höchlich bedürften, gesichert bleibe. – So schwebe über dem Herzog trotz der Hoheit seiner Stellung und seines Charakters das traurige Verhängnis, seine Kraft in unheilbaren Konflikten aufzureiben und am Hofe von Frankreich immer mehr den Boden zu verlieren. Jetzt bringe er wohl Weib und Kind nach Venedig, um bei dem nächstens neu ausbrechenden Sturme freiere Hand zu haben.

»Du bist ja ein durchtriebener Diplomat geworden!« lachte Jenatsch. »Aber findest du es nicht in dieser Ebene entsetzlich schwül? Dort steht eine Scheuer ... wie wär's, wenn wir unsere Tiere eine Weile im Schatten anbänden und du dein weises Haupt ins Heu legtest?«

Waser war einverstanden, und in kurzer Frist hatten sich beide auf das duftige Lager ausgestreckt und waren entschlummert.

Als der junge Zürcher erwachte, stand Jenatsch vor ihm, mit spöttischen Blicken ihn betrachtend. »Ei, Schatz, was schneidest du denn im Schlafe für verklärte Gesichter?« sagte er. »Heraus mit der Sprache! Was hast du geträumt? Von deinem Liebchen?«

»Von meiner innig verehrten Braut, willst du sagen. Das wäre nichts Ungewöhnliches; aber ich hatte in der Tat einen wunderbaren Traum ...«

»Jetzt weiß ich's ... dir träumte, du seiest Bürgermeister von Zürich!«

»So war es ... merkwürdigerweise!« sagte Waser sich sammelnd. »Ich saß in der Ratsstube und hielt Vortrag über Bündnerdinge – über die Bedeutung der Feste Fuentes. Als ich geendet, wandte sich das nächstsitzende Ratsmitglied gegen mich mit den Worten: ›Ich bin ganz der Meinung seiner Gestrengen des Herrn Bürgermeisters.‹ Ich sah mich nach diesem um; aber siehe, ich saß selbst auf seinem Stuhle und trug seine Kette.«

»Auch mir hat geträumt«, sagte Jenatsch »und recht seltsam. Du weißt, oder weißt nicht, daß in Chur ein ungarischer Astrolog und Nekromant sein Wesen treibt. Mit diesem Gelehrten hab ich mich während der letzten langwierigen Synode nächtlicherweile eingelassen, um zu sehen, was an der Sache sei.«

»Um Himmelswillen, Astrologia! ... Und du bist ein Geistlicher!« rief Waser entsetzt. »Sie vernichtet die menschliche Freiheit, und diese ist die Grundlage aller Sittlichkeit! – Ich bin ein entschiedener Bekenner der menschlichen Freiheit!«

»Das ist brav von dir«, fuhr der andere unbeirrt fort. »Beiläufig gesagt, es gelang mir nicht, aus dem Hexenmeister etwas Festes und Faßbares herauszubringen. Entweder wußte er nichts, oder er fürchtete von mir verraten zu werden. – Vorhin im Traume aber sah ich den Mann wieder vor mir und setzte ihm in zorniger Ungeduld den Dolch auf die Brust, um mein Schicksal zu erfahren. Da entschloß er sich, es mir zu zeigen, und zog mit den feierlichen Worten: ›Dieser ist dein Schicksal!‹ den Vorhang von seinem Zauberspiegel.

Anfangs sah ich nichts als eine helle Seelandschaft, dann trat eine grünbewachsene Mauer hervor und da saß, die Karte von Bünden vor sich, mild und bleich, wie wir ihn eben gesehen haben, der Herzog Heinrich Rohan.«

SECHSTES KAPITEL

Unter diesen Gesprächen waren die Freunde auf der staubigen Landstraße, die durch das Veltlin hinaufführt, eine gute Strecke weiter getrabt, und schon erglänzten in der Ferne das Schloß und die Mauern von Morbegno.

Jetzt blickte Jenatsch scharf auf die letzte Windung

des in weitem Bogen nach dem Städtchen laufenden Weges. Dort bewegte sich langsam ein kleiner brauner Reiter.

»Bravo«, rief der Bündner, »da machst du eine prächtige Bekanntschaft! Dort kommt der Pater Pankrazi, voreinst – das ist vor einem Jahrzehnt – Almenserkapuziner und Beichtiger der Nönnchen von Cazis. Wir haben ihm sein Kloster aufgehoben. Wären unsere Kapuziner alle so gute Bündner wie er, und so witzige Gesellen, man hätte sie unbehelligt gelassen. Seither hat er sein Unterkommen in einem Ordenshause irgendwo am Comersee gefunden und führt hier herum, predigend und terminierend, ein fahrendes Leben.«

»Er ist mir nicht unbekannt«, erwiderte Waser. »Voriges Jahr kollektierte er in Zürich für die verarmten Überbliebenen eurer verschütteten Stadt Plurs und betonte mit beweglichen Worten als die gute Seite solcher Verheerungen, daß man sich in diesen Jammerfällen über die Scheidewand der Konfessionen hinweg christlich die Bruderhand reiche. Kurz nachher aber kam mir eine gedruckte Bußpredigt von ihm zu Gesichte, worin er – zu meinem ärgerlichen Erstaunen – in der derbsten Sprache behauptet, der Bergsturz sei ein warnendes Gericht und eine göttliche Strafe für die Duldung der Ketzerei. Das heißt in sträflicher Weise mit zwei Zungen geredet.«

»Wer wird das einem Kapuziner und praktischen Manne verdenken!« lachte der andere. »Sieh, er setzt sein Eselchen in Trott, er hat mich erkannt.«

Der Kapuziner trabte auf seinem Tiere, das neben ihm noch zwei volle Körbe trug, so rasch heran, daß der Staub in Wirbeln aufflog. Aber die lustige Begrüßung, die Waser erwartete, blieb aus. Pankrazis kurze Gestalt drängte hastig vorwärts und streckte ihnen die Rechte mit abmahnender Gebärde entgegen, als bedeute er die Reisenden, ihre Maultiere zu wenden. Nun hatte er sie fast erreicht und rief ihnen zu:

»Zurück, Jenatsch! Nicht hinein nach Morbegno!« –
»Was bedeutet das?« fragte dieser ruhig.

»Nichts Gutes!« versetzte Pankratius. »Wunder und
Zeichen geschehen im Veltlin, das Volk ist aufgeregt,
die einen liegen in den Kirchen auf den Knien, die
andern laden ihre Büchsen und wetzen ihre Messer.
Zeige dich nicht in Morbegno, kehre nicht auf deine
Pfarre zurück, wende dein Tier und flüchte nach Chiavenna!«

»Was? Ich soll mein Weib im Stiche lassen?« fuhr Jenatsch auf, »meine Freunde nicht warnen? Den braven
Alexander und den redlichen Fausch auf seinem
Bergdorfe Buglio? Nichts da! Ich reite zurück – natürlich das Städtchen umgehend über die Adda. Mein Kamerad hier, Herr Waser von Zürich, kennt keine Furcht
... und du, Pankrazi, tust mir den Gefallen und kommst
mit. Du nächtigst bei mir. Meine Berbenner sind nicht so
gottverlassen, daß sie des heiligen Franziskus Kutte nicht
in Ehren hielten.«

Nach kurzem Besinnen willigte der Kapuziner ein.
»Meinetwegen, am Ende!« sagte er. »Heute bin ich dein
Schutzpatron, ein andermal bist du der meinige.«

So ritten sie, was ihre Tiere laufen konnten, nach Berbenn hinüber, und wie wenig Waser auch diese wilden
Ereignisse zusagten, er machte gute Miene und rechnete
es sich zur Ehre, das ihm erteilte Lob der Tapferkeit zu
verdienen.

Eben ertönte die friedliche Abendglocke, als sie vor
der Pfarre von Berbenn abstiegen. Unter dem niedrigen
Eingangsbogen des Laubdaches stand ein breitschultriger, ernster Mann von kleiner Statur, aber mit aus-
drucksvollem Kopfe, nachdenklich und aufmerksam seinen Hut betrachtend, welchen er nach allen Seiten drehte und gegen das Licht hielt. Es war ein hoher spitzer Filz
von schwarzer Farbe.

»Was stellst du da für tiefsinnige Untersuchungen an,
Kollege Fausch?« begrüßte ihn Jenatsch. »Was ist's mit

deinem Filz? Oben aufgerissen, wie ich sehe. Willst du ihn hinfür zur Verstärkung deines Basses als Sprachrohr gebrauchen?«

Sorgenvoll erwiderte der Kleine: »Betrachte das Loch näher, Jürg! Seine Ränder sind verbrannt. Es ist eine Kugel durchgefahren, die mir einer deiner Berbenner zuschickte, als ich durch die Weinberge hinunterstieg. Natürlich galt sie dir; denn man sah über der Mauer nur meinen Kopf und der gleicht dem deinigen, wie du weißt, zum Verwechseln: Der Teufel soll mich holen«, fuhr er heftiger fort, »wenn ich nicht den geistlichen Stand quittiere. Der Part ist ungleich: uns ist nur das Schwert des Geistes gestattet, angefallen aber wird unser Fleisch mit Eisen und Blei.« –

»Gedenke deines Schwurs, Fausch, mein Sohn, das Evangelium zu predigen usque ad martyrium«, erscholl aus dem Hintergrunde der Laube von einer tief beschatteten Bank her die etwas dumpfe Stimme eines graubärtigen Mannes, der dort in aufrechter Haltung am Tische saß und sich von der schönen Lucia Sasseller einschenken ließ. Das junge Weib aber erblickte kaum ihren Mann, so eilte es ihm entgegen und schmiegte sich bleich und furchtsam an seine Seite, als suche es Schutz vor einer entsetzlichen Angst.

»Exclusive, Blasius! exclusive! Bis an den Martertod hinan, aber nicht hinein!« antwortete Fausch, sich zu seinem Kollegen wendend, dessen Glas er ergriff und bis auf den letzten Tropfen leerte.

Indessen machte Jenatsch seinen zürcherischen Freund mit dem glaubensstarken Pfarrer Blasius bekannt und stellte ihm dann lachend in Pfarrer Lorenz Fausch einen Schulkameraden aus dem »Loch« in Zürich vor, dessen sich Waser gar wohl erinnerte als eines um ein paar Jahre ältern, ziemlich liederlichen Studiengesellen. »Dieser Mann hat seither in Bündnerdingen eine hervorragende Rolle gespielt«, behauptete Jürg und schlug dem Kleinen auf die Schulter.

Der Kapuziner schien mit beiden Pfarrern auf bekanntem Fuße zu stehen, und Fausch fuhr, diesmal an Waser sich wendend, in seiner aufgeregten Rede fort:

»Glaubst du's wohl, Herr Zürcher? Während du in deiner löblichen Stadt sittsam zur Predigt gehst und über das Gesangbuch hinweg züchtig nach deinem Jungfräulein ausschaust, betrete ich armer Streiter Gottes niemals die Kanzel, ohne fröstelnd den Rücken einzuziehen, aus Furcht, es fahre mir das Messer oder die Kugel eines meiner Pfarrkinder zwischen die Schultern! – Aber«, sagte er, nachdem er mit den Männern in die Stube getreten, »nun bin ich auch zum längsten Pfarrer gewesen. Dies Erlebnis«, er zeigte auf das Loch in seinem Filze, »gibt den Ausschlag. Das Maß ist voll. Ich habe von meiner Muhme in Parpan zweihundert Goldgulden geerbt, gerade genug, um ein sicheres Gewerbe zu beginnen. – Herunter mit dem Pfarrock!«, und er legte Hand an sein geistliches Kleid.

»Warte, Freund!« rief Jenatsch, »das verrichten wir zusammen. Auch mein Maß ist heute voll geworden! Nicht eine feindliche Kugel verjagt mich von der Kanzel, sondern eine freundliche Rede. Der Herzog Heinrich hat recht«, wandte er sich an den erstaunten Waser, »Schwert und Bibel taugen nicht zusammen. Bünden bedarf des Schwertes, und ich lege die geistliche Waffe zur Seite, um getrost die weltliche zu ergreifen.« Mit diesen Worten riß er sein Predigergewand ab, langte seinen Raufdegen von der Wand herunter und gürtete sich ihn um den knappen Lederkoller.

»Potz Velten, ihr geht ein lustiges Beispiel«, rief der Kapuziner mit schallendem Gelächter. »Fast gelüstet mich, es euch nachzutun! Aber meine braune Kutte ist leider zu zäh und hat ein fester Gewebe als eure Röcklein, ehrwürdige Herren!«

Blasius Alexander, der diesem Vorgange ohne Verwunderung, aber mißbilligend zuschaute, faltete jetzt die Hände und sprach feierlich: »Ich aber gedenke zu verharren im Amte bis ans Ende, usque ad martyrium, bis in den Martertod, zu welcher Ehre Gott mir helfe!«

> *»Kein schönrer Tod ist in der Welt,*
> *Als wer vorm Feind hinscheidt ...«*

sang Jenatsch mit flammenden Augen.

»Ich werde ein Zuckerbäcker«, erklärte Fausch wichtig, »ein bißchen Weinhandel daneben ist selbstverständlich.« Damit setzte er sich an den Tisch, schnallte eine kleine Geldkatze ab, die er um den Leib trug, und begann die Goldstücke, eifrig rechnend, in Häuflein zu ordnen.

Jürg Jenatsch aber umschlang die eben eintretende Lucia und küßte sie mit überströmender Zärtlichkeit: »Sei getrost, mein Herz, und freue dich! Eben hat dein Georg den schwarzen geistlichen Rock abgeworfen, der dich mit den Deinen verfeindet hat. Wir ziehn hier weg, es wird dir wohlergehn, und du erlebst an deinem Manne Ehre die Fülle.«

Lucia errötete vor Freude und blickte mit seliger Bewunderung in Jürgs übermütiges Angesicht, aus dem eine wilde Freude sprühte. Noch nie hatte sie ihn so glücklich gesehen. Offenbar wich eine dunkle Furcht von ihrem Herzen, an der sie von Tage zu Tage schwerer getragen und die ihr das Leben in der Heimat verleidet hatte.

»Hier, Jürg, mein Bruder«, sagte jetzt Fausch, der mit seiner Rechnung fertig war, »hier mein Eingebinde zu deinem Tauftage als Ritter Georg! Für Gaul und Harnisch. Das Kapital ist gut angelegt. Ich komme mit einem Hundert zurecht.« Und er schob ihm die Hälfte seines kleinen Erbes zu.

Jürg schüttelte die ihm entgegengestreckte kurze breite Hand derb, aber ohne sonderliche Rührung und strich das Gold ein.

Inzwischen hatte sich Waser zu Pater Pankraz gesetzt,

um ihm auf den Zahn zu fühlen. Dem Zürcher erschien des Kapuziners keckes Betragen, seine Lustigkeit und Selbstbeherrschung etwas zweideutig und verdächtig. Aber sein Mißtrauen schwand, als er die ungeschminkt herzliche Besorgnis des Paters um das Schicksal seiner bündnerischen Landsleute wahrnahm, und er mußte bewundern, wie richtig Pankraz die gefährlichen Verhältnisse auffaßte, wie scharf er die Vorzeichen des herannahenden Sturmes beobachtet hatte.

»Ich fürchte, es sind große Herren«, sagte der Pater, »Spanier, vielleicht auch Bündner, die diesmal das Spiel in Händen halten und zu ihren habgierigen und herrschsüchtigen Zwecken den frommen, einfältigen Glauben des Veltlinervolks mißbrauchen. Wehe, sie schüren einen höllischen Brand, das Blut, das sie vergießen, wird ihnen bis an die Kehle steigen und sie ersäufen. – In Morbegno hieß es, die Mordbanden des Robustell seien schon auf dem Wege das Tal herunter. Gott gebe, daß solcher Greuel nur in den welschen Köpfen spukt! Eins aber ist gewiß – und das beherzigt, ihr Männer« – sprach er aufstehend und an die drei Bündner sich wendend: »des Bleibens der Protestanten im Veltlin ist nicht mehr.«

Jetzt erhob Jenatsch die Stimme. »Zweifelt nicht, Brüder, Pankrazi rät gut!« sagte er. »Kein Augenblick ist zu verlieren. Fort müssen wir. Wir sammeln in Eile unsere wenigen Glaubensgenossen, treiben unsere geistliche Herde, Mann, Weib und Kind, über das Gebirge nach Bünden und decken bewaffnet den Rückzug.«

Er öffnete eine Truhe und zog eilig Briefschaften daraus hervor, die einen zerreißend, die andern in den Taschen seines Wamses bergend.

Blasius Alexander schüttelte den Kopf, als er von Flucht reden hörte, und lud mißvergnügt seine Muskete, die er mitzubringen nicht versäumt hatte, mit Pulver aus dem großen, an seiner Hüfte hängenden Familienhorn. Dann stellte er die Waffe zwischen die Knie und fuhr fort, langsam aber unausgesetzt, Becher um Becher zu leeren, ohne daß der feurige Wein den kalt ruhigen Blick seines Auges im mindesten belebt oder sein farbloses Angesicht gerötet hätte.

Der junge Zürcher sah diesem Tun bedenklich zu und konnte endlich die Bemerkung nicht unterdrücken, ob der edle Trank, in solcher Überfülle genossen, dem Herrn Blasius nicht zu Kopfe steigen und die im nahenden Augenblicke der Gefahr so nötige Geistesklarheit trüben könnte.

Darauf warf ihm der Alte einen etwas verächtlichen Blick zu, antwortete aber gelassen und ungekränkt: »Ich vermag alles in dem Herrn, der mich stark macht.«

»Das ist ein christlich Wort!« rief der Kapuziner, ließ die Gläser klingen und reichte dem greisen Prädikanten über den Tisch die Hand.

Unterdessen war der Mond aufgegangen und überrieselte draußen die Krone der Ulme und die schwere Blätterdecke der Feigenbäume mit hellem Lichte; aber nur eine spärliche Helle drang durch die kleinen Fenster in das breite, tiefe Gemach und schattete ihre massiven Gitterkreuze auf dem steinernen Fußboden ab.

Lucia stellte die italienische eiserne Öllampe auf den Tisch und entfachte, die Dochte in die Höhe ziehend, drei helle Flämmchen, die auf ihr über das Gerät gebeugtes liebliches Antlitz einen roten Widerschein warfen.

Der unschuldige Mund lächelte, denn die junge Veltlinerin war freudig bereit, mit ihrem Manne, auf dessen starken Schutz sie unbedingt baute, aus der Heimat wegzuziehen. Waser, dessen Blick von der warm beleuchteten Erscheinung gefesselt war, betrachtete mit Rührung diesen Ausdruck kindlichen Vertrauens.

Da stürzte plötzlich die Ampel klirrend auf den Boden und verglomm. Ein Schuß war durch das Fenster gefallen. Die Männer sprangen allesamt auf, und zugleich sank das junge Weib ohne Laut zusammen. Eine tödliche Kugel hatte die sanfte Lucia in die Brust getroffen.

Schaudernd sah Waser das schöne sterbende Haupt, auf welches das Mondlicht fiel und das Jenatsch, auf den Knien liegend, im Arme hielt. Jürg weinte laut. Während der Pater bemüht war, die Lampe wieder anzuzünden, hatte Blasius Alexander seine Büchse ergriffen und schritt ruhig in den mondhellen Garten hinaus.

Er mußte den Mörder nicht lange suchen.

Da kauerte zwischen den Stämmen der Bäume ein langer Mensch, dessen vorgebeugtes Gesicht dunkle darüberfallende Lockenhaare verbargen, den Rosenkranz in der Hand, stöhnend und betend. Neben ihm lag ein noch rauchendes, schwerfälliges Pistol.

Ohne weiteres legte Blasius sein Gewehr auf ihn an und streckte ihn mit einem Schusse durch die Schläfen nieder. Dann trat er neben den auf das Angesicht Hingesunkenen, drehte ihn um, betrachtete ihn und murmelte: »Dacht' ich mir's doch – ihr Bruder, der tolle Agostino!« – Eine Weile stand er horchend. Nun schlich er über die Gartenmauer spähend wieder dem Hause zu. Durch die Stille der Nacht drang ein ungewisser Lärm an sein Ohr. »Zwei Vögelchen haben gepfiffen«, sagte er vor sich hin, »bald fliegt uns der ganze Schwarm aufs Dach.«

Jetzt mit einem Male scholl aus dem Dorfe ein gellendes Geschrei, und jetzt dröhnte es über ihm – die Kirchenglocke schlug an und läutete in hastigen Schwüngen Sturm. Alexanders Blick fiel auf den wieder ins Dunkel hinausleuchtenden Schein der verräterischen Lampe, er schlug die dicken Laden des Erdgeschosses zu und schritt ins Haus zurück, in der Absicht, es mit den Freunden wie eine Festung bis auf den letzten Mann zu verteidigen; denn schon knallten Schüsse von der Gasse her, und Schläge fielen gegen die vordere Haustür. Fausch hatte sie eben verriegelt und stürzte die Bodentreppe hinauf, um durch die Dachluken auszuschauen.

Der Prädikant aber lud seine Muskete wieder und stellte sich an das schmale vergitterte Küchenfenster, das nach der Gasse ging, wie hinter eine Schießscharte.

»Die Schurken!« rief er dem Zürcher zu, der eben hastig aus seiner Kammer trat, wo er sein Ränzchen geholt und seinen leichten Reisedegen umgeschnallt hatte, »wir wollen unser Leben teuer verkaufen!«

»Um Gottes willen, Herr Blasius«, warnte dieser, »gedenkt denn Ihr, ein Diener am Wort, auf die Leute zu schießen?«

»Wer nicht hören will, muß fühlen«, war des Bündners kaltblütige Antwort.

Jetzt aber faßte Pankrazi den tapfern Alten mit beiden Armen um den Leib und riß ihn von dem Mauerloche zurück: »Willst du uns alle verderben mit deiner wahnwitzigen Gegenwehr? – Macht, daß ihr von hinnen und in die Berge kommt!« –

»Misericordia!« dröhnte Fauschens Stimme durch die Treppenöffnung herunter. »Sie kommen in hellen Haufen, sie stürmen das Haus des Poretto! Wir sind verloren!«

»Macht, daß ihr fortkommt!« schrie der Pater, während immer heftigere Beilhiebe gegen die Türe schmetterten.

»Auch gut, Kapuziner«, sagte Blasius, der jetzt mit beiden Armen Reisigbündel und Stroh aus der Küche schleppte und mit geübten Handgriffen im Gange zwischen den beiden Haustüren aufschichtete. »Wir heben uns von hinnen über den Bondascagletscher ins Bergell. Fausch, alle Dachluken auf, damit es Luft gibt! Und dann hierher!«

Fausch krabbelte die Treppe herunter, beladen mit allerlei Mundvorrat, den er oben gefunden hatte, und Waser sah sich jetzt nach Jenatsch um.

»Hier scheiden sich die Wege, Pankrazi«, sagte der alte Prädikant und drückte dem Pater die Hand über den Reisigwall hinweg, während das Mittelstück des

Haustors unter dem Geheul der Belagerer auseinander-
krachte. »Dein ist die Vordertür. Unsern Rückzug durch
die hintere deckt die Flamme.« Und er entzündete den
Holzstoß. »Abgezogen, ihr evangelischen Männer!« –

Während das Feuer in aufrechter Lohe durch die luf-
tige Bodenöffnung emporschlug, trat Jenatsch, die Tote
im Arme, aus dem Wohnraume in die flackernde Helle.

In seiner Rechten leuchtete das lange Schwert, auf
dem linken Arme trug er, als spürte er die Last nicht,
seine Tote, deren stilles, sanftes Haupt wie geknickt ihm
an der Schulter ruhte. Er wollte sie nicht auf der Mord-
stätte zurücklassen. Waser konnte trotz der Gefahr der
Stunde den Blick nicht verwenden von diesem Nachtbil-
de sprachlosen Grimms und unversöhnlicher Trauer. Er
mußte an einen Engel des Gerichts denken, der eine unschuldige Seele durch die Flammen trägt. Aber es war
kein Bote des Lichts, es war ein Engel des Schreckens.

Indes die Bündner durch den Garten nach dem Fuße
des Gebirges enteilten, hatte der Pater in der Küche neben Feuer und Rauch standhaft den Augenblick erwartet, wo die Türe in Splitter flog. Jetzt sprang er, das Kruzifix in der vorgestreckten Rechten, zwischen die Pfosten
und rief der blutlechzenden Menge entgegen:

»Heilige Mutter Gottes! Wollt ihr mit den Ketzern ver-
brennen? ... Feuer vom Himmel hat sie verzehrt! Lö-
schet! Rettet euer Dorf!« ... Und hinter ihm prasselte die
lebendige Glut.

Mit einem Wehgeheul, das nichts Menschliches mehr
hatte, wichen die Entsetzten zurück, und es entstand
eine unbeschreibliche Verwirrung. Blitzschnell verbreitete sich die Sage, Sankt Franziskus in eigener Person
habe die Ketzer im protestantischen Pfarrhause vernichtet und sei in erhabener Gestalt den Gläubigen erschienen.

So gelang es dem Kapuziner, sein Eselchen, das er in
einem benachbarten Stalle untergebracht hatte, unbemerkt zu besteigen. Brandröten und Mordgeschrei hin-

ter sich lassend, ritt er auf Umwegen, die Kapuze tief ins Gesicht gezogen, seinem Kloster am Comersee zu.

SIEBENTES KAPITEL

Am Abend des fünften Tages nach diesen außerordentlichen Ereignissen näherte sich Heinrich Waser auf dem von Rapperswyl herkommenden ordinären Markt- und Postschiffe seiner Vaterstadt. Die schlanken Turmspitzen der beiden Münster zeichneten sich immer schärfer und größer auf dem klar geröteten Westhimmel, und bei diesem viellieben Anblick dankte der junge Amtschreiber aus Herzensgrunde der gütigen Vorsehung für das glückliche Ende seiner über Erwarten gefährlichen Ferienreise.

Bei der Abfahrt von Rapperswyl hatte er sich nur in Gesellschaft der Schiffer befunden; denn eine Schar von Pilgerinnen aus dem Breisgau, alte müde Weiber, verbargen ihre sonnenbraunen Gesichter scheu unter den roten Kopftüchern und hatten sich im Vorderteile des Schiffes eng zusammengeduckt. Sie beteten oder schliefen. Sie kamen vom heiligen Gnadenort Einsiedeln und waren noch über die lange Brücke zu den Kapuzinern von Rapperswyl gewandert, um von den als Geisterbanner und Exorzisten bewährten Vätern allerlei Mittelchen einzuhandeln gegen Krankheit von Menschen und Vieh und gegen teuflischen Spuk. Dort hatten die Wallfahrer von einem schrecklichen Strafgerichte gehört, das in einem Tale jenseits der Berge über die Ketzer hereingebrochen sei. Alle seien sie mit Feuer und Schwert vertilgt worden.

Wohl erfüllte die Weiblein mit freudigem Schrecken dies Unglück der Mißgläubigen, aber auch mit dem Wunsche, sobald als möglich den protestantischen Landen, die sie zu durchwandern hatten, den Rücken zu kehren und jenseits der Grenze in ihrer katholischen Heimat diese großen Dinge zu verkündigen.

So war das Gerücht von dem Protestantenmorde im Veltlin schon vor oder doch zugleich mit dem jungen Zürcher hieher gelangt. Auch Waser hatte auf dem Heimwege erfahren, was zu glauben er sich immer noch in innerster Seele gesträubt hatte, daß der Überfall in Berbenn, den er miterlebt, nur eine Einzelheit, und nicht die grausamste, eines längst geplanten, unerhörten Blutbades gewesen sei. Sogar die nach und nach bei den Dörfern, wo man anlegte, einsteigenden Marktleute waren voll davon.

Es war eine Gesellschaft, die sich nicht erst von gestern her kannte. Die zwei Schiffleute, Vater und Sohn, vermittelten mit ihren Ruderknechten schon seit Jahren den Verkehr zwischen den beiden See-Enden. Der Junge, ein von der Sonne geschwärztes, kräftig aufgeschossenes Gewächs, war Wasers Altersgenosse. Sein Vater hatte ihn von Kindesbeinen an auf den See mitgenommen und ihn früh zum Vertragen der dem Schiffe für die Stadt anvertrauten Briefe und Pakete gebraucht. So war der Bursche mit dem jungen Jenatsch schon bekannt geworden, als der Pfarrer von Scharans seinen Jürg nach Zürich auf die Schule führte, hatte ihm später manche Botschaft gebracht, und wenn Waser zu Ferienanfang seinen Schulkameraden seeaufwärts begleitete, hätte dem lustigen Tage das Beste gefehlt, wenn der wort- und schlagfertige Kuri Lehmann nicht mitgefahren wäre.

Er auch war es gewesen, der mit seinem Vater die müde kleine Lukretia in das Schiff aufgenommen, ihr in Zürich den Weg nach dem Carolinum gezeigt und ihr Mut gemacht hatte, nur frisch und unverzagt dem Jürg ihren Kram auf die Schulbank zu stellen.

Auch die Dorfleute – ein alter Mann von Stäfa, der allwöchentlich seine Spanferkel in Zürich zu Markte brachte, der Honighändler, die Fischer und ein paar Hühner- und Eierweiber – waren Stammgäste des geräumigen Bootes.

Die dunkle Nachricht, welche das Postboot von Rapperswyl brachte, versetzte dessen Insassen in ungewohnte Aufregung. Ihre vor dem Schreckbild scheuende Einbildungskraft erging sich in den abenteuerlichsten Sprüngen. Nicht zufrieden mit den überlieferten Tatsachen, vermuteten sie eine allgemeine Verschwörung der Papisten gegen das Volk, das sich zur reinen Lehre bekenne. Schließlich waren sie nicht weit davon, den ihnen allen dem Rufe nach, einigen von Angesicht bekannten Herrn Pompejus, dem sie die Hauptschuld an dem Blutbade beimaßen, zum Feldhauptmann des Antichrists zu erheben und ihm ein Heer schlauer Jesuiten und feuriger Teufel zur Verfügung zu stellen.

»Der letzte Sieg der Bosheit und das Weltgericht steht vor der Tür«, sprach feierlich der alte Ferkelhändler, welcher etwas taub war und sich um so eifriger auf die seltsame Kunst des Lesens und die selbständige Erforschung der Schrift verlegt hatte, »alle Zeichen sind da – das große Tier...«

»Ihr könntet irren«, unterbrach ihn der Amtschreiber, der bis jetzt in sich gekehrt geschwiegen hatte. »Wißt, daß seit der Apostel Zeiten bei allen schweren Kalamitäten, die über das Christenvolk hereinbrachen, das Ende der Welt von heute auf morgen erwartet wurde. Und doch steht, wie Ihr seht, noch Albis und Uto wie zu der Helvetier Zeiten und fließt die Limmat noch ihren alten Weg. Hütet also Euren Geist und Eure Zunge vor Irrlehre und eigenmächtiger Deutung.«

Der Alte senkte den Kopf, murmelte aber zwischen den Zähnen: »Daß es so lange nicht eingetroffen ist, beweist mir gerade, daß es jetzt eintrifft.«

Kuri Lehmann, der, hart neben Waser stehend, sein langes Ruder führte, streifte jetzt diesen mit einem scharfen Blicke aus seinen wasserhellen, von niedrigen, schwarzbuschigen Brauen beschatteten Augen. Diese durchdringenden, sonst kalt verständigen Augen brannten in frechem Feuer.

131

»Warum, Herr Amtschreiber, schicken die Gnädigen in Zürich nicht uns Seebuben gegen die Spaniolen und Jesuiten im Veltlin? Ist ihnen das Herz in die Hosen gefallen?« sagte er.

»Halt das Maul, um Gottes willen, Bub!« rief erschrokken der alte Lehmann, der am Steuer diese respektlose Rede gehört hatte, und fuhr mit der rechten Hand in die Höhe, als wollte er ihm das Wort im Munde zerschlagen. Aber er faßte sich und fügte mit ungewohnter Süße hinzu: »Die Herren in Zürich werden in ihrer Weisheit das Rechte schon treffen.«

Kuri aber fuhr unbekümmert fort: »Ihr wißt mehr als wir, Herr Waser! Hab ich Euch nicht mit einem Reisebündelein vor vierzehn Tagen nach Rapperswyl geführt? Ihr wolltet ein wenig in die Berge hinein, sagtet Ihr. Beim Eid, Ihr seid beim Jenatsch gewesen! War denn der nicht zur Stelle? Der Jürg hat sich doch, beim Strahl, von denen Äsern von Pfaffen nicht abtun lassen! Ihr blickt so traurig drein! Es ist ihm doch nichts passiert? Oder hat es gefehlt, hat er dran glauben müssen?«

»Er lebt, Kuri«, versetzte Waser, wie einer, der seine Worte wägt und keines zuviel sagen will.

»Nun, dann zählt darauf, eh' ich diese Schuhe verbraucht habe« – Kuri schonte sie freilich, denn er hatte sie ausgezogen und neben sich auf den Schiffskasten gestellt, um erst in Zürich damit Staat zu machen – »eh' ich diese Schuhe verbraucht habe, hat der Jenatsch den Pompius Planta kaltgemacht. Sonst ist er nicht der Jenatsch mehr! Denkt daran! Leid tut es mir um das Jüngferchen, und wird dem Jürg auch leid tun.«

Dieses in den Tag hineingesprochene Wort machte auf Waser einen peinlichern Eindruck, als er sich nicht gestehen wollte, und hätte Kuris Vater von neuem erbost, wäre nicht sein Auge unweit vom Dorfe Küßnach auf einer grünen, von hohen Nußbäumen beschatteten Landungsstelle haften geblieben. Es ergoß sich dort zwischen steilen, mit Holunderbüschen und Wurzelwerk überwucherten Borden ein Bach in den See, ein stilles und durchsichtiges Wässerchen, dessen unterhöhlte, ausgewaschene Ufer aber verrieten, wie heftig es im Frühjahr toben konnte. Von der Anhöhe blickte ein Landhaus herab. Dort unter den Bäumen stampfte ein kleiner ungeduldiger Junge mit Degen und Federhütchen auf dem schattigen Rasen herum, während die würdige Gestalt eines Präzeptors beschwichtigend daneben stand.

»Hoheho, hieher, Lehmann! Ich will in die Stadt!« schrie der Kleine, während sein Mentor ein Tuch aus der Tasche zog, um das Boot heranzuwinken.

Überflüssige Bemühung! Der alte Lehmann hatte schon mit dem Rufe: »Aha, der Junker Wertmüller vom Wampispach!« sein Schiff der Nußbaumgruppe zugelenkt und die Planke zum Einsteigen bereit gemacht.

Nach wenigen Minuten saß der zapplige Kleine auf der Ehrenbank zwischen seinem Erzieher und Herrn Waser, deren Beinbekleidung er mit seinen unruhigen Füßen, die den Boden des Schiffes noch nicht erreichten, mutwillig und unaufhörlich in Gefahr brachte.

Herr Verbi divini Minister Denzler, so nannte sich der Erzieher, ließ sich mit Waser über den Junker hinweg in ein lispelndes Gespräch ein. Er beklagte höchlich die haarsträubenden Wirkungen des Fanatismus, und obgleich Waser das von ihm Erlebte so knapp als möglich erzählte und seine eigene Person dabei entschieden in den Hintergrund stellte, konnte sich der Präzeptor nicht genug entsetzen über die unerhörte Gefahr Leibes und Lebens, welcher sich der Herr Amtschreiber durch seine Kühnheit ausgesetzt. Dann steuerte er seinen persönlichen Angelegenheiten zu, wobei er gut fand, der lateinischen Sprache sich zu bedienen.

»Niemalen, Herr Amtschreiber«, bemerkte er, »hätte ich diese schwierige Erziehung übernommen, denn der Kleine, obgleich ein ausgezeichnetes Ingenium, ist, unter uns gesagt, ein bösartiges Dämönlein, wenn mir nicht der Herrn Obersten Schmid Gnaden heilig versprochen hätten, daß ich bei Zufriedenheit mit meinen Leistungen später diesen seinen Stiefsohn auf einer Bildungsreise begleiten dürfte, wie sie noch selten gemacht worden ist. Die deutschen Lande, Italien, Frankreich sollen besucht werden, und wie Cäsar werden wir bis nach Britannia vordringen.«

»Ja, der Verbi divini muß mit!« rief hier plötzlich der kleine Kobold, der den Gegenstand der Unterhaltung erraten hatte. »Aber vorher muß er mich alle Sprachen lehren, daß ich in allen kommandieren kann!«

»Was willst du denn eigentlich werden, Rudolf?« fragte Herr Waser, um die Blöße, die der Magister sich gegeben, zu decken.

»Ein General!« rief das Bübchen und sprang von der Bank, denn eben war man durch das Wassertor des Grendels gefahren und legte jetzt vor der Schifflände an. –

Bald bewegte Herr Waser sich wieder in den gewohnten Geschäften und saß wie früher täglich auf der Ratskanzlei; aber die staatsrechtlichen Handlungen waren für ihn keine leeren Formeln mehr, keine bloße Übung seiner behenden Gedanken, er war davon durchdrungen, daß dabei Wohl und Wehe der Völker auf dem Spiele stehe, er hatte der Wirklichkeit ins drohende Antlitz geschaut.

Infolge seiner Reise nach Bünden und seiner Rettung aus dem in allen protestantischen Landen Entsetzen verbreitenden Veltlinermorde war das Ansehen des jungen Amtschreibers in seiner Vaterstadt außerordentlich gestiegen. Ja, es geschah eines Sonntags, als er hinter dem Herrn Amtsbürgermeister in seinem Kirchenstuhle saß, daß er aus dem Munde des Antistes der zürcherischen Kirche, während alle Augen sich teilnehmend auf ihn richteten, folgende seiner Bescheidenheit unwillkommenen Worte vernahm:

»Ihr seid durch die Posaune der die Welt durchfliegenden Fama davon unterrichtet«, tönte es von der Kanzel herab, »welch schreckliche Hekatombe der papistische Fanatismus in einem uns verbündeten Lande gehäuft hat – wie sechshundert unsrer protestantischen Brüder ausgerottet wurden durch die Schärfe des Schwertes – wie die blutgerötete Adda geschändete Leichen wälzte, während die verstümmelten Reste anderer auf offenem Felde liegen, dem krächzenden Gevögel ein scheußlicher Fraß. – Aber daß der Himmel sogar in allgemeiner Vernichtung seine auserwählten Rüstzeuge zu bewahren weiß, dafür gab er uns, Geliebteste, ein den innigsten Dank erweckendes Zeugnis in der lebendig hier anwesenden Person eines unsrer Herren Mitbürger, den er durch das menschliche Medium von dessen Fürsichtigkeit und Tapferkeit voraussichtlich zu höhern Zwecken mitten aus diesem Verderben gerettet hat.« ...

Eine andere Folge war, daß Wasers Vorgesetzte seit seiner Reise sich von ihm als einem tüchtigen und in Bündnerdingen bewanderten jungen Manne die ersprießlichsten Dienste versprachen. Man berücksichtigte sein Urteil, und vorzugsweise seiner gewandten Feder ward der öffentliche Verkehr mit den bündnerischen Behörden und der geheime Briefwechsel mit den zürcherischen Vertrauensmännern in diesem schicksalsvollen Lande zugewiesen. Und, wunderbar, die toten Buchstaben der jetzt Schlag auf Schlag aus Chur eintreffenden Berichte bewegten, was sonst nicht der Fall gewesen war, sein Herz noch mehr, als sie seinen Scharfsinn beschäftigten. Zwischen den Zeilen blickten die kraftvollen Köpfe des stolzen Planta, des feurigen Jenatsch, des kalt fanatischen Blasius Alexander hervor und verdeutlichten ihm die Natur dieses ungebändigten, parteisüchtigen, unter einer ruhigen Außenseite tief leidenschaftlichen und seine wilde Freiheit über alles liebenden Volksstammes.

Oft, wenn er ungestört an seinem Arbeitstische saß,

ward er unversehens zurückgetragen in die Vergangenheit. Er stand wieder in Berbenn vor dem brennenden Hause und sah den Schulfreund aus den Flammen treten, sein noch im blassen Tode wunderschönes Weib über der Schulter, er sah ihn unausgesetzt, unermüdet, wortlos voranschreiten auf den gefährlichen Bergpfaden und über die zerrissenen Gletscher, bis der Schweigsame seine Last niederlegte auf dem Kirchhofe von Vicosoprano, um sie dort in Bündnererde zu bestatten. Immer mehr wurde Heinrich Waser von dem Eindrucke bewältigt, die Lohe, welche den häuslichen Herd des Bündners verzehrt, flamme fort als verborgener, unauslöschlicher Rachebrand in seiner Brust, von einem eisernen Entschlusse bis zur günstigen Stunde niedergehalten, und als Jürg tränenlos am Grabe seiner Lucia gestanden, habe er mit ihr alle Harmlosigkeit der Jugend, alle welschen Gefühle und vielleicht jedes menschliche Erbarmen versenkt. Hatte doch Wasers herzliche Teilnahme bei ihm keine Stätte, nicht ein einziges erwiderndes Wort gefunden. Jenatsch war dem Freunde gegenüber zu Stein geworden, und die letzte Rede, fast die einzige auf der Reise, die er beim Scheiden in Stalla an ihn gerichtet, hatte dem jungen Zürcher beunruhigend und verhängnisvoll nachgeklungen. »Du wirst von mir hören!« hatte er ihm zugerufen. Mit Jürg war Blasius Alexander fortgegangen als einziger Begleiter. Dieser auch hatte das Gebet über Lucias Grabe gesprochen und dabei schreckliche alttestamentliche Worte so zusammengestellt, daß Waser sie kaum mehr erkannte und sie ihm als der Ausdruck gotteslästerlicher Rachsucht erschienen. Überhaupt war Blasius nicht sein Mann. Noch nie war seine heitere, für die verschiedenen Seiten der Dinge empfängliche Natur auf einen schrofferen Gegensatz gestoßen, und ihm graute, seinen Freund in dessen jetziger Stimmung mit diesem kalten Fanatiker zusammen zu wissen.

Wie gesagt, eine Hiobspost folgte der anderen. Unmittelbar nach der Schlächterei besetzten die Spanier, von Fuentes her eindringend, mit Heeresmacht das ganze Veltlin. Die beiden Planta führten die Österreicher ins Münstertal, und zwei Versuche, die verlorenen Landschaften wieder zu gewinnen, blieben fruchtlos. Im Innern von Bünden wuchs täglich die Wut gegen die landesverräterischen Anstifter des Veltlinermordes, besonders gegen den verfemten Pompejus Planta, der in der allgemeinen Verwirrung sich seines festen Hauses Riedberg wieder bemächtigt hatte.

So war Waser, als eines Tages durch einen reitenden Boten die Nachricht von dem Überfalle des Schlosses und der Ermordung des Herrn Pompejus eintraf, mehr erschrocken als erstaunt. Das Schreiben kam vom Ritter Doktor Fortunatus Sprecher. Dieser gelehrte Jurist behauptete in der von politischer Leidenschaft beherrschten Zeit eine geachtete und verhältnismäßig unangefochtene Stellung. Von ihm war bekannt, daß er, dem die waghalsige Demokratenwirtschaft und die spanischen Intrigen gleichermaßen verhaßt waren, in stillen Stunden beflissen sei, die in ihm aufsteigende Bitterkeit bestmöglich zu versüßen durch tägliche genaue Aufzeichnung aller Fehlgriffe und Greuel, welche sich die ihm widerwärtigen extremen Parteien zuschulden kommen ließen. Dies tat er aber mit dem Vorsatze, die unter dem Eindrucke des Tages entstandenen Aufzeichnungen im Laufe der Jahre gemächlich zu einer ausführlichen und, wie er sich schmeichelte, völlig vorurteilslosen Geschichte seines Vaterlandes zu verarbeiten. Mit diesem wohlunterrichteten Manne unterhielt die Regierung von Zürich Beziehungen, um, wie sich Jenatsch ausgedrückt hatte, auf dem laufenden zu bleiben. Der Ritter beobachtete die Vorsicht, seine Briefe nicht an die Staatskanzlei, sondern an Heinrich Waser, den Privatmann, zu richten.

Das Schreiben, welches dieser in schweren Gedanken immer und immer wieder las und unbewußt mit häufigen Tränen benetzte, trug das Datum: Chur, den 27. Februar 1621. Es erzählte das verhängnisvolle Ereignis in einer Sprache, welche die zornige Erregung des Berichterstatters verriet.

In der Nacht vom vierundzwanzigsten auf den fünfundzwanzigsten hätten sich die Führer der Volkspartei von Grüsch im Prätigau, dem Sitze ihrer Verschwörung, aufgemacht, zwanzig Mann stark, alle gut bewaffnet und beritten, voran der wahnwitzige Blasius Alexander und der teuflische Jenatsch. In rasendem Ritte durch das schlafende Land und die finstere föhnwarme Nacht brausend, seien sie im Morgengrauen wie Gespenster vor Riedberg aufgetaucht, haben das Tor mit Axthieben gesprengt, seien ohne ernstlichen Widerstand der schlummertrunkenen, entsetzten Dienerschaft in die Schlafkammer des Herrn Pompejus eingedrungen, diese aber sei leer gewesen. Im Begriffe, fluchend und lästernd wieder abzuziehen, habe sie Jenatsch in einem engen Vorzimmer auf ein altes blindes Hündlein aufmerksam gemacht, das winselnd in den Rauchfang des Kamins hinaufschnoberte. Aus diesem sei dann Herr Pompejus mit frevler Faust an seinem langen Schlafkleid heruntergerissen und mit wütenden Beilhieben zu Tode gebracht worden. Unbegreiflicherweise seien die Mörder unangefochten in frechem Triumphe durch das rings von den Sturmglocken aufgestörte Land nach Grüsch zurückgekehrt, am hellen Tage durch die Straßen von Chur im Schritte reitend, wo er, Sprecher, durch das Pferdegetrappel ans Fenster gerufen, selbst die Entsetzlichen erblickt und von dem blutigen Jenatsch hohnlächelnd begrüßt worden sei. Gegen Mittag habe der Briefsteller im Auftrage der Gerechtigkeit und mit hinlänglicher Bedeckung nach Riedberg sich begeben, wo Herr Pompejus noch in der Lache seines Blutes gelegen, jämmerlich zerhauen, aber stolz und verachtungsvoll noch in der Todesruhe. Das Mordbeil habe der alte Kastellan Lukas den Gerichtsleuten vorenthalten und es in ein unzugängliches Versteck gebracht, um es, wie er gesagt habe, der göttlichen Gerechtigkeit scharf zu behalten, worunter der Alte wohl die Blutrache der Planta verstanden. Über der Todesstätte seines Herrn aber habe er die Mauer mit einem großen Kreuze bezeichnet.

Sprechers Brief endigte mit der schwarzsichtigen, dem Tacitus entliehenen Bemerkung: in dieser Zeit, wo den Guten jede Macht genommen sei, bleibe die Bestrafung der Bösen das einzige Zeichen einer waltenden Vorsehung, und mit dem trostlosen Ausrufe: »Wehe, Rhätia, wehe dir!«

Dieser Weheruf war nicht unberechtigt, das lehrte die nächste Zukunft. Nach einigen flüchtigen Sonnenblikken, die eine bessere Wendung der Dinge für Bünden zu versprechen schienen, erfüllten sich seine Geschicke. Bevor seit der Ermordung des Herrn Pompejus ein Jahr um war, überschwemmten österreichische und spanische Heerhaufen die rhätischen Lande. Das Volk erhob sich zum Verzweiflungskampfe, selbst Frauen und Mädchen schwangen rohe, todbringende Waffen.

Eines Tages, da die Bedrängten in der Kirche zu Saß den helfenden Gott anriefen, verirrte sich ein weißes Lamm von der Weide in die offene Sakristei und erschien neben dem Taufbecken vor den Augen der bewaffneten Landleute. Das bedrohte Volk erblickte darin einen göttlichen Zeugen von der Unschuld und Gerechtigkeit seiner Sache.

Georg Jenatsch war der Vorkämpfer des Aufstandes. Er troff von Blut, und seine übermenschliche Tapferkeit wurde zur Legende. So erschlug er Hunderte von Österreichern, meldet die Sage, bei Klosters in offener Feldschlacht, er allein mit drei Genossen.

Die heldenmütigen Bündner wurden von der Übermacht erdrückt. Waser sah eines nach dem andern ihrer flüchtigen Häupter in Zürich anlangen. Es kam ein Salis, ein Ruinell, ein Violand – Jürg Jenatsch kam nicht. Wohl mochte es ihm schwer werden, das Bollwerk seiner Berge zu verlassen.

Furcht vor dem übermächtigen Österreich lähmte diesmal die Gastfreundschaft der Stadt Zürich, die sie sonst keinem Vertriebenen versagt. Beim Pokale auf den Zünften hatte die junge Bürgerschaft den bündnerischen Tellen, so nannte man die Mörder des Herrn Pompejus Planta, stürmisch zugejauchzt, jetzt aber streckten sich den Flüchtigen nur wenige Hände entgegen. Man ersuchte sie, sich stille in den Häusern zu halten, damit in Wien ihre Anwesenheit geleugnet werden könne. Die Geister waren von dunklen Ahnungen erschreckt, dreißig kommende Kriegsjahre warfen ihren Schatten vor sich her.

An einem Winterabend verließ Waser ernster als gewöhnlich und in tief bewegter Stimmung das Haus seiner jungen Braut, die er nächstens heimführen sollte und in deren angesehener Familie er das Nachtessen einzunehmen pflegte. Hier ließ er sonst die Staatssorgen vor der Tür und freute sich in Züchten des Lebens; heute aber quoll ihm der Bissen im Munde. Sein Schwager, ein junger Geistlicher, hatte aus der eben versammelten Synode eine ergreifende Nachricht nach Hause gebracht. Von seiner Hochwürden dem Antistes war ein Schreiben verlesen worden mit der Nachricht von dem standhaften Ende des Märtyrers Blasius Alexander. Da wurde ausführlich von einem seiner Kerkergenossen erzählt, wie man ihn auf der Flucht ergriffen und nach Innsbruck gebracht habe; wie er sich in der Gefangenschaft unerschütterlich geweigert, den reformierten Glauben abzuschwören, und wie er schließlich zum Verluste der rechten Hand und des Hauptes verurteilt wurde. Da seine Rechte abgeschnitten auf dem Blocke lag, habe er bereitwillig auch die Linke ausgestreckt, als könne er sich des Martertums nicht ersättigen.

Um sein Gemüt zu beruhigen, machte Waser gegen

seine Gewohnheit einen raschen Gang um die beschneiten Stadtmauern. Als er in seine dunkle Stube zurückkehrte und Feuer schlug, um seine Lampe anzuzünden, gewahrte er in der Fensternische eine hohe Gestalt, die ihm nun festen Schrittes entgegentrat und ihm die Hand auf die Schulter legte. Es war Jürg Jenatsch.

»Erschrick mir nicht, Heinrich«, sagte er sanft, »ich komme nur für eine Nacht und verlasse Eure Mauern, sobald in der Frühe ein Tor aufgeht. Hast du Platz für mich in deinem Kämmerlein, wie ehedem? ... Du schwankst, ob du mir die Hand drücken willst ... sie hat gerecht gerichtet ... Doch jetzt ist in Bünden nichts mehr zu tun. Da ist alles verloren – wer weiß für wie lange. Ich gehe zum Mansfeld. Dort auf dem großen deutschen Kampfplatze entscheidet sich mit Sieg oder Niederlage der protestantischen Waffen auch das Los meiner Heimat.« –

ZWEITES BUCH

Lukretia

Erstes Kapitel

Ein durchsichtig blauer Winterhimmel umfing die Lagunenstadt und schaute sich mit gleicher Kraft und Helle tief aus dem Spiegel eines ihrer vielen schmalen Wasserbänder wieder entgegen. Hier zeigten die stillen Wasser auch das scharfe, dunkle Ebenbild einer schlank gewölbten Marmorbrücke, die das engste und bewohnteste Quartier Venedigs mit dem Campo dei Frari verbindet. Dieser kleine Platz bildet den spärlichen Vorraum zu dem fremdartig erhabenen Meisterbau Niccolò Pisanos, dem rotschimmernden Dome der Maria gloriosa de' Frari.

In der engen Pforte eines an die Lagune gebauten Hauses jenseits der Brücke stand ein Mann von mittleren Jahren mit einem ernsten, bärtigen Kopfe und von gedrungener, kurzer Gestalt. Sein Blick folgte ruhig den lautlos geführten, von Zeit zu Zeit unter dem Brückenbogen durchgleitenden Gondeln oder betrachtete die Bettler, welche auf den Stufen des Domes lagerten und eben ihr Frühstück verzehrten. Ihm zu Häupten war an der Mauer, dem Halbrunde der Türwölbung folgend, in kolossalen schwarzen Lettern und italienischer Sprache zu lesen: Lorenz Fausch, Pastetenbäcker aus Bünden.

Aus den herrschaftlichen Gondeln, die an der Landungstreppe des Campo anlegten, war schon manche zarte Dame gestiegen; manche zierliche Gestalt, umhüllt von den weichen Falten dunkler Seide und das Antlitz durch die sammetne Halbmaske vor der Kälte geschützt, war die Stufen hinauf über den Platz in die Kirche geglitten, ohne daß die Züge des Bündners sich im mindesten verändert hätten. Jetzt aber ging etwas Seltsames auf dem ernsthaft gleichmütigen Gesichte vor. Unter der Brücke war der wetterbraune, weißbärtige Kopf eines Ruderers zum Vorschein gekommen, der, aus seinen ungelenken Bewegungen zu schließen, mit der Lagune nicht vertraut war. Während sein Gefährte, der auf dem Hinterteile des Fahrzeuges stand, ein jugendlich behender, ein echter Gondoliere, dieses mit schlanker Ruderbewegung an die Mauer drückte, öffnete der Alte langsam die niedrige Gondeltüre und schickte sich an, einer nur leicht verschleierten, offen und groß blickenden Frau beim Aussteigen behilflich zu sein. Sie aber hatte seine Hand nicht angenommen. Unversehens stand sie auf der Treppe und schritt, ohne sich umzublicken, der Pforte des Domes zu.

Ehe der in der Gondel beschäftigte Alte seiner Herrin folgen konnte, trat Herr Fausch, dessen Miene sich plötzlich erhellt hatte, an den Rand der Lagune vor und rief ihm mit gedämpfter Baßstimme den romanischen Gruß: »Bun di« zu; aber jener wandte sich nicht nach dem seine Bekanntschaft Suchenden um, er streifte ihn nur mit einem Blitze unter seinen buschigen Brauen hervor, halb mißtrauisch, halb verständnisvoll, dann zog er langsam einen Rosenkranz aus der Tasche und schritt, Herrn Fausch den Rücken zukehrend, nach der Kirche.

Noch folgte ihm dieser mit nachdenklichen Blicken, als, aus dem Seitengäßchen rasch herauslenkend, ein kleiner hagerer Kavalier an ihm vorüberschoß und mit einem stählernen Sprung auf der Brücke stand. Hier bemerkte er zu seiner Rechten den Bäcker und dessen behaglichen Gruß, wandte ihm einen Augenblick sein junges, nichts weniger als hübsches, aber höchst originelles Gesicht zu und sagte: »Augenblicklich noch im Dienst! Holt mir ein Fläschchen Zyprier, Vater Fausch – wohlverstanden, von der Sorte, der Ihr persönlich huldigt. In zwei Minuten bin ich hier.«

Fausch trat aus dem fröhlichen Sonnenlichte in sein etwas düsteres, zu dieser Morgenstunde noch leer stehendes Schenkzimmer zurück, das jedoch mit seinen zahlreichen Sitzen und reinlichen weißen Marmortischen offenbar auf den Besuch von Gästen nicht geringen Standes eingerichtet war. Während er sich in den geheimen, wohlverschlossenen Raum begab, der ihm in der Meerstadt als Keller diente, um ein strohumflochtenes Fläschchen von seinem dunkeln Ehrenplatze herunterzuholen, dem Befehle des jungen Kavaliers gemäß, doch alles mit würdiger Bedächtigkeit, hatte dieser seinen Gang gemacht und kam schon wieder über die Brükke zurück.

Er hatte, die Kirche betretend, sogleich die hohe Gestalt wieder entdeckt, die sein Blick aus der Tiefe des Gäßchens im Fluge erfaßt hatte und die ihm durch ihre dunkle kräftige Schönheit anziehend erschienen war.

Andächtig kniete sie, das Antlitz zum Gekreuzigten erhoben, mit gefalteten Händen auf den Stufen des Hochaltars. Nicht Zweifel, nicht Trostbedürfnis, nicht Sehnsucht schien sie hergeführt zu haben. Keine innere Aufregung, keine unstete Leidenschaft bewegte die hochgewachsene Gestalt. Feste Ruhe lag in den schönen, noch jugendweichen Zügen. Aber nicht klösterlich kalt war ihr Ausdruck, sondern von kräftigem Leben durchglüht. Sie flehte nicht, rang nicht um Erhörung. Sie brachte, so schien es, ein tägliches Opfer, ein gewohntes Gelübde dar, das ihre Seele erfüllte und dem ihr Leben geweiht war.

In steigender Neugier war der junge Kavalier immer näher herangetreten, da hatte sie sich erhoben und war seinem unbescheidenen Auge unverschleiert mit einem stolzen, fremden Blicke begegnet. Dann hatte sie die Kirche verlassen. Zwiefach enttäuscht – denn in der Ferne war ihm die Dame jünger erschienen und auf ihre einfache Hoheit war er nach seinen venetianischen Erfahrungen und Gewohnheiten nicht gefaßt –, hatte er noch einen Blick auf die verschiedenen Kirchenbilder geworfen und ein Wort mit dem Küster gesprochen.

Als Fausch, das Fläschchen auf einem silbernen Teller mit einiger Feierlichkeit vor sich her tragend, in der Hinterpforte seines Schenkraumes erschien, hatte sich der Gast schon in nachlässigster Haltung auf einer Ottomane nächst der Türe niedergelassen. Er zog jetzt seine Füße von dem Marmortischchen, auf das er sie gelegt hatte, der Bäcker aber holte ein fein geschliffenes kleines Kelchglas herbei, stellte es neben die Flasche und begann nach seiner Gewohnheit selbst das Gespräch.

»Und wer war denn, mit Eurer Gnaden Erlaubnis, das Herz und Augen erfrischende Frauenbild, dem der Herr Lokotenent nachschoß wie eine Kugel aus dem Rohre?«

»Wie, Vater Lorenz, das solltet Ihr nicht wissen«, meinte der Angeredete, »Ihr, die lebendige Tageschronik und Fremdenliste von Venedig?« –

»Sie kommt mir sonderbar bekannt vor und wer sie ist, werd ich herausbringen. Sicher keine dieser trägen Venetianerinnen, dafür erfreut sie sich zu leichter Füße. Wißt nur, Herr Wertmüller, als ich sie vorhin so schön und frei über das Campo schreiten sah, da überkam mich eine Rührung. Mir war, als schritte sie nicht neben dieser faulenden Lagune, sondern auf den Bergpfaden meiner Heimat neben senkrechten Präzipizien und schäumenden Bächen. Noch eins! Ihr Diener, der alte weißbärtige Spitzbube mit den Jägeraugen und dem Rosenkranze, ist ein Bündner so gewiß als ich.«

»Also aus Euern Bergen«, versetzte Wertmüller, »und von Euerm Schlage.«

»Was Wunder übrigens«, meinte Fausch, »wenn ein Salis oder ein anderes Haupt unserer französischen Partei in diesem Augenblicke in der gastfreundlichen Venezia zu tun hätte; zweifelt ja von uns keiner mehr daran, daß Euer Herr, der vieledle Heinrich Rohan, von Richelieu Vollmacht erhalten hat, eine Heerfahrt nach Bünden zu rüsten. Nun kommt endlich die Stunde, da mein Land der österreichisch-spanischen Gewalt entwunden wird.«

»Gut«, sagte der andere, ihn spöttisch ansehend, »der gallische Hahn also, Vater Fausch, soll sich für euch mit dem österreichischen Adler zausen, daß die Federn fliegen! Ihr traut ihm viel Großmut zu, denn ihr sitzt fest in den spanischen Krallen. In meiner Stellung als Adjutant des Herzogs bin ich freilich weniger in diese geheimen politischen Pläne eingeweiht als Ihr, das von dem venezianische Müßiggange inspirierte Lagunen- und Lügenorakel. Übrigens«, fuhr er, seine Schärfe mäßigend, fort und blickte dem Bäcker in die Augen, der, in seinem Innersten beleidigt, sich mit gerötetem Angesicht vor ihn hingestellt hatte und nach dem kräftigsten Ausdruck zur Abwehr solcher Mißachtung rang, »übrigens ist heute nicht Politik, sondern Kunst bei uns im herzoglichen Palazzo an der Tagesordnung. Eben war beim Frühstück von Tizian die Rede. Eine mit unserer Herzogin befreundete Nobildonna behauptete, unsere kunstsinnige Dame habe bis heute eines der edelsten Werke des Meisters übersehen, das sich hier bei den Frari befinde. Es erwies sich, daß es bei der Herzogin letztem Aufenthalte in Venedig aus irgendeinem Grunde sich in der Werkstätte eines Malers befand. Ich ward von ihr abgesandt, um den jetzigen Tatbestand festzustellen. Es hängt wieder drüben, und ich fliege, es den Herrschaften zu melden. Sie werden ihre Wallfahrt zu dem Tizian gleich antreten wollen.«

»Herr, so dürft Ihr mir nicht fort«, sagte Fausch und vertrat ihm mit seiner breiten Figur den Ausweg. »Ihr verkennt mich grausam in dem, was mir hoch und heilig ist. – Was hielte meinen Geist in diesem schmerzvollen Exil lebhaft und aufrecht, wenn nicht die Tag und Nacht genährte Hoffnung, mein jahrzehntelang zerfleischtes, verheertes, gefesseltes Bünden wieder befreit zu sehen! – Und ich soll mich nicht um Neuigkeiten kümmern? Soll nicht die Fühlhörner nach allen Seiten ausstrecken? Nicht jede günstige Nachricht mit durstigen Poren einsaugen? – Pocht denn Euch nichts hier fürs Vaterland, Herr Wertmüller? ...« Er drückte tief atmend die fette Hand auf die Brust. »Glaubt nicht, daß mir die für Bünden unrühmliche Hilfe der Franzosen willkommen sei; ich heiße das den Teufel durch Beelzebub vertreiben, aber sie ist, Gott sei's geklagt, der letzte Ausweg aus der härtesten Sklaverei! Auch lebt jetzt in Bünden ein matteres Geschlecht. In jener großen Zeit freilich, wo ich, der Würgengel Jenatsch und der Märtyrer Blasius Alexander die Taten eines Leonidas und Epaminondas vollbrachten, hätten wir alle uns lieber, die Brust mit Wunden bedeckt, in ein breites Grab reihen lassen als in das welsche Heer und unsere Seelen eher dem leibhaftigen Teufel übergeben als dem französischen Kardinal!«

Der junge Wertmüller, den die Szene insgeheim köstlich belustigte, war im Begriffe, den begeisterten Bäcker auf die Seite schiebend, die Tür zu gewinnen, konnte sich aber die Schlußbemerkung nicht versagen: »Soweit ich die Weltgeschichte kenne, Vater Lorenz, seid Ihr darin nicht berücksichtigt.« Jetzt ergriff ihn Fausch heftig, aber freundschaftlich bei der Hand: »Wie wird heutzutage Historia geschrieben, Herr Lokotenent? Saftlos und ohne Gewissenhaftigkeit! Die Tradition jedoch der volkstümlich großen Taten erlischt nicht, auch wenn ein pedantischer Geschichtschreiber sie heimtückisch unter den Scheffel stellen sollte. Sie geht über Berg und Tal von Mund zu Munde, und aus dem meinigen sollt Ihr ein Euch unbekanntes, wichtiges Blatt unserer Bündnergeschichten kennenlernen.

Anno zwanzig, als die edle Demokratie in unserem Lande herrschte, vollzog sie einen großartigen, einen wahrhaft weltgeschichtlichen Akt. Frankreich zweideutelte damals zwischen Licht und Nacht, zwischen protestantischer und katholischer Politik. Dem beschloß das zu Davos versammelte Strafgericht in seiner Weisheit herzhaft ein Ende zu machen. An den Gesandten Frankreichs – der Gueffier war's, er hielt damals Hof in Maienfeld – schickte es eines seiner Mitglieder, einen schlichten Bürger, einen einfachen Prädikanten, der dem Franzosen Befehl überbrachte, augenblicklich einzupacken ... und dieser tapfere Republikaner, Euer Gnaden, war niemand anders als Lorenz Fausch, der hier vor Euch steht. Jetzt aber hättet Ihr sehen sollen, wie der Franzose seinen Hut vom Kopfe riß und ihn wie toll mit den Füßen zerstampfte. ›Einen Salis oder Planta mindestens hätte man an mich abordnen sollen‹, schrie er wütend, ›nicht einen solchen ...‹« hier hielt Fausch inne und besann sich –

»Weinschlauch! – dies ist des denkwürdigen Dialogs beglaubigter Wortlaut«, erscholl es mit heller, mächtiger Stimme von dem offenen Eingange her, der in diesem Augenblicke durch eine große Gestalt, welche auf die Schwelle trat, verdunkelt ward, und vor dem erstaunt sich umwendenden Bäcker stand ein Kriegsmann von gewaltiger Statur und herrischem Blick.

»Sagte er wirklich so, Jürg?« faßte sich der betroffene Herr Lorenz; aber statt ihm zu antworten neigte sich der stattliche Fremde mit leichtem Anstande gegen den jungen Offizier, der den Gruß militärisch erwidernd durch die freigewordene Tür hinaus in den Sonnenschein eilte.

ZWEITES KAPITEL

Der Kriegsmann schritt klirrend dem Hintergrunde des schmalen, tiefen Gemaches zu, schnallte den Degen ab, legte ihn mit dem Federhute und den Handschuhen auf einen leeren Sitz und warf sich mit einer unmutigen, harten Bewegung auf einen andern.

Fausch hatte gerade diesen Gast heute am wenigsten erwartet, auch entging ihm der mit den übermütigen Worten auf der Schwelle im Widerspruch stehende Ausdruck des Kummers und der Abspannung auf dem kühnen Gesichte nicht. Nachdem er noch einen besorgten

Blick auf dieses geworfen, schloß er behutsam die Türe seines Schankes.

Das schmale Gemach lag jetzt im Halbdunkel, nur durch ein hochgelegenes Rundfenster über der Tür drang ein rötlicher, von goldenen Stäubchen durchspielter Sonnenstrahl in seine Tiefe und blitzte in den aufgereihten, fein geschliffenen Kelchen und funkelte in dem Purpurweine, welchen Meister Lorenz dem in sich Vertieften unaufgefordert vorgesetzt hatte. Eine gute Weile noch schwieg dieser, das Haupt auf den Arm gestützt, während Fausch die Hände auf die glänzende Marmorplatte stemmte und, einer Anrede gewärtig, nachdenklich vor ihm stand.

Endlich entrang sich der Brust des Gastes ein schwerer Seufzer: »Ich bin ein Mann des Unglücks!« sprach er vor sich hin. Dann richtete er sich mit einem trotzigen Rucke auf, als ob ihn sein eigenes mutloses Wort aus einem bösen Traume geweckt und seinen Stolz beschämt hätte, heftete seine finstern Augen fest, aber voll inniger Freundlichkeit auf Meister Lorenz und begann: »Du wunderst dich, Fausch, mich hier in Venedig zu sehen! Du glaubtest, ich hätte noch eine lange Arbeit in Dalmatien, aber ich bin zuletzt rascher damit fertig geworden und unblutiger, als ich selber es dachte. Die dalmatischen Räuber sind zu Paaren getrieben, und die Republik von San Marco kann mit mir zufrieden sein. Es war kein leichtes Spiel. Bei Gott, ich kenne den Gebirgskrieg von der Heimat her, aber hätt' ich nicht Verräter unter ihnen gefunden und sie entzweit durch mancherlei List und Vorspiegelung, ich säße noch vor ihren Bergmauern drüben in Zara. Auch eine hübsche Beute habe ich gemacht, und dein Teil daran, Lorenz, ist dir wie immer gewiß. Ich bin nicht Jenatsch, wenn ich je vergesse, daß du mich aus deinem schmalen Erbe in den ersten Harnisch gesteckt und auf einen Kriegsgaul gesetzt hast.«

»Ein dankbares Gemüt ist ein ebenso schönes als seltenes Juwel«, sagte Fausch erfreut, »aber wo drückt Euch denn der Schuh, Hauptmann Jenatsch, wenn Ihr Ruhm und Beute vollauf zurückbringt?«

»Ich bin noch mit dem letzten Schritte in eine Falle meines tückischen Schicksals getreten«, versetzte der Hauptmann, die Brauen schmerzlich zusammenziehend. »Gestern mittag landete meine Brigantine an der Riva, ich meldete mich pflichtschuldig bei dem Provveditore, der mich, da ich seine besondere Gunst nicht besitze, ohne weiteres zu meinem Regiment nach Padua beorderte. Dort langte ich bei einbrechender Nacht an und fand meinen Obersten in einer Locanda eine halbe Meile vor dem Tore, aufgeregt von Becher und Würfel und in bestialischer Laune. Er stand gerade mit rotglühendem Gesicht am Fenster, um Luft zu schöpfen, als ich vorritt. ›Prächtig‹, schrie er mich an, ›da weht uns der Teufel noch sein Schoßkind den Jenatsch her! Herauf, Hauptmann, mit Eurem vollen Beutel aus Dalmatien!‹ – Ich stieg ab und erstattete Bericht, dann setzt' ich mich zur Gesellschaft, und wir spielten bis zum Morgenlicht. Dabei verlor der Oberst an mich etwas wie hundert Zechinen, doch verbiß er seinen Grimm, und ohne Streit erreichten wir die Stadt. Aber er ließ den Mißmut an seinem feurigen Rappen aus, und das schaumbedeckte Tier traf am Gemüsemarkt mit den fliegenden Hufen ein Büchchen, welches dem Schulmeister und der zur Frühmesse ziehenden Schule nachtrottelte. Wir saßen beim Petrocchi ab und nahmen ein Frühstück. Natürlich war bald auch der Schulmeister da mit einer feierlichen Jammermiene und forderte für das Schülerlein ein dem Edelmut und dem hohen Stande des Herrn angemessenes Schmerzensgeld. Ruinell aber fuhr den armen Wicht so wütend an, daß mich ein Mitleid überkam und ich mich dazwischenlegte. So empfing denn ich die volle Ladung, und der Oberst, der seiner Sinne nicht mehr mächtig war, vergaß sich soweit, daß er mich am Wams packte und einen schurkischen Demokraten schalt, der mit dem paduanischen Lügenpöbel unter einer Decke stecke ...«

Das bist du auch, herrlicher Jürg«, rief der Bäcker dazwischen, sobald das Wort Demokrat sein Ohr erreichte, denn dieser Zauberformel hatte er nie widerstehen können. »Das bist du auch! Dein treues Gemüt hat es mit dem gedrückten Volke stets redlich gemeint!«

... »Je gelassener ich mich verteidigte, desto unbändiger wurde der Rasende. ›Der Degen soll entscheiden, Hauptmann‹, tobte er, ›kommt mit mir vors nächste Tor.‹ Ich beschwor ihn, wenigstens bis morgen davon abzustehen und mich nicht zu nötigen, gegen meinen Obern zu ziehen. Aber er bedeckte mich mit Schmähungen und nannte es eine Feigheit, wenn ich es nicht auf die Waffen ankommen lasse. Da endlich, um dem ehrrührigen Ärgernis ein Ende zu machen, folgte ich ihm, ungern genug, auf den Wall hinter St. Justine. Wir waren stattlich geleitet, auch vom Stadthauptmann und seinen Sbirren, tapfern Leuten, wie du dir's denken kannst, Lorenz! die sich mit vollkommener Rücksicht hüteten, in fremde Händel einzugreifen. Draußen aber warf der Unselige sich meiner Klinge in so blindem Zorne entgegen, daß er sich nach wenigen Gängen – – aufrannte.«

»Brrr«, fuhr Fausch zusammen, obwohl er diesen Schluß der Erzählung ahnungsvoll vorausgesehen hatte. Dann setzte er sich hinter sein Rechenbuch, das auf einem kleinen Pulte zwischen dem Tintenfasse und einem umfangreichen, bis auf eine kleine Neige geleerten Kelchglase lag, und schlug bedächtig blätternd eine Seite desselben auf, die den Namen: »Oberst Jakob Ruinell« als Überschrift trug. Sie war von oben bis unten mit langen Zahlenreihen bedeckt. Er tunkte die Feder ein und zog zwei dicke Striche kreuzweis über das ganze Blatt. Dann setzte er ein Kreuzchen auch neben den Namen und schrieb dazu: obiit diem supremum, ultimus suae gentis und das Datum. »Requiescat in pace. Seine Schuld sei ihm erlassen«, sagte er. »Man versenkt den Letzten seines Geschlechts mit Wappen und Helm. Ich begrabe mit dem Ruinell seine Rechnung. Bezahlen würde sie mir doch niemand.«

»Nun schleppe ich auch das noch hinter mir her!« seufzte der andere.

»Werdet Ihr Euch flüchten?« fragte Fausch.

»Nein, ich gehe nicht aus Venedig, ich lasse mich nicht vom Herzog Rohan hinwegreißen«, versetzte Jenatsch leidenschaftlich, »jetzt, da der Kampf zur Befreiung meines Vaterlandes wieder entbrennen soll.«

»Merkt wohl, Jenatsch«, sagte Fausch, den Zeigefinger an die Nase legend, mit listigem Blicke, »der Provveditore hat Euch nicht umsonst hinüber nach Dalmatien geschickt. Sein Zweck ist, Euch von Rohan fernzuhalten. Ahnt er doch, daß Euer gerades, natürliches Wesen im Fluge das Vertrauen des edlen Herzogs gewänne und daß Ihr in Bünden seine rechte Hand werden müßtet. Wegen Eurer schon im Jünglingsalter verrichteten demokratischen Großtaten seid Ihr dem weichlichen Venezianer verhaßt und erscheint ihm gefährlich.«

»Himmel und Hölle scheiden mich nicht von den Geschicken meiner Heimat«, brauste Jenatsch auf, »und diese liegen jetzt in den Händen des Herzogs! Übrigens«, fuhr er bitter lächelnd fort, »hat sich Grimani verrechnet. Ich bin schon seit Monaten mit dem gelehrten Herzog in einem militärischen Briefwechsel; denn ich habe Ernst gemacht aus dem Handwerke, Lorenz, das mir einst die Not der Zeit aufgedrungen, und von Bünden zeichnet niemand eine bessere Karte als ich.«

»Gut«, sagte Fausch, »aber wie denkt Ihr Euch das Nächste? Ihr habt nach venezianischem Kriegsgesetze das Leben verwirkt, denn es verbietet bei Todesstrafe, sich mit einem Vorgesetzten zu schlagen.«

»Bah, es fehlt mir nicht an Zeugen, daß ich knapp nur mein Leben verteidigt habe«, warf der Hauptmann hin. »Grimani freilich haßt mich noch von Bünden her – wo er früher, wie du dich wohl erinnerst, venezianischer Gesandter war – so gründlich, daß er den Anlaß willkommen hieße, mich in den Kanal werfen zu lassen. Diese Lust aber wird er sich versagen müssen. Ich habe einen Vorsprung von mehreren Stunden. Gleich nach dem Zweikampfe warf ich mich zu Pferde und eilte nach Mestre zurück. Der amtliche Bericht an den Provveditore kann nicht vor Mittag in Venedig ankommen. Das kleine Geschäft, das mich zu dir führte, ist gleich beendigt, dann fahre ich ohne weiteres nach dem Palazzo des Herzogs am Canal grande. Ich weiß nicht, ob ich dort gerade willkommen sein werde; aber Schutz und Sicherheit als seinem Gaste versagt mir der Herzog nicht.«

»Keinen Schritt aus meiner Bude, Jürg!« eiferte Meister Lorenz. »Der Herzog wird in wenigen Augenblicken hier sein. Er will drüben bei den Frari den Tizian besehen. Das hat mir eben sein Adjutant gesagt, der Wertmüller von Zürich, ein gebildeter Mensch, ein feiner Kopf; aber noch grün, grün! Er spricht häufig hier ein, um mit mir die öffentlichen Angelegenheiten zu verhandeln und sich ein gesundes politisches Urteil zu bilden.« – Inzwischen hatte er leise die Tür etwas geöffnet und sein großes Gesicht lauschend an die Spalte gelegt. »Sieh, sieh«, fuhr er fort, »drüben setzen sich die Bettler schon in Bewegung und bilden in rührenden Gruppen auf beiden Seiten Spalier. Der Herzog ist im Anzuge.«

Mit diesen Worten stieß er beide Flügel weit auf. Der dunkle Steinrahmen der Tür umschloß ein Bild voll Farbenglanz, Leben und Sonne.

Im Vordergrunde wurden eben an den Ringen der Landungstreppe zwei mit zierlichem Schnitzwerke und wallenden Federsträußen geschmückte Gondeln befestigt. Zwölf junge Gondoliere und Pagen in Rot und Gold, die Farben des Herzogs, gekleidet, blieben zur Hut der Fahrzeuge auf dem von der Mauer grün beschatteten Kanale zurück und kürzten sich in den Gondeln mit allerlei Scherz und Neckerei die Zeit. Die Herrschaften waren ausgestiegen und hatten sich die Treppe hinauf nach dem hellen Platze vor der Kirche begeben.

Hier standen sie noch, die Schönheit der Fassade bewundernd und lebhaft besprechend.

Leicht zu erkennen an seinem vornehmen, hagern Wuchs und der würdevollen, aber anmutigen Haltung war der mit kalvinistischer Schlichtheit in dunkle Stoffe gekleidete Herzog. Die schlanke Dame, die er führte, war nach allen Seiten in beständiger Bewegung. Jetzt neigte sie sich gefällig einem kurzen, untersetzten Herrn zu, der ihr mit einiger Gravität die gotische Architektur des Doms zu erklären bestrebt war. Ein Gefolge von jungen Edelleuten in militärischer Tracht hielt sich in angemessener Entfernung und setzte mit französischer Lebendigkeit eine Unterhaltung fort, in der offenbar die Maria gloriosa keine Rolle spielte. In ihrer Mitte stolzierte der kleine kecke Wertmüller und schien, wie ein kampflustiger Sperling seinen Raub, eine These gegen alle gewandten Angriffe seiner jugendlichen Genossen zu verfechten.

Jenatsch hatte sich, die Pforte leer lassend, mit Fausch etwas in den Hintergrund des Gemaches gestellt, doch dergestalt, daß sein Auge den Platz beherrschte, und blickte über des Bäckers Schulter mit gespannter Aufmerksamkeit auf die Gruppe. Die Erscheinung des Herzogs fesselte seine ganze Seele. Dies war wieder das ihm unvergeßlich eingeprägte blasse Antlitz, in welches er einmal vor langen Jahren am Comersee geschaut hatte. In diesem Augenblicke zeigte ihm der Herzog seine scharf gezeichneten Züge im Profil und der Ausdruck langgeübter Selbstbeherrschung und schmerzlicher Milde, der auf dem etwas gealterten geistvollen Gesichte unverkennbar vorherrschte, überwältigte seltsamerweise den Bündner wie mit der Macht einer erwachenden alten Liebe. Dieser Mann, der ihn magnetisch anzog, der in der Stunde, die über sein Leben entschied, einen wunderbaren Einfluß auf ihn geübt, dieser edle Mensch, an den er sich immer noch in verborgener Weise gekettet fühlte, hier stand er vor ihm und erschien ihm, als der

bestimmt sei, in das Los seiner Heimat entscheidend einzugreifen. Rohan hielt wieder die Urne des Schicksals in
den Händen.

»Erkennst du in dem schneeweißen Rundkragen dort,
dem ansehnlichen Herrn, der vor der Herzogin schar-
wenzelt, unsern alten Schulkameraden Waser von Zürich?« unterbrach Fausch den stürmischen Gedanken-
flug des Hauptmanns. »Seine Manschetten sind so sau-
ber und schmuck wie vordem sein Schulheft im Loch.«

»Richtig! dort steht Waser! – Was sucht der in Venedig?« flüsterte Jenatsch.

»Da hab ich meine Vermutungen ... Vielleicht hat Zürich irgendeine Rechnung für seine Kompanien im
Dienste von San Marco zu ordnen – das ist aber nur Vorwand, sicherlich – und der Fuchs dort hat wohl mehr mit
dem französischen Herzog als mit dem geflügelten Löwen zu tun. Das französische Heer, das der Herzog auf
das Kriegstheater führen wird, sammelt sich, sagt man,
im Elsaß, und er kann es nur über den Boden der protestantischen Kantone nach Bünden bringen. Die Herren
von Zürich aber berühmen sich, ihre Neutralität zwischen Frankreich und Österreich streng und peinlich
aufrecht zu halten ... Nur durch einen unvorhergesehe-
nen raschen Durchbruch könnte sie vorübergehend per-
turbiert und die scharfsichtigste Wachsamkeit betrogen
werden. Dieses jeder Vorsicht der zürcherischen Regen-
ten spottende Ereignis kartet ihr braver Kanzler dort mit
dem Herzog ab.«

»Vortrefflich!« sagte Jenatsch, den Degen umschnal-
lend, »aber nun zu unserm Geschäft!«

Er zog Brieftasche und Beutel hervor.

»Diese zweihundert Zechinen sind dein, Fausch«, und
er steckte ihm eine Rolle zu, »für Gaul und Harnisch.
Meine übrige dalmatische Beute – hier ist sie in Briefschaften und Gold – bring mir bei dem Wechsler a Marca
in Sicherheit. Ich hoffe die Bleidächer zu vermeiden;
aber es ist gut, auf alles gefaßt zu sein. Addio.«

Fausch ergriff mit Wärme die dargebotene Hand und sagte: »Lebe wohl, Jürg, du mein Stolz.«

Drittes Kapitel

Auch der Hauptmann trat durch die Pforte der Maria gloriosa. Er sah sich mit einem schnellen Blicke um und wandte sich dann unbemerkt links unter die hohen Bogen des Seitenschiffs, in dessen Mitte die Gesellschaft des Herzogs ein Altarblatt betrachtete. Langsam vorschreitend näherte er sich der Gruppe.

Der Herzog schien gedankenvoll in das Bild vertieft, während ihm seine Gemahlin mit entzückten Gebärden und einem Strome von Worten ihre Bewunderung des von ihr bis jetzt ungenossen gebliebenen Meisterwerks ausdrückte. – Einen Schritt abseits ließ sich Herr Waser von dem hinter ihm stehenden Küster mit leiser Stimme die verschiedenen Figuren des Bildes erklären und schrieb deren Namen in feiner Schrift über die Köpfe einer in Kupfer gestochenen winzigen Kopie, die er aus seiner Brieftasche gezogen hatte.

»Die edle Familie Pesaro«, erläuterte in gedämpftem, singenden Tone der Küster, während um seine Füße schmeichelnd ein weißes Lieblingskätzchen strich, das, ebenso heimisch im Dom wie sein Meister und ebenso scheinheilig wie er, ihm auf Schritt und Tritt folgte, »die edle Familie Pesaro, der allerheiligsten Madonna vorgestellt durch die Schutzpatrone St. Franziskus, St. Petrus und St. Georg.« – Hier verbeugte er sich gegen die Heiligen und machte eine ehrerbietige Pause. Dann bat er im Flüstertone, auf das dem Beschauer zugewandte lieblich blasse Köpfchen der jüngsten, höchstens zwölfjährigen Pesaro hinweisend, den aufmerksamen Herrn Waser, eine wundersame Eigenschaft ihrer durchsichtigen braunen Augen nicht außer acht zu lassen. »... Diese zaubervollen Blicke, Herr, richten sich unverwandt auf

mich, von woher ich immer das süße kleine Fräulein be-
schaue. Sie begrüßen mich, wenn ich zum Altar trete,
und wohin ich immer geschäftig mich wende, die leuchtenden Sterne verlassen mich niemals.«

Während Herr Waser seine Stellung zu wiederholten
Malen wechselte, begierig zu erfahren, ob sich diese Behauptung auch zu seinen Gunsten erprobe, wurde das
Interesse der jungen Edelleute, welche sich, um die
Herzogin ungestört ihrem Kunstgenusse zu überlassen,
etwas im Hintergrunde hielten, durch ein anderes Au-
genspiel angezogen. Die Blicke, die sie fesselten, waren
nicht die wunderbaren des von Tizian gemalten Kindes,
auch durfte der Küster sich nicht erst bemühen, sie auf
diesen natürlichen Zauber aufmerksam zu machen. Am
Fuße des nächsten Pfeilers knieten ein paar Venezianerinnen. Jugendlich weiche Gestalten! Durch die das Angesicht verhüllenden schwarzen Spitzenschleier schienen schwärzere Brauen und Wimpern und flogen Blikke, deren schmachtendes Feuer zwischen der Himmels-
königin und ihren kriegerischen Beschauern sich teilten. Nicht zuungunsten der letztern, die ihrerseits den
Dank nicht schuldig blieben.

»Wie schön wäre diese Gruppe«, sagte jetzt die ebenso
kunstbegeisterte als gut protestantische Herzogin, indem
sie den Arm erhob und mit dem geöffneten Fächer die
Madonna mit den drei Heiligen ihrem Blicke verdeckte.
»Wie schön wäre diese Gruppe, wenn die gottesfürchtige
Familie ihre Andacht ohne die Vermittlung dieses obern
Hofstaates vor den Thron des Unsichtbaren brächte!«

»Ihr sprecht als gute Protestantin«, lächelte der Herzog, »aber ich fürchte, Meister Tiziano wäre nicht mit
Euch zufrieden. Ihr müßtet schließlich über die ganze
heilige Kunst den Stab brechen; denn unser Himmel
und was darinnen ist läßt sich nicht mit Linien und Farben darstellen.«

Bei den Worten der Herzogin wagte es der kleine
Wertmüller hinter dem Rücken der Dame seinem

Landsmanne Waser einen spöttischen Blick zuzuwerfen, worüber dieser in Entsetzen geraten wäre, wenn nicht beide nun plötzlich den Fremden wahrgenommen hätten, welchem Wertmüller schon eine Stunde früher auf der Schwelle des Zuckerbäckers begegnet war.

»Für den heiligen Georg, gnädigste Frau, muß ich ein Wort einlegen«, sagte jetzt, aus dem Schatten tretend und vor der Herzogin sich verbeugend, Hauptmann Jenatsch. »Ich bin ein erprobter Protestant; wenigstens habe ich für die reine Lehre geblutet; doch zu St. Jürg, meinem Namenspatron, halt ich jeweilen Andacht. Der heilige Drachentöter befreite vorzeiten mit seiner tapfern Lanze das kappadozische Königstöchterlein. Ich aber weiß ein viel beklagenswerteres Weib, das an den starren Felsen geschmiedet und von den Krallen eines feuerspeienden Drachen zerfleischt, den vom Himmel gesandten Retter mit Sehnsucht erwartet. Die edle Magd, sie ist mein armes Vaterland, die Republik der drei Bünde; der sie aber aus den Klauen des spanischen Lindwurms reißen wird, ihr siegreicher St. Georg, steht leibhaftig vor mir.«

»Ihr seid ein Bündner?« sagte der Herzog, angenehmer berührt durch die hinreißende Wärme des Redenden als durch die stark aufgetragene Schmeichelei, die der Herzogin ein gewogenes Lächeln entlockt hatte. »Irr ich mich, oder seid Ihr der Hauptmann Georg Jenatsch?«

Dieser verneigte sich bejahend.

»Ihr habt aus Zara an mich geschrieben«, fuhr der Herzog fort. »Aus den Antworten meines Adjutanten Wertmüller«, und er stellte dem Hauptmann den schmächtigen Zürcher vor, der des Bündners Auftreten nicht ohne Mißtrauen scharf beobachtet hatte und bei der Nennung seines Namens nun hinzutrat, »aus Wertmüllers Antworten habt Ihr ersehen, daß Eure Mitteilungen über die Zustände Eures Vaterlandes mir alle Beachtung zu verdienen scheinen und die beigelegten Karten

mir von Nutzen waren. Wäre meine Zeit durch die Vorbereitung des Feldzuges nicht vollständig aufgezehrt, so
hätt' ich mir nicht versagt, Euch persönlich meine Zustimmung in den meisten Fällen, in andern meine Zweifel und Einwürfe mitzuteilen. Um so willkommener ist
mir nun Eure Gegenwart in Venedig. Mehr als einmal,
seit ich in brieflichen Verkehr mit Euch getreten, hab ich
mich bei meinem Freunde, dem Provveditore Grimani
um Eure Rückberufung aus Dalmatien verwendet. Immer vergeblich. Ich erhielt die Antwort, Ihr wäret dort
unentbehrlich. Eure Gegenwart überrascht mich. Was ist
der Grund Eurer beschleunigten Rückkehr?«

»Größtenteils mein glühender Wunsch, Euch zu sehen, erlauchter Herr, und mein Eifer, Euch zu dienen«,
sagte Jenatsch. »Dies Verlangen stärkte meine Erfin-
dungskraft und ließ mich zur Erreichung des Ziels die
kühnsten Mittel ergreifen. Meine Aufgabe in Zara ist
gelöst, und wenn ich nach Venedig zurückeilte, bevor
der Provveditore mir eine neue Herkulesarbeit auf irgendeiner fernen Insel aussann, so wird es Euch leicht
werden, wofern Ihr mir geneigt seid, diese Dienstunre-
gelmäßigkeit in ein günstiges – in ihr wahres Licht zu
stellen und bei meinem Vorgesetzten zu entschuldigen.«

Der forschende Blick des Herzogs versenkte sich eine
Weile in das feurige Gesicht des Bündners, das für ihn
mit irgendeiner fernen Erinnerung zusammenhing;
doch dieser Blick wurde immer wohlwollender, besto-
chen durch die innige Bitte der finster beschatteten
Augen.

Während dieses Gesprächs hatte sich die Gesellschaft
dem Ausgange zu bewegt. Der Küster hob den schweren
Damastvorhang der Pforte und empfing mit devoten
Bücklingen das Goldstück des Herzogs und die sorgfältig in ein Papier gewickelte Gabe des Herrn Waser.

»Ein gutes Wort bei Grimani für Euch einzulegen,
Signor Jenatsch, das werd ich mir noch heute angelegen
sein lassen«, sprach der Herzog, als sie draußen in der

sonnigen Luft standen. »Er speist bei mir. Diesen Abend, nachdem Ihr mir Zeit gelassen habt, ihn zu Euren Gunsten zu stimmen, stellt Euch bei mir ein, ich habe dann Muße, mich mit Euch über Eure Angelegenheiten zu unterhalten. Die Interessen Eures Vaterlandes sind auch die meinigen. Ich erwarte Euch zu früher Abendstunde in meiner Wohnung am Canal grande. – Wertmüller«, rief er, »bis dahin begleitet den Hauptmann. Ihr haftet mit Eurer Liebenswürdigkeit dafür, daß mein Gast nicht anderwärts in dem verlockenden Venedig gefesselt wird. Unterhaltet ihn geistreich, bewirtet ihn standesgemäß und bringt mir ihn pünktlich.«

Die Herzogin war schon huldvoll grüßend in eine der harrenden Gondeln getreten. Nun schied auch der Herzog, und nur Waser, welcher mit einigen Herren des Gefolges die zweite zu benutzen willens war, blieb noch einen Augenblick zurück.

Er hatte die Unterredung des Herzogs mit seinem Jugendgenossen, den er eine Reihe von Jahren aus den Augen verloren, nicht stören wollen. Auch hatte er nicht ungern die Erkennungsszene um einen Moment hinausgeschoben, den er benutzte, um sich in Jürgs gegenwärtiger Gestalt zurechtzufinden. Seit jenem hoffnungslosen Abschied in Zürich waren nur zufällige Nachrichten von Jenatsch und dessen Schicksalen in verschiedenen protestantischen Heeren an sein Ohr gelangt. Da war die Rede gegangen von häufigen Lagerduellen mit unvermutet tödlichem Ausgange für den oft höher gestellten Gegner, halsbrechenden Abenteuern und blutigen Überfällen. Auch von bewunderten Kriegstaten in ehrlicher Feldschlacht sprach das Gerücht, doch alles schwebte und schwankte in unbestimmten Umrissen. Im Laufe der Zeit hatte sich Jürgs Bild in Wasers Seele zu einer rätselhaften Traumfigur verzogen. –

So drückte er ihm denn freundschaftlich, aber etwas förmlich und verlegen die Hand und beschränkte sich darauf, angelegentlich nach seinem gegenwärtigen Befinden und jetzigen Range sich zu erkundigen. Dann bestieg auch er die Gondel, und die beiden Offiziere standen sich auf dem Campo dei Frari allein gegenüber.

»Wenn es Euch genehm ist, Herr Hauptmann«, begann Wertmüller, »erfülle ich von meinen drei Aufträgen den mittleren zuerst und führe Euch auf den Markusplatz in das von mir erprobte und gutgeheißene Gasthaus zu den Spiegeln. Hernach lustwandeln wir ein Stündchen in den Arkaden unter den venezianischen Schönheiten. Erfreut sich dieses Programm der Zustimmung des Herrn Kameraden?«

Der streng wissenschaftlich geschulte, ehrsüchtige Wertmüller glaubte sich die vertrauliche Anrede dem älteren, aber in regelloser Laufbahn vorgedrungenen Kriegsmanne gegenüber erlauben zu dürfen.

»Wie Ihr meint, Wertmüller«, sagte Jenatsch anscheinend mit heiterer Einwilligung, »doch schlag ich zuerst noch eine kleine Spazierfahrt vor – nach Murano?«

Diese laut mit fröhlicher Stimme gesprochenen Worte wurden augenblicklich von zwei Gondolieren aufgefangen, die im Vorüberfahren die beiden Offiziere auf dem Campo erblickt und an der Landungstreppe auf die glänzende Beute gelauert hatten. Schon hatten sie ihr leichtes offenes Fahrzeug von der Mauer gelöst und die Ruder ergriffen.

Der Hauptmann sprang rasch in die Gondel, und Wertmüller folgte.

VIERTES KAPITEL

Der Auftrag des Herzogs war der unruhigen Neugier des jungen Zürchers in hohem Grade willkommen.

In seiner Heimat hatte er vordem den bündnerischen Parteiführer aufs verschiedenste beurteilen hören. Auf den lärmenden Zunftstuben der Handwerker galt damals Jürg Jenatsch als ein volkstümlicher Held, in den landesväterlichen, diplomatisch gefärbten Kreisen als ein gewissenloser, blutbefleckter Abenteurer. Aber Rudolf Wertmüller hatte seiner Heimat frühzeitig den Rükken gewandt, um einen militärischen Bildungsgang anzutreten, der den Begünstigten schon mit sechzehn Jahren in das Kriegsgefolge und die persönliche Nähe des edeln Herzogs Heinrich geführt hatte.

Noch war ihm gegenwärtig, wie einst die unglaubliche Verwegenheit und Zähigkeit, welche Jenatsch in den Volkskämpfen gegen die Spanier bewiesen, seine junge Phantasie beschäftigte. Doch aus noch früherer Zeit erinnerte er sich auch, daß der wilde Anteil des protestantischen Prädikanten an den ruchlosen demokratischen Strafgerichten mit ihren Erpressungen und politischen Morden in seiner Familie Abscheu erregt hatte und daß es ihm besondern Spaß gemacht, als sein Präzeptor darüber wehklagend die Hände gen Himmel erhob.

Daneben schwebte ihm ein anderes Erlebnis seiner Kinderjahre mit frischester Deutlichkeit vor. Am städtischen Jahrmarkte stand er einst mitten in der gespannt lauschenden Volksmenge vor dem Schauergemälde eines Bänkelsängers und lauschte den endlosen Versen einer tragischen Mordgeschichte. Die ruckweis wandernde Gerte des Leiermanns wies auf die Szenen einer mit den grellsten Farben bemalten Tafel. Auf dem Mittelstück umstanden die sogenannten drei bündnerischen Telle ihr nur mit dem Hemde bekleidetes, aus einem Schlot heruntergerissenes Opfer, den unglücklichen Herrn Pompejus. Einer von ihnen schwang ein langgestieltes Fleischerbeil – das war der berühmte Pfarrer Jenatsch! – Als dann der aufgeregte Knabe beim Abendbrot vor seinem Stiefvater, dem Obersten Schmid, von den neuen Tellen erzählte, verbot ihm dieser zornrot, der blutdürstigen Kanaillen in seiner Gegenwart Erwähnung zu tun.

Jetzt schaute er dieser Persönlichkeit von bestrittenem Werte Aug' in Auge, und sie war anders, als sie in seiner

Vorstellung gelebt hatte. Statt der rohen und zweideutigen Erscheinung eines geistlichen Demagogen saß ein weltgewandter Mann mit der Sicherheit und Freiheit des Kavaliers in Wort und Bewegung vor ihm. – Von der ungewöhnlichen militärischen Begabung des ehemaligen Pfarrers hatte ihn der im Namen des Herzogs mit diesem geführte Briefwechsel genügend überzeugt, aber was ihn überraschend berührte, war ein gewisser Zauber der Anmut, der die kühnen Züge und warmen Worte des Bündners verschönt hatte, als dieser mit dem Herzog sprach. – Der nichts weniger als arglose Zürcher fragte sich, ob diese Herzlichkeit echt sei. Ja, sie sprudelte voll und natürlich, aber es war ihm nicht entgangen, daß die unausbleibliche Wirkung dieses warmen Eindringens auf den Herzog eine gewollte, vielleicht im voraus berechnete war.

Nachdem die Gondel einige schmale Wassergassen durchglitten, folgte sie auf kurze Zeit der Hauptader des venezianischen Verkehrs, dem Canal grande, wo in der Ferne mitten im Gewimmel der Gondeln und Fischerbarken noch das langsam und stolz dahinziehende Fahrzeug des Herzogs sichtbar war; dann, aufs neue in die Schatten enger Lagunen sich vertiefend, eilte sie der die Stadt nördlich begrenzenden stillen Meerfläche zu.

»Ihr fochtet in Deutschland, Hauptmann, bevor Ihr der Republik von San Marco Eure Dienste angeboten habt?« begann der ungeduldige Wertmüller das Gespräch, da sein Gefährte eigenen Gedanken nachzuhängen schien.

»Unter Mansfeld. Dann folgte ich der schwedischen Fahne bis zu dem unseligen Tage von Lützen«, war die zerstreute Antwort.

»Unselig? Es war eine entschiedene Victorie!« meinte der junge Offizier.

»Wäre es doch lieber eine Niederlage gewesen und hätten zwei strahlende Augen sich nicht geschlossen!« sagte der Bündner. »Durch den Tod *eines* Mannes ward die Weltlage eine andere. Unter Gustav Adolf war der Krieg kein mutwilliges Blutvergießen: er führte ihn für seinen großen Gedanken, zum Schutze der evangelischen Freiheit ein starkes nordisches Reich zu gründen, und ein solches Reich wäre der Halt und Hort aller kleinen protestantischen Gemeinwesen, auch meines Bündens, geworden. Dies ersehnte Ziel ist uns mit dem großen Toten entrückt, und der seiner Seele beraubte Krieg entartet zur reißenden Bestie. Was bleibt übrig? Zweckloses Morden und habgierige Teilung der Beute. Unter Gustav Adolfs Fahne konnte ein Bündner freudig fechten; Blut und Leben für die protestantische Sache verströmend, war er sicher, daß es in Segensbächen zurückrinne in sein kleines Vaterland. – Jetzt sehe jeder zu, daß er heimkehre und für das Seine sorge.«

»Glaubt Ihr denn, daß ein einzelner Mann, und wäre er Gustav Adolf, so schwer in der Schicksalswaage der Welt wiege?« fragte rasch der widerspruchslustige Wertmüller. »Die Eifersucht der deutschen Fürsten hätte wie ein Geschling von Sumpfpflanzen seinen Fuß gehemmt, sein neidischer Bundesgenosse Richelieu hätte ihn, sobald er die Hand nach der deutschen Krone ausstreckte, arglistig zu Falle gebracht, und erreicht hätte er nichts als das Zusammenkrachen der alten verrosteten Maschine des heiligen römischen Reichs. – Im Grunde erscheint mir der Schwedenkönig als ein frommes Gegenstück zum Wallenstein. Dieser wird als gottloser Empörer schwarz wie der Teufel an die Wand gemalt, und jener ist im Geruche der Heiligkeit gestorben; meines Erachtens aber haben beide unberechtigterweise der Welt ihre willkürlichen Pläne aufgedrängt, und beide sind wie feurige Meteore nach kurzem Glanze erloschen. Heute geht nun das Räderwerk der Welt wieder seinen geregelten Gang, wir rechnen wieder mit den gebräuchlichen Zahlen und nach den bekannten Gesetzen. Frankreich und Schweden verschaffen den deutschen Protestanten die von ihnen so heftig begehrte evangelische Freiheit, aber die beiden Gönner werden sich diesen Liebesdienst mit fetten Stücken deutschen Landes nach Gebühr bezahlen lassen.«

»Wie, junger Freund«, sprach der Bündner aufmerksam werdend, »von schmählichem Länderraube muß ich Euch reden hören wie von alltäglichem Schacher? Euch, einen Schweizer! – Schämt Euch, Wertmüller ... müßt' ich sagen, wenn ich es für Euern Ernst hielte! – Und das nennt Ihr den geregelten Lauf der Dinge? Ihr anerkennt das Recht des Stärkern in seiner rohesten, seelenlosesten Gestalt und leugnet seine göttliche Erscheinung in der Macht der Persönlichkeit?«

Hier blickte Wertmüller mit einem unmerklichen Zuge des Hohns zu ihm auf und ließ einen leisen Pfiff hören. Die vor ihm sitzende, nach seinen Begriffen immerhin schwankende und zweideutige Persönlichkeit schien ihm wenig berufen, in die Weltgeschicke einzugreifen.

Der andere aber maß ihn mit einem zornigen Blicke. »Ihr mißversteht mich kläglich«, sagte er, »wenn Ihr meint, ich denke an die vom Boden abgelöste Persönlichkeit des einzelnen Mannes, wie sie entwurzelt und eigensüchtig sich umhertreibt, sondern ich rede von der Menschwerdung eines ganzen Volkes, das sich mit seinem Geiste und seiner Leidenschaft, mit seinem Elende und seiner Schmach, mit seinen Seufzern, mit seinem Zorn und seiner Rache in mehrern oder meinetwegen in *einem* seiner Söhne verkörpert und den, welchen es besitzt und beseelt, zu den notwendigen Taten bevollmächtigt, daß er Wunder tun muß, auch wenn er nicht wollte! ...

Blickt umher! Seht Euer und mein kleines Vaterland, wie es zusammengedrückt wird von der Wucht ringsum sich bildender großer Monarchien, und sprecht! Genügt da, wenn wir ein selbständiges Leben behaupten wollen, eine gewöhnliche Vaterlandsliebe und ein haushälterisches Maß von Opferlust?« ...

Diese mit der Heftigkeit eines verwundeten Gefühls

hervorstürzenden Worte ließ der Lokotenent anfangs ohne Entgegnung. In seinen gescheiten grauen Augen lag die Frage: Bist du ein Held oder ein Komödiant? Er spielte mit seinem jungen, spitzen Kinnbarte und schaute nach der Stadt zurück, wo sich auf dem in diesem Augenblicke hervorragendsten Bauwerke, der neuen Jesuitenkirche, die effektvolle Statuengruppe des Daches von der Rückseite in den wunderlichsten Verkürzungen zeigte. Die von eisernen Stangen gestützten Engel und Apostel mit ihren Flügeln und flatternden Mänteln erinnerten auffallend an kolossale gespießte Schmetterlinge. –

»In Zürich«, warf er jetzt hin, »sind die Menschen so klein wie die Verhältnisse, und Bünden, haltet es mir zugut, Hauptmann, kenne ich bis jetzt nur durch mein Fachstudium, das heißt als eines der interessantesten Operationsfelder. Wollt Ihr dort den Leonidas spielen und mit mehr Glück als der erste, so will ich's Euch nicht neiden. – Ich aber meine, das Auftauchen außerordentlicher Menschen und das Aufflackern großer Leidenschaften, das bei der mißlichen Beschaffenheit der menschlichen Natur doch einmal nicht von Dauer ist, reiche nirgends aus. Um aus den durcheinandergewürfelten Elementen der Welt etwas Planvolles zusammenzubauen, braucht es meines Bedünkens kältere Eigenschaften: Menschenkenntnis, will sagen Kenntnis der Drähte, an welchen sie tanzen, eiserne Disziplin und im Wechsel der Personen und Dinge fest erhaltene Interessen. – Aus diesem Gesichtspunkte muß ich jene dort als Meister loben!« und er wies mit einer komischen, zwischen Ernst und Spott schillernden Miene hinüber nach dem Prachtgiebel der Jesuiten.

Und der Lokotenent ließ sich von der Muße und Laune des Augenblickes verlocken, eine Lobrede auf den berühmten Orden zu halten, welche aus dem Munde des Zürchers und eines Adjutanten des kalvinistischen Herzogs den gelassensten Zuhörer befremden mußte.

Erst begann er mit einzelnen Probewürfen. Als aber der Hauptmann, den zu reizen und bloßzulegen er sich heute zur besondern Aufgabe gemacht hatte, den Ball nicht auffing und zurückschickte, setzte er den frommen Vätern immer phantastischere Kronen auf. Sie waren es, behauptete er dreist, die zuerst Sinn und Verstand in die sich widersprechenden, menschen- und staatsfeindlichen Lehren des unvermittelten Christentums gebracht hatten. Erst durch die Umarbeitung der christlichen Moral, die der kluge Orden unternommen, sei diese annehmbar, ja verlockend geworden. So hätten die unvergleichlichen Väter etwas ursprünglich Dunkles, Unberechenbares, Weltfeindliches mit erstaunlicher Geschicklichkeit praktisch verwertet und allen Bedürfnissen und Bildungsstufen angepaßt.

»Kennt Ihr das Innere ihrer neuen Kirche?« fragte er plötzlich, »sie ist, meiner Treu, so lustvoll und heiter eingerichtet wie ein Theater.«

Der Bündner ließ dieses kecke und sprunghafte Geplauder schweigend über sich ergehen – wie die große Dogge, die in ihrer Hütte liegt, ungern, aber nur mit leisem Knurren die Neckerei eines unterhaltungslustigen kleinen Kläffers erträgt, der als überlästiger Gast zu ihr hineingekrochen ist.

Die Gondel hatte inzwischen Murano erreicht, wo sie unfern der Kirche anlegte.

Jenatsch wandte sich nach der nächsten Locanda, forderte ein einfaches Mahl und entschuldigte sich bei seinem Gefährten, er sei abgespannt und hungrig von der gestrigen Seereise und einem scharfen nächtlichen Ritte nach Padua. Er schlage vor, hier im Anblicke des Meeres eine Stunde zu rasten und diesmal auf die Mahlzeit in den Spiegeln und die Venezianerinnen auf dem Markusplatze zu verzichten.

Wertmüller, der sowohl durch diesen Tausch der Mittagstafel als durch das beharrliche Schweigen des Bündners etwas verstimmt war, erging sich, die Kosten der

Unterhaltung allein bestreitend, in immer willkürlicheren Gedankensprüngen. Er kam, wie gestachelt durch einen geheimen Groll, von neuem auf seine Vaterstadt zu sprechen, und da der Bündner sich der edlen Zürich und seines dortigen Jugendfreundes Waser nur zu rühmen hatte, so riß den Lokotenenten der Widerspruch und der feurige illyrische Wein so weit fort, daß er von den angesehensten heimischen Persönlichkeiten frevelhafte Zerrbilder entwarf und bei der dritten Flasche Seine Gestrengen den Herrn Bürgermeister einen Gockel auf dem Mist und Seine Hochwürden den Herrn Antistes einen steif gehörnten Farren nannte.

Der Hauptmann, der diese tollen und geschmacklosen Ausfälle der Eingebung des Weines zuschrieb, wie sie sich bei dieser ehrgeizigen und auf jedes fremde Verdienst eifersüchtigen Natur äußerte, ließ den jungen Offizier, der den Gegenstand nicht erschöpfen konnte und dem darüber die Zeit verging, seine Laune weidlich tummeln und blieb dabei, Zürich habe in den letzten gefahrvollen Zeiten ebensoviel Klugheit als Festigkeit gezeigt, und wenn es sich mit dem Schilde vorsichtiger Neutralität gedeckt, sei das, wie der Schweiz, so Graubünden zustatten gekommen.

Dann trat der in Venedig sich unsicher fühlende Bündner, welcher, ohne daß Wertmüller es ahnte, allem, was im Bereiche seines geübten und weittragenden Auges sich begab, die schärfste Aufmerksamkeit zuwandte und auch in dieser abgelegenen Locanda keine Rast fand, hinaus an den schmalen Strand, ohne auf Wertmüllers spöttisches Gelächter zu achten.

»Neutralität!« rief dieser, dem Hauptmann in die Gondel nachspringend, aus. »Da hat mir der Witz des Zufalls ein Zettelchen in die Hand gespielt, das für unsere aufrichtige, streng abgewogene Neutralität und nebenbei für unsere schlichte Bürgertugend ein rührendes Zeugnis ablegt. – Die Gleißner und Pharisäer! ... Wollt Ihr wissen, Hauptmann, was jeder unsrer Ratsherren und Zunftmeister wert ist? Ich hatte neulich im Namen meines Herzogs«, sagte er, seine Brieftasche hervorziehend, »dem französischen Gesandten in Solothurn ein Heft zu überschicken, worin ihm sein Verhalten in den verschiedenen Möglichkeiten des bevorstehenden Feldzuges im Veltlin von meinem Herrn vorgezeichnet wurde, und erhielt es mit Randbemerkungen und Einlagen der Gesandtschaft zurück. Seht hier, was ich in Form eines zufällig steckengebliebenen Buchzeichens zwischen den Blättern fand!« – Er entfaltete einen schmalen Papierstreifen, auf dem eine Reihe von Namen zürcherischer Standespersonen verzeichnet stand mit beigesetzten höhern und niedrigern Zahlen, neben welchen das verräterische Livreszeichen unverkennbar zu lesen war. Das Ganze stellte freilich eine nur unbedeutende Summe dar.

Diesmal konnte sich Jenatsch eines herzlichen Lachens nicht enthalten. »Das gesteh ich! Eine großartige Bestechung!« spottete er. »Wer konnte das ahnen! Aber gerade daß sie dieses Taschengeld so verschämt und vorsichtig einstecken, das dürfen wir als einen ganz anständigen Rest von Tugend nicht unterschätzen. Unsre Salis und Planta nehmen ausländisches Gold mit edler Unbefangenheit am hellen Tage; auch sind es ganz andere Summen.«

Während Wertmüller noch die Papiere seiner überfüllten Brieftasche musterte, durchlief Jenatsch mit einiger Spannung die unrühmliche Liste, auf welcher er zu seiner Befriedigung den Namen Waser nicht fand. Jetzt zerriß er sie plötzlich in kleine Stücke. Erst als die weißen Fetzen schon fern auf der von der Abendbrise bewegten Flut schwebten, ward Wertmüller seinen Verlust gewahr und hielt mit Mühe einen Ausbruch seines Ärgers zurück.

Jenatsch erklärte ihm ruhig, er habe als Freund sein Bestes wahrgenommen, dies Papier würde ihm und andern nichts als Verdruß gebracht haben. Zürich sei seine

Wiege, und Sohnespflicht sei's, die kleinen Schwächen einer treuen Mutter zu verheimlichen.

»Was mich abhielt, Euch auf die Finger zu sehen, Hauptmann, war dieser Brief«, sagte der Lokotenent. »Er ist noch uneröffnet, wie ich gewahre, und steckt schon seit drei Tagen in meiner Brieftasche. Ich habe wahrhaftig vergessen, ihn zu lesen. Er kommt von meinem Vetter, der in Mailand trotz seines Protestantismus als Handelsherr gute Geschäfte macht und beim Gubernatore Serbelloni in Gunsten steht. Gestattet mir, in Eurer Gegenwart von dem Inhalte des Schreibens Kenntnis zu nehmen.«

Jenatsch winkte bejahend, und Wertmüller vertiefte sich eine geraume Weile in den Brief, erst um sich Haltung zu geben, denn das eigenmächtige Tun des Hauptmanns hatte ihn beleidigt, nach und nach mit immer größerem Interesse.

»Eine gloriose Geschichte! Beim Jupiter, eine alte Römerin!« rief er endlich aus. »Ich kann Euch das nicht vorenthalten, obgleich Ihr eben, Hauptmann, mein kameradschaftliches Vertrauen hinterlistig mißbraucht habt! Um so weniger, da Euch das Ereignis sozusagen persönlich angeht, denn die Hauptrolle hat eine Bündnerin! Mit den Worten dieser Krämerseele – ich meine den Briefsteller, meinen langweiligen Vetter – mag ich es Euch freilich nicht mitteilen, es wäre schade darum! Erlaubt mir, Euch die seltene Historie frei vorzutragen. Also:

In Mailand lebt, wie Euch nicht unbekannt sein wird, Euer alter, bissiger Herr Rudolf, der Planta von Zernetz mit seinem gleichnamigen, die brave Bärentatze mit Unehren im Wappen führenden Sohne in den ärmlichsten Umständen. Jener intrigiert und speist bei dem Gubernatore, und dieser treibt sich mit dessen Neffen in den eines weiten Rufs genießenden Spielhäusern und Spelunken der Stadt herum. Die zwei jungen Gesellen sind von der gleichen Gemütsart, und während der alte Plan-

ta vom Oheim mit politischen Hoffnungen kärglich genährt wird, erhält der junge vom Neffen, dem ein Gefährte seiner Tollheit erwünscht und ein waffenkundi-
ger Gehilfe seiner nicht über jeden Zweifel erhabenen
Tapferkeit unentbehrlich ist, reichliche Mittel zum aus-
giebigen Genusse der Gegenwart. Dafür wollte sich der
Knabe Rudolf dankbar erweisen, und da es ihm an Herz
und Geist fehlt, um seinem freigebigen Freunde einen
ehrenvollen und guten Dienst zu leisten, verfiel er auf
einen schlechten und schimpflichen. Bei dem alten Planta, der einen verfallenen Palast im einsamsten Stadtquar-
tiere bewohnt, hatte eine verwaiste Nichte, ich weiß nicht
von welcher geächteten Seitenlinie des Hauses, Zuflucht
gefunden. Dies Mädchen, eine seltene Schönheit, soll
auf einen großen Besitz in Bünden gerechten, aber unter
den gegenwärtigen politischen Umständen unsichern
Anspruch haben und wurde um dieser Aussicht willen
von dem alten Rudolf seinem Sohne zur Frau bestimmt.
Lukretia jedoch ist edlen Sinnes und verschmäht den
nichtswürdigen und unnützen Gesellen. Nun mag Rudolf, um auf einen Wurf seinen Groll zu kühlen und
seine Schuld abzutragen, mit dem jungen Serbelloni,
dem die nur in der Kirche sichtbare bündnerische
Schönheit als das höchste Gut erschien, einen niederträchtigen Handel abgeschlossen haben. Genug, in einer
Nacht, da der alte Rudolf beim Gubernatore, der junge
im Spielhaus sitzt und Lukretia mit einer bejahrten lom-
bardischen Dienerin in dem öden Hause allein ist, hört
sie verdächtiges Geräusch im Nebengemache. Diebe ver-
mutend, ergreift sie das erste beste Messer und tritt in
ihre vom Monde nur schwach erhellte Kammer. Da
drückt sich eine dunkle Gestalt in den Schatten. Lukretia
schreitet auf sie zu und ruft sie an. Der junge Serbelloni
tritt ihr entgegen, stürzt ihr zu Füßen und umfängt ihre
Knie mit den glühendsten Liebesbeteuerungen. Sie
nennt ihn einen Nichtswürdigen und behandelt ihn mit
so kalter Verachtung, daß sein Flehen sich jäh in Dro-

hung verwandelt und er ihr sagt, sie sei in seiner Gewalt, die Türen seien bewacht. Doch Lukretia, von stattlicher Gestalt und hohem Gemüt, hält den Emporspringenden mit der Linken kraftvoll nieder und stößt ihm mit der Rechten von oben das Messer in die Brust. Er schwankt und schreit nach seinen Knechten. Jetzt stürzt die bestochene Kammervettel, die an der Tür gehorcht hatte, mit Jammergeschrei ins Gemach und schreckt mit ihrem mörderlichen Hilferufen die Nachbarschaft aus dem Schlafe. Die gewaltsame Entführung ist vereitelt, man hebt den blutenden Serbelloni auf und trägt ihn weg. Die Wahrheit wird vertuscht, der Vorfall durch einen unzeitigen Besuch bei dem jungen Planta notdürftig erklärt und als ein Mißverständnis achselzuckend beklagt. Die schöne Lukretia aber begibt sich schon am nächsten Morgen in den Palast des Gubernatore, bittet um seinen Schutz, wird, da der Neffe nicht auf den Tod verwundet ist, vom Oheim mit höchster Auszeichnung, ja mit Bewunderung aufgenommen und tut ihm den Entschluß kund, welches Schicksal ihrer dort warte, in ihre bündnerischen Berge zurückzukehren, denn es sei besser daheim zu darben als das schmachvolle Brot der Verbannung zu essen.« –

Nach einer längern Pause fuhr Wertmüller fort: »Der Schluß des Briefes ist merkwürdig. Man meint, sie habe sich nach Venedig gewandt, um von meinem Herzog einen Freibrief zur Heimreise zu begehren. – Seid Ihr nicht stolz auf diese bündnerische Judith? Diesmal hätte ich für meine Erzählung sicher auf Euern Beifall gerechnet, und Ihr schweigt wie eine Statua, Herr Hauptmann?«

Mit neugierigen Augen schaute der Lokotenent dem gegenübersitzenden Jenatsch, der sich zum Schutze gegen den Abendwind fest in seinen Mantel gewickelt hatte, in das von dem spanischen Hute beschattete Gesicht; aber ein Scherzwort, das er ihm zuzuwerfen im Begriffe war, erstarb auf seiner Lippe und ihn fröstelte.

Das braune Antlitz des in der Gondel Zurückgelehnten, das er im Laufe dieses Tages immer belebt und bewegt gesehen hatte von den verschiedensten Äußerungen eines feurigen Temperamentes und geschmeidigen
Geistes, es war wie erstorben und erkaltet zu metallener
Härte. Unverwandt staunte es vor sich hin auf die däm-
mernd geröteten Wellen und erschien fremdartig verzogen und drohend in seiner Erstarrung.

Der Zürcher indessen ließ sich nicht gerne verblüffen,
und da ihm nichts Schickliches und Kluges einfiel, kam
er noch einmal mit bewundernden Ausführungen auf
die bündnerische Judith zurück.

»Laßt doch die unwürdige, die überaus unpassende
Vergleichung!« fuhr jetzt der andere heftig und scharf
aus seinem Traume auf. – »Jede Bündnerin hätte an
Lukretias Stelle wie sie getan.«

Dann schien er plötzlich die nahenden Lichter der
Stadt zu bemerken und sprang, auf sie hinweisend, ohne
jede Vermittlung in einen liebenswürdigen Ton über.
»Da langen wir ja schon an«, sagte er leichthin. »Könnten
wir nicht, bevor wir an der Treppe des Herzogs anlegen,
hinaus an die Zattere fahren, wohin ich meine Dienerschaft mit den aus Dalmatien zurückgebrachten Habse-
ligkeiten beordert habe? Ich möchte diese gleich im Palaste des Herzogs in Sicherheit bringen.«

»Das geht kaum an, Hauptmann. Der Umweg wäre
bedeutend, und die Nacht bricht ein. Ich hafte für Euch,
und der Herzog ist pünktlich bis zur Peinlichkeit!« erwiderte der Zürcher, und er wunderte sich insgeheim und
fragte sich, warum Jenatsch für sich und das Seinige
wohl Schutz bedürfe.

Noch einmal suchte er auf dem tiefbeschatteten Gesichte vor ihm zu lesen, aber die Gondel bog eben in eine
schmale, finstere Lagune ein, und nur zwei glühende
Augensterne blickten ihm, wie die eines Löwen, aus der
Nacht entgegen.

Als die Gondel im Canal grande vor den Marmorstufen des herzoglichen Palastes neben einer andern, zur Abfahrt bereiten, anlegte, zeigten sich auf der Schwelle des schön gewölbten Tores zwei Männergestalten in Staatstracht, die sich in ausdrucksvoller Silhouette vom hellen Hintergrunde der glänzend erleuchteten Halle abhoben. Die eine zeigte den feinen Bau und die ruhige, geschmeidige Bewegung des vornehmen Venezianers, die andere, von behaglicher Fülle und deutschehrbarem Ansehen, weigerte sich mit etwas kleinstädtischer Höflichkeit, den Vortritt zu nehmen.

»Voran, Herr Waser! Ihr seid mein verehrter Gast«, sagte der Schlanke, den jetzt Jenatsch und Wertmüller als den Provveditore der Republik mit höchster Ehrerbietung begrüßten. Grimani wandte sich dem Bündner mit gewinnender Freundlichkeit zu.

»Für diesmal keine Auseinandersetzung«, sagte er. »Ich darf Euch, da Ihr von dem edlen Herzog erwartet seid, hier nicht aufhalten. Von minder Wichtigem später. Wir sehen uns wieder.«

Herr Waser konnte es nicht unterlassen, auch seinerseits, bevor er den Fuß in die Gondel setzte, dem Jugendfreunde die Hand zu reichen und ihm zuzuflüstern: »Der Herzog ist dir überaus günstig, und auch Grimani, mein gütiger Wirt in Venedig, äußerte sich wohlwollend über deine Person und rühmte deine Leistungen.«

Die Gondel fuhr ab. Während sie die Halle durchschritten, sagte Jenatsch lächelnd zu Wertmüller: »Ich bin in den dalmatischen Bergen verwildert und soll jetzt ohne Vorbereitung die Sphäre der zarten Herzogin betreten. – Sie ist ohne Frage an Rang und Geist die vornehmste Dame, der mich meine Sterne zu Füßen legten. Erlaubt, Lokotenent, daß ich in Eurer Kammer mein Wams bürste, und leiht mir Euern schönsten Spitzenkragen!«

Damit eilten die beiden Offiziere in raschen Sätzen die breitgestuften Treppen hinauf.

FÜNFTES KAPITEL

»Der Herzog ist allein, er wünscht Euch wohl vertraulich zu sprechen«, sagte Wertmüller zu Jenatsch, als er ihn einige Augenblicke später in die herzoglichen Gemächer einführte. Er ließ ihn zuerst in ein mäßig beleuchtetes, mit dunkelm Holzwerke bekleidetes Vorzimmer treten, das durch eine von Säulen geteilte dreifache Bogenpforte den vollen Blick in den einige Stufen höher gelegenen Prachtsaal gewährte.

Dieses reich vergoldete längliche Gemach mit seiner Reihe von fünf Fensterbogen mochte die auf den Kanal schauende Fassade des prunkenden Bauwerks bilden. Der Herzog kehrte der dämmerigen Fensterwand den Rücken zu. Er saß, in einem Buche lesend, vor dem hohen, mit verschlungenen Figuren und Fruchtschnüren von Marmor umrahmten und überladenen Kamine, in welchem ein lebhaftes Feuer flammte.

Schon setzte Wertmüller den Fuß auf die mit türkischen Teppichen belegten Stufen, um den Hauptmann anzumelden, als der Herzog sein Buch schloß und, sich von seinem Sitze erhebend, es auf den Kaminsims legte, ohne jedoch den Eintretenden, die er noch nicht bemerkt hatte, sich zuzuwenden.

Im gleichen Augenblicke hielt Jenatsch den jungen Offizier, der ihn vorstellen wollte, mit einem raschen Griffe seiner eisernen Hand zurück. »Halt«, flüsterte er, auf die Türe eines zweiten, ihnen gerade gegenüberliegenden Nebenraumes hinweisend – »ich komme zur Unzeit.«

Durch diese Türe trat mit lebhafter Bewegung und verweintem Angesichte die Herzogin und führte an der Hand eine große, ruhige Frauengestalt ihrem Gemahle entgegen, in welcher Wertmüller auf den ersten Blick die Beterin vor dem Hochaltare der Frari wiedererkannte.

Unwillkürlich dem Gefühle des ihn Zurückziehenden

gehorchend, wich er mit Jenatsch hinter die Draperie des Einganges zurück und blieb dort stehen als ein verborgener, aber aufmerksamer Zeuge auch des Geringsten, was im Saale vorging.

»Hier bring ich Euch eine vom Schicksal Verfolgte, mein Gemahl«, begann die erregte Herzogin. »Sie ist Eurer christlichen Hilfeleistung und Eures ritterlichen Schutzes bedürftig und, wahrlich, es ist Eurer hohen Tugend würdig, ihr Schirmvogt zu werden. – Sie hat mir ihr volles Vertrauen geschenkt und ihr schmerzenreiches Los ohne Rückhalt entschleiert. Dabei war mir vergönnt – ich kann es auch in ihrer Gegenwart nicht verschweigen –, einen erhebenden Blick in die Tragödie eines mit dem ehernen Schicksale kämpfenden, antiken Charakters zu tun. Dieses edle Wesen trägt nicht ohne Bedeutung den Namen Lukretia. Sie stammt aus einem der besten Geschlechter jenes wilden Berglandes, das Euch als seinem Retter entgegenharrt. Noch war sie ein harmloses Kind, als ihr Vater, der einzige Gegenstand ihrer Liebe, von grausamen Feinden nächtlich gewürgt und sie schutzlos und geächtet dem Elende und der Bosheit dieser gottlosen Welt preisgegeben wurde ... Aber ihr Herz blieb rein, und ihre tapfere Hand zerschnitt mit dem Dolche die Schlingen des Lasters. Seid ihr hilfreich, teurer Herr! Alle dieser geliebten Lukretia erzeigte Gnade seh ich an, als hättet Ihr sie mir erwiesen; denn ihr Unglück erfüllt meine ganze Seele!« –

Hier brach die gerührte Fürbitterin von neuem in Tränen aus und warf sich, das Antlitz mit den Händen bedeckend, in einen Lehnstuhl.

Während dieser Rede der vornehmen Hugenottin, in welcher sich der Schwung des damals Mode werdenden Corneille fühlbar machte, hatte der Herzog seine Blicke voller Güte auf die schwelgend und bescheiden vor ihm stehende Bündnerin gerichtet, als suchte er in ihren ruhigen Zügen und in ihren warmen dunkeln Augen das Anliegen zu lesen, welches sie zu ihm führte; denn dieses war ihm bis jetzt trotz der eifrigen Verwendung seiner Gemahlin vollkommen unverständlich und verborgen geblieben.

»Ich bin des Pompejus Planta Tochter, Lukretia«, beantwortete jetzt die Fremde seine stumme Frage. »Als mein Vater in Bünden geächtet ward, brachte er mich, die Fünfzehnjährige, zu den Klosterfrauen nach Monza, und dort traf mich die Kunde seiner Ermordung. Erlaßt mir, Euch zu sagen, wie sie mein Leben zerstörte und wie völlig ich seither verwaist bin. Heim in mein Bünden konnte ich nicht kehren, und kann es auch jetzt nicht ohne Eure Hilfe. Es ist geschlagen von Krieg und schwerer innerer Zwietracht, denn der Fluch ungerochener Mordtat ruht auf ihm, und das Blut meines Vaters schreit gen Himmel. – Wohl lebt mir noch ein Ohm in Mailand, der geächtete Rudolf Planta, der bis heute mit mir das Brot der Verbannung teilte; denn in das Stift zu Monza trat ich nicht, weil ich zu arm war und meine Berge nicht auf ewig missen wollte. Warum ich jetzt den Ohm verlasse, gestattet mir zu verschweigen. – Ich bin ein vom Stamme gerissener, auf dem Strome treibender Zweig und kann nicht Wurzel schlagen, bis ich den Boden der Heimat erreiche und getränkt werde mit dem Blute gerechter Sühne.

Gebt mir einen Freibrief nach Bünden, edler Herr! Ich habe vernommen, daß Euer Einfluß schon jetzt dort mächtig ist und sich bald auf Eure siegreichen Waffen stützen wird. Ich habe gegen mein Vaterland nie gefrevelt und bin den Anschlägen meines Ohms und der spanischen Partei in Gedanken und Taten völlig fremd geblieben. Ich will mein Erbhaus zurückfordern und das Recht meines Vaters suchen, denn allein dazu bin ich noch da.«

Der Herzog hatte der schönen Fremden mit Aufmerksamkeit zugehört, jetzt ergriff er väterlich ihre Hand und sagte mit überlegener Milde: »Ich begreife den Schmerz Eurer Verlassenheit, mein Fräulein, auch bin ich damit einverstanden, daß Ihr Euren heimatlichen Boden wieder gewinnt und dort dem Andenken Eures Vaters lebt. Gern werd ich durch einen Freibrief Euch dazu behilflich sein. – Anders verhält es sich mit dem, was Ihr Sühne nennt. Bedarf es einer solchen, so, glaubt es, wird sie nicht ausbleiben. Unser ganzes Leben, ja das Leben der Menschheit seit ihrem Anfange ist eine Verkettung von Schuld und Sühne. Schwer aber ist es dem menschlichen Kurzblicke, die richtige Vergeltung zu wählen, und sicherer in jedem Falle, Frevel durch Opfer der Liebe zu tilgen, als Gewalttat durch Gewalttat zu rächen und so Fluch auf Fluch zu häufen. Besonders die unsichere Frauenhand berühre niemals in den Leidenschaften des Bürgerkriegs die zweischneidige Waffe persönlicher Rache. Mehr als einmal in unsern heimischen Kämpfen war auch ich von Mörderhand bedroht, aber, hätte sie mich getroffen, mit dem letzten Atemzuge hätte ich Frau und Kind angefleht, sich mit keinem Rachegedanken, geschweige mit einer Rachetat zu beflecken. Denn: Ich will vergelten, spricht der Herr.«

Lukretia sah den Herzog mit ernsten, zweifelnden Blicken an. Die christliche Milde des Feldherrn befremdete sie, und sein Tadel traf sie unerwartet. Aber bevor sie noch ihre Gedanken zur Antwort gesammelt hatte, veränderte sich plötzlich ihr Angesicht, als erblicke sie etwas Unmögliches. Ihre ganze Seele trat in die erschrockenen Augen, die wie gebannt auf der mittleren Säulenpforte haften blieben.

Dort erschien, festen Trittes die Stufen herankommend, die hochaufgerichtete Gestalt eines Mannes. Stolz und gefaßt, wie ein verurteilter König sein Blutgerüst besteigt, schritt Jürg Jenatsch der Erstarrenden mit entblößtem Haupte entgegen.

Nach einer stummen Begrüßung des herzoglichen Paares trat er vor die Tochter des Herrn Pompejus hin, heftete seinen Blick auf die lange nicht Gesehene und sprach in abgebrochenen Sätzen: »Dein Recht soll dir werden, Lukretia. Der Mann, der den Planta erschlug, ist dir von Rechts wegen verfallen. Er stellt sich dir und erwartet hier deinen Spruch. Nimm sein Leben. Es ist dein – zwiefach dein. Schon der Knabe hätte es für dich geopfert. Seit ich die Hand an deinen Vater legen mußte, ist mir das Dasein verhaßt, wo ich es nicht für das von Tausenden meines Volkes einsetzen kann. Darnach dürstet meine Seele, und dazu bietet mir dieser edle Herr vielleicht morgen schon Gelegenheit. Das bedenke, Lukretia Planta! Bei dir steht die Entscheidung, wer von euch beiden das größere Recht auf mein Blut habe, ob Bünden oder du.« –

Der Eindruck dieser Erklärung auf das Fräulein war ein gewaltsamer und beirrender. Der Mörder, in dessen Verfolgung sie die Pflicht ihres Lebens sah, legte aus freiem Entschlusse das seinige in ihre Hand, und er tat es mit einer Hochherzigkeit, die eine ebenbürtige Seele reizen mußte, sich ihr mit einer großen Tat der Verzeihung gleichzustellen. Diesen Wetteifer edler Gefühle schien wenigstens die Herzogin zu erwarten, die aus der Rede des Bündners und der Gewalt ihres Eindrucks auf Lukretia leicht erraten hatte, daß eine gemeinsam verlebte Jugend und warme Neigung die beiden verkette. Sie glaubte, nach der eigenen Gemütsstimmung urteilend, Lukretia werde ihre Arme, die sie einen Augenblick in inniger Bewegung gegen den Jugendgenossen erhoben hatte, rasch um seinen Hals werfen und den gerechten, langjährigen Haß gegen den Mörder ihres Vaters dem Zauber einer alten Liebe und der Unwiderstehlichkeit dieses wundersamen Mannes zum Opfer bringen.

Aber es geschah nicht also. Die erhobenen Arme sanken, und die Herzogin sah Lukretias schöne Gestalt erbeben, vom tiefsten Jammer erschüttert. Sie stöhnte laut auf, dann machte sich ihr ein Jugendleben lang stolz getragenes Elend Luft und, sich und ihre fremde Umgebung gänzlich vergessend, brach die qualvoll Bedrängte in einen Strom leidenschaftlicher Klage aus.

»Jürg, Jürg«, rief sie, »warum hast du mir das getan? Gespiele meiner Kindheit, Schutz meiner Jugend! Oft im finstern italienischen Kloster oder in der unheimlichen Behausung meines Ohms, wenn mein Herz nach der Heimat schrie und ich sie doch nicht betreten durfte, ohne die Rache meines Vaters besorgt zu haben, dann im bangen Halbtraume sah ich dich, den treuen Gesellen, zum gewaltigen Kriegsmanne erwachsen, und ich rief dich an: Jürg, räche meinen Vater! Ich habe niemand als dich! Du tatest mir ja sonst alles zuliebe, was du mir nur an den Augen absehen konntest. Jetzt hilf mir, Jürg, meine heiligste Pflicht zu erfüllen! ... Und ich ergriff deine starke Hand ... Aber weh mir, sie trieft von Blut! Du Entsetzlicher, du bist der Mörder! Mir aus den Augen! Denn meine Augen sind mit dir im Bunde – und sündigen – und sind mitschuldig am Blute des Vaters. Hinweg! Kein Friede, kein Vertrag mit dir.«

So klagte Lukretia und rang die Hände in innerm Zwiespalte und trostloser Verzweiflung.

Die Herzogin legte beschwichtigend ihren feinen Arm um den Nacken der Haltungslosen, und die weinende Lukretia ließ sich willig von ihr in das Nebengemach zurückführen. Dann erschien die edle Dame noch einmal auf der Schwelle und flüsterte dem ihr entgegentretenden Gemahle zu: »Ich werde sie mit Eurer Bewilligung, sobald sie sich erholt hat, persönlich in meiner Gondel nach ihrer Wohnung bringen. Sie ist bei a Marca, Eurem Wechsler, abgestiegen, dessen Frau ihre entfernte Verwandte ist. Die treue Echagues mag uns begleiten.«

Der Herzog bezeugte der Hilfreichen seine freundliche Beistimmung, und die gefühlvolle Dame verschwand mit einem letzten, halb vorwurfsvollen, halb bewundernden Blicke auf den Bündner.

»Ihr tragt ein schweres Schicksal, Georg Jenatsch«, sagte, als sie jetzt allein waren, der Herzog zu dem Hauptman-

ne, dessen Blässe ihm auffiel und der einen harten Ausdruck auf dem Antlitze trug, als bekämpfe und verberge
er gewaltsam den stechenden Schmerz einer alten Wunde. »Euch aber ist die Sühne für das mörderisch von
Euch vergossene Blut gezeigt. Was Ihr in wildem Ju-
gendfeuer verbrochen, dafür sollt Ihr mit der Arbeit ge-
läuterter Manneskraft zahlen. In rasender Selbsthilfe,
mit willkürlichen Taten des Hasses wolltet Ihr Euer Vaterland befreien und habt es dem Verderben zugeführt;
heute sollt Ihr es retten helfen durch selbstverleugnende
Taten des Gehorsams und kriegerischer Zucht, durch
die Unterordnung unter einen leitenden, planvollen
Willen. – Wo die Tollkühnheit nützt, da will ich Euch
hinstellen; ich weiß nun, warum Ihr die Gefahr sucht
und liebt. – Von jetzt an betrachtet Euch als in meinen
Diensten stehend, denn ich habe mich heute überzeugt,
daß mein Einfluß genügen wird, Euch hier frei zu machen. Ich glaube nicht, daß der Provveditore Grimani
Euch mir streitig machen wird. Sein Interesse an Euch
schien mir lau. Er äußerte sich gleichgültig über die
Möglichkeit Eurer Beurlaubung. Wann wird Eure venezianische Kapitulation abgelaufen sein?«

– »Vor Monatsfrist, erlauchter Herr.«

– »Dann ist es gut. Überlaßt mir die Vermittelung. Am
einfachsten nehmt Ihr schon heute bei mir Wohnung
und sendet sogleich nach Dienerschaft und Gepäck.«

Hier näherte sich Wertmüller, der bis dahin im Vorge-
mache unsichtbar geblieben war, mit einer ingrimmi-
gen, tragikomischen Miene, denn die von ihm scharf beobachtete Szene hatte einen gemischten Eindruck auf
ihn gemacht, und meldete, der Hauptmann habe Gepäck und Leute an der Landungsmauer der Zattere zurückgelassen. Sofern ihm dieser Vollmacht gebe, werde
er sie abholen.

Jenatsch war in einen Fensterbogen getreten und
überstreifte mit scharfem Blicke den mondbeschienenen

Kanal, bis in die von den Uferpalästen geworfenen tiefen Schatten hineinspähend. Aufwärts, abwärts bot die Wasserstraße das gewohnte friedliche Nachtbild. Nun wandte er sich rasch und beurlaubte sich beim Herzog, um selbst nach seiner Habe und seiner Bedienung zu sehen, welcher er, wie er sagte, strengen Befehl hinterlassen habe, keiner anderen Weisung Folge zu leisten als seiner eigenen mündlichen.

Der Herzog trat auf den schmalen Balkon und blickte, noch unter dem Eindrucke der seltsamen Vorgänge des Abends, in die ruhige Mondnacht hinaus. Er sah, wie Jenatsch eine Gondel bestieg, wie sie abstieß und mit schnellen, leisen Ruderschlägen der Wendung des Kanals zuglitt. – Jetzt hielt sie wie unschlüssig still – jetzt strebte sie eilig der nächsten Landungstreppe zu. Was war das? Aus einer Seitenlagune und gegenüber aus dem Schatten der Paläste schossen plötzlich vier schmale, offene Fahrzeuge hervor, und darin blitzte es wie Waffen. Schon war die Gondel von allen Seiten umringt. Der Herzog beugte sich gespannt lauschend über die Brüstung. Er glaubte einen Augenblick im unsichern Mondlichte eine große Gestalt mit gezogenem Degen auf dem Vorderteile des umzingelten Nachens zu erblicken, sie schien ans Ufer springen zu wollen – da verwirrte sich die Gruppe zum undeutlichen Handgemenge. Leises Waffengeräusch erreichte das Ohr des Herzogs und jetzt, laut und scharf durch die nächtliche Stille schmetternd, ein Ruf! Deutlich erscholl es und dringend:

»Herzog Rohan, befreie deinen Knecht!«

Sechstes Kapitel

In einer vorgerückten Morgenstunde des folgenden Tages saß der Provveditore Grimani in einem kleinen, behaglichen Gemache seines Palastes. Das einzige hohe Fenster war von reichen, bis auf den Fußboden herabfließenden Falten grüner Seide halb verhüllt, doch streifte ein voller Lichtstrahl die silberglänzende Frühstückstafel und verweilte, von den verlockend zarten Farben angezogen, auf einer lebensgroßen Venus aus Tizians Schule. Von der Sonne berührt schien die Göttin, die auf mattem Hintergrunde wie frei über der breiten Türe ruhte, wonnevoll zu atmen und sich vorzubeugen, das stille Gemach mit blendender Schönheit erfüllend.

Dem Provveditore gegenüber saß sein ehrenwerter Gast, Herr Heinrich Waser, diesmal mit sorgenbelasteter Stirne. Er war nicht gestimmt, auf die feine, über das Gewöhnliche mit Geist und Anmut hinspielende Unterhaltung seines Gastfreundes einzugehen, und hatte sogar versäumt, seinen hochlehnigen Stuhl so zu setzen, daß er dem verlockenden Götterbilde den Rücken zuwandte, was er sonst nie zu tun vergaß, denn die schmiegsame Gestalt mit dem Siegeszeichen des Parisapfels in der Hand pflegte ihn allmorgendlich zu ärgern und zu betrüben. Sie erinnerte ihn gewissermaßen an seine jung verstorbene selige Frau; aber wie ganz verschieden war hinwiederum dieses reizende Blendwerk von der Unvergessenen, deren Seelenspiegel nie ein Anhauch von Üppigkeit getrübt und die einen ausgesprochenen Abscheu empfunden gegen alles, was sich im mindesten von sittsamer Bescheidenheit entfernte.

Heute aber nahm er an der Göttin keinen Anstoß, er war weit davon entfernt, sie nur zu beachten. Sein ganzes Denken war darauf gerichtet, das Gespräch auf seinen Freund Jenatsch zu bringen, ohne durch die sichere Unterhaltungskunst des Provveditore von der Fährte abgebracht und spielend im Kreise herumgeführt zu werden.

Er hatte heute schon in der Frühe, wie er daheim in Zürich zu tun pflegte, einen kurzen Morgengang gemacht, was hier in dem Gäßchen- und Wasserlabyrinthe der Lagunenstadt seinen vorzüglichen Ortssinn in spannender Übung erhielt. Er hatte zuerst den durch seine

weltlustige Pracht ihn täglich überraschenden Markusplatz aufgesucht und sich hierauf sinnreich durch die
enge lärmende Merceria nach dem Rialto durchgefun-
den. Dort hatte er von der Höhe des Brückenbogens mit
aufmerksamem Auge den unendlichen Handel und
Wandel der meerbeherrschenden Stadt gemustert. Dann
war ihm plötzlich eingefallen, hinunterzusteigen auf
den nahen Fischmarkt und die eben anlangenden seltsam geformten Seeungetüme zu besichtigen. Hier fiel
sein Blick auf den von Herzog Rohan bewohnten Palast,
und in seinem Herzen erwachte der Wunsch, den gestern zweimal nur flüchtig begrüßten Jugendgenossen
zu besuchen und sich nach dessen Fahrten und Schicksalen freundschaftlich zu erkundigen. Sicher, im Palaste
des Herzogs ermitteln zu können, wo Jenatsch hause,
und nicht ohne Hoffnung, ihn dort vielleicht persönlich
zu treffen, winkte er einem Gondolier, der ihn mit wenigen Ruderschlägen an die Aufgangstreppe des Palastes
brachte. Da er von der Dienerschaft erfuhr, Jenatsch sei
nicht hier und der Herzog beschäftigt, ließ er sich bei der
Frau Herzogin anmelden.

Die hohe Dame hatte ihm dann die gestrigen Ereignisse bewegt und wirkungsvoll, aber höchst unklar ge-
schildert und dabei Andeutungen gemacht über das seinen Freund zermalmende Verhängnis, die den nüchternen Mann befremdeten und höchlich beunruhigten.
Der Verhaftungsszene nächtliches Dunkel hatte sie mit
der Fackel ihrer Einbildungskraft keineswegs aufge-
hellt; dennoch wurde es dem klugen Zürcher sofort klar,
daß Jenatsch in keiner andern Gewalt als in der Grimanis
sich befinden könne. Er war dessen vollkommen gewiß,
denn er erinnerte sich jetzt der nachlässigen Ruhe, mit
welcher dieser Meister der Verstellungskunst gestern an
der Tafel des Herzogs über die unbefugte Rückkehr des
Bündners weggeglitten war, die er unter andern Umständen sicherlich als einen schweren Disziplinarfehler
gerügt hätte.

Waser war sogleich nach Hause geeilt, und jetzt saß er dem undurchdringlichen Grimani gegenüber, aus dem er des Bündners Schuld und Schicksal herausbringen mußte.

Der Provveditore war in glänzender Laune. Er erging sich in heitern Reiseerinnerungen, erzählte von London und dem Hofe Jakobs I., wohin ihn vor einigen Jahren eine diplomatische Sendung geführt hatte, und entwarf von dem wunderlich pedantischen, aber, wie er hinzuzufügen sich beeilte, keineswegs auf den Kopf gefallenen König ein ergötzliches Bild. Auch gedachte er in liebenswürdigster Weise seiner Einkehr im Waserschen Hause zu Zürich, dessen patriarchalische Einfachheit und fromme Zucht ihn nach dem lärmenden und sittenlosen London wahrhaft erquickt hätte. Dies brachte ihn auf den besondern Charakter der schweizerischen Eidgenossenschaft und ihre Stellung in der europäischen Politik. Er beglückwünschte den Zürcher, daß dem kleinen Lande aus dem erwarteten Friedensschlusse ohne Zweifel eine durch feste Verträge verbürgte staatliche Unabhängigkeit erwachsen werde.

»Auf die von Niccolò Machiavelli euch vorausgesagte Weltstellung werdet ihr freilich verzichten müssen«, sagte er lächelnd, »aber ihr habt dafür euer eigenes Herdfeuer und eine kleine Musterwirtschaft, in der auch große Herren manches werden lernen können.«

Da hierauf Waser mit leisem Kopfschütteln bemerkte, dieses an sich wünschenswerte Resultat dürfte neben schönen Lichtseiten auch manche Schattenseiten zeigen, und er persönlich sehe sich nur mit Schmerz von dem protestantischen Deutschland abgedrängt, nickte ihm der venezianische Staatsmann einverstanden zu und sagte, staatliche Unabhängigkeit sei eine schöne Sache, und es lasse sich dabei auch bei kleinem Gebiete ein gewisser Einfluß nach außen üben, vorausgesetzt, daß politische Begabung vorhanden sei und auf ihre Ausbildung aller Fleiß verwendet werde; aber um weltbewegend einzuwir-

ken, sei nationale Größe notwendig, wie sie gegenwärtig
nur das durch seinen genialen Kardinal zusammenge-
faßte Frankreich besitze. Das Wesen dieser Größe und in
welchem letzten Grunde sie wurzle habe er oft mit for-
schenden Gedanken erwogen und sei zu einem eigentümlichen Schlusse gekommen. Es erscheine ihm nämlich, als beruhe diese materielle Macht auf einer rein
geistigen, ohne welche die erste über kurz oder lang zer-
falle wie ein Körper ohne Seele. Dieser verborgene
schöpferische Genius nun äußere sich, nach seinem Er-
messen, auf die feinste und schärfste Weise in Mutter-
sprache und Kultur.

»Hier ist allerdings die Schweiz mit ihren drei Stämmen und Sprachen im Nachteile«, fuhr der Provveditore
fort, der offenbar mit Vorliebe an Italien gedacht hatte,
»aber mir ist um euch nicht bange. Ihr haltet durch andere zähe Bande zusammen. Für unsere gesegnete Halbinsel aber gereicht mir diese meine Wahrnehmung zum
Troste. Heute unter verschiedene, zum Teil fremde
Herren geteilt, besitzt sie immer noch das gemeinsame
Gut und Erbe einer herrlichen Sprache und einer unzer-
störbaren, in das leuchtende griechisch-römische Alter-
tum hinaufreichenden Kultur. Glaubt mir, diese unsterbliche Seele wird ihren Leib zu finden wissen.«

Waser, dem diese mystischen Gedankengänge sehr
ferne lagen und aus dem Munde seines sonst so kalten,
diplomatischen Gastfreundes befremdlich klangen, bemächtigte sich jetzt der Rede, um in ein glänzendes Lob
der Republik von San Marco auszubrechen, die, einzig in
Italien, mit der Staatsweisheit und dem Rechtssinne der
alten Roma eine Parallele bilde.

»Was die Fabeleien von willkürlicher Justiz und geheimen nächtlichen Hinrichtungen betrifft, so bin ich
nicht der Mann, mein verehrter Gastfreund, an solche
Märlein zu glauben«, schloß der Zürcher, erfreut mit
einer, wie er überzeugt war, ungezwungenen Wendung
an das heiß erwünschte Ziel zu gelangen, »und darum

kann ich ganz ohne Rückhalt ein mir unerklärliches Ereignis mit Euch besprechen, das sich gestern im Canal grande begab und wobei mein Jugendfreund, der Hauptmann in venezianischen Diensten, Georg Jenatsch, ohne Spur verschwunden sein soll. Die durchlauchtige Frau Herzogin Rohan, welche die Gnade hatte, mich mit dem Vorfalle bekannt zu machen, schien mir, soweit ich ihre Andeutungen zu fassen vermochte, nicht ferne zu sein von der Ansicht, der Hauptmann wäre seiner unbefugten Abreise aus Dalmatien wegen den venezianischen Bleidächern verfallen. Eine Vermutung, die ich bei dem eine höchste Kulturstufe erreichenden venezianischen Gesetze und der Milde seines Vollstreckers«, hier machte er eine verbindliche Handbewegung gegen den Provveditore, »– auch nach dessen gestrigen Äußerungen an der Tafel des Herzogs, unmöglich teilen kann.«

»Von Hauptmann Jenatsch habe ich sichere Kunde«, sagte Grimani mit einem unmerklichen Lächeln über die Gewandtheit seines Gastes. »Er sitzt unter den Bleidächern; aber, lieber Freund, nicht wegen eines Disziplinarfehlers, sondern belastet mit einer Mordtat.«

»Gerechter Gott! Und Ihr habt Beweise dafür?« rief Waser, dem es schwül wurde, sprang auf und schritt in dem kleinen Gemache bestürzten Gemüts auf und nieder.

»Ihr werdet, wenn Ihr es wünscht, die Akten lesen«, versetzte Grimani ruhig und ließ seinen Schreiber rufen, dem er befahl, ein Portefeuille, das er ihm bezeichnete, sogleich zur Stelle zu bringen.

Nach wenigen Minuten hielt Waser zwei Aktenstücke über den Zweikampf zwischen Jenatsch und Ruinell hinter St. Justina zu Padua in den Händen, mit denen er sich, eifrig lesend, in die etwas erhöhte Fensternische zurückzog.

Das eine dieser Schriftstücke war das mit dem Magister Pamfilio Dolce aufgenommene Verhör, worin derselbe den Unfall des ihm zu Erziehung und Schutz befohlenen unschuldigen Knäbleins mit beweglichen Worten schilderte, alsdann zu der großen Szene bei Petrocchi überging, wo der barbarische Oberst sein in rühmlichen Studien ergrautes Haupt mit Schimpf bedeckt, der großherzige Hauptmann aber, von seiner – des Magisters – ehrwürdiger Erscheinung und bescheidener Forderung gerührt, mit schöner Menschlichkeit und antikem Edelmute für ihn eingetreten sei. – Dem mörderischen Duell hatte der Magister nicht beigewohnt, dagegen vom Gerichte sich die Gunst erbeten, dem Protokoll eine wichtige Papierrolle beilegen zu dürfen. Diese fiel Waser in die Hand; aber er warf jetzt nur einen flüchtigen Blick auf deren erste Seite. Er ergreife, sagte der Magister in der auf diesem Blatte stehenden Widmung, einem Meisterstücke kalligraphischer Kunst, die durch das Schicksal unverhofft ihm gewährte Gelegenheit, dem erlauchten Provveditore, als dem hohen Gönner aller Wissenschaft, die gesammelte Frucht eines arbeitsamen, langen Lebens in Demut ersterbend anzubieten: eine Abhandlung über die Patavinität seines unsterblichen Mitbürgers Titus Livius, das heißt, über die in dessen unvergleichliches Latein eingeflossenen charaktervollen paduanischen Provinzialismen.

Das zweite Schriftstück, das Waser entfaltete, war die Relation des Stadthauptmanns, die sich ausschließlich mit der Schlußszene des Handels beschäftigte.

Ein erschreckter Bürger habe ihn benachrichtigt, hinter St. Justina stehe ein gefährlicher Zweikampf bevor zwischen zwei Offizieren der venezianischen Armee. Er sei hingeeilt, von seinen tapfern Leuten zusammenraffend, was er auf dem Wege gefunden, und habe schon von ferne die Gruppe der Kampfbereiten und der um sie versammelten Neugierigen erblickt, auch deutlich erkennen können, wie nur der eine der Herren Grisonen mit grausamer Wut und rasenden Gebärden auf dem Kampfe bestand, der andere aber kaltblütig mit Ernst und Würde ihn zu beschwichtigen suchte, von den vernünftigen Vorstellungen und höflichen Bitten der anwesenden paduanischen Bürger hierin unterstützt, und sich dann mäßig und nur gezwungen verteidigte. Er habe sich seinem Gefolge voran aufs eiligste genähert, um, wie sein ehrenvolles Amt erheischte, seinen Leib als Schranke zwischen die Frevler am Gesetze zu werfen und den Degenspitzen im Namen der Republik Halt zu gebieten. Als er dies mit eigener Lebensgefahr getan, sei zwar der eine gehorsam zurückgewichen, der andere aber durchbohrt mit einem Fluche zusammengestürzt. Nach seinem Dafürhalten habe sich der Sinnlose mit blinder Wut in die nur zur Verteidigung ihm entgegengehaltene Waffe des andern geworfen, einen Augenblick eh' er die beiden Degen mit dem seinigen niedergeschmettert. – So glaube er seine Pflicht mit Aufopferung erfüllt zu haben und auf die Anerkennung der erlauchten Republik sowie auf ein angemessenes Ehrengeschenk ohne Unbescheidenheit rechnen zu dürfen. –

»Mit diesen Papieren, Herr Provveditore, läßt sich eine Anklage auf Mord nie begründen«, sagte Waser vor seinen Gastfreund hintretend und die Akten nicht ohne sichtbare Zeichen der Entrüstung auf den Tisch legend, wobei der Traktat über die Patavinität des Livius auf den Marmorboden fiel. »Sie sprechen durchaus zugunsten des Hauptmanns und bezeichnen den Fall als strikte Notwehr.« –

»Wollt Ihr noch von den Aussagen der andern Zeugen Einsicht nehmen?« sagte Grimani kalt. »Sie stimmen übrigens durchaus überein mit denjenigen des bettelhaften Pedanten und des prahlerischen Eisenfressers. Die Zeugnisse dieses Gesindels« – er stieß mit der Fußspitze an die gelehrte Arbeit des Magisters Pamfilio, die langsam über die Mosaiksterne des glatten Bodens rollte – »führen nur den Gutmütigen irre, der nicht versteht, zwischen den Zeilen zu lesen. Verzaubert und belügt doch dieser ungesegnete Jenatsch mit seiner heuchlerischen Herzenswärme und seiner ruchlosen Kunst, auch das Absichtlichste als Eingebung des Augenblicks oder harmlosen Zufall darzustellen, ohne Ausnahme alle von oben bis unten, von dem edlen Herzog Rohan bis zu diesen Larven hinab. – Angenommen, daß diese Zeugnisse den Sachverhalt in völliger Wahrheit darstellen, so führt sie doch erst die Kenntnis der Verhältnisse des Hauptmanns und seines ränkevollen Charakters auf ihren richtigen Wert zurück, und mittels dieser Kenntnis bin ich imstande, mein werter Freund, Euch, vielleicht zum Schrecken Eures harmlosen Gemüts, die Geschichte der Tötung des Obersten Ruinell in ihr wahres Licht zu stellen.

Ich will mich kurz fassen. Jenatsch hatte sich zum Ziele gesetzt, um jeden Preis eines der vier bündnerischen Regimenter zu erlangen, die Herzog Rohan zum bevorstehenden Veltliner Feldzuge mit französischem Solde bildet. Alle vier aber waren schon vergeben, eines davon an Ruinell; folglich mußte einer der Obersten, am bequemsten Ruinelli, den der Degen des Ehrsüchtigen erreichen konnte, weggeräumt werden. Als nun der Schulmeister den heißblütigen Oberst mit seinem unverschämten Bettel belästigte, ergriff der geistesgegenwärtige Jenatsch blitzschnell die Gelegenheit, ihn zu reizen, indem er für den Pedanten Partei nahm. Wie die Flamme einmal aufstieg, war es dem Kühlgebliebenen ein leichtes, sie mit seinem boshaften Hauche zu schüren. Er wußte mit seiner absichtsvollen Sanftmut den Zornigen bis zur Raserei zu reizen und als geschickter Fechter den Degen so zu führen, daß keiner den sichern leisen Todesstoß gewahr wurde. – So trug die Sache sich zu, mein braver Herr, wenn die Republik nicht einen menschenunkundigen Neuling zu ihrem Provveditore hat. Euer Signor Jenatsch hat bei seiner dalmatischen Sendung zehnmal mehr List aufgewendet, als es nicht brauchte, diesen armen Trunkenbold aus dem Wege zu räumen.«

Waser hatte diese Auseinandersetzung mit Grauen

angehört. Ihn fröstelte beim Gedanken an die Gefahr, die jedem Angeklagten aus dieser scharfsinnig argwöhnischen Auslegung an sich unverfänglicher Tatsachen erwachsen mußte. Sogar ihn, den wohlwollenden, dem Hauptmanne befreundeten Mann, durchfuhr einen Augenblick der Gedanke, des Venezianers grausame Logik könnte recht haben. Aber sein gerader Menschenverstand und sein rechtliches Gemüt überwanden rasch diesen beängstigenden Schwindel. So hätte es sein können; aber, nein, es war nicht so. – Er erinnerte sich indessen, daß der Argwohn in Venedig ein Staatsprinzip sei, und verzichtete darauf, in diesem Augenblicke Grimanis Voreingenommenheit zu bekämpfen.

»Die Tatsachen entscheiden«, sagte er mit überzeugter Festigkeit, »nicht deren willkürliche Interpretation, und Hauptmann Jenatsch ist nicht ohne Schutz in Venedig, denn in Ermangelung eines bündnerischen Gesandten bei der Republik von San Marco glaube ich Geringer im Sinne meiner Obern zu handeln, wenn ich die Interessen des mit Zürich verbündeten Landes in Venedig nach Kräften wahrnehme.« –

»Da verwendet sich noch ein anderer Schutzpatron für die Unschuld, die ich in der Person des Hauptmanns Jenatsch verfolge«, sagte der Venezianer mit schmerzlichem Spotte, denn es wurde ein in rote Seide gekleideter französischer Edelknabe eingelassen, um in des Herrn Provveditore eigene Hand ein Schreiben seines Gebieters, des Herzogs Heinrich Rohan zu legen.

»Der erlauchte Herzog will mir die Ehre eines Besuches erweisen«, sagte Grimani, die Zeilen durchlaufend, »das darf ich nicht zugeben. Meldet, daß ich mich ihm in einer Stunde vorstellen werde. – Eure Begleitung, Signor Waser, würde mich erfreuen.«

Damit erhob sich der feine, bleiche Mann mit den melancholischen Augen und zog sich in sein Ankleidezimmer zurück.

Waser blieb zögernd stehen. Dann trat er zum Tische und durchlas sorgfältig die übrigen Zeugenaussagen. Zuletzt fiel sein Blick auf die unter einen Stuhl gerollte Abhandlung des Magisters Pamfilio Dolce aus Padua. Ihn jammerte ihr schmachvolles Schicksal.

»Da klebt viel Schweiß daran«, sagte er und hob die Rolle auf. »Ein Plätzchen in unsrer neu gegründeten Stadtbibliothek wird sich schon für dich finden, Werk eines dunkeln Daseins!« –

SIEBENTES KAPITEL

Der Provveditore und Herr Waser wurden vom Herzog in seinem Bibliothekzimmer empfangen, wo dieser, der wenig Schlaf bedurfte und die Einsamkeit der Morgenfrühe liebte, schon manche Stunde des Vormittags in ungestörter Arbeit mit seinem Schreiber, dem Venezianer Priolo, verbracht hatte.

Der Herzog begann mit einigen Worten des Dankes für Grimanis Zuvorkommen.

»Ihr errietet sicherlich aus meinen Zeilen«, sagte er, »das persönliche Anliegen, welches mich schon heute wieder eine Unterredung mit Euch dringend wünschen ließ. Ich war gestern von meinem Balkon aus Zeuge einer nächtlichen Szene, unter der ich mir nichts anderes als die Verhaftung eines Übeltäters denken konnte. Verschiedene Umstände lassen mich mit Sicherheit schließen, daß dieser Gefangene der Republik der Bündner Georg Jenatsch sei. Ich hatte nun, wie ich Euch, mein edler Herr, schon gestern andeutete, auf die Dienste desselben Mannes für meinen bevorstehenden Feldzug in Bünden gezählt und mir davon bei seinem militärischen Talent und seiner mir höchst wertvollen Kenntnis seines Vaterlandes großen Vorteil versprochen. Ihr seht ein, wie sehr mir daran liegen muß, zu erfahren, welcher Übertretung des Gesetzes er sich schuldig gemacht, und, wenn sein Verbrechen kein schweres und schmachvolles ist, mein Fürwort für ihn einzulegen.«

»Niemand ist williger, Euch zu dienen als ich, erlauchter Herr«, antwortete Grimani, »und in Wahrheit glaubte ich gerade Euch einen nicht geringen Dienst zu leisten, wenn ich diesen mir schon längst verdächtigen Menschen, in dem die Keime vieler Gefahren liegen, jetzt, da er sich durch eine blutige Tat in meine Hand gegeben hat, auf die Seite räumte. Er ist, wie Ihr aus der aktenmäßigen Darstellung erfahren werdet, dem Wortlaute unseres Gesetzes nach der Todesstrafe verfallen. Ob ich ihn, mildernde Umstände annehmend, begnadigen will, das steht vollkommen in meiner Willkür. Ist dies Euer Verlangen an mich, so werdet Ihr keine Weigerung erfahren; aber höret vorher gütig an, was ich von dieser Persönlichkeit denke. – Den Vorfall selbst bitte ich meinen würdigen Freund Waser Euch zu berichten. Er hat soeben von den Akten Kenntnis genommen, und es ist mir angenehm, den Vortrag ihm zu überlassen, da er mich insgeheim vergiftenden Argwohns und schnöder Menschenverachtung bezichtigt.« –

Der Zürcher entledigte sich dieses Auftrags mit Freundeseifer und sachkundiger Gewandtheit. Zum Schlusse faßte er seine Meinung dahin zusammen, daß hier ein Fall reiner Notwehr vorliege.

»Und nun erlaubt mir, meinerseits Euch auszusprechen«, sagte Grimani, und seine Stimme trübte sich vor innerer Bewegung, »daß ich die Tat für eine vorbedachte, absichtsvolle und diesen Charakter kennzeichnende halte. Georg Jenatsch ist unermeßlich ehrsüchtig, und ich glaube, er sei der Mann, die Schranke, welche diese Ehrsucht eindämmt, rücksichtslos niederzureißen. Jede! Den militärischen Gehorsam, das gegebene Wort, die heiligste Dankespflicht! Ich halte ihn für einen Menschen ohne Treu und Glauben und von grenzenloser Kühnheit.«

Mit wenigen, aber noch schärfern Zügen, als er es Waser gegenüber getan, bezeichnete er sodann dem Herzoge die selbstsüchtigen Ziele, welche nach seiner Beurteilung Jenatsch durch die Ermordung seines Landsmannes habe erreichen wollen.

Der Herzog warf ein, es sei ihm kaum glaublich, daß eine so ursprüngliche und warme Natur wie dieser Sohn der Berge eines so kalt konsequenten und verwickelten Verfahrens fähig sei.

»Dieser Mensch erscheint mir unbändig und ehrlich wie eine Naturkraft«, fügte er hinzu.

»Dieser Mensch berechnet jeden seiner Zornausbrüche und benützt jede seiner Blutwallungen!« erwiderte der Venezianer, gereizter, als es von seiner Selbstbeherrschung zu erwarten war. »Er ist eine Gefahr für Euch und wenn ich ihn verschwinden lasse, so hab ich Euch noch nie einen bessern Dienst erwiesen.«

Der Herzog verharrte einige Augenblicke in schweigendem Nachdenken, dann sprach er mit großem Ernste: »Und dennoch ersuche ich Euch um die Begnadigung des Georg Jenatsch.«

Grimani verbeugte sich, trat an den Arbeitstisch des Geheimsekretärs Priolo, der in seiner Fensternische ruhig weiter geschrieben hatte, warf ein paar Worte auf ein Papier und bat den jungen Mann, den Befehl in das Staatsgefängnis zu bringen. Herzog Rohan fügte bei, sein Adjutant Wertmüller möge den Schreiber begleiten.

Jetzt heftete Grimani seine ruhigen, dunkeln Augen auf den Herzog und fragte plötzlich, ob er ihm nicht die Gunst gewähren könne, die Unterredung noch eine kurze Zeit ohne Zeugen fortzusetzen. Rohan wandte sich zu Herrn Waser und sagte lächelnd:

»Gerade wollt' ich Euch bitten, die Herzogin über das Los des Hauptmanns Jenatsch, an welchem sie mitleidigen Anteil nimmt, an meiner Statt vorläufig zu beruhigen.«

Geschmeichelt durch dies Wohlwollen und erfreut,

der Überbringer einer guten Botschaft zu sein, beurlaubte sich der Zürcher und folgte einem Pagen, der ihn der ungeduldig harrenden hohen Frau zuführte.

»Betrachtet, edler Herzog, es als ein Zeichen meiner besonderen Ergebenheit«, begann der Venezianer, »wenn ich ganz gegen meine Gewohnheit mich nicht scheue, aufdringlich zu sein und den Vorwurf unzarten Eingreifens in fremde Verhältnisse mir zuziehe. Abgesehen von unsern gemeinsamen politischen Interessen bin ich überzeugt, daß Ihr meine hohe Verehrung für Euren Charakter genugsam kennt, um sie als einzige Triebfeder und als Entschuldigung dieses außerordentlichen Schrittes gelten zu lassen.

Für Euch wollte ich diesen Mann unschädlich machen. Ich kenne seine Vergangenheit. In Bünden, wo ich vor Jahren die Interessen meiner Republik als Gesandter wahrnahm, habe ich ihn an der Spitze rasender Volkshaufen gesehen, und seine Herrschaft über die tobenden Massen mich entsetzt.

Mein erlauchter Freund erlaube mir, einen Blick auf das Werdende zu richten. Denselben Blick, den ich wider Willen auf die sich vollziehenden Geschicke unsrer Republik wende und der mir in unsern Räten den trübseligen Namen Kassandro zugezogen hat. Und nach Verdienst: denn mir ist wehe dabei, und mir wird nicht geglaubt! – Nicht Apollo aber hat mich zum Seher gemacht, sondern ein enttäuschter Geist und ein erkältetes Gemüt. –

Ihr seid im Begriffe, Bünden der spanischen Macht zu entreißen, und ich zweifle keinen Augenblick am Erfolge Eurer Waffen. Aber was dann? Wie werden sich nach Vertreibung der Spanier die Absichten der französischen Krone, die das strategisch wichtige Land bis zum allgemeinen Frieden unmöglich aus den Händen geben darf, mit dem stürmischen Verlangen seiner wilden Bewohner nach der alten Selbständigkeit vereinigen lassen? Da Richelieu – ich will sagen der allerchristlichste König, Euer Herr – nur den kleinsten Teil seiner in Deutschland unentbehrlichen Truppen Euch zur Verfügung stellt, werdet Ihr in Bünden selbst werben und dem durch jegliches Elend erschöpften Lande neue Opfer zumuten müssen. Das aber – ich schäme mich zu sagen, was Ihr sicherlich längst bedacht habt – wird Euch nur durch das Mittel weitgehender Versprechungen gelingen. Ich wenigstens kann mir nichts anderes denken, als daß Ihr mit Eurem persönlichen Werte den Bündnern Euch werdet verbürgen müssen, ihnen, sobald Euer Sieg erfochten ist, ihr ursprüngliches Gebiet und ihre alte Selbständigkeit unvermindert zurückzugeben. – Darum sendet, wie ich vermute, Richelieu gerade Euch, dessen Name von reiner Ehre leuchtet, nach Bünden, weil Eure Gewalt über die protestantischen Herzen ihm dort ein Heer ersetzt. So werdet Ihr mir einräumen, edler Herr, daß Euer eine schwere Stunde und eine peinliche Doppelstellung zwischen dem Kardinal und Bünden wartet. Wohl wird es Eurer Weisheit gelingen, das Interesse der französischen Krone, welcher Ihr dient, und die von Euch verbürgten Ansprüche des Gebirgsvolkes, ohne jenes zu verleugnen oder diese zu täuschen, durch umsichtige Politik und kluge Zögerung in der Schwebe zu halten und endlich auszugleichen; aber nur unter der Bedingung, daß das hingehaltene Bünden in keiner Weise gegen Euch und Frankreich eingenommen und aufgestachelt werde. – Ihr lächelt, gnädiger Herr! – In der Tat, wer in Bünden sollte es wagen, gegen das mächtige Frankreich sich zu verschwören oder gar mit offener Gewalttat zu erheben! Gewiß keiner, Ihr habt recht, wenn nicht vielleicht jener Heillose – Euer Schützling, Georg Jenatsch.«

Der Herzog lehnte sich mit einer abwehrenden Handbewegung und dem schmerzlichen Ausdrucke verletzten Selbstgefühls zurück. Eine Wolke zog über seine Stirn. Das Bild des Bündners, wie es der Haß Grimanis entwarf, schien ihm vergrößert und entstellt; doch nicht die seine Menschenkenntnis in Frage stellende, übertrieben schlimme und große Meinung, die Grimani von dem begabten Halbwilden hatte, welchen er sich zum Werkzeuge erlesen, war ihm empfindlich, wohl aber, daß der Venezianer die geheime Wunde seines Lebens, seine schiefe Stellung zu Richelieu, scharfsinnig erkannte und zu berühren sich nicht scheute. Der Frankreich nach großem Plane regierende, aber ihm persönlich abgeneigte Kardinal war im Stande – Rohan wußte es wohl –, seine protestantische Glaubenstreue als Mittel zum Zwecke auszubeuten und ihn persönlich aufzuopfern. Die Gefahr, welche er selbst sich auszureden suchte und in schlaflosen Nächten doch immer und immer wieder sorgenvoll erwog, war also fremden Augen offenbar.

– »Verzeiht, teurer Herr, meine vielleicht schwarzsichtige Sorge für Euch«, sagte Grimani, der den verborgenen Kummer des Herzogs in seiner erkälteten Miene las. »Frankreich darf und wird sich gegen seinen edelsten Sohn nicht undankbar erzeigen. – Nur um eines bitte ich Euch, flehe ich Euch an: Wenn Ihr an meine Ergebenheit glaubt – hütet Euch vor Georg Jenatsch.«

Kaum war das Wort ausgesprochen, so klirrten rasche Tritte im Vorsaal, und der Genannte trat mit dem Adjutanten Wertmüller in das Gemach, wo eben noch edelmütige Größe und menschenverachtender Scharfsinn über ihn zu Gerichte gesessen und um ihn gestritten hatten. Jenatsch sah finsterer als je und tief bewegt aus. Den Provveditore, der ihm zunächst stand, bedachte er mit einem untertänigen Gruße und einem Blicke voll tödlichen Hasses, welchem dieser mit vornehmer Ruhe begegnete. Dann trat er raschen Schrittes vor den Herzog. Er schien in leidenschaftlichem Dankgefühle seine Knie umfassen zu wollen; aber er ergriff nur Rohans Hand und ließ, das gesenkte Auge verbergend, eine heiße Träne auf dieselbe fallen.

Der kalte Grimani, dem diese glühende Bewegung

einen widerwärtigen Eindruck machte, brach zuerst das Schweigen und bemerkte mit scharfer leiser Stimme: »Vergeßt nie, Signor Jenatsch, daß Ihr nicht der Güte Eurer Sache, sondern nur und allein der Fürsprache dieses hohen Herrn Euer verwirktes Leben verdankt.«

Der Hauptmann schien in seiner Bewegung das Wort des Venezianers nicht gehört zu haben, er richtete seinen feurigen Blick auf den Herzog und sprach:

»Meinen Dank, teuerster Herr, laßt mich Euch sofort durch die Tat bezeugen. Ich hoffe, Ihr habt manche Gefahr für mich bereit – laßt mich eine vorwegnehmen. Übertragt mir ein Geschäft, das ich allein, wie Ihr bedürft, verrichten kann, bei dem ich das mir geschenkte Leben zehnfach auf das Spiel setze und welches doch nicht rühmlich genug ist, daß es mir irgendeiner neide oder streitig mache. – Ich rede hier frei, ich bin unter Eingeweihten. – Wie mir mein Kamerad Wertmüller in seinen Briefen Euern Plan angedeutet hat, werdet Ihr von Norden über die Bernina ins Veltlin vordringen, um mit dem Scharfblicke des großen Feldherrn die feindliche Stellung in der Mitte zu fassen und, Spanier und Österreicher auseinanderwerfend, die einen zurück in das Gebirge, die andern hinunter nach den Seen zu jagen. Nun ist von höchster Bedeutung, die von den Spaniern vielfach neu angelegten Verschanzungen des Veltlins genau zu untersuchen. – Laßt mich hin! Ich nehme Euch Pläne davon auf, kenne ich doch das Land wie wenige.«

»Davon reden wir morgen, mein Georg«, sagte der Herzog und legte ihm seine schmale Hand auf die mächtig gebaute Schulter. – – –

Am Abende des Tages, der den Hauptmann Jenatsch zum Kameraden des Lokotenenten Wertmüller im Dienste des Herzogs machte, fiel es diesem ein, den Brief seines Vetters in Mailand zu beantworten.

Er meldete, daß er einen kurzen Urlaub nach Zürich

genommen, obschon er sich nicht absonderlich freue, den Duft seines Nestes wieder zu riechen, aber verschwieg dabei natürlich, daß er sich dort dem Herzoge bei seinem Durchbruche aus dem Elsaß nach Graubünden anschließen und die Wartezeit zu Werbungen für Frankreich verwenden werde. Dagegen berichtete er weitläufig, die aus Mailand entflohene dolchführende Schönheit habe er nicht nur kennengelernt, sondern es werde ihm sogar die Ehre zuteil, besagte tapfere Person auf Geheiß des Herzogs über das Gebirge nach Bünden zu geleiten, was ihn von seiner eigenen Reiseroute nicht abführe. – Als Belohnung für die vom Vetter ihm zum besten gegebene Geschichte und als deren Vervollständigung erzählte er ihm den unerwarteten Auftritt im Saale des Herzogs, dem er, persönlich unbeteiligt, mit gekreuzten Armen als vergessener Beobachter hinter einer bergenden Säule beigewohnt habe – halb gerührt, halb ärgerlich –, denn er sei eigentlich kein Liebhaber heftig ausbrechender Gefühle. In einen solchen vulkanischen Ausbruch aber habe die bescheidene, von der sentimentalen Herzogin in Szene gesetzte Vorführung einer Schutzflehenden plötzlich umgeschlagen. Er selbst habe die Lunte angezündet, indem er den Heldenspieler eingeführt, einen tapfern Soldaten, aber leider ehemaligen Pfarrer, der ihm trotz einiger tüchtiger Eigenschaften wenig sympathisch sei, da demselben gewisse pompöse Manieren, wahrscheinlich von der Kanzel her, ankleben und ein leidiger Hang zu grandiosem Komödienspiele. In seiner Jugend sei der Pfarrer ein wütender Demokrat gewesen und einer der bösen Gesellen, die den Pompejus Planta umgebracht. Statt nun still, wie er, der taktvolle Wertmüller, es getan, im Hintergrunde zu bleiben, habe sich der Abenteurer sofort der bündnerischen Dame als Mörder ihres Vaters und zugleich als ehemaligen zärtlichen Liebhaber vorgestellt. Daraus sei plötzlich eine solche Explosion verrückter Dinge entstanden, ein so einziges Spektakel, daß ihm heute noch der Kopf davon schwirre. Für die Herzogin, deren poetischer Schwung allen Verstand übersteige, sei es eine Wonne gewesen. Sie habe schnatternd auf dem Tränenmeere herumgerudert wie die Enten im Teiche. – Jetzt arbeite sie daran, einen würdigen Schlußakt herbeizuführen nach dem Muster der gegenwärtig in Paris Furore machenden Komödie, deren Autor einen Vogelnamen – etwas wie Dohle oder Krähe – trage und die einen ganz ähnlichen Gegenstand behandle. Dort schließe der Konflikt mit Heiratsaussichten; hier aber werde es hoffentlich, und wenn noch Vernunft im Leben sei, nicht dazu kommen. Es wäre schade um das Mädchen, er gönne sie dem Volkshelden nicht. Sie sei zwar keine blondlockige, üppige Schönheit, wie sie Paul der Veroneser und der flotte Tintorett, die Naturmöglichkeit überbietend, aus golddurchwirktem Damaste hervorquellen lassen, noch habe sie die nächtlichen halbgeschlossenen Augen und die blauschwarz schimmernden Flechten um die sanfte, listige Schläfe, die ihn an andern Töchtern der Lagunenstadt berücken; aber sie habe es ihm nun einmal angetan mit einem gewissen ehrlichen, großen Wesen. Was bei Lukretia Wahrheit sei, halte er bei Jenatsch zum guten Teil für Schein: gerade jene große Manier, von der er gesprochen.

Sei übrigens der Hauptmann Jenatsch auf hohes Spiel erpicht, so habe er gestern abend seine Lust büßen können.

Mitten aus der Rührung sei er von Sbirren herausgeholt und unter die Bleidächer gesetzt worden. Der Provveditore Grimani, der den Bündner merkwürdigerweise für ein wichtiges und staatsgefährliches Subjekt halte, hätte ihn gern sogleich in den Kanal versenkt. Aber der umständliche alte Herr habe dabei eine kostbare Zeit verloren, die sich der Herzog zunutze gemacht, um seinen neuen Günstling sich wieder zurückliefern zu lassen. Ihm persönlich sei das nicht gerade unlieb, denn er verspreche sich bei den merkwürdigen Lebensumständen des neuen Kameraden noch manchen schlagenden Witz des Zufalls und freue sich besonders darauf, mit dem gewesenen Pfarrer an seinen ehemaligen Kirchen in Bünden vorüberzureiten, wo ihn dann ein Gewisser darüber zur Rede stellen werde, was alles er da drinnen dem Volke vorgemacht.

Hier strich sich der Lokotenent vergnügt das magere Kinn und schloß das Schreiben an seinen Vetter in Mailand.

DRITTES BUCH

Der gute Herzog

Erstes Kapitel

Auf einer Erhöhung des linken Rheinufers am Fuße des lieblichen Heinzenbergs überschauen die Mäuerlein und anspruchslosen Gebäude des Frauenklosters Cazis die Hütten eines dem katholischen Glauben zugetan gebliebenen Dorfes. Am schmalen Bogenfenster einer Zelle, die nach dem grauen, jetzt vom Morgenlichte beschienenen Schloßturme von Riedberg hinüberschaute, saß die schöne Lukretia Planta.

Der Frühling war vorübergegangen. Auch auf der Nordseite der rhätischen Alpen hatte der laue Föhn schon längst den Schnee von den Halden weggeschmolzen und in tobenden Wildbächen dem Rheine zugeführt. Durch die Felsspalten der Via Mala hatte der Südsturm gebraust mit dem jugendlich unbändigen Strome um die Wette. Wochenlang hatte der schäumende Rhein zornig an seinen engen Kerkerwänden gerüttelt und herausstürzend die flacheren Ufer verheert. Jetzt führte er ruhiger die gemäßigten Wasser zu Tal, umblüht von den warmen Matten und üppigen Fruchtgärten des gegen die rauhen Nordwinde geschützten Domleschg.

Es war ein klarer Morgen zu Anfang des Juni, und die älteste Ordensschwester Perpetua hatte eben nach einer längern Unterredung das edle Fräulein verlassen.

Die frommen Frauen von Cazis hegten schon längst einen Herzenswunsch. Das Amt ihrer Priorin war während langer Kriegsjahre unbesetzt geblieben, und sie sehnten sich darnach, daß es endlich wieder würdig bekleidet und geehrt werde von einem bei Gott und Menschen angesehenen Sprößlinge einer großen Familie. Wen konnten die Heiligen dazu auserwählt haben, wenn nicht die im Tale aufgewachsene und begüterte Lukretia Planta!

Das Kloster hatte den Planta schon aus den Zeiten vor der Reformation manche Schenkung zu verdanken. Nun waren mehrere Glieder der berühmten Familie, voran Herr Pompejus, in den Schoß der alleinseligmachenden Kirche zurückgekehrt; dieser edle Herr aber hatte ohne letzte Wegzehrung einen bösen, jähen Tod erlitten. – Was war natürlicher und christlicher, als daß seine vereinsamte Tochter den Schleier nehme, um für das Heil seiner Seele zu beten und das Kloster in diesen möglicherweise noch nicht sobald endenden schlimmen Zeiten mit ihrem edeln Namen zu schirmen, es mit ihrem Erbe zu bereichern.

Die Zurückgabe ihrer väterlichen Güter, von welcher wegen der Planta Landesverrat und Mitschuld am Veltlinermorde selbst zur Zeit der Unterjochung durch die Spanier nicht die Rede sein konnte, stand jetzt in naher Aussicht, sonderbarerweise durch die Vermittelung des Obersten Georg Jenatsch. Die Taten des jetzt im Veltlin unter Herzog Rohan fechtenden Scharanser Pfarrsohns gingen in seinem Heimatstale von Mund zu Munde, und sein Ruhm im ganzen Lande stieg täglich.

Zu dieser Fürsprache hatte den Obersten Jenatsch wohl ein nagender Gewissensbiß getrieben, oder wenn sie einen weltlichen, dem Verstande der Frauen von Cazis undurchdringlichen Grund hatte, so wußte Gott von jeher auch die Gedanken der Bösen zu seinen Zwecken zu biegen. Daß aber das edle Fräulein in Cazis eine bleibende Stätte finde und als Priorin die verlassene Herde weide, das war offenbar die Meinung des heiligen Dominikus selber, dessen Regel das Haus befolgte.

Lukretia hatte schon im Kloster zu Monza sein himmlisches Wohlgefallen auf sich gezogen. Damals hatten kaiserliche Kriegsbanden die Kirche zu Cazis geplündert und darin so unchristlich gehaust, daß, wie Perpetua dem Fräulein schrieb, von der heiligen Muttergottes nichts als das nackte Holz zurückblieb. Das junge Mädchen hatte dann in der Schule der geschickten italienischen Nonnen ein kostbares Kleid für die beraubte heimische Gottesmutter gestickt und bald Gelegenheit gefunden, es durch den herzhaften und wanderlustigen Pater Pankraz an seine Bestimmung gelangen zu lassen.

Seither hatte der heilige Dominikus der unwürdigen Schwester Perpetua seinen Wunsch und Willen in wiederholten Erscheinungen kundgetan. Am deutlichsten und wunderbarsten aber war dieses in der verwichenen Nacht geschehen. Die betrübte Ordensschwester hatte in gottbegnadetem Traume die öde Zelle der Priorin betreten und dort plötzlich Lukretia erblickt, wie sie leibte und lebte, doch mit demütigem Angesichte und gesenkten Augen. Neben ihr aber stand St. Dominikus selbst im Glanze des Himmels und seiner schneeweißen Kutte, der ihr einen Lilienstengel überreichte. Der Träumenden war alsdann vorgekommen, als lege sich ein Abglanz seines Heiligenscheins um Lukretias erwähltes Haupt.

Die Schwester öffnete die Augen voller Freude und durchdrungen von dem Gefühle, daß sie diese Offenbarung nicht für sich behalten dürfe. So war sie denn gekommen, das Gesicht Lukretia mitzuteilen und mit ihr dessen Bedeutung zu besprechen.

Der Eindruck des Traumbildes auf das Fräulein war indessen weniger erfreulich und überzeugend gewesen, als die Nonne gehofft, und sie hatte sich darauf lange bemüht zu ergründen, welche Wurzeln der Weltlust oder der Weltsorge das Fräulein immer noch draußen zurückhielten, denn dieses sprach von dem Kloster, trotz seines Wohlwollens für dasselbe, nur als von seiner einstweiligen Herberge.

An irdischem Besitz schien Lukretias Herz nicht zu hangen, noch weniger an irdischer Liebe; denn einige bescheidene Klosterscherze, die sich Schwester Perpetua einzig in der Absicht, das Fräulein zu erforschen, in die-

ser Richtung erlaubte, wurden mit stolzem Lächeln abgewiesen.

Noch eine Möglichkeit hatte die Schwester beunruhigt: Lukretia wolle in der Welt bleiben, bis sie einen
würdigen Bluträcher finde, der nach altem Landesbrau-
che den Tod ihres grausam erschlagenen Vaters mit
demjenigen der Mörder sühne, oder sie trage am Ende
selbst blutige Gedanken mit sich herum, die sich mit
dem Frieden des Klosters nicht vertrügen.

Diese schreckliche Vermutung, die ursprünglich ihrem zahmen und frühe durch Klosterzucht geregelten
Gemüte ferne lag – Perpetua war keine schwerblütige
Bündnerin, sondern entstammte einer ehrbaren Zuger-
familie –, hatte ihr der alte Lukas zu Riedberg noch vor
der Fahrt, die er nach Italien getan, um das Fräulein
heimzugeleiten, zu wiederholten Malen nahegelegt. Er
selbst war ganz davon durchdrungen, wie von einer un-
abwendbaren Notwendigkeit. Aber auch diese Mutma-
ßung hielt nicht stand. Lukretia war der Schwester heute
so kindlich weich und versöhnlich erschienen, daß sie
sich einen derartigen Verdacht als ein Unrecht gegen
das verwaiste Fräulein vorwarf.

In Wahrheit, heute hegte Lukretia keine Rachegedanken. Sie sann mit einer Trauer, die ihre geheime Süßig-
keit hatte, den Erlebnissen ihrer Heimreise aus Venedig
nach. Ein seltsames Verhängnis hatte das Leben des ihrer Rache Verfallenen in ihre Hand gegeben, und sie
hatte es nicht genommen, sie wußte heute mit voller Her-
zensüberzeugung, daß sie es nicht nehmen dürfe. Der
Widerstreit ihrer Gefühle hatte sich gelegt, sie war zur
Ruhe gekommen.

Lukretia hatte Venedig, begleitet von ihrem treuen Lukas, im Frühjahr verlassen und die lange Strecke bis
nahe an die Grafschaft Chiavenna erst über Verona und
Bergamo und dann längs der blühenden Ufer des Comersees in mäßigen Tagritten ohne Aufenthalt und

Abenteuer zurückgelegt. Grimani hatte sie mit einem Geleitbriefe durch das Venezianische versehen – im Mailändischen genügte ihr Name –, und von Rohan war ihr als schützender Kavalier der junge Wertmüller mitgegeben worden.

Wohl hatte die Herzogin gegen dieses für die schöne Reisende, wie sie behauptete, in keiner Weise passende Geleite zuerst Einspruch erhoben; aber der Herzog kannte die guten und schlimmen Eigenschaften seines Wertmüller nicht erst seit gestern und wußte, daß sein wunderlicher Adjutant sich noch in jeder ernsten Probe ehrenhaft, zuverlässig und tapfer erwiesen hatte.

So strebte Donna Lukretia, von dem triumphierend neben ihr reitenden Lokotenenten geistvoller, als ihr wohltat, unterhalten, den täglich sich vergrößernden Silberspitzen ihrer heimischen Gebirge entgegen, und eines Tages gelangte der kleine Reisezug in die sumpfige Ebene, durch welche die Adda sich langsam dem Nordende des Comersees zuwindet. Da sie am Morgen in der kühlen Frühe aufgebrochen waren, beschlossen sie an einem Kreuzwege unfern der drohenden Festung Fuentes vor einer Locanda kurze Mittagsrast zu halten, um dann heute noch Chiavenna zu gewinnen und am nächsten Tage den Saumpfad über den Splügen einzuschlagen.

Lukretia zog es vor, die unreinliche Herberge nicht zu betreten; sie setzte sich allein in eine Weinlaube, deren blasses Frühlingsgrün sich eben aus den springenden Knospen entwickelte. So hatte sie eine Weile den Hühnern zugesehen, die neben der Krippe das von den fressenden Pferden herausgeworfene Futter aufpickten, da erblickte sie zwischen den zarten Blättern und jungen Ranken hindurch auf der staubigen Landstraße einen Zug Leute, der sogleich ihre ganze Aufmerksamkeit fesselte. Sie erriet, daß ein Gefangener eingebracht werde, und als er näher kam, erbebte ihre Seele. Ein halbes Dutzend spanischer Soldaten, voran ein alter, dürrer Haupt-

mann zu Pferde, führten in ihrer Mitte einen Mann in
der Alltagstracht des Veltlinerbauers, dessen Kleider
zerrissen und über und über von Sumpfwasser ge-
schwärzt waren. Staub und Blut entstellten sein Angesicht, und die Hände waren ihm mit groben Stricken
hinter dem Rücken zusammengebunden. Das Fräulein
erkannte mit Entsetzen die hohe Gestalt und die trotzige
Haltung des Jürg Jenatsch. Auf den Spuren des einge-
holten Flüchtlings schnüffelten spanische Bluthunde,
welche wohl bei dieser Menschenjagd Dienste geleistet
hatten, und gelbe halbnackte Jungen und blödsinnige
Zwerggestalten liefen johlend hinter dem gewaltigen
wehrlosen Manne her. Beim Herannahen des Trupps
eilten die Bewohner des Hauses vor der Türe zusammen, auch Lukas kam herbei, der eben die Pferde wieder
gesattelt hatte, und Wertmüller trat hinter Lukretia.

Der spanische Hauptmann gebot seinen Leuten Halt,
stellte sich in den Schatten der Hauspforte und nahm
seine Sturmhaube von dem tötenkopfähnlichen Haupte,
dessen braune Knochen nur durch zwei erhitzte, tieflie-
gende Augen belebt erschienen. Dann hieß er sein abge-
jagtes Tier, dessen Riemenzeug zerrissen war, zur Zister-
ne führen und fragte kurz und barsch: »Ist jemand hier,
der in diesem Späher den vormaligen ketzerischen Prädikanten und vielfachen Mörder Georg Jenatsch erkennt?«

Es schlurfte in zerfetzten Schuhen ein ältlicher
Knecht herbei und sagte mit kriechender Miene: »Zu
dienen, Exzellenz. Ich hauste anno 1620 in Berbenn und
war dabei, als dieser Gotteslästerer mit verfluchter Hand
meinen leiblichen Bruder gegen den Hochaltar von St.
Peter schleuderte, daß der Ärmste für sein Lebtag ein
Gebresten davontrug.« –

»Das paßt«, sagte der Spanier, »ich betraf denselben
Prädikanten im gleichen Sommer an der Zugbrücke unserer Festung. Eure Ausflüchte, Mann, helfen Euch
nicht, und der Strick ist Euch gewiß.«

Lukretia hatte im Hintergrunde der Laube den Auftritt mit laut klopfendem Herzen angesehen. Konnte sie Georg retten: Wollte, durfte sie es? ... Hinter ihr stand Wertmüller, dessen angriffslustige Ungeduld sie fühlte und den sie leise den Hahn seines Pistols spannen hörte. Lukretia erhob sich und schritt, von einer unwiderstehlichen Macht gezogen, langsam vor. Bei des Spaniers letzten Worten stand sie zwischen ihm und dem an einen steinernen Stützpfeiler der Laube geschnürten Gefangenen. In diesem Augenblicke flog eine Handvoll Kot und Steine von einer lachenden Kropfgestalt geworfen an die blutende Stirne des Gefesselten, aber seine Miene blieb stolz und ruhig, nur seine Lippen bewegten sich flüsternd: »Lukretia, deine Rache vollzieht sich!« klang es in romanischen Lauten, ohne daß sein Blick sich nach ihr gewendet hätte.

»Sennor«, redete die Bündnerin den spanischen Hauptmann mit fester Stimme an, »ich bin Lukretia, die Tochter jenes Planta, den Georg Jenatsch erschlagen hat. Ich habe seit dem Tode meines Vaters keinen liebern Gedanken gehabt als den der Rache; aber in diesem Manne hier erkenne ich den Mörder meines Vaters nicht.«

Der Spanier richtete seinen bösen Blick erst fragend und dann höhnisch auf sie, aber Lukretia beachtete ihn nicht. Schon hielt sie ihren kleinen Reisedolch in der Hand und begann ohne Zögern die Bande des Gefangenen zu durchschneiden.

Was jetzt um sie vorging, traf ihre Sinne kaum. Sie vernahm noch den raschen Befehl Wertmüllers an Lukas: »Pferde vor!«, gewahrte noch, wie der Lokotenent dem Spanier mit dem Pistol in der Hand entgegentrat und dieser den Degen aus der Scheide riß. Dann wurde sie rasch aufs Pferd gehoben, das, Musketenschüsse hinter sich hörend, in wilden Sprüngen sie von dannen trug und in jagendem Laufe an er Festung Fuentes vorüber der Straße nach Chiavenna folgte. Auf dem staubigen

Heerwege sprengte sie vorwärts, mit Mühe sich auf dem erschreckten Pferde haltend und doch angstvoll zurück- lauschend, ob ihr Freund oder Feind nacheile. Noch fie- len, schon aus der Ferne, vereinzelte Schüsse, sonst hörte sie nichts als das Schnauben und den Hufschlag ihres eigenen Tieres.

Endlich brauste Galopp hinter ihr, und schon ritt an ihrer rechten Seite, zerrissen und blutig, aber in hellem Übermute Georg Jenatsch, hinter welchem, ihn mit grimmer Miene umfassend, der alte Lukas zu Rosse saß. Zu des Fräuleins Linken schnaubte einen Augenblick später ein zweites Roßhaupt, und über demselben grüßte das aufgeregte Gesicht des kleinen Lokotenenten, der den Rückzug gedeckt hatte und von der Rolle, die er gespielt, höchlich befriedigt schien.

»In der Festung wird Alarm geschlagen«, sagte Je- natsch. »Hinter einem Waldhügel biegen wir links ab von der Heerstraße, auf der man uns verfolgen wird, reiten durch die seichten Nebenwasser der Adda und gewinnen auf Wegen, die ich als gangbar kenne, längs des Sees und über die Berge das sichere Bellenz.« –

Als die Pferde den beweglichen Kiesboden des Fluß- bettes betraten, sprang Lukas ab und ergriff, sich vor das Pferd seiner Herrin stellend, mit treuer Hand dessen Zügel. »Im Grunde habt ihr recht«, sagte der Alte und blickte zu Lukretias glücklichem Angesichte auf, »es war heute nicht der passende Anlaß und nicht der richtige Ort. – Euch zuliebe würd' ich mit dem leidigen Satan selbander reiten, aber – wahr bleibt's – einem ehrlichen Gaul und einem gut katholischen Christen wird heutzu- tage viel Geduld zugemutet.« –

Die darauf folgenden beschwerlichen Reisetage leb- ten als selige Erinnerungen in dem Herzen Lukretias fort. Nach dem ermüdenden Zuge quer über die süd- lichen Vorberge der Alpen hatte die Gesellschaft in Bel- lenz gerastet und Jenatsch sich beritten gemacht. Dann zogen sie langsam durch das von Wasserstürzen rau-

schende Misox, das südlichste und schönste Tal des
Bündnerlandes. Über dem Bergdorfe San Bernardino
begann der Paß jäh zu steigen und führte zu dieser frü-
hen Jahreszeit bald über eine blendende Schneedecke.
Der Himmel war von tiefer Klarheit und noch südlicher
Bläue. Lukretia fühlte sich umweht von den kräftigen
Alpenlüften der Heimat, und ihr war auf Augenblicke,
als sei sie in die fröhlichen Reisetage der Kindheit zurückgekehrt; denn Herr Pompejus war häufig mit ihr aus
einem seiner festen Häuser ins andere über die Bergjo-
che des tälerreichen Bündens gezogen. Ihre Augen suchten mit Ungeduld den kleinen Bergsee, der, wie sie sich
deutlich erinnerte, auf keiner der heimischen Wasser-
scheiden ausblieb. Da endlich, nahe dem nördlichen Abhange, leuchtete er ihr entgegen, unter den heutigen
scharfen Sonnenstrahlen aufgetaut. Gewiß nur eine kurze Befreiung, denn der Sommer kehrt spät ein auf diesen
Höhen, trotz seiner täuschenden Vorboten, und das den
Himmel spiegelnde Auge mußte sich unter eisigen Stürmen wohl bald wieder schließen.

Auf der halb geschmolzenen Schneedecke kamen die
Pferde nur mühsam vorwärts. Die Bündner – auch Lukretia – waren auf der Höhe abgestiegen, nur der eigen-
sinnige Wertmüller beharrte im Sattel und blieb, wo der
Berg sich zu senken begann, mit seinem bei jedem
Schritte gleitenden Tiere immer mehr hinter den andern zurück. Zuletzt versank er in eine vom Schnee verräterisch bedeckte Spalte, aus welcher ihm der die übrigen Pferde am Zügel führende Lukas nur mit Zeitverlust
und Mühe heraufhalf. Während dieser bei dem fluchen-
den Lokotenenten zurückblieb, schritten Jenatsch und
Lukretia rüstig und allein bergab und überließen sich
der ungewohnten Lust, die Heimatluft in vollen Zügen
einzuatmen. Das Fräulein dachte nicht daran, daß sie
zum ersten Male auf der Reise mit Jenatsch allein sei.
Waren ihr doch, wenn sie still neben Jürg einherritt, ihre
beiden andern Begleiter – der Lokotenent, trotz seines

unausgesetzten Bestrebens, sich angenehm oder unangenehm geltend zu machen, der alte Knecht, trotz seiner unverhohlenen Rachegelüste – in gleichgültige, unpersönliche Ferne getreten.

Sie lebte in einem traumartigen Glücke unter dem Zauber ihrer Berge und ihrer Jugendliebe, den sie furchtsam sich hütete, mit einem an die grausame Gegenwart erinnernden Worte zu zerstören.

Jetzt hatten sie das erste Grün über einem schmalen, baumlosen Tale erreicht und setzten sich auf ein besonntes Felsstück, um den zurückgebliebenen Lokotenenten zu erwarten. Ein Wässerchen quoll daneben aus dem feuchten, dunkeln Boden. Lukretia kniete nieder und bemühte sich, mit der hohlen Hand einen Trunk daraus zu schöpfen. »Ich muß doch sehen«, sagte sie, »ob das bündnerische Bergwasser noch so gut schmeckt wie in meiner Jugend!«

»Nicht!« warnte Jenatsch. »Ihr seid der eiskalten Quellen entwöhnt! Hätt' ich ein Becherlein, so misch' ich Euch einen gesunden Trank mit ein paar feurigen Weintropfen aus meiner Feldflasche.«

Da blickte ihn Lukretia liebevoll an, holte aus ihrem Gewande einen kleinen Silberbecher hervor und ließ ihn in seine Hand gleiten. – Es war das Becherlein, das ihr einst der Knabe zum Gegengeschenk für ihre kecke kindliche Wanderfahrt nach seiner Schule in Zürich gemacht und das sie nie von sich gelassen hatte. Jürg erkannte es sogleich, umfing die Kniende und zog sie mit einem innigen Kusse an seine Brust empor. Sie sah ihn an, als wäre dieser einzige Augenblick ihr ganzes Leben. Dann brachen ihr die Tränen mit Macht hervor. »Das war zum letzten Male, Jürg«, sagte sie mit gebrochener Stimme. »Jetzt mische mir den Becher, daß wir beide daraus trinken! Zum Abschiede! Dann laß meine Seele in Frieden!« –

Schweigend füllte er den Becher, und sie tranken.

»Siehe dieses Rinnsal zwischen uns«, begann sie wiederum, »es wird unten zum reißenden Strome. So fließt das Blut meines Vaters zwischen dir und mir! Und überschreitest du es, so müssen wir beide darin verderben. – Sieh«, fuhr sie mit weicher Stimme fort und zog ihn neben sich auf den Felssitz, »als ich dich unten in den Händen der Häscher sah, hätt' ich dich lieber mit eigener Hand getötet, als dich ein schmähliches Ende nehmen lassen. Du hast mir das Recht dazu gegeben! Du bist mein eigen! Du bist mir verfallen. Aber ich glaube dir: diesem Boden, dieser geliebten Heimaterde bist zu zuerst pflichtig. So gehe hin und befreie sie. – Aber, Jürg, sieh mich niemals wieder! Du weißt nicht, was ich gelitten habe, wie sich mir alle Jugendlust und Lebenskraft in dunkle Gedanken und Entwürfe verwandelte, bis ich zu einem blinden, willenlosen Werkzeuge der Rache wurde. Hüte dich vor mir, Geliebter! Kreuze nie meinen Weg! Störe nie meine Ruhe!« –

So saßen die beiden in der Einöde.

Seit Jenatsch die Tochter des Herrn Pompejus bei der Herzogin wiedergesehen, war die in den Wagnissen und Verwilderungen eines stürmischen Kriegslebens nie ganz vergessene Liebe seiner Kindheit flammend aus der Asche erstanden und mit ihr ein trotziger Geist der Empörung gegen sein Schicksal. Mit einer Bluttat, die dem Jünglinge als Vollstreckung eines gerechten Volksurteils erschienen war und die der jetzt Gereifte und Welterfahrene als eine unnütze Befleckung seiner Hände verwünschte, hatte es ihn für immer geschieden von einem großen und hilfreichen Herzen, das von jeher sein eigen war.

Dieser Geist der Auflehnung und Verzweiflung reizte ihn jetzt, die als begehrenswertes Weib vor ihm stehende Lukretia um jeden Preis zu gewinnen und, wenn sie ihm verderblich werde – denn er kannte sie –, triumphierend mit ihr unterzugehen.

Aber er erdrückte den Dämon. Stand er nicht mitten in einem andern Kampfe, der den Einsatz des ganzen

Mannes forderte und alle seine Kräfte und Leidenschaften in *eine* Anstrengung zusammenfaßte? Auch war seine Natur von jenem Stahl, der aus den Steinwänden der Unmöglichkeit immer wieder die hellen Funken der Hoffnung herausschlägt. Er war gewohnt, an nichts zu verzweifeln und nichts aufzugeben.

Konnte sich Lukretias Gemüt nicht wieder erhellen? War es gänzlich unmöglich, das Vergangene zu sühnen durch Taten von ungewöhnlicher Größe? Mußte denn unabänderlich auf den liebsten Kampfpreis verzichtet sein im Augenblicke, da sich des Ruhmes glänzende Staffeln hart vor seinen Augen erhoben?

Auch war Lukretia heute so weich, und als sie ihm den kleinen Silberbecher in die Hand drückte, hatte ihn aus ihren vertrauensvollen braunen Augen das Mägdlein angeschaut, das ihn einst beim Kinderspiele zu seinem Beschützer und Hüter erkoren! ...

So bezwang er mit starkem Willen seine Leidenschaft, legte ihr Haupt sanft an seine Brust, drückte noch einen leisen Kuß auf ihre Stirn und sagte, wie er vor vielen Jahren zu dem weinenden Mägdlein zu sagen pflegte, wenn sie sich einmal entzweit hatten: »Sei gut und stille, Kind! Der Friede ist geschlossen.« –

Lukretia hatte damit Ernst gemacht. Ruhe war über ihr Gemüt gekommen mit dem Gefühle, daß die Höhe des Lebens überstiegen und die Erinnerung ihr größter Besitz sei. Nun wohnte sie seit Monaten in den Klostermauern von Cazis. Das Wort des frommen Herzogs, daß es sicherer sei, Frevel durch Opfer der Liebe zu sühnen als durch neue Gewalttat, begann in ihrer gestillten Seele Wurzel zu schlagen. – Wenn sie den Wunsch der Frauen von Cazis nicht erfüllte, so war der herüberschauende Turm von Riedberg daran schuld, der sie an ihre freien Kindertage erinnerte und ihr das unabhängige Leben einer Burgherrin im Ringe ihres Gesindes und ihrer Dorfleute vor Augen stellte. Sie sehnte sich nach den alten Schloßräumen, um darin den Haushalt ihres Vaters wieder aufzurichten. – Auch schlummerte, ihr unbewußt, ein anderer Widerspruch in ihrem Herzen: sie konnte der Welt nicht klösterlich entsagen, solange Jürg in Taten schwelgte und immer größere Kampfbahnen sich vor ihm aufschlossen.

In dem Meßbuche, welches aufgeschlagen neben dem Fräulein auf dem Sims lag, hatte der durch das offene Fenster spielende Bergwind schon lange ungestüm hin und her geblättert, ohne daß Lukretia es gewahrte. Jetzt aber wurde sie durch den Ton einer wohlbekannten Stimme aus ihren Träumen aufgeschreckt.

Sie trat an den Fensterbogen und erblickte neben der Pförtnerin die braune Kutte des Paters Pankraz. Sein keckes, sonneverbranntes Gesicht schaute diesmal noch zuversichtlicher als gewöhnlich in die Welt, und er verlangte dringend, ohne Aufschub vor das Fräulein geführt zu werden, dem er glückhafte Nachricht zu bringen habe.

Kurz darauf trat er ein und verkündete seine Botschaft: »Freuet Euch, Fräulein Lukretia! Ihr seid wieder Herrin von Riedberg. Es beginnen die verdienstlichen Werke, mit denen unser großer Oberst für seine alte, schwere Schuld Buße tut. – Morgen kommen die Staatskrägen von Chur, um die Siegel zu lösen und Euch das Haus Eurer Väter wieder aufzutun. Gott gebe Euch einen gesegneten Einzug.«

ZWEITES KAPITEL

Während der Sommer- und Herbstmonate eines einzigen Jahres hatte Herzog Heinrich Rohan seinen Feldzug im Veltlin mit raschen, entscheidenden Schlägen zu Ende geführt. Die frischen Lorbeeren von vier Siegen, wie sie nur selten ein Feldherr erficht, verherrlichten seinen Namen.

Diesmal hatte sich sein Talent kühn und freudig entfaltet, denn der Kampf hatte den äußeren Feinden Frankreichs gegolten, nicht auf französischem Boden zwischen Kindern derselben Erde gewütet. Während er früher gezwungen gewesen, Landsleute gegen Landsleute, seine kalvinistischen Glaubensgenossen gegen das katholische Frankreich mit blutendem Herzen zu führen, so befehligte er jetzt zum ersten Male ein aus beiden Bekenntnissen verschmolzenes französisches Heer. Vor der Schlacht von Morbegno, wo seine Schar vor einer in günstigen Stellungen drohenden spanischen Übermacht stand, ließ er seine Leute gegen gallische Kriegssitte auf den Knien den göttlichen Beistand anrufen. Der kalvinistische Kaplan des Herzogs betete mit den Protestanten, während ein katholischer Priester über seinen Glaubensgenossen das segnende Zeichen des Kreuzes machte.

Noch nie hatte Rohan einen so genialen Feldherrnblick bewiesen wie jetzt auf diesem von tiefen Talschluchten zerrissenen und von Gletscherbergen eingeengten, schwer zu übersehenden Kriegsfelde. Seinem raschen, unfehlbaren Eingreifen kam seine bewundernswerte Ausdauer gleich und eine asketische Natur von seltener Bedürfnislosigkeit zu Hilfe. Er war imstande, vierzig Stunden lang angespannt tätig zu sein, ohne der Erfrischung des Schlafes zu bedürfen.

So eilte er in der Mitte zwischen zwei gegen ihn vordringenden Heeren, deren jedes dem seinen fast doppelt überlegen war, talauf-, talabwärts und warf sich jetzt dem einen, dann, die Stirne wendend, dem andern entgegen, immer siegreich, bis er sie beide, Spanier und Österreicher, vom Bündnerboden verdrängt hatte und das ganze lang estreckte Tal der Adda, das seit Jahrzehnten herrenlose und streitige Veltlin in der Gewalt seiner Waffen war.

Bei dem dritten dieser Siege, der Schlacht in Val Fraele, grenzte die Ungleichheit des Verlustes an das Unglaubliche. Der Herzog büßte nach seinem eigenen Zeugnisse nicht sechs Mann ein, während zwölfhundert

Feinde auf der Walstatt blieben. Es gibt nur eine Erklärung für eine so ungleiche Verteilung der Todeslose; der französische Feldherr hatte vor den Österreichern die vollkommene Kenntnis dieser verlorenen Hochtäler voraus. Rohan hatte Bündner neben sich, die das Bergland wie die mit Arvholz getäfelte Stube ihres Vaters und das Stammwappen über dem Haustore kannten, und keiner war mit Bündens Bergen vertrauter als Georg Jenatsch.

In dem Schreiben, das der Herzog über diesen Sieg an die bündnerischen Behörden richtete, hebt er die Tapferkeit des Obersten Jenatsch und des von ihm geführten heimischen Regimentes mit dem wärmsten Lobe hervor. Diese schrankenlos erscheinende und doch besonnene Tollkühnheit, die schwer glaubliche Sage der frühern Volkskämpfe im Prätigau, wurde jetzt von dem geschulten französischen Heere und besonders von dem respektlosen Lokotenenten mit kritischen Augen gemessen und aufrichtig bewundert. Überhaupt stieg Georg Jenatsch unaufhaltsam in der Achtung und im Vertrauen des Herzogs und wurde, ohne daß Rohan selbst sich dessen bewußt war, sein am liebsten gehörter Ratgeber. Versammelte der Feldherr in Fällen, wo sich Kühnheit und Vorsicht bestreiten mochten, einen Kriegsrat, so trieb Jenatsch immer zu den gewagtesten Angriffen und beanspruchte für sich selbst den gefährlichsten Posten; aber seine Ratschläge bewährten sich und seine Verwegenheit mißglückte nie, denn die Gunst des Schicksals war mit ihm. –

Er aber ergriff jede Gelegenheit, der Person des Herzogs nahe zu bleiben und sie in jeder Fährlichkeit mit der seinigen schützend zu decken. Weniger noch im Gedränge der Feldschlacht als auf den einsamen Gebirgspfaden, welche er ihn zuweilen führte, um die feindlichen Stellungen zu erforschen. So gelang es ihm einst, da sich ein tückisches Felsstück unter den Füßen des Herzogs löste, denselben mit raschen Armen am Rande des Abgrundes festzuhalten, und ein andermal zerhieb er, schnell zielend, eine Otter, die aus dem Gestrüppe zischend nach der Hand des Herzogs fuhr.

So trat er dem Herzog immer näher, der sich freudig bewußt war, diesen bedeutenden Geist aus schmählichem Dunkel gezogen und durch seinen Einfluß entwickelt zu haben. Oft mußte Rohan sich wundern, wie willig und streng der unbändige Grisone der Kriegszucht sich unterwarf und, was er ihm ebenso hoch anrechnete, mit welch unbedingtem Vertrauen der vormalige bündnerische Volksführer jede besorgnisvolle Äußerung über das letzte Ergebnis des Krieges und die Zukunft Bündens unterließ, ja vermied.

Dies Ergebnis war der Herzog gesonnen, für Bünden so günstig als möglich zu gestalten. Er täuschte sich nicht über die Abneigung des französischen Hofes gegen seine Person, aber dennoch hoffte er dort mit seinen billigen und weislich erwogenen Vorschlägen durchzudringen. Eine Reihe mit geringer Truppenmacht durch seinen individuellen Wert erfochtener Siege, welche die französischen Waffen mit einem blendenden Glanze umgaben, mußten bei dem Sohne Heinrichs IV., mußten sogar bei Rohans altem Gegner, dem immerhin das Banner mit den französischen Lilien hoch emporhaltenden Kardinal, entscheidend ins Gewicht fallen. Was noch aus der Zeit der Bürgerkriege im Gemüte des Königs gegen den ehemaligen Kriegsführer der Hugenotten geschrieben stand, hatten – sagte sich der Herzog – die von ihm jetzt in die französischen Annalen eingezeichneten Triumphe gänzlich verwischt und unleserlich gemacht.

Rohan hatte das Land Bünden und sein zugleich nordisch mannhaftes und südlich geschmeidiges Volk liebgewonnen. Der Aufenthalt in diesen Bergen ruhte seinen Geist aus und erfrischte seine Lebenskraft. Aber nicht die ernsten, kühl durchwehten Hochtäler, wo er Siege erfochten, mit ihren Felshörnern und Schneehäuptern übten einen Zauber auf ihn aus, sondern er zog dem Geschmacke der Zeit und seinem eigenen milden Gemüte gemäß die mittlern, mit weichem Grün bekleideten Alpen vor, die mit Hütten und läutenden Herden bedeckt waren. Seine Lieblinge waren die Höhen, die das warme Domleschg einrahmen, und er pflegte zu sagen, der Heinzenberg sei der schönste Berg der Welt.

Das Geschenk seiner Neigung gaben ihm die Bündner mit Wucher zurück. Im ganzen Lande wurde er nur »der gute Herzog« geheißen. In Chur war er der Abgott aller Stände; denn die vornehmen Familien fesselte er an sich durch die Feinheit seiner adeligen Sitte, das Volk aber bezauberte er durch eine aus dem Herzen kommende, unbeschreibliche Leutseligkeit. In den protestantischen Gemeinden des Landes hörten überdies die Bündner fast allsonntäglich sein Lob von der Kanzel verkündigen. Er ward ihnen gezeigt und gerühmt als ein Muster evangelischer Glaubenstreue und als ein Hort der bedrängten Protestanten in allen Landen.

Der glückliche Stern, der seine kriegerischen Unternehmungen begünstigt hatte, schien jetzt auch über seinen politischen zu leuchten. Er beschied einige ausgezeichnete Bündner zu sich nach Chiavenna, beriet mit ihnen Satz um Satz den Entwurf eines Übereinkommens, und dieses wurde kurz darauf von dem in Thusis versammelten bündnerischen Bundesrate angenommen. Man machte sich von beiden Seiten die äußersten Zugeständnisse. Um die Bündner in ihrer Hauptforderung zu befriedigen, gab ihnen Rohan durch diesen Vertrag das Veltlin im Namen Frankreichs zurück. Aber er sicherte zugleich das militärische Interesse und die katholische Ehre seines Königs, indem er festsetzte, daß die bündnerischen Bergpässe bis zum allgemeinen Friedensschlusse von Bündnertruppen in französischem Solde gehütet werden müßten und die katholische Religion im Veltlin als die herrschende anerkannt werde.

So lauteten die von Herzog Heinrich mit den Häuptern Bündens zu Chiavenna beratenen und im Domleschg bestätigten Vertragspunkte, die sogenannten Thusnerartikel.

Genehmigte der König von Frankreich diesen von Rohan für ihn geschlossenen Vertrag – und wie hätte er es nicht tun sollen! –, so waren Bündens alte Grenzen hergestellt und Heinrich Rohan hatte sein gegebenes Wort gelöst, denn in der Tat, für diese Herstellung ihrer alten Grenzen hatte er sich den Bündnern vor dem Feldzuge persönlich verbürgt – verbürgen müssen. Dies Versprechen zu verweigern war ihm unmöglich gewesen, sollte sich das erschöpfte, elende Land noch einmal zum Kriege aufraffen. Darin hatte die unerbittliche Logik des scharfsinnigen venezianischen Provveditore das Richtige vorausgesagt; aber wie sehr, wie vollständig hatte er sich geirrt, als er den Herzog vor Georg Jenatsch glaubte warnen zu müssen!

Gerade für die Annahme der Thusnerartikel hatte der Oberst das Unglaubliche getan; es war wahrlich kein leichtes gewesen, es hatte Gewandtheit und Ausdauer genug auch den Liebling des Volkes gekostet, um diese bei den argwöhnischen, auf ihre Unabhängigkeit eifersüchtigen Bündnern durchzusetzen. Aber Jenatsch hatte sich vervielfacht und von Tal zu Tale, von Gemeinde zu Gemeinde eilend, hatte er überall den Zauber seiner Rede ausgeübt, überall seinen willensstarken, feurigen Einfluß geltend gemacht. Er hatte darauf gedrungen, das sichere Teil nicht aus der Hand zu lassen um eines ungewissen, ja undenkbaren größern Gewinns willen. Er hatte geraten, sich mit der Hauptsache zu begnügen, dem edeln Anwalte Bündens bei der französischen Krone nicht sich undankbar zu erzeigen und den mit jedem Jahre sich mindernden Rest des französischen Druckes willig in den Kauf zu nehmen.

Doch noch eine Sorge drückte die Ehrenhaftigkeit des Herzogs. Der ungeheure Summen verschlingende Krieg in Deutschland hatte den französischen Schatz erschöpft. Die Sendungen des Schatzmeisters an Herzog Rohan flossen schon lange spärlich und blieben jetzt aus; es war diesem seit einiger Zeit nicht mehr möglich, seine Bündnertruppen zu besolden. Freilich teilten die französischen Regimenter dasselbe Los. Man schien am Hofe zu St. Germain des Glaubens zu leben, die Ehre, unter dem ruhmreichen Feldherrn zu dienen, ersetze dem Soldaten Nahrung und Kleidung. Rohan sandte Schreiben auf Schreiben und erhielt als Antwort Versprechen auf Versprechen. Die Erhebung einer neuen Kriegssteuer in Frankreich, so schrieb man dem Herzog aus St. Germain, sollte dem Mißstande nächstens ein Ende machen.

Welche Hemmungen und Säumnisse also das Werk des Herzogs erfuhr durch den Menschen und Dingen inwohnenden Widerstand gegen gerechte, einen selbstsüchtigen Interessenkreis durchbrechende Lösungen – nun stand er hart vor seinem Ziele, und die Bündner erreichten, dank der ihnen von Rohan auferlegten Mäßigung, die Befreiung ihres Landes.

Da plötzlich verbreitete sich zur Zeit der fallenden Blätter eine unheimliche Botschaft durch die bündnerischen Täler. Der gute Herzog, hieß es, weile nicht mehr unter den Lebenden. Er sei in seinem Palaste zu Sondrio einem Sumpffieber zum Opfer gefallen. Schon habe ein Bote das Stilfserjoch überschritten und sei nach Brixen geeilt, um die Spezerei zur Einbalsamierung seines Leichnams zu holen.

Dieses Gerücht erschreckte die Gemüter, wo es hingelangte. Man ward sich plötzlich sorgenvoll bewußt, was alles an diesem edeln Leben hing. Wie in den Bergen, wenn eine Wolke vor die Sonne gleitet, die Landschaft mit einem Schlage dunkel wird und zugleich in ihren einzelnen schroffen Zügen schärfer hervortritt, so erschien den Bündnern, als sie den Herzog sich hinwegdachten, die unsichere Abhängigkeit und die Gefahr ihrer Lage mit drohender Deutlichkeit. War ihnen doch nur in seiner Vertrauen erweckenden Person Frankreich als helfende Macht nahe getreten! Er war es, der für seinen König mit ihnen unterhandelt, den von ihnen begehrten Kampfpreis zugesagt, für Frankreichs Rechtlichkeit im Worthalten dem kleinen Lande gegenüber sich verbürgt hatte. Was geschah, wenn ihr Mittler, der gute Herzog, verschwand? Wen gab ihm Richelieu zum Nachfolger? War der die Welt mit kalter Berechnung überschauende Kardinal, der rücksichtslose Staatsmann gesonnen, das unbequeme Erbe der Gerechtigkeit des Protestanten Heinrich Rohan anzutreten?

Das Unheil ging diesmal noch vorüber. Die Nachricht vom Tode des Herzogs war eine falsche. Nach einigen Wochen erfuhr man, er habe zehn Tage lang mit geschlossenen Augen bewußtlos gelegen, dann sei er wieder zum Leben erwacht und erhole sich langsam. Welcher böse Zweifel aber ihn gefoltert hatte, als er todesmatt aufs Lager sank, das ahnte damals noch niemand.

DRITTES KAPITEL

An einem hellen, warmen Oktobertage bewegte sich in den Gassen des an der Splügenstraße gelegenen städtisch reichen Fleckens Thusis eine tosende Volksmenge. Der Ort liegt an der nördlichen Pforte der Bergschrecknisse des Passes. Hier pflegte der aus Italien kehrende Reisende nach überstandener Mühsal und Gefahr sich einen guten Tag zu machen, der von Norden kommende dagegen seinen Mut zu stärken, Saumtiere zu mieten und für die beschwerliche Reise die letzten Einkäufe zu besorgen. Diese für Handel und Wandel günstige Lage hatte dem seit einer großen Feuersbrunst neu erbauten Orte schnell wieder zu stattlicher Blüte geholfen.

Heute wurde zudem der große Thusnerjahrmarkt abgehalten, der von nah und fern das Volk herbeigelockt und die verschiedenen Staturen, Trachten und Sprachweisen aller bündnerischen Täler am Fuße des Heinzenbergs versammelt hatte. Manche waren auch gekommen, um den guten Herzog zu sehen, der, wie die Sage ging, gestern in einer Sänfte die Paßhöhe überwunden und im Dorfe Splügen genächtigt hatte. Diesen Abend wurde er in Thusis erwartet, wo ihm in einem etwas abseits liegenden Herrenhause ein ruhiges Nachtquartier bereitet war. Einige Splügner hatten ihn gestern in ihrem Dorfe von Angesicht geschaut und beschrieben den edeln Herrn als auffallend gealtert, blaß und abgezehrt; seine Haare seien völlig gebleicht.

Auch kühne, kriegerische Gestalten schritten in der Menge. Die Obersten der bündnerischen Regimenter waren gekommen, den Herzog zu empfangen. Hatten sie über ihrem stürmischen Verlangen, ihn wiederzusehen, die kriegerische Disziplin außer acht gesetzt, welche sie an der österreichischen Grenze festhielt? Auch ihre Truppen waren sonderbarerweise zur Begrüßung des Herzogs auf seinem Wege von Thusis nach Chur in gleichmäßigen Entfernungen aufgestellt. Warum hatten die Obersten sie aus ihren Stellungen an der Grenze ins Innere des Landes zurückgezogen?

Wild und laut ging es diesen Abend in der ehrbaren Herberge zum schwarzen Adler zu. Das behäbige Haus schenkte sein Getränk, den dunkeln, mit seiner Herbe das Blut nur langsam wärmenden Veltliner und den gefährlichern hellen Traubensaft der vier weinberühmten Dörfer am Rhein, nach Landessitte in zwei verschiedenen Stuben aus, die rechts und links von dem gepflasterten Flur sich gegenüberlagen. Der eine Raum, die eigentliche Schenke mit den rohen Bänken und Tischen aus Tannenholz war von lärmenden Marktleuten, Viehhändlern, Sennen und Jägern dermaßen überfüllt, daß es schwer wurde, sein eigenes Wort zu verstehen. Die jugendliche Schenkin, eine ruhige, dunkelhaarige Prätigauerin, hatte mehr zu tun, als ihr lieb war, um die bauchigen Steinkrüge wieder und wieder zu füllen, und warf, von allen Seiten gerufen und festgehalten, immer trotziger den Kopf zurück, zog immer finsterer die Brauen zusammen. In der Herrenstube gegenüber lie-ßen sich die vornehmen Kriegsleute nicht weniger laut vernehmen und setzten dem Becher noch schärfer zu.

Zwischen beiden Räumen schritt, das Chaos überblik-kend, der feste Wirt, Ammann Müller, in unerschütterli-cher, gelassener Gutmütigkeit hin und her. Eben füllte seine breite viereckige Gestalt wieder die Tür der Schen-ke. Hier wurde gerade Politik getrieben, natürlich wie es der gemeine Mann zu tun pflegt, nur von dem Stand-punkte persönlicher Bedrängnis aus.

»Eine Schande vor Gott und Menschen ist es«, über-tönte ein Engadiner Viehhändler das Stimmengebraus, »daß wir Bündner unsere eigene Landesgrenze nicht mehr überschreiten dürfen ohne einen französischen Passaport! Jüngst wollt' ich mit einer Rinderherde ins Werdenbergische hinüber, da wurd' ich an der Grenze schnöde zurückgewiesen, weil ich versäumt hatte, mir einen solchen Fetzen auf der französischen Kanzlei in Chur einzuhandeln. Noch von Glück konnt' ich sagen, daß ich alle meine Stücke zurückbrachte. Sie wollten die glänzenden Rinder in ihr verwünschtes Viereck bei Maienfeld treiben und begehrten sie mir abzukaufen zur Verproviantierung der Festung, wie sie sagten! Abkau-fen! Schöner Handel das! Ihr Schlächter, ein ruppiger kleiner Kerl, dem solche Prachtstücke offenbar noch nie zu Gesicht gekommen, schätzte sie mir zu einem Schand-preis!« –

»Und diese Knirpse wollen behaupten, ihr Brot zu Hause sei besser als meine vortrefflichen Laibe«, sagte der Bäcker, ein Bürger von Thusis. »Als sie voriges Jahr hier im Quartier lagen, warf mir einer mein Roggenbrot vor die Füße, weil er nur an zarten weißen Weizen ge-wöhnt sei. Nicht genug. Ich mußte gleich darauf als Hausvater Ordnung schaffen und dem Affen unsre klei-ne braune Magd, die Oberhalbsteinerin, aus den Pfoten reißen. Die fand er nach seinem Geschmacke, obschon

sie wahrlich schwärzer ist als mein Roggenbrot und nicht
halb so appetitlich.« –

Hier ging ein seltsames Lächeln über das finstere Gesicht eines Gemsjägers, der dem Bäcker gegenüber, den
Rücken an die Wand gestemmt, mit gekreuzten Armen
hinter dem Tische saß und jetzt, ohne einen Zug zu ver-
ändern, unter seinem Schnurrbarte eine Reihe blendend
weißer Zähne zeigte.

Der Bäcker gewahrte dies stille Hohnlächeln und sagte im Tone vorwurfsvoller Rüge: »Ans Leben aber griff
ich ihm nicht um seines wüsten Gelüstens willen, wie du,
Joder, dem armen Korporal Henriot, dessen Seele Gott
genade. Das war eine unnötige Grausamkeit, denn deine
schlanke Bride, der er zärtliche Blicke zuwarf, ist ein herbes und scheues Weib.«

Der Angeredete erwiderte mit der größten Ruhe: »Ich
weiß nicht, wer das tolle Zeug über mich ausstreut, das
du da vorbringst. Was jenen Vorfall betrifft, so hab ich
ihn selbst damals ohne Arg und Aufschub dem Amte
dargetan. Die Sache verhält sich einfach. Der Franzose
machte sich täglich mit meinem Gewehr zu schaffen und
lag mir an, ihn auf die Gemsjagd mitzunehmen, auf die
er sich besser als ich zu verstehen behauptete. Ich nahm
ihn mit und stieg mit ihm am Piz Beverin herum. Als wir
über den Gletscher kamen, hatten sich die Spalten während des langen Regens etwas verändert. Ich sprang
über ein paar breite hinweg, und als ich mich umsah, war
der Franzose nicht mehr hinter mir. Er muß den
Schwung zu kurz genommen haben. So war es und so
hab ich es vor Gericht niedergelegt – das müßt Ihr mir
bezeugen, Ammann Müller.«

»Das bezeug ich dir amtlich, schwarzer Joder«, bestätigte der Gelassene mit großer Gutmütigkeit, während
auf den Gesichtern einzelner Gäste zweifelndes Nachsin-
nen oder einverstandene Schadenfreude deutlich zu lesen war.

»Nun, das ist abgetan«, sagte der Viehhändler kaltblütig, »und es geht keinen etwas an. Auch die Franzosen werden sich nicht mehr darum kümmern, denn in wenigen Wochen sind wir, Gott und dem guten Herzog sei's gedankt, die fremde Brut samt und sonders los. Das steht voran in den Thusnerartikeln, die kräftig werden, sobald der Name des Königs darunter steht, und diese Unterschrift, geht die Rede, bringt uns heute der Herzog.« –

»Wenn er sie bringt!« sagte langsam ein prächtiger Alter aus dem Lugnetz mit feurigen Augen und weißem Barte, der bisher, die Hände auf seinen dicken Hakenstock und das Kinn auf die Hände gestützt, aufmerksam geschwiegen hatte.

»Kein Zweifel!« meinte Ammann Müller, »Jürg Jenatsch hat uns versammelten Leuten vom Heinzenberg und Domleschg die schwere Sache erklärt und stand uns dafür, daß sie richtig abgewickelt werde. Er muß das wissen, Casutt, denn er ist des guten Herzogs rechte Hand.«

»An Jürg will ich mich auch halten«, sagte der Weißbart, »denn er hat sich bei uns im Lugnetz gleichermaßen dafür verbürgt, daß wir durch Annahme der Thusnerartikel in Kürze das fremde Volk los würden und wieder zu Freiheit und Ehre kämen. Sitzt er drüben bei den Raufdegen? Ich möchte wohl ein Wort mit ihm reden.«

»Drüben hab ich ihn noch nicht erblickt«, antwortete Müller, »aber angekommen ist er, das ist sein Rappe.«

Damit wies er durch das Fenster auf die Straße, wo eben ein schäumendes, kohlschwarzes Tier in prächtigem Geschirr von einem Reitknechte abgeführt wurde. Durch das Gewühl des andrängenden Volkes ward auf dem Platze vor der Herberge von Zeit zu Zeit der Schimmer eines Scharlachkleids und eine hochragende blaue Hutfeder sichtbar.

Der Alte schritt rasch auf den Flur hinaus. Die volltönende Stimme des Obersten Jenatsch klang jetzt von den Steinstufen vor der Hauspforte her, wo er, von einem Haufen umringt, neue ungestüme Frager zur Ruhe wies.

Der greise Lugnetzer bemächtigte sich seiner, und jetzt erschienen beide vor dem offenen Eingange der Schenkstube, deren Türe dem Jahrmarkte zu Ehren ausgehoben worden war, um den Gästen freien Ein- und Austritt zu gönnen.

»Hier hinein, Jürg!« rief der Alte, »und gib mir und allem Volke Rechenschaft.« Willig ließ sich der Oberst von dem Lugnetzer Gewalt antun und trat neben ihm in den Kreis, der sich rasch durch die von ihren Sitzen Springenden um ihn bildete und immer dichter wurde.

»Was ist denn für ein Geist des Zweifels in euch gefahren?« sagte Jenatsch, indem seine Augen freundlich blitzten. »Ihr bestürmt mich um Gewißheit, ob der Vertrag von Chiavenna unterschrieben sei? Natürlich ist er's. Jetzt komme ich von Finstermünz, wo ich Grenzstreitigkeiten zu schlichten hatte, wie sollt' ich da um das Neueste wissen! Aber als ich den Herzog verließ, war er der Sache gewiß, und der erlauchte Herr wurde wohl nur durch seine Krankheit abgehalten, die Akte allem Volke kundzugeben.«

»Höre, Jürg«, erwiderte nach einigem Nachdenken der Lugnetzer, »den Herzog kenne ich nicht; aber dich kenn ich, und bin schon zu deinem gottesfürchtigen Vater nach Scharans hinübergekommen, als du noch ein blödes, schamhaftes Büblein warst. Deshalb habe ich zu dir Vertrauen, denn ich weiß, aus welchem Stoffe du gemacht bist – nicht aus dem unsrer Salis und Planta, die das Vaterland nach rechts und nach links verkaufen und ein groß Teil des Elends auf dem Gewissen haben, das über uns gekommen ist. Von den Schlichen der Politiker versteh ich nichts; du aber bist ihnen gewachsen. Mit deiner golddurchzogenen Schärpe werden dir die Herren die Hände nicht binden, und unter diesem Scharlachrocke«, er berührte den feinen Stoff des geschlitzten Ärmels, »klopft dein Herz dennoch für dein Volk und für dein Land. Schaff uns die alte Freiheit wieder – *mit* dem Herzog, wenn er dazu taugt – *ohne* ihn, wenn es nicht anders gehen will! Du bist der Mann, das auszurichten.«

Der Oberst schüttelte lachend sein kühnes Haupt: »Du hast eigne Begriffe vom Weltlauf, Casutt!« sagte er. »Dein Vertrauen aber sollst du nicht weggeworfen haben. Bleibe hier. Vielleicht bring ich euch heut nacht noch selber sichere Nachricht.«

»Têtebleu«, erscholl hinter Jenatsch eine fröhliche Baßstimme, »du hast die rechte Türe verfehlt, Herr Kamerad! Drüben erwartet man dich mit Ungeduld!«, und ein gewaltiger Kriegsmann schob seinen Arm unter den des Obersten Jenatsch und zog ihn ohne Umstände in die Herrenstube hinüber, wo er mit lärmenden Willkomm empfangen wurde.

Der Oberst grüßte, aber ließ keinen seiner Kameraden zu Worte kommen. »Vor allem gebt mir über *eines* Auskunft, Herren«, rief er ihnen entgegen, »was ficht euch an, daß ihr eure Stellungen an der Grenze verlassen und eure Regimenter im sichern Domleschg aufgestellt habt? Dazu kann euch der Herzog nicht Ordre gegeben haben. Still, Guler, dir steigt das Blut zu Haupt! – Gebt Ihr mir geneigten Aufschluß, Graf Travers, Ihr seid der Ruhigste.« –

Der Graf, ein noch jugendlicher Mann mit scharf ausgeprägten italienischen Zügen und fester Feinheit des Ausdrucks, erzählte, alle hätten sie bei der Nachricht vom Tode des Herzogs, dessen Ehre und Persönlichkeit ihre einzige Bürgschaft gewesen, den gänzlichen Verlust des rückständigen Soldes ihrer Regimenter befürchtet, der, wie Jenatsch wisse, eine Million Livres übersteige. Dieser Verlust, für den sie bei ihren Soldaten, wie der Kontrakt einmal sei, persönlich einzustehen hätten, wäre ihrem völligen Ruin gleichgekommen. Um diesem vorzubeugen, hätten sie nur ein Mittel gekannt und es zu ergreifen einstimmig beschlossen: Das Verlassen ihrer Stellungen an der Grenze mit der Erklärung, dieselben erst dann wieder beziehen zu wollen, wenn der französische Kriegsschatzmeister die Rückstände ausgeglichen habe. Die Kunde vom Tode des Herzogs hätte sich glücklicherweise nicht bestätigt; aber nachdem der Schritt einmal getan gewesen, hätten sie vorgezogen, statt ihn zurückzutun, auch dem von ihnen allen hochverehrten Herzog Heinrich gegenüber auf ihrem Entschlusse zu beharren, bis ihre gerechte Forderung befriedigt sei.

Als dieser davon gehört, habe er ihnen den Kriegsschatzmeister Lasnier mit einer kleinen Abschlagszahlung, der unbedeutenden Summe von dreiunddreißigtausend Livres, zugesendet und zugleich die Weisung, ohne Verzug ihre früheren Stellungen an der Grenze wieder zu beziehen ...

»Was moralisch unmöglich war«, brach Guler los, »da dieser kleine Bösewicht uns mit Gift und Galle überschüttete und die unglaubliche Drohung ausstieß, er wolle uns den Bauch zertreten!« ...

»Passer sur le ventre«, spottete Jenatsch, »das ist unendlich unschuldiger als es klingt. Du scheinst vom Französischen unsrer Kriegskameraden nur die Flüche erlernt zu haben.«

»Morbleu«, rief Guler hitzig, »da will ich dir ein anderes beweisen. Ich weiß einen häßlichen Witz des boshaften Kobolds, den ich ganz allein verstanden habe. Er höhnte, der Herzog habe ihn gesandt, uns an die Grenze zurückzutreiben und solcherweise das Amt auszuüben, das sein Name bedeute. Dieser Ausspruch ließ mir keine Ruhe. Ich suchte das Wörterbuch hervor, welches mir mein in Paris verstorbener Bruder – gewissermaßen ein verlorner Sohn – als einziges Erbstück hinterlassen hat. Was heißt nun Lasnier, ihr Herren? – Der Eseltreiber. Hätte ich's gewußt, als er noch da war, ich hätte das Männchen trotz seines Skorpionengifts zwischen Daumen und Zeigefinger zerrieben.«

Jenatsch, der während dieser Rede mit zusammengezogenen Brauen nachgedacht hatte, wandte sich auf einmal zur ganzen Gesellschaft mit den Worten: »Haltet ihr mich für zahlungsfähig? ... Ihr wißt, ich war immer ein guter Haushalter. Aus meiner Kriegsbeute habe ich mir in Davos ein stattliches Haus erbaut und mir ringsum schöne Alpen erworben. Überdies liegen mir Summen bei a Marca in Venedig, welche der kluge Wechsler nicht müßig gehen läßt. Das alles deckt euch freilich nicht, aber mein Kredit ist aufrecht, und es wäre mir nicht unmöglich, das Fehlende herzuschaffen. Ich verbürge mich euch mit schriftlichem Kontrakt für die ganze Summe, die euch der Herzog schuldet. Ihn sollt ihr mir heute nicht belästigen, denn er ist müde und krank. Zur gelegenen Stunde werde ich beim Herzog für euch reden und auch für mich, denn eure Sache ist die meinige und ich werde zum Bettler, wenn sie scheitert.«

Jetzt erhob sich ein Sturm der Rede, in dem Stimmen des Bedenkens, des Beifalls, des Erstaunens sich bekämpften und mischten. Eine lärmende Begeisterung behielt die Oberhand.

Da öffnete sich die Tür, und das scharfe Gesicht, die kleine straffe Gestalt des herzoglichen Adjutanten Wertmüller wurde auf der Schwelle sichtbar. Sein schnelles graues Auge erfaßte die zügellose, stürmische Szene, und sie erregte seinen entschiedenen Widerwillen. Er meldete in kurzen Worten, der erlauchte Herzog nähere sich Thusis, verbitte sich aber jeden öffentlichen Empfang. Er wünsche auszuruhen.

»Nur dieser Herr wird in einer Stunde bei ihm vorgelassen«, schloß der einsilbige Lokotenent und grüßte so den Oberst Jenatsch gerade so flüchtig und so knapp, als es der militärische Anstand noch erlaubte.

Viertes Kapitel

Als der Oberst Jenatsch zur Zeit des Sonnenuntergangs die für die kurze Ruhe des Herzogs bereitete Wohnung betrat, fand er, die Steintreppe hinaneilend, in der offenen Vorhalle des ersten Stockes den zürcherischen Lokotenenten. Mit der Wachsamkeit einer bissigen Dogge hütete Wertmüller die Türe seines Feldherrn vor jedem unbefugten Eindringen.

Eben durchschritt eine schlanke feine Gestalt, abschiednehmend, leisen Fußes die Halle, der herzogliche Privatsekretär Priolo, den der Adjutant mit bösen Blikken begleitete – denn er war in seiner stachlichsten Laune – und mit stillen Wünschen, die offenbar keine Segenswünsche waren.

»Aus welcher Himmelsgegend hat der Wind diesen hergeweht?« fragte der Oberst mit gedämpfter Stimme. »Er ist, soviel ich weiß, nicht mit dem Herzog über den Berg gekommen.«

»Er wurde schon vor einer Woche nach Chur vorausgesandt, um die neuesten Pariser Depeschen abzuholen, nach denen der Herr Verlangen trug«, versetzte Wertmüller.

»Und sie sind in des Herzogs Händen?« fragte Jenatsch leise und mit ungewohnter Hast, denn sein Herz fing an zu pochen. »Kennt Ihr den Entscheid? Ist die Unterschrift des Königs da?«

»Ich kenne nur meine Ordre«, sagte der andere unhöflich, »und diese ist, den Obersten Jenatsch ohne Zeitverlust einzulassen.«

Wertmüller schritt voran in ein vom Widerschein des Abends erhelltes, wohnliches Zimmer, dessen Fenster auf die sonnig leuchtenden Halden und herbstlich geröteten Wälder des schönen Heinzenbergs hinausschauten. Der Oberst trat in den kleinen Erker, während Wertmüller sich leise in ein Nebenzimmer begab, wo der Herzog noch ausruhte.

»Es belieb' Euch einen Augenblick zu warten!«
schnarrte zurückkommend der Lokotenent, der sich unverzüglich wieder auf seinen Posten in der Vorhalle zurückzog.

Der Blick des Alleingebliebenen haftete auf einer geöffneten Ledertasche und zwei daneben auf den Tisch
geworfenen, entsiegelten Briefen. Die Federzüge, welche sie bargen, entschieden über das Wohl oder Wehe
seines Landes.

Jetzt öffnete sich langsam die Türe der Kammer und
Heinrich Rohan erschien blaß und hager auf der
Schwelle. Mit einer unwillkürlichen, freudigen Bewegung schritt er dem Bündner entgegen, der dem hohen
Herrn in raschem Diensteifer einen tiefen Lehnstuhl
neben das Fenster rückte, wo der Blick des Reisemüden
sich an der goldenen Abendruhe seines Berges erquik-
ken konnte. Der Herzog ließ sich mit jetzt sichtbar wer-
dender Abspannung nieder und richtete sein klares
Auge auf Georg Jenatsch; dann begann er mit leiser
Stimme und in fragendem Tone: »Ihr kommt von Finstermünz?«

Dieser hatte sich ehrfurchtsvoll vor den in den Sessel
Zurückgelehnten gestellt und betrachtete unverwandt
die edlen Züge, welche in mehr als einer Weise ihm verändert erschienen. Neben den erwarteten Spuren der
schweren Krankheit befremdete ihn darin ein tief ein-
gegrabener Zug verschwiegenen, hoffnungslosen Gra-
mes, der peinlich hervortrat, wenn der Herzog seinen
lautern, strahlenden Blick zeitweise senkte.

Jenatsch brannte vor Begierde zu erfahren, ob der
von ihm mit rastloser Anstrengung in Bünden durchge-
setzte Vertrag in St. Germain durch die Unterschrift des
Königs endgültig geworden sei; aber diesem Antlitze gegenüber hatte der sonst vor nichts Zurückschreckende
keinen Mut zur Frage. Er begnügte sich auf des Herzogs
Erkundigung zu antworten und ihm einen genauen Bericht über die Feststellungen der Grenze zwischen Tirol

und Unterengadin zu geben, wie sie während des Waffenstillstandes gelten sollten.

»Die Österreicher sind langsam und umständlich; ich wurde hingehalten und bis nach Innsbruck gezogen«, sagte er. »Wär' ich im Lande gewesen, niemals hätten mir meine störrischen Kameraden ohne Euren Befehl, erlauchter Herr, ihre Posten verlassen, niemals Euch in Thusis als erste Begrüßung den widerwärtigen Anblick ihres Ungehorsams entgegengebracht.

Einen schlimmern Ausbruch vor Euern Augen«, schloß er zögernd, »habe ich nur mit Mühe verhütet und indem ich mich, da mir kein anderes wirksames Mittel mehr zu Gebote stand, meinen Kameraden mit Hab und Gut für den rückständigen französischen Sold verbürgte. Ich hoffe, daß Ihr mir meine ungemessene Ergebenheit nicht verargen werdet!« fügte er schmeichelnd hinzu.

Der Herzog lehnte, zusammenzuckend, tiefer in die Kissen zurück, und der schmerzliche Zug in seinem Angesichte trat schärfer hervor. Es durchblitzte ihn der Gedanke, welche gefährliche Gewalt in die Hand des Menschen falle, dem er einen so unerhörten, von ihm nie begehrten Dienst schulde. Aber er hielt an sich.

»Ich danke Euch, mein Freund«, sagte er, »Ihr sollt nicht zu Schaden kommen, solange ich selber noch etwas besitze. Ich fürchte, Lasnier, den ich zur Beruhigung der Obersten mit Geldern an sie voraussandte, hat im Verkehr mit ihnen nicht den rechten Ton getroffen.«

»Er hat sie aufs tiefste beleidigt. Darin muß ich zu ihnen stehn, erlauchter Herr, und mit ihnen verlangen, daß er abberufen werde. Nicht seine Zornausbrüche noch seinen unsere Personen treffenden Spott will ich ihm verdenken; aber daß er, wie ich aus sicherer Quelle weiß, unserm Vaterlande das Recht bestreitet, überhaupt da zu sein, weil es ein kleines Land ist, und diese vernichtende Behauptung uns auf unserm eigenen Bündnerboden entgegenwirft, daß er uns als ein verachtetes Anhängsel Frankreichs behandelt, das dreht jedem Bündner das Herz um, und unmöglich ist es, daß ein solcher Mann länger unser Brot esse und unsern Wein trinke!

Tut mir die Liebe, edler Herr«, bat er in gemäßigtem Tone, »und sorgt für seine Abberufung.« –

»Lasniers Abberufung ist auch mein entschiedener Wunsch, den der Kardinal ohne Zweifel erfüllen wird. Betrachtet es als abgetan.

Um auf Wichtigeres zu kommen«, lenkte Rohan ab, der die auflodernde Vaterlandsliebe des Bündners in diesem Momente der Abspannung zu scheuen schien, »Ihr waret in Innsbruck, da habt Ihr wohl etwas von der Stimmung des erzherzoglichen Hofes gegen uns erfahren. Gedenken uns die Österreicher noch einmal im Veltlin anzugreifen?«

»Dazu sind Eure Lorbeeren noch zu frisch, erlauchter Herr. Solange Eure Hand den Feldherrnstab führt, dürfen sie's nicht wagen. – Aber«, der Bündner seufzte tief, »laßt mich mein ganzes Herz vor Euch ausschütten! Bei der falschen Kunde von Eurem Hinscheiden regte sich wieder alles kriechende Gewürm der Kabale, und unsere Landesverbannten von der spanischen Partei fingen wieder an, unterirdisch zu wühlen. Diese ekeln Totengräber glaubten schon, Bündens zwei höchste Kleinodien: Eure geliebte Person und seine teure Freiheit, deren Bürge Ihr seid, in die gleiche Gruft versenkt.

In Innsbruck«, fuhr er nach einer beobachtenden Pause mit unverhehlter Bewegung fort, »glaubt man auch jetzt, da Gott Euch uns wieder zum Leben erweckt hat, nicht an den Vertrag von Chiavenna. Wie hätten sie es sonst gewagt, mir spanischerseits Bündens Unabhängigkeit in seinen alten Grenzen als Preis unserer Trennung von Frankreich anzubieten, ja versucht, mich durch gemeines Gold von Euch zu scheiden! ... Ich beschwöre Euch, edler Herr, macht diesen Vorspiegelungen ein Ende, indem Ihr die zwischen uns vereinbarte und von Eurem König unterschriebene Akte allem Volke kundgebt. Sonst wird Bünden an Frankreichs Absichten irre, die spanischen Versprechungen verwirren die Gemüter, und wir versinken wieder in das Blutbad des Bürgerkrieges, aus dem Ihr uns emporzogt!«

Der Herzog antwortete nicht. Er erhob sich rasch, trat ans Fenster und blickte nachdenklich in die Berglandschaft hinaus, deren untere Stufen im Schatten lagen, während die höchstgelegenen Weiler noch in der Sonne glitzerten.

»Gott weiß, wie lieb mir dieses Land ist«, wandte er sich jetzt zu Jenatsch, »und wie gern ich alles daran setze, um es wieder glücklich und frei zu machen! ... Darum versteht niemand besser als ich Eure eifersüchtige Vaterlandsliebe, auch wo sie sich ungeduldig und rauh, und heute mir, dem redlichsten Freunde Bündens gegenüber, ehrlich gestanden, grausam äußert. Doch gebt Ihr mir zugleich so überzeugende Beweise von Eurer Aufopferung und Treue, da Ihr bei Euren Kameraden für Frankreichs Ehrenhaftigkeit mit all dem Euern einsteht und mir die von Spanien versuchten Intrigen und Bestechungen aufdeckt, daß ich glaube, Euch volles Vertrauen schenken und auch in den schwierigsten Fällen auf Eure sichern Dienste zählen zu dürfen. – Darf ich das, Georg, auch wenn ich Euch viel Geduld und Selbstverleugnung zumute?«

»Wie könntet Ihr an mir zweifeln?« sagte Jenatsch mit leidenschaftlicher Wärme und einem Blicke schmerzlichen Vorwurfes.

»Offenheit also gegen Offenheit«, fuhr Rohan fort und legte die Hand auf des Bündners Schulter, »Vertrauen gegen Vertrauen. – Es ist mir peinlich auszusprechen: Der Vertrag von Chiavenna ist von Paris zurückgekommen ohne Unterschrift und mit Änderungen, die ich nicht billige, die ich Eurem Volke nicht zumuten und nicht vorschlagen will.«

Bei diesen traurig und leise gesprochenen Worten sah der Herzog dem Bündner in das ausdrucksvolle Gesicht, wie nach der Wirkung des ungern gemachten Geständnisses forschend. Es blieb unbewegt, aber überzog sich langsam mit fahler Blässe.

»Und welches sind diese Änderungen, gnädiger Herr?« fragte Jenatsch nach kurzem Schweigen.

»Zwei Hauptpunkte: Französische Besatzungen in der Rheinschanze und im Veltlin bis zum allgemeinen Frieden und für die in diesem katholischen Landesteile begüterten protestantischen Bündner Beschränkung ihres dortigen Aufenthalts auf jährlich zwei Monate.«

Ein unheimliches Wetterleuchten flog durch die Züge des Bündners, dann sagte er fast gelassen: »Das eine ist unsere politische Auslieferung an Frankreich, das andere ein unerträglicher Eingriff in die Verwaltung unseres Eigentums. Beides sind unmögliche Bedingungen.«

»Auch dürfen sie nicht im Vertrage stehenbleiben«, sagte Rohan mit Bestimmtheit. »Ich will meinen ganzen persönlichen Einfluß beim Könige in die Waagschale werfen, will meine ganze Überredungsgabe erschöpfen, den Kardinal über den entscheidenden Ernst der Lage aufzuklären, will nichts unversucht lassen, die verderbliche Einwirkung des Paters Joseph zu lähmen, denn dieser, vermut ich, ist der Böse, der Unkraut unter unsern Weizen sät. Wegen des schnöden roten Hutes, wonach dieser Kapuziner gelüstet und für den er dem Heiligen Stuhle eine Berücksichtigung in der Politik meines edlen Vaterlandes verschaffen soll, die einer fremden Macht nicht gebührt, darf das Ehrenwort eines Rohan keinen Schaden leiden. Schon habe ich beschlossen, meinen geschickten Priolo nach Paris zu senden mit dringenden Briefen an den König selbst und an den Kardinal. Morgen wird er abreisen. Gehorchte ich meinem verletzten persönlichen Ehrgefühle, wahrlich heute noch legte ich mein Kommando nieder; aber das darf ich nicht um euretwillen. Ich zweifle, daß meine Liebe zu euch und meine persönlichen Verbindlichkeiten mit meinem Feldherrnstab auf meinen Nachfolger in Bünden übergingen.«

»Das tut uns nicht an!« rief Jenatsch erschrocken, »bei Euerm Heil – nein, bei dem unsern beschwör ich Euch –, tut es nicht! Lasset nicht das Werk Eurer Hände! Stoßt uns nicht in einen solchen Abgrund der Ratlosigkeit!«

»Darum will ich bis ans Ende ausharren«, fuhr der Herzog mit einer Festigkeit fort, wie sie die klar erkannte Pflicht gibt. – »Aber wißt, Jenatsch, von Euch erwarte ich hier im Lande alles. Durch mein grenzenloses Zutrauen seid Ihr in meine Sorgen und in die Schwankungen des Loses eingeweiht, das ich im festen Glauben war, Eurer Heimat schon gesichert zu haben. Ihr seid es allein. Ich weiß, Ihr ehret mein Vertrauen durch unverbrüchliches Schweigen. Beruhigt Eure Landsleute. Ich sehe, welche außerordentliche, ja wunderbare Macht Ihr auf die Gemüter ausübt. Schaffet Frist! Haltet den Glauben an Frankreich aufrecht! Versichert Eure Bündner, daß der Vertrag von Chiavenna, wenn auch heute noch nicht verkündet, doch in Bälde in Kraft treten muß, und Ihr werdet bei der Wahrheit bleiben, denn mit Gottes Hilfe überwinden wir die Widerwärtigen. – Heute nacht noch zieh ich weiter nach Chur. Bringt mir dorthin bald über die Stimmung des Landes Bericht.«

Jenatsch bückte sich tief über die Hand des Herzogs und suchte dann noch einmal sein Auge mit einem Ausdrucke sprachlosen Schmerzes. Rohan sah in diesem langen, seltsamen Blicke die Teilnahme eines Getreuen an seinem ausnahmsweise herben Lose, er ahnte nicht, welche Wandlung sich im Geiste des Bündners zu dieser Stunde vollzog und daß Georg Jenatsch nach innerm schweren Kampfe sich von ihm lossagte.

»Ihr tut wohl, edler Herr«, sagte der Oberst, sich beurlaubend, »in der guten Stadt Chur Euern Sitz zu nehmen. Ihr seid dort hochgeliebt, und solange die Churer Euer Angesicht sehen und Ihr es seid, o Herr, der den König in Bünden vertritt, wird das Land nicht aufhören, von Frankreich das Beste zu hoffen.«

Der Herzog sah dem Scheidenden sorgenvoll nach, ohne Mißtrauen, aber im Gefühle, daß, wie er selber eine Zuversicht an den Tag gelegt, die nicht in seinem müden Herzen war, auch der Bündner die Stürme seines unbändigen Gemüts niedergehalten und vor ihm verheimlicht habe. Er blickte noch eine Weile, im Innersten entmutigt und traurig, hinüber an den dunkelnden Berg. Eine Klage entwand sich seiner Brust: »Herr«, seufzte er, »warum hast du deinen Diener nicht in Ehren dahinfahren lassen!«

FÜNFTES KAPITEL

Jenatsch war hinausgeeilt. Ein Sturm wildstreitender Gedanken tobte in seinem Innern, den vor dem Herzog niederzuhalten ihn Anstrengung gekostet hatte. Er verabscheute die Möglichkeit, während dieses Seelenkampfes irgendeinem Menschen Rede stehen zu müssen. Mit eilenden Schritten stieg er, das Gewühl des wachen Dorfes unter sich lassend, die dämmerigen Bergwiesen hinan und ließ seine zornigen Gefühle dahinstürmen wie eine Schar ins Gebiß knirschender Rosse; aber sein berechnender Geist behielt die Zügel und lenkte die brausenden Mächte seines Gemüts auf immer neuen, immer gefahrvolleren, aber wohlbemessenen Bahnen.

Das Ziel wonach er sein ganzes Leben lang gerungen, das seine Tage beschäftigt und seine Nächte beunruhigt hatte, um das er mit den verschiedensten Kräften seines Wesens gekämpft, das Ziel, wonach er auf den blutigsten Irrwegen geklommen und dem er sich seit Jahren mit gebändigtem Willen als ergebenes Werkzeug einer edeln und, wie er glaubte, in ihrem Machtkreise unbeschränkten Persönlichkeit auf dem sichern Wege der Gerechtigkeit und Ehre genähert hatte – dies Ziel, das er noch heute mit der Hand berührte, es war ihm entrückt – nein, es war vor ihm versunken! Denn eines stand vor seiner Seele mit entsetzlicher Klarheit: Bünden sollte nie frei werden, sollte nach der Absicht des allgewaltigen und gewissenlosen Geistes, der Frankreichs schwachen König beherrschte und dessen innere und äußere Politik nach Gefallen lenkte, aufbehalten werden bis zum allgemeinen Frieden. Dann von Richelieu in die zu verteilende Masse verfügbarer Länder geworfen, unter die übrigen Tauschobjekte gemengt, war seiner armen Heimat unvermeidliches Schicksal, beim Länderschacher des Friedensschlusses auf den Markt gebracht und diesem oder jenem günstigen Handel Anbietenden zugewogen zu werden.

Der Herzog trug keine Schuld daran. Er liebte Bünden und wollte es freigeben; aber er war nicht stark genug, seinen Willen gegen den ihn mißbrauchenden des Kardinals durchzusetzen. Er wagte es nicht, sich mit einem Nebenbuhler zu messen, der über den Schranken der Gewissenhaftigkeit stand; er scheute sich, seinen Gegner mit jenen wirksamsten Waffen zu bekämpfen, die Richelieu mit Meisterschaft führte! – War es nicht möglich, diese von Rohan kindisch verschmähten Waffen zu ergreifen? Dem Jäger selbst eine Schlinge zu legen?

Wo galt die menschliche Gerechtigkeit, die der Herzog verwirklichen wollte – wo war ihr Urbild, die göttliche, um sie zu Ehren zu bringen und zu belohnen? Eitle Träume beides! Ein frommer Tor nur konnte daran glauben! ... Der Herzog war blöde genug zu meinen, der Kardinal anerkenne die Gültigkeit des von dem Mächtigen einem Schwachen gegebenen Wortes! Er war töricht genug zu wähnen, ein zugunsten der Hugenotten im Bürgerkriege gezogenes Schwert könne jemals von Richelieu vergeben und vergessen werden, es sei möglich, durch ruhmreiche Dienste den Haß des mächtigen Ministers auszulöschen! ... Er war so blind, nicht einzusehen, daß gerade seine zu Frankreichs Ehre verrichteten Heldentaten für den Eifersüchtigen ein Grund mehr waren, ihn zu beargwöhnen und ihn aufzuopfern!

Wohin aber war es gekommen mit diesem christlichen Ritter? Er stand am Rande des Abgrundes, ein verlorener Mann! ... Und Jenatsch haßte ihn zu dieser Stunde darum, daß er ein Betrogener und Besiegter war. Doch unglaublich! er selber hatte sich ja verblenden lassen durch ein Gefühl bewundernder Liebe zu diesem edlen Menschenbilde! Er hatte geglaubt, daß der Wert reiner Gesinnung, der ihn berückt hatte, auch in der Rechnung des Kardinals eine Zahl sei ... Ja, wohl hatte Richelieu mit dieser Zahl gerechnet – wie der schlaue Fischer auf seinen Köder zählt – und Jenatsch selbst – doch nicht allein er – Verzweiflung ergriff ihn –, sein Vaterland war ein Opfer dieses Betruges.

Vielleicht war noch Rettung möglich! Weg jetzt mit jedem hemmenden Bedenken, mit allen Banden der Dankbarkeit, mit allen Berückungen der Liebe, mit jeder Eigensucht eines rein gehaltenen Charakters! Hinunter mit der Vergangenheit! Weg die Fesseln ihrer liebgewordenen Überzeugungen und Vorurteile! Gelöst werde jeder Zusammenhang des Dankes und der Treue! –

Jetzt vertiefte sich Jenatsch mit einem durch das Gefühl der Gefahr geschärften Geiste in die Schlangenwege und Berechnungen der französischen Politik. – Eine Befürchtung, die Rohan ihm preisgegeben, ließ ihn einen Schlüssel finden zu den Gedanken des Kardinals. »Es ist nicht anders«, sagte er zu sich, »Richelieu überläßt uns seinen protestantischen Feldherrn, solange der selbst Getäuschte auch uns aufrichtig zu täuschen vermag. – Stirbt des Herzogs Glaube oder unser Glaube, so ruft er ihn plötzlich ab und ersetzt den christlichen Worthalter durch einen Soldaten, der seine Kreatur ist ... Ich aber will Fuß fassen auf dieser hugenottischen Ehre! Ich stelle mich auf diesen Felsen. Ich halte es fest, dieses gute französische Pfand!« ... und er schloß die eiserne Faust. Er sann nach, wie das möglich wäre – und es trat ein Judasgedanke aus seiner Seele und stand plötzlich in so naher Häßlichkeit vor seinem Angesichte, daß ihn schauderte. Aber er sagte sich mit einem sichern Lächeln: »Der gute Herzog wird mich nicht durchschauen wie sein Gott den Judas.«

Rasch wandte er den Blick weg von dem Verrate an diesem Reinen; er konnte ihn vollbringen, aber nicht betrachten.

Hinüber richtete er das Auge nach dem fernen Frankreich, und er forderte den großen Kardinal zum Zweikampf in die Schranken seines Berglandes, Mann gegen Mann, List gegen List, Frevel gegen Frevel.

Und sein Herz brannte in wilder Freude, weil in Bünden einer war, der sich der schlauen Eminenz gewachsen fühlte.

So durchjagte Jenatsch das Reich der Möglichkeiten mit rastlosen Gedanken. Er achtete des Weges nicht, und jetzt eilte er schon im nächsten talabwärts gelegenen Dorfe längs einer langen Kirchhofmauer dahin, als er gewahr wurde, daß ein barfüßiges Bauernkind eilig neben seinen langen Schritten einherlief. Die Kleine hielt schon längst einen Brief in die Höhe, der ihr, wie sie ehrerbietig ausrichtete, von der Schwester Perpetua für seine Gnaden den Herrn Oberst übergeben worden sei, welchen die Schwester an der Pforte des Klostergartens habe vorübergehen sehen. –

Der Oberst blickte um sich, er war in Cazis. Er verabschiedete die Kleine und lenkte, wie vom Finger des Schicksals berührt, in die Dorfgasse ein, wo sich die Lichter entzündet hatten. Er hatte auf dem Umschlage im letzten Dämmerscheine die Handschrift seines alten Freundes, des Paters Pankraz, zu erkennen geglaubt. Am Fenster eines Erdgeschosses sah er ein graues Mütterchen beim Scheine der Ampel spinnen. Er lehnte sich außen an die Mauer, so daß ein spärlicher Strahl auf das Blatt fiel und las:

Hochmögender Herr Oberst,

Ich erdreiste mich, Euch einiges zu melden, das für Euch und unser Land wichtig sein kann. Der Vertrag von Chiavenna ist ein vergängliches Blendwerk, das uns die Eminenz in Paris vorspiegelt. Seit ich in Mailand verweile, wurde mir zur Gewißheit, was mir schon früher eine in meinem Kloster am Comersee zufällig aufgefangene Rede verriet.

Kurz vor der Weinlese herbergte dort ein französischer Ordensbruder, ein beredter Prediger, der zur Erholung seiner abgearbeiteten Lunge und des ewigen Heiles wegen – wozu Gott uns allen in Gnaden verhelfe – den Weg nach Rom angetreten hatte. Beim Nachtessen im Refektorium klagte der Prior mit ihm über die Zeitläufte und bedauerte, daß das Valtelin durch den Vertrag von Chiavenna wiederum zu Bünden geschlagen werde. »Darüber seid ohne Sorgen«, fuhr der Franzose heraus, der nicht wußte, daß ein guter Bündner am Tische saß, »daß dieser Vertrag keinen Soldo wert ist, weiß ich aus bester Quelle. Als ich mich in Paris vor meiner Abreise bei meinem Superior, dem Pater Joseph, beurlaubte, kam ich gerade dazu, wie dieser und der Nuntius des Heiligen Vaters den Entwurf besagten Vertrages ihren prüfenden Blicken unterwarfen. Der Nuntius ließ sich hart dagegen aus, der hitzige Pater Joseph aber zerknitterte das Papier in seiner Faust, ballte es zu einer Kugel zusammen und warf es in den Winkel mit den Worten: ›Dieser Vertrag eines Ketzers mit Ketzern wird niemals gelten.‹« –

Ich verhielt mich mausestill, aber hatte meine Gedanken; denn, was der Pater Joseph bedeutet, wißt Ihr besser als ich. –

Hier in Mailand, wo ich mich in Ordensgeschäften seit zehn Tagen aufhalte, wurde ich gestern in den Palast des Gubernatore gerufen, um seinem Gesinde wegen eines häuslichen Diebstahls ins Gewissen zu reden. Da beschied mich der Herzog, der meine bündnerische Herkunft erfahren, zu sich und sagte mir halb ernst, halb scherzweise: »Wie ich jetzt Euch vor Augen habe, Pater Pankraz, möcht' ich wohl den Obersten Jenatsch leibhaft vor mir sehen. Es wäre mir ein leichtes, dem verständigen Manne darzutun, daß der Vertrag von Chiavenna nichts ist als ein verdorbenes Pergament, daß euch Frankreich das Veltlin nie zurückgibt und daß Spanien euch Bündnern Bedingungen machen könnte, bei denen ihr euch ganz anders stündet. – Pater Pankraz, Ihr habt mir den gestohlenen Siegelring hervorgezaubert, könntet Ihr mir Euern Jenatsch, den einzigen, mit dem mir zu verhandeln möglich ist, auf dieselbe stille und prompte Weise in dies Kabinett bringen, so solltet Ihr Eurerseits Wunder erleben.« –

Da kam es wie eine Erleuchtung über mich, Euch von dieser merkwürdigen Rede Kunde zu geben.

Kommt Ihr, so werde ich dafür sorgen, denn ich bleibe einstweilen in Mailand, daß Ihr außer dem hohen Herrn von niemand erblickt werdet. Könnet Ihr Euch daheim nicht frei machen, was ein Unglück wäre, so schickt eine Vollmacht, aber nur durch einen Mann, dem Ihr traut wie Euch selbst, wenn Ihr einen solchen kennt.

Vergebt meinen Vorwitz und säumt nicht!

Der für meines Herrn Obersten zeitliches und ewiges Heil täglich betende

Pater Pankraz.

Das Schreiben des Kapuziners, dessen menschenerfahrene Klugheit und schlaue Vorsicht der Oberst zu gut kannte, um sich über das Gewicht und den Ernst dieser Mitteilung zu täuschen, deckte ihm in blitzartiger Beleuchtung die Windungen eines halsbrechenden Pfades auf. Vielleicht hatte in schlimmen, entmutigten Stunden sein Blick schon früher sich zuweilen dahin verirrt, aber immer hatte er ihn mit einem Gefühle der Verachtung seiner selbst erschrocken und ekelnd wieder davon abgewandt. Dieser Weg der Gefahr und Schande war das Bündnis mit Spanien. Jene Macht, die er von Kindheit an mit der ganzen Kraft seines jungen Herzens gehaßt, die er dann in vermessenem Jugendmute mit fast wahnsinniger, vor keinem Greuel zurückbebender Leidenschaft bekämpft, welcher er sein ganzes Leben hindurch als Todfeind gegenübergestanden und deren eigennützige und wortbrüchige Politik er auch heute noch tief verachtete – sie bot ihm die Hand. Er konnte diese Hand ergreifen – nicht in Treu und Glauben – wohl aber um von ihr die französische Schlinge lösen zu lassen und sie dann zurückzustoßen.

Jetzt entschloß er sich dazu.

Langsam wandelte er auf der dunkeln Heerstraße nach Thusis zurück. Es ward ihm schwer, zu brechen mit der ganzen Vergangenheit. Er wußte, daß er sich selbst in seinen Lebenstiefen damit zerbrach. Dort jenseits des Rheines im Domleschg lag das Dörfchen Scharans, dessen armer Pfarrer, sein gottesfürchtiger Vater, in Geradheit und Einfalt ihn aufgezogen und ihn zur Treue so im protestantischen Glauben und zum Hasse der spanischen Verführung ermahnt hatte. Dort unfern davon stand der Turm von Riedberg, wo er den Vater Lukretias, der seiner Kindheit wohlgewollt, als willkürlicher Blutrichter nächtlicherweile überfallen und grausam erschlagen hatte, das »Giorgio guardati« des treuen Mädchens schlecht vergeltend. Was dort schimmerte, waren die erhellten Fenster der einsamen Lukretia ...

Und wieder stürzten seine Gedanken in eine neue Bahn. Er selbst konnte dem dringenden Rufe des mit Serbellonis Auftrag betrauten Pankraz jetzt unmöglich folgen. Er mußte als verderblicher Dämon unter der Maske der Treue neben dem Herzog bleiben, als argwöhnischer Wächter jede seiner Bewegungen beobachten und um jeden Preis verhindern, daß der ermattete Kranke seinen Feldherrnstab nicht am Ende doch in die Hände Richelieus niederlege.

Wer aber konnte an seiner Stelle mit Serbelloni unterhandeln? Allerdings nur einer, dem er traute wie sich selbst, aber dieser Mann war nicht vorhanden. – Noch einmal blickte er nach den Fenstern von Riedberg hinüber. Ein schneller Gedanke durchfuhr ihn und stand nach einem Augenblicke der Überlegung als klarer Entschluß in ihm fest.

Mit raschen Schritten eilte er nach Thusis zurück. Vor der Herberge stand ein Haufen Marktleute, schweigsam und in gedrückter Stimmung, denn sie hatten auf ihn und einen günstigen Bescheid vom Herzog lange gewartet. Der alte Lugnetzer trat ihm aus der im Dunkel zusammengedrängten Gruppe entgegen mit der Frage auf den Lippen, die ihrer aller Gemüt beunruhigte.

Aber Jenatsch ließ ihn nicht zu Worte kommen.

»Hört an, liebe Landsleute, und bewahrt es in einem feinen Herzen«, rief er mit eindringlicher, aber gedämpfter Stimme: »Der Winter steht vor der Tür, bleibet ruhig daheim in euern Dörfern und erharret den Lenz. Kommt die Schneeschmelze zu Anfang des Märzen, dann machet euch und eure Ehrenwaffen bereit. Ich lade euch zu einem Tage nach Chur. Stunde und Losung wird euch noch gesagt werden. Dort richten wir im Namen Gottes den drei Bünden ihre alte Freiheit wieder auf!« –

Die Leute hatten in feierlichem Schweigen zugehört. Als Jenatsch geendigt, dauerte die Stille noch eine Weile fort. Dann begannen sie die Sache flüsternd sich auszulegen, bis sie tief in der Nacht auf ihre Heimwege sich zerstreuten.

Aber er, der zu ihnen geredet, stand nicht mehr in ihrem Kreise. Der Oberst Guler hatte ihn weggeholt und streckte ihm jetzt in der Gaststube inmitten der Offiziere ein Papier und eine eingetunkte Feder entgegen.

»Da ist der Pakt – nach Soldatenart kurz gefaßt« – sagte er, »hast du noch die edle Courage, deren du dich heute berühmtest, Ventrebleu, so unterschreib ihn.«

Der Angesprochene stellte sich unter den Leuchter und las:

»Wenn der rückständige Sold der bündnerischen Regimenter binnen Jahresfrist von Frankreich nicht ausgezahlt wird, haftet den Bündnerobersten für ihr Guthaben, sei es Ganzes oder Rest, der Endunterzeichnete mit seinem sämtlichen liegenden und fahrenden Gut.«

Jenatsch ergriff die Feder, strich die zwei einzigen Worte: »von Frankreich« und unterschrieb:

SECHSTES KAPITEL

Kurze Zeit nachdem Schwester Perpetua den ihrer Klugheit als sehr wichtig empfohlenen Brief des abwesenden Beichtigers glücklich bestellt hatte, trippelte sie, ein Arzneikörbchen am Arme und eine kleine Hornlaterne in der Hand, über die Rheinbrücke bei dem Dorfe Sils. Jenseits derselben besaß das Kloster einen Hof, dessen Pächter krank darniederlag. Die Heilkundige war heute für den vom Fieber geschwächten Mann durch eines seiner Kinder, das die Klosterschule besuchte, um Rat und Hilfe angerufen worden. Sie scheute den nächtlichen Gang nicht – so wenig, daß sie, nachdem der Sieche sich ihrer Tröstungen erfreut, statt das Angesicht wieder der Brücke und ihrem Kloster zuzuwenden, auf dunkeln, aber ihr wohlbekannten Straßen in der Richtung weiter eilte, aus welcher ihr die Lichter des Schlosses Riedberg entgegenschimmerten.

Schon klopfte sie ans Tor, das der alte Lukas ihr brummend aufschloß, und bald darauf saß sie neben der edeln Herrin in einem altertümlich schmucklosen, aber lieblich erleuchteten Gemache vor einem herbstlichen Kaminfeuer und trocknete die vom Nachttaue durchnäßten Ränder ihres Klostergewandes, die schweigsame Lukretia mit erbaulichen Gesprächen ergötzend.

Das Schreiben des Paters, von dessen Überredungs-
geist die Nonne eine hohe Meinung hatte, die flüchtige
Erscheinung des Obersten vor der Klosterpforte, das
glänzende Geldstück, das er der kleinen barfüßigen Botin gereicht, arbeiteten in ihrer frommen Einbildungskraft. Dies alles hatte sie, der Himmel weiß durch welche
Gedankenverknüpfungen, bewogen, dem Fräulein unverzüglich einen nächtlichen Besuch abzustatten und
diese Ereignisse haarklein zu erzählen. Der Oberst war,
meinte sie, wie ein von Gewissensbissen gefolterter Kain
um die Mauern der heiligen Zufluchtsstätte geirrt. Sie
würde lobpreisen und anbeten, aber nicht erstaunen,
wenn Gott hier ein großes Wunder vorbereitete, um diesen wütenden Feind des christkatholischen Glaubens,
den Ketzern zum beschämenden Zeichen, in den Schoß
der alleinseligmachenden Kirche zurückzuführen.

Da Lukretia nach ihrer stillen Weise nur mit einem
traurigen Lächeln darauf antwortete, fuhr die fromme
Schwester mit steigendem Eifer fort: »Bleibet, liebe
Tochter, nicht kalt und ungläubig vor der glückseligen
Aussicht auf die mögliche Bekehrung eines so gewaltigen Sünders! Betet lieber, daß dies Unerhörte geschehe!
Denn Euer Gebet, Fräulein Lukretia, die Ihr den blutigen Mann nach dem natürlichen Menschen hassen und
verabscheuen müßt, wäre allerdings bei den Heiligen
besonders wirksam und ihnen als ein schmerzliches Opfer vorzüglich angenehm. Noch kräftiger wäre es freilich, wenn Ihr dieses Gebet als verlobte Braut Gottes mit
einem durch das dreifache Gelübde von allen weltlichen
Erinnerungen gelösten Herzen darbringen könntet.«

Schwester Perpetua sagte dies mit einem tiefen Seufzer und machte sich in Erwartung einer Antwort, die
ausblieb, mit dem Feuer zu schaffen. Ach, ihr war nicht
entgangen, daß der klösterliche Beruf Lukretias, an den
sie unentwegt glaubte, dieser noch immer nicht klargeworden, ja seit die Verwaiste in ihr väterliches Haus
eingezogen, ihr wieder mehr in die Ferne gerückt war.

Sie stand allein unter dem in diesen kriegerischen Zeitläuften verwilderten Schloßgesinde und den verarmten, über die französische Bedrückung tägliche Klagen vor ihr Ohr bringenden Dorfleuten. Und diese Einsamkeit tat ihr offenbar nicht wohl. Da war Lukas, der rachsüchtige Graubart, der das schwarze Kreuz an der Mordmauer nicht erblassen ließ und der das immer scharf gehaltene Todesbeil wie eine Reliquie in einer wurmstichigen Eichentruhe sorgfältig verwahrt hielt. Das Fräulein mußte, fürchtete die Schwester, immer tiefer in sich selbst und die ihr Gemüt von allen Seiten umrankenden, jeden neuen Lebenskeim erstickenden Erinnerungen versinken. Sie konnte den Riß nicht überwinden, der altes und neues für sie trennte. Sie lebte wenig in der Wirklichkeit, sondern verkehrte im Geiste mit ihrem toten Vater, von dessen Gemütsart sie viel geerbt hatte und dem sie mit jedem Jahre in auffallender Weise auch in ihrem Aussehen ähnlicher wurde. Es war dieselbe Pracht der Gestalt, dieselbe stolze Haltung: Ihr Ohm, der Freiherr Rudolf, war in der Verbannung gestorben, und sie hatte außer seinem niedriggesinnten und eigennützigen Sohne keine nähern Sippen. Eine Verwandte ihrer Mutter lebte noch in Chur, und sie pflegte sie zu besuchen; aber diese Gräfin Travers war durch schwere Schicksale und ein überlanges Leben versteinert und wenn auch gut katholisch, kaum mehr als ein stumpfes Echo längst verschollener Tage. Daß Lukretia mit den Juvalta auf Fürstenau und dem auf den andern Nachbarschlössern sitzenden Adel keinen Umgang pflog, das freilich konnte ihr Perpetua unmöglich verdenken, denn jene alle waren Protestanten und gehörten zu der französischen Partei. So war Lukretia völlig allein, warum denn verließ sie ihren düstern, einsamen Pfad nicht? Warum trat sie nicht in die Gemeinschaft der demütigen Töchter des heiligen Dominikus?

Während die Schwester dergestalt diesen ihren Lieblingsgedankengang durcheilte, drehte Lukretia schweigend ihre Spindel und verfolgte einen andern.

Sie fragte ihr Herz, wie es denn möglich sei, daß Jürg in seiner wildesten, blutigsten Zeit ihrem Gefühle und Verständnisse weniger fremd gewesen als jetzt, da er in den Räten des Landes und im Heergefolge des französischen Herzogs unter die Geachteten und Angesehenen zählte.

Zweimal seit ihrer Heimkehr hatte sie Georg, wenn sie zu Besuch bei ihrer Muhme in Chur war, von ferne erblickt. Eines Abends stand sie neben dem Lehnstuhle der alten Dame und schaute durch das eiserne Laubwerk am Gitterkorbe des Fensters, während der Sonnenschein gradweise das Pflaster des Platzes verließ und nur noch auf dem sprudelnden Wasser des Marktbrunnens blitzte. Der Oberst schritt längs der gegenüberstehenden Häuserreihe auf und nieder an der Seite einer gravitätischen Magistratsperson, die jedes Wort, das von seinen Lippen fiel, mit begieriger Aufmerksamkeit anhörte und seine Aussprüche mit beistimmendem Kopfnicken begleitete. Es schien sich um einen schweren Rechtsfall zu handeln.

Ein andermal umgab den Obersten ein Kreis französischer Edelleute, mit denen er nach der Mittagstafel in schneller, lustiger Scherzrede sich erging. – Immer aber klang es so hell von seinem Munde und leuchtete es so geistvoll von seiner Stirn, daß er als einer jener seltenen Günstlinge des Glückes erschien, die sich alle Wege des Erfolges zu öffnen und zu ebnen wissen und die das Vergangene und Unabänderliche wie eine lästige Fessel abwerfen.

Ich weiß es jetzt – gestand sie sich –, dieser Freund von jedermann ist nicht der Jürg mehr, den ich liebte – nicht der scheu verwegene Knabe mit den dunkeln verschwiegenen Augen, der mein Beschützer war – nicht der zornig Dahinbrausende, der mein Glück wie ein die Ufer zerreißender Wildbach in Trümmer warf – nicht der Mann, gegen den ich in meinen Racheträumen die

Hand erhob – nicht der Traute, den ich nach Jahren des
Jammers auf dem Bernhardin wiederzuerkennen glaubte und in die Arme schloß –, nein! es ist ein weltgewandter Höfling, ein berechnender Staatsmann aus ihm geworden ... Er will sich von mir scheiden und loskaufen,
darum gab er mir mein Riedberg wieder. Er scheut mich
wie einen Vorwurf, er flieht mein Antlitz wie das einer
Toten! – Und sie vergaß, daß sie selbst ihn drohend beschworen, die Schwelle ihres Hauses nimmermehr zu
überschreiten. –

»Heilige Mutter Gottes, was ist das für ein Lärm!«
fuhr jetzt Schwester Perpetua auf, denn im Schloßzwin-
ger erscholl ein rasendes Gebell der Hofhunde. Man
hörte das Schelten der sie beschwichtigenden Knechte,
dazwischen wiederholte Schläge gegen das Tor und, als
Lukretia das Fenster öffnete, eine mit langsamer Be-
denklichkeit geführte Unterhandlung zwischen Lukas
und der gebieterischen Stimme eines Einlaß Begehren-
den.

Nun erschien der Alte selber mit der bestürztesten
Miene, deren seine felsenharten Züge fähig waren. »Es
verlangt einer allein mit Euch zu reden, Fräulein ...« sagte er, »der Oberst Jenatsch, den Gott strafe!« – setzte er
leiser und mit innerer Empörung hinzu.

Lukretia stand groß und bleich. Sie hatte die Stimme
vor dem Hoftore am ersten Laute erkannt.

»Laß ihn nicht warten! Führe ihn hieher!« befahl sie
dem Alten, der sie fragend ansah und nur zögernd gehorchte.

Die Nonne hatte sich erhoben und eine still beobach-
tende Stellung in der tiefen Fensternische eingenommen. Dort lag auf der Bank ihr Nachtmantel; sie strich
ihn zurecht, aber legte ihn nicht um.

Rasche Schritte näherten sich, und Georg Jenatsch
stand vor Lukretia mit entschlossenem, freudigen Antlitze und grüßte sie als Bekannte, doch mit großer Ehrerbietung.

Schwester Perpetua betrachtete mit einem Ausdrucke frommer Einfalt, aber den schärfsten Blicken ihrer halbgeschlossenen Augen, die beiden großen Gestalten – und sie wunderte sich.

Kein Kainszeichen war auf der hohen offenen Stirn des Obersten zu entdecken, und – merkwürdig – die Planta stand neben ihm mit strahlenden Augen, kühn und trotzig, wie einst Herr Pompejus geblickt, und schien zur Höhe ihres gewaltigen Feindes emporzuwachsen.

Das von Perpetua sehnlich erwartete Gespräch jedoch begann nicht. Die Schloßherrin richtete das Wort an Lukas, der mit drohender Miene an der Türe stehengeblieben war: »Die fromme Schwester begehrt nach Haus. Die Nacht ist dunkel und der Weg weit. Begleite sie mindestens bis jenseits der baufälligen Rheinbrücke.« Und damit nahm das Fräulein von Perpetua herzlichen Abschied.

So stand die Schwester, ehe sie sich dessen versah, am Hoftore, Lukas aber entzündete eine Pechfackel und schritt mit der rauchenden Leuchte vor ihr her in die Nacht hinaus. »Jetzt schickt sie mich weg«, murrte er, hörbar, als wollte er es der frommen Schwester klagen, »und es wäre gerade der rechte Ort und Augenblick!«

Als Jenatsch mit dem Fräulein allein war und ihm gegenüber am Feuer saß, begann er mit kurzen, klaren Worten:

»Ihr seid gerechtermaßen erstaunt, Lukretia, daß ich das Haus Eures Vaters betrete. Doch ich weiß, Ihr traut mir zu, daß ich nicht gekommen bin, Euch zu verwirren mit Wünschen, die ich in meinem geheimsten Herzen gefangen halte – sonst hättet Ihr mich nicht in den wiederhergestellten Burgfrieden von Riedberg eingelassen. – Und doch komme ich, etwas von Euch zu verlangen – einen großen Dienst, den Ihr mir leisten werdet, wenn Ihr unser Land so liebhabt, wie ich von Euch glaube und wie ich selbst es liebe; denn an meiner Statt müßt Ihr handeln. – Ich schließe ein Bündnis mit Spanien. Dies ist unsere einzige Rettung. Richelieu verrät uns, und der gute Herzog ist sein Spielzeug – ein schönes Scheinbild, womit der Gewissenlose uns täuscht und blendet. Aber wer knüpft das rettende Tau? – Ich selbst kann hier nicht fort, weil ich unser Volk zum Bewußtsein der über ihm schwebenden Gefahr aufwecken und den Herzog, den ich als Pfand behalte, mit Beweisen meiner Ergebenheit einschläfern muß ... Ihr staunt, daß ich, Spaniens Feind, zu diesem Gifte greife! ... Wundert Euch nicht. Wenn ich nicht meine Vergangenheit zerstöre und mein altes Ich von mir werfe, so kann ich nicht meines Landes Erlöser sein, und Bünden ist verloren. Serbelloni erwartet mich selbst oder einen, dem ich traue wie mir selber – wenn ich, sagt er, einen solchen kenne. – Ich traue nur Euch.«

Lukretia richtete den Blick mit zweifelnder Frage auf das von der Flamme beleuchtete, altbekannte Antlitz und las darin die höchste Spannung der Tatkraft und einen tödlichen Ernst.

»Ihr wißt, Jenatsch«, sagte sie, »welcher Partei mein Vater angehörte, wie und warum er starb. Ihr wißt, wie ich ihm glaubte und ihn liebte. Ich konnte mich nie mit Gedanken befreunden, die nicht die seinigen waren. So ist das französische Wesen – trotz der väterlichen Güte des Herzogs gegen mich Heimatlose – mir immer fern und fremd geblieben. Ich habe mich nie darin zurechtgefunden. Ihr aber seid von Spanien durch viele Blutschuld von alters her getrennt. Ihr, Jürg, verdankt dem guten Herzog das Leben und Euern Ruhm! Er hat Euch mit Vertrauen überschüttet, und Ihr kennt seinen herzlichen Willen gegen unsere Heimat – habt Ihr ihn denn nicht lieb? ... Könnet Ihr – ich will glauben der Heimat zum Besten – immer nach Neuem greifen und, ohne daß Ihr daran untergehet, das alte Wesen wie eine Schlangenhaut abstreifen?«

»Was ist dir der Herzog, Lukretia!« rief er. »Wie magst

du um einen Fremdling sorgen! Bist du noch so weichlichen Herzens nach allem, was du gelitten, nach allem, was ich selbst an dir und deinem Hause gefrevelt habe? ... Schau um dich ... in allen unsern Tälern Trümmer und Brandstätten! Soll hier nie Friede werden, nie Freiheit und Gesetz hierher zurückkehren? Der Herzog kann uns nicht herausziehen. Er will sein frommhochzeitlich Kleid nicht beflecken. Doch auch ich habe eine Rede Gottes für mich. Ich wölbe mir die Himmel – spricht der Herr –, den Spielraum der Erde aber überließ ich den Menschenkindern ... Siehst du nicht, Lukretia, wie wir alle in diesen Bürgerkriegen Gebornen ein freches, schuldiges Geschlecht sind! ... und ein unseliges. Dort hat der Bruder den Bruder erschlagen, und hier liegt trennend eine Leiche zwischen zweien, die sich lieben und angehören. Darum laß uns nicht kleiner sein als unser Los! Ich stehe am Steuer und lenke Bündens Schifflein durch die Klippen mit schon längst blutüberströmten Händen. – Nimm ein Ruder und hilf mir! Zweifle nur jetzt nicht an mir, hilf mir, Lukretia!« drang er in sie.

»Und was willst du, daß ich tun soll?« sagte die Bündnerin, und ihre Augen begannen unternehmend zu leuchten.

»Gehe nach Mailand«, fiel er rasch und freudig ein, »dort findest du den Pankraz, der dich beim Gubernatore einführen wird. Serbelloni kennt dich von früher her als die, welche du bist. Unterhandle mit ihm über die Bedingungen, die ich dir niederschreiben will. Hast du mir etwas zu berichten, so tue es durch den Pater, dessen Beistand dir in allen Fällen gewiß ist.«

»Ist es dein Ernst«, fragte sie erstaunt, »wenn du mich als deine Unterhändlerin nach Italien schickst? Wie will ich mich im Labyrinthe der Politik zurechtfinden!«

»Ich verlange nichts von dir«, ermutigte er, »als was du kannst und ich dir auch sonst zutraue: daß du mein Geheimnis bewahrest, und müßtest du es mit dem Leben schützen, und daß du in der Unterhandlung von meinen

Bedingungen nicht um eine Linie abweichest. Im übrigen wird dich der brave Pankraz vortrefflich beraten. Gib mir Tinte und Feder, ich will dir die Punkte aufzeichnen, die du festzuhalten hast.«

Lukretia erhob sich und schritt zu der mit astreichem Nußbaumholze bekleideten Rückwand des Turmzimmers. Dort ließ sie die Platte ihres in das Getäfel kunstreich eingefügten Schreibtisches auf die gabelförmige Eisenstütze nieder, und der Oberst schrieb, während ihm das Fräulein aufmerksam über die Schulter blickte:

»Donna Lukretia Planta, meine Bevollmächtigte, wird mit der Exzellenz des Herzogs Serbelloni für mich auf Grund folgender Bedingungen unterhandeln:

Der Gubernatore stellt einen Heerhaufen von über zehntausend Mann bei Fort Fuentes an den Eingang des Veltlins.

Er trifft das Abkommen mit dem Hofe in Innsbruck, daß ein kaiserlicher Heerhaufe von derselben Stärke gegen die bündnerische Nordgrenze bei Finstermünz und am Luziensteig vorrücke.

Die Führer beider Heere gehorchen dem Obersten Jenatsch und betreten den Bündnerboden nicht ohne dieses Obersten schriftlichen Befehl.

Der Oberst Jenatsch verpflichtet sich gegenüber Spanien in weniger als Jahresfrist den Abzug aller in Bünden stehenden französischen Truppen bis auf den letzten Mann zu bewirken.

Dafür verspricht die Krone Spanien, die völlige Unabhängigkeit der drei Bünde in ihren alten Grenzen anzuerkennen und zu gewährleisten.«

Noch einmal überschaute Jenatsch die trocknenden Federzüge, dann setzte er seinen vollen Namen unter das Schriftstück.

Während er vor der ihm entgegentretenden Gestalt einer ungeheuern Tat insgeheim erbebte, wie vor einem heraufbeschworenen Dämon, der ihm helfen oder ihn verderben konnte, war das Fräulein mit ihren Blicken den seinigen über das Blatt gefolgt und hatte sich mit einem Unternehmen, dessen praktische Seite ihr einleuchtete, schneller als zu erwarten war vertraut gemacht. Es schien ihr, daß es sich um einen raschen, klar geplanten, vielleicht unblutigen Handstreich handelte, und das war ihr lieber, als wenn ihrer einfachen Natur zugemutet worden wäre, die Fäden eines verwickelten Intrigennetzes in die Hand zu nehmen und zusammenzuknüpfen.

In dem Augenblicke, als Jenatsch die Vollmacht zusammenfaltete und dem Fräulein übergab, zeigte sich der alte Kastellan, der seine Rückkehr möglichst beschleunigt hatte, auf der Schwelle, und der Oberst befahl ihm, seinen Rappen vorzuführen.

»Diesen grauen Bären vergiß mir nicht auf die Fahrt mitzunehmen, Lukretia, seine Treue ist alt und seine Tatzen sind noch gefährlich«, sagte er freundlich, sprang auf und trat mit dem Fräulein ans Fenster. Er zögerte zu scheiden. »Die Nacht ist klar geworden«, sprach er hinausblickend, »wann gedenkst du zu reisen?«

»Morgen vor Tag«, erwiderte Lukretia. »Durch Pankraz wirst du zuerst von mir hören. Jürg, du bist ein gar großer Herr geworden – wie könnt' es dir fehlen, wenn Kapuziner und Frauen für dich botenlaufen!« Und die Tränen traten ihr in die Augen.

Dieses halb mutwillige, halb traurige Wort gehörte wieder ganz der Lukretia seiner Jugendtage. Sie stand neben ihm, nur größer und herrischer, neu erblüht zu bräunlicher Gesundheit im Hauche ihrer Berge. Der Nachtwind bewegte die Löckchen an ihren Schläfen, die sich aus der Krone der dicken, dunkeln Flechten gelöst hatten, und ihre leuchtenden Augen blickten ihn an mit einer lautern Kraft, wie sie unter dem ermattenden Himmel des Südens nicht gedeiht.

Alte liebe Erinnerungen erwachten in ihm, er widerstand nicht und umfing sie.

»Mir ist, es sei noch nicht lange her, daß wir da unten miteinander spielten«, sagte er weich und zeigte auf die im Herbstwinde leise rauschenden Bäume des Riedberger Schloßgartens nieder.

Sie fuhr schaudernd zusammen – ihr Vater war vor ihr aufgestiegen – und blickte, von Jürg sich abwendend, ins Dunkel hinaus.

»Was ziehn dort für Lichter auf der Straße längs dem Heinzenberg, ist es ein Totengeleit?« fragte sie, auf das jenseitige Rheinufer deutend.

Jenatsch warf einen scharfen Blick hinüber. »Es sind die Fackeln des Herzogs, der im Schutze der Nacht hinunter nach Chur fährt«, sagte er, blickte noch einmal in ihre nassen Augen, küßte ihr dann rasch die Hand und eilte von hinnen.

Siebentes Kapitel

Herzog Heinrich hatte sich in Chur das stattliche Haus der Ritters Doktor Fortunatus Sprecher zum Quartier erwählt. Der gelehrte Bündner stellte es ihm mit freudigem Diensteifer zur Verfügung, denn es war von jeher sein Ehrgeiz und sein Glück gewesen, sich edeln historischen Persönlichkeiten zu nähern und mit ihnen in einem seinem Geschichtswerke gedeihlichen Verkehr zu bleiben.

Kaum hatte sich der herzogliche Haushalt so standesgemäß, wie es in dem republikanischen Berglande möglich war, in den besten Gemächern der raumreichen patrizischen Wohnung eingerichtet, als nach einer Reihe von düstern stürmischen Tagen der Schnee in schweren Flocken zu fallen begann. Der Winter brach früh herein, und die weiße Decke blieb auf den steilen Dächern und ernsthaften Stufengiebeln der alten Bischofsstadt fast ohne Unterbruch liegen, bis am Ende des Hornungs die Föhnstürme das Land fegten und mit den ersten Märztagen die Sonne Kraft gewann.

Der Winter war dem guten Herzog in gezwungener Muße verflossen, denn er war von seinem Heere im Veltlin durch den unwegsamen Schnee der Berge getrennt, und auch seine Verhandlungen mit dem französischen Hofe stockten und wollten zu keinem Ziele führen. Wäre die Sorge um den Abschluß des Vertrags neben andern Sorgen und Ungewißheiten und wäre die an dem tätigen Geiste des Feldherrn zehrende gezwungene Muße nicht gewesen, er hätte sich im Sprecherschen Hause nicht unwohl gefühlt und nicht ungern unter seinen schlichten protestantischen Glaubensgenossen verkehrt.

Der Doktor Sprecher achtete sich durch die Gegenwart Rohans hochgeehrt. Erfüllte sich ihm doch der langgehegte Wunsch, den Lebenslauf seines erlauchten Gastes an der Quelle schöpfend aufzeichnen zu dürfen. Mit der liebenswürdigsten Herzensgüte bequemte sich dieser dazu, seinem Wirte täglich ein Bruchstück seiner Schicksale in italienischer Sprache zu erzählen und in dieser Sprache verfaßte der Doktor auch das Lebensbild, das ein Geschenk werden sollte, denn so hatte es der edle Gast ausdrücklich verlangt, für die Frau Herzogin, die sich noch immer in Venedig aufhielt, und für Rohans Tochter, die dem Herzog Bernhard von Weimar anverlobte Marguerite. Mit dieser erfreulichen, aber privaten Bestimmung seiner gewissenhaften und schönen Arbeit war der Doktor Sprecher nur halb einverstanden. Er hätte sie lieber zum Ruhme des Herzogs und nicht zur Unehre des Verfassers ohne falsche Bescheidenheit alsbald durch die Presse verewigen und in die Welt ausgehen lassen.

Auf andere Weise betätigte sich des Herzogs Adjutant, der junge Wertmüller. Ruhelos trieb er sich in allen hohen und niedern Regionen der kleinen Stadt um. In kürzester Frist war er in Chur eine bekannte Persönlichkeit vom bischöflichen Palaste an, wo er seiner scharfen Augen und boshaften Zunge wegen gescheut, am Spieltische dagegen jederzeit willkommen war, bis hinunter in die dunkelsten Winkelschenken, wo man ihn, wie dort, an den gedehnten Winterabenden gerne kommen und nicht selten noch lieber wieder gehen sah. Es gelang ihm hier, die phlegmatischen Bündner durch seine Sticheleien, politischen Vexierreden und mancherlei andere Brennesseln so lange zu reizen, bis ihnen Dinge entfuhren, die sie nachher schwer bereuten über die Lippen gelassen zu haben.

War das Publikum empfänglich und regte es ihn durch phantasievolle Beschränktheit an, so entfaltete er noch andere, in den herzoglichen Gemächern nicht verwendbare, geheime Wissenschaften, die er seinen gründlich getriebenen mathematischen und physikalischen Studien verdankte. Es waren Kartenkünste und Zauberstücke, die dem Lokotenenten in den untersten Schichten seines Wirkungskreises den ernstgemeinten Ruf eines Hexenmeisters eintrugen, eine Auszeichnung, die ihm behagte, die aber in Regionen, wo der Weg aus dem erschreckten Kopfe in die derbe Faust ein kurzer ist, mit mancher Leibesgefahr verbunden war.

Diese nächtlichen Anfälle und Handgemenge reizten übrigens die kaltblütige Tapferkeit des Lokotenenten mehr, als daß sie ihn von seiner tollen Kurzweil gebracht hätten. Auch wußte er sich immer glücklich daraus zu ziehen und so rasch, daß seine militärische Ehre nie Schaden litt und die Verwirrung der Geister und die Arbeit der Fäuste erst dann ihren Höhepunkt erreichte, wenn er schon in den stillen Räumen des Sprecherschen Hauses an den herzoglichen Gemächern vorüber auf den Zehen seiner Kammer zuschritt.

Den Herzog, welchem Wertmüller mit unbedingter Treue und rastlosem Diensteifer ergeben war und der ihm deshalb vieles nachsah, beunruhigte er ohne Unterlaß durch seine scharfsinnigen Entdeckungen und war-

nenden Berichte. Wahrlich, er schien es darauf anzule-
gen, den hohen Herrn zu keinem Behagen kommen zu
lassen.

Auf Jenatsch, dessen aufopfernde Treue mit den
schweren Verhältnissen wuchs, der den Herzog täglich
besuchte und es sich zur Aufgabe machte, seine Sorgen
zu verscheuchen, seine leisesten Wünsche zu erraten, seine Befürchtungen ihm abzulauschen und sie entweder
durch die eigene fröhliche Zuversicht zu entwurzeln
oder mit beredten, überzeugenden Worten zu widerlegen – auf Jenatsch, den nützlichsten Ratgeber des Herzogs und den Liebling des Volkes, hatte es der verhärtete
Lokotenente besonders abgesehen. Wertmüllers Gedanken spürten dem Obersten auf allen Schritten und Tritten nach, und er wollte aus der Haut fahren, wenn der
Herzog seine Warnungen lächelnd fallenließ, weil er sie
maßloser Eifersucht auf seinen Günstling oder der Un-
verträglichkeit dieser zwei grundverschiedenen Tempe-
ramente zuschrieb.

Was behauptete Wertmüller nicht alles!

Das Scheitern des Vertrags von Chiavenna, welches
Rohan von dem einzigen in das Geheimnis gezogenen
Bündner verschwiegen wußte, war, wenn man den Lokotenenten hörte, schon längst allgemein bekannt, ja wie
absichtlich bis in die fernsten Hütten verbreitet, eine
Kunde, die man sich nicht verhohlen ins Ohr sagte, nein,
von der die Täler dies- und jenseits der rhätischen Alpen
widerhallten.

Aber das war das geringste – Schlimmeres drohte –
Bünden unterhandelte mit Spanien, behauptete Wertmüller. Und nicht etwa einzelne Parteigänger und Un-
ruhstifter zettelten, sondern das gesamte Volk war in Gärung und Verschwörung gegen Frankreich begriffen,
und Jenatsch, der heillose Heuchler, hielt das ganze
Spiel des Betrugs in der Hand.

Der Herzog pflegte gemeiniglich leichthin zu erwidern, derartiges habe sich noch nie ereignet, es sei

schlechterdings undenkbar, daß ein ganzes Volk sich wie
eine geheime Gesellschaft verschwöre, unmöglich, daß
nicht mindestens einer ihn warnte unter seinen vielen
redlichen Anhängern im Lande. Im schlimmsten Falle
würde ihn sein Gastfreund, der ruhige, wohlunterrichte-
te und keiner Partei pflichtige Doktor Sprecher, gegen
dessen ehrenwerte Gesinnung selbst der Lokotenent
nichts werde einwenden können, vor solchen unerhörten verräterischen Anschlägen sicherstellen.

Der unbekehrbare Zürcher ließ das nicht gelten.

Was die Verschwörung eines ganzen Volkes betreffe,
so wolle er gerne zugeben, sagte er, daß sie nirgends
möglich wäre, als unter den Bündnern, die mit dem nor-
dischen Phlegma die südliche Verschlagenheit in glücklicher Mischung vereinigten. Der erste beste dieses Volkes könne dem geriebensten Diplomaten zu raten geben.
Die Staatskunst sei hier so allgemein verbreitet und landesüblich, daß das ganze Volk wie *ein* Mann rede oder
schweige, wenn es sich um einen deutlichen Vorteil
handle; die Schwierigkeit sei also nur, den langsamen
Köpfen die Rechnung klarzumachen, und dafür werde
der Volksredner Jenatsch ausgiebig gesorgt haben.

Was den gelahrten Herrn Doktor angehe, so wolle er
ihm nicht zu nahe treten, aber für mutig halte er ihn
nicht, wenigstens nicht einer gewissen geheimen Feme
gegenüber, von der man munkle. Er könne hier seine
Quellen nicht nennen; aber er müsse glauben, es sei im
Lande ein Geheimbund errichtet mit Statuten, die sie
den Kletten- oder Kettenbrief nennen – wahrscheinlich
um das feste Ineinandergreifen und Zusammenhalten
der Bundesglieder zu bezeichnen. Auf Verrat stehe der
Tod. Er wolle nun nicht behaupten, daß der Doktor ein
Glied dieser Kette sei, er sei nicht das Eisen dazu, aber
daß er sich vor diesen Banditen sträflich fürchte, das sei
mehr als wahrscheinlich.

Diese Verschwörung, deren Verräter dem Tode ver-
falle, behandelte der Herzog als eine vom Müßiggange

erfundene und geglaubte Schauergeschichte. »Man hat Euch das aufgebunden, Wertmüller«, pflegte er zu scherzen, »um Euerm Argwohne gleich das stärkste Gewürz vorzusetzen! Und gesteht nur, Ihr verdient etwas für Eure böse Zunge.«

Am verdächtigsten war dem Lokotenenten die Keckheit, mit der Jenatsch den Herzog über dessen eigene Stellung am französischen Hofe mit schmeichelnden Worten zu täuschen versuchte. Darüber mußte sich Heinrich Rohan doch selber im klaren sein. Was konnte den Bündner dazu bewegen, fragte sich Wertmüller, wenn nicht die teuflische Absicht, den guten Herzog von allen Seiten mit Netzen der Täuschung und dämonischen Irrsals zu umspinnen, um den Sichergewordenen um so gewisser zu verderben? Und sein Haß gegen den Obersten steigerte sich ins Unglaubliche.

Priolo war unverrichteterdinge von Paris zurückgekommen – Wertmüller nahm an, er sei in das Zögerungssystem des Kardinals eingeweiht und von diesem gewonnen – und wurde mit neuen Briefen wieder weggesandt, welche die dringendsten Vorstellungen enthielten, doch ja die Unterzeichnung des für Frankreich verhältnismäßig günstigen Vertrags nicht länger zu verzögern, nicht die Bündner dadurch spanischen Anerbietungen zugänglich zu machen.

Kaum war Priolo abgereist, so berichtete der tapfere Herr von Lecques, den Rohan an der Spitze seines Heeres im Veltlin zurückgelassen hatte, von drohenden Zeichen des Ungehorsams unter seinen Bündnertruppen, die auf eine allgemeine Gärung im Volke hindeuteten. Er würde, schrieb er, diesen einzelnen Vorfällen weiter keine Bedeutung beilegen, wenn nicht die Spanier in ansehnlichen Massen sich der Grenze näherten, wenn nicht der Herzog von seinem Heere getrennt wäre und sich in der Mitte eines, wie er fürchte, mit der Politik Frankreichs täglich unzufriedener werdenden Landes befände. Er schloß seinen Bericht damit, daß er den Her-

zog bat und beschwor, sich um jeden Preis mit seinem
getreuen Heere im Veltlin zu vereinigen. Sei dies geschehen, habe er, Lecques, seiner einigenden Verantwortung sich entledigt und den Befehl in die ruhmreich-
sten Hände niedergelegt, so freue er sich, an der Seite
seines Feldherrn, den Degen in der Faust, der ganzen
Welt zu trotzen.

Wertmüller vernahm diesen rettenden Vorschlag mit
Jubel – und fluchte wütend, als er nach dem nächsten
Besuche des Obersten wahrnehmen mußte, daß es diesem gelungen war, den Herzog zu überzeugen, sein Aufenthalt in Chur sei völlig gefahrlos, für die französischen Interessen in Bünden vorteilhaft, bei der Verehrung, die seine Person im Lande genieße, zur Beruhigung der Gemüter sogar unumgänglich notwendig.

Ein Augenblick des Zweifels kam auch für den edlen
Herzog. Es war Wertmüller gelungen, eine Spur aufzu-
finden, deren Verfolgung ihn in den Stand setzen
konnte, auch das blindeste Vertrauen zu erschüttern. Er
hatte in der Schenke zum staubigen Hüttlein die Bekanntschaft eines welschen Quacksalbers gemacht und
zufällig erfahren, dieser gedenke jetzt in das Land des
Lorbeers und der Myrte zurückzukehren. Das abenteuerliche Männchen, das sich in dem kalten Klima den
Magen mit dem gefährlichen weißen Completer wärm-
te, rühmte sich in prahlerischer Weinlaune seiner hohen diplomatischen Beziehungen und Fähigkeiten; in
Wertmüller, der ihn bewundernd anhörte und ihm flei-
ßig einschenkte, blitzte eine Erinnerung auf. Jüngst, als
er spät in der Nacht den bischöflichen Palast verließ,
hatte er dies unverkennbare Figürchen bei schwachem
Mondscheine in einer Ecke des Hofes neben einer
Holofernesgestalt und im eifrigsten Gespräche mit dieser erblickt – nur einen Moment, denn die beiden waren beim Klirren seines Schrittes unter einem Torwege
verschwunden, aber genügend lang für sein scharfes
Auge, um die auffallende Gestalt des Wunderdoktors

deutlich gewahr zu werden und in der andern, von einem dunkeln Mantel umhüllten, den Obersten Jenatsch zu vermuten. Das genügte, um den unternehmenden und durch die Winterruhe gelangweilten Lokotenenten zu einem lustigen Handstreiche anzufeuern. Er belauerte die Abreise des Italieners, nahm auf ein paar Tage Urlaub, ritt dem fahrenden Wunderdoktor nach und holte ihn auf seinem feurigen Fuchs gegen Abend des ersten Reisetages ein. Wie ein Wegelagerer überfiel er ihn an einer einsamen Stelle der Gebirgsstraße. Der erschrockene Quacksalber mußte zuerst seinen Apothekerkasten ausräumen und sich dann einer Durchsuchung seiner Person unterwerfen. Wie triumphierte Wertmüller, als er, dem Doktor freundschaftlich auf den Rücken klopfend, ein knisterndes Papier verspürte, das zwischen Tuch und Unterfutter eingenäht war, und dann mit der Pflasterschere des Unglücklichen aus dessen scharlachrotem Rocke unversehrt ein eigenhändiges Schreiben seines Feindes an einen Kapuzinerpater herausschnitt, worin Jenatsch diesem Aufträge an den Gubernatore Serbelloni in Mailand gab. Der Wortlaut freilich war dunkel, aber die Tatsache selbst sprach um so klarer. Nachdem der Lokotenent den schlotternden Zahnausreißer beruhigt und aus seiner Reiseflasche gestärkt hatte, jagte er in freudigem Galopp nach Chur zurück. Jetzt war der Verräter Jenatsch in seinen Händen.

Er erreichte die Stadt in vorgerückter Nachtstunde und wurde kaum noch vorgelassen. Der Ungeduldige mußte sich damit begnügen, seinem Herrn den verräterischen Brief mit einer gedrängten Auseinandersetzung des Zusammenhangs zu überreichen. Als Wertmüller dann am nächsten Morgen nach einem glücklichen Schlafe sich dem Herzog vorstellte, fand er diesen in sehr getrübter Stimmung und nicht geneigt, auf eine Besprechung des ihm, wie er sagte, unerklärlichen und sehr schmerzlichen Vorfalles einzugehen. Er müsse

auch von anderer Seite sich darüber Aufklärung verschaffen.

Kurz vor der Stunde, zu welcher Jenatsch täglich dem
Herzog aufzuwarten pflegte, wurde der Lokotenent mit
einem Tagesbefehl nach der Rheinschanze beordert,
und, so scharf er auch ritt, er kam zu spät, um dem Obersten vor Herzog Heinrich Stirn gegen Stirn entgegenzu-
treten.

Bei seiner Rückkehr traf er diesen in der heitersten
Laune und wie von einer schweren Last befreit.

»Besten Dank für Euern löblichen Diensteifer, braver
Wertmüller!« empfing er den Adjutanten. »Diesmal hat
er Euch freilich trotz Eures mit Argusaugen blickenden
Scharfsinns in eine grobe Falle gelockt. – Ungern tue ich
Eurer Eitelkeit weh. – Jenatsch war hier, und ich habe
ihn mit aller Offenheit zur Rede gestellt. Er hat sich vollkommen gerechtfertigt. Der Brief ist falsch und die
Handschrift auf merkwürdig geschickte Weise nachge-
ahmt. Der Oberst hat Feinde, in deren Interesse es liegt,
ihm mein Vertrauen zu rauben. Sie ahnen nicht, daß sie
es mit ihren Kabalen im Gegenteil immer mehr befestigen. Er hat deren namentlich am bischöflichen Hofe
unter Euern geistlichen Genossen am Spieltische, Wertmüller. Sie kennen Euch und zählten auf Euern Argwohn und Eure Unternehmungslust. Da Ihr aus Euerm
Widerwillen gegen den Oberst und, Euch zur Ehre sei's
gesagt, aus Eurer Anhänglichkeit an meine Person kein
Geheimnis macht, so war die Intrige der geistlichen
Herrn bald eingefädelt. Der elende Dottore war ihr be-
stochenes Werkzeug. – Gesteht, er hat seine Rolle gut
gespielt! Wo wird sich ein Italiener den Anlaß zu einer
Komödie jemals entgehen lassen! – Was endlich jene
nächtliche Unterredung zwischen Jenatsch und dem
Quacksalber unfern der bischöflichen Residenz betrifft,
die Euch zu denken gab, so hat es damit seine Richtigkeit
– sie drehte sich um das Ausschneiden von Leichdornen.
Erinnert Euch, daß Ihr über den Obersten gespottet

habt, als er vor ein paar Tagen mit einem Pantoffel am linken Fuße einherschritt.«

Wertmüllers herbes Gesicht verfinsterte sich unter dieser Rede dermaßen, daß der Herzog ihm die Hand auf die Schulter legte und ihn freundlich mit den Worten verabschiedete: »Sprechen wir nicht mehr davon, mein Lieber, die Sache ist nicht von Wichtigkeit.«

Fruchtlos brütend, wie er dem Obersten trotz alledem noch beikommen könne, verließ Wertmüller das herzogliche Gemach. In seinem Zustande verbissener Wut bemerkte er nicht, daß ein blondes Engelsköpfchen sich die Treppen heran ihm entgegen bewegte. Es war die goldlockige Tochter des Hauses, Fräulein Amantia Sprecher, die sich mit einem Strauße erster Märzglöckchen zu dem Herzog begab. Nicht nur übersah sie der Ungestüme, er raste in so weiten Sprüngen die Steinstufen hinunter, daß er sie fast niederrannte. Bestürzt hielt sie sich an dem reich verschlungenen Eisengeländer und sah ihm mit ihren unschuldigen blauen Augen sinnend und vorwurfsvoll nach.

War das derselbe Wertmüller, der ihrer Lieblichkeit sonst in auffallender Weise huldigte, der den ganzen Winter einer ihrer bevorzugten Tänzer gewesen war? Auch auf morgen hatte er sie ja wieder zum Balle, dem letzten und glänzendsten des Faschings, eingeladen. Welche Tarantel hatte ihn heute gestochen?

Wohl war er ihr auch sonst zuzeiten rücksichtslos erschienen, wenn er sich spöttisch und wegwerfend über bündnerische Zustände und Sitten äußerte. Wer oder was blieb überhaupt von seiner scharfen Zunge verschont! Mit ihr hatte er doch bis jetzt immer eine Ausnahme gemacht, und sie war dafür nicht unempfindlich geblieben.

Ihre sanfte, kindliche Schönheit und das Gleichgewicht ihrer durchaus friedfertigen Sinnesart wirkte anziehend und beruhigend auf den quecksilbernen Offizier. Die Sprecherin ihrerseits hatte sich in allen Züchten

zuweilen mit dem Gedanken beschäftigt, wie sich dieser
zürcherische Unband wohl als Eheherr ausnehmen würde, und hatte seine Tapferkeit, den unbestreitbaren
Wert seiner Treue an dem edlen, frommen Herzog und
seine hochgehenden Lebensaussichten mit weisem Herzen in die Waage gelegt gegen seine Schroffheiten, sein
absprechendes Wesen und seine Spöttereien über Geistlichkeit und Gottesdienst, die vielleicht doch im Grunde
weniger schlimm gemeint waren, als sie übel klangen.
Doch war sie – nach dieser rauhen Begegnung mußte sie
sich's gestehen – noch keineswegs zu einem günstigen
Ergebnis gekommen.

So entschlug sie sich dieser Gedanken, ohne daß es sie
große Mühe kostete, und wandelte, den silberhellen Blu-
menstrauß in ihrer Hand ordnend, langsam die letzten
Stufen hinauf.

Fräulein Amantia hegte für den edlen Gast ihres Vaters eine unbegrenzte Verehrung, welche die liebens-
würdige Leutseligkeit des Herzogs von jeder Zutat be-
klommener Scheu befreit hatte. Sie pflegte alltäglich zu
einer Stunde, wo er sich nicht ungern stören ließ, in seinem Empfangszimmer zu erscheinen und nach seinen
Wünschen zu forschen. Er ermangelte dann nie, hatte er
nicht dringende Geschäfte, das gute Kind zurückzuhalten und sich nach den Interessen ihres Tages zu erkundigen.

Heute kam sie eben aus der Wochenpredigt, weniger
erbaut als in Zweifel versenkt, denn der Pfarrer Saluz
hatte über einen außer der Reihenfolge liegenden Text
mit großer Heftigkeit gepredigt, und über welchen
schauerlichen Text – den Verrat des Judas Ischariot,
Matthäus am sechsundzwanzigsten! Er hatte dadurch
seine Zuhörer in große Aufregung versetzt, die sich
ängstlich nach dem Zielpunkte dieser Anspielung umsa-
hen und sich, sagte Fräulein Amantia, fast wie seinerzeit
die Jünger fragten: »Herr, wer ist es, der dich verrät?«

ACHTES KAPITEL

Wenige Tage später, den 19. März, eilte der gelehrte Ritter Fortunatus Sprecher die Treppe zu den Gemächern seines erlauchten Gastes herauf. Diese frühe Morgenstunde konnte unmöglich zur Fortsetzung der Biographie des Herzogs geeignet sein; auch war das Antlitz des Ritters, der krampfhaft ein großes, mit dem Bündnerwappen verziertes Druckblatt in der Hand hielt, wie solche zu öffentlichen Kundgebungen an die Mauer geschlagen werden, heute besonders schwer verdüstert.

Oben angelangt, blieb er atemlos einen Augenblick stehen und sammelte sich. Doch ließ er dem Kammerdiener kaum Zeit, ihn anzumelden und drang ohne die gewohnte Rücksicht und Höflichkeit in das Arbeitszimmer des Herzogs ein, wo dieser, seine Bibel lesend, im Erker saß und jetzt, über die Störung erstaunt, zu dem Eintretenden aufblickte.

»Es sind unerhörte Ereignisse«, begann Herr Sprecher, »die mich zwingen, erlauchter Herr, Eure Morgenandacht zu stören. Es ist, kaum wage ich es auszusprechen, die Sorge um die Sicherheit Eurer edlen Person, die mich dazu treibt. Könnt' ich Euch doch in mein Herz blicken lassen, damit Ihr darin meine aufrichtige und in jeder Probe stichhaltige Ergebenheit läset, überzeugender als mein Mund sie ausdrücken kann! – In meine geschichtlichen Arbeiten vertieft und gewohnt, auf die eiteln Geräusche des Tages wenig zu merken, habe ich leider die Bedeutung der wirren Stimmen unterschätzt, die allerdings in der letzten Zeit an mein Ohr schlugen. Ich wollte Euch nicht unnötig damit beunruhigen.«

Der Herzog erhob sich rasch. »Kommt zur Sache, Herr!« sagte er bestimmt und ruhig. »Was ist das für ein Blatt? Gebt her.«

Sprecher überreichte das verhängnisvolle Druckblatt und stöhnte mit sinkender Stimme: »Es ist der Aufstand gegen Frankreich und die Ernennung des Jürg Jenatsch zum Obergeneral der drei Bünde!« –

Rohan durchlief das Blatt und erblaßte.

Es enthielt einen Aufruf an das Volk, der die Beschwerden der Bündner gegen die Krone Frankreich in kurzen, treffenden Worten zusammenfaßte und zum Vertrauen auf Spanien-Österreich aufforderte, das sich bereit erkläre, Bündens alte Grenzen und Freiheiten zu gewährleisten. Alle bündnerischen Waffen wurden unter den Befehl des Jürg Jenatsch gestellt.

Die Schlußworte lauteten:

»Ihr Gemeinden der drei Bünde, greift zum Schwert, erhebt euch zum Landsturm im Namen des Herrn. Sammelt euch bei Zizers nächst Chur am neunzehnten des Märzen.« Hier folgten die Unterschriften der drei Bundeshäupter, obenan diejenige des Amtsbürgermeisters Meyer von Chur.

Der Herzog warf das Blatt empört auf den Tisch. Er rief nach seinen Dienern, befahl zu satteln und fragte nach Wertmüller. Mit diesem wollte er nach der Rheinschanze reiten. Seine schnelle Geistesgegenwart und militärische Spannkraft verließ ihn nicht einen Augenblick.

Während ihn sein Diener ankleidete, wagte der geängstigte Sprecher noch einige Beteuerungen, Andeutungen und Räte.

»Die Unterschriebenen sind alle Mitglieder des Kettenbundes. Gott weiß, ich hielt ihn für eine gemeinnützige Gesellschaft ohne gefährliche Nebenzwecke! – Und dieser Bürgermeister Meyer, der sich immer so verächtlich über den charakterlosen Jenatsch und so feindselig gegen das papistische Spanien äußerte! ... Ich fürchte erlauchter Herr, mein Hausrecht wird Euch hier nicht schützen können! ... Ihr kommt durch die nach Zizers strömenden Volksmassen nicht mehr in die Rheinschanze ... Horcht! Mein Gott, nun läutet es auch in der Stadt von allen Türmen Sturm ... Vielleicht ließe sich nächtlicherweile ein Fluchtversuch nach Zürich wagen, und von dort würdet Ihr auf Umwegen Euer Heer im Veltlin erreichen!« –

Während dieser Worte war der Galopp eines Pferdes auf dem Pflaster erklungen, und schon stand der Adjutant Wertmüller in dienstlicher Haltung, aber mit zornblitzenden Augen vor dem Herzog.

»Die Bündnerregimenter im Domleschg meutern und marschieren mit liegenden Fahnen auf Chur, Erlaucht«, meldete er. »Ich wäre ihnen bei einem Morgenritte nach Reichenau fast in die Hände gefallen. Sie sind mir auf den Fersen. Hier in der Stadt liegt, wie der edle Herr weiß, nur die Freikompanie der Prätigauer. Treue Leute! Ich habe sie an das nördliche Tor beordert. Ihr Hauptmann Janett schwur mir zu, er sei mit Leib und Leben der Eurige und werde gegen alle Spaniolen und Meineidigen zu Euch stehen. Eure Pferde und Leute sind unten bereit. Noch ist es möglich, wenn die Prätigauer uns den Rücken decken, nach der Rheinschanze durchzudringen. Begegnet uns Volksgesindel, so reiten wir es nieder.«

Herzog Heinrich hieß diesen mutigen Vorschlag, welcher seinen eigenen Entschluß aussprach, mit einer zustimmenden Kopfbewegung gut und schritt, Herrn Sprecher flüchtig grüßend, rasch dem Ausgange zu.

Aber schon war er ein Gefangener.

Als Wertmüller die Türe des Vorsaales aufriß, ertönte von unten her Gemurmel zahlreicher Stimmen und schleifendes Geräusch treppansteigender Füße. Man vernahm Sporengeklirr und gedämpften Wortwechsel. Der Herzog blieb stehen und legte die Hand an den Degen.

Vor der Tür zauderten und drängten sich Gestalten, die einen in Waffen, die andern in Staatstracht. Keiner wagte es, sich voranzustellen. Jetzt wichen sie zur Seite und gaben Raum. Georg Jenatsch trat aus ihnen hervor und überschritt die Schwelle. Ihm folgten Guler, der Graf Travers und ein stattlicher Mann in bürgermeisterlichem Ornate und goldener Kette mit großgeschnittenem, fleischigem Gesicht und leicht schielenden Augen.

Der Oberst Jenatsch, hinter dessen entschlossenen Schritten die andern nicht ungern zurückblieben, näherte sich barhaupt mit starren, blassen Zügen dem Herzog, der stolz und fragend vor ihm stand. Seine Stimme klang ruhig und seltsam kalt, als er zu reden anhob:

»Erlauchter Herr, Ihr seid in unserer Gewalt. Unser Aufstand ist Gegenwehr und gilt nicht Euch, sondern der Krone Frankreich. Was Euch dunkel blieb, ist uns klargeworden: Der Kardinal will den von Euch mit uns vereinbarten Vertrag nicht unterzeichnen. Er will uns festhalten und im Tauschhandel des in Aussicht stehenden allgemeinen Friedensschlusses als französische Ware verschachern. Das Pfand Eurer reinen Ehre, das er uns in die Hände gab, würde er leicht verscherzen. So hat uns der König von Frankreich und sein Kardinal dazu getrieben, bei unserm Erbfeinde billigere Hilfe zu suchen, die uns auch gewährt wurde. Gott weiß, was es uns gekostet hat, unsere Freiheit unter Spaniens Schild zu stellen. –

Was wir von Euch verlangen und warum Ihr es uns gewähren werdet, das kann ich Euch mit wenigen Worten darlegen. Vor Eurer Rheinschanze strömt Bündens ganzer Landsturm zusammen. Die Regimenter rücken in Chur ein. Ich habe sie ihres Gehorsams gegen Euch entbunden und den Eid ihrer Treue den Häuptern unserer drei Bünde schwören lassen. Die Österreicher stehen am Luziensteig, die Spanier bei der Festung Fuentes, beide mit Übermacht. Auf ein Wort von mir überschreiten sie die Grenze. – Seht hier meine spanisch-österreichischen, vom Kaiser selbst und vom Gubernatore Serbelloni unterzeichneten Vollmachten!« – und er entfaltete zwei Papiere. »Lecques kann Euch nicht befreien, denn bei seiner ersten Bewegung gegen die Alpenpässe rücken die Spanier von Fuentes her ins Veltlin. – Ihr seht, Euer Heer ist von allen Seiten eingeklemmt;

nur Ihr könnt es Euerm Könige retten, und Ihr tut es, wenn Ihr dieses Übereinkommen unterzeichnet.« –

Jenatsch nahm ein drittes Papier aus der Hand des Bürgermeisters von Chur und las:

»Die Rheinschanze und das Veltlin werden von den Franzosen geräumt.

Sie verlassen Bünden als Freunde und in kürzester Frist.

Der Herzog Heinrich Rohan, Pair von Frankreich und Generalleutnant der französischen Armee, bleibt als unser Bürge in Chur, bis zur Vollziehung dieses seines mit uns geschlossenen Übereinkommens.

Und dies Übereinkommen verspricht der erlauchte Herzog bei seiner Ehre auch dann in Treuen zu vollziehen, wenn Gegenbefehl vom französischen Hofe einträfe. –

So steht es. Wir haben nicht das Recht, erlauchter Herr, Eure Liebe zu Bünden anzurufen, denn wir haben uns ohne Euch und wider Euch geholfen. Aber bedenkt, daß Ihr, wenn Ihr den Vertrag nicht unterzeichnet, dieses Land, das gewohnt ist, Euch als seinen guten Engel zu verehren, durch Euren Widerstand in blutiges, unabsehbares Elend stürzt.« –

Der Herzog nahm die Rolle nicht. Er wandte sich mit einer zornigen Träne ab, dann sagte er, und seine Stimme bebte: »Ich habe schon vielen Undank erfahren – aber noch nie ist mir auf so bittere Weise mein Vertrauen mit Verrat und die von mir dem Rechte des Kleinen erwiesene Ehre mit Schlangenbissen und Schmach heimgezahlt worden. – Ich unterzeichne nicht. – So tief kann ich Frankreich und seinen Feldherrn unmöglich erniedrigen.«

Die Stille, die jetzt entstand, wurde durch einen Tumult vor der offengebliebenen Türe unterbrochen. Durch das die Treppen füllende Volk drängte sich ein breitschultriger, rothaariger Kriegsmann, und man hörte ihn dringend nach dem General Jenatsch fragen. Unwirsch rief ihm dieser entgegen: »Ihr stört hier, Hauptmann Gallus! Was gibt's?«

»Ich muß Eure Ordre haben«, rief die rohe Stimme. »Janetts Prätigauer wollen den neuen Eid nicht schwören. Sie meinen, Ihr verhandelt sie an die spanischen Pfaffen, und sagen, sie hätten Frankreich geschworen und gehorchten niemandem als dem Herzog.«

Jenatsch war vor Wut totenbleich geworden. Er warf den Kopf nach dem Sprechenden herum und schrie ihn heiser an: »Mein Regiment gegen sie vorgeführt! Erschießt sie alle!« Dann wandte er sich wieder dem Herzog zu und drohte, wie außer sich, mit erstickter Stimme: »Ihr Blut über Euch, Herzog Rohan!«

Der Herzog zuckte und stand eine Weile in schmerzlichem innern Kampfe. Endlich ergriff er mit zitternder Hand die auf dem Tische liegende Rolle, wandte sich und schritt der Türe seines Arbeitszimmers zu, die der ihm folgende Wertmüller fest hinter ihm verschloß.

Jenatsch kehrte sich, immer noch tief erblaßt, zu dem Bürgermeister. »Unsere Sache ist gewonnen«, sagte er. »Man muß dem Herzog Rohan Ruhe lassen. Entfernt die Leute. Ich stehe dafür, daß er unterschreibt.«

Dann befahl er dem Hauptmann Gallus, der unschlüssig stehengeblieben war: »Sagt dem Janett, seine tapferen Prätigauer sollen des Eides wegen unbehelligt bleiben. Der Herzog sei mit der Regierung der drei Bünde einverstanden und werde die Kompanie in kurzem seinen Willen wissen lassen.« – – –

Wenige Minuten waren verstrichen und die Gemächer des Herzogs hatten sich zu leeren angefangen, als die innere Türe sich öffnete und Wertmüller mit dem von Rohan unterschriebenen Vertrage in der Hand erschien.

»Wer von den Herren hier hat gegenwärtig das Ding in Händen, das in Bünden mit dem unpassenden Namen »gesetzliche Gewalt« bezeichnet wird?« fragte er schneidend und streckte dem Bürgermeister von Chur, der mit ernster Amtsmiene vortrat, die Bündens Los entscheidende Rolle entgegen mit einem Ausdrucke von verächtlicher Schärfe, dessen nur sein Gesicht fähig war.

Herr Fortunatus Sprecher, der gerade oben an der Treppe einige bündnerische Staatspersonen beglückwünschend wegkomplimentiert hatte, sah jetzt einen jungen Mann in Reisekleidern atemlos die Stufen hinaneilen, ergriff seine Hand und zog ihn beiseite, um ihm das Geschehene mit bedauernden Worten mitzuteilen. Es war der längst erwartete und in diesem verhängnisvollen Augenblicke eben von Paris angelangte Priolo.

»Um Gott«, rief Priolo, »haltet mich nicht auf, Herr Doktor. Vielleicht ist es noch Zeit. Ich muß zum Herzog – der Vertrag von Chiavenna ist unterschrieben – alles und mehr gewährt! Nur schließt keinen Bund mit Spanien!« Und er durcheilte das Vorgemach.

Als ihn Jenatsch, der im Gespräche mit dem Bürgermeister stand, mit verstörtem Gesichte vorüberhasten sah, sagte er zu diesem mit bitterm Lächeln: »Der Kardinal glaubte sich des Schicksals bemächtigt zu haben, doch diesmal hat es ihn gefoppt.«

Meyer antwortete nicht, aber er umfaßte die Schicksalsrolle mit gefalteten Händen.

Eine Stunde später war es in den äußern Gemächern des Herzogs still und einsam geworden. Jenatsch allein schritt im Vorzimmer auf und nieder, die aus dem Geschehenen hervorbrechende Zukunft erwägend. Was ihn beunruhigte, war das Los seines Gefangenen, und er verweilte hier in der Hoffnung, das unlängst ihm so freundliche Antlitz noch einmal zu sehen. Daß Herzog Heinrich ein Sklave seines gegebenen Wortes sein werde, daran zweifelte der Verräter keinen Augenblick; aber es war ebenso gewiß, daß der Kardinal einen Haß werfen würde auf Rohan, das Werkzeug, dessen edler, feiner Stahl zerbrochen war in seiner mißbrauchenden Hand, und daß der Herzog Frankreich nicht wieder betreten könne, ohne der Rache Richelieus zu verfallen. Jenatsch hätte ihn gerne vor dieser Rache sicher gewußt – aber wo? Welches war die Stätte, die dem Arme des Kardinals ihn entzog und die doch kein trostloses Exil für ihn war, das zu erwählen er sich weigern würde?

Er wartete vergebens. Der Herzog kam nicht, und als endlich die Tür sich öffnete, war es der Adjutant Wertmüller, der, ein Schreiben in seine Brieftasche steckend, heraustrat und ohne Gruß an ihm vorüberschreiten wollte.

»Könnt Ihr mir nicht eine kurze Audienz bei dem Herzog verschaffen, Wertmüller? ... In seinen eigenen Angelegenheiten«, fragte der Bündner.

»Damit verschont Ihr ihn besser«, versetzte der Lokotenent. »Euer Anblick hat für ihn seinen Reiz verloren. Was seine persönlichen Angelegenheiten betrifft, so seid Ihr nicht der Mann, sie erfreulich zu ordnen. Er hat es eben selbst getan.«

»Er hat schon über seine Zukunft entschieden?« fragte Jenatsch gespannt. »Geht er nach Zürich oder Genf? dort könnte er in edler Muße seinen Studien leben.«

»Ein militärisches Handbuch schreiben, meint Ihr?« höhnte Wertmüller. »Nicht doch! In der Lage, die Ihr ihm so kunstvoll bereitet habt, bleibt für Herzog Rohan nur eines übrig: der Tod auf dem Schlachtfelde. Ihr begehrt zu wissen, wohin mein Herr sich wenden wird, wenn er aus Euern Judasarmen sich losgemacht hat, und ich will Euch nicht belügen – entgegen der Sitte, die von Euch hiezulande eingeführt wurde.

Ich überbringe ein Schreiben meines edlen Herrn an den Herzog Bernhard von Weimar, seinen Schwiegersohn, worin er sich zu gemeinem Reiterdienste im deutschen Heere anbietet. Kann ich Euch etwas an den Herzog Bernhard ausrichten? Besinn ich mich recht, so folgtet auch Ihr einst seiner Fahne. Er wird sich über Euch wundern. Noch heute reit ich ab und genieße so auch meinerseits zum letzten Male Euern Anblick. Wäre ich dessen nie teilhaft geworden! Besonders jenes Mal vor der Festung Fuentes nicht, als Ihr in gebührenden Ehren einherschrittet ... schon damals mit spanischem Gefolge! Manches stünde besser und Ihr wäret schon längst an Euern richtigen Platz erhöht.«

»Ihr reizt mich nicht«, sagte der andere finster. »Ich bin des Blutes satt und an Eurer persönlichen Achtung liegt mir nicht das mindeste. – Was ich für mein Land tue, versteht Ihr nicht. – Geht und sagt dem Herzog Bernhard«, schloß Jenatsch und schritt, das Haupt übermütig zurückwerfend, dem Eingange zu, »er möge sich vorsehn, daß er sein Elsaß so glücklich den Krallen Frankreichs entwinde wie ich mein Bünden.«

Neuntes Kapitel

Der warme Mai hatte das Tal des Rheines mit Blüten und üppigem Grün bedeckt, als das französische Heer auf seinem durch den Märzvertrag erzwungenen Rückmarsche aus dem Veltlin sich auf der staubigen Landstraße von Reichenau her den Toren der Stadt Chur näherte.

Das dem Herzog Rohan abgerungene und von Priolo nach Paris gebrachte Übereinkommen war dort genehmigt worden, wenn auch in gewundenen Ausdrücken, aus welchen das widerwillige Sträuben des Kardinals deutlich hervorblickte. Der Schrecken und Ärger am französischen Hofe über den in einem fernen Bergwinkel mit beispielloser List geplanten Gewaltstreich war groß gewesen. Niemand hatte bis jetzt den Namen des unbekannten Abenteurers, der ihn ausgeführt, der Beachtung wert gehalten. Dennoch ging man auf das Übereinkommen ein, mußte darauf eingehen. Der dem Kardinal an kluger Berechnung gleichstehende Bündner hatte die Maschen des Netzes zu fest geknüpft und zu sicher zusammengezogen, als daß selbst die Schlauheit Richelieus eine Lücke zum Durchschlüpfen gefunden hätte. Vielleicht dachte dieser noch an die Möglichkeit, es mit Gewalt zu zerreißen, aber dafür war der sein gegebenes Wort hoch und heilig haltende Rohan nicht zu verwenden.

Dieser war seinem anrückenden Heere nicht entgegengeritten und befand sich nicht in dessen Mitte. Nach dem grausamen Auftritte im Sprecherschen Hause hatte ihn ein Rückfall seines Übels aufs Krankenlager geworfen, und jetzt war er kaum soweit genesen, um in eigner Person sein Heer über die wenige Meilen von Chur entfernte bündnerische Grenze führen zu können. In der frischen Morgenstunde des nächsten Tages wollte er sich zum letzten Male als Feldherr an die Spitze seiner Truppen stellen, um mit ihnen das Land zu verlassen, für das er soviel getan und das ihm seine Liebe so schlecht gelohnt hatte.

Als die das Heer verkündende große Staubwolke sich näherte, strömte viel Volk aus der Stadt, jung und alt, den anrückenden Franzosen entgegen, welchen die Bürger von Chur niemals wie die wilden Leute der Gebirgstäler abhold gewesen und die sie jetzt umso lieber sahen, als es das letztemal war und die langjährigen Gäste am nächsten Morgen das Land für immer räumten.

Da sprengte ein Reitertrupp aus dem Tor und trieb die auf der heißen Straße ziehenden Massen auseinander. Es waren Bündneroffiziere, voran auf einem schwarzen Hengst ein Reiter in Scharlach, von dessen Stülphute blaue Federn wehten, der jedem Kinde bekannte Jürg Jenatsch.

Das Volk sah dem mit seinem Reiterbegleite in den aufgejagten Staubwolken schon wieder Verschwindenden mit Bewunderung und leisem Grauen nach, denn es ging die Sage, der arme Pfarrerssohn, welcher der mächtigste und reichste Herr im Lande geworden, habe seinen Christenglauben abgeschworen und seine Seele dem leidigen Satan verschrieben, darum habe er in den unmöglichsten Anschlägen Glück und Gelingen.

Lauter und näher ertönte die Feldmusik. Das Volk verteilte sich auf die grünen Wiesen und Halden zu beiden Seiten des Weges und bildete eine lebendige Hecke. Die französische Vorhut zog vorüber, aber die gebräunten Krieger schritten in raschem Tempo, ohne den grüßenden Zuruf der neugierigen Churer zu erwidern, und dieser wurde schüchterner und verstummte nach und nach.

Dort an der Spitze der jetzt heranrückenden Kerntruppen wurde neben Jürg Jenatsch der französische Befehlshaber Baron Lecques sichtbar. Aber der Franzose schien jenem für sein Geleit wenig Dank zu wissen. Stolz und verschlossen ritten die beiden nebeneinander. Der alte Degen konnte die Gegenwart des Bündners kaum ertragen. Das jugendliche Feuer seiner Augen sprühte Funken des Hasses und strafte die Silberfarbe seines kurzgeschorenen Haares Lügen. Er hatte heute den schneeweißen Schnurrbart noch steifer und herausfordernder als sonst aufwärts gedreht, und das gesund davon abstechende, rotbraune Gesicht glühte von verhaltenem Zorn, während seine Faust kampflustig die tapfere Klinge blitzen ließ.

Die Regimenter zogen nicht durch das Tor ein, sondern vollführten eine Schwenkung links um die Mauern der Stadt. Sie sollten während der kurzen, warmen Mainacht längs der vom Nordtore nach der nahen Grenze führenden Heerstraße im Freien ein Feldlager aufschlagen. Als dies geschehen war und die Sonne unterging, beeilten sich die Offiziere, über hundert an der Zahl, die Stadt zu besuchen, um sich ihrem Feldherrn, dem Herzog Rohan vorzustellen, die Mängel ihrer persönlichen Ausstattung in den Kaufläden von Chur zu ersetzen und sich, jeder nach seinem Geschmacke, einen möglichst vergnügten Abend zu machen.

Auch Lecques ritt, nachdem er seine letzten Befehle für den Aufbruch in der Frühe gegeben, durch die Reihen der überall brennenden Feuer, an welchen die Soldaten eben ihre Abendkost bereiteten, und wandte sich, nachdem er das ganze Lager mit scharfen Blicken gemustert, langsam nach der Stadt. Hier trat er zuerst in das Gasthaus zum Steinbock, wo er seine Offiziere nach Abrede versammelt wußte, und dann begab er sich sogleich zu Herzog Rohan, den er in dieser späten Abendstunde allein zu finden hoffte.

Er traf den Herzog zur Abreise bereit. Seine Angelegenheiten waren geordnet, und der Abschied von seinen Gastfreunden war genommen. Die französischen Offiziere hatte der Feldherr zwar empfangen, aber nach wenigen liebenswürdigen Worten schnell wieder entlassen. Seine letzten Stunden in Chur wünschte er in stiller Sammlung und einiger Ruhe zu verbringen.

Gerne hätte er auch für den nächsten Morgen jedes Geleit und jede Abschiedsfeierlichkeit abgelehnt, allein Herr Fortunatus Sprecher hatte mit Tränen in ihn gedrungen, doch der Stadt Chur, welche ihm, wie das ganze Land, so unendlich viel zu danken habe und deren Ergebenheit gegen seine verehrte Person trotz allen bösen Scheines immer dieselbe geblieben sei, doch ja diese unaustilgliche Schmach nicht anzutun, und der Herzog fügte sich diesem aus einer wunderlichen Gefühlsverwirrung hervorgehenden Wunsche, den er im stillen ironisch belächelte.

Als Lecques von dem Kammerdiener eingeführt wurde, trat ihm Heinrich Rohan mit vornehmer Ruhe entgegen und sprach ihm seine Anerkennung aus für die Umsicht und Raschheit, womit er seinem Befehle gemäß das Heer aus dem Veltlin zurückgeführt habe.

»Da das Unausweichliche geschehen mußte«, fügte er bei, »so war es ehrenhafter, daß es schnell geschah und ich danke es Euch, daß Ihr meinen mir peinlich werdenden Aufenthalt in Chur durch Euern schnellen Marsch gekürzt habt.«

Baron Lecques sah seinem General forschend in das bleiche Angesicht und sagte mit einiger Schärfe: »Meinerseits, erlauchter Herr, fürchtete ich durch meinen schnellen Gehorsam die Interessen Frankreichs bloßgestellt zu haben. Es kann Euch nicht unbekannt sein, daß Euer Sekretär aus Paris Gegenbefehl gebracht hat; doch er ist, weil Ihr mir Eile befahlt, zu spät gekommen. Bedauerlicherweise traf mich Priolo schon diesseits der Berge im Dorfe Splügen.«

»Priolo hat sich gestern bei mir beurlaubt«, erwiderte der Herzog achselzuckend, »ich kann ihn nicht zur Rede stellen. Von einem zweiten, die Ordre zum Abmarsche widerrufenden Befehle, der durch meine Vermittlung an Euch gesandt worden wäre, weiß ich nichts.«

Lecques öffnete seine Brieftasche und legte dem Herzog eine vom König und Richelieu unterzeichnete, in sehr bestimmte Ausdrücke gefaßte Weisung vor, die ihm befahl, das Veltlin mit seinen Truppen zu halten und die französische Ehre mit seinen tapfern Waffen um jeden Preis herzustellen.

Die Furche des Grams auf der durchsichtigen Stirne des Herzogs zeichnete sich schärfer. Er öffnete ein Portefeuille, das auf dem Tische lag, und entfaltete die an ihn gelangte Vollmacht zum Abschlusse des von den Bündnern ihm aufgenötigten Vertrags. – Sie war St. Germain, den 30. März, datiert und von Ludwig XIII. und Richelieu unterzeichnet. Er hielt sie mit der Ordre zusammen, die ihm Lecques überreicht hatte.

»Beide Dokumente tragen die Namenszüge des Königs und des Kardinals«, sagte er ernst. »Vergleicht. Die Echtheit keiner dieser Unterschriften ist anzufechten. – Der *Euch* gegebene Befehl opferte meine Ehre und wohl auch mein Leben ... warum habt Ihr ihn nicht ausgeführt?«

»Weil es zu spät war, denn ich hatte die Festungen schon geräumt«, sagte Lecques trocken.

»Und besonders«, fügte er rasch und mit Wärme hinzu, »weil ich, wie die Lage war, ohne Euch, erlauchter Herr, nicht handeln wollte. Ich bin der Meinung, mit diesem letzten königlichen Befehle in meinen Händen sei auch jetzt noch nichts verloren, und es sei noch früh genug, dem Wunsche und Willen des Königs nachzukommen und den Frankreich beschimpfenden Verrat zu rächen. Jetzt um so sicherer, als Feldherr und Heer wieder vereinigt sind! – Mein Plan ist gemacht, wollet ihn anhören.«

Er führte den Herzog in den turmähnlich vorspringenden Erker, dessen Fenster in der lauen stillen Mainacht offenstanden, und fuhr mit gedämpfter Stimme fort: »Es liegen keine Bündnertruppen in der Stadt und ihrer Umgebung. Jenatsch hat die Regimenter ins Prätigau verlegt, um jeder Reibung mit unsern durch den ruhmlosen Rückzug gereizten Soldaten vorzubeugen. Nur einige Haufen Landsturm bewachen die Tore. Jenatsch und die Obersten, die uns schamloserweise morgen ihr schadenfrohes Ehrengeleit bis an die Grenze geben wollen, durchzechen die Nacht zur Feier unsers Abzuges im Schenkhause zur Glocke. Die hellen Fenster dort in der zweiten Straße sind die Lichter des Gelages. –

Die Rache liegt in unsrer Hand! Hundertundfünfzig unserer Offiziere sind in der Stadt, lauter tapfere Edelleute, alle entschlossen, den Frankreich verräterisch angetanen Schimpf mit ihren Degen zu rächen.

Wir besetzen vorsichtig die Ausgänge der Glocke, dringen mit Übermacht ein und stoßen die trunkenen Meuterer bis auf den letzten Mann nieder. Auf ein von mir mit dem Lager verabredetes Zeichen werden die Stadttore von außen mit Petarden gesprengt. Unsere Truppen rücken ein und besetzen die Stadt. Die Churer sind in ihrer großen Mehrzahl immer den spanischen Kabalen entgegen und uns Franzosen zugetan gewesen.

Sie rufen halb gezwungen, halb einverstanden: Vive la France! und seid versichert, Herr, in wenigen Tagen stimmt ganz Bünden ein, denn im Grunde verabscheut es das spanische Bündnis. Einer hat den ganzen Verrat gebraut, der büßt zuerst – ich nehm ihn auf mich. Hat erst einmal der Judas seinen Lohn empfangen«, rief er mit unverhaltenem Zorn, »so wird sich die Szene, glaubt mir, mit *einem* Schlage verwandeln!«

»Gedenkt Ihr den Ruhm Frankreichs mit einem Wortbruche und einer Mordnacht wiederherzustellen?« sagte der Herzog streng.

Lecques wies auf seine Vollmacht. »Ich erfülle damit den Willen des Königs, meines Herrn«, verteidigte er sich. »Der gelehrte Kardinal ist in Entscheidung von Gewissensfragen ein Meister; in seinem Katechismus steht: Verrat gegen Verrat. Das durch die rohe Gewalttat, die am 19. März dieses Hauses Gastrecht entehrte, Euch entrissene Wort verpflichtet Euch weder vor Gott noch vor den Menschen, hättet Ihr es auch auf die Hostie oder auf das Evangelium geschworen.«

»Mein Gewissen entscheidet anders«, erklärte Heinrich Rohan bestimmt und ruhig. »Noch bin ich Euer Feldherr, noch seid Ihr mir Gehorsam schuldig, und Ihr werdet ihn leisten. Sprecht mir nicht mehr von Eurem Anschlage. Er würde, wenn er gelänge, die an der Grenze stehenden Österreicher und Spanier ins Land ziehn und den furchtbarsten Krieg entflammen. Ihr selbst habt es gesagt: Ein einziger war fähig, diesen kalten Verrat zu begehen. Das Volk ist unschuldig und verdient nicht, was der eine verbrochen, durch ein so grausames Los zu büßen. Ich halte den Vertrag und glaube nicht, daß der Glanz unsrer Lilien dadurch verdunkelt werde; aber selbst wenn Frankreichs Waffenehre, wie Ihr meint, damit getrübt würde – ich müßte den Vertrag dennoch halten.«

»So spricht kein Franzose!« brauste der andere auf.

Der Herzog bewegte die Hand nach dem Herzen. Er

wußte es, aber es wurde ihm heute zum ersten Male gesagt – daß er sein Vaterland verloren habe.

»Ist es für mich unmöglich, zugleich ein Franzose und ein Ehrenmann zu bleiben«, sagte er leise, »so wähle ich das letztere, sollte ich auch darüber heimatlos werden.«

Und die beiden traten in das Gemach zurück.

Es war kühl geworden, und das Fenster hatte sich geschlossen. In den Mondschein, der den stillen Platz vor dem Hause füllte, trat jetzt eine große Gestalt, die schon längst mit verschränkten Armen, den Rücken an die Mauer gelehnt und den Sprechenden unsichtbar, unter dem Erker gestanden hatte. Nachdem Herr von Lecques mit harten, klirrenden Tritten das Haus verlassen und sich um die Ecke gewendet, schritt sie noch eine Weile gesenkten Hauptes im Schatten der jenseitigen Häuserzeile auf und nieder, von Zeit zu Zeit den Blick zu dem Erker des Herzogs erhebend, bis der Lichtschein erlosch. Jetzt blieb sie an der Einmündung einer Seitenstraße stehen. Wieder ertönten Schritte. Es war ein schwankender, hagerer Mann in der Tracht der spanischen Edelleute, der sich näherte und einen Augenblick unschlüssig stehenblieb. Erst maß er den auf dem Platze nächtliche Wacht Haltenden mit scharfen Blicken, dann trat er auf ihn zu und redete ihn als Bekannten an.

»Dacht' ich mir's doch, Signor Jenatsch«, begann der im spanischen Mantel, »daß Ihr Eure Beute zärtlich hütet. In der Glocke wußte man nicht, wo Ihr hingeraten wäret. Gut, daß ich Euch finde und gerade wo ich Euch vermutet. Ihr dürft den Herzog nicht abreisen lassen! Sonst würdet Ihr Spanien einen schlechten Dienst erweisen, der auf die Aufrichtigkeit Eurer bisherigen Leistungen ein eigentümliches Licht würfe. Serbelloni hielt es für überflüssig, Euch nahezulegen, daß Ihr den Herzog in der Hand behaltet und ihn seine berühmte Waffe nicht wieder gegen Spanien-Österreich erheben lasset. Er meinte, das wäre gleichsam ein selbstverständlicher geheimer Artikel Eures Übereinkommens mit Spanien, den es nicht nötig sei, Euch besonders unterschreiben zu lassen. Ich aber sagte ihm, daß ich Euch von Kindheit an kenne und daß im Verkehr mit Euch, wie übrigens mit jedermann auf dieser, wie die neuesten Gelehrten behaupten, sich drehenden Erde, nichts besser sei als ein guter schriftlicher Kontrakt. Den hab ich nun mitgebracht, und Ihr werdet Euch wundern, welch hübsches Angebot ich Euch mache.

Gegen Heinrich Rohan die Festung Fuentes!

Das heißt natürlich ihre von Bünden längst begehrte Schleifung. Den Herzog behaltet Ihr, oder besser, da das Sprechersche Haus unter seinem Range und ihm durch Euren Besuch vom neunzehnten März verleidet sein möchte, Ihr liefert den frommen Herrn nach Mailand, wo ihm ein stilles und angenehmes Privatleben gesichert ist. Klüger wäre es freilich gewesen, Ihr hättet ihn, wie es der Wunsch des Herrn Gubernatore war und ich Euch schrieb, vor Wochen schon in die Hände Eures spanischen Verbündeten befördert, bevor das französische Heer über den Splügen rückte, wo es mich heute – denn ich komme stracks von Mailand – zeitraubend aufgehalten hat.

Warum habt Ihr meine Briefe nicht beantwortet? Das ist nicht klug und auch nicht hübsch von einem Jugendfreunde. Zum Glück ist es noch Zeit. Der Herzog ist noch da und krank dazu, wie man mir erzählte. Es wird einem Diplomaten von Eurer Gewandtheit nicht an einem Vorwande fehlen, den unter Eurem Zauber stehenden Herrn noch einige Zeit freundschaftlich in Chur zurückzuhalten. Kann er doch nicht in Person sein Heer nach Frankreich zurückführen! Schließen wir den Handel? Fuentes gegen den Herzog? Ihr schweigt? ... Das gilt wohl bei Euch, wie bei gemalten Heiligen und schönen Frauen, als Ja.«

Jenatsch hatte ihn mit wortloser, zorniger Verachtung angehört: »Hebet Euch von dannen, Rudolf Planta«, sagte er jetzt mit gedämpfter, aber heftiger Stimme, »noch seid Ihr in Bünden verfemt, und wer Euch hier betrifft, hat das Recht, Euch niederzustoßen. Serbelloni weiß, daß ich mit Leuten Eures Schlages nicht unterhandle. Er kennt meine Bedingungen, von denen ich nicht um die Breite einer Degenklinge abweiche. Ich bin mit Spanien in Unterhandlung getreten, um die Freiheit und Würde meines Heimatlandes zu sichern: Ihr aber habt Euch darum nie gekümmert, sonst würdet Ihr mir eine solche Niedertracht nicht zumuten. Serbelloni weiß nicht darum – das schlägt in Euer Fach und ist ein Geschäft zu Eurem Vorteile. Ist es doch nicht das erstemal, daß Ihr edles Blut verkauft und schnöden, feigen, schmachvollen Menschenhandel treibt! – Schande über Euch!«

Planta lachte höhnisch auf: »Ei, ei, edler Herr, Ihr seid den spanischen Goldstücken auch nicht abhold ... Wie wäret Ihr sonst zu Reichtum und Ehren gekommen, während ich von allen meinen angestammten Gütern und festen Sitzen in Bünden durch einen gewissen demokratischen Pfarrer, den Ihr wohl jetzt nicht mehr leiden mögt, und durch seine Pöbelhaufen verjagt wurde, und – Gott sei's geklagt – noch immer verschuldet, ein armer fahrender Ritter bin. – Doch keinen Groll! Wir essen jetzt das Brot desselben Herrn. Ich weiß, wie große Summen an Euch versandt wurden. Ihr dürft nicht scheel sehen, daß auch ich ein einträgliches Geschäft mir ausgedacht habe.«

»O Schmach«, brach Jenatsch los, »von einem solchen Schurken zu seinesgleichen gezählt zu werden. War es nicht billig, daß Spanien den Sold vergüte, um den Frankreich unsere Truppen betrog!«

»Der Dukatensegen ist durch Eure Finger geströmt«, spottete Planta, »wie sollte er sie beim Durchrinnen nicht vergoldet haben! ...«

»Zieh, Bube, damit ich dich nicht ermorde!« rief Jenatsch bebend und riß den Degen aus der Scheide.

Der andere aber hatte sich schon während seiner letz-

ten Rede an die Ecke der Seitenstraße zurückgezogen.
»Ich werde Eure guten Gesinnungen in Mailand zu
rühmen wissen!« kicherte er noch aus dem Schatten der
Häuser hervor und war verschwunden.

Zehntes Kapitel

Kaum erglühten die Turmspitzen von Chur im ersten
Morgengolde eines wolkenlosen Maitages, als es schon
vor den Stadtmauern und in der langen Gasse, die vom
Sprecherschen Hause zum Nordtore führte, lebendig
wurde. Französische Offiziere sprengten hin und her,
aus der Stadt nach dem Lager, dessen Zelte schon abge-
brochen waren, und von den marschfertigen Truppen
zurück zum Herzog, um ihn als ein glänzendes Gefolge
zu umringen und in ihm die französische Ehre, die, wie
es ihnen schien, in diesem Lande Schaden gelitten, mit
ihren kriegerischen Gestalten zu decken.

In der Straße, die Rohan durchreiten sollte, standen
die Churer barhaupt in zwei gedrängten Reihen längs
der Häuser, und alle Fenster bis zu den Dachluken hinauf waren mit neugierigen Köpfen gefüllt. Alles Volk
wollte den guten Herzog noch einmal sehen und begleitete ihn mit Wünschen und aufrichtigen Tränen.

Als er an der Spitze seines stolzen Zuges langsam dem
Tore sich näherte, fand er einen löblichen Rat und die
Geistlichen der Stadt zu seiner Rechten aufgestellt. Die
Herren hatten sich in vollem Ornat jeder nach seinem
Range auf den Stufen einer breiten Freitreppe verteilt,
die zu der Pforte eines patrizischen Hauses führte. Beide
Türflügel standen weit offen und im Flur wurden in
schwarze Seide gekleidete Frauengestalten sichtbar, die
Gattinnen und Töchter der Würdenträger, welchen ihre
Stellung erlaubte, über die Häupter der Stadt hinweg
dem Herzog, den sie mit Schmerzen scheiden sahen,
einen letzten Gruß zuzuwinken. Ihr Zartgefühl hatte

ihnen verboten, sich wie bei einem lustvollen Schauspiele auf dem Balkon und in den Fenstern zu zeigen.

In der Mitte der Ratsherren fiel der Amtsbürgermeister Meyer als wahrhaft imposante Erscheinung ins Auge. Nie hatte eine bürgermeisterliche Kette mit ihrer großen runden Schaumünze bequemer gelegen und selbstzufriedener geleuchtet als die auf seiner breiten Brust ruhende; nie hatten ein seidener Strumpf und ein Rosettenschuh knapper und schöner gesessen als heute an seinem wohlgebildeten, feierlich vorgesetzten Beine. Bei näherer Betrachtung jedoch verriet die Befangenheit des gewöhnlich gesunden und ruhigen Gesichts und der bängliche Ausdruck der irrenden Augensterne einen geheimen Widerspruch seines Innern mit der magistralen Sicherheit seiner vollkommenen Haltung.

Der Gruppe der Standeshäupter gegenüber, wo sich die Ausmündung einer innerhalb der Stadtmauer laufenden Nebengasse zu einem kleinen, viereckigen Platze erweiterte, hatten sich, als Repräsentanten der heimischen Waffen, die vornehmsten Bündneroffiziere versammelt und warteten zu Pferde, um sich dem Gefolge des Herzogs anzuschließen und ihm das Ehrengeleit bis zur Grenze zu geben. Im Gegensatze zu der gedrückten Stimmung auf der andern Seite der Gasse unter den Söhnen der Themis, herrschte hier unter den Kindern des Mars eine frische und beherzte, der sie sich unbefangen überließen, da sie sahen, daß der bündnerische Diktator zur Verabschiedung seines Opfers nicht erscheine.

Jetzt erreichte Herzog Rohan den Platz vor der Freitreppe. Huldvoll hielt er seinen schlanken Goldfuchs an, denn er sah, wie der Amtsbürgermeister einen goldenen Pokal erhob, den eben ein ergrauter Ratsherr an seiner Seite aus einer silbernen Kanne gefüllt hatte. Meyer trat entschlossen vor und bat den Herzog in gerührten Worten, den Seiner Erlaucht von der Stadt Chur mit Danksagung und Segenswunsch angebotenen Abschiedstrunk nicht zu verschmähen. Während Rohan sich die Lippen netzte, sammelte der Bürgermeister seinen Geist zu einer wohlgesetzten französischen Rede, auf die er sich sorgfältig vorbereitet hatte.

Bürgermeister Meyer war kein Redner. Im Rate und in der Gemeinde war es ihm ein leichtes, seine Gedanken schlicht und zweckdienlich auszudrücken und zu einem bündigen Schlusse zu gelangen. Aber es war ihm nicht gegeben, zwiespältige Gefühle und zweideutige Gedanken unter zierlichen Blumen der Beredsamkeit zu verbergen.

Er hatte damit begonnen, des Herzogs ruhmreiche Tapferkeit und seine erhabene staatsmännische Weisheit zu preisen, die beide zu Bündens Rettung wie zwei geflügelte Genien herbeigeeilt seien. Dann warf er einen Blick in den Abgrund, aus welchem der Herzog das bündnerische Volk gezogen habe. Jetzt kam eine dunkle Stelle, in der von sich überstürzenden Ereignissen, seltsamen himmlischen Konjunkturen und dem großen Herzen Ludwigs XIII. die Rede war. – Hier wurde Herr Meyer warm, übersprang unversehens die logischen Hindernisse und behauptete gerührt, die Zurückgabe des Veltlins an die Bündner durch Spanien-Österreich sei und bleibe das Verdienst des Herzogs Rohan. Er sei, nächst dem gütigen Gott, ihr alleiniger Helfer und Retter gewesen.

»Des Landes Dankbarkeit gegen Euch wäre nicht genugsam ausgedrückt, edelster Herr«, rief er aus, »wenn wir Euch so viele Ehrensäulen errichteten, als Bünden Felsen und Berge besitzt! Und wenn jeder unserer Berge eine Statua wäre ...« hier stockte der Redner und erstarrte selbst zum Steinbilde.

Ein verspäteter Reiter war durch die Nebengasse herangeeilt und auf dem kleinen Platze, dem Bürgermeister gegenüber, mitten unter die Bündneroffiziere hineingesprengt. Die Obersten wichen auf ihren stampfenden Tieren bestürzt nach beiden Seiten zurück. Auf das Kommen von Georg Jenatsch hatte keiner gerechnet.

Und da war er! Auf seinem schäumenden Rappen in der Mitte des leeren Raumes, von allen gemieden!

Zugleich bäumte sich das Pferd des dicht hinter dem Herzog haltenden Lecques, der einen wütenden Blick nach Jenatsch hinüberschoß. Des Herzogs Augen ruhten mit höflicher Aufmerksamkeit auf dem Bürgermeister, aber diesem, der den verratbefleckten Befreier Bündens als eine grelle und unschickliche Verdeutlichung seiner Rede gerade vor Augen sah und dem die drohende Haltung des Herrn von Lecques nicht entgangen war, entglitt der Faden seiner Rede. Seine angstvollen Blicke begannen mehr als gewöhnlich zu schielen, und er fuhr unsicher fort: »Und wenn in Bünden jeder Berg eine Statua ... und jede Statua ein Berg wäre ...«

»Laßt es gut sein, lieber Bürgermeister!« schnitt der Herzog freundlich ab und, sich auf die andere Seite zu den Bündneroffizieren wendend, sagte er mit ruhigem Befehl: »Ich verzichte auf das Geleit der Herren. Es wird der Schicklichkeit Genüge geschehen, wenn einer von ihnen unserm Überschreiten der Grenze beiwohnt. Ich bitte mir die Gesellschaft des Grafen Travers aus.«

Der stille junge Mann mit dem braunen scharfgeschnittenen Kopfe lenkte sofort mit dankendem Gruße sein Tier zur Linken des Herzogs.

»Gott schütze Euch und Eure gute Stadt, werte Herren!« rief dieser, griff leicht an seinen Hut und sprengte durch das Tor in die lenzduftige Landschaft hinaus.

Der alte Lecques war auffallenderweise als einer der letzten zurückgeblieben. Jetzt riß er sein Pferd herum, ritt Georg Jenatsch einige Schritte entgegen, zog ein Pistol und schrie ihn an: »So scheidet Lecques von einem Verräter!«

Er drückte los, der Hahn schlug nieder, ein Pulverblick flammte auf der Zündpfanne, doch der Schuß versagte.

Elftes Kapitel

Während die Ereignisse des Frühjahrs die Stadt Chur und das ganze Land in aufgeregte Spannung versetzten, blieb Lukretia Planta von denselben scheinbar unberührt. Sie hauste allein auf ihrem festen Sitze Riedberg, der, an eine sonnige Halde fernab von der Heerstraße sich lehnend, inmitten seiner blühenden Wiesen und wohlgepflegten Felder und Baumgärten ein Bild ländlichen Friedens darstellte.

Von ganzer Seele fürchteten und hofften und freuten sich dagegen mit dem Lande die Frauen von Cazis. Sie hatten, als das Aufgebot des Jürg Jenatsch erscholl, zum Sturm gegen die gottlosen Franzosen alle Klosterleute bis auf das letzte Knechtlein gestellt. Als fröhliche Geberinnen leerten sie ihren kleinen Weinkeller, um die vor die Rheinschanze und wieder heimwärts ziehenden Landstürmer zu tränken. Hellebarde und Morgenstern ruhten an den friedlichen Kreuzen des Nonnenkirchhofs. Alt und jung scharte sich längs der Klostermauer, und die frommen Schwestern eilten leichtfüßig auf und nieder, in kleinen hölzernen Schalen ihren Most und Wein bis zur Neige ausschenkend.

Niemand aber ahnte in dem durch den Abzug der Franzosen mit hellem Jubel erfüllten Domleschg, welchen Anteil Fräulein Lukretia an den geheimen Verhandlungen genommen, die den Handstreich in Chur möglich gemacht hatten. Nicht einmal die Frauen in Cazis, obschon sie den Verkehr mit dem Fräulein nach dem Wunsche ihres Beichtigers immer eifriger und zutunlicher pflogen. Nicht daß Pankraz den eigensüchtigen Gedanken in ihnen genährt hätte, die Letzte der Planta von Riedberg unwiderruflich in den Ring des Klosters zu ziehen. Sie verkehrten mit Lukretia, der Weisheit des Paters vertrauend, ohne sie mit Fragen oder mit Bitten zu bestürmen, die auf ihre Zukunft und die Hoffnungen des Klosters Bezug hatten, schon aus geselliger Neigung und natürlicher Gutherzigkeit. – Das Fräulein hätte sie gedauert, wenn es von den merkwürdigen Dingen, die sich im Lande zutrugen und die sie selbst auf den verschiedensten Wegen erfuhren, nicht ungesäumt unterrichtet worden wäre.

Freilich wäre es der Schwester Perpetua gegen die Natur gegangen, sich nicht mindestens bei Lukas über die letzte lange Abwesenheit des Fräuleins jenseits der Berge einiges Licht zu verschaffen, hätte sie nicht aus der allerbesten Quelle, einem Briefe des Paters Pankratius selber, schon im Winter erfahren, daß unangenehme Erb- und Familienangelegenheiten, über die man besser nicht mit ihr spreche, die Gegenwart Lukretias in Mailand notwendig machten.

Lukretias Fahrt nach Mailand im vergangenen Jahre war ihr schwer geworden, aber sie hatte das von Jenatsch ihr vorgehaltene Ziel standhaft verfolgt und durch die Festigkeit ihres Willens auch erreicht. Nicht die Mühsale des zweimaligen Überschreitens der im Winter gefährlichen Bergpässe hatten ihren Mut auf die größte Probe gestellt; diese Schrecknisse hatte die kräftige Frau, geleitet von dem treuen, wetterharten Lukas und einem seiner berggewohnten Söhne, ohne Zagen und Ermüdung überwunden. Anders aber war es, als sie, von dem geschäftigen Pankraz in Mailand empfangen und bei Serbelloni eingeführt, sich dem klugen und zähen Staatsmanne gegenüber befand und fühlte, daß sie sich auf ein ihr fremdes Gebiet verirrt, in bisher noch nicht von ihr erwogene Fragen sich verwickelt habe.

Ihre Stellung als Bevollmächtigte des bündnerischen Kriegsobersten war eine höchst eigentümliche und mußte in den Augen aller der Verhältnisse Unkundigen als eine zweideutige erscheinen. Serbelloni, der sie kannte und wußte, daß der Mörder ihres Vaters ein Gegenstand des Hasses für sie war, verfiel nicht in diesen Irrtum und fand es begreiflich, daß sie die politischen Ziele ihres

Vaters und ihres Oheims mit Aufbietung aller ihrer Kräfte verfolge; aber er geriet in einen andern.

Er glaubte, sie sei von Anfang an mit den Umtrieben der Bündnerflüchtlinge von der spanischen Partei vertraut gewesen, und wollte mit ihr als mit einer in das ganze Gewebe der sich kreuzenden Interessen Eingeweihten verkehren. Er brachte die Unschuldige mit ihrem alles um sich her durch den Hauch seiner Schlechtigkeit befleckenden und vergiftenden Vetter in unverdiente Beziehung politischen Einverständnisses; er verwirrte sie, ohne sie verletzen zu wollen, mit Mitteilungen über den Lohn und Anspielungen auf die Ehren, welche er den in der angeknüpften Intrige erfolgreich Handelnden zudachte, er wies auf die glänzenden Aussichten hin, die das Gelingen vor ihnen öffnete, und er ahnte nicht, daß dabei eine steigende Verachtung der niedern Schliche und geheimen Mittel der Politik sich Lukretias bemächtigte.

Auch Georg Jenatsch erschien ihr in einem andern Lichte; ihr Vertrauen auf seine reine Vaterlandsliebe wurde von dem allgemeinen Ekel, den sie empfand, angefressen und ihr Glaube an die Einheit seines Wesens erschüttert, ohne daß sie augenblicklich sich ganz bewußt wurde, wie durch diese Zweifel ihr Verhältnis zu ihm sich innerlich trübe.

Was sie aufrecht hielt, war ihre Treue an sich selbst. Sie hatte versprochen, von den ihr übergebenen fünf Bedingungen in keiner Weise abzuweichen und sich keinen Punkt davon abmarkten zu lassen. Dabei blieb sie unerschütterlich. Das Andenken ihres Vaters verließ sie niemals. Sie stärkte sich in Momenten der Erschöpfung an seinem geistigen Anblicke, und je ausschließender sie in der Erinnerung mit ihm verkehrte, desto lebendiger ward sie sich bewußt, daß sie in seinem Geiste handle, wenn sie zum Abschlusse des von Jenatsch entworfenen Vertrages mitwirke.

Nachdem sie als williges und treues Werkzeug ihre

Aufgabe erfüllt und mit den von Spanien gewährten und unterzeichneten Bedingungen das Gebirge wieder überschritten hatte, kehrte sie in die Stille von Riedberg zurück und wartete dort, bis ihr die Schriften, die sie verwahrte – durch die Vermittelung des Klosters Cazis, vermutete sie –, abverlangt würden.

So war der März gekommen. Da erschien eines Abends bei einbrechender Nacht Jenatsch selbst wieder auf Riedberg. Ein Brief des Paters Pankraz hatte ihm aus Mailand gemeldet, daß Lukretia abgereist sei und die ihr gewährten spanischen Vollmachten auf ihrem Schlosse bewahre und hüte. Nun kam er, um die von Serbelloni unterzeichneten Papiere aus ihrer Hand zu empfangen.

Als er eintrat, pochte Lukretias Herz mit schweren Schlägen, aber vor jähem Schrecken mehr als vor Freude.

Noch einmal war eine Verwandlung mit ihm vorgegangen! Was heute aus seinen Augen blitzte, war nicht mehr der jugendliche Übermut von früher, war nicht die vor keinem Hindernisse zurückweichende Sicherheit, mit welcher er, seit sie ihn wieder kannte, ihr entgegengetreten, es war etwas Maßloses in seinem Wesen, eine gereizte Gewaltsamkeit in seiner Stimme und Haltung, als hätte eine übermenschliche Kraftanstrengung ihn aus dem Geleise und über die letzten seiner Natur gesetzten Marksteine hinausgeworfen.

Eine wilde Freude flammte über sein Antlitz, als er endlich die Schriften hielt und durchflog. Er wollte in seinem Triumphe die Knie seiner Botin umfassen; aber Lukretia trat stolz und zitternd zurück.

Da streckte er die Hand gen Himmel und rief in herausforderndem Jubel: »Ich schwöre es, Lukretia, wenn das gelingt, soll mir fortan nichts unmöglich sein! ... Müßt' ich auch das Blut deines Vaters durchschreiten – müßt' ich dem Racheengel das Schwert aus den Händen reißen, um dich zu besitzen, du längst – du immer Begehrte!«

Lukretia faßte seine Hand und trat mit ihm durch eine schmale Pforte in einen gewölbten Nebenraum, ein enges Gelaß, dessen Rückwand durch einen ungebrauchten altertümlichen Kamin ganz gefüllt und durch ein grob darauf gezeichnetes Kreuz verunziert war.

»Auf Riedberg wird keine Hochzeit gefeiert!« sagte sie und flüchtete sich dann, das Antlitz mit den Händen bedeckend, in ihr innerstes Gemach.

Als wenige Wochen später der Verrat an Herzog Rohan und die Befreiung Bündens eine Tatsache wurde, von der das ganze Land erscholl, beschlich Lukretia in ihrer Einsamkeit das bange Gefühl, als sei sie durch ihre verborgene Mithilfe mit Georg Jenatsch auf immer und ewig verbunden, teilhaftig seiner rettenden Tat, teilhaftig auch seiner Schuld. Unauflöslich war sie mit ihm vereinigt im Augenblicke, da ihr Herz vor ihm zu erschrekken begann und sie, um in ihrem Gemüte eine Schutzwehr gegen ihn aufzurichten, sich täglich zurückrief, daß die Pflicht ihres Lebens noch nicht erfüllt und der Geist ihres Vaters durch die ihm gebührende Blutsühne noch nicht geehrt sei.

Zu Ende Mai nach dem Abzuge des Herzogs aus Bünden wurde Lukretia durch einen flüchtigen Besuch ihres verabscheuten Vetters beunruhigt. Er deutete ihr an, er müsse schleunig nach Mailand zurückkehren. Dort befinde sich Jenatsch und verhandle persönlich mit Serbelloni die letzten endgültigen Bestimmungen über die Stellung Bündens zu Spanien. Durch seinen charakterlosen Parteiwechsel und seine trügerische Beredsamkeit gewinne der Oberst auf den Gubernatore einen verhängnisvollen Einfluß, welcher die Interessen der alten spanischen Partei in Bünden gefährde und ihn selbst der Früchte seiner langjährigen Treue an Spanien beraube. Rudolf fügte bei, es sei die höchste Zeit, daß er sein Heimatsrecht und seine Stellung im Lande wiedergewinne. Das hoffe er bei den Verhandlungen in Mailand durchzusetzen. Er wäre der Verwendung Serbellonis zu seinen Gunsten gewiß, wenn ihm Lukretia, welcher der Gubernatore von früher her huldvoll gewogen sei, ihre Hand reiche und er durch die Verbindung mit ihr das berühmte Geschlecht der Planta zu Riedberg wieder emporbringe. Er wisse wohl, meinte Rudolf, an welche Bedingung Lukretia ihr Jawort knüpfe – an die Vollziehung ihrer Blutrache an Jenatsch –, und diese Bedingung werde er erfüllen, was ihm jetzt leichter sei als früher, da sich die Feinde des Obersten aus den verschiedensten Gründen gemehrt hätten und noch täglich sich mehrten. Zuerst aber müsse dieser den Vertrag mit Spanien endgültig abgeschlossen haben, denn Jenatsch allein sei es imstande. –

So zog er über das Gebirge.

Der Eindruck seiner Gegenwart war für Lukretia ein häßlicher und beunruhigender gewesen. Doch achtete sie Rudolfs Persönlichkeit zu gering, als daß seine Pläne sie ernstlich erschreckt oder nur beschäftigt hätten. Das Begegnis haftete nicht lange in ihrem Gemüte, denn ihre Seele war von andern bangen Zweifeln bewegt.

ZWÖLFTES KAPITEL

Es war Hochsommer, und die Mittagssonne brannte in den Straßen von Mailand. Im Halbdunkel einer Halle, welche von den feinen Wasserstrahlen eines Marmorbeckens gekühlt wurde, saßen sich zwei Staatsmänner gegenüber, die offenbar eine wichtige Verhandlung führten. Eine von vier vergoldeten Greifen getragene große Mosaikplatte war überlegt mit Protokollen und Vertragsentwürfen in verschiedenen Sprachen und Formaten. Über diesen kühlen Tisch, darauf sie sich lehnten, streckte bald der eine, bald der andere die nachdruckgebende Rechte aus, in halblauter Wechselrede vorsichtig einen Standpunkt angreifend oder behauptend.

Der eine, in Scharlach gekleidet und von gewaltigem Wuchs, hielt jetzt ein Papier in der Hand, das er mit finstern Blicken durchflog und worauf über der kleinern Schrift, die es bedeckte, mit großen verschnörkelten, aus einer sorgfältigen Kanzlei hervorgegangenen Buchstaben

Progetto ossia Idea

geschrieben stand.

Dies Projekt aber, oder diese Idee, leuchtete dem Lesenden nicht ein, sondern erregte seinen Unwillen; denn zuweilen zuckte es wie Schmerz und Hohn durch seine Züge, und die kräftige, mit großen Siegelringen geschmückte Hand schien das Papier zerknittern zu wollen. Doch las er zu Ende, bevor er es mit kaum beherrschter Ungeduld auf den Tisch zurückwarf.

Der andere, ein hagerer, vornehmer Sechziger, beobachtete ihn gelassen. Die Haltung dieses Edelmannes war aus italienischer Urbanität und spanischer Grandezza gemischt, aber nicht zu gleichen Teilen, denn wenn der Herzog Serbelloni von seinem berühmten Ahn, dem Feldherrn Karls V., die imposante Adlernase und die diplomatische Geschicklichkeit ererbt hatte, so war ihm dessen elastische italienische Menschenbehandlung nicht zuteil geworden. Seine Mutter, die eine Mendoza war, hatte ihm mit ihrem Blute – neben dem rötlichen Haar und der hellen Hautfarbe – einen Zug von spanischer Hochfahrt und Unnahbarkeit gegeben, den er zu verbergen wußte, der aber insgeheim sein ganzes Wesen durchdrang.

Der Herzog hielt es unter seiner Würde und Weisheit, der erste zu sein, das Wort zu ergreifen, und erwartete mit unbeweglichen Zügen und geschlossenen Augen eine Äußerung des Lesers über den empfangenen Eindruck.

Da dieser aber die Arme über die Brust verschränkte und schwieg, so ließ er sich endlich vernehmen:

»Was dünkt Eure Gnade, Sennor Jenatsch?«

Georg Jenatsch lachte bitter auf.

»Eure Herrlichkeit«, sagte er, »hält mich für einen müßigen Liebhaber der Staatskunst, sonst würde sie den Ernst meiner fast zur Reife gediehenen Geschäfte nicht mit einem komischen Intermezzo unterbrechen. – Der Witz ist würdig eines Grazioso: Üppige Länder sollen wir vertauschen an ein paar verfallene Rheinstädtchen, wie Lauffenburg, Säckingen und andere, die zwei Tagritte und zwei fremde Nachtlager von uns entfernt sind und die morgen ihre vermorschten Tore öffnen, wenn der Herzog Bernhard von Weimar in seinem Elsaß einen Trompeter aufsitzen läßt und gegen sie ausschickt!... Fürwahr, ein Scherz ohne Salz, den ich der Hofkanzlei von Wien kaum zutrauen kann! – Ich bitte, Herrlichkeit, kehren wir zu Gesichtspunkten zurück, die unser würdig sind.«

Wenn auch der Herzog den naiven oder doch für naive Leute bestimmten Vorschlag des Hofes von Wien nur angewendet und benutzt hätte, um Zeit zu gewinnen, so fühlte er sich immerhin verletzt durch die rasche und rücksichtslose Zurückweisung desselben. Aber seine Empfindlichkeit fand kaum in einer etwas steifern Haltung Ausdruck.

»Eure Gnade«, sagte er, »hat es der eigenen Hartnäkkigkeit zuzuschreiben, wenn die Verhandlung stockt und nach neuen Auskünften und Abfindungen gesucht wird, um die Herren Grisonen zufriedenzustellen.«

»Zufriedenzustellen?« wiederholte der Bündner befremdet. »Doch nicht anders als durch die volle Zurückgabe unsers Eigentums?«

»Zufriedenzustellen«, betonte der Herzog langsam, »auf billige Weise.«

»Meine durch die edle Donna Lukretia gestellte Bedingung«, versetzte der Bündner gereizt, »lautet auf völlige Zurückgabe unsrer Länder, auf die Herstellung des status ante. Diese Forderung versprach Eure Herrlichkeit zu befriedigen.«

»Nicht wörtlich diese Forderung, sondern die Herren Grisonen überhaupt zu befriedigen«, versetzte der Herzog mit Würde.

Georg Jenatsch warf einen prüfenden Blick auf die kleine List, ob sich darunter eine Gefahr berge. Dann blitzte er den Herzog mit ausgelassenen und mutwilligen Augen an.

»Ein sinnvolles Silbenstechen, zu dem sich Eure Herrlichkeit herabläßt«, sagte er heiter. »Damals im Drange der Gefahr klügelte ich nicht über ein Wort, auf das ich, wie die Dinge liegen, auch jetzt keinen Wert setze. Größern dagegen – weil wir es einmal mit der Vieldeutigkeit der Worte zu tun haben, lege ich auf einen andern Ausdruck, der freilich auch nur aus Silben und Buchstaben besteht. Nicht ›ewiger Friede zwischen Spanien-Österreich und Bünden‹ soll über dem endgültigen Dokumente, das wir beraten, stehen, sondern – wenn ich etwas dabei zu sagen habe – ›Vertrag oder Bündnis‹.«

»Friede ist ein schönes Wort«, bemerkte der Herzog mit heiliger Miene.

»Zu schön für uns friedlose Sterbliche«, erwiderte der Bündner bitter. Dann fuhr er lächelnd fort: »Schreibt doch der heilige Augustinus, wie Eure Herrlichkeit weiß, der Krieg sei nur der Vorläufer oder die Eingangshalle des Friedens, und jener diene nur dazu, um zu diesem zu führen. – Wie dem sei, die beiden Gottheiten sind allzu nahe verwandt, als daß wir der einen gegen die andere trauen dürften! – Also: Vertrag oder Bündnis! Ein bescheidenes Wort für eine irdische Sache!«

Er setzte ernst werdend hinzu: »Der Gewissensskrupel Eures Gebieters, der katholischen Majestät, der ihr – wie mir Eure Herrlichkeit mitteilte – verbot, mit einer unkatholischen Macht ein Bündnis zu schließen, ist jetzt ohnedies gehoben.«

»Wie das?« fragte der Herzog mißtrauisch.

»Dieses Mal kann Bünden als katholische Macht gelten«, behauptete Jenatsch kalt, »da, die italienischen Herrschaften mitgezählt, die Mehrzahl seiner Bewohner und das unterhandelnde Staatsoberhaupt selber diesen Glauben bekennen.«

»Eure Gnade hat den Schritt getan«, bemerkte Serbelloni unangenehm berührt. »Ich freue mich als guter Christ unendlich darüber und beglückwünsche Eure Gnade aufs aufrichtigste.« Und er warf ihm einen Blick grenzenloser Verachtung zu. »Es mag Euch hart angekommen sein.«

Jenatsch hatte ein leichtfertiges Wort auf der Zunge, aber plötzlich wurde sein Gesicht zorndunkel und er rief trotzig: »Leicht oder hart – genug – es ist getan!«

Seine Heftigkeit schien ihm selbst aufzufallen, er nahm sich zusammen und fuhr flüsternd fort: »Ich vernehme, daß die katholische Majestät meiner Sinnesänderung Beifall zollt. Diesseits der Pyrenäen aber hat mich dieser reuige Schritt zu meinem freudigen Erstaunen mit dem Pater Joseph ausgesöhnt. Er schrieb mir neulich neben andern guten Nachrichten, sein Gönner, der Kardinal Richelieu, finde den Bericht des Herzogs Rohan über die Märzereignisse in Chur lückenhaft und wünsche eine vollständige Darstellung derselben von meiner Hand.«

Es entstand ein Stillschweigen.

»Bei ruhiger Betrachtung der Dinge, Sennor«, sagte dann Serbelloni, der sein Erschrecken mit bewundernswürdiger Kaltblütigkeit beherrschte, »und maßvoller Verteilung der Dinge sind wir nicht so weit auseinander, als es einem Unkundigen scheinen möchte. Zwei Punkte nur, zwei Punkte sind bestritten. Spanien verlangt, wie ich Eurer Gnade eröffnet habe und sie nun selbst billigen wird, für das Valtelin unsern katholischen Glauben als Staatsreligion – dies das Wichtigere. Daneben während der Dauer des Krieges freien Paß für die Truppen der katholischen Majestät über den Stelvio.«

»Was den größern Punkt betrifft«, erwiderte Jenatsch ohne Zögern, »so bin ich der Fanatiker meiner jungen Jahre nicht mehr. Das Veltlin bleibe katholisch, da die größere, ja die volle Zahl seiner Bewohner unsern Glauben bekennt. Wir Bündner beurlauben nach demselben Grundsatze die Kapuziner des untern Engadins, wo neun Reformierte gegen einen katholischen Christen stehn. – Gestehet, Herr, ich bin willfährig und entgegenkommend! Haltet mir Gegenrecht – verzichtet auf den Paß.« Und er reichte dem Herzog eines der auf dem Tische liegenden Papiere zur Unterzeichnung.

Dieser aber weigerte sich mit einer bedauernden Handbewegung:

»Noch nicht. Keine Überstürzung! Spanien muß den Paß besitzen.«

Ein unheimliches Feuer fuhr aus den Augen des Bündners, und es war, als ob sich seine Haare trotzig sträubten über der eisernen Stirne.

»Ich kann den Paß nicht in Eure Hände geben«, rief er mit mühsam gemäßigter Stimme, »will ich mein Bünden in redlichem Frieden halten zwischen Frankreich und Spanien. – Ihr erstickt uns! – Gebt Raum, daß wir atmen können zwischen zwei Riesen, die sich noch lange bekriegen werden!«

Und der Bündner warf seine gewaltigen Arme wie ein Schwimmer auseinander, als machte er Platz für die Ströme seiner Heimat.

Der Herzog fühlte sich von dieser alle Form verletzenden Gebärde peinlich berührt. Sie erinnerte ihn daran, welcher Mann vor ihm saß. Er dachte an das von ihm selbst begünstigte Attentat des Obersten gegen die Freiheit des guten Herzogs, und er ärgerte sich zu dieser Stunde, daß dieser rohe Emporkömmling an einem fürstlichen Manne, an einem seinesgleichen, Gewalt geübt habe.

Er richtete sich in stolzer Steifheit empor und hohnlächelte: »Will Eure Gnade mir die Hand zwingen? Ich bin kein Herzog Rohan! Und nicht in Chur sind wir, sondern in Mailand.«

Das war ein unzeitiges Wort.

Der unvermutet ausgesprochene, dem Bündner einst so teure Name des von ihm Verratenen verwundete ihn wie eine persönliche Beleidigung, oder es starrte ihn das Medusenhaupt seiner unblutigen, aber schlimmsten Tat an. Er erbleichte und verlor die Fassung.

»Der Paß ist eine Unmöglichkeit!« schrie er den Herzog an. »Macht ein Ende und unterzeichnet!«

»Sennor«, sagte dieser kalt, »ich muß mich fragen, wen ich vor mir habe. Eure Gnade unterscheidet sich von ihren Landsleuten nicht zu ihrem Vorteil. Ich habe oft mit Bündnern, auch von der protestantischen Partei, unterhandelt und erfand sie stets als weise, mäßige, tugendhafte Männer, die sich und die Stellung ihres kleinen Landes niemals mißkannten. – Wie Eure Gnade sich eben ausdrückte, spricht nur ein Welteroberer wie Alexander, oder – ein Rasender.«

Georg Jenatsch war von seinem Sitze aufgesprungen. Mit brennenden Augen und geisterhaft verfärbtem Haupte stand er vor dem Herzog.

»Wen Eure Herrlichkeit vor sich hat? ... Keinen weisen tugendhaften Mann, nein, wahrhaftig nicht! ... Sondern einen Menschen, der sein Vaterland ganz und völlig retten wird – koste es, was es wolle! Das ist mein Schicksal, und ich will es erfüllen.

Hört mich, Herzog: Als ich Bünden hieherkommend verließ, strömte im Dorfe Splügen das Volk zusammen und flehte mich unter Tränen an, ihm den Frieden heimzubringen. Und ›mich jammerte des Volkes‹, wie geschrieben stehet. Da kam ein alter Prädikant mit langem weißen Haar und Barte hergewankt – er glich meinem Vater, Herzog – und warnte mich mit beweglichen Worten vor der spanischen Hinterlist. Ich aber hob mich in den Bügeln, reckte vor allem Volke die drei Eidfinger aus und schwur, daß es durch das Gebirge tönte: ›Ich rette

Bünden, so wahr mir Gott helfe! Und müßte ich Spanien und Frankreich wie zwei Rüden aneinander hetzen, bis sie sich zerfleischt haben!‹... Und... Herrlichkeit ..« sagte er sich besinnend, »so werde ich tun, wenn Ihr nicht heute, nicht in dieser Stunde meinen Vertrag unterzeichnet!«

Und wieder erhob Georg Jenatsch die drei Schwurfinger.

»So wahr diese Hand«, rief er, und sein Dämon trieb ihn, »den Pompejus Planta erschlagen und dieser Mund den guten Herzog betrogen hat!«

Serbelloni betrachtete den Maßlosen aufmerksam. Dieser Ausbruch ungezähmter Wildheit hätte den Bündner in seinen Augen auf die Stufe eines Ungefürchteten hinuntergesetzt, wenn ihm Georg Jenatsch im Laufe der Unterhandlung nicht tägliche Proben eines durchdringenden Verstandes und einer wildgewachsenen, aber der seinigen mindestens ebenbürtigen Staatskunst gegeben hätte. So erregte diese überreizte Tatkraft eher seine Besorgnis, und im Interesse seiner eigenen Stellung fing er an zu wünschen, diesen auf eine gefährliche Weise außerhalb aller Regeln Fechtenden ohne Schaden loszuwerden.

Inzwischen hatte sich Jenatsch wieder völlig gefaßt, und der Herzog sah einen Krieger und Staatsmann sich gegenübersitzen, der seine scharfe und besonnene Rede an ihn richtete.

Der Oberst suchte Serbelloni zu überzeugen und überzeugte ihn auch wirklich, daß ein erneutes Bündnis mit dem getäuschten Frankreich durchaus nicht zu den Unmöglichkeiten gehöre, sondern trotz seiner Abenteuerlichkeit in der Lage der Dinge begründet wäre.

»Die französische Eminenz ist ein großer Geist«, sagte er, »und wird, was sie Persönliches gegen mich hat, um der Dinge willen verwinden. Sie wird mir bereitwillig den Rücken decken, wenn ich mein Bünden wieder in den französischen Interessenkreis ziehe. Anderseits soll es an mir nicht fehlen. Die Festungen des Veltlins sind schon in meiner Hand. In wenig Tagen ist unser ganzes, noch nicht abgerüstetes Heer hinübergeworfen, und ich lasse die stets bereitwilligen Veltliner ihren bündnerischen Patronen schwören, ohne mich um irgendeinen Einspruch soviel zu kümmern!« Und er blies leicht über die Fläche seiner Hand hin.

»Gerade jetzt«, fuhr er fort, »da die launische Bellona auf dem deutschen Kriegstheater Spanien-Österreich wieder spröder sich erzeigt, müßte diese rasche Wendung der Bündnerdinge die Interessen der katholischen Majestät empfindlich schädigen. Bedenkt, ob der unwiederbringlich versäumte Augenblick der Unterzeichnung meines Vertrages nicht auch die persönliche Beziehung Eurer Herrlichkeit zum Hofe von Madrid einigermaßen erkälten könnte! ... Ohne Vergleichung – es ist Euch bekannt, wie gänzlich der edle Herzog Rohan durch seine Unkenntnis unserer bündnerischen Art und Natur seinen staatsmännischen Ruhm zerstört hat. Das darf Euch nicht begegnen. – Für mich laßt Euch nicht bangen. Ich würde mich bei der katholischen Majestät zu rechtfertigen wissen und dieselbe von dem notwendigen Verlauf der Dinge unterrichten lassen.«

Der Oberst neigte sich geheimnisvoll gegen den Gubernatore und flüsterte etwas von einem durch seine Bekehrung ihm geöffneten geistlichen Weg und Zugange zum Ohre der Majestät von Spanien.

Serbelloni sah sich im Netze. Es wuchs in ihm ein tödlicher Haß gegen den Tollkühnen und Hinterlistigen, den er am liebsten gleich hier in Mailand aufgehoben und vernichtet hätte. Das lag in seiner Macht; aber seine Klugheit und sein Stolz verbot ihm diesen Mißbrauch derselben. Ihm geziemte, den völkerrechtlich unverletzlichen Gesandten ungefährdet heimziehen zu lassen.

Mit ununterschriebenem Vertrage?

Nein. Er traute es diesem Menschen zu, daß er seine Drohung verwirkliche, und in diesem Falle stand ihm selbst die königliche Ungnade in sicherer Aussicht.

Was aber seine Tatkraft dem Bündner gegenüber am meisten lähmte, war der geistliche Einfluß, den der Niederträchtige durch seinen Übertritt auf die gottesfürchtige Seele Philipps IV. gewonnen zu haben schien; denn dieser entzog sich jeder Berechnung.

»Beruhigt Euch, Sennor«, sagte er majestätisch. »Eure Gnade hat sich unnötig erhitzt und ist der Ermüdung einer eingehenden, umständlichen Staatsverhandlung ungewohnt. Bedient Euch mit einer Limonade. Wir werden überlegen, wir werden eine ruhige Stunde abwarten.«

Der Bündner hatte den Vertrag, wie er in seinem Sinne und von seinem Schreiber verfaßt war, wieder zwischen den Papieren, die den Tisch bedeckten, hervorgezogen und legte ihn dem Herzog zum andern Male vor.

»Alles Heutige«, sagte er, »ging ja nur von dem leichtfertigen Vorschlage Österreichs aus und war nur ein Übungsspiel und Turnier der Geisteskräfte, über die Tatsachen hinwegfahrend, ohne sie zu ändern ... Laßt uns, Herrlichkeit, diese selbst ohne Flitter und Zutat ins Auge fassen. – So liegen sie und diese Lösung verlangen sie. – Macht ein gutes Ende«, bat Georg Jenatsch herzlich, »und ich werden Eure große und weise Politik zu rühmen wissen.«

Sei es, daß der Herzog dieser Schmeichelei recht geben, sei es, daß er den Anblick eines Menschen, der ihm gedroht hatte, nicht länger ertragen wollte, er langte, während er mit hochgezogenen Brauen die Punkte des Vertrags noch einmal langsam durchging, mechanisch nach der Feder.

Jenatsch ergriff sie, tunkte sie ein und überreichte sie mit einer liebenswürdigen Verbeugung und einem Anfluge seiner alten Unwiderstehlichkeit dem spanischen Staatsmanne.

Als die Unterzeichnung vollzogen war, wandte sich der Herzog zu dem bündnerischen Bevollmächtigten und ersuchte denselben, ihm wenigstens noch ein paar

Tage zu schenken, um die bei einem Vertragsabschlusse üblichen Gaben und Gnadenketten in Empfang zu nehmen. Dann geleitete er ihn bis an die Schwelle des Gemaches.

Mit langsamen Schritten zurückkommend, blieb er in der Mitte der Halle stehen:

»Dieser Mensch ist mir zu nahe getreten«, sprach er zu sich. »Er darf nicht leben bleiben.«

DREIZEHNTES KAPITEL

Der Wald rötete sich an den Halden, und die geleerten Fruchtbäume verstreuten leise ihre goldenen Blätter, als in den letzten sonnigen Tagen der hart entbehrte Beichtiger der Frauen von Cazis nach langem Fernsein aus Mailand wieder ins Domleschg zurückkehrte. Pater Pankraz hatte die Herstellung seines Klosters in Almens, für die er sich bei den Vertragsverhandlungen in Mailand verwendete, nicht erlangt; aber er brachte andere wundersame und hocherfreuliche Nachrichten. Schon am Abende nach seiner Ankunft begab er sich nach Riedberg und begehrte eine Unterredung mit dem Fräulein, dem er mit freudeglänzenden Augen erzählte, seine Exzellenz der Herr General Jenatsch, der frühere Todfeind ihrer gut katholischen Familie, sei vor einem Monate, nachdem er die Generalbeichte seiner Sünden abgelegt und vollständige Absolution erhalten, in den mütterlichen Schoß der alleinseligmachenden Kirche zurückgekehrt.

Bei diesem Berichte schaute er das Fräulein triumphierend an. Er schien ihr Schicksal mit diesem erfreulichen Ereignisse in Zusammenhang zu bringen und anzunehmen, mit allen übrigen Freveln und Sünden sei durch diesen großen Akt der Buße auch der Tod ihres Vaters vom Gewissen des Mörders abgewaschen und vor Gott und Menschen gesühnt. Sie aber erbleichte, und als er einer Antwort der Schweigenden mit schlauen, erwartungsvollen Blicken entgegensah, sagte sie endlich, sich fassend: »Das ist ein so unerhörtes Wunder der göttlichen Gnade, daß ich ihr dafür nur auf *eine* Weise meinen Dank zu bezeugen weiß – wenn ich bei den Frauen in Cazis den Schleier nehme.« – Eine Antwort, welche die langgeschulte Menschenkenntnis des Paters zuschanden machte. Er hatte es sich leichter gedacht, das, wie er wohl wußte, seit Jahren an Jenatsch hangende Gemüt Lukretias von einer alten Rachepflicht zu befreien, die dem praktischen Manne, wenn er sie auch nicht gerade verwarf und der ehrwürdigen Landessitte gemäß achtete, doch, besonders in diesem Falle, mit der christlichen Liebe und weltlichen Klugheit unvereinbar erschien.

Lukretia war über die Mitteilung des Paters erschrocken. Daß es Jenatsch mit der Abschwörung seines protestantischen Glaubens ein Ernst sei, das, wußte sie, war unmöglich. Es kam ihr vor, als habe er damit seine erste, innerste Überzeugung verleugnet, als sei er sich nun ganz untreu geworden und habe sein Selbst vernichtet. Und was hatte ihn dazu vermocht? Konnte er diese unlautere Tat mit seiner Liebe zu Bünden entschuldigen und wie seine Untreue an Herzog Rohan als eine Notwendigkeit seines Schicksals darstellen?

Was immer ihn dazu getrieben, es konnten nur Rücksichten und Berechnungen sein, denen der Jürg von ehedem unzugänglich gewesen wäre.

Immerhin war eine Schranke zwischen ihm und ihr, deren sich ihr schwaches Herz zuletzt noch getröstet hatte, damit gefallen.

Hoher Schnee bedeckte das stille Tal und lastete auf Dach und Turm des Schlosses Riedberg. Da verlautete gegen Ende Jenner, der feste Friede mit Spanien-Österreich, der Bündens alte Grenze und Freiheiten herstelle, sei endlich abgeschlossen, dank der alles berechnenden Klugheit und eisernen Beharrlichkeit des größten Mannes, den das Land je besessen; Jürg Jenatsch habe das Bündnis im Spätsommer mit dem Herzog Serbelloni in Mailand beraten, und die Ratifikation der Höfe von Wien und Madrid sei zögernd, aber noch vor Jahresende dort eingetroffen. Es wurde bekanntgemacht, Bündens Gesandter werde in den nächsten Wochen in Chur einziehen und das mit den Bändern und Riegeln vorsichtiger Klauseln gegen jede Anfechtung gewahrte und mit den kaiserlichen und königlichen Unterschriften und Sigillen bekräftigte Dokument in feierlicher Sitzung den Räten von Bünden überreichen.

In den ersten Tagen des Februar war Tauwetter eingetreten. Der Föhn brauste durch die Schluchten der Via Mala und stöhnte und pfiff um die alten Mauern von Riedberg. Die Luft war lau, als wollte der Frühling vorzeitig ins Land brechen, aber schwer drohende Wolken bedeckten den Himmel und unheimlich klang in der Nacht das Rieseln des schmelzenden Schnees und das Brausen der übermächtigen, durch das sternlose Dunkel eilenden Bäche.

Lukretia stand am Fenster, und ihr Blick bemühte sich, die Nebel zu durchdringen, die längs der Falten des Heinzenberges krochen und über das jenseitige Rheinufer und die Heerstraße wie graue Schleier herabhingen. Es bewegte sich darin ein langer, unterbrochener Zug, und ferner verwirrter Lärm drang in einzelnen Tönen zu ihr herüber. Sprengende Reitergruppen ließen sich erraten, und leises Schellengeklingel der Lasttiere wurde vom Winde herübergeweht.

Das konnte nur der als Überbringer der Friedensurkunde nach Chur ziehende Jenatsch sein! Doch immer und immer bewegte es sich von neuem in den Nebeln, und jetzt schien ein Teil des zurückgebliebenen Trosses, da wo die Straße nach Riedberg sich abzweigt, vom Zuge sich zu trennen und die Richtung nach dem Schlosse einzuschlagen.

Sollte er es wagen, Lukretia auf seinem Triumphzug, der Welt zum Schauspiel, abholen, sie mitführen zu wollen als seine schwierigste Beute!

Doch nein – er war voraus. Sie hatte durch eine Lücke der Nebelwolken seinen glänzend geschirrten Rappen vorüberblitzen sehn, und ihr war vorgekommen, das Tanzen des Pferdes und eine Handbewegung des Reiters könnte einen Gruß für sie bedeuten.

Der Nebelstaub verwandelte sich unterdessen in Regen; die Pferde auf der Riedbergerstraße aber tauchten jetzt bei einer Wendung ganz nahe zwischen den feuchten Wiesen auf. Es war des Fräuleins Vetter Rudolf, diesmal mit einem für seine bedrängten Umstände zahlreichen Geleite berittener Knechte, der sein Gastrecht im festen Hause seines Oheims geltend machte. Die meisten seiner Leute zeigten ein verdächtiges und unsauberes Aussehen. Er mochte sie, nach ihrer Statur und Bewaffnung zu urteilen, in den nach Süden abfallenden Tälern Graubündens geworben haben. Nur einen in der Rotte sicherlich nicht. Es war ein wahrer Riese, derb von Gliedern und rot von Gesichtsfarbe, in dem Lukretia einen wegen seiner sprichwörtlichen Körperstärke weithin gefürchteten Raufbold, den Wirtssohn von Splügen, erkannte. Er hatte sich gegen den Regen eine Bärenhaut wie einen Haubenmantel übergehängt und blickte unter der Schnauze und den Ohren des erlegten Ungetüms wie ein tierischer Waldmensch hervor.

Lukretia ließ das wilde Gesinde, das seine Ankunft mit Musketenschüssen kundtat, durch ihren Kastellan in einem Nebengebäude unterbringen und bewirten. Den unwillkommenen Vetter empfing sie erst am Abendtische, an welchem ihre Dienerschaft teilzunehmen pflegte und Lukas das Amt des Hausmeisters versah.

Nachdem die Tischgenossen sich entfernt hatten, begehrte Rudolf eine Unterredung mit seiner Base und blieb ungebeten im Gemache zurück, wo Lukas auf einen Wink des Fräuleins das Abräumen des Tafelgerätes nur langsam und zögernd besorgte. Die Gegenwart des alten Knechtes hielt ihn nicht ab, vor sie hinzutreten und ihr mit leiser Stimme Drohungen zuzuflüstern. Er warf ihr ins Gesicht, daß er wohl wisse, wer für den neuen Despoten Bündens, der morgen in Chur seinen prunkenden Einzug halten werde, in Mailand die ersten Botendienste getan. »Der Verschwender ist mir mit seinem fürstlichen Gefolge und seinen kostbaren Berberhengsten über den ganzen Berg auf den Fersen gewesen«, sagte er neidisch. »In Splügen mußte ich ihm die Straße freigeben, wenn ich nicht immerfort seine Knaben hinter mir über die Armut des Planta wollte spotten hören!«

Lukretia gab den Zweck ihrer Reise nach Mailand ruhig und stolz zu.

Da warf der Freche jede Scheu von sich und bezichtigte sie vertraulicher Abhängigkeit von dem Obersten. »Es ist Zeit, mit ihm ein Ende zu machen«, schrie er ihr zu. »An Betrogenen und Beschimpften, die wie ich nach diesem gemeinen Blute dürsten, ist heute Überfluß, seiner Feinde sind in Spanien so viel wie in Frankreich!

Du aber, Lukretia, hast die heilige Pflicht der Rache schmählich vergessen und bist deines Vaters ganz unwürdig geworden! – Weg mit ihm, lieber heute als morgen! Der Mörder des Pompejus Planta soll sich der Gunst seiner Tochter nicht berühmen! Mir fällt es zu, die Ehre des Hauses wiederherzustellen. Sobald der Verräter auf dem Rücken liegt, werde ich dich als mein Weib heimführen. Ich lasse die Güter der Planta nicht von unberechtigten Händen verzetteln.«

Das Fräulein antwortete nicht. Aber Lukas, dem das Herz vor Ingrimm schwoll, als er seine Herrin so unwürdig behandelt sah, trat, die Fäuste ballend, neben sie. Aufrecht und bleich mit geschlossenen Lippen stand Lukretia vor ihrem Beleidiger. »O wie gut weißt du, daß jedes deiner Worte eine Lüge ist«, stöhnte sie endlich aus gepreßtem Herzen und verließ das Gemach.

Ehe sie die Tür ihres Turmzimmers hinter sich ver-

schloß, hatte sie ein Knechtlein nach Cazis hinüber-
schickt, um den Pater Pankraz auf den Riedberg zu holen. Aber der Pater war nach Almens berufen worden,
und es war nicht denkbar, daß man ihn von dort in der
schlimmen Sturmnacht zurückkehren ließ. Er werde
morgen in der Frühe hinüberkommen, ließ Schwester
Perpetua berichten.

Jetzt war Lukretia allein. Sie trat ans Fenster und schaute
in das nächtliche Land hinaus. Der Sturm schwieg, aber
kein Stern stand am Himmel. Schwere, niedere Dunstge-
bilde verdeckten den Mond und ließen kaum auf ihren
zerrissenen Säumen einen schwachen Widerschein seines Lichtes ahnen. Überall schwarze, drückende Massen
des Gebirgs und der Wolken. Mitternacht ging vorüber,
und immer noch saß Lukretia am Turmfenster und hörte ratlos und ohne klare Gedanken dem dumpfen Rauschen des Rheines zu.

Wie ein riesenhaftes, dunkles Unheil stand vor ihr,
was aus ihrem Leben geworden. Aber das Leid um ihren
Vater, eine vertrauerte Jugend, ihre jetzige Verlassenheit und die Schrecken der Zukunft sanken in ein unbestimmtes, dumpfes Schmerzgefühl zurück, aus dem ein
einziger, stärker und stärker ertönender Vorwurf emporstieg und ihr ans Herz griff: Sie war ihres Vaters
nicht würdig. Sie hatte ihre Rache versäumt.

Konnte sie nicht jetzt noch von dieser Last sich befrei-
en? Nicht jetzt noch einem Feigling das Recht nehmen,
sie im Einklange mit ihrem eigenen Herzen einer leichtfertig vergessenen Kindespflicht anzuklagen! Nein! Sie
war zu schwach dazu! – Nein, sie wollte nicht stark genug
sein.

Ihr allein gehörte das Recht der Rache, und sie übte es
nicht aus; aber sie erbebte vor Zorn, als sie sich es möglich dachte, daß ein anderer es ihr entreißen könnte ...
Freilich, daß Rudolf dies gelinge, das war ihr auch jetzt,
da sie ihn im höchsten, widerwärtigsten Wutaufwande

seiner feigen Natur gesehn, durchaus unglaublich. Wie sollte diese Viper ihren stolzen Adler erreichen!

Aber sie erschrak vor dem Zwiespalte ihrer eigenen Seele, vor ihrer Ohnmacht, die alte Rache zu hegen, und vor ihrer verzehrenden Eifersucht auf jeden, der in ihr Amt eintreten konnte.

So beschloß sie, ein Ende zu machen und der Welt abzusagen.

Jenseits der Klosterschwelle war sie sicher. Sie verzichtete ja dort auf all ihren Besitz, opferte ihre stolze, immer bekämpfte Liebe, verzichtete auf die zu lange wie ein Heiligtum bewahrte Rache – Jenseits der Klosterschwelle konnte weder Jürgs frevelhafte Werbung noch Rudolfs ekler Eigennutz sie mehr erreichen.

Im Schlosse war es ruhig geworden. In den Dörfern brannte kein Licht; nur von Cazis drang ein matter Schimmer über den Rhein. Er kam aus der Klosterkirche, wo die Schwestern schon Frühmette sangen. Dort war ihre Friedensstatt offen, und sie zögerte nicht länger an der Pforte. Sie goß Öl in ihre Lampe, die erlöschen wollte, und begann ihre Papiere zu ordnen. Sie stellte über alle ihre Güter Schenkungsurkunden aus zugunsten der Schwestern in Cazis und gedachte, in ihrem Gemache eingeschlossen zu bleiben bis zur Ankunft des Paters Pankraz. Nachdem alles vollendet war, legte sie sich angekleidet noch kurze Zeit zur Ruhe.

Gegen Morgen erhob sich der Föhn von neuem mit heulender Wut, wie er nach der oft wiederholten Erzählung des alten Knechtes in jener Nacht getobt, als ihr Vater erschlagen wurde. Sie fiel in einen unruhigen Schlummer, aus welchem sie, von den Geräuschen des Sturmes geweckt, immer wieder emporfuhr.

Ein Traum führte sie in die Todesstunde ihres Vaters. Sie sah ihn – groß und blutig lag er hingestreckt, und jammernd wollte sie sich über ihn werfen – aber die Leiche verschwand; sie stand allein und hielt das gerötete Beil in der Hand, während sie die Rosse der Mörder mit stampfenden Hufen enteilen hörte. Ein neuer Windstoß rüttelte am Turme und ließ die Fensterscheiben des Gemaches in ihrer Bleifassung erklirren. Lukretia erwachte.

Im Hofe hörte sie Pferdegetrappel und das Knarren des sich öffnenden Tors. Sie eilte ans Fenster und sah in der stürmischen Morgendämmerung zwei Pferde wegtraben. Das eine war der Schimmel ihres Vetters. Erstaunt ließ sie Lukas rufen. Er war nicht mehr auf dem Schlosse, sondern mit Herrn Rudolf nach Chur verritten, dessen Gefolge, wie ihr gesagt wurde, Befehl erhalten hatte, später aufzubrechen, um zur Mittagszeit mit dem Herrn in der Schenke zum staubigen Hüttlein bei Chur zusammenzutreffen.

Daß der treue Lukas nach dem Auftritte von gestern mit Rudolf Planta weggeritten, daß er sie ohne Urlaub verlassen, was er noch nie getan, das war Lukretia unbegreiflich und erfüllte sie mit schlimmen Ahnungen. Sie betrat die Kammer des Alten und öffnete eine hölzerne Truhe, worin er mit eigensinniger Verehrung das Beil aufbewahrte, das ihren Vater erschlagen hatte und das sie zum schmerzlichen Ärger des greisen Knechtes nie hatte sehen wollen. Die Truhe war leer. Lukretia erbleichte. Die mit dem Blute ihres Vaters benetzte Waffe also war ihr entrissen; die ihr allein zustehende Rache sollte heute schon von den Händen eines Feiglings oder von denen ihres Knechtes vollzogen werden! Das Blut der Planta stürzte ihr wild zum Herzen und empörte sich gegen solch unwürdigen Eingriff. Die Entsagung der verwichenen Nacht entschwand ihrem Gemüte. Heute war sie noch die Herrin auf Riedberg – heute war sie noch die Erbin ihres Vaters und waltete zum letzten Male ihres Amts.

Was morgen komme, war ihr gleichgültig, lag doch wie ein stiller Friedhof das Kloster Cazis dort über dem Rhein.

Noch warf sie einen Blick hinaus in die trübe, sturmgepeitschte Gegend, ob der Pater nicht komme. Sie wollte ihm die von ihr in der Nacht geschriebenen und besiegelten Dokumente übergeben. Aber Stunden verstrichen und er kam nicht. Das Gefolge Rudolfs war seinem Herrn nachgeeilt. Jetzt ließ auch sie satteln und ritt nach Chur, von ihrem jüngsten Knechte, dem Sohne des alten Lukas, begleitet.

Sie wollte zu Georg, ihn warnen und retten, oder ihn mit reinen, gerechten Händen töten. »Jürg ist mein!« sagte sie zu ihrem Herzen.

Erst gegen Mittag klopfte der verspätete Pater ans Tor und hörte mit Schrecken von dem Erscheinen Rudolfs und daß das Fräulein in der Frühe nach Chur verreist sei. Eine vertraute Magd hatte den Auftrag, den Kapuziner in das Turmzimmer zu führen, wo ihre Herrin zu schreiben pflegte. Dort fand er die Schenkungsurkunden in vollständiger Ordnung und die schriftliche Erklärung, daß Lukretia Planta der Welt entsage und im Kloster Cazis den Schleier nehme.

Nachdenklich und traurig stand der Mönch vor diesen Zeugen eines schweren und schmerzlich vollendeten Seelenkampfes. Die Entscheidung erfreute ihn weniger, als es von einem echten Sohne des heiligen Franziskus zu erwarten gewesen wäre. Auch beunruhigte ihn Lukretias Ritt nach Chur. Er wußte, daß sein Beichtkind in schwierigen Lagen die kleinen Hilfsmittel und Auswege weltlicher Klugheit nicht fand, daß Lukretias Gefühle mit unzerstörbarer Liebe im einmal Ergriffenen wurzelten, daß ihre Gedanken mit erschreckender Gewalt in der einmal betretenen Bahn fortstürzten. Es war ihm oft aufgefallen, daß ihr nahe lag und sie natürlich fand, was andern als gefahrvoll und unerhört erschien, und daß sie es in aller Einfachheit tat.

Er horchte die Dienstleute über die Vorfälle der vergangenen Nacht aus, und ihm wurde immer bänger. Er steckte die Urkunden sorgfältig zu sich, bestieg sein Eselchen und ritt trotz Wind und Wetter ohne Aufenthalt gen Chur, wo er Lukretia bei der greisen Gräfin Travers zu finden hoffte, fest entschlossen, wenn so oder so ein Unheil geschehen sei, das Fräulein nach Cazis in Sicherheit zu bringen.

Vierzehntes Kapitel

Zu derselben Stunde saß in seinem Hause zu Chur der Ritter Doktor Fortunatus Sprecher mit einem geehrten Gaste an der festlich besetzten Mittagstafel. Die erwärmte Stimmung der Tischgesellschaft und der solide Reichtum des Gemaches stand in behaglichem Widerspruche mit dem Unwetter draußen auf der Gasse, wo der rauschende Orkan den schmelzenden Schnee von den Dächern warf und mit ohnmächtiger Wut an den vergoldeten Eisengittern rüttelte, die in unten weit ausgebauchter Korbform die breiten Fenster von hellem Glase schützten.

Der mit Silber und venezianischen Kelchen besetzte Tisch nahm die Mitte des Zimmers ein. Der größte, ebenso reiche als heimatlich behagliche Schmuck dieser schönen Familienstube war ihr kunstreich geschnitztes Nußbaumgetäfel, das durch zierliche korinthische Holzsäulen in zwölf mit Trophäen gefüllte Felder geteilt war. Das oberste Gesimse wurde von Karyatiden in halber Figur getragen, zwischen welchen ein rings herumlaufender Holzfries die verschiedenen Szenen einer Jagd mit Schützen, Hunden und zum Teil fabelhaftem Getier in erhabener Arbeit darstellte, auf welches Werk der Doktor mit Recht besonders stolz war. Die Stelle des Deckengemäldes vertrat das kühngeschnitzte Wappen der Sprecher von Bernegg.

Die Ecke des Zimmers füllte, stattlich und kranzgekrönt, das warme Gebäude des Kachelofens. Ein großartiger und zugleich kurzweiliger Anblick! Denn da entfal-

tete sich zwischen zartgefärbten. Engeln und Fruchtschnüren in mehreren Bilderreihen die ganze Geschichte des Erzvaters Abraham. Die biblischen Szenen waren
in violetten, gelben und blauen Umrissen und Schattie-
rungen mit großem Fleiße auf die weißen Kacheln gemalt und durch daruntergesetzte geistreiche Reimsprü-
che erklärt und nutzbar gemacht.

Der Tischgenossen waren jetzt nur noch drei. Die jün-
gern Kinder des Hauses, welche das untere Ende der
Tafel eingenommen und in bescheidener Stille ihr Essen
stehend verzehrt hatten, waren beurlaubt worden. An
dem Ehrenplatze, zwischen dem Hausherrn und seinem
blonden Töchterlein, saß, als gefeierter Gast, der Herr
Amtsbürgermeister Heinrich Waser. Heute am Tage der
öffentlichen Überreichung der Friedensakte, wozu ihn
seine den drei Bünden immer besonders gewogene Vaterstadt, die Republik Zürich, abgeordnet hatte, befand
er sich in voller Amtstracht und im Schmucke seiner bür-
germeisterlichen Kette. Die höchste Würde des Staates
war ihm um seiner besonnenen Leistungen und mit be-
rechneter Bescheidenheit nur nach und nach ans Licht
gestellten Verdienste willen ungewöhnlich früh und
neidlos zuteil geworden, denn er stand, frisch und le-
benslustig, erst am Eingange der vierziger Jahre. Ein
Hauch von Jugendlichkeit schwebte auf seinen vom
Gastmahle geröteten Zügen, deren frühere bewegliche
Feinheit sich zum behäbigen Ausdrucke einer wohlwollenden, aber ans Schlaue streifenden Klugheit ausge-
prägt hatte.

Heute sah er bewegt aus, besonders wenn er mit seiner Nachbarin sprach, deren Worten und Mienen er
eine prüfende liebevolle Aufmerksamkeit schenkte. Ihr
kindliches Köpfchen, das auf einem lichten Halse über
dem blauen Tuchkleide und den von ihrer Mutter ge-
erbten Holländerspitzen des durchsichtigen Flügelkra-
gens schwebte, hatte für ihn etwas äußerst Anziehendes.
Die weiche Rundung des hellen Gesichtes, der damit

übereinstimmende sanfte Glanz ihrer unter langen blonden Wimpern und angenehm gelockten Haaren hervorleuchtenden Augen machten einen Eindruck von befriedigter Ruhe, welche Herrn Waser an die silberne Luna erinnerte, wie sie sich in den klaren Wassern des Zürcher Sees spiegelt. Immer sehnlicher wünschte er, dieses anmutige Gestirn möchte glückbringend an seinem Abendhimmel aufgehen.

Obgleich des Doktors Lebensauffassung infolge seines galligen Temperamentes im ganzen eine trübe war, sah er dem unter seinen Augen sich vorbereitenden häuslichen Ereignisse nicht ohne väterliche Befriedigung entgegen. Aber seine Gedanken waren zerstreut. Herr Waser hatte ihm in allem Vertrauen vor der Mittagstafel eine Kunde mitgeteilt, mit welcher er Fräulein Amantia nicht vorzeitig, nicht heute betrüben wollte – die Kunde vom Tode des Herzogs Rohan. Ein deutsches Flugblatt, das denselben mit rührenden Worten beschrieb, war nach Zürich gelangt, und Waser hatte es für seinen geschichtskundigen Freund mitgebracht.

Überdies beschäftigte diesen der jeden Augenblick erwartete Einzug des Triumphators in Chur, dessen Persönlichkeit ihm von jeher fremdartig und widerwärtig gewesen und dem er am wenigsten verzeihen konnte, daß er das Sprechersche Haus, eine Festung der Ehre, wie der Doktor früher mit Stolz zu sagen gewohnt war, durch Verrat befleckt hatte.

Doch sonderbar! Was der Bürgermeister dem Fräulein in dieser Stunde festlichen Zusammenseins noch verschweigen wollte, schien einen magnetischen Zug auf dessen ahnungsvolles Gemüt auszuüben, wenigstens kam Amantia heute in Gedanken und Worten von dem guten Herzog Heinrich Rohan nicht weg und konnte bei diesem Anlasse nicht umhin, auch seines tapfern Adjutanten mit Interesse sich zu erinnern.

Herr Waser ließ für seinen Mitbürger keine übertriebene Vorliebe blicken. Der Bravour und dem aufgeweck-

ten, gebildeten Geiste Wertmüllers widerfuhr von seinem Munde Gerechtigkeit, aber er schüttelte bedenklich den Kopf über des Lokotenenten schneidiges und den Widerspruch absichtlich reizendes Wesen, womit er seine Landsleute beunruhige und sich eine unangenehme Berühmtheit in seiner Vaterstadt zugezogen habe. So selten er in Zürich verweile, sei es ihm gelungen, durch seine Ausfälle gegen eine hohe Geistlichkeit Abscheu, durch sein hochmütiges Geringschätzen der in ihrer Art interessanten städtischen Angelegenheiten allgemeine Mißbilligung und durch allerlei physikalischen Hokuspokus, der ihn dem freilich törichten Verdachte der Zauberei aussetze, bei dem gemeinen Manne unheimliche Furcht zu erregen. So habe er sich in Zürich den Weg verrammelt und das Zutrauen einer löblichen Bürgerschaft in alle Zukunft verscherzt, welches doch, nebst einem reinen Gewissen, die Lebensluft des echten Republikaners sei. –
»Das schlimmste aber an dem jungen Manne«, schloß der mehr als billig erregte Bürgermeister, »ist sein Mangel an aller und jeder Pietät – denn, ich bitt Euch, innig verehrte – dürft' ich sagen innig geliebte! – Jungfer Sprecherin, was ist alles Wissen und Können der Welt ohne die Grundlage eines religiösen Gemütes!«

»Was mir den Lokotenenten wert machte«, sagte Fräulein Amantia fast beschämt, »war seine Treue an dem edlen Herzog Heinrich. Da hat er sich als echten Kavalier gezeigt neben dem Verräter Georg Jenatsch, der mir trotz seines gewinnenden Wesens immer wie ein böser Geist vorkam, wenn er über unsere Treppen zum Herzog hinaufsprang.«

»Ein schwer zu beurteilender Charakter«, sagte der zürcherische Bürgermeister, indem er, in einen traurig ernsten Ton übergehend, sich an Herrn Fortunatus wandte. »In *einem* Stücke wenigstens überragt Georg Jenatsch unsere größten Zeitgenossen – in seiner übermächtigen Vaterlandsliebe. Wie ich ihn kenne, so strömt sie ihm wie das Blut durch die Adern. Sie ist der einzige überall passende Schlüssel zu seinem vielgestaltigen Wesen. Ich muß zugeben, er hat ihr mehr geopfert, als ein aufrechtes Gewissen verantworten kann. Aber«, fuhr er zögernd und mit gedämpfter Stimme fort, »ist es nicht ein Glück für uns ehrenhafte Staatsleute, wenn zum Heile des Vaterlandes notwendige Taten, die von reinen Händen nicht vollbracht werden können, von solchen gesetzlosen Kraftmenschen übernommen werden – die dann der allwissende Gott in seiner Gerechtigkeit richten mag. Denn auch sie sind seine Werkzeuge – wie geschrieben steht: Er lenkt die Herzen der Menschen wie Wasserbäche.«

»Das ist ein seltsam gefährlicher Satz«, rief Herr Fortunatus entrüstet, »den ich erstaunt bin unter den Betrachtungen und Maximen Eurer Gestrengen zu finden! Damit ist man auf geradem Wege, die schlimmsten Verbrechen zu rechtfertigen. Bedenkt, wie leicht solch ein gesetz- und gewissenloser Mensch, einmal in seine unberechenbare Bahn geschleudert und von seinen Leidenschaften wie von einem Orkan getrieben, sein eigen gelungen Werk zerstört. Wißt Ihr, wohin es schon mit Jürg Jenatsch gekommen ist? Ich erfahre aus zuverlässigen Quellen, daß er bei den Verhandlungen in Mailand dem an seinen Vorschlägen mäkelnden Herzog Serbelloni wie ein Rasender gedroht hat, er rufe die Franzosen wieder nach Bünden, wenn Spanien nicht seinen Willen tue, ja, daß er, um den Beichtvater seiner hispanischen Majestät zu gewinnen – denn er wollte einen andern Einfluß gegen den Serbellonis zu Madrid in die Waagschale werfen –, seinen angestammten evangelischen Glauben freventlich abgeschworen hat.«

»Da sei Gott vor«, sagte der Bürgermeister aufrichtig erschrocken.

»Und was fängt unser kleines Land mit diesem jetzt müßig gewordenen und an Taten noch ungesättigten Menschen an«, fuhr Sprecher fort, »der unsern engen Verhältnissen entwachsen und von seinen beispiellosen

Erfolgen trunken ist bis zum Wahnsinn? – In den Pausen seiner Unterhandlungen zu Mailand hat er in unserer Grafschaft Chiavenna, wo er sich von den drei Bünden zum Lohne seines Verrats an Herzog Heinrich die ganze Zivil- und Militärgewalt unumschränkt übertragen ließ, gewirtschaftet wie ein ausschweifender Nero und einen mehr als fürstlichen Hofhalt geführt. Ich könnte Euch manches davon erzählen, denn ich verzeichne seine Taten allwöchentlich mit dem scharfen Griffel der Klio, dessen Spitze ich übrigens zu niemandes Gunsten abstumpfen würde, nicht einmal zugunsten eines Sohnes oder – Schwiegersohnes«, schloß Herr Fortunatus mit trübem Lächeln.

»Gott genade uns, welch ein Unwetter!« rief Fräulein Amantia, unter diesem Schreckensruf ein zartes Erröten verbergend, und wirklich hatte sich der Sturm draußen verdoppelt und seine Stöße, welche die Gitterverzierungen am Fenster wegzureißen drohten, ließen das feste Haus erbeben und die Gläser auf der Tafel leise klingen. Es öffnete sich die Tür, eine erschrockene Magd erschien und berichtete, der alte Glockenturm zu Sankt Luzi sei, nachdem man ihn einige Male habe schwanken sehen, in dem Unwetter krachend zusammengestürzt, gerade als der Oberst Jenatsch mit seinem Gefolge durch das Tor eingeritten.

»Das ist nicht ohne Bedeutung«, sagte ernst Herr Fortunatus, während die Männer ans Fenster traten. »Wir wissen aus Tito Livio und haben auch hier die Erfahrung öfter gemacht, daß die Natur mit der Geschichte in geheimem Zusammenhange steht, große Begebenheiten vorausfühlt und mit ihren Schrecknissen ankündigt und begleitet.«

Unter andern Umständen hätte wohl der Bürgermeister diese abergläubische Bemerkung mit einem feinen Lächeln beantwortet, diesmal aber konnte er sich eines peinlichen Eindrucks nicht erwehren. Das Zusammenstürzen des Luzienturmes erinnerte ihn an die dem Veltlinermord vorhergehenden Tage seines Aufenthaltes in Berbenn, an die damaligen Zeichen und Wunder und an den blutigen Tod der schönen Lucia.

Der Sturm schien sich ausgetobt zu haben, aber die Luft war feucht und schwer, und dunkle Wolken hingen tief herab. Die Gasse hatte sich mit geringem Volke von zerzaustem und verstörtem Aussehen gefüllt. Jetzt sprengte ein Reiter um die Ecke in juwelenglänzender, roter Pracht und wehendem Mantel, den Hut mit den flatternden Federn fest in die Stirn gedrückt. Es war Jürg Jenatsch, der seinen unruhigen Rappen hart vor dem Sprecherschen Hause bändigte und sich nach seinem Ehrengeleit umsah, das, vom Sturme aufgehalten, eine Straßenlänge hinter dem Voranjagenden zurückgeblieben war.

Waser konnte seinen Blick von der Erscheinung des Jugendfreundes nicht verwenden. Er hing wie gebannt an dem starren Ausdrucke des metallbraunen Angesichts. Auf den großen Zügen lag gleichgültiger Trotz, der nach Himmel und Hölle, nach Tod und Gericht nichts mehr fragte. Das Auge blickte fremd über den erreichten Triumph hinweg – welches unbekannte Ziel ergreifend? ... Und wieder tauchte dem Bürgermeister eine alte Erinnerung auf: der Brand von Berbenn. Er sah Jürg, die schöne Leiche in den Armen, mit jenem aus Glut und Kälte gemischten Ausdrucke, den er nie hatte vergessen können. Wie kommt es, fragte er sich, daß Jürg heute auf dem Gipfel des Ruhmes gerade so dreinschaut, wie damals in der Tiefe des Elends?

»Seht einmal«, flüsterte Sprecher, durch die gleichgültige Haltung des ihn nicht beachtenden Reiters gereizt, »der Abtrünnige trägt die Ordenskette St. Jakobi von Compostella!«

Waser antwortete nicht, denn ihm zu Häupten ertönte – eine Seltenheit zu Anfang des Frühjahrs – dumpfes Donnerrollen, und jäh zerriß ein halber Blitz die niederhangenden Wolken.

»Der Strahl des Gerichts!« murmelte Sprecher erbleichend.

Auch Waser glaubte, Feuer vom Himmel habe den Trotzigen getroffen; aber als seine geblendeten Augen wieder aufblickten, saß Jenatsch unbewegt auf dem sich bäumenden, stampfenden Rappen. Er zwang sein Tier mit fester Hand. Er allein schien Blitz und Donner nicht bemerkt zu haben.

Waser verweilte nicht mehr lange. Es drängte ihn, Jürg aufzusuchen, um den peinigenden Eindruck, den dieser aus der Ferne auf ihn gemacht, durch ein paar freundschaftliche Worte von Mund zu Munde zu brechen. Dies gedachte er noch vor der feierlichen Ratssitzung zu tun. Sprechers Stimmung gegen Jenatsch konnte, war seine Befürchtung, in Bünden eine verbreitete sein. Ich will ihn beschwören, sagte sich Waser, daß er sich bescheide und, nachdem er das Friedensdokument dem Rate übergeben und so den Höhepunkt seiner ruhmvollen Bahn erreicht hat, sich eine Weile zurückziehe, um den Neid der Götter und der Menschen nicht zu reizen. Er möge, wollte Waser ihm andeuten, seine kriegerische Laufbahn im Auslande fortsetzen oder den Versuch machen, ob es ihm gelinge, durch Begründung eines häuslichen Herdes auf seinen Gütern in Davos seine unruhige Seele auf stillere Wege zu führen.

Von Herrn Fortunatus unter die Hauspforte geleitet, hatte sich Waser bei diesem erkundigt, wo Jenatsch absteige, und der Ritter in bitterm Ton geantwortet: »Wie könnt Ihr fragen, verehrter Freund? Natürlich im bischöflichen Hof.«

Als der Bürgermeister von einem Diener geleitet durch die hallenden Gänge der bischöflichen Residenz schritt, tönte ihm durch eine Türe zur Rechten die wohlbekannte Stimme seines Freundes in heftiger Erregung entgegen. Sie war im Zwiegespräch, um nicht zu sagen im

Wortwechsel, mit einer andern, etwas fetten und schwerfälligen. Er wurde von dem bischöflichen Kammerdiener in ein gegenüberliegendes Zimmer geführt, und dieser ging, ihn anzumelden. Die fernen Stimmen wurden unhörbar, kurz darauf aber wurde eine Tür im Gange aufgerissen. Es war Jenatsch, der Urlaub nahm.

»Macht Euch keine Rechnung darauf, Gnaden«, hörte Waser ihn auf dem Gange draußen mit heiserer, fast schreiender Stimme zurückreden. »Daraus wird nichts! Ich will keine hergestellten Klöster im Lande! Ich dulde keine geistlichen Übergriffe!«

»An diesem Eurem Ehrentage, Herr Oberst«, beruhigte man von innen mit salbungsvollem Tone, »will ich Euch mit unsern bescheidenen Wünschen nicht belästigen, bin ich doch gewiß, daß unsere kleinen Meinungsverschiedenheiten sich mit der Zeit von selbst ausgleichen werden, jetzt, da Ihr im Glauben wiedergeboren und aus einem Saulus ein Paulus geworden seid.« –

Die Zimmertür flog auf und Jürg schritt seinem Jugendfreunde mit ausgebreiteten Armen entgegen. Er faßte ihn an beiden Schultern: »Auch einer, der sein Ziel erreicht hat!« sagte er mit dem alten, fröhlichen Lachen. »Ich gratuliere, Herr Bürgermeister!«

»Es ist mir eine besondere Freude«, erwiderte Waser, »daß ich, kaum mit meiner neuen Würde bekleidet, von meinen gnädigen Herren zu deinem Triumphe nach Chur abgeordnet bin. Du hast, ich muß es dir sagen, das Unerhörte getan, und das Unmögliche erreicht.«

»Wenn du wüßtest, Heini, um welchen Preis und mit welchen Verrenkungen meines Wesens! Noch in den letzten Augenblicken wollten sie meine Heimat um das von mir Erraffte betrügen. – Da habe ich die letzte Karte ausgespielt – eine schmutzige Karte ... puh! Aber ich drängte vorwärts, vorwärts, damit der Fieberschauer meines Lebens nicht ohne Frucht bleibe, nicht umsonst sei. Nun bin ich am Ziele, und gern möcht' ich sagen: Ich bin müde! wäre nicht ein Dämon in mich gefahren, der mich vorwärts ins Unbekannte, ins Leere peitscht.«

»Mit jenem letzten unsaubern Mittel«, sagte Waser bang und nur an einem Gedanken haftend, »meinst du doch nicht den Abfall von unserm helvetisch-reformierten Glauben zum Papismus? ... das wird nicht, kann nicht sein!«

»Und ist es«, rief der andere mit frevler Heiterkeit, »so hab ich eine Fratze gegen eine Fratze getauscht!«

»Du hast in Zürich Gottesgelahrtheit studiert ...« sagte Waser erschüttert, wandte sich ab und bedeckte das Angesicht mit beiden Händen. Schwere Tränen rannen durch seine Finger.

Da schlug Jenatsch den Arm um ihn und sagte in einem zornmütigen Humor: »Flenne mir nicht wie ein Weib, Bürgermeister! Was ist denn da Besonderes? Da habe ich ganz andere Dinge auf meinem soliden Gewissen!« ... Dann plötzlich den Ton wechselnd, fragte er dringend: »Was habt Ihr denn in Zürich für Bericht von der bei Rheinfelden von Herzog Bernhard den Kaiserlichen gelieferten Schlacht? Ich weiß noch nichts Näheres«, fügte er bei, »in Thusis hieß es, Rohan sei leicht verwundet.« Waser versetzte mit unsicherer Stimme: »Sein Zustand war gefährlicher, als man anfangs glaubte ...« hier hielt er inne.

»Heraus mit der Sprache, Heinrich«, rief Jenatsch rauh, »er ist gestorben?« Und es ging wie ein grauer Todesschatten über sein Antlitz.

In diesem Augenblicke ertönte – Herrn Waser sehr unwillkommen, der noch gern seinen Freund gewarnt und sein eigenes Gemüt in ruhigem Gespräch mit ihm erleichtert hätte – die Glocke, welche die beiden auf das Rathaus rief.

Jenatsch ergriff die Rolle, welche Bündens Rettung enthielt, hob sie gegen Waser empor und rief: »Teuer erkauft!«

Letztes Kapitel

Auf dem Rathause zu Chur wurden nach dem Schlusse der feierlichen Sitzung, in welcher Georg Jenatsch das Friedensdokument überreicht hatte, Vorbereitungen zu einem glänzenden Feste getroffen, mit dem ihn die Stadt am Abende desselben Tages ehren wollte. Es war Fastnachtszeit, und die Churerinnen freuten sich auf den fröhlichen Anlaß; der Winter war den durch die Geselligkeit der frühern Jahre Verwöhnten allzu still und ernsthaft vergangen, sie hatten die erfindungsreiche Galanterie der französischen Edelleute vermißt, die allwöchentlich aus der nahen Rheinfestung nach Chur zu eilen pflegten. Heute sollte das Versäumte nachgeholt werden. Die Väter der Stadt hatten sich nicht geweigert, die weite, bequeme Halle, wo sie zur Sommerszeit das Heil des Landes berieten, dem wirbelnden Reigen und der Maskenfreiheit aufzutun und in den beiden zur Rechten und zur Linken auf diesen Saal sich öffnenden Sitzungszimmern die Schenktische rüsten zu lassen.

Das eine dieser Nebengemächer, vor dessen Eingang die schmale, vom Hausflur auf den weiten Saal führende Wendeltreppe ausmündete, war die Kammer der Justitia, deren aus Holz geschnitztes, buntbemaltes Bildnis, auf einem phantastischen Sitze von Hirschgeweihen thronend, an drei Ketten von der Decke herunterhing. Unter dem Bilde stand ein hoher Holzbock und auf diesem der beleibte Festwirt, der das mächtige Geweih geschäftig mit Wachskerzen besteckte. Während seine Hände sich beeilten, ging auch seine Zunge nicht müßig. Sie ließ gewichtige Worte fallen in einen Kreis junger Leute, welche das seidene geschlitzte Festwams mit dem breit ausgelegten Spitzenkragen, das reichbebänderte Beinkleid und die verwegensten Schuhrosetten zur Schau trugen, dabei schon den Becher handhabten, um, wie sie sagten, die Festweine zu prüfen, und die Aussprüche des Redseligen lustig auffingen, ihn zu immer neuen Mitteilungen ermunternd.

»Also, Vater Fausch«, lachte ein flotter Geselle, »Ihr seid es, der das Genie des Obersten aus den Windeln gewickelt hat, wodurch Ihr, ich will nicht sagen die kleine, aber die verborgene Ursache großer Dinge geworden seid! Gesteht, Ihr habt ihm auch seinen Plan eingehaucht, der eines Niccolò Machiavelli würdig ist! Warum aber habt Ihr die Hauptrolle darin nicht selbst übernommen?«

»Daß es probat sei, Frankreich gegen Hispanien und Hispanien gegen Frankreich zu hetzen«, versetzte der Kleine, eine Kerze in der Hand, von seiner Höhe herunter, »und dann den Kopf leise aus der Schlinge zu ziehn, das mag ich Jürg in vertraulichen Stunden wohl angedeutet haben zur Zeit, als wir in der schönen Stadt Venezia zusammentrafen. Selbst aber das Geschäft übernehmen konnte ich nicht, wenn ich nicht dem herben Weine meiner Denkungsart einen unechten Beisatz geben und meine demokratische Vergangenheit beschämen wollte. Nie sah Bünden einen ehrenvollern Tag als jenen großen, da ich die französische Ambassade über die Grenze wies.« Und Fausch machte eine gebieterische Gebärde mit seiner Wachskerze.

»Bekannt! Bekannt wie die Schöpfungsgeschichte!« scholl es aus allen Ecken. »Etwas anderes, Vater Lorenz! – Erzählt uns lieber, wie Ihr, ein hartgesottener Ketzer, Kellermeister bei seiner bischöflichen Gnaden geworden seid.«

»Gern, meine Herren«, versetzte Fausch, »es ist in unsern Zeiten eine lehrreiche Geschichte.

Als seine Gnaden für ihren weltberühmten bischöflichen Keller einen Mann nach ihrem Herzen, ausgerüstet mit den erforderlichen Kenntnissen und Tugenden suchten, schrieben sie mir nach Venedig, an meiner ihnen wohlbekannten Person sei nur eines, das sie störe – die Verschiedenheit des Glaubens. Sie meinten, ihr Ma-

lanser würde ihnen nicht schmecken, wenn ihr Kellermeister und Mundschenk die bestimmte Aussicht hätte,
dereinst in der Flamme ewigen Durst zu leiden, und
drangen heftig in mich, zum Besten ihres Kellers und
meiner Seele die protestantischen Ketzereien abzutun.
Lorenz Fausch aber, meine Herren, blieb fest und gelangte doch ans Ziel. Die Unterhandlung schloß damit,
daß Gnaden einsahen, ein Apostat wäre nicht der Mann,
ihnen reinen Wein einzuschenken.«

Fausch verstummte, denn eben war ein junges Rats-
glied zu der Gruppe getreten und erzählte mit Lebhaftigkeit, wie stolz der Oberst dem Bürgermeister Meyer
die Urkunde überreicht und in wie wohlgesetzten Worten das zürcherische Standeshaupt den Glückwunsch seiner Vaterstadt zu Bündens glorreicher und wunderbarer
Wiederherstellung vorgebracht habe.

»Der Heini Waser hat gleichfalls mit mir auf derselben Schulbank geschwitzt«, rief Meister Lorenz von seinem Holzbock herunter. »Auch ein Pfiffikus! Aber mit
unserm Jenatio verglichen, ein Ingenium zweiten Ranges. Wenn mein Jürg mir nur nicht hoffärtig wird! – Ich
will heute abend die Maskenfreiheit benützen, um ihm
sein erstes geringes Kleid, den Pfarrock, und die unterste Staffel seines Ruhms, die arme Kanzel, in heilsame
Erinnerung zu bringen. Gebt mir auf den Spaß wohl
acht, ihr Herren! Ich schleiche als Küster hinter ihm her
und spreche ihn um den Liedervers zu seiner Predigt an,
so wahr ich Lorenz Fausch heiße.«

Unterdessen hatten sich alle Lichter entzündet, und der
Saal begann sich zu füllen. In den Nischen der breiten
Fenster flüsterten junge Damen und verzeichneten auf
ihren Fächern die Tänze, welche sie den vor ihnen stehenden Kavalieren versprochen. Allmählich erschienen
auch die Standespersonen, voran der Amtsbürgermeister Meyer mit seiner vornehm blickenden Gemahlin,
welche den runden Hals und die vollen Arme mit Per-

lenschnüren umwunden, in einem golddurchwirkten Schleppkleide neben dem stattlichsten der Gatten einherschritt. Bald nach ihnen betrat den Saal der Ritter Doktor Fortunatus Sprecher, den alles sich wunderte hier zu erblicken. Auch war sein Antlitz trüb und unfestlich. Der allen rauschenden Vergnügungen abholde Doktor hatte wohl sich heute Gewalt angetan, um seines zürcherischen Freundes und Gastes willen, den er auch damit ehrte, daß er durch ihn sein liebliches Töchterlein aufführen ließ. Die Sprecherin sah in ihrem weißen Seidenkleide und dem vorn von einer Blume aus Edelgestein zusammengehaltenen Florwölklein um Nacken und Schultern an der Hand des ehren- und tugendfesten Bürgermeisters glücklich und verschämt aus, fast wie eine züchtige Braut.

Während Herr Waser sie unter ihre Freundinnen führte, welche dem Treppenaufgang und der Kammer der Justitia gegenüber am andern Ende des Saales jugendliche Gruppen bildeten, klangen die Stufen von Männertritten, und Jenatsch betrat mit einem zahlreichen Gefolge seiner Offiziere die Tanzhalle. Sein gewaltiger Körperbau und sein feuriges Antlitz machten ihn noch immer zum Mächtigsten und Schönsten unter allen.

Noch stand er von vielen Seiten begrüßt neben dem Bürgermeister Meyer und seiner Gemahlin in der Mitte des Saales, als zu nicht geringem Schrecken dieser Magistratsperson der Doktor Sprecher mit einer Totengräbermiene sich unfern von ihnen unter den Kronleuchter stellte und, mit einer Bewegung der Rechten Schweigen verlangend, also zu reden anhub:

»Manche von euch fragen mich, werte Mitbürger, was diese Trauer meines Angesichts bedeute, die ich vergeblich um des heutigen Ehrenfestes willen unter der Maske der Heiterkeit zu verbergen trachte. Wollet es mir verzeihen, wenn ich ein großes Leid, das mir widerfahren ist, nicht länger verheimliche, weil ich überzeugt bin, daß es in vollstem Maße auch das eurige ist, und wollet es den Boten nicht entgelten lassen, der eure Freude in Trauer verwandeln muß.

Unser hoher Gönner und treuester Freund, der Herzog Heinrich Rohan, hat das Zeitliche gesegnet.«

Hier wanderte Sprechers Blick durch die erst lautlos schweigende und jetzt bei seinem letzten Worte bestürzte Gesellschaft. »Ein Flugblatt mit dem Berichte seines Endes ist eben in meine Hände gekommen. Wollt ihr die traurige Zeitung anhören?« sagte er, ein bedrucktes Papier aus der Brusttasche ziehend.

»Leset, leset!« ertönte es von allen Seiten.

Sprecher trocknete sich die Augen und begann:

»Allen evangelischen Herren, Städten und Landschaften deutscher Nation geschieht hiermit Kunde, daß Herzog Bernhard von Weimar bei Schloß und Stadt Rheinfelden eine glänzende Viktoria über die Kaiserlichen erfochten hat. In dieser Feldschlacht, die zwei Tage dauerte, wurde der in der Tracht eines gemeinen Reiters in unsern Reihen mitfechtende Herzog Heinz Rohan von dem Feinde nach tapferer Gegenwehr und erlittener Verwundung zum Gefangenen gemacht; am zweiten Tage aber bei erneuertem Angriffe von dem Hauptmann Rudolf Wertmüller und seinem Reiterfähnlein mit fürtrefflicher Tapferkeit herausgehauen und im Triumphe ins Lager zurückgeführt. Herzog Bernhard ließ ihn in sein Zelt bringen, allwo die Wunde untersucht und ungefährlich, der edle Herr aber sehr schwach befunden wurde. Herr Bernhard wich nicht von seiner Seiten. Am fünften Tage danach, als es mit Herzog Heinz zum Sterben gehen sollte, verlangte er nach einem geistlichen deutschen Lied, wie er solche im Heer sonderlich gern hatte singen hören. Da versammelten sich wohl hundert Mann aus dem Lager, Reiter und Fußvolk, alle wohl geübt und erfahren in dieser fröhlichen Kunst, vor dem Gezelt des Herzogs und sangen ihm ein neu geistlich Lied, das unlängst in das La-

ger gekommen war und bald große Gunst gefunden
hatte. Nach dem Gesätzlein:

Wohl dir, du Kind der Treue!
Du hast und trägst davon
Mit Ruhm und Dankgeschreie
Den Sieg und Ehrenkron' ...

tat sich sachte das Gezelt auf, und man winkete, daß der
Herr selig verschieden sei. Als die Ärzte ihn öffneten,
um ihn einzubalsamieren, fanden sie das Herz von Küm-
mernis gänzlich zerstöret. So fuhr dahin in Ehren der
edle Herzog Heinz aus Welschland. Wenn einst, wie wir
alle unverrücket hoffen, das deutsche Reich erneuert
wird in evangelischer Freiheit und großer Gloria, so wird
man auch dieses gottesfürchtigen welschen Herzogs gedenken, dieweil er glaubenshalber aus seinem Vaterlande gewichen und, nachdem er sich seiner hohen Ehren
demütiglich abgetan, im evangelischen deutschen Heere
einen frommen Reiterstod gestorben ist. Amen.«

Tiefe Bewegung hatte sich der ganzen Versammlung
bemächtigt, es bildeten sich leise redende Gruppen. Wie
damals, da der Herzog am Tore von Chur Abschied
nahm, stand Jenatsch eine Weile allein mit verfinstertem
Antlitz.

Da trat der Bürgermeister Meyer auf ihn zu und redete ihn herzlich und ehrerbietig an: »Wir Churer glauben
Eurer Genehmigung gewiß zu sein, Herr Oberst, wenn
wir Euch vorschlagen, das Euch gebotene Dank- und Eh-
renfest auf einen spätern Tag zu verlegen. Habt Ihr
doch selbst besser als jeder andere das unserm Lande
wohlgewogene Gemüt des guten Herzogs gekannt und
müßte es Euch doch selber schmerzen, wenn wir seinen
Tod bei Fackelschein und Reigentanz mit hartem Herzen zu feiern den Anschein hätten.«

Der Oberst schwieg und ließ seine dunkeln Blicke verächtlich über die undankbare Menge schweifen, die über

einen Verschollenen und Toten die Gegenwart ihres Retters vergaß.

An dem obern Ende des Saales wurden die Lichter schon ausgelöscht, und die geschmückten Frauen ließen sich von ihren Kavalieren zur Treppe geleiten. Herr Sprecher hatte, einer der ersten, das Rathaus verlassen. Besorglich legte sich eine Hand auf den Arm des Obersten, und als er verstimmt sich umwandte, sah er in das fragende Gesicht des zürcherischen Bürgermeisters, der die in Tränen aufgelöste Amantia wegführte.

»Ich muß mit dir reden! Heute noch, Jürg! Bleibst du hier?« flüsterte Waser, und als Jenatsch ihm leicht zunickte: »So komm ich wieder.«

Jetzt reckte sich der Oberst zu seiner ganzen Höhe empor und sagte, das Haupt trotzig zurückwerfend, zu dem noch seiner Antwort harrenden Meyer, doch so, daß seine bebende Stimme durch den ganzen Saal klang:

»Ich will mein Fest, Bürgermeister. Geht oder bleibt nach Eurem Belieben!« –

Verwirrung füllte den Saal, unheimliche Dämmerung hatte sich zu verbreiten begonnen, in deren Schutz die meisten angesehenen Churer und fast alle Frauen sich unbemerkt entfernt hatten. Doch auf des Obersten herrisches Wort entzündeten sich die Lichter von neuem und beleuchteten den beginnenden Reigen. Aber die Gäste waren andere geworden, und die Feier schien sich in eine wilde Lustbarkeit verwandeln zu wollen.

Bevor Waser die Treppe erreichte, war sein Auge an einer großen Frauengestalt in dunkler venezianischer Tracht haftengeblieben, die dem Strome der forteilenden, den Stufen zudrängenden Churerinnen allein entgegenschritt. Es war etwas in der eigentümlichen Haltung dieses edelgeformten Hauptes, in der traurigen Glut dieser durch die samtene Halbmaske blickenden, suchenden Augen, das ihn seltsam schaurig berührte.

Er sah ihr nach, wie sie, das Gewühl der Tanzenden

meidend, die Kammer der Justitia betrat. Diese hohe, reiche Gestalt kannte er nicht, aber sie mußte auch Jenatsch aufgefallen sein, denn der Oberst richtete sogleich seinen Gang nach derselben Schwelle. Ob er sie überschritt, das sah Waser nicht mehr, das Gedränge auf der Treppe wurde jetzt so groß, daß der Bürgermeister seiner ganzen Würde und Vorsicht bedurfte, um die verwirrte Amantia ungefährdet durch den Engpaß zu bringen. Es war ein toller Maskenzug, der die Treppe hinaufstürmte, wilde Gesellen unter der Führung einer kolossalen Bärin, der ein großes Schild mit den Wappen der drei Bünde an einer Kette um den zottigen Hals hing.

Sobald Waser die heimgeleitete Amantia einer alten Dienerin übergeben hatte, eilte er wieder nach dem Rathause zurück, ohne nach dem Doktor zu fragen, dem er es nicht leicht verzieh, daß er das unschuldige Flugblatt in so feindseliger und hinterlistiger Weise zur Beleidigung des Obersten ausgebeutet hatte.

Schon von fern sah er vor dem Staatsgebäude ein unsicher beleuchtetes, verworrenes Gewühl, und es ward ihm schwer, bis zur Hauspforte vorzudringen. Die gleichen Masken, denen er vor einer halben Stunde auf der Treppe begegnet war, entstürzten jetzt dem Hausflur in wilder Hast. Inmitten des an die dreißig Vermummte zählenden Haufens glaubte er plötzlich im Scheine einer sprühenden Fackel die ungeheure Bärin zu erblicken, die zerzaust und blutig mit einer über die Schultern gelegten Puppe oder Leiche davonschritt. Waser hatte die Türe erreicht. Er warf einen Blick auf die Wendeltreppe, sie füllte sich eben wieder mit taumelnden Gästen, die wirr durcheinander schrien und hastig davoneilten.

Oben verstummte mit abgerissenen Tönen die Musik.

Jetzt gewahrte Waser hart neben sich einen untersetzten Franziskanermönch, dessen von der Kapuze beschattetes Augenpaar er forschend auf sich gerichtet fühlte. Eine Maske war das nicht. Der Mönch warf seine regentriefende Kapuze zurück, und Waser erkannte das nüchterne, geisteskräftige Gesicht des Paters Pankraz und seine klug blitzenden Augen. Die beiden Männer schüttelten sich die Hände.

»Tun wir uns zusammen, Herr Bürgermeister«, sagte der Pater leis, aber eindringlich. »Welt und Kirche, Ehrenkette und Kuttenstrick im Bunde werden durch den tollsten Spuk dringen! Ich lese auf Eurem Gesicht, daß Ihr wie ich in Sorge seid um den Obersten. Etwas ist droben vorgefallen. Was sie dort fortschleppten – ich habe das niederhangende Haupt scharf angesehen –, war der tote oder ohnmächtige Rudolf Planta. Um den ist's kein Schade, und an der Fastnacht sind blutige Köpfe nichts Besonderes, aber gut ist's doch, wenn wir hinaufkommen!«

Bei diesen Worten schob er den Bürgermeister in eine gesicherte Ecke und stellte sich vor ihn, denn ein paar trunkene Offiziere stürzten sich eben, mit den Degen fuchtelnd, in die Menge hinunter.

Der Pater verschwieg seine Hauptsorge – Lukretia. Er war, durch das Unwetter verspätet, vor einer Stunde erst in Chur angelangt, hatte die alte Gräfin Travers, die, hinfällig wie sie war, sich frühzeitig zur Ruhe gelegt hatte, zwar nicht gesehn, aber von der Dienerschaft erfahren, das Fräulein sei noch vor Mittag angelangt, habe ihrer Muhme Gesellschaft geleistet und sich dann, wie sie zuweilen zu tun pflegte, in ein für ihren Besuch immer bereit gehaltenes Gemach zurückgezogen, um sich umzukleiden. Erst vor kurzem habe sie, in ein weites Übergewand gehüllt, das Haus wieder verlassen. Ihr Knecht, der Sohn des Riedberger Kastellans, sei ihr auf diesem Gange mit der Fackel vorangeschritten. Wohin sie sich habe geleiten lassen, wußte niemand zu sagen.

Pankratius hatte aus dem Berichte der Dienstleute zu Riedberg Verdacht geschöpft, der junge Planta, den er für einen Feigling hielt, möchte in Bünden beherztere

Genossen gefunden haben. Er fürchtete, der Neid der mächtigen Familien, die Georg Jenatsch beleidigt hatte, könnte, durch seinen letzten größten Erfolg aufgestachelt, in mörderische Gewalttat ausbrechen. Damit mußte Lukretias Verschwinden zusammenhangen, denn bei ihrer Gemütsart zweifelte er nicht, daß sie als Mitschuldige oder als Warnerin in das Unheil verflochten sei. Dieses aber schwebte über dem Haupte des Obersten – als die eine oder die andere war sie in seine Nähe gebannt, und er eilte, sie dort zu suchen.

Und Lukretia war es gewesen, deren ernste, feierliche Gestalt dem zürcherischen Bürgermeister in der Verwirrung des Aufbruchs im Saale begegnet und deren Schritten Jenatsch mit aufglühender Freude in die Kammer der Justitia gefolgt war.

»Willkommen, Lukretia!« rief Georg der sich nach ihm Umwendenden entgegen, »ich danke dir, daß du an meinem Feste nicht fehlst. Du bringst mir die Freude! Die Welt ist mir schal geworden, ihre Beuten und Ehren sind mir ein Ekel! Gib mir meine junge, frische Seele wieder! Sie ging mir längst verloren – sie blieb bei dir. Gib mir sie mit deinem treuen Herzen! Du hast sie darin aufbewahrt!« Er umfaßte sie mit beiden Armen und drückte ihr Haupt, dem die Maske entfiel, an seine Brust.

»Hüte dich, hüte dich, Jürg!« flüsterte sie, seiner Umschlingung widerstrebend, und erhob zu ihm Augen voll unendlicher Angst und Liebe.

Er mißverstand sie. »Ich weiß es schon«, rief er, »auf Riedberg wird keine Hochzeit gefeiert! Kehre niemals dorthin zurück! Du bleibst bei mir auf ewig! Wir verreiten noch heute nach Davos! – Jetzt aber zum Reigen!« –

Im Saale erklang eine rauschende wilde Tanzweise. Jenatsch löste seinen Degen, warf die Waffe auf einen Sitz und umfaßte Lukretia fester. Ihre Augen hafteten starr an der Tür, wo, hereinblickend, verlarvte Gestalten sich drängten. Sie hatte die scharfe, widrige Stimme Rudolfs vernommen.

Jetzt stellte sich eine kleine Ungestalt im langen schwarzen Rocke eines Küsters mit lächerlichen Bücklingen vor den Obersten. Die Schiefertafel in der einen, ein Stück Kreide in der andern Hand, fragte sie näselnd: »Welchen Psalm oder Liedervers belieben der Herr Pfarrer von Scharans heute vor der Predigt singen zu lassen?«

Jenatsch erkannte sogleich das große Haupt und die kurzen ehrlichen Finger des Kellermeisters Fausch. »Ei, du bist zu fett für eine Kirchenmaus!« rief er ihm zu »doch mein Verslein sollst du haben:

> *Selig lebt und freudig stirbt*
> *Wen die Lieb' umfangen! ...*

Das laß mir singen.« –

Der Kellermeister warf einen listig beobachtenden Blick auf die sich umschlungen Haltenden und drückte seine dicke Person, als wollte er sie von seiner Gegenwart befreien, so rasch er konnte, durch die Masken an der Türe in den Saal hinaus, wo die Paare, vom Rasen der Geigen und Pauken fortgerissen, immer schneller vorüberwirbelten. Fausch hatte nicht bemerkt, wie ängstlich Lukretia bestrebt war, ihm, Jenatsch mit sich fortziehend, auf dem Fuße zu folgen.

Schon war es zu spät. Das Zimmer füllte sich mit einem wilden Maskenhaufen, und es war eine Unmöglichkeit geworden, den umdrängten Ausgang zu gewinnen. Auch dachte Jenatsch nicht mehr daran. Er war versunken in die wunderbare, wie von zerstörenden innern Flammen beleuchtete Schönheit seiner Braut und führte sie, dem Maskenspiel in der Mitte des Gemaches Raum gebend, in eine Fensternische. Doch das den Zug anführende Bärenungeheuer mit den Wappen der drei Bünde auf der Brust schritt schwerfällig auf ihn zu, streckte, ihm auf den Leib rückend, die rechte Tatze aus und begann mit brummender Stimme: »Ich bin die Respublica der drei Bünde und begehre mit meinem Helden ein Tänzlein zu tun!«

»Das darf ich nicht ausschlagen, obgleich ich meine Dame ungern lasse«, erwiderte Jenatsch und reichte der Bärin, den Fuß wie zum Tanze hebend, bereitwillig die Rechte. Diese aber schlug die beiden Tatzen um die gebotene Hand und packte sie mit eiserner Mannesgewalt. Zugleich zog sich der Larvenkreis eng um den Festgehaltenen zusammen, und überall wurden Waffen bloß.

Lukretia drängte sich fest an die linke Seite des Umstellten, wie um ihn zu decken. Sie hatte ihm keine Waffe zu bieten. Wieder traf die Stimme Rudolfs ihr Ohr. »Dies, Lukretia, für die Ehre der Planta«, flüsterte er dicht hinter ihr, und sie sah, mit halbgewandtem Haupte, wie seine feine spanische Klinge vorsichtig eine gefährliche Stelle zwischen den Schulterblättern Georgs suchte. Sie hatte sich von Jenatsch vorwärts ziehen lassen, denn dieser streckte sich, den ihn umschließenden Kreis seiner Mörder mitreißend, nach dem nahen Kredenztische aus und erreichte dort mit der freien Linken einen schweren ehernen Leuchter, dessen gewichtigen Fuß er gegen seine Angreifer schwang, die von vorn fallenden Hiebe parierend.

Da schmetterte ein Axtschlag neben ihr nieder. Sie erblickte ihren treuen Lukas, ohne Maske und barhaupt, der von hinten vordringend, ein altes Beil zum zweiten Male auf Rudolfs bleiches Haupt fallen ließ und ihn anschrie: »Weg, Schurke! Das ist nicht deines Amtes!« Dann warf er den Sterbenden auf die Seite, drückte Lukretia weg und stand mit erhobener Axt vor Jenatsch. Der Starke, der schon aus vielen Wunden blutete, schlug mit wuchtiger Faust seinen Leuchter blindlings auf das graue Haupt. Lautlos sank der alte Knecht auf Lukretias Füße. Sie neigte sich zu ihm nieder, und er gab ihr mit brechendem Blicke das blutige Beil in die Hand. Es war die Axt, die einst den Herrn Pompejus erschlagen hatte. In Verzweiflung richtete sie sich auf, sah Jürg schwanken, von gedungenen Mördern umstellt, von meuchlerischen Waffen umzuckt und verwundet, rings und rettungslos umstellt. Jetzt, in traumhaftem Entschlusse, hob sie mit beiden Händen die ihr vererbte Waffe und traf mit ganzer Kraft das teure Haupt. Jürgs Arme sanken, er blickte die hoch vor ihm Stehende mit voller Liebe an, ein düsterer Triumph flog über seine Züge, dann stürzte er schwer zusammen.

Als Lukretia ihrer Sinne wieder mächtig wurde, kniete sie neben der Leiche, das Haupt des Erschlagenen lag in ihrem Schoße. Das Gemach war leer. Um die über ihr schwebende Gestalt der Justitia waren die Lichter heruntergebrannt und das Wachs fiel ihr in glühenden Tropfen auf Hals und Stirn. Neben ihr stand Pankraz und legte die Hand auf ihre Schulter, während unter der Türe Fausch dem Bürgermeister Waser das Ereignis jammernd erzählte.

Willig wie ein Kind folgte sie dem Mönch, der sie von der Unglücksstätte wegführte. Waser aber übernahm die Leichenwache.

Nicht lange blieb er allein. Als das erste Entsetzen vorüber war und die Verwirrung der Gemüter sich löste, kamen die Häupter der Stadt eines nach dem anderen in die Totenkammer und klagten um Bündens größten Mann, seinen Befreier und Wiederhersteller.

Sie verzichteten darauf, die Urheber seines Todes, die ihnen als die Werkzeuge eines notwendigen Schicksals erschienen, vor Gericht zu ziehen. Keine neue Parteiung und Rache sollte aus seinem Blute entstehen – er hätte es selbst nicht gewollt. Aber sie beschlossen, ihn mit ungewöhnlichen, seinen Verdiensten um das Land angemessenen Ehren zu bestatten.

DAS AMULETT

*Alte vergilbte Blätter liegen vor mir mit Aufzeichnungen aus
dem Anfange des siebzehnten Jahrhunderts. Ich übersetze sie
in die Sprache unserer Zeit.*

ERSTES KAPITEL

Heute am vierzehnten März 1611 ritt ich von meinem
Sitze am Bieler See hinüber nach Courtion zu dem alten
Boccard, den Handel um eine mir gehörige mit Eichen
und Buchen bestandene Halde in der Nähe von
Münchweiler abzuschließen, der sich schon eine Weile
hingezogen hatte. Der alte Herr bemühte sich in lang-
wierigem Briefwechsel um eine Preiserniedrigung. Gegen den Wert des fraglichen Waldstreifens konnte kein
ernstlicher Widerspruch erhoben werden, doch der
Greis schien es für seine Pflicht zu halten, mir noch etwas abzumarkten. Da ich indessen guten Grund hatte,
ihm alles Liebe zu erweisen und überdies Geldes benö-
tigt war, um meinen Sohn, der im Dienste der General-
staaten steht und mit einer blonden runden Holländerin
verlobt ist, die erste Einrichtung seines Hausstandes zu
erleichtern, entschloß ich mich, ihm nachzugeben und
den Handel rasch zu beenden.

Ich fand ihn auf seinem altertümlichen Sitze einsam
und in vernachlässigtem Zustande. Sein graues Haar
hing ihm unordentlich in die Stirn und hinunter auf den
Nacken. Als er meine Bereitwilligkeit vernahm, blitzten
seine erloschenen Augen auf bei der freudigen Nachricht. Rafft und sammelt er doch in seinen alten Tagen,
uneingedenk, daß sein Stamm mit ihm verdorren und er
seine Habe lachenden Erben lassen wird.

Er führte mich in ein kleines Turmzimmer, wo er in
einem wurmstichigen Schranke seine Schriften ver-

wahrt, hieß mich Platz nehmen und bat mich, den Kontrakt schriftlich aufzusetzen. Ich hatte meine kurze Arbeit beendigt und wandte mich zu dem Alten um, der unterdessen in den Schubladen gekramt hatte, nach seinem Siegel suchend, das er verlegt zu haben schien. Wie ich ihn alles hastig durcheinanderwerfen sah, erhob ich mich unwillkürlich, als müßt' ich ihm helfen. Er hatte eben wie in fieberischer Eile ein geheimes Schubfach geöffnet, als ich hinter ihn trat, einen Blick hineinwarf und – tief aufseufzte.

In dem Fache lagen nebeneinander zwei seltsame, beide mir nur zu wohl bekannte Gegenstände: ein durchlöcherter Filzhut, den einst eine Kugel durchbohrt hatte, und ein großes rundes Medaillon von Silber mit dem Bilde der Mutter Gottes von Einsiedeln in getriebener, ziemlich roher Arbeit.

Der Alte kehrte sich um, als wollte er meinen Seufzer beantworten, und sagte in weinerlichem Tone:

»Jawohl, Herr Schadau, mich hat die Dame von Einsiedeln noch behüten dürfen zu Haus und im Felde; aber seit die Ketzerei in die Welt gekommen ist und auch unsre Schweiz verwüstet hat, ist die Macht der guten Dame erloschen, selbst für die Rechtgläubigen! Das hat sich an Wilhelm gezeigt – meinem lieben Jungen.« Und eine Träne quoll unter seinen grauen Wimpern hervor.

Mir war bei diesem Auftritte weh ums Herz, und ich richtete an den Alten ein paar tröstende Worte über den Verlust seines Sohnes, der mein Altersgenosse gewesen und an meiner Seite tödlich getroffen worden war. Doch meine Rede schien ihn zu verstimmen, oder er überhörte sie, denn er kam hastig wieder auf unser Geschäft zu reden, suchte von neuem nach dem Siegel, fand es endlich, bekräftigte die Urkunde und entließ mich dann bald ohne sonderliche Höflichkeit.

Ich ritt heim. Wie ich in der Dämmerung meines Weges trabte, stiegen mit den Düften der Frühlingserde die Bilder der Vergangenheit vor mir auf mit einer so drängenden Gewalt, in einer solchen Frische, in so scharfen und einschneidenden Zügen, daß sie mich peinigten.

Das Schicksal Wilhelm Boccards war mit dem meinigen aufs engste verflochten, zuerst auf eine freundliche, dann auf eine fast schreckliche Weise. Ich habe ihn in den Tod gezogen. Und doch, so sehr mich dies drückt, kann ich es nicht bereuen und müßte wohl heute im gleichen Falle wieder so handeln, wie ich es mit zwanzig Jahren tat. Immerhin setzte mir die Erinnerung der alten Dinge so zu, daß ich mit mir einig wurde, den ganzen Verlauf dieser wundersamen Geschichte schriftlich niederzulegen und so mein Gemüt zu erleichtern.

Zweites Kapitel

Ich bin im Jahre 1553 geboren und habe meinen Vater nicht gekannt, der wenige Jahre später auf den Wällen von St. Quentin fiel. Ursprünglich ein thüringisches Geschlecht, hatten meine Vorfahren von jeher in Kriegsdienst gestanden und waren manchem Kriegsherrn gefolgt. Mein Vater hatte sich besonders dem Herzog Ulrich von Württemberg verpflichtet, der ihm für treu geleistete Dienste ein Amt in seiner Grafschaft Mümpelgard anvertraute und eine Heirat mit einem Fräulein von Bern vermittelte, deren Ahn einst sein Gastfreund gewesen war, als Ulrich sich landesflüchtig in der Schweiz umtrieb. Es duldete meinen Vater jedoch nicht lange auf diesem ruhigen Posten, er nahm Dienst in Frankreich, das damals die Pikardie gegen England und Spanien verteidigen mußte. Dies war sein letzter Feldzug.

Meine Mutter folgte dem Vater nach kurzer Frist ins Grab, und ich wurde von einem mütterlichen Ohm aufgenommen, der seinen Sitz am Bieler See hatte und eine feine und eigentümliche Erscheinung war. Er mischte sich wenig in die öffentlichen Angelegenheiten, ja er

verdankte es eigentlich nur seinem in die Jahrbücher
von Bern glänzend eingetragenen Namen, daß er überhaupt auf Berner Boden geduldet wurde. Er gab sich
nämlich von Jugend auf viel mit Bibelerklärung ab, in
jener Zeit religiöser Erschütterung nichts Ungewöhnliches; aber er hatte, und das war das Ungewöhnliche, aus
manchen Stellen des heiligen Buches, besonders aus der
Offenbarung Johannis, die Überzeugung geschöpft,
daß es mit der Welt zu Ende gehe und es deshalb nicht
rätlich und ein eitles Werk sei, am Vorabend dieser
durchgreifenden Krise eine neue Kirche zu gründen,
weswegen er sich des ihm zuständigen Sitzes im Münster
zu Bern beharrlich und grundsätzlich entschlug. Wie
gesagt, nur seine Verborgenheit schützte ihn vor dem
strengen Arm des geistlichen Regimentes.

Unter den Augen dieses harmlosen und liebenswürdigen Mannes wuchs ich – wo nicht ohne Zucht, doch ohne
Rute – in ländlicher Freiheit auf. Mein Umgang waren
die Bauernjungen des benachbarten Dorfes und dessen
Pfarrer, ein strenger Calvinist, durch den mich mein
Ohm mit Selbstverleugnung in der Landesreligion unterrichten ließ.

Die zwei Pfleger meiner Jugend stimmten in manchen
Punkten nicht zusammen. Während der Theologe mit
seinem Meister Calvin die Ewigkeit der Höllenstrafen als
das unentbehrliche Fundament der Gottesfurcht ansah,
getröstete sich der Laie der einstigen Versöhnung und
fröhlichen Wiederbringung aller Dinge. Meine Denk-
kraft übte sich mit Genuß an der herben Konsequenz der
calvinischen Lehre und bemächtigte sich ihrer, ohne
eine Masche des festen Netzes fallen zu lassen; aber mein
Herz gehörte sonder Vorbehalt dem Oheim. Seine Zu-
kunftsbilder beschäftigten mich wenig, nur einmal gelang es ihm, mich zu verblüffen. Ich nährte seit langem
den Wunsch, einen wilden jungen Hengst, den ich in
Biel gesehen, einen prächtigen Falben, zu besitzen, und
näherte mich mit diesem großen Anliegen auf der Zun-

ge eines Morgens meinem in ein Buch vertieften Oheim, eine Weigerung befürchtend, nicht wegen des hohen Preises, wohl aber wegen der landeskundigen Wildheit des Tieres, das ich zu schulen wünschte. Kaum hatte ich den Mund geöffnet, als er mit seinen leuchtend blauen Augen mich scharf betrachtete und mich feierlich anredete: »Weißt du, Hans, was das fahle Pferd bedeutet, auf dem der Tod sitzt?«

Ich verstummte vor Erstaunen über die Sehergabe meines Oheims; aber ein Blick in das vor ihm aufgeschlagene Buch belehrte mich, daß er nicht von meinem Falben, sondern von einem der vier apokalyptischen Reiter sprach.

Der gelehrte Pfarrer unterwies mich zugleich in der Mathematik und sogar in den Anfängen der Kriegswissenschaft, soweit sie sich aus den bekannten Handbüchern schöpfen läßt; denn er war in seiner Jugend als Student in Genf mit auf die Wälle und ins Feld gezogen.

Es war eine ausgemachte Sache, daß ich mit meinem siebzehnten Jahre in Kriegsdienste zu treten habe; auch das war für mich keine Frage, unter welchem Feldherrn ich meine ersten Waffenjahre verbringen würde. Der Name des großen Coligny erfüllte damals die ganze Welt. Nicht seine Siege, deren hatte er keinen erfochten, sondern seine Niederlagen, welchen er durch Feldherrnkunst und Charaktergröße den Wert von Siegen zu geben wußte, hatten ihn aus allen lebenden Feldherrn hervorgehoben, wenn man ihm nicht den spanischen Alba an die Seite setzen wollte; diesen aber haßte ich wie die Hölle. Nicht nur war mein tapferer Vater treu und trotzig zum protestantischen Glauben gestanden, nicht nur hatte mein bibelkundiger Ohm vom Papsttum einen übeln Begriff und meinte es in der Babylonerin der Offenbarung vorgebildet zu sehn, sondern ich selbst fing an, mit warmem Herzen Partei zu nehmen. Hatte ich doch schon als Knabe mich in die protestantische Heerschar eingereiht, als es im Jahre 1567 galt, die Waffen zu ergreifen, um Genf gegen einen Handstreich Albas zu sichern, der sich aus Italien längs der Schweizergrenze nach den Niederlanden durchwand. Den Jüngling litt es kaum mehr in der Einsamkeit von Chaumont, so hieß der Sitz meines Oheims.

Im Jahre 1570 gab das Pazifikationsedikt von St. Germain en Laye den Hugenotten in Frankreich Zutritt zu allen Ämtern, und Coligny, nach Paris gerufen, beriet mit dem König, dessen Herz er, wie die Rede ging, vollständig gewonnen hatte, den Plan eines Feldzugs gegen Alba zur Befreiung der Niederlande. Ungeduldig erwartete ich die jahrelang sich verzögernde Kriegserklärung, die mich zu Colignys Scharen rufen sollte; denn seine Reiterei bestand von jeher aus Deutschen und der Name meines Vaters mußte ihm aus früheren Zeiten bekannt sein.

Aber diese Kriegserklärung wollte noch immer nicht kommen und zwei ärgerliche Erlebnisse sollten mir die letzten Tage in der Heimat verbittern.

Als ich eines Abends im Mai mit meinem Ohm unter der blühenden Hoflinde das Vesperbrot verzehrte, erschien vor uns in ziemlich kriechender Haltung und schäbiger Kleidung ein Fremder, dessen unruhige Augen und gemeine Züge auf mich einen unangenehmen Eindruck machten. Er empfahl sich der gnädigen Herrschaft als Stallmeister, was in unsern Verhältnissen nichts andres als Reitknecht bedeutete, und schon war ich im Begriff, ihn kurz abzuweisen, denn mein Ohm hatte ihm bis jetzt keine Aufmerksamkeit geschenkt, als der Fremdling mir alle seine Kenntnisse und Fertigkeiten herzuzählen begann.

»Ich führe die Stoßklinge«, sagte er, »wie wenige und kenne die hohe Fechtschule aus dem Fundament?«

Bei meiner Entfernung von jedem städtischen Fechtboden empfand ich gerade diese Lücke meiner Ausbildung schmerzlich und trotz meiner instinktiven Abneigung gegen den Ankömmling ergriff ich die Gelegen-

heit ohne Bedenken, zog den Fremden in meine Fecht-
kammer und gab ihm eine Klinge in die Hand, mit welcher er die meinige so vortrefflich meisterte, daß ich sogleich mit ihm abmachte und ihn in unsere Dienste
nahm.

Dem Ohm stellte ich vor, wie günstig die Gelegenheit
sei, noch im letzten Augenblick vor der Abreise den
Schatz meiner ritterlichen Kenntnisse zu bereichern.

Von nun an brachte ich mit dem Fremden – er bekannte sich zu böhmischer Abkunft – Abend um Abend
oft bis zu später Stunde in der Waffenkammer zu, die ich
mit zwei Mauerlampen möglichst erleuchtete. Leicht er-
lernte ich Stoß, Parade, Finte und bald führte ich, theo-
retisch vollkommen fest, die ganze Schule richtig und
zur Befriedigung meines Lehrers durch; dennoch brachte ich diesen in helle Verzweiflung dadurch, daß es mir
unmöglich war, eine gewisse angeborene Gelassenheit
loszuwerden, welche er Langsamkeit schalt und mit seiner blitzschnell zuckenden Klinge spielend besiegte.

Um mir das mangelnde Feuer zu geben, verfiel er auf
ein seltsames Mittel. Er nähte sich auf sein Fechtwams
ein Herz von rotem Leder, das die Stelle des pochenden
anzeigte, und auf welches er im Fechten mit der Linken
höhnisch und herausfordernd hinwies. Dazu stieß er
mannigfache Kriegsrufe aus, am häufigsten: »Alba hoch
– Tod den niederländischen Rebellen!« – oder auch:
»Tod dem Ketzer Coligny! An den Galgen mit ihm!« –
Obwohl mich diese Rufe im Innersten empörten und
mir den Menschen noch widerlicher machten, als er mir
ohnehin war, gelang es mir nicht, mein Tempo zu be-
schleunigen, da ich schon als pflichtschuldig Lernender
ein Maß von Behendigkeit aufgewendet hatte, das sich
nun einmal nicht überschreiten ließ. Eines Abends, als
der Böhme gerade ein fürchterliches Geschrei anhob,
trat mein Oheim besorgt durch die Seitentür ein, zu sehen, was es gäbe, zog sich aber gleich entsetzt zurück, da
er meinen Gegner mit dem Ausruf: »Tod den Hugenot-

ten!« mir einen derben Stoß mitten auf die Brust versetzen sah, der mich, galt es Ernst, durchbohrt hätte.

Am nächsten Morgen, als wir unter unsrer Linde
frühstückten, hatte der Ohm etwas auf dem Herzen und
ich denke, es war der Wunsch, sich des unheimlichen
Hausgenossen zu entledigen, als von dem Bieler Stadt-
boten ein Schreiben mit einem großen Amtssiegel überbracht wurde. Der Ohm öffnete es, runzelte im Lesen
die Stirn und reichte es mir mit den Worten: »Da haben
wir die Bescherung! – Lies, Hans, und dann wollen wir
beraten, was zu tun sei.«

Da stand nun zu lesen, daß ein Böhme, der sich vor
einiger Zeit in Stuttgart als Fechtmeister niedergelassen,
sein Weib, eine geborene Schwäbin, aus Eifersucht
meuchlerisch erstochen; daß man in Erfahrung gebracht, der Täter habe sich nach der Schweiz geschlagen,
ja, daß man ihn oder jemand, der ihm zum Verwechseln
gleiche, im Dienste des Herrn zu Chaumont wolle gesehen haben; daß man diesen, dem in Erinnerung des seligen Schadau, seines Schwagers, der Herzog Christoph
sonderlich gewogen sei, dringend ersuche, den Verdächtigen zu verhaften, selbst ein erstes Verhör vorzuneh-
men und bei bestätigtem Verdachte den Schuldigen an
die Grenze liefern zu lassen. Unterzeichnet und besie-
gelt war das Schreiben von dem herzoglichen Amte in
Stuttgart.

Während ich das Aktenstück las, blickte ich nachdenkend einmal darüber hinweg nach der Kammer des Böhmen, die sich, im Giebel des Schlosses gelegen, mit dem
Auge leicht erreichen ließ, und sah ihn am Fenster beschäftigt, eine Klinge zu putzen. Entschlossen, den Übel-
täter festzunehmen und der Gerechtigkeit zu überliefern, erhob ich doch unwillkürlich das Schreiben in der
Weise, daß ihm das große, rote Siegel, wenn er gerade
herunter lauerte, sichtbar wurde – seinem Schicksal eine
kleine Frist gebend, ihn zu retten.

Dann erwog ich mit meinem Ohm die Festnehmung

und den Transport des Schuldigen; denn daß er dies war, daran zweifelten wir beide keinen Augenblick.

Hierauf stiegen wir, jeder ein Pistol in der Hand, auf die Kammer des Böhmen. Sie war leer; aber durch das offene Fenster über die Bäume des Hofes weg – weit in der Ferne, wo sich der Weg um den Hügel wendet, sahn wir einen Reiter galoppieren, und jetzt beim Hinuntersteigen trat uns der Bote von Biel, der das Schreiben überbracht hatte, jammernd entgegen, er suche vergeblich sein Roß, welches er am hintern Hoftor angebunden, während ihm selbst in der Küche ein Trunk gereicht wurde.

Zu dieser leidigen Geschichte, die im Lande viel Aufsehn erregte und im Munde der Leute eine abenteuerliche Gestalt gewann, kam noch ein anderer Unfall, der machte, daß meines Bleibens daheim nicht länger sein konnte.

Ich ward auf eine Hochzeit nach Biel geladen, wo ich, da das Städtchen kaum eine Stunde entfernt liegt, manche, wenn auch nur flüchtige Beziehungen hatte. Bei meiner ziemlich abgeschlossenen Lebensweise galt ich für stolz, und mit meinen Gedanken in der nahen Zukunft, die mich, wenn auch in bescheidenster Stellung, in die großen Geschicke der protestantischen Welt verflechten sollte, konnte ich den innern Händeln und dem Stadtklatsch der kleinen Republik Biel kein Interesse abgewinnen. So lächelte mir diese Einladung nicht besonders, und nur das Drängen meines ebenso zurückgezogenen, doch dabei leutseligen Oheims bewog mich, der Einladung Folge zu leisten.

Den Frauen gegenüber war ich schüchtern. Von kräftigem Körperbau und ungewöhnlicher Höhe des Wuchses, aber unschönen Gesichtszügen, fühlte ich wohl, wenn ich mir davon auch nicht Rechenschaft gab, daß ich die ganze Summe meines Herzens auf *eine* Nummer zu setzen habe, und die Gelegenheit dazu, so schwebte mir dunkel vor, mußte sich in der Umgebung meines

Helden finden. Auch stand bei mir fest, daß ein volles
Glück mit vollem Einsatz, mit dem Einsatze des Lebens
wolle gewonnen sein.

Unter meinen jugendlichen Bewunderungen nahm
neben dem großen Admiral sein jüngerer Bruder Dandelot die erste Stelle ein, dessen weltkundige, stolze
Brautfahrt meine Einbildungkraft entzündete. Seine
Flamme, ein lothringisches Fräulein, hatte er vor den
Augen seiner katholischen Todfeinde, der Guisen, aus
ihrer Stadt Nancy weggeführt, in festlichem Zuge unter
Drommetenschall am herzoglichen Schlosse vorüberrei-
tend.

Etwas Derartiges wünschte ich mir vorbestimmt.

Ich machte mich also nüchternen und verdrossenen
Herzens nach Biel auf den Weg. Man war höchst zuvor-
kommend gegen mich und gab mir meinen Platz an der
Tafel neben einem liebenswürdigen Mädchen. Wie es
schüchternen Menschen zu gehen pflegt, geriet ich, um
jedem Verstummen vorzubeugen, in das entgegengesetzte Fahrwasser und, um nicht unhöflich zu erscheinen, machte ich meiner Nachbarin lebhaft den Hof. Uns
gegenüber saß der Sohn des Schultheißen, eines vornehmen Spezereihändlers, der an der Spitze der aristokrati-
schen Partei stand; denn das kleine Biel hatte gleich grö-
ßeren Republiken seine Aristokraten und Demokraten.
Franz Godillard, so hieß der junge Mann, der vielleicht
Absichten auf meine Nachbarin haben mochte, verfolgte
unser Gespräch, ohne daß ich anfänglich dessen gewahr
wurde, mit steigendem Interesse und feindseligen Blikken.

Da fragte mich das hübsche Mädchen, wann ich nach
Frankreich zu ziehen gedächte.

»Sobald der Krieg erklärt ist gegen den Bluthund
Alba!« erwiderte ich eifrig.

»Man dürfte von einem solchen Manne in weniger
respektwidrigen Ausdrücken reden!« warf mir Godillard über den Tisch zu.

»Ihr vergeßt wohl«, entgegnete ich, »die mißhandelten Niederländer! Keinen Respekt ihrem Unterdrücker, und wäre er der größte Feldherr der Welt!«

»Er hat Rebellen gezüchtigt«, war die Antwort, »und ein heilsames Beispiel auch für unsre Schweiz gegeben.«

»Rebellen!« schrie ich und stürzte ein Glas feurigen Cortaillod hinunter. »So gut, oder so wenig Rebellen, als die Eidgenossen auf dem Rütli!«

Godillard nahm eine hochmütige Miene an, zog die Augenbrauen erst mit Wichtigkeit in die Höhe und versetzte dann grinsend: »Untersucht einmal ein gründlicher Gelehrter die Sache, wird es sich vielleicht weisen, daß die aufrührerischen Bauern der Waldstätte gegen Österreich schwer im Unrecht und offener Rebellion schuldig waren. Übrigens gehört das nicht hierher; ich behaupte nur, daß es einem jungen Menschen ohne Verdienst, ganz abgesehen von jeder politischen Meinung, übel ansteht, einen berühmten Kriegsmann mit Worten zu beschimpfen.«

Dieser Hinweis auf die unverschuldete Verzögerung meines Kriegsdienstes empörte mich aufs tiefste, die Galle lief mir über und: »Ein Schurke!« rief ich aus, »wer den Schurken Alba in Schutz nimmt!«

Jetzt entstand ein sinnloses Getümmel, aus welchem Godillard mit zerschlagenem Kopfe weggetragen wurde und ich mich mit blutender, vom Wurf eines Glases zerschnittener Wange zurückzog.

Am Morgen erwachte ich in großer Beschämung, voraussehend, daß ich, ein Verteidiger der evangelischen Wahrheit, in den Ruf eines Trunkenboldes geraten würde.

Ohne langes Besinnen packte ich meinen Mantelsack, beurlaubte mich bei dem Oheim, dem ich mein Mißgeschick andeutete, und der nach einigem Hin- und Herreden sich damit einverstanden erklärte, daß ich den Ausbruch des Krieges in Paris erwarten möge, steckte eine Rolle Gold aus dem kleinen Erbe meines Vaters zu mir, bewaffnete mich, sattelte meinen Falben und machte mich auf den Weg nach Frankreich.

Drittes Kapitel

Ich durchzog ohne nennenswerte Abenteuer die Freigrafschaft und Burgund, erreichte den Lauf der Seine und näherte mich eines Abends den Türmen von Melun, die noch eine kleine Stunde entfernt liegen mochten, über denen aber ein schweres Gewitter hing. Ein Dorf durchreitend, das an der Straße lag, erblickte ich auf der steinernen Hausbank der nicht unansehnlichen Herberge zu den drei Lilien einen jungen Mann, welcher wie ich ein Reisender und ein Kriegsmann zu sein schien, dessen Kleidung und Bewaffnung aber eine Eleganz zeigte, von welcher meine schlichte calvinistische Tracht gewaltig abstach. Da es in meinem Reiseplan lag, vor Nacht Melun zu erreichen, erwiderte ich seinen Gruß nur flüchtig, ritt vorüber und glaubte noch den Ruf: »Gute Reise, Landsmann!« hinter mir her zu vernehmen.

Eine Viertelstunde trabte ich beharrlich weiter, während das Gewitter mir schwarz entgegenzog, die Luft unerträglich dumpf wurde und kurze, heiße Windstöße den Staub der Straße in Wirbeln aufjagten. Mein Roß schnaubte. Plötzlich fuhr ein blendender und krachender Blitzstrahl wenige Schritte vor mir in die Erde. Der Falbe stieg, drehte sich und jagte in wilden Sprüngen gegen das Dorf zurück, wo es mir endlich unter strömendem Regen vor dem Tore der Herberge gelang, des geängstigten Tieres Herr zu werden.

Der junge Gast erhob sich lächelnd von der durch das Vordach geschützten Steinbank, rief den Stallknecht, war mir beim Abschnallen des Mantelsacks behilflich und sagte: »Laßt es Euch nicht reuen, hier zu nächtigen, Ihr findet vortreffliche Gesellschaft.«

»Daran zweifle ich nicht!« versetzte ich grüßend.

»Ich spreche natürlich nicht von mir«, fuhr er fort, »sondern von einem alten ehrwürdigen Herrn, den die Wirtin Herr Parlamentrat nennt – also ein hoher Würdenträger – und von seiner Tochter oder Nichte, einem ganz unvergleichlichen Fräulein ... Öffnet dem Herrn ein Zimmer!« Dies sprach er zu dem herantretenden Wirt, »und Ihr, Herr Landsmann, kleidet Euch rasch um und laßt uns nicht warten, denn der Abendtisch ist gedeckt.«

»Ihr nennt mich Landsmann?« entgegnete ich französisch, wie er mich angeredet hatte. »Woran erkennt Ihr mich als solchen?«

»An Haupt und Gliedern!« versetzte er lustig. »Vorerst seid Ihr ein Deutscher, und an Eurem ganzen festen und gesetzten Wesen erkenne ich den Berner. Ich aber bin Euer treuer Verbündeter von Fryburg und nenne mich Wilhelm Boccard.«

Ich folgte dem voranschreitenden Wirte in die Kammer, die er mir anwies, wechselte die Kleider und stieg hinunter in die Gaststube, wo ich erwartet war. Boccard trat auf mich zu, ergriff mich bei der Hand und stellte mich einem ergrauten Herrn von feiner Erscheinung und einem schlanken Mädchen im Reitkleide vor mit den Worten: »Mein Kamerad und Landsmann« ... dabei sah er mich fragend an.

»Schadau von Bern«, schloß ich die Rede.

»Es ist mir höchst angenehm«, erwiderte der alte Herr verbindlich, »mit einem jungen Bürger der berühmten Stadt zusammenzutreffen, der meine Glaubensbrüder in Genf so viel zu danken haben. Ich bin Parlamentsrat Chatillon, dem der Religionsfriede erlaubt, nach seiner Vaterstadt Paris zurückzukehren.«

»Chatillon?« wiederholte ich in ehrfurchtsvoller Verwunderung. »Das ist der Familienname des großen Admirals.«

»Ich habe nicht die Ehre, mit ihm verwandt zu sein«,

versetzte der Parlamentrat, »oder wenigstens nur ganz von fern; aber ich kenne ihn und bin ihm befreundet, soweit es der Unterschied des Standes und des persönlichen Wertes gestattet. Doch setzen wir uns, meine Herrschaften. Die Suppe dampft und der Abend bietet noch Raum genug zum Gespräch.«

Ein Eichentisch mit gewundenen Füßen vereinigte uns an seinen vier Seiten. Oben war dem Fräulein, zu ihrer Rechten und Linken dem Rat und Boccard und mir am untern Ende der Tafel das Gedeck gelegt. Nachdem unter den üblichen Erkundigungen und Reisegesprächen das Mahl beendigt und zu einem bescheidenen Nachtisch das perlende Getränk der benachbarten Champagne aufgetragen war, fing die Rede an zusammenhängender zu fließen.

»Ich muß es an Euch loben, Ihr Herren Schweizer«, begann der Rat, »daß Ihr nach kurzen Kämpfen gelernt habt, Euch auf kirchlichem Gebiete friedlich zu vertragen. Das ist ein Zeichen von billigem Sinn und gesundem Gemüt und mein unglückliches Vaterland könnte sich an Euch ein Beispiel nehmen. – Werden wir denn nie lernen, daß sich die Gewissen nicht meistern lassen, und daß ein Protestant sein Vaterland so glühend lieben, so mutig verteidigen und seinen Gesetzen so gehorsam sein kann, als ein Katholik!«

»Ihr spendet uns zu reichliches Lob!« warf Boccard ein. »Freilich vertragen wir Katholiken und Protestanten uns im Staate leidlich; aber die Geselligkeit ist durch die Glaubensspaltung völlig verdorben. In früherer Zeit waren wir von Fryburg mit denen von Bern vielfach verschwägert. Das hat nun aufgehört und langjährige Bande sind zerschnitten. Auf der Reise«, fuhr er scherzend zu mir gewendet fort, »sind wir uns noch zuweilen behilflich; aber zu Hause grüßen wir uns kaum.

Laßt mich Euch erzählen: Als ich auf Urlaub in Fryburg war – ich diente unter den Schweizern seiner allerchristlichsten Majestät –, wurde gerade die Milch-

messe auf den Plaffeyer Alpen gefeiert, wo mein Vater
begütert ist und auch die Kirchberge von Bern ein Weid-
recht besitzen. Das war ein trübseliges Fest. Der Kirch-
berg hatte seine Töchter, vier stattliche Bernerinnen,
mitgebracht, die ich, als wir Kinder waren, auf der Alp
alljährlich im Tanze schwenkte. Könnt Ihr glauben, daß
nach beendigtem Ehrentanze die Mädchen mitten unter
den läutenden Kühen ein theologisches Gespräch begannen und mich, der ich mich nie viel um diese Dinge
bekümmert habe, einen Götzendiener und Christenver-
folger schalten, weil ich auf den Schlachtfeldern von Jar-
nac und Montcontour gegen die Hugenotten meine
Pflicht getan?«

»Religionsgespräche«, begütigte der Rat, »liegen jetzt
eben in der Luft; aber warum sollte man sie nicht mit
gegenseitiger Achtung führen und in versöhnlichem
Geiste sich verständigen können? So bin ich versichert,
Herr Boccard, daß Ihr mich wegen meines evangelischen Glaubens nicht zum Scheiterhaufen verdammt,
und daß Ihr nicht der letzte seid, die Grausamkeit zu
verwerfen, mit der die Calvinisten in meinem armen
Vaterlande lange Zeit behandelt worden sind.«

»Seid davon überzeugt!« erwiderte Boccard. »Nur
dürft Ihr nicht vergessen, daß man das Alte und Herge-
brachte in Staat und Kirche nicht grausam nennen darf,
wenn es sein Dasein mit allen Mitteln verteidigt. Was
übrigens die Grausamkeiten betrifft, so weiß ich keine
grausamere Religion als den Calvinismus.«

»Ihr denkt an Servet?« sagte der Rat mit leiser Stimme, während sich sein Antlitz trübte.

»Ich dachte nicht an menschliche Strafgerichte«, versetzte Boccard, »sondern an die göttliche Gerechtigkeit,
wie sie der finstere neue Glaube verunstaltet. Wie gesagt,
ich verstehe nichts von der Theologie, aber mein Ohm,
der Chorherr in Fryburg, ein glaubwürdiger und gelehrter Mann, hat mir versichert, es sei ein calvinistischer
Satz, daß eh' es Gutes oder Böses getan hat, das Kind

schon in der Wiege zur ewigen Seligkeit bestimmt oder der Hölle verfallen sei. Das ist zu schrecklich, um wahr zu sein!«

»Und doch ist es wahr«, sagte ich, des Unterrichts meines Pfarrers mich erinnernd, »schrecklich oder nicht, es ist logisch!«

»Logisch?« fragte Boccard. »Was ist logisch?«

»Was sich nicht selbst widerspricht«, ließ sich der Rat vernehmen, den mein Eifer zu belustigen schien.

»Die Gottheit ist allwissend und allmächtig«, fuhr ich mit Siegesgewißheit fort, »was sie voraussieht und nicht hindert, ist ihr Wille, demnach ist allerdings unser Schicksal schon in der Wiege entschieden.«

»Ich würde Euch das gern umstoßen«, sagte Boccard, »wenn ich mich jetzt nur auf das Argument meines Oheims besinnen könnte! Denn er hatte ein treffliches Argument dagegen ...«

»Ihr tätet mir einen Gefallen«, meinte der Rat, »wenn es Euch gelänge, Euch dieses trefflichen Argumentes zu erinnern«

Der Fryburger schenkte sich den Becher voll, leerte ihn langsam und schloß die Augen. Nach einigem Besinnen sagte er heiter: »Wenn die Herrschaften geruhn, mir nichts einzuwerfen und mich meine Gedanken ungestört entwickeln zu lassen, so hoff' ich nicht übel zu bestehn. Angenommen also, Herr Schadau, Ihr wäret von Eurer calvinistischen Vorsehung seit der Wiege zur Hölle verdammt – doch bewahre mich Gott vor solcher Unhöflichkeit – gesetzt denn, ich wäre im voraus verdammt; aber ich bin ja, Gott sei Dank, kein Calvinis« ... Hierauf nahm er einige Krumen des vortrefflichen Weizenbrotes, formte sie mit den Fingern zu einem Männchen, das er auf seinen Teller setzte mit den Worten: »Hier steht ein von Geburt an zur Hölle verdammter Calvinist. Nun gebt acht, Schadau! – Glaubt Ihr an die zehn Gebote?«

»Wie, Herr?« fuhr ich auf.

»Nun, nun, man darf doch fragen. Ihr Protestanten

habt so manches Alte abgeschafft! Also Gott befiehlt diesem Calvinisten: Tue das! Unterlasse jenes! Ist solches Gebot nun nicht eitel böses Blendwerk, wenn der Mann zum voraus bestimmt ist, das Gute nicht tun zu können und das Böse tun zu müssen? Und einen solchen Unsinn mutet Ihr der höchsten Weisheit zu? Nichtig ist das, wie dies Gebilde meiner Finger!« und er schnellte das Brotmännchen in die Höhe.

»Nicht übel!« meinte der Rat.

Während Boccard seine innere Genugtuung zu verbergen suchte, musterte ich eilig meine Gegengründe; aber ich wußte in diesem Augenblicke nichts Triftiges zu antworten und sagte mit einem Anfluge unmutiger Beschämung: »Das ist ein dunkler, schwerer Satz, der sich nicht leichthin erörtern läßt. Übrigens ist seine Behauptung nicht unentbehrlich, um den Papismus zu verwerfen, dessen augenfällige Mißbräuche Ihr selbst, Boccard, nicht leugnen könnt. Denkt an die Unsitten der Pfaffen!«

»Es gibt schlimme Vögel unter ihnen«, nickte Boccard.

»Der blinde Autoritätsglaube ...«

»Ist eine Wohltat für menschliche Schwachheit«, unterbrach er mich, »muß es doch in Staat und Kirche wie in dem kleinsten Rechtshandel eine letzte Instanz geben, bei der man sich beruhigen kann!«

»Die wundertätigen Reliquien!«

»Heilten der Schatten von St. Petri und die Schweißtüchlein St. Pauli Kranke«, versetzte Boccard mit großer Gelassenheit, »warum sollten nicht auch die Gebeine der Heiligen Wunder wirken?«

»Dieser alberne Mariendienst ...«

Kaum war das Wort ausgesprochen, so veränderte sich das helle Angesicht des Fryburgers, das Blut stieg ihm mit Gewalt zu Haupte, zornrot sprang er vom Sessel auf, legte die Hand an den Degen und rief mir zu: »Wollt Ihr mich persönlich beleidigen? Ist das Eure Absicht, so zieht!«

Auch das Fräulein hatte sich bestürzt von seinem Sitze erhoben und der Rat streckte beschwichtigend beide Hände nach dem Fryburger aus. Ich erstaunte, ohne die Fassung zu verlieren, über die ganz unerwartete Wirkung meiner Worte.

»Von einer persönlichen Beleidigung kann nicht die Rede sein«, sagte ich ruhig. »Wie konnte ich ahnen, daß Ihr, Boccard, der in jeder Äußerung den Mann von Welt und Bildung bekundet und der, wie Ihr selbst sagt, gelassen über religiöse Dinge denkt, in diesem einzigen Punkte eine solche Leidenschaft an den Tag legen würdet.«

»So wisset Ihr denn nicht, Schadau, was im ganzen Gebiete von Fryburg und weit darüber hinaus bekannt ist, daß Unsere liebe Frau von Einsiedeln ein Wunder an mir Unwürdigem getan hat?«

»Nein, wahrlich nicht«, erwiderte ich. »Setzt Euch, lieber Boccard, und erzählt uns das.«

»Nun, die Sache ist weltkundig und abgemalt auf einer Votivtafel im Kloster selbst.

In meinem dritten Jahre befiel mich eine schwere Krankheit und ich blieb infolge derselben an allen Gliedern gelähmt. Alle erdenklichen Mittel wurden vergeblich angewendet, aber kein Arzt wußte Rat. Endlich tat meine liebe gute Mutter barfuß für mich eine Wallfahrt nach Einsiedeln. Und siehe da, es geschah ein Gnadenwunder! Von Stund an ging es besser mit mir, ich erstarkte und gedieh und bin heute, wie Ihr seht, ein Mann von gesunden und geraden Gliedern! Nur der guten Dame von Einsiedeln danke ich es, wenn ich heute meiner Jugend froh bin und nicht als ein unnützer, freudeloser Krüppel mein Herz in Gram verzehre. So werdet ihr es begreifen, liebe Herrn, und natürlich finden, daß ich meiner Helferin zeitlebens zu Dank verbunden und herzlich zugetan bleibe.«

Mit diesen Worten zog er eine seidene Schnur, die er um den Hals trug und an der ein Medaillon hing, aus dem Wams hervor und küßte es mit Inbrunst.

Herr Chatillon, der ihn mit einem seltsamen Gemisch von Spott und Rührung betrachtete, begann nun in seiner verbindlichen Weise: »Aber glaubt Ihr wohl, Herr Boccard, daß jede Madonna diese glückliche Kur an Euch hätte verrichten können?«

»Nicht doch!« versetzte Boccard lebhaft, »die Meinigen versuchten es an manchem Gnadenorte, bis sie an die rechte Pforte klopften. Die liebe Frau von Einsiedeln ist eben einzig in ihrer Art.«

»Nun«, fuhr der alte Franzose lächelnd fort, »so wird es leicht sein, Euch mit Eurem Landsmanne zu versöhnen, wenn dies bei Euerm wohlwollenden Gemüt und heitern Naturell, wovon Ihr uns allen schon Proben gegeben habt, noch notwendig sein sollte. Herr Schadau wird seinem harten Urteile über den Mariendienst in Zukunft nicht vergessen die Klausel anzuhängen: mit ehrenvoller Ausnahme der lieben Frau von Einsiedeln.«

»Dazu bin ich gerne bereit«, sagte ich, auf den Ton des alten Herrn eingehend, freilich nicht ohne eine innere Wallung gegen seinen Leichtsinn.

Da ergriff der gutmütige Boccard meine Hand und schüttelte sie treuherzig. Das Gespräch nahm eine andere Wendung und bald erhob sich der junge Fryburger gute Nacht wünschend und sich beurlaubend, da er morgen in der ersten Frühe aufzubrechen gedenke.

Nun erst, da das erregte Hin- und Herreden ein Ende genommen hatte, richtete ich meine Blicke aufmerksamer auf das junge Mädchen, das unserm Gespräch stillschweigend mit großer Spannung gefolgt war, und erstaunte über ihre Unähnlichkeit mit ihrem Vater oder Oheim. Der alte Rat hatte ein fein geschnittenes, fast furchtsames Gesicht, welches kluge, dunkle Augen bald wehmütig, bald spöttisch, immer geistvoll beleuchteten; die junge Dame dagegen war blond und ihr unschuldiges, aber entschlossenes Antlitz beseelten wunderbar strahlende blaue Augen.

»Darf ich Euch fragen, junger Mann«, begann der

Parlamentrat, »was Euch nach Paris führt? Wir sind Glaubensgenossen, und wenn ich Euch einen Dienst leisten kann, so verfügt über mich.«

»Herr«, erwiderte ich, »als Ihr den Namen Chatillon ausspracht, geriet mein Herz in Bewegung. Ich bin ein Soldatenkind und will den Krieg, mein väterliches Handwerk, erlernen. Ich bin ein eifriger Protestant und möchte für die gute Sache so viel tun, als in meinen Kräften steht. Diese beiden Ziele habe ich erreicht, wenn mir vergönnt ist, unter den Augen des Admirals zu dienen und zu fechten. Könnt Ihr mir dazu verhelfen, so erweist Ihr mir den größten Dienst!«

Jetzt öffnete das Mädchen den Mund und fragte: »Habt Ihr denn eine so große Verehrung für den Herrn Admiral?«

»Er ist der erste Mann der Welt!« antwortete ich feurig.

»Nun, Gasparde«, fiel der Alte ein, »bei so vortrefflichen Gesinnungen dürftest du für den jungen Herrn ein Fürwort bei deinem Paten einlegen.«

»Warum nicht?« sagte Gasparde ruhig, »wenn er so brav ist, wie er das Aussehen hat. Ob aber mein Fürwort fruchten wird, das ist die Frage. Der Herr Admiral ist jetzt, am Vorabend des flandrischen Krieges, vom Morgen bis in die Nacht in Anspruch genommen, belagert, ruhelos, und ich weiß nicht, ob nicht schon alle Stellen vergeben sind, über die er zu verfügen hat. Bringt Ihr nicht eine Empfehlung mit, die besser wäre als die meinige?«

»Der Name meines Vaters«, versetzte ich etwas eingeschüchtert, »ist vielleicht dem Admiral nicht unbekannt.« – Jetzt fiel mir aufs Herz, wie schwer es dem unempfohlenen Fremdling werden könnte, bei dem großen Feldherrn Zutritt zu erlangen, und ich fuhr niedergeschlagen fort: »Ihr habt recht, Fräulein, ich fühle, daß ich ihm wenig bringe: ein Herz und einen Degen, wie er über deren Tausende gebietet. Lebte nur sein

Bruder Dandelot noch! Der stünde mir näher, an den würde ich mich wagen! War er doch von Jugend auf in allen Dingen mein Vorbild: Kein Feldherr, aber ein tapferer Krieger; kein Staatsmann, aber ein standhafter Parteigenosse; kein Heiliger, aber ein warmes treues Herz!«

Während ich diese Worte sprach, begann Fräulein Gasparde zu meinem Erstaunen erst leise zu erröten und ihre mir rätselhafte Verlegenheit steigerte sich, bis sie mit Rot wie übergossen war. Auch der alte Herr wurde sonderbarerweise verstimmt und sagte spitz:

»Was werdet Ihr wissen, ob Herr Dandelot ein Heiliger war oder nicht! Doch ich bin schläfrig, heben wir die Sitzung auf. Kommt Ihr nach Paris, Herr Schadau, so beehrt mich mit Euerm Besuche. Ich wohne auf der Insel St. Louis. Morgen werden wir uns wohl nicht mehr sehen. Wir halten Rasttag und bleiben in Melun. Jetzt aber schreibt mir noch Euern Namen in die Brieftasche. So! Gehabt Euch wohl, gute Nacht.« –

Viertes Kapitel

Am zweiten Abende nach diesem Zusammentreffen ritt ich durch das Tor St. Honoré in Paris ein und klopfte müde, wie ich war, an die Pforte der nächsten, kaum hundert Schritte vom Tor entfernten Herberge.

Die erste Woche verging mir in der Betrachtung der mächtigen Stadt und im vergeblichen Aufsuchen eines Waffengenossen meines Vaters, dessen Tod ich erst nach mancher Anfrage in Erfahrung brachte. Am achten Tage machte ich mich mit pochendem Herzen auf den Weg nach der Wohnung des Admirals, die mir unfern vom Louvre in einer engen Straße gewiesen wurde.

Es war ein finsteres, altertümliches Gebäude und der Pförtner empfing mich unfreundlich, ja mißtrauisch. Ich mußte meinen Namen auf ein Stück Papier schreiben, das er zu seinem Herrn trug, dann wurde ich eingelassen und trat durch ein großes Vorgemach, das mit vielen Menschen gefüllt war, Kriegern und Hofleuten, die den durch ihre Reihen Gehenden mit scharfen Blicken musterten, in das kleine Arbeitszimmer des Admirals. Er war mit Schreiben beschäftigt und winkte mir zu warten, während er einen Brief beendigte. Ich hatte Muße, sein Antlitz, welches sich mir durch einen gelungenen, ausdrucksvollen Holzschnitt, der bis in die Schweiz gelangt war, unauslöschlich eingeprägt, mit Rührung zu betrachten.

Der Admiral mochte damals fünfzig Jahre zählen, aber seine Haare waren schneeweiß und eine fieberische Röte durchglühte die abgezehrten Wangen. Auf seiner mächtigen Stirn, auf den magern Händen traten die blauen Adern hervor und ein furchtbarer Ernst sprach aus seiner Miene. Er schaute wie ein Richter in Israel.

Nachdem er sein Geschäft beendigt hatte, trat er zu mir in die Fensternische und heftete seine großen blauen Augen durchdringend auf die meinigen.

»Ich weiß, was Euch herführt«, sagte er, »Ihr wollt der guten Sache dienen. Bricht der Krieg aus, so gebe ich Euch eine Stelle in meiner deutschen Reiterei. Inzwischen – seid Ihr der Feder mächtig? Ihr versteht Deutsch und Französisch?«

Ich verneigte mich bejahend.

»Inzwischen will ich Euch in meinem Kabinett beschäftigen. Ihr könnt mir nützlich sein! So seid mir denn willkommen. Ich erwarte Euch morgen um die achte Stunde. Seid pünktlich.«

Nun entließ er mich mit einer Handbewegung, und wie ich mich vor ihm verbeugte, fügte er mit großer Freundlichkeit bei:

»Vergeßt nicht den Rat Chatillon zu besuchen, mit dem Ihr unterwegs bekannt geworden seid.«

Als ich wieder auf der Straße war und dem Erlebten nachsinnend den Weg nach meiner Herberge einschlug, wurde mir klar, daß ich für den Admiral kein Unbekannter mehr war und ich konnte nicht im Zweifel sein, wem ich es zu verdanken hatte. Die Freude, an ein ersehntes Ziel, das mir schwer zu erreichen schien, so leicht gelangt zu sein, war mir von guter Vorbedeutung für meine beginnende Laufbahn und die Aussicht, unter den Augen des Admirals zu arbeiten, gab mir ein Gefühl von eigenem Wert, das ich bisher noch nicht gekannt hatte. Alle diese glücklichen Gedanken traten aber fast gänzlich zurück vor etwas, das mich zugleich anmutete und quälte, lockte und beunruhigte, etwas unendlich Fragwürdigem, von dem ich mir durchaus keine Rechenschaft zu geben wußte. Jetzt nach langem vergeblichem Suchen wurde es mir plötzlich klar. Es waren die Augen des Admirals, die mir nachgingen. Und warum verfolgten sie mich? Weil es *ihre* Augen waren. Kein Vater, keine Mutter konnten ihrem Kinde getreuer diesen Spiegel der Seele vererben! Ich geriet in eine unsagbare Verwirrung. Sollten, konnten ihre Augen von den seinigen abstammen? War das möglich? Nein, ich hatte mich getäuscht. Meine Einbildungskraft hatte mir eine Tücke gespielt, und um diese Gauklerin durch die Wirklichkeit zu widerlegen, beschloß ich eilig in meine Herberge zurückzukehren und dann auf der Insel St. Louis meine Bekannten von den drei Lilien aufzusuchen.

Als ich eine Stunde später das hohe schmale Haus des Parlamentrats betrat, das, dicht an der Brücke St. Michel gelegen, auf der einen Seite in die Wellen der Seine, auf der andern über eine Seitengasse hinweg in die gotischen Fenster einer kleinen Kirche blickte, fand ich die Türen des untern Stockwerks verschlossen, und als ich das zweite betrat, stand ich unversehens vor Gasparde, die an einer offenen Truhe beschäftigt schien.

»Wir haben Euch erwartet«, begrüßte sie mich, »und ich will Euch zu meinem Ohm führen, der sich freuen wird, Euch zu sehn.«

Der Alte saß behaglich im Lehnstuhle, einen großen Folianten durchblätternd, den er auf die dazu eingerichtete Seitenlehne stützte. Das weite Gemach war mit Büchern gefüllt, die in schön geschnitzten Eichenschränken standen. Statuetten, Münzen, Kupferstiche bevölkerten, jedes an der geeigneten Stelle, diese friedliche Gedankenstätte. Der gelehrte Herr hieß mich, ohne sich zu erheben, einen Sitz an seine Seite rücken, grüßte mich als alten Bekannten und vernahm mit sichtlicher Freude den Bericht über meinen Eintritt in die Bedienung des Admirals.

»Gebe Gott, daß es ihm diesmal gelinge!« sagte er. »Uns Evangelischen, die wir leider am Ende doch nur eine Minderheit unter der Bevölkerung unserer Heimat sind, ohne verruchten Bürgerkrieg Luft zu schaffen, gab es zwei Wege, *nur* zwei Wege: entweder auswandern über den Ozean in das von Kolumbus entdeckte Land – diesen Gedanken hat der Admiral lange Jahre in seinem Gemüte bewegt, und hätten sich nicht unerwartete Hindernisse dagegen erhoben, wer weiß! – oder das Nationalgefühl entflammen und einen großen, der Menschheit heilbringenden auswärtigen Krieg führen, wo Katholik und Hugenott Seite an Seite fechtend in der Vaterlandsliebe zu Brüdern werden und ihren Religionshaß verlernen könnten. Das will der Admiral jetzt, und mir, dem Manne des Friedens, brennt der Boden unter den Füßen, bis der Krieg erklärt ist! Die Niederlande vom spanischen Joche befreiend, werden unsre Katholiken widerwillig in die Strömung der Freiheit gerissen werden. Aber es eilt! Glaubt mir, Schadau, über Paris brütet eine dumpfe Luft. Die Guisen suchen einen Krieg zu vereiteln, der den jungen König selbständig und sie entbehrlich machen würde. Die Königin-Mutter ist zweideutig – durchaus keine Teufelin, wie die Heißsporne unserer Partei sie schildern, aber sie windet sich durch von heute auf morgen, selbstsüchtig nur auf das Interesse ihres Hauses bedacht. Gleichgültig gegen den Ruhm Frankreichs, ohne Sinn für Gutes und Böses, hält sie das Entgegengesetzte in ihren Händen und der

Zufall kann die Wahl entscheiden. Feig und unberechenbar wie sie ist, wäre sie freilich des Schlimmsten fähig! – Der Schwerpunkt liegt in dem Wohlwollen des jungen Königs für Coligny, und dieser König ...« hier seufzte Chatillon, »nun, ich will Euerm Urteil nicht vorgreifen! Da er den Admiral nicht selten besucht, so werdet Ihr mit eignen Augen sehen.«

Der Greis schaute vor sich hin, dann plötzlich den Gegenstand des Gesprächs wechselnd und den Titel des Folianten aufblätternd, frug er mich: »Wißt Ihr, was ich da lese? Seht einmal!«

Ich las in lateinischer Sprache: »Die Geographie des Ptolemäus, herausgegeben von Michael Servetus.«

»Doch nicht der in Genf verbrannte Ketzer?« frug ich bestürzt.

»Kein anderer. Er war ein vorzüglicher Gelehrter, ja, soweit ich es beurteilen kann, ein genialer Kopf, dessen Ideen in der Naturwissenschaft vielleicht später mehr Glück machen werden, als seine theologischen Grübeleien. – Hättet Ihr ihn auch verbrannt, wenn Ihr im Genfer Rat gesessen hättet?«

»Gewiß, Herr!« antwortete ich mit Überzeugung. »Bedenkt nur das eine: was war die gefährlichste Waffe, mit welcher die Papisten unsern Calvin bekämpften? Sie warfen ihm vor, seine Lehre sei Gottesleugnung. Nun kommt ein Spanier nach Genf, nennt sich Calvins Freund, veröffentlicht Bücher, in welchen er die Dreieinigkeit leugnet, wie wenn das nichts auf sich hätte, und mißbraucht die evangelische Freiheit. War es nun Calvin nicht den Tausenden und Tausenden schuldig, die für das reine Wort litten und bluteten, diesen falschen Bruder vor den Augen der Welt aus der evangelischen Kirche zu stoßen und dem weltlichen Richter zu überliefern, damit keine Verwechslung zwischen uns und ihm möglich sei und wir nicht unschuldigerweise fremder Gottlosigkeit geziehen werden?«

Chatillon lächelte wehmütig und sagte: »Da Ihr Euer

Urteil über Servedo so trefflich begründet habt, müßt
Ihr mir schon den Gefallen tun, diesen Abend bei mir zu
bleiben. Ich führe Euch an ein Fenster, das auf die Lau-
rentiuskapelle hinüberschaut, deren Nachbarschaft wir
uns hier erfreuen und wo der berühmte Franziskaner
Panigarola heute abend predigen wird. Da werdet Ihr
vernehmen, wie man *Euch* das Urteil spricht. Der Pater
ist ein gewandter Logiker und ein feuriger Redner. Ihr
werdet keines seiner Worte verlieren und – Eure Freude
daran haben. – Ihr wohnt noch im Wirtshause? Ich muß
Euch doch für ein dauerndes Obdach sorgen – was rätst
du, Gasparde?« wandte er sich an diese, die eben eingetreten war.

Gasparde antwortete heiter: »Der Schneider Gilbert,
unser Glaubensgenosse, der eine zahlreiche Familie zu
ernähren hat, wäre wohl froh und hochgeehrt, wenn er
dem Herrn Schadau sein bestes Zimmer abtreten dürfte.
Und das hätte noch das Gute, daß der redliche, aber
furchtsame Christ unsren evangelischen Gottesdienst
wieder zu besuchen wagte, von diesem tapfern Kriegsmann begleitet. – Ich gehe gleich hinüber und will ihm
den Glücksfall verkündigen.« – Damit eilte die Schlanke
weg.

So kurz ihre Erscheinung gewesen war, hatte ich doch
aufmerksam forschend in ihre Augen geschaut, und ich
geriet in neues Staunen. Von einer unwiderstehlichen
Gewalt getrieben, mir ohne Aufschub dieses Rätsels Lösung zu verschaffen, kämpfte ich nur mit Mühe eine
Frage nieder, die gegen allen Anstand verstoßen hätte,
da kam mir der Alte selbst zu Hilfe, indem er spöttisch
fragte: »Was findet Ihr Besonderes an dem Mädchen,
daß Ihr es so starr betrachtet?«

»Etwas sehr Besonderes«, erwiderte ich entschlossen,
»die wunderbare Ähnlichkeit ihrer Augen mit denen des
Admirals.«

Wie wenn er eine Schlange berührt hätte, fuhr der Rat
zurück und sagte gezwungen lächelnd: »Gibt es keine

Naturspiele, Herr Schadau? Wollt Ihr dem Leben verbieten, ähnliche Augen hervorzubringen?«

»Ihr habt mich gefragt, was ich Besonderes an dem Fräulein finde«, versetzte ich kaltblütig, »diese Frage habe ich beantwortet. Erlaubt mir die Gegenfrage: Da ich hoffe, Euch weiterhin besuchen zu dürfen, der ich mich von Euerm Wohlwollen und von Euerm überlegenen Geiste angezogen fühle, wie wünscht Ihr, daß ich fortan dieses schöne Fräulein begrüße? Ich weiß, daß sie von ihrem Paten Coligny den Namen Gasparde führt, aber Ihr habt mir noch nicht gesagt, ob ich die Gunst habe, mit Eurer Tochter oder mit einer Eurer Verwandten zu sprechen.«

»Nennt sie, wie Ihr wollt!« murmelte der Alte verdrießlich und fing wieder an, in der Geographie des Ptolemäus zu blättern.

Durch dies absonderliche Benehmen ward ich in meiner Vermutung bestärkt, daß hier ein Dunkel walte, und begann die kühnsten Schlüsse zu ziehen. In der kleinen Druckschrift, die der Admiral über seine Verteidigung von St. Quentin veröffentlicht hatte und die ich auswendig wußte, schloß er ziemlich unvermittelt mit einigen geheimnisvollen Worten, worin er seinen Übertritt zum Evangelium andeutete. Hier war von der Sündhaftigkeit der Welt die Rede, an welcher er bekannte, auch selber teilgenommen zu haben. Konnte nun Gaspardes Geburt nicht im Zusammenhange stehn mit diesem vorevangelischen Leben? So streng ich sonst in solchen Dingen dachte, hier war mein Eindruck ein anderer; es lag mir diesmal ferne, einen Fehltritt zu verurteilen, der mir die unglaubliche Möglichkeit auftat, mich der Blutsverwandten des erlauchten Helden zu nähern, – wer weiß, vielleicht um sie zu werben. Während ich meiner Einbildungskraft die Zügel schießen ließ, glitt wahrscheinlich ein glückliches Lächeln durch meine Züge, denn der Alte, der mich insgeheim über seinen Folianten weg beobachtet hatte, wandte sich gegen mich mit unerwartetem Feuer:

»Ergötzt es Euch, junger Herr, an einem großen Mann eine Schwäche entdeckt zu haben, so wißt: Er ist makellos! – Ihr seid im Irrtume. Ihr betrügt Euch!«

Hier erhob er sich wie unwillig und schritt das Gemach auf und nieder, dann, plötzlich den Ton wechselnd, blieb er dicht vor mir stehen, indem er mich bei der Hand faßte: »Junger Freund«, sagte er, »in dieser schlimmen Zeit, wo wir Evangelischen aufeinander angewiesen sind und uns wie Brüder betrachten sollen, wächst das Vertrauen geschwind; es darf keine Wolke zwischen uns sein. Ihr seid ein braver Mann und Gasparde ist ein liebes Kind. Gott verhüte, daß etwas Verdecktes Eure Begegnung unlauter mache. Ihr könnt schweigen, das trau' ich Euch zu; auch ist die Sache ruchbar und könnte Euch aus hämischem Munde zu Ohren kommen. So hört mich an!

Gasparde ist weder meine Tochter, noch meine Nichte; aber sie ist bei mir aufgewachsen und gilt als meine Verwandte. Ihre Mutter, die kurze Zeit nach der Geburt des Kindes starb, war die Tochter eines deutschen Reiteroffiziers, den sie nach Frankreich begleitet hatte. Gaspardes Vater aber«, hier dämpfte er die Stimme, – »ist Dandelot, des Admirals jüngerer Bruder, dessen wunderbare Tapferkeit und frühes Ende Euch nicht unbekannt sein wird. Jetzt wißt Ihr genug. Begrüßt Gasparde als meine Nichte, ich liebe sie wie mein eigenes Kind. Im übrigen haltet reinen Mund, und begegnet ihr unbefangen.«

Er schwieg, und ich brach das Schweigen nicht, denn ich war ganz erfüllt von der Mitteilung des alten Herrn. Jetzt wurden wir, uns beiden nicht unwillkommen, unterbrochen und zum Abendtische gerufen, wo mir die holdselige Gasparde den Platz an ihrer Seite anwies. Als sie mir den vollen Becher reichte und ihre Hand die meinige berührte, durchrieselte mich ein Schauer, daß in diesen jungen Adern das Blut meines Helden rinne. Auch Gasparde fühlte, daß ich sie mit andern Augen betrachtete als kurz vorher, sie sann und ein Schatten der Befremdung glitt über ihre Stirne, die aber schnell wieder hell wurde, als sie mir fröhlich erzählte, wie hoch sich der Schneider Gilbert geehrt fühle, mich zu beherbergen.

»Es ist wichtig«, sagte sie scherzend, »daß Ihr einen christlichen Schneider an der Hand habt, der Euch die Kleider streng nach hugenottischem Schnitte verfertigt. Wenn Euch Pate Coligny, der jetzt beim König so hoch in Gunsten staht, bei Hofe einführt und die reizenden Fräulein der Königin-Mutter Euch umschwärmen, da wäret Ihr verloren, wenn nicht Eure ernste Tracht sie gebührend in Schranken hielte.«

Während dieses heitern Gespräches vernahmen wir über die Gasse, von Pausen unterbrochen, bald lang gezogene, bald heftig ausgestoßene Töne, die den verwehten Bruchstücken eines rednerischen Vortrags glichen, und als bei einem zufälligen Schweigen ein Satz fast unverletzt an unser Ohr schlug, erhob sich Herr Chatillon unwillig.

»Ich verlasse Euch!« sagte er, »der grausame Hanswurst da drüben verjagt mich.« – Mit diesen Worten ließ er uns allein.

»Was bedeutet das?« fragte ich Gasparde.

»Ei«, sagte sie, »in der Laurentiuskirche drüben predigt Pater Panigarola. Wir können von unserm Fenster mitten in das andächtige Volk hineinsehen und auch den wunderlichen Pater erblicken. Den Oheim empört sein Gerede, mich langweilt der Unsinn, ich höre gar nicht hin, habe ich ja Mühe in unsrer evangelischen Versammlung, wo doch die lautere Wahrheit gepredigt wird, mit Andacht und Erbauung, wie es dem heiligen Gegenstande geziemt, bis ans Ende aufzuhorchen.«

Wir waren unterdessen ans Fenster getreten, das Gasparde ruhig öffnete.

Es war eine laue Sommernacht und auch die erleuchteten Fenster der Kapelle standen offen. Im schmalen

Zwischenraume hoch über uns flimmerten Sterne. Der Pater auf der Kanzel, ein junger blasser Franziskanermönch mit südlich feurigen Augen und zuckendem Mienenspiel, gebärdete sich so seltsam heftig, daß er mir erst ein Lächeln abnötigte; bald aber nahm seine Rede, von der mir keine Silbe entging, meine ganze Aufmerksamkeit in Anspruch.

»Christen«, rief er, »was ist die Duldung, welche man von uns verlangt? Ist sie christliche Liebe? Nein, sage ich, dreimal nein! Sie ist eine fluchwürdige Gleichgültigkeit gegen das Los unserer Brüder! Was würdet ihr von einem Menschen sagen, der einen andern am Rande des Abgrunds schlummern sähe und ihn nicht weckte und zurückzöge? Und doch handelt es sich in diesem Falle nur um Leben und Sterben des Leibes. Um wieviel weniger dürfen wir, wo ewiges Heil oder Verderben auf dem Spiele steht, ohne Grausamkeit unsern Nächsten seinem Schicksal überlassen! Wie? es wäre möglich, mit den Ketzern zu wandeln und zu handeln, ohne den Gedanken auftauchen zu lassen, daß ihre Seelen in tödlicher Gefahr schweben? Gerade unsre Liebe zu ihnen gebietet uns, sie zum Heil zu überreden und, sind sie störrisch, zum Heil zu zwingen, und sind sie unverbesserlich, sie auszurotten, damit sie nicht durch ihr schlechtes Beispiel ihre Kinder, ihre Nachbarn, ihre Mitbürger in die ewigen Flammen mitreißen! Denn ein christliches Volk ist ein Leib, von dem geschrieben steht: Wenn dich dein Auge ärgert, so reiße es aus! Wenn dich deine rechte Hand ärgert, so haue sie ab und wirf sie von dir, denn siehe, es ist dir besser, daß eines deiner Glieder verderbe, als daß dein ganzer Leib in das nie verlöschende Feuer geworfen werde!«

Dies ungefähr war der Gedankengang des Paters, den er aber mit einer leidenschaftlichen Rhetorik und mit ungezügelten Gebärden zu einem wilden Schauspiel verkörperte. War es nun das ansteckende Gift des Fanatismus oder das grelle von oben fallende Lampenlicht, die

Gesichter der Zuhörer nahmen einen so verzerrten und, wie mir schien, blutdürstigen Ausdruck an, daß mir auf einmal klar wurde, auf welchem Vulkan wir Hugenotten in Paris stünden.

Gasparde wohnte der unheimlichen Szene fast gleichgültig bei und richtete ihr Auge auf einen schönen Stern, der über dem Dache der Kapelle mild leuchtend aufstieg.

Nachdem der Italiener seine Rede mit einer Handbewegung geschlossen, die mir eher einer Fluchgebärde als einem Segen zu gleichen schien, begann das Volk in dichtem Gedränge aus der Pforte zu strömen, an deren beiden Seiten zwei große brennende Pechfackeln in eiserne Ringe gesteckt wurden. Ihr blutiger Schein beleuchtete die Heraustretenden und erhellte zeitweise auch Gaspardes Antlitz, die das Volksgewühle mit Neugierde betrachtete, während ich mich in den Schatten zurückgelehnt hatte. Plötzlich sah ich sie erblassen, dann flammte ihr Blick empört auf und als der meinige ihm folgte, sah ich einen hohen Mann in reicher Kleidung ihr mit halb herablassender, halb gieriger Gebärde einen Kuß zuwerfen. Gasparde bebte vor Zorn. Sie ergriff meine Hand, und indem sie mich an ihre Seite zog, sprach sie mit vor Erregung zitternder Stimme in die Gasse hinunter:

»Du beschimpfst mich, Memme, weil du mich schutzlos glaubst! Du irrst dich! Hier steht einer, der dich züchtigen wird, wenn du noch einen Blick wagst!«

Hohnlachend schlug der Kavalier, der, wenn nicht ihre Rede, doch die ausdrucksvolle Gebärde verstanden hatte, seinen Mantel um die Schulter und verschwand in der strömenden Menge.

Gaspardes Zorn löste sich in einen Tränenstrom auf und sie erzählte mir schluchzend, wie dieser Elende, der zu dem Hofstaate des Herzogs Anjou, des königlichen Bruders, gehöre, schon seit dem Tage ihrer Ankunft sie auf der Straße verfolge, wenn sie einen Ausgang wage, und sich sogar durch das Begleit ihres Oheims nicht abhalten lasse, ihr freche Grüße zuzuwerfen.

»Ich mag dem lieben Ohm bei seiner erregbaren und etwas ängstlichen Natur nichts davon sagen. Es würde ihn beunruhigen, ohne daß er mich beschützen könnte. Ihr aber seid jung und führt einen Degen, ich zähle auf Euch! Die Unziemlichkeit muß um jeden Preis ein Ende nehmen. – Nun lebt wohl, mein Ritter!« fügte sie lächelnd hinzu, während ihre Tränen noch flossen, »und vergeßt nicht, meinem Ohm gute Nacht zu sagen!«

Ein alter Diener leuchtete mir in das Gemach seines Herrn, bei dem ich mich beurlaubte.

»Ist die Predigt vorüber?« fragte der Rat. »In jüngeren Tagen hätte mich das Fratzenspiel belustigt; jetzt aber, besonders seit ich in Nîmes, wo ich das letzte Jahrzehnt mit Gasparde zurückgezogen gelebt habe, im Namen Gottes Mord und Auflauf anstiften sah, kann ich keinen Volkshaufen um einen aufgeregten Pfaffen versammelt sehen ohne die Beängstigung, daß sie nun gleich etwas Verrücktes oder Grausames unternehmen werden. Es fällt mir auf die Nerven.«

Als ich die Kammer meiner Herberge betrat, warf ich mich in den alten Lehnstuhl, der außer einem Feldbette ihre ganze Bequemlichkeit ausmachte. Die Erlebnisse des Tages arbeiteten in meinem Kopfe fort und an meinem Herzen zehrte es wie eine zarte aber scharfe Flamme. Die Turmuhr eines nahen Klosters schlug Mitternacht, meine Lampe, die ihr Öl aufgebraucht hatte, erlosch, aber taghell war es in meinem Innern.

Daß ich Gaspardes Liebe gewinnen könne, schien mir nicht unmöglich, Schicksal, daß ich es mußte, und Glück, mein Leben dafür einzusetzen.

Fünftes Kapitel

Am nächsten Morgen zur anberaumten Stunde stellte ich mich bei dem Admiral ein und fand ihn in einem abgegriffenen Taschenbuche blätternd.

»Dies sind«, begann er, »meine Aufzeichnungen aus dem Jahre siebenundfünfzig, in welchem ich St. Quentin verteidigte und mich dann den Spaniern ergeben mußte. Da steht unter den tapfersten meiner Leute, mit einem Kreuze bezeichnet, der Name Sadow, mir dünkt, es war ein Deutscher. Sollte dieser Name mit dem Eurigen derselbe sein?«

»Kein andrer als der Name meines Vaters! Er hatte die Ehre, unter Euch zu dienen und vor Euren Augen zu fallen.«

»Nun denn«, fuhr der Admiral fort, »das bestärkt mich in dem Vertrauen, das ich in Euch setze. Ich bin von Leuten, mit denen ich lange zusammenlebte, verraten worden, Euch trau' ich auf den ersten Anblick, und ich glaube, er wird mich nicht betrügen.«

Mit diesen Worten ergriff er ein Papier, das mit seiner großen Handschrift von oben bis unten bedeckt war: »Schreibt mir das ins Reine, und wenn Ihr Euch daraus über manches unterrichtet, das Euch das Gefährliche unsrer Zustände zeigt, so laßt's Euch nicht anfechten. Alles Große und Entscheidende ist ein Wagnis. Setzt Euch und schreibt.«

Was mir der Admiral übergeben hatte, war ein Memorandum, das er an den Prinzen von Oranien richtete. Mit steigendem Interesse folgte ich dem Gange der Darstellung, die mit der größten Klarheit, wie sie dem Admiral eigen war, sich über die Zustände von Frankreich verbreitete. Den Krieg mit Spanien um jeden Preis und ohne jeden Aufschub herbeiführen, dies, schrieb der Admiral, ist unsre Rettung. Alba ist verloren, wenn er von uns und von Euch zugleich angegriffen wird. Mein Herr und König will den Krieg; aber die Guisen arbeiten mit aller Anstrengung dagegen; die katholische Meinung, von ihnen aufgestachelt, hält die französische Kriegslust im Schach, und die Königin-Mutter, welche den Herzog von Anjou dem Könige auf unnatürliche Weise vorzieht, will nicht, daß dieser ihren Liebling verdunkle, indem er sich im Feld auszeichnet, wonach mein Herr und König Verlangen trägt, und was ich ihm als treuer Untertan gönne und, so viel an mir liegt, verschaffen möchte.

Mein Plan ist folgender: Eine hugenottische Freischar ist in diesen Tagen in Flandern eingefallen. Kann sie sich gegen Alba halten – und dies hängt zum großen Teil davon ab, daß Ihr gleichzeitig den spanischen Feldherrn von Holland her angreift – so wird dieser Erfolg den König bewegen, alle Hindernisse zu überwinden und entschlossen vorwärts zu gehen. Ihr kennt den Zauber eines ersten Gelingens.

Ich war mit dem Schreiben zu Ende, als ein Diener erschien und dem Admiral etwas zuflüsterte. Ehe dieser Zeit hatte, sich von seinem Sitze zu erheben, trat ein sehr junger Mann von schlanker, kränklicher Gestalt heftig erregt ins Gemach und eilte mit den Worten auf ihn zu:

»Guten Morgen, Väterchen! Was gibt es Neues? Ich verreite auf einige Tage nach Fontainebleau. Habt Ihr Nachricht aus Flandern?« Jetzt wurde er meiner gewahr und auf mich hindeutend frug er herrisch: »Wer ist der da?«

»Mein Schreiber, Sire, der sich gleich entfernen wird, wenn Eure Majestät es wünscht.«

»Weg mit ihm!« rief der junge König, »ich will nicht belauscht sein, wenn ich Staatsgeschäfte behandle! Vergeßt Ihr, daß wir von Spähern umstellt sind? – Ihr seid zu arglos, lieber Admiral!«

Jetzt warf er sich in einen Lehnstuhl und starrte ins Leere; dann, plötzlich aufspringend, klopfte er Coligny auf die Schultern und als hätte er mich, dessen Entfernung er eben gefordert, vergessen, brach er in die Worte aus:

»Bei den Eingeweiden des Teufels! wir erklären seiner katholischen Majestät nächstens den Krieg!« Nun aber schien er wieder in den früheren Gedankengang zurückzufallen, denn er flüsterte mit geängstigter Miene: »Neulich noch, erinnert Ihr Euch? als wir beide in meinem Kabinett Rat hielten, da raschelte es hinter der Tapete. Ich zog den Degen, wißt Ihr? und durchstach sie zweimal, dreimal! Da hob sie sich, und wer trat darunter hervor? Mein lieber Bruder, der Herzog von Anjou mit einem Katzenbuckel!« Hier machte der König eine nachahmende Gebärde und brach in unheimliches Lachen aus. »Ich aber«, fuhr er fort, » maß ihn mit einem Blicke, den er nicht ertragen konnte und der ihn flugs aus der Türe trieb.«

Hier nahm das bleiche Antlitz einen Ausdruck so wilden Hasses an, daß ich es erschrocken anstarrte.

Coligny, für den ein solcher Auftritt wohl nichts Ungewöhnliches hatte, dem aber die Gegenwart eines Zeugen peinlich sein mochte, entfernte mich mit einem Winke.

»Ich sehe, Eure Arbeit ist vollendet«, sagte er, »auf Wiedersehen morgen.«

Während ich meinen Heimweg einschlug, ergriff mich ein unendlicher Jammer. Dieser unklare Mensch also war es, von dem die Entscheidung der Dinge abhing. – Wo sollte bei so knabenhafter Unreife und flakkernder Leidenschaftlichkeit die Stetigkeit des Gedankens, die Festigkeit des Entschlusses herkommen? Konnte der Admiral für ihn handeln? Aber wer bürgte dafür, daß nicht andere, feindliche Einflüsse sich in der nächsten Stunde schon dieses verworrenen Gemüts bemächtigten! Ich fühlte, daß nur dann Sicherheit war, wenn Coligny in seinem König eine selbstbewußte Stütze fand; besaß er in ihm nur ein Werkzeug, so konnte ihm dieses morgen entrissen werden.

In so böse Zweifel verstrickt, verfolgte ich meinen Weg, als sich eine Hand auf meine Schulter legte. Ich wandte mich und blickte in das wolkenlose Gesicht meines Landsmannes Boccard, der mich umhalste und mit den lebhaftesten Freudenbezeigungen begrüßte.

»Willkommen, Schadau, in Paris!« rief er, »Ihr seid, wie ich sehe, müßig, das bin ich auch, und da der König eben verritten ist, so müßt Ihr mit mir kommen, ich will Euch das Louvre zeigen. Ich wohne dort, da meine Kompanie die Wache der inneren Gemächer hat. – Es wird Euch hoffentlich nicht belästigen«, fuhr er fort, da er in meinen Mienen kein ungemischtes Vergnügen über seinen Vorschlag las, »mit einem königlichen Schweizer Arm in Arm zu gehn? Da ja Euer Abgott Coligny die Verbrüderung der Parteien wünscht, so würde ihm das Herz im Leibe lachen ob der Freundschaft seines Schreibers mit einem Leibgardisten.«

»Wer hat Euch gesagt ...« unterbrach ich ihn erstaunt.

»Daß Ihr des Admirals Schreiber seid?« lachte Boccard. »Guter Freund, am Hofe wird mehr geschwatzt, als billig ist! Heute morgen beim Ballspiel war unter den hugenottischen Hofleuten die Rede von einem Deutschen, der bei dem Admiral Gunst gefunden hätte, und aus einigen Äußerungen über die fragliche Persönlichkeit erkannte ich zweifellos meinen Freund Schadau. Es ist nur gut, daß Euch jenes Mal Blitz und Donner in die drei Lilien zurückjagten, sonst wären wir uns fremd geblieben, denn Eure Landsleute im Louvre hättet Ihr wohl schwerlich aus freien Stücken aufgesucht! Mit dem Hauptmann Pfyffer muß ich Euch gleich bekannt machen!«

Dies verbat ich mir, da Pfyffer nicht nur als ausgezeichneter Soldat, sondern auch als fanatischer Katholik berühmt war, willigte aber gern ein, mit Boccard das Innere des Louvre zu besichtigen, da ich den viel gepriesenen Bau bis jetzt nur von außen betrachtet hatte.

Wir schritten nebeneinander durch die Straßen und das freundliche Geplauder des lebenslustigen Fryburgers war mir willkommen, da es mich von meinen schweren Gedanken erlöste.

Bald betraten wir das französische Königsschloß, das damals zur Hälfte aus einem finstern mittelalterlichen Kastell, zur andern Hälfte aus einem neuen prächtigen Palast bestand, den die Medicäerin hatte aufführen lassen. Diese Mischung zweier Zeiten vermehrte in mir den Eindruck, der mich, seit ich Paris betreten, nie verlassen hatte, den Eindruck des Schwankenden, Ungleichartigen, der sich widersprechenden und miteinander ringenden Elemente.

Nachdem wir viele Gänge und eine Reihe von Gemächern durchschritten hatten, deren Verzierung in kekkem Steinwerke und oft ausgelassener Malerei meinem protestantischen Geschmacke fremd und zuweilen ärgerlich war, Boccard aber herzlich belustigte, öffnete mir dieser ein Kabinett mit den Worten: »Das ist das Studierzimmer des Königs.«

Da herrschte eine greuliche Unordnung. Der Boden war mit Notenheften und aufgeblätterten Büchern bestreut. An den Wänden hingen Waffen. Auf dem kostbaren Marmortische lag ein Waldhorn.

Ich begnügte mich, von der Türe aus einen Blick in dies Chaos zu werfen, und weitergehend frug ich Boccard, ob der König musikalisch sei.

»Er bläst herzzerreißend«, erwiderte dieser, »oft ganze Vormittage hindurch und, was schlimmer ist, ganze Nächte, wenn er nicht hier nebenan«, er wies auf eine andere Türe, »vor dem Amboß steht und schmiedet, daß die Funken stieben. Jetzt aber ruhen Waldhorn und Hammer. Er ist mit dem jungen Chateauguyon eine Wette eingegangen, welchem von ihnen es zuerst gelinge, den Fuß im Munde, das Zimmer auf und nieder zu hüpfen. Das gibt ihm nun unglaublich zu tun.«

Da Boccard sah, wie ich traurig wurde, und es ihm auch sonst passend scheinen mochte, das Gespräch über das gekrönte Haupt Frankreichs abzubrechen, lud er mich ein, mit ihm das Mittagsmahl in einem nicht weit entlegenen Gasthause einzunehmen, das er mir als ganz vorzüglich schilderte.

Um abzukürzen, schlugen wir eine enge, lange Gasse ein. Zwei Männer schritten uns vom andern Ende derselben entgegen.

»Sieh«, sagte mir Boccard, »dort kommt Graf Guiche, der berüchtigte Damenfänger und der größte Raufer vom Hofe, und neben ihm – wahrhaftig – das ist Lignerolles! Wie darf sich der am hellen Tage blicken lassen, da er doch ein vollgültiges Todesurteil auf dem Halse hat!«

Ich blickte hin und erkannte in dem vornehmern der Bezeichneten den Unverschämten, der gestern abend im Scheine der Fackeln Gasparde mit frecher Gebärde beleidigt hatte. Auch er schien sich meiner näherschreitend zu erinnern, denn sein Auge blieb unverwandt auf mir haften. Wir hatten die halbe Breite der engen Gasse inne, die andere Hälfte den uns entgegen Kommenden frei lassend. Da Boccard und Lignerolles auf der Mauerseite gingen, mußten der Graf und ich hart aneinander vorüber.

Plötzlich erhielt ich einen Stoß und hörte den Grafen sagen: »Gib Raum, verdammter Hugenott!«

Außer mir wandte ich mich nach ihm um, da rief er lachend zurück: »Willst du dich auf der Gasse so breit machen wie am Fenster?«

Ich wollte ihm nachstürzen, da umschlang mich Boccard und beschwor mich: »Nur hier keine Szene! In diesen Zeiten würden wir in einem Augenblicke den Pöbel von Paris hinter uns her haben, und da sie dich an deinem steifen Kragen als Hugenotten erkennen würden, wärst du unzweifelhaft verloren! Daß du Genugtuung erhalten mußt, versteht sich von selbst. Du überlässest mir die Sache, und ich will froh sein, wenn sich der vornehme Herr zu einem ehrlichen Zweikampfe versteht. Aber an dem Schweizernamen darf kein Makel haften und wenn ich mit dem deinigen auch mein Leben einsetzen müßte! –

Jetzt sage mir um aller Heiligen willen, bist du mit Guiche bekannt? Hast du ihn gegen dich aufgebracht? Doch nein, das ist ja nicht möglich! Der Taugenichts war übler Laune und wollte sie an deiner Hugenottentracht auslassen.«

Unterdessen waren wir in das Gasthaus eingetreten, wo wir rasch und in gestörter Stimmung unser Mahl hielten.

»Ich muß meinen Kopf zusammenhalten«, sagte Boccard, »denn ich werde mit dem Grafen einen harten Stand haben.«

Wir trennten uns und ich kehrte in meine Herberge zurück, Boccard versprechend, ihn dort zu erwarten. Nach Verlauf von zwei Stunden trat er in meine Kammer mit dem Ausrufe: »Es ist gut abgelaufen! Der Graf wird sich mit dir schlagen, morgen bei Tagesanbruch vor dem Tore St. Michel. Er empfing mich nicht unhöflich, und als ich ihm sagte, du wärest von gutem Hause, meinte er, es sei jetzt nicht der Augenblick, deinen Stammbaum zu untersuchen, was er kennenzulernen wünsche sei deine Klinge.«

»Und wie steht es damit?« fuhr Boccard fort, »ich bin sicher, daß du ein methodischer Fechter bist, aber ich fürchte, du bist langsam, langsam, zumal einem so raschen Teufel gegenüber.«

Boccards Gesicht nahm einen besorgten Ausdruck an, und nachdem er nach ein paar Übungsklingen gerufen – es befand sich zu ebener Erde neben meinem Gasthause ein Fechtsaal –, gab er mir eine derselben in die Hand und sagte: »Nun zeige deine Künste!«

Nach einigen Gängen, die ich im gewohnten Tempo durchfocht, während Boccard mich vergeblich mit dem Rufe: Schneller, schneller! anfeuerte, warf er seine Klinge weg und stellte sich ans Fenster, um eine Träne vor mir zu verbergen, die ich aber schon hervordringen gesehn hatte.

Ich trat zu ihm und legte meine Hand auf seine Schulter.

»Boccard«, sagte ich, »betrübe dich nicht. Alles ist vorherbestimmt. Ist meine Todesstunde auf morgen gestellt, so bedarf es nicht der Klinge des Grafen, um meinen Lebensfaden zu zerschneiden. Ist es nicht so, wird mir seine gefährliche Waffe nichts anhaben können.«

»Mache mich nicht ungeduldig!« versetzte er, sich rasch nach mir umdrehend. »Jede Minute der Frist, die uns bleibt, ist kostbar und muß benützt werden – nicht zum Fechten, denn in der Theorie bist du unsträflich und dein Phlegma«, hier seufzte er, »ist unheilbar. Es gibt nur ein Mittel dich zu retten. Wende dich an Unsre liebe Frau von Einsiedeln und wirf mir nicht ein, du seist Protestant – einmal ist keinmal! Muß es sie nicht doppelt rühren, wenn einer der Abtrünnigen sein Leben in ihre Hände befiehlt! Du hast jetzt noch Zeit, für deine Rettung viele Ave Maria zu sprechen, und glaube mir, die Gnadenmutter wird dich nicht im Stiche lassen! Überwinde dich, lieber Freund, und folge meinem Rate.«

»Laß mich in Ruhe, Boccard!« versetzte ich über seine wunderliche Zumutung ungehalten und doch von seiner Liebe gerührt.

Er aber drang noch eine Weile vergeblich in mich. Dann ordneten wir das Notwendige für morgen und er nahm Abschied.

In der Türe wandte er sich noch einmal zurück und sagte: »Nur einen Stoßseufzer, Schadau, vor dem Einschlafen!«

Sechstes Kapitel

Am nächsten Morgen wurde ich durch eine rasche Berührung aus dem Schlafe geweckt. Boccard stand vor meinem Lager.

»Auf!« rief er, »es eilt, wenn wir nicht zu spät kommen

sollen! Ich vergaß gestern dir zu sagen, von wem der Graf sich sekundieren läßt, – von Lignerolles. Ein Schimpf mehr, wenn du willst! Aber es hat den Vorteil, daß im Falle du« – er seufzte – »deinen Gegner ernstlich verwunden solltest, dieser ehrenwerte Sekundant gewiß reinen Mund halten wird, da er tausend gute Gründe hat, die öffentliche Aufmerksamkeit in keiner Weise auf sich zu ziehn.«

Während ich mich ankleidete, bemerkte ich wohl, daß dem Freund eine Bitte auf dem Herzen lag, die er mit Mühe niederkämpfte.

Ich hatte mein noch in Bern verfertigtes, nach Schweizer Sitte auf beiden Seiten mit derben Taschen versehenes Reisewams angezogen und drückte meinen breitkrempigen Filz in die Stirne, als mich Boccard auf einmal in großer Gemütsbewegung heftig umhalste und, nachdem er mich geküßt, seinen Lockenkopf an meine Brust lehnte. Diese überschwengliche Teilnahme erschien mir unmännlich und ich drückte das duftende Haupt mit beiden Händen beschwichtigend weg. Mir deuchte, daß sich Boccard in diesem Augenblicke etwas an meinem Wams zu schaffen machte; aber ich gab nicht weiter darauf acht, da die Zeit drängte.

Wir gingen schweigend durch die morgenstillen Gassen, während es leise zu regnen anfing, durchschritten das Tor, das eben geöffnet worden war, und fanden in kleiner Entfernung vor demselben einen mit verfallenen Mauern umgebenen Garten. Diese verlassene Stätte war zu der Begegnung ausersehen.

Wir traten ein und erblickten Guiche mit Lignerolles, die unser harrend zwischen den Buchenhecken des Hauptganges auf und nieder schritten. Der Graf grüßte mich mit spöttischer Höflichkeit. Boccard und Lignerolles traten zusammen, um Kampfstelle und Waffen zu regeln.

»Der Morgen ist kühl«, sagte der Graf, »ist es Euch genehm, so fechten wir im Wams.«

»Der Herr ist nicht gepanzert?« warf Lignerolles hin, indem er eine tastende Bewegung nach meiner Brust machte.

Guiche bedeutete ihm mit einem Blicke, es zu lassen.

Zwei lange Stoßklingen wurden uns geboten. Der Kampf begann und ich merkte bald, daß ich einem an Behendigkeit mir überlegenen und dabei völlig kaltblütigen Gegner gegenüberstehe. Nachdem er meine Kraft mit einigen spielenden Stößen wie auf dem Fechtboden geprüft hatte, wich seine nachlässige Haltung. Es wurde tödlicher Ernst. Er zeigte Quart und stieß Sekunde in beschleunigtem Tempo. Meine Parade kam genau noch rechtzeitig; wiederholte er dieselben Stöße um eine Kleinigkeit rascher, so war ich verloren. Ich sah ihn befriedigt lächeln und machte mich auf mein Ende gefaßt.

Blitzschnell kam der Stoß, aber die geschmeidige Stahlklinge bog sich hoch auf, als träfe sie einen harten Gegenstand, ich parierte, führte den Nachstoß und rannte dem Grafen, der, seiner Sache sicher, weit ausgefallen war, meinen Degen durch die Brust. Er verlor die Farbe, wurde aschfahl, ließ die Waffe sinken und brach zusammen.

Lignerolles beugte sich über den Sterbenden, während Boccard mich von hinnen zog.

Wir folgten dem Umkreise der Stadtmauer in flüchtiger Eile bis zum zweitnächsten Tore, wo Boccard mit mir in eine kleine ihm bekannte Schenke trat. Wir durchschritten den Flur und ließen uns hinter dem Hause unter einer dicht überwachsenen Laube nieder. Noch war in der feuchten Morgenfrühe alles wie ausgestorben. Der Freund rief nach Wein, der uns nach einer Weile von einem verschlafenen Schenkmädchen gebracht wurde. Er schlürfte in behaglichen Zügen, während ich den Becher unberührt vor mir stehen ließ. Ich hatte die Arme über der Brust gekreuzt und senkte das Haupt. Der Tote lag mir auf der Seele.

Boccard forderte mich zum Trinken auf, und nachdem ich ihm zu Gefallen den Becher geleert hatte, begann er:

»Ob nun gewisse Leute ihre Meinung ändern werden über Unsre liebe Frau von Einsiedeln?«

»Laß mich zufrieden!« versetzte ich unwirsch, »was hat denn sie damit zu schaffen, daß ich einen Menschen getötet?«

»Mehr als du denkst!« erwiderte Boccard mit einem vorwurfsvollen Blicke. »Daß du hier neben mir sitzest, hast du nur ihr zu danken! Du bist ihr eine dicke Kerze schuldig!«

Ich zuckte die Achseln.

»Ungläubiger!« rief er und zog, in meine linke Brusttasche langend, triumphierend das Medaillon daraus hervor, welches er um den Hals zu tragen pflegte, und das er heute morgen während seiner heftigen Umarmung mir heimlich in das Wams geschoben haben mußte.

Jetzt fiel es mir wie eine Binde von den Augen.

Die silberne Münze hatte den Stoß aufgehalten, der mein Herz durchbohren sollte. Mein erstes Gefühl war zornige Scham, als ob ich ein unehrliches Spiel getrieben und entgegen den Gesetzen des Zweikampfes meine Brust geschützt hätte. Darein mischte sich der Groll, einem Götzenbilde mein Leben zu schulden.

»Läge ich doch lieber tot«, murmelte ich, »als daß ich bösem Aberglauben meine Rettung verdanken muß!«

Aber allmählich lichteten sich meine Gedanken. Gasparde trat mir vor die Seele und mit ihr alle Fülle des Lebens. Ich war dankbar für das neugeschenkte Sonnenlicht, und als ich wieder in die freudigen Augen Boccards blickte, brachte ich es nicht über mich, mit ihm zu hadern, so gern ich es gewollt hätte. Sein Aberglaube war verwerflich, aber seine Freundestreue hatte mir das Leben gerettet.

Ich nahm von ihm mit Herzlichkeit Abschied und eilte ihm voraus durch das Tor und quer durch die Stadt nach dem Hause des Admirals, der mich zu dieser Stunde erwartete.

Hier brachte ich den Vormittag am Schreibtische zu, diesmal mit der Durchsicht von Rechnungen beauftragt, die sich auf die Ausrüstung der nach Flandern geworfenen hugenottischen Freischar bezogen. Als der Admiral in einem freien Augenblicke zu mir trat, wagte ich die Bitte, er möchte mich nach Flandern schicken, um an dem Einfalle teilzunehmen und ihm rasche und zuverlässige Nachricht von dem Verlaufe desselben zu senden.

»Nein, Schadau«, antwortete er kopfschüttelnd, »ich darf Euch nicht Gefahr laufen lassen, als Freibeuter behandelt zu werden und am Galgen zu sterben. Etwas anderes ist es, wenn Ihr nach erklärten Feindseligkeiten an meiner Seite fallen solltet. Ich bin es Eurem Vater schuldig, Euch keiner andern Gefahr auszusetzen als einem ehrlichen Soldatentode!«

Es mochte ungefähr Mittag sein, als sich das Vorzimmer in auffallender Weise füllte und ein immer erregter werdendes Gespräch hörbar wurde.

Der Admiral rief seinen Schwiegersohn, Teligny, herein, der ihm berichtete, Graf Guiche sei diesen Morgen im Zweikampfe gefallen, sein Sekundant, der verrufene Lignerolles, habe die Leiche vor dem Tore St. Michel durch die gräfliche Dienerschaft abholen lassen und ihr, bevor er sich flüchtete, nichts anderes zu sagen gewußt, als daß ihr Herr durch die Hand eines ihm unbekannten Hugenotten gefallen sei.

Coligny zog die Brauen zusammen und brauste auf: »Habe ich nicht streng untersagt – habe ich nicht gedroht, gefleht, beschworen, daß keiner unsrer Leute in dieser verhängnisvollen Zeit einen Zwist beginne oder aufnehme, der zu blutigem Entscheide führen könnte! Ist der Zweikampf an sich schon eine Tat, die kein Christ ohne zwingende Gründe auf sein Gewissen laden soll, so wird er in diesen Tagen, wo ein ins Pulverfaß springender Funke uns alle verderben kann, zum Verbrechen an unsern Glaubensgenossen und am Vaterlande.«

Ich blickte von meinen Rechnungen nicht auf und war froh, als ich die Arbeit zu Ende gebracht hatte. Dann ging ich in meine Herberge und ließ mein Gepäck in das Haus des Schneiders Gilbert bringen.

Ein kränklicher Mann mit einem furchtsamen Gesichtchen geleitete mich unter vielen Höflichkeiten in das mir bestimmte Zimmer. Es war groß und luftig und überschaute, das oberste Stockwerk des Hauses bildend, den ganzen Stadtteil, ein Meer von Dächern, aus welchem Turmspitzen in den Wolkenhimmel aufragten.

»Hier seid Ihr sicher!« sagte Gilbert mit feiner Stimme und zwang mir damit ein Lächeln ab.

»Mich freut es«, erwiderte ich, »bei einem Glaubensbruder Herberge zu nehmen.«

»Glaubensbruder?« lispelte der Schneider, »sprecht nicht so laut, Herr Hauptmann. Es ist wahr, ich bin ein evangelischer Christ, und – wenn es nicht anders sein kann – will ich auch für meinen Heiland sterben; aber verbrannt werden, wie es mit Dubourg auf dem Greveplatze geschah! – ich sah damals als kleiner Knabe zu – hu, davor hab' ich einen Schauder!«

»Habt keine Angst«, beruhigte ich, »diese Zeiten sind vorüber, und das Friedensedikt gewährleistet allen freie Religionsausübung.«

»Gott gebe, daß es dabei bleibe!« seufzte der Schneider. »Aber Ihr kennt unsern Pariser Pöbel nicht. Das ist ein wildes und neidisches Volk, und wir Hugenotten haben das Privilegium, sie zu ärgern. Weil wir eingezogen, züchtig und rechtschaffen leben, so werfen sie uns vor, wir wollen uns als die Bessern von ihnen sondern; aber, gerechter Himmel! wie ist es möglich, die zehn Gebote zu halten und sich nicht vor ihnen auszuzeichnen!«

Mein neuer Hauswirt verließ mich, und bei der einbrechenden Dämmerung ging ich hinüber in die Woh-

nung des Parlamentrats. Ich fand ihn höchst niedergeschlagen.

»Ein böses Verhängnis waltet über unsrer Sache«, hub
er an. »Wißt Ihr es schon, Schadau? Ein vornehmer Höfling, Graf Guiche, ward diesen Morgen im Zweikampfe
von einem Hugenotten erstochen. Ganz Paris ist voll davon, und ich denke, Pater Panigarola wird die Gelegenheit nicht versäumen, auf uns alle als auf eine Genossen-
schaft von Mördern hinzuweisen und seinen tugendhaften Gönner – denn Guiche war ein eifriger Kirchgänger
– in einer seiner wirkungsvollen Abendpredigten als
Märtyrer des katholischen Glaubens auszurufen ... Der
Kopf schmerzt mich, Schadau, und ich will mich zur
Ruhe begeben. Laßt Euch von Gasparde den Abend-
trunk kredenzen.«

Gasparde stand während dieses Gesprächs neben dem
Sitze des alten Herrn, auf dessen Rückenlehne sie sich
nachdenkend stützte. Sie war heute sehr blaß und tief-
ernst blickten ihre großen blauen Augen.

Als wir allein waren, standen wir uns einige Augenblik-
ke schweigend gegenüber. Jetzt stieg der schlimme Verdacht in mir auf, daß sie, die selbst mich zu ihrer Verteidigung aufgefordert, nun vor dem Blutbefleckten schaudernd zurücktrete. Die seltsamen Umstände, die mich gerettet hatten und die ich Gasparde nicht mitteilen konnte,
ohne ihr calvinistisches Gefühl schwer zu verletzen, verwirrten mein Gewissen mehr, als die nach Mannesbegrif-
fen leichte Blutschuld es belastete. Gasparde fühlte mir
an, daß meine Seele beschwert war, und konnte den
Grund davon allein in der Tötung des Grafen und den
daraus unsrer Partei erwachsenden Nachteilen suchen.

Nach einer Weile sagte sie mit gepreßter Stimme: »Du
also hast den Grafen umgebracht?«

»Ich«, war meine Antwort.

Wieder schwieg sie. Dann trat sie mit plötzlichem Entschlusse an mich heran, umschlang mich mit beiden Armen und küßte mich inbrünstig auf den Mund.

»Was du immer verbrochen hast«, sagte sie fest, »ich bin deine Mitschuldige. Um meinetwillen hast du die Tat begangen. Ich bin es, die dich in Sünde gestürzt hat. Du hast dein Leben für mich eingesetzt. Ich möchte es dir vergelten, doch wie kann ich es.«

Ich faßte ihre beiden Hände und rief: »Gasparde, laß mich, wie heute, so morgen und immerdar dein Beschützer sein! Teile mit mir Gefahr und Rettung, Schuld und Heil! Eins und untrennbar laß uns sein bis zum Tode!«

»Eins und untrennbar!« sagte sie.

SIEBENTES KAPITEL

Seit dem verhängnisvollen Tage, an welchem ich Guiche getötet und Gaspardes Liebe gewonnen hatte, war ein Monat verstrichen. Täglich schrieb ich im Kabinett des Admirals, der mit meiner Arbeit zufrieden schien und mich mit steigendem Vertrauen behandelte. Ich fühlte, daß ihm die Innigkeit meines Verhältnisses zu Gasparde nicht unbekannt geblieben war, ohne daß er es jedoch mit einem Worte berührt hätte.

Während dieser Zeit hatte sich die Lage der Protestanten in Paris sichtlich verschlimmert. Der Einfall in Flandern war mißlungen und der Rückschlag machte sich am Hofe und in der öffentlichen Stimmung fühlbar. Die Hochzeit des Königs von Navarra mit Karls reizender, aber leichtfertiger Schwester erweiterte die Kluft zwischen den beiden Parteien, statt sie zu überbrücken. Kurz vorher war Jeanne d'Albert, die wegen ihres persönlichen Wertes von den Hugenotten hochverehrte Mutter des Navarresen, plötzlich gestorben, an Gift, so hieß es.

Am Hochzeitstage selber schritt der Admiral, statt der Messe beizuwohnen, auf dem Platze von Notre-Dame in gemessenem Gange auf und nieder und sprach, er, der sonst so Vorsichtige, ein Wort aus, das in bitterster Feindseligkeit gegen ihn ausgebeutet wurde. »Notre-

Dame«, sagte er, »ist mit den Fahnen behängt, die man uns im Bürgerkriege abgenommen; sie müssen weg und ehrenvollere Trophäen an ihre Stelle!« Damit meinte er spanische Fahnen, aber das Wort wurde falsch gedeutet.

Coligny sandte mich mit einem Auftrage nach Orleans, wo deutsche Reiterei lag. Als ich von dort zurückkehrte und meine Wohnung betrat, kam mir Gilbert mit entstellter Miene entgegen.

»Wißt Ihr schon, Herr Hauptmann«, jammerte er, »daß der Admiral gestern meuchlerisch verwundet worden ist, als er aus dem Louvre nach seinem Palaste zurückkehrte? Nicht tödlich, sagt man; aber bei seinem Alter und der kummervollen Sorge, die auf ihm lastet, wer kann wissen, wie das endet! Und stirbt er, was soll aus uns werden?«

Ich begab mich schleunigst nach der Wohnung des Admirals, wo ich abgewiesen wurde. Der Pförtner sagte mir, es sei hoher Besuch im Hause, der König und die Königin-Mutter. Dies beruhigte mich, da ich in meiner Arglosigkeit daraus schloß, unmöglich könne Katharina an der Untat Anteil haben, wenn sie selbst das Opfer besuche. Der König aber, versicherte der Pförtner, sei wütend über den tückischen Angriff auf das Leben seines väterlichen Freundes.

Jetzt wandte ich meine Schritte zurück nach der Wohnung des Parlamentrats, den ich in lebhaftem Gespräch mit einer merkwürdigen Persönlichkeit fand, einem Manne in mittleren Jahren, dessen bewegtes Gebärdenspiel den Südfranzosen verriet und der den St. Michaelsorden trug. Noch nie hatte ich in klugere Augen geblickt. Sie leuchteten von Geist und in den zahllosen Falten und Linien um Augen und Mund bewegte sich ein unruhiges Spiel schalkhafter und scharfsinniger Gedanken.

»Gut, daß Ihr kommt, Schadau!« rief mir der Rat entgegen, während ich unwillkürlich das unschuldige Antlitz Gaspardes, in dem nur die Lauterkeit einer einfachen und starken Seele sich spiegelte, mit der weltklugen Miene des Gastes verglich, »gut, daß Ihr kommt! Herr Montaigne will mich mit Gewalt nach seinem Schlosse in Perigord entführen ...«

»Wir wollen dort den Horaz zusammen lesen«, warf der Fremdling ein, »wie wir es vorzeiten in den Bädern von Aix taten, wo ich das Vergnügen hatte, den Herrn Rat kennenzulernen.«

»Meint Ihr, Montaigne«, fuhr der Rat fort, »ich dürfte die Kinder allein lassen? Gasparde will sich nicht von ihrem Paten und dieser junge Berner sich nicht von Gasparde trennen.«

»Ei was«, spottete Herr Montaigne sich gegen mich verbeugend, »sie werden, um sich in der Tugend zu stärken, das Buch Tobiä zusammen lesen!« und den Ton wechselnd, da er mein ernstes Gesicht sah: »Kurz und gut«, schloß er, »Ihr kommt mit mir, lieber Rat!«

»Ist denn eine Verschwörung gegen uns Hugenotten im Werke?« fragte ich, aufmerksam werdend.

»Eine Verschwörung?« wiederholte der Gascogner. »Nicht daß ich wüßte! Wenn nicht etwa eine solche, wie sie die Wolken anzetteln, bevor ein Gewitter losbricht. Vier Fünfteile einer Nation von dem letzten Fünfteil zu etwas gezwungen, was sie nicht wollen – das heißt zum Kriege in Flandern –, das kann die Atmosphäre schon elektrisch machen. Und, nehmt es mir nicht übel, junger Mann, Ihr Hugenotten verfehlt Euch gegen den ersten Satz der Lebensweisheit: daß man das Volk, unter dem man wohnt, nicht durch Mißachtung seiner Sitten beleidigen darf.«

»Rechnet Ihr die Religion zu den Sitten eines Volkes?« fragte ich entrüstet.

»In gewissem Sinne, ja«, meinte er, »doch diesmal dachte ich nur an die Gebräuche des täglichen Lebens: Ihr Hugenotten kleidet Euch düster, tragt ernsthafte Mienen, versteht keinen Scherz und seid so steif wie Eure Halskragen. Kurz, Ihr schließt Euch ab, und das bestraft sich in der größten Stadt wie auf dem kleinsten Dorfe! Da verstehn die Guisen das Leben besser! Eben kam ich vorüber, als der Herzog Heinrich vor seinem Palaste abstieg und den umstehenden Bürgern die Hände schüttelte, lustig wie ein Franzose und gemütlich wie ein Deutscher! So ist es recht! Sind wir ja alle vom Weibe geboren und ist doch die Seife nicht teuer!«

Mir schien, als ob der Gascogner schwere Besorgnis unter diesem scherzhaften Tone verberge, und ich wollte ihn weiter zur Rede stellen, als der alte Diener einen Boten des Admirals meldete, welcher mich und Gasparde unverzüglich zu sich berief.

Gasparde warf einen dichten Schleier über und wir eilten.

Unterwegs erzählte sie mir, was sie in meiner Abwesenheit ausgestanden. »An deiner Seite durch einen Kugelregen zu reiten, wäre mir ein Spiel dagegen!« versicherte sie. »Der Pöbel in unserer Straße ist so giftig geworden, daß ich das Haus nicht verlassen konnte, ohne mit Schimpfworten verfolgt zu werden. Kleidete ich mich nach meinem Stande, so schrie man mir nach: Seht die Übermütige! Legte ich schlichtes Gewand an, so hieß es: Seht die Heuchlerin! – Einen Tag oder eine Woche hielte man das schon aus; aber wenn man kein Ende davon absieht! – Unsere Lage hier in Paris erinnert mich an die jenes Italieners, den sein Feind in einen Kerker mit vier kleinen Fenstern werfen ließ. Als er am nächsten Morgen erwachte, waren deren nur noch drei, am folgenden zwei, am dritten noch eins, kurz, er begriff, daß sein höllischer Feind ihn in eine Maschine gesperrt hatte, die sich allmählich in einen erdrückenden Sarg verwandelte.«

Unter diesen Reden waren wir in die Wohnung des Admirals gelangt, der uns sogleich zu sich beschied.

Er saß aufrecht auf seinem Lager, den verwundeten linken Arm in der Schlinge, blaß und ermattet. Neben ihm stand ein Geistlicher mit eisgrauem Barte. Er ließ uns nicht zu Worte kommen.

»Meine Zeit ist gemessen«, sprach er, »hört mich an und gehorcht mir! Du, Gasparde, bist mir durch meinen teuern Bruder blutverwandt. Es ist jetzt nicht der Augenblick etwas zu verhüllen, das du weißt und diesem nicht verborgen bleiben darf. – Deiner Mutter ist durch einen Franzosen Unrecht geschehn; ich will nicht, daß auch du unsres Volkes Sünden mitbüßest. Wir bezahlen, was unsre Väter verschuldet haben. Du aber sollst, so viel solches an mir liegt, auf deutscher Erde ein frommes und ruhiges Leben führen.«

Dann sich zu mir wendend, fuhr er fort: »Schadau, Ihr werdet Eure Kriegsschule nicht unter mir durchmachen. Hier sieht es dunkel aus. Mein Leben geht zur Neige und mein Tod ist der Bürgerkrieg. Mischt Euch nicht darein, ich verbiete es Euch. Reicht Gasparde die Hand, ich gebe sie Euch zum Weibe. Führt sie ohne Säumnis in Eure Heimat. Verlaßt dieses ungesegnete Frankreich, sobald Ihr meinen Tod erfahrt. Bereitet ihr eine Stätte auf Schweizerboden; dann nehmt Dienste unter dem Prinzen von Oranien und kämpft für die gute Sache!«

Jetzt winkte er dem Greise und forderte ihn auf, uns zu trauen.

»Macht es kurz«, flüsterte er, »ich bin müde und bedarf Ruhe.«

Wir ließen uns an seinem Lager auf die Knie nieder und der Geistliche verrichtete sein Amt, unsre Hände zusammenfügend und die liturgischen Worte aus dem Gedächtnisse sprechend.

Dann segnete uns der Admiral mit seiner ebenfalls verstümmelten Rechten.

»Lebt wohl!« schloß er, legte sich nieder und kehrte sein Antlitz gegen die Wand.

Da wir zögerten, das Gemach zu verlassen, hörten wir noch die gleichmäßigen Atemzüge des ruhig Entschlummerten.

Schweigend und in wunderbarer Stimmung, kamen

wir zurück und fanden Chatillon noch in lebhaftem Gespräch mit Herrn Montaigne.

»Gewonnen Spiel!« jubelte dieser, »der Papa willigt ein und ich selbst will ihm seine Koffer packen, denn darauf verstehe ich mich vortrefflich.«

»Geht, lieber Oheim!« mahnte Gasparde, »und macht Euch keine Sorge um mich. Das ist von nun an die Sache meines Gemahls.« Und sie drückte meine Hand an ihre Brust. Auch ich drang in den Rat, mit Montaigne zu verreisen.

Da mit einem Male, wie wir alle ihm zuredeten und ihn überzeugt glaubten, fragte er: »Hat der Admiral Paris verlassen?« Und als er hörte, Coligny bleibe und werde trotz des Drängens der Seinigen bleiben, auch wenn sein Zustand die Abreise erlauben sollte, da rief Chatillon mit glänzenden Augen und mit einer festen Stimme, die ich nicht an ihm kannte:

»So bleibe auch ich! Ich bin im Leben oftmals feig und selbstsüchtig gewesen; ich stand nicht zu meinen Glaubensgenossen wie ich sollte; in dieser letzten Stunde aber will ich sie nicht verlassen.«

Montaigne biß sich die Lippe. Unser aller Zureden fruchtete nun nichts mehr, der Alte blieb bei seinem Entschlusse.

Jetzt klopfte ihm der Gascogner auf die Schulter und sagte mit einem Anfluge von Hohn:

›Alter Junge, du betrügst dich selbst, wenn du glaubst, daß du aus Heldenmut so handelst. Du tust es aus Bequemlichkeit. Du bist zu träge geworden, dein behagliches Nest zu verlassen selbst auf die Gefahr hin, daß der Sturm es morgen wegfegt. Das ist auch ein Standpunkt und in deiner Weise hast du recht.«

Jetzt verwandelte sich der spöttische Ausdruck auf seinem Gesichte in einen tief schmerzlichen, er umarmte Chatillon, küßte ihn und schied eilig.

Der Rat, welcher seltsam bewegt war, wünschte allein zu sein.

»Verlaßt mich, Schadau!« sagte er, mir die Hand drük-kend »und kommt heute abend noch einmal vor Schla-fengehen.«

Gasparde, die mich begleitete, ergriff unter der Türe plötzlich das Reisepistol, das noch in meinem Gürtel stak.

»Laß das!« warnte ich. »Es ist scharf geladen.«

»Nein«, lachte sie, den Kopf zurückwerfend, »ich be-halte es als Unterpfand, daß du uns diesen Abend nicht versäumst!« und sie entfloh damit ins Haus.

ACHTES KAPITEL

Auf meinem Zimmer lag ein Brief meines Oheims im gewohnten Format, mit den wohlbekannten altmodi-schen Zügen überschrieben. Der rote Abdruck des Sie-gels mit seiner Devise: Pélerin et Voyageur! war diesmal unmäßig groß geraten.

Noch hielt ich das Schreiben uneröffnet in der Hand, als Boccard ohne anzuklopfen hereinstürzte.

»Hast du dein Versprechen vergessen, Schadau?« rief er mir zu.

»Welches Versprechen?« fragte ich mißmutig.

»Schön?« versetzte er mit einem kurzen Lachen, das gezwungen klang. »Wenn das so fortgeht, so wirst du nächstens deinen eigenen Namen vergessen! Am Vor-abende deiner Abreise nach Orleans, in der Schenke zum Mohren, hast du mir feierlich gelobt, dein längst gegebenes Versprechen zu lösen und unsern Lands-mann, den Hauptmann Pfyffer, einmal zu begrüßen. Ich lud dich dann in seinem Auftrage zu seinem Na-mensfeste in das Louvre ein.

Heute nun ist Bartholomäustag. Der Hauptmann hat zwar viele Namen, wohl acht bis zehn; da aber unter die-sen allen der geschundene Barthel in seinen Augen der größte Heilige und Märtyrer ist, so feiert er als guter

Christ diesen Tag in besonderer Weise. Bliebest du weg, er legte dir's als hugenottischen Starrsinn aus.«

Ich besann mich freilich, von Boccard häufig mit solchen Einladungen bestürmt worden zu sein und ihn von Woche zu Woche vertröstet zu haben. Daß ich ihm auf heute zugesagt, war mir nicht erinnerlich, aber es konnte sein.

»Boccard«, sagte ich, »heute ist mir's ungelegen. Entschuldige mich bei Pfyffer und laß mich zu Hause.«

Nun aber begann er auf die wunderlichste Weise in mich zu dringen, jetzt scherzend und kindischen Unsinn vorbringend, jetzt flehentlich mich beschwörend. Zuletzt fuhr er auf:

»Wie? Hältst du so ein Ehrenwort?« – Und unsicher wie ich war, ob ich nicht doch vielleicht mein Wort gegeben, konnte ich diesen Vorwurf nicht auf mir sitzen lassen und willigte endlich, wenn auch bitter ungern, ein, ihn zu begleiten. Ich marktete, bis er versprach, in einer Stunde mich freizugeben, und wir gingen nach dem Louvre.

Paris war ruhig. Wir trafen nur einzelne Gruppen von Bürgern, die sich über den Zustand des Admirals flüsternd besprachen.

Pfyffer hatte ein Gemach zu ebener Erde im großen Hof des Louvre inne. Ich war erstaunt, seine Fenster nur spärlich erleuchtet zu sehn und Totenstille zu finden statt eines fröhlichen Festlärms. Wie wir eintraten, stand der Hauptmann allein in der Mitte des Zimmers, vom Kopfe bis zu den Füßen bewaffnet und in eine Depesche vertieft, die er aufmerksam zu lesen, ja zu buchstabieren schien, denn er folgte den Zeilen mit dem Zeigefinger der linken Hand. Er wurde meiner ansichtig und, auf mich zutretend, fuhr er mich barsch an:

»Euren Degen, junger Herr! Ihr seid mein Gefangener. « – Gleichzeitig näherten sich zwei Schweizer, die im Schatten gestanden hatten. Ich trat einen Schritt zurück.

»Wer gibt Euch ein Recht an mich, Herr Hauptmann?« rief ich aus. »Ich bin der Schreiber des Admirals.«

Ohne mich einer Antwort zu würdigen, griff er mit eigener Hand nach meinem Degen und bemächtigte sich desselben. Die Überraschung hatte mich so außer Fassung gebracht, daß ich an keinen Widerstand dachte.

»Tut Eure Pflicht!« befahl Pfyffer. Die beiden Schweizer nahmen mich in die Mitte und ich folgte ihnen wehrlos, einen Blick grimmigen Vorwurfs auf Boccard werfend. Ich konnte mir nichts anderes denken, als daß Pfyffer einen königlichen Befehl erhalten habe, mich wegen des Zweikampfes mit Guiche in Haft zu nehmen.

Zu meinem Erstaunen wurde ich nur wenige Schritte weit nach der mir wohlbekannten Kammer Boccards geführt. Der eine Schweizer zog einen Schlüssel hervor und versuchte zu öffnen, aber vergeblich. Es schien ihm in der Eile ein unrechter übergeben worden zu sein und er sandte seinen Kameraden zurück, um von Boccard, der bei Pfyffer geblieben war, den rechten zu fordern.

In dieser kurzen Frist vernahm ich lauschend die rauhe, scheltende Stimme des Hauptmanns: »Euer freches Stücklein kann mich meine Stelle kosten! In dieser Teufelsnacht wird uns hoffentlich keiner zur Rede stellen; doch wie bringen wir morgen den Ketzer aus dem Louvre fort? Die Heiligen mögen mir's verzeihn, daß ich einem Hugenotten das Leben rette, – aber einen Landsmann und Bürger von Bern dürfen wir von diesen verfluchten Franzosen auch nicht abschlachten lassen, – da habt Ihr wiederum recht, Boccard...«

Jetzt ging die Türe auf, ich stand in dem dunkeln Gelaß, der Schlüssel wurde hinter mir gedreht und ein schwerer Riegel vorgeschoben.

Ich durchmaß das mir von manchem Besuche her wohlbekannte Gemach, in quälenden Gedanken auf und nieder schreitend, während sich das mit Eisenstäben vergitterte, hoch gelegene Fenster allmählich erhellte, denn der Mond ging auf. Der einzige wahrscheinliche Grund meiner Verhaftung, ich mochte die Sache wenden wie ich wollte, war und blieb der Zweikampf. Unerklärlich waren mir freilich Pfyffers unmutige letzte Worte; aber ich konnte dieselben mißhört haben, oder der tapfere Hauptmann war etwas bezecht. Noch unbegreiflicher, ja haarsträubend, erschien mir das Benehmen Boccards, dem ich nie und nimmer einen so schmählichen Verrat zugetraut hätte.

Je länger ich die Sache übersann, in desto beunruhigendere Zweifel und unlösbarere Widersprüche verstrickte ich mich.

Sollte wirklich ein blutiger Plan gegen die Hugenotten bestehn? War das denkbar? Konnte der König, wenn er nicht von Sinnen war, in die Vernichtung einer Partei willigen, deren Untergang ihn zum willenlosen Sklaven seiner ehrgeizigen Vettern von Lothringen machen mußte?

Oder war ein neuer Anschlag auf die Person des Admirals geschmiedet, und wollte man einen seiner treuen Diener von ihm entfernen? Aber ich erschien mir zu unbedeutend, als daß man zuerst an mich gedacht hätte. Der König hatte heftig gezürnt über die Verwundung des Admirals. Konnte ein Mensch, ohne dem Wahnsinne verfallen zu sein, von warmer Neigung zu stumpfer Gleichgültigkeit oder wildem Hasse in der Frist weniger Stunden übergehn?

Während ich so meinen Kopf zerarbeitete, schrie mein Herz, daß mein Weib mich zu dieser Stunde erwarte, die Minuten zähle, und ich hier gefangen sei, ohne ihr Nachricht geben zu können.

Noch immer schritt ich auf und nieder, als die Turmuhr des Louvre schlug; ich zählte zwölf Schläge. Es war Mitternacht. Da kam mir der Gedanke, einen Stuhl an das hohe Fenster zu rücken, in die Nische zu steigen, es zu öffnen und, an die Eisenstäbe mich anklammernd, in die Nacht auszuschauen. Das Fenster blickte auf die Seine. Alles war still. Schon wollte ich wieder ins Gemach herunterspringen, als ich meinen Blick noch über mich richtete und vor Entsetzen erstarrte.

Rechts von mir, auf einem Balkon des ersten Stockwerks, so nahe, daß ich sie fast mit der Hand erreichen konnte, erblickte ich, vom Mondlicht taghell erleuchtet, drei über das Geländer vorgebeugte, lautlos lauschende Gestalten. Mir zunächst der König mit einem Antlitz, dessen nicht unedle Züge die Angst, die Wut, der Wahnsinn zu einem Höllenausdruck verzerrten. Kein Fiebertraum kann schrecklicher sein als diese Wirklichkeit. Jetzt, da ich das längst Vergangene niederschreibe, sehe ich den Unseligen wieder mit den Augen des Geistes – und ich schaudere. Neben ihm lehnte sein Bruder, der Herzog von Anjou, mit dem schlaffen, weibisch grausamen Gesichtchen und schlotterte vor Furcht. Hinter ihnen, bleich und regungslos, die Gefaßteste von allen, stand Katharina, die Medicäerin, mit halbgeschlossenen Augen und fast gleichgültiger Miene.

Jetzt machte der König, wie von Gewissensangst gepeinigt, eine krampfhafte Gebärde, als wollte er einen gegebenen Befehl zurücknehmen, und in demselben Augenblicke knallte ein Büchsenschuß, mir schien im Hofe des Louvre.

»Endlich!« flüsterte die Königin erleichtert, und die drei Nachtgestalten verschwanden von der Zinne.

Eine nahe Glocke begann Sturm zu läuten, eine zweite, eine dritte heulte mit; ein greller Fackelschein glomm auf wie eine Feuersbrunst, Schüsse knatterten und meine gespannte Einbildungskraft glaubte Sterbeseufzer zu vernehmen.

Der Admiral lag ermordet, daran konnte ich nicht mehr zweifeln. Aber was bedeuteten die Sturmglocken, die erst vereinzelt, dann immer häufiger fallenden Schüsse, die Mordrufe, die jetzt von fern an mein lauschendes Ohr drangen? Geschah das Unerhörte? Wurden alle Hugenotten in Paris gemeuchelt?

Und Gasparde, meine mir vom Admiral anvertraute Gasparde, war mit dem wehrlosen Alten diesen Schrekken preisgegeben! Das Haar stand mir zu Berge, das Blut gerann mir in den Adern. Ich rüttelte an der Tür aus allen Kräften, die eisernen Schlösser und das schwere Eichenholz wichen nicht. Ich suchte tastend nach einer Waffe, nach einem Werkzeuge, um sie zu sprengen, und fand keines. Ich schlug mit den Fäusten, stieß mit den Füßen gegen die Türe und schrie nach Befreiung, – draußen im Gange blieb es totenstill.

Wieder schwang ich mich auf in die Fensternische und rüttelte wie ein Verzweifelter an dem Eisengitter, es war nicht zu erschüttern.

Ein Fieberfrost ergriff mich und meine Zähne schlugen aufeinander. Dem Wahnsinne nahe warf ich mich auf Boccards Lager und wälzte mich in tödlicher Bangigkeit. Endlich als der Morgen zu grauen begann, verfiel ich in einen Zustand zwischen Wachen und Schlummern, der sich nicht beschreiben läßt. Ich meinte mich noch an die Eisenstäbe zu klammern und hinauszublicken auf die rastlos flutende Seine. Da plötzlich erhob sich aus ihren Wellen ein halbnacktes, vom Mondlichte beglänztes Weib, eine Flußgöttin, auf ihre sprudelnde Urne gestützt, wie sie in Fontainebleau an den Wasserkünsten sitzen, und begann zu sprechen. Aber ihre Worte richteten sich nicht an mich, sondern an eine Steinfrau, die dicht neben mir die Zinne trug, auf welcher die drei fürstlichen Verschwörer gestanden.

»Schwester«, frug sie aus dem Flusse, »weißt vielleicht du, warum sie sich morden? Sie werfen mir Leichnam auf Leichnam in mein strömendes Bett und ich bin schmierig von Blut. Pfui, pfui! Machen vielleicht die Bettler, die ich abends ihre Lumpen in meinem Wasser waschen sehe, den Reichen den Garaus?«

»Nein«, raunte das steinerne Weib, »sie morden sich, weil sie nicht einig sind über den richtigen Weg zur Seligkeit« – Und ihr kaltes Antlitz verzog sich zum Hohn, als belache sie eine ungeheure Dummheit ...

In diesem Augenblicke knarrte die Türe, ich fuhr auf aus meinem Halbschlummer und erblickte Boccard, blaß und ernst wie ich ihn noch nie gesehen hatte, und hinter ihm zwei seiner Leute, von welchen einer einen Laib Brot und eine Kanne Wein trug.

»Um Gottes willen, Boccard«, rief ich und stürzte ihm entgegen, »was ist heute nacht vorgegangen? ... Sprich!«

Er ergriff meine Hand und wollte sich zu mir auf das Lager setzen. Ich sträubte mich und beschwor ihn zu reden.

»Beruhige dich!« sagte er. »Es war eine schlimme Nacht. Wir Schweizer können nichts dafür, der König hat es befohlen.«

»Der Admiral ist tot?« frug ich, ihn starr ansehend.

Er bejahte mit einer Bewegung des Hauptes.

»Und die andern hugenottischen Führer?«

»Tot. Wenn nicht der eine oder andere, wie der Navarrese, durch besondere Gunst des Königs verschont blieb.«

»Ist das Blutbad beendigt?«

»Nein, noch wütet es fort in den Straßen von Paris. Kein Hugenott darf am Leben bleiben.«

Jetzt zuckte mir der Gedanke an Gasparde wie ein glühender Blitz durchs Hirn, und alles andere verschwand im Dunkel.

»Laß mich!« schrie ich. »Mein Weib, mein armes Weib!«

Boccard sah mich erstaunt und fragend an. »Dein Weib? Bist du verheiratet?«

»Gib Raum, Unseliger!« rief ich und warf mich auf ihn, der mir den Ausweg vertrat. Wir rangen miteinander und ich hätte ihn übermannt, wenn nicht einer seiner Schweizer ihm zu Hilfe gekommen wäre, indes der andere die Türe bewachte.

Ich wurde auf das Knie gedrückt.

»Boccard!« stöhnte ich. »Im Namen des barmherzigen Gottes – bei allem, was dir teuer ist – bei dem Haupte deines Vaters – bei der Seligkeit deiner Mutter – erbarm' dich meiner und laß mich frei! Ich sage dir, Mensch, daß mein Weib da draußen ist – daß sie vielleicht in diesem Augenblick gemordet – daß sie vielleicht in diesem Augenblick mißhandelt wird! Oh, oh!« – und ich schlug mit geballter Faust gegen die Stirn.

Boccard erwiderte begütigend, wie man mit einem Kranken spricht: »Du bist von Sinnen, armer Freund! Du könntest nicht fünf Schritte ins Freie tun, bevor dich eine Kugel niederstreckte! Jedermann kennt dich als den Schreiber des Admirals. Nimm Vernunft an! Was du verlangst, ist unmöglich.«

Jetzt begann ich auf den Knien liegend zu schluchzen wie ein Kind.

Noch einmal, halb bewußtlos wie ein Ertrinkender, erhob ich das Auge nach Rettung, während Boccard schweigend die im Ringen zerrissene Seidenschnur wieder zusammenknüpfte, an der die Silbermünze mit dem Bildnis der Madonna tief niederhing.

»Im Namen der Muttergottes von Einsiedeln!« flehte ich mit gefalteten Händen.

Jetzt stand Boccard wie gebannt, die Augen nach oben gewendet und etwas murmelnd wie ein Gebet. Dann berührte er das Medaillon mit den Lippen und schob es sorgfältig wieder in sein Wams.

Noch schwiegen wir beide, da trat, eine Depesche emporhaltend, ein junger Fähnrich ein.

»Im Namen des Königs und auf Befehl des Hauptmanns«, sagte er, »nehmt zwei Eurer Leute, Herr Boccard, und überbringt eigenhändig diese Order dem Kommandanten der Bastille.« – Der Fähnrich trat ab.

Jetzt eilte Boccard, nach einem Augenblicke des Besinnens, das Schreiben in der Hand, auf mich zu:

»Tausche schnell die Kleider mit Cattani hier!« flüsterte er. »Ich will es wagen. Wo wohnt sie?«

»Isle St. Louis.«

»Gut. Labe dich noch mit einem Trunke, du hast Kraft nötig.« Nachdem ich eilig meiner Kleider mich entledigt, warf ich mich in die Tracht eines königlichen Schweizers, gürtete das Schwert um, ergriff die Hellebarde und Boccard, ich und der zweite Schweizer, wir stürzten ins Freie.

NEUNTES KAPITEL

Schon im Hofe des Louvre bot sich meinen Augen ein schrecklicher Anblick. Die Hugenotten vom Gefolge des Königs von Navarra lagen hier, frisch getötet, manche noch röchelnd, in Haufen übereinander. Längs der Seine weiter eilend begegneten wir auf jedem Schritte einem Greuel. Hier lag ein armer Alter mit gespaltenem Schädel in seinem Blute, dort sträubte sich ein totenblassés Weib in den Armen eines rohen Lanzenknechts. Eine Gasse lag still wie das Grab, aus einer andern erschollen noch Hilferufe und mißtönige Sterbeseufzer.

Ich aber, unempfindlich für diese unfaßbare Größe des Elends, stürmte wie ein Verzweifelter vorwärts, so daß mir Boccard und der Schweizer kaum zu folgen vermochten. Endlich war die Brücke erreicht und überschritten. Ich stürzte in vollem Laufe nach dem Hause des Rats, die Augen unverwandt auf seine hochgelegenen Fenster geheftet. An einem derselben wurden ringende Arme sichtbar, eine menschliche Gestalt mit weißen Haaren ward hinausgedrängt. Der Unglückliche, es war Chatillon, klammerte sich einen Augenblick noch mit schwachen Händen an das Gesims, dann ließ er los und stürzte auf das Pflaster. An dem Zerschmetterten vorüber, erklomm ich in wenigen Sprüngen die Treppe und stürzte in das Gemach. Es war mit Bewaffneten gefüllt und ein wilder Lärm erscholl aus der offenen Türe des Bibliothekzimmers. Ich bahnte mir mit meiner Hel-

lebarde den Weg und erblickte Gasparde, in eine Ecke
gedrängt und von einer gierigen, brüllenden Meute umstellt, die sie, mein Pistol in der Hand und bald auf diesen, bald auf jenen zielend, von sich abhielt. Sie war
farblos wie ein Wachsbild und aus ihren weit geöffneten
Augen sprühte ein schreckliches Feuer.

Alles vor mir niederwerfend, mit einem einzigen Anlaufe, war ich an ihrer Seite, und »Gott sei Dank, du bist
es!« rief sie noch und sank mir dann bewußtlos in die
Arme.

Unterdessen war Boccard mit dem Schweizer nachge-
kommen. »Leute!« drohte er, »im Namen des Königs
verbiete ich euch, diese Dame nur mit einem Finger zu
berühren! Zurück, wem sein Leben lieb ist! Ich habe Befehl, sie ins Louvre zu bringen!«

Er war neben mich getreten und ich hatte die ohnmächtige Gasparde in den Lehnstuhl des Rats gelegt.

Da sprang aus dem Getümmel ein scheußlicher
Mensch mit blutigen Händen und blutbeflecktem Gesicht hervor, in dem ich den verfemten Lignerolles erkannte.

»Lug und Trug!« schrie er, »das, Schweizer? – Ver-
kappte Hugenotten sind's und von der schlimmsten Sorte! Dieser hier – ich kenne dich wohl, vierschrötiger Ha-
lunke – hat den frommen Grafen Guiche gemordet und
jener war dabei. Schlagt sie tot! Es ist ein verdienstliches
Werk, diese schurkischen Ketzer zu vertilgen! Aber
rührt mir das Mädel nicht an – die ist mein!«

Und der Verwilderte warf sich wütend auf mich.

»Bösewicht«, rief Boccard, »dein Stündlein ist gekommen! Stoß zu, Schadau!« Rasch drängte er mit geschickter Parade die ruchlose Klinge in die Höhe und ich stieß
dem Buben mein Schwert bis an das Heft in die Brust. Er
stürzte.

Ein rasendes Geheul erhob sich aus der Rotte.

»Weg von hier!« winkte mir mein Freund. »Nimm
dein Weib auf den Arm und folge mir!«

Jetzt griffen Boccard und der Schweizer mit Hieb und Stoß das Gesindel an, das uns von der Türe trennte und brachen eine Gasse, durch die ich, Gasparde tragend schleunig nachschritt.

Wir gelangten glücklich die Treppen hinunter und betraten die Straße. Hier hatten wir vielleicht zehn Schritte getan, da fiel ein Schuß aus einem Fenster. Boccard schwankte, griff mit unsicherer Hand nach dem Medaillon, riß es hervor, drückte es an die erblassenden Lippen und sank nieder.

Er war durch die Schläfe getroffen. Der erste Blick überzeugte mich, daß ich ihn verloren hatte, der zweite, nach dem Fenster gerichtete, daß ihn der Tod aus meinem Reiterpistol getroffen, welches Gaspardes Hand entfallen war und das jetzt der Mörder frohlockend emporhielt. Die scheußliche Horde an den Fersen, riß ich mich mit blutendem Herzen von dem Freunde los, bei dem sein treuer Soldat niederkniete, bog um die nahe Ecke in das Seitengäßchen, wo meine Wohnung gelegen war, erreichte sie unbemerkt und eilte durch das ausgestorbene Haus mit Gasparde hinauf in meine Kammer.

Auf dem Flur des ersten Stockwerkes schritt ich durch breite Blutlachen. Der Schneider lag ermordet, sein Weib und seine vier Kinder, am Herd in ein Häuflein zusammengesunken, schliefen den Todesschlummer. Selbst der kleine Pudel, des Hauses Liebling, lag verendet bei ihnen. Blutgeruch erfüllte das Haus. Die letzte Treppe ersteigend, sah ich mein Zimmer offen, die halb zerschmetterte Türe schlug der Wind auf und zu.

Hier hatten die Mörder, da sie mein Lager leer fanden, nicht lange geweilt, das ärmliche Aussehen meiner Kammer versprach ihnen keine Beute. Meine wenigen Bücher lagen zerrissen auf dem Boden zerstreut, in eines derselben hatte ich, als mich Boccard überraschte, den Brief meines Ohms geborgen, er war herausgefallen und ich steckte ihn zu mir. Meine kleine Barschaft trug ich noch von der Reise her in einem Gurt auf dem Leibe.

Ich hatte Gasparde auf mein Lager gebettet, wo die Bleiche zu schlummern schien, und stand neben ihr, überlegend, was zu tun sei. Sie war unscheinbar wie eine Dienerin gekleidet, wohl in der Absicht, mit ihrem Pflegevater zu fliehen. Ich trug die Tracht der Schweizergarde.

Ein wilder Schmerz bemächtigte sich meiner über all das frevelhaft vergossene teure und unschuldige Blut. »Fort aus dieser Hölle!« sprach ich halblaut vor mich hin.

»Ja, fort aus dieser Hölle!« wiederholte Gasparde, die Augen öffnend und sich auf dem Lager in die Höhe richtend. »Hier ist unsres Bleibens nicht! Zum ersten nächsten Tore hinaus!«

»Bleibe noch ruhig!« erwiderte ich. »Unterdessen wird es Abend, und die Dämmerung erleichtert uns vielleicht das Entrinnen.«

»Nein, nein«, versetzte sie bestimmt, »keinen Augenblick länger bleibe ich in diesem Pfuhl! Was liegt am Leben, wenn wir zusammen sterben! Laß uns geradenwegs auf das nächste Tor zugehen. Werden wir überfallen und wollen sie mich mißhandeln, so erstichst du mich, und erschlägst ihrer zwei oder drei, so sterben wir nicht ungerächt. – Versprich mir das!«

Nach einigem Überlegen willigte ich ein, da es auch mir besser schien, um jeden Preis der Not ein Ende zu machen. Konnte doch der Mord morgen von neuem beginnen, waren doch die Tore nachts strenger bewacht als am Tage.

Wir machten uns auf den Weg, durch die blutgetränkten Gassen langsam nebeneinander wandelnd unter einem wolkenlosen, dunkelblauen Augusthimmel.

Unangefochten erreichten wir das Tor.

Im Torwege vor dem Pförtchen der Wachstube stand mit verschränkten Armen ein lothringischer Kriegsmann mit der Feldbinde der Guisen, der uns mit stechendem Blicke musterte.

»Zwei wunderliche Vögel!« lachte er. »Wo hinaus, Herr Schweizer, mit Euerm Schwesterchen?«

Das Schwert lockernd schritt ich näher, entschlossen, ihm die Brust zu durchbohren; denn ich war des Lebens und der Lüge müde.

»Bei den Hörnern des Satans! Seid Ihr es, Herr Schadau?« sagte der lothringische Hauptmann, bei dem letzten Worte seine Stimme dämpfend. »Tretet ein, hier stört uns niemand.«

Ich blickte ihm ins Gesicht und suchte mich zu erinnern. Mein ehemaliger böhmischer Fechtmeister tauchte mir auf.

»Ja freilich bin ich es«, fuhr er fort, da er meinen Gedanken mir im Auge las, »und bin's, wie mir dünkt, zur gelegenen Stunde.«

Mit diesen Worten zog er mich in die Stube und Gasparde folgte.

In dem dumpfigen Raume lagen auf einer Bank zwei betrunkene Kriegsknechte, Würfel und Becher neben ihnen am Boden.

»Auf, ihr Hunde!« fuhr sie der Hauptmann an. Der eine erhob sich mühsam. Er packte ihn am Arme und stieß ihn vor die Türe mit den Worten: »Auf die Wache, Schuft! Du bürgst mir mit deinem Leben, daß niemand passiert!« – Den andern, der nur einen grunzenden Ton von sich gegeben hatte, warf er von der Bank und stieß ihn mit dem Fuße unter dieselbe, wo er ruhig fortschnarchte.

»Jetzt belieben die Herrschaften Platz zu nehmen!« und er zeigte mit einer kavaliermäßigen Handbewegung auf den schmutzigen Sitz.

Wir ließen uns nieder, er rückte einen zerbrochenen Stuhl herbei, setzte sich rittlings darauf, den Ellbogen auf die Lehne stützend, und begann in familiärem Tone:

»Nun laßt uns plaudern! Euer Fall ist mir klar, Ihr braucht ihn mir nicht zu erläutern. Ihr wünscht einen

Paß nach der Schweiz, nicht wahr? – Ich rechne es mir zur Ehre, Euch einen Gegendienst zu leisten für die Gefälligkeit, mit der Ihr mir seinerzeit das schöne wirtembergische Siegel gezeigt habt, weil Ihr wußtet, ich sei ein Kenner. Eine Hand wäscht die andere. Siegel gegen Siegel. Diesmal kann *ich* Euch mit einem aushelfen.«

Er kramte in seiner Brieftasche und zog mehrere Papiere heraus.

»Seht, als ein vorsichtiger Mann ließ ich mir für alle Fälle von meinem gnädigen Herzog Heinrich für mich und meine Leute, die wir gestern nacht dem Admiral unsre Aufwartung machten«, diese Worte begleitete er mit einer Mordgebärde, vor der mir schauderte, »die nötigen Reisepapiere geben. Der Streich konnte fehlen. Nun, die Heiligen haben sich dieser guten Stadt Paris angenommen! – Einer der Pässe – hier ist er – lautet auf einen beurlaubten königlichen Schweizer, den Furier Koch. Steckt ihn zu Euch! er gewährt Euch freie Straße durch Lothringen an die Schweizergrenze. Das wäre nun in Ordnung. – Was das Fortkommen mit Eurem Schätzchen betrifft, zu dem ich Euch, ohne Schmeichelei Glück wünsche«, hier verneigte er sich gegen Gasparde, »so wird die schöne Dame schwerlich gut zu Fuße sein. Da kann ich Euch zwei Gäule abtreten, einen sogar mit Damensattel – denn auch ich bin nicht ungeliebt und pflege selbander zu reiten. Ihr gebt mir dafür vierzig Goldgulden, bar, wenn Ihr es bei Euch habt, sonst genügt mir Euer Ehrenwort. Sie sind etwas abgejagt, denn wir wurden Hals über Kopf nach Paris aufgeboten; aber bis an die Grenze werden sie noch dauern.« Und er rief durch das Fensterchen einem Stalljungen, der am Tore herumlungerte, den Befehl zu, schleunigst zu satteln.

Während ich ihm das Geld, fast man ganzes Besitztum, auf die Bank vorzählte, sagte der Böhme:

»Ich habe mit Vergnügen vernommen, daß Ihr Euerm Fechtmeister Ehre gemacht habt. Freund Lignerolles hat mir alles erzählt. Er wußte Euern Namen nicht, aber ich erkannte Euch gleich aus seiner Beschreibung. Ihr habt den Guiche erstochen! Alle Wetter, das will etwas heißen. Ich hätte Euch das nie zugetraut. Freilich meinte Lignerolles, Ihr hättet Euch die Brust etwas gepanzert. Das sieht Euch nicht gleich, doch zuletzt hilft sich jeder wie er kann.«

Während dieses grausigen Geplauders saß Gasparde stumm und bleich. Jetzt wurden die Tiere vorgeführt, der Böhme half ihr, die unter seiner Berührung zusammenschrak, kunstgerecht in den Sattel, ich schwang mich auf das andere Roß, der Hauptmann grüßte, und wir sprengten durch den hallenden Torweg und über die donnernde Brücke gerettet von dannen.

Zehntes Kapitel

Zwei Wochen später, an einem frischen Herbstmorgen, ritt ich mit meinem jungen Weibe die letzte Höhe des Gebirgszuges hinan, der die Freigrafschaft von dem neuenburgischen Gebiete trennt. Der Grat war erklommen, wir ließen unsre Pferde grasen und setzten uns auf ein Felsstück.

Eine weite friedliche Landschaft lag in der Morgensonne vor uns ausgebreitet. Zu unsern Füßen leuchteten die Seen von Neuenburg, Murten und Biel; weiterhin dehnte sich das frischgrüne Hochland von Fryburg mit seinen schönen Hügellinien und dunkeln Waldsäumen; die eben sich entschleiernden Hochgebirge bildeten den lichten Hintergrund.

»Dies schöne Land also ist deine Heimat und endlich evangelischer Boden?« fragte Gasparde.

Ich zeigte ihr links das in der Sonne blitzende Türmchen des Schlosses Chaumont.

»Dort wohnt mein guter Ohm. Noch ein paar Stunden, und er heißt dich als sein geliebtes Kind willkommen! – Hier unten an den Seen ist evangelisches Land, aber dort drüben, wo du die Turmspitzen von Fryburg erkennen kannst, beginnt das katholische.«

Als ich Fryburg nannte, verfiel Gasparde in Gedanken. »Boccards Heimat!« sagte sie dann. »Erinnerst du dich noch, wie froh er an jenem Abende war, als wir uns zum ersten Male bei Melun begegneten! Nun erwartet ihn sein Vater vergebens, – und für mich ist er gestorben.«

Schwere Tropfen sanken von ihren Wimpern.

Ich antwortete nicht, aber blitzschnell zog an meiner Seele die Geschichte der verhängnisvollen Verkettung meines Loses mit dem meines heitern Landsmannes vorüber und meine Gedanken verklagten und entschuldigten sich untereinander.

Unwillkürlich griff ich an meine Brust auf die Stelle, wo Boccards Medaille mir den Todesstoß aufgehalten hatte.

Es knisterte in meinem Wams wie Papier; ich zog den vergessenen, noch ungelesenen Brief meines Ohms heraus und erbrach das unförmliche Siegel. Was ich las, versetzte mich in schmerzliches Erstaunen. Die Zeilen lauteten:

Lieber Hans!

Wenn Du dieses liesest, bin ich aus dem Leben oder vielmehr bin ich in das Leben gegangen.

Seit einigen Tagen fühlte ich mich sehr schwach, ohne gerade krank zu sein. In der Stille leg' ich ab Pilgerschuh und Wanderstab. Dieweil ich noch die Feder führen kann, will ich Dir selbst meine Heimfahrt melden und den Brief an Dich eigenhändig überschreiben, damit eine fremde Handschrift Dich nicht betrübe. – Bin ich hinüber, so hat der alte Jochem den Auftrag, ein Kreuz zu meinem Namen zu setzen und den Brief zu siegeln. Rot, nicht schwarz. Ziehe auch kein Trauergewand um mich an, denn ich bin in der Freude. Ich lasse Dir mein irdisches Gerät, vergiß Du das himmlische nicht.

Dein treuer Ohm Renat.

Daneben war mit ungeschickter Hand ein großes Kreuz gemalt. Ich kehrte mich ab und ließ meinen Tränen freien Lauf. Dann erhob ich das Haupt und wandte mich zu Gasparde, die mit gefalteten Händen an meiner Seite stand, um sie in das verödete Haus meiner Jugend einzuführen.

Die Hochzeit des Mönchs

Es war in Verona. Vor einem breiten Feuer, das einen weiträumigen Herd füllte, lagerte in den bequemsten Stellungen, welche der Anstand erlaubt, ein junges Hofgesinde männlichen und weiblichen Geschlechtes um einen ebenso jugendlichen Herrscher und zwei blühende Frauen. Dem Herde zur Linken saß diese fürstliche Gruppe, welcher die übrigen in einem Viertelkreise sich anschlossen, die ganze andere Seite nach höfischer Sitte freilassend. Der Gebieter war derjenige Scaliger, welchen sie Cangrande nannten. Von den Frauen, in deren Mitte er saß, mochte die nächst dem Herd etwas zurück und ins Halbdunkel gelehnte sein Eheweib, die andere, vollbeleuchtete, seine Verwandte oder Freundin sein, und es wurden mit bedeutsamen Blicken und halblautem Gelächter Geschichten erzählt.

Jetzt trat in diesen sinnlichen und mutwilligen Kreis ein gravitätischer Mann, dessen große Züge und lange Gewänder aus einer andern Welt zu sein schienen. »Herr, ich komme, mich an deinem Herde zu wärmen«, sprach der Fremdartige halb feierlich, halb geringschätzig, und verschmähte hinzuzufügen, daß die lässige Dienerschaft trotz des frostigen Novemberabends vergessen oder versäumt hatte, Feuer in der hochgelegenen Kammer des Gastes zu machen.

»Setze dich neben mich, mein Dante«, erwiderte Cangrande, »aber wenn du dich gesellig wärmen willst, so blicke mir nicht nach deiner Gewohnheit stumm in die Flamme! Hier wird erzählt, und die Hand, welche heute Terzinen geschmiedet hat – auf meine astrologische Kammer steigend, hörte ich in der deinigen mit dumpfem Gesange Verse skandieren –, diese wuchtige Hand darf es heute nicht verweigern, das Spielzeug eines kurzweiligen Geschichtchens, ohne es zu zerbrechen, zwischen ihre Finger zu nehmen. Beurlaube die Göttinnen« – er meinte wohl die Musen – »und vergnüge dich mit diesen schönen Sterblichen.« Der Scaliger zeigte seinem Gaste mit einer leichten Handbewegung die zwei Frauen, von welchen die größere, die scheinbar gefühllos im Schatten saß, nicht daran dachte zu rücken, während die kleinere und aufgeweckte dem Florentiner bereitwillig neben sich Raum machte. Aber dieser gab der Einladung seines Wirtes keine Folge, sondern wählte stolz den letzten Sitz am Ende des Kreises. Ihm mißfiel entweder die Zweiweiberei des Fürsten – wenn auch vielleicht nur das Spiel eines Abends – oder dann ekelte ihn der Hofnarr, welcher, die Beine vor sich hingestreckt, neben dem Sessel Cangrandes auf dem herabgeglittenen Mantel desselben am Boden saß.

Dieser, ein alter zahnloser Mensch mit Glotzaugen und einem schlaffen, verschwäzten und vernaschten Maul – neben Dante der einzige Bejahrte der Gesellschaft – hieß Gocciola, das heißt das Tröpfchen, weil er die letzten klebrigen Tropfen aus den geleerten Gläsern zusammenzunaschen pflegte, und haßte den Fremdling mit kindischer Bosheit, denn er sah in Dante seinen Nebenbuhler um die nicht eben wählerische Gunst des Herrn. Er schnitt ein Gesicht und erfrechte sich, seine hübsche Nachbarin zur Linken auf das an der hellen Decke des hohen Gemaches sich abschattende Profil des Dichters höhnisch grinsend aufmerksam zu machen. Das Schattenbild Dantes glich einem Riesenweibe mit langgebogener Nase und hangender Lippe, einer Parze oder dergleichen. Das lebhafte Mädchen verwand ein kindliches Lachen. Ihr Nachbar, ein klug blickender Jüngling, der Ascanio hieß, half ihr dasselbe ersticken, indem er sich an Dante wendete mit jener maßvollen Ehrerbietung, in welcher dieser angeredet zu werden liebte.

»Verschmähe es nicht, du Homer und Virgil Italiens«, bat er, »dich in unser harmloses Spiel zu mischen. Laß dich zu uns herab und erzähle, Meister, statt zu singen.«

»Was ist euer Thema?« warf Dante hin, weniger ungesellig, als er begonnen hatte, aber immer noch mürrisch genug.

»Plötzlicher Berufswechsel«, antwortete der Jüngling bündig, »mit gutem oder schlechtem oder lächerlichem Ausgange.«

Dante besann sich. Seine schwermütigen Augen betrachteten die Gesellschaft, deren Zusammensetzung ihm nicht durchaus zu mißfallen schien; denn er entdeckte in derselben neben mancher flachen einige bedeutende Stirnen. »Hat einer unter euch den entkutteten Mönch behandelt?« äußerte der schon milder Gestimmte.

»Gewiß Dante!« antwortete, sein Italienisch mit einem leichten deutschen Akzent aussprechend, ein Kriegsmann von treuherzigem Aussehen, Germano mit Namen, der einen Ringelpanzer und einen lang herabhängenden Schnurrbart trug. »Ich selbst erzählte den jungen Manuccio, welcher über die Mauern seines Klosters sprang, um Krieger zu werden.«

»Er tat recht«, erklärte Dante, »er hatte sich selbst getäuscht über seine Anlage.«

»Ich, Meister«, plauderte jetzt eine kecke, etwas üppige Paduanerin, namens Isotta, »habe die Helene Manente erzählt, welche eben die erste Locke unter der geweihten Schere verscherzt hatte, aber schnell die übrigen mit den beiden Händen deckte und ihr Nonnengelübde verschluckte, denn sie hatte ihren in barbareske Sklaverei geratenen und höchst wunderbar daraus erretteten Freund unter dem Volk im Schiffe der Kirche erblickt, wie er die gelösten Ketten« – sie wollte sagen: an der Mauer aufhing, aber ihr Geschwätze wurde von dem Munde Dantes zerschnitten.

»Sie tat gut«, sagte er, »denn sie handelte aus der Wahrheit ihrer verliebten Natur. Von alledem ist hier die Rede nicht, sondern von einem ganz andern Falle: wenn nämlich ein Mönch nicht aus eigenem Triebe, nicht aus erwachter Weltlust oder Weltkraft, nicht weil er sein Wesen verkannt hätte, sondern einem andern zuliebe, unter dem Druck eines fremden Willens, wenn auch vielleicht aus heiligen Gründen der Pietät, untreu an sich wird, sich selbst mehr noch als der Kirche gegebene Gelübde bricht, und eine Kutte abwirft, die ihm auf dem Leibe saß und ihn nicht drückte. Wurde das schon erzählt? Nein? Gut, so werde ich es tun. Aber sage mir, wie endet solches Ding, mein Gönner und Beschützer?« Er hatte sich ganz gegen Cangrande gewendet.

»Notwendig schlimm«, antwortete dieser ohne Besinnen. »Wer mit freiem Anlaufe springt, springt gut; wer gestoßen wird, springt schlecht.«

»Du redest die Wahrheit, Herr«, bestätigte Dante, »und nicht anders, wenn ich ihn verstehe, meint es auch der Apostel, wo er schreibt: daß Sünde sei, was nicht aus dem Glauben gehe, das heißt aus der Überzeugung und Wahrheit unserer Natur.«

»Muß es denn überhaupt Mönche geben?« kicherte eine gedämpfte Stimme aus dem Halbdunkel, als wollte sie sagen: jede Befreiung aus einem an sich unnatürlichen Stande ist eine Wohltat.

Die dreiste und ketzerische Äußerung erregte hier kein Ägernis, denn an diesem Hofe wurde das kühnste Reden über kirchliche Dinge geduldet, ja belächelt, während ein freies oder nur unvorsichtiges Wort über den Herrscher, seine Person oder seine Politik, verderben konnte.

Dantes Auge suchte den Sprecher und entdeckte denselben in einem vornehmen jungen Kleriker, dessen Finger mit dem kostbaren Kreuze tändelten, welches er über dem geistlichen Gewande trug.

»Nicht meinetwegen«, gab der Florentiner bedächtig zur Antwort. »Mögen die Mönche aussterben, sobald ein Geschlecht ersteht, welches die beiden höchsten Kräfte der Menschenseele, die sich auszuschließen scheinen, die Gerechtigkeit und die Barmherzigkeit vereinigen lernt. Bis zu jener späten Weltstunde verwalte der Staat die eine, die Kirche die andere. Da aber die Übung der Barmherzigkeit eine durchaus selbstlose Seele fordert, so sind die drei mönchischen Gelübde gerechtfertigt; denn es ist weniger schwer, wie die Erfahrung lehrt, der Lust ganz, als halb zu entsagen.«

»Gibt es aber nicht mehr schlechte Mönche als gute?« fragte der geistliche Zweifler weiter.

»Nein«, behauptete Dante, »wenn man die menschliche Schwachheit berücksichtigt. Es müßte denn mehr ungerechte Richter als gerechte, mehr feige Krieger als beherzte, mehr schlechte Menschen als gute geben.«

»Und das ist nicht der Fall?« flüsterte der im Halbdunkel. »Nein«, entschied Dante, und eine himmlische Verklärung erleuchtete seine strengen Züge. »Fragt und untersucht unsere Philosophie nicht: wie ist das Böse in die Welt gekommen? Wären die Bösen in der Mehrzahl, so frügen wir: wie kam das Gute in die Welt?«

Diese stolzen und dunkeln Sätze imponierten der Gesellschaft, erregten aber auch die Besorgnis, der Florentiner möchte sich in seine Scholastik vertiefen statt in seine Geschichte.

Cangrande sah, wie seine junge Freundin ein hübsches Gähnen verwand. Unter solchen Umständen ergriff er das Wort und fragte: »Erzählst du uns eine wahre Geschichte, mein Dante, nach Dokumenten? oder eine Sage des Volksmundes? oder eine Erfindung deiner bekränzten Stirne?«

Dieser antwortete langsam betonend: »Ich entwickle meine Geschichte aus einer Grabschrift.«

»Aus einer Grabschrift?«

»Aus einer Grabschrift, die ich vor Jahren bei den Franziskanern in Padua gelesen habe. Der Stein, welcher sie trägt, lag in einem Winkel des Klostergartens, allerdings unter wildem Rosengesträuch verdeckt, aber doch den Novizen zugänglich, wenn sie auf allen vieren krochen und sich eine von Dornen zerkritzte Wange nicht reuen ließen. Ich befahl dem Prior – will sagen, ich ersuchte ihn, den fraglichen Stein in die Bibliothek zu versetzen und unter die Hut eines Greises zu stellen.«

»Was sagte denn der Stein?« ließ sich jetzt die Gemahlin des Fürsten nachlässig vernehmen.

»Die Inschrift«, erwiderte Dante, »war lateinisch und lautete: Hic jacet monachus Astorre cum uxore Antiope. Sepeliebat Azzolinus.«

»Was heißt denn das?« fragte die andere neugierig.

Cangrande übersetzte fließend: »Hier schlummert der Mönch Astorre neben seiner Gattin Antiope. Beide begrub Ezzelin.«

»Der abscheuliche Tyrann!« rief der Empfindsame. »Gewiß hat er die beiden lebendig begraben lassen, weil sie sich liebten, und das Opfer noch in der Gruft verhöhnt, indem er es die Gattin des Mönches nannte. Der Grausame!«

»Kaum«, meinte Dante. »Das hat sich in meinem Geiste anders gestaltet und wäre auch nach der Geschichte unwahrscheinlich. Denn Ezzelin bedrohte wohl eher den kirchlichen Gehorsam als den Bruch geistlicher Gelübde. Ich nehme das ›sepeliebat‹ in freundlichem Sinne: er gab den beiden ein Begräbnis.«

»Recht«, rief Cangrande freudig, »du denkst wie ich, Florentiner! Ezzelino war eine Herrschernatur und, wie sie einmal sind, etwas rauh und gewaltsam. Neun Zehntel seiner Frevel haben ihm die Pfaffen und das fabelsüchtige Volk angedichtet.«

»Möchte dem so sein!« seufzte Dante. »Wo er übrigens in meiner Fabel auftritt, ist er noch nicht das Ungeheuer, welches uns, wahr oder falsch, die Chronik schildert, sondern seine Grausamkeit beginnt sich nur erst zu zeichnen, mit einem Zug um den Mund sozusagen –«

»Eine gebietende Gestalt«, vollendete Cangrande feurig das Bildnis, »mit gesträubtem schwarzen Stirnhaar, wie du ihn in deinem zwölften Gesange als einen Bewohner der Hölle malst. Woher hast du dieses schwarzhaarige Haupt?«

»Es ist das deinige«, versetzte Dante kühn, und Cangrande fühlte sich geschmeichelt.

»Auch die übrigen Gestalten der Erzählung«, fuhr er mit lächelnder Drohung fort, »werde ich, ihr gestattet es?« – und er wendete sich gegen die Umsitzenden – »aus eurer Mitte nehmen und ihnen eure Namen geben: euer Inneres lasse ich unangetastet, denn ich kann nicht darin lesen.«

»Meine Miene gebe ich dir preis«, sagte großartig die Fürstin, deren Gleichgültigkeit zu weichen begann.

Ein Gemurmel der höchsten Aufregung lief durch die Zuhörer, und: »Deine Geschichte, Dante!« raunte es von allen Seiten, »deine Geschichte!«

»Hier ist sie«, sagte dieser und erzählte.

»Wo sich der Gang der Brenta in einem schlanken Bogen der Stadt Padua nähert, ohne diese jedoch zu berühren, glitt an einem himmlischen Sommertage unter gedämpftem Flötenschall eine bekränzte, von festlich Gekleideten überfüllte Barke auf dem schnellen, aber ruhigen Wasser. Es war die Brautfahrt des Umberto Vicedomini und der Diana Pizzaguerra. Der Paduaner hatte sich seine Verlobte aus einem am oberen Laufe des Flusses gelegenen Kloster geholt, wohin, kraft einer alten städtischen Sitte, Mädchen von Stande vor ihrer Hochzeit zum Behufe frommer Übungen sich zurückzuziehen pflegen. Sie saß in der Mitte der Barke auf einem purpurnen Polster zwischen ihrem Bräutigam und den drei blühenden Knaben seines ersten Bettes. Umberto Vicedomini hatte vor fünf Jahren, da die Pest in Padua wütete, das Weib seiner Jugend begraben und, obwohl in der Kraft der Männlichkeit stehend, nur schwer und widerwillig, auf das tägliche Drängen eines alten und siechen Vaters, zu diesem zweiten Ehebunde sich entschlossen.

Mit eingezogenen Rudern fuhr die Barke, dem Willen des Stromes sich überlassend. Die Bootsknechte begleiteten die sanfte Musik mit einem halblauten Gesange. Da verstummten beide. Aller Augen hatten sich nach dem rechten Ufer gerichtet, an welchem ein großer Reiter seinen Hengst bändigte und mit einer weiten Gebärde nach der Barke herübergrüßte. Scheues Gemurmel durchlief die Reihen der Sitzenden. Die Ruderer rissen sich die roten Mützen vom Kopfe und das ganze Fest erhob sich in Furcht und Ehrerbietung, auch der Bräutigam, Diana und die Knaben. Untertänige Gebärden, grüßende Arme, halbgebogene Knie wendeten sich gegen den Strand mit einem solchen Ungestüm und Übermaße der Bewegung, daß die Barke aus dem Gleichgewicht kam, sich nach rechts neigte und plötzlich überwog. Ein Schrei des Entsetzens, ein drehender Wirbel, eine leere Strommitte, die sich mit Auftauchenden, wieder Versinkenden und den schwimmenden Kränzen der verunglückten Barke bevölkerte. Hilfe war nicht ferne, denn wenig weiter unten lag ein kleiner Port, wo Fischer und Fährleute hausten und heute auch die Rosse und Sänften warteten, welche die Gesellschaft, die jetzt im Strome unterging, vollends nach Padua hätten bringen sollen.

Die zwei ersten der rettenden Kähne strebten sich von den entgegengesetzten Ufern zu. In dem einen stand neben einem alten Fergen mit struppigem Barte Ezzelin, der Tyrann von Padua, der unschuldige Urheber des Verderbens, in dem andern, vom linken Ufer kommenden, ein junger Mönch und sein Fährmann, welcher den staubigen Waller über den Strom stieß gerade in dem Augenblicke, da sich darauf das Unheil zutrug. Die beiden Boote erreichten sich. Zwischen ihnen schwamm im Flusse etwas wie eine Fülle blonden Haares, in das der Mönch entschlossen hineingriff, knielings, mit weit ausgestrecktem Arme, während sein Schiffer aus allen Kräften sich auf die andere Seite des Nachens zurückstemmte. An einer dicken Strähne hob der Mönch ein Haupt, das die Augen geschlossen hielt, und dann, mit Hilfe des dicht herangekommenen Ezzelin, die Last eines von triefendem Gewande beschwerten Weibes aus der Strömung. Der Tyrann war von seinem Nachen in den anderen gesprungen und betrachtete jetzt das entseelte Haupt, das einen Ausdruck von Trotz und Unglück trug, mit einer Art von Wohlgefallen, sei es an den großen Zügen desselben, sei es an der Ruhe des Todes.

›Kennst du sie, Astorre?‹ fragte er den Mönch. Dieser schüttelte verneinend den Kopf, und der andere fuhr fort: ›Siehe, es ist das Weib deines Bruders.‹

Der Mönch warf einen mitleidigen scheuen Blick auf das bleiche Antlitz, welches unter demselben langsam die schlummernden Augen öffnete.

›Bringe sie ans Ufer!‹ befahl Ezzelin, allein der Mönch überließ sie seinem Fährmann. ›Ich will meinen Bruder suchen‹, rief er, ›bis ich ihn finde.‹ ›Ich helfe dir, Mönch‹, sagte der Tyrann, ›doch ich zweifle, daß wir ihn retten: ich sah ihn, wie er seine Knaben umschlang und, von den dreien umklammert, schwer in die Tiefe ging.‹

Inzwischen hatte sich die Brenta mit Fahrzeugen bedeckt. Es wurde gefischt mit Stangen, Haken, Angeln, Netzen, und in der rasch wechselnden Szene vervielfältigte sich über den Suchenden und den gehobenen Bürden die Gestalt des Herrschers.

›Komm, Mönch!‹ sagte er endlich. ›Hier gibt es für dich nichts mehr zu tun. Umberte und seine Knaben liegen nunmehr zu lang in der Tiefe, um ins Leben zurückzukehren. Der Strom hat sie verschleppt. Er wird sie ans Ufer legen, wann er ihrer müde ist. Aber siehst du dort die Zelte?‹ Man hatte deren eine Zahl am Strande der Brenta zum Empfange der mit der Hochzeitsbarke Erwarteten aufgeschlagen und jetzt die Toten oder Scheintoten hineingelegt, welche von ihren schon aus dem nahen Padua herbeigeeilten Verwandten und Dienern umjammert wurden. ›Dort, Mönch, verrichte, was deines Amtes ist: Werke der Barmherzigkeit! Tröste die Lebenden! Bestatte die Toten!‹

Der Mönch hatte das Ufer betreten und den Reichsvogt aus den Augen verloren. Da kam ihm aus dem Gedränge Diana entgegen, die Braut und Witwe seines Bruders, trostlos, aber ihrer Sinne wieder mächtig. Noch trieften die schweren Haare, aber auf ein gewechseltes Gewand: ein mitleidiges Weib aus dem Volke hatte ihr im Gezelt das eigene gegeben und sich des kostbaren Hochzeitskleides bemächtigt. ›Frommer Bruder‹, wendete sie sich an Astorre, ›ich bin verlassen: die mir bestimmte Sänfte ist in der Verwirrung mit einer andern, Lebenden oder Toten, in die Stadt zurückgekehrt. Begleite mich nach dem Hause meines Schwiegers, der dein Vater ist!‹

Die junge Witwe täuschte sich. Nicht in der Bestürzung und Verwirrung, sondern aus Feigheit und Aberglauben hatte das Gesinde des alten Vicedomini sie im Stiche gelassen. Es fürchtete sich, dem jähzornigen Alten eine Wittib und mit ihr die Kunde von dem Untergange seines Hauses zu bringen.

Da der Mönch viele seinesgleichen unter den Zelten und im Freien mit barmherzigen Werken beschäftigt sah, willfahrte er dem Gesuch. ›Gehen wir‹, sagte er und schlug mit dem jungen Weibe die Straße nach der Stadt ein, deren Türme und Kuppeln aus dem blauen Himmel wuchsen. Der Weg war bedeckt mit Hunderten, die an den Strand eilten oder vom Strande zurückkehrten. Die beiden schritten, oft voneinander getrennt, aber sich immer wieder findend, in der Mitte der Straße, ohne miteinander zu reden, und wandelten jetzt schon durch die Vorstadt, wo die Gewerbe hausen. Hier standen überall – das Unglück auf der Brenta hatte die ganze Bevölkerung auf die Beine gebracht – laut plaudernde oder flüsternde Gruppen, welche das zufällige Paar, das den Bruder und den Bräutigam verloren hatte, mit teilnehmender Neugierde betrachteten.

Der Mönch und Diana waren Gestalten, die jedes Kind in Padua kannte. Astorre, wenn er nicht für einen Heiligen galt, hatte doch den Ruf des musterhaften

Mönches. Er konnte der Stadtmönch von Padua heißen, den das Volk verehrte und auf den es stolz war. Und mit Grund: denn er hatte auf die Vorrechte seines hohen Adels und den unermeßlichen Besitz seines Hauses tapfer, ja freudig verzichtet und gab sein Leben in Zeiten der Seuche oder bei andern öffentlichen Fährlichkeiten, ohne zu markten, für den Geringsten und die Ärmste preis. Dabei war er mit seinem kastanienbraunen Kraushaar, seinen warmen Augen und seiner edeln Gebärde ein anmutender Mann, wie das Volk seine Heiligen liebt.

Diana war in ihrer Weise nicht weniger namhaft, schon durch die Vollkraft des Wuchses, welche das Volk mehr als die zarten Reize bewundert. Ihre Mutter war eine Deutsche gewesen, ja eine Staufin, wie einige behaupteten, freilich nur dem Blute, nicht dem Gesetze nach. Deutschland und Welschland hatten zusammen als gute Schwestern diese große Gestalt gebaut.

Wie herb und strenge Diana mit ihresgleichen umging, mit den Geringsten war sie leutselig, ließ sich ihre Händel erzählen, gab kurzen und deutlichen Bescheid und küßte die zerlumptesten Kinder. Sie schenkte und spendete ohne Besinnen, wohl weil ihr Vater, der alte Pizzaguerra, nach Vicedomini der reichste Paduaner, zugleich der schmutzigste Geizhals war, und Diana sich des väterlichen Lasters schämte.

So verheiratete das ihr geneigte Volk in seinen Schenken und Plauderstuben Diana monatlich mit irgendeinem vornehmen Paduaner, doch die Wirklichkeit trug diesen frommen Wünschen keine Rechnung. Drei Hindernisse erschwerten eine Brautschaft: die hohen und oft finstern Brauen Dianas, die geschlossene Hand ihres Vaters und die blinde Anhänglichkeit ihres Bruders Germano an den Tyrannen, bei dessen möglichem Falle der treue Diener mit zugrunde gehen mußte, seine Sippe nach sich ziehend.

Endlich verlobte sich mit ihr, ohne Liebe, wie es stadt-

kundig war, Umberto Vicedomini, der jetzt in der Brenta lag. –

Übrigens waren die beiden so versunken in ihren gerechten Schmerz, daß sie das eifrige Geschwätze, welches
sich an ihre Fersen heftete, entweder nicht vernahmen
oder sich wenig um dasselbe bekümmerten. Nicht das
gab Anstoß, daß der Mönch und das Weib nebeneinan-
derschritten. Es erschien in der Ordnung, da der Mönch
an ihr zu trösten hatte und sie wohl beide denselben Weg
gingen: zu dem alten Vicedomini, als die nächsten und
natürlichsten Boten des Geschehenen.

Die Weiber bejammerten Diana, daß sie einen Mann
habe heiraten müssen, der sie nur als Ersatz für eine
teure Gestorbene genommen, und beklagten sie in demselben Atemzuge, daß sie diesen Mann vor der Ehe eingebüßt habe.

Die Männer dagegen erörterten mit wichtigen Gebärden und den schlausten Mienen eine brennende Frage,
welche sich über den in der Brenta versunkenen vier
Stammhaltern des ersten paduanischen Geschlechtes eröffnet hatte. Die Glücksgüter der Vicedomini waren
sprichwörtlich. Das Familienhaupt, ein ebenso energi-
scher als listiger Mensch, der es fertiggebracht hatte, mit
beiden, dem fünffach gebannten Tyrannen von Padua
und der diesen verdammenden Kirche auf gutem Fuße
zu bleiben, hatte sich lebelang nicht im geringsten mit
etwas Öffentlichem beschäftigt, sondern ein zähes Dasein und prächtige Willenskräfte auf ein einziges Ziel
gewendet: den Reichtum und das Gedeihen seines Stammes. Jetzt war dieser vernichtet. Sein Ältester und die
Enkel lagen in der Brenta. Sein zweiter und dritter waren in eben diesem Unglücksjahre, der eine vor zwei der
andere vor drei Monden von der Erde verschwunden.
Den älteren hatte der Tyrann verbraucht und auf einem
seiner wilden Schlachtfelder zurückgelassen. Der andere, aus welchem der vorurteilslose Vater einen großartigen Kaufmann in venezianischem Stile gemacht, hatte

sich an einer morgenländischen Küste auf dem Kreuze
verblutet, an welches ihn Seeräuber geschlagen, verspäteten Lösegeldes halber. Als vierter blieb Astorre, der
Mönch. Daß er diesen mit dem Aufwande seines letzten
Pulses den Klostergelübden zu entreißen versuchen werde, daran zweifelten die schnellrechnenden Paduaner
keinen Augenblick. Ob es ihm gelingt und der Mönch
sich dazu hergebe, darüber stritt jetzt die aufgeregte
Gasse.

Und sie stritt sich am Ende so laut und heftig, daß
selbst der trauernde Mönch nicht mehr im Zweifel darüber bleiben konnte, wer mit dem ›egli‹ und der ›ella‹
gemeint sei, welche aus den versammelten Gruppen ertönten. Dergestalt schlug er, mehr noch seiner Gefährtin
als seinethalben, eine mit Gras bewachsene verschattete
Gasse ein, die seinen Sandalen wohlbekannt war, denn
sie führte längs der verwitterten Ringmauer seines Klosters hin. Hier war es bis zum Schauder kühl, aber die
ganz Padua erfüllende Schreckensekunde hatte selbst
diese Schatten erreicht. Aus den offenen Fenstern des
Refektoriums, das in die dicke Mauer gebaut war, scholl
an der verspäteten Mittagstafel – die Katastrophe auf der
Brenta hatte in der Stadt alle Zeiten und Stunden gestört
– das Tischgespräch der Brüder so zänkisch und schrei-
end, so voller ›-inibus‹ und ›-atibus‹ – es wurde lateinisch
geführt, oder dann stritt man sich mit Zitaten aus den
Dekretalen –, daß der Mönch unschwer erriet, auch hier
werde dasselbe oder ein ähnliches Dilemma wie auf der
Straße verhandelt. Und wenn er sich vielleicht nicht Rechenschaft gab, wovon, so wußte er doch, von wem die
Rede ging. Aber was er nicht entdeckte waren –«

Mitten im Sprechen suchte Dante über den Zuhörern
den vornehmen Kleriker, der sich hinter seinen Nachbarn verbarg.

»– waren zwei brennende hohle Augen, welche durch
eine Luke in der Mauer auf ihn und das Weib an seiner
Seite starrten. Diese Augen gehörten einer unseligen

Kreatur, einem verlorenen Mönche, namens Serapion, welcher sich, Seele und Leib, im Kloster verzehrte. Mit seiner voreiligen Einbildungskraft hatte dieser auf der Stelle begriffen, daß sein Mitbruder Astorre zum längsten nach der Regel des heiligen Franziskus gedarbt und gefastet habe und beneidete ihn rasend um den ihm von der Laune des Todes zugeworfenen Besitz weltlicher Güter und Freuden. Er lauerte auf den Heimkehrenden, um die Mienen desselben zu erforschen und darin zu lesen, was Astorre über sich beschlossen hätte. Seine Blikke verschlangen das Weib und hafteten an ihren Stapfen.

Astorre lenkte die Schritte und die seiner Schwägerin auf einen kleinen von vier Stadtburgen gebildeten Platz und trat mit ihr in das tiefe Tor der vornehmsten. Auf einer Steinbank im Hofe erblickte er zwei Ruhende, einen vom Wirbel zur Zehe gepanzerten blutjungen Germanen und einen greisen Sarazenen. Der hingestreckte Deutsche hatte seinen schlummernden rotblonden Krauskopf in den Schoß des sitzenden Ungläubigen gelegt, der, ebenfalls schlummernd, mit seinem schneeweißen Barte väterlich auf ihn niedernickte. Die zweie gehörten zur Leibwache Ezzelins, welche sich in Nachahmung derjenigen seines Schwiegers, des Kaisers Friedrich, aus Deutschen und Sarazenen zu gleichen Teilen zusammensetzte. Der Tyrann war im Palaste. Er mochte es für seine Pflicht gehalten haben, den alten Vicedomini zu besuchen. In der Tat vernahmen Astorre und Diana schon auf der Wendeltreppe das Gespräch, welches Ezzelin in kurzen ruhigen Worten, der Alte dagegen, der gänzlich außer sich zu sein schien, mit schreiender und scheltender Stimme führte. Mönch und Weib blieben am Eingange des Saales unter dem bleichen Gesinde stehen. Die Diener zitterten an allen Gliedern. Der Greis hatte sie mit den heftigsten Verwünschungen überhäuft und dann mit geballten Fäusten weggejagt, weil sie ihm verspätete Botschaft vom Strande gebracht und dieselbe hervorzustottern sich kaum getraut. Überdies hatte dieses Gesinde der gefürchtete Schritt des Tyrannen versteinert. Es war bei Todesstrafe verboten, ihn anzumelden. Unaufgehalten wie ein Geist betrat er Häuser und Gemächer.

›Und das berichtest du so gelassen, Grausamer‹, tobte der Alte in seiner Verzweiflung, ›als erzähltest du den Verlust eines Rosses oder einer Ernte? Du hast mir die viere getötet, niemand anders als du! Was brauchtest du gerade zu jener Stunde am Strande zu reiten? Was brauchtest du auf die Brenta hinauszugrüßen? Das hast du mir zuleide getan! Hörst du wohl?‹

›Schicksal‹, antwortete Ezzelin.

›Schicksal?‹ schrie der Vicedomini. ›Schicksal und Sternguckerei und Beschwörungen und Verschwörungen und Enthauptungen, von der Zinne auf das Pflaster sich werfende Weiber und hundert pfeildurchbohrte Jünglinge vom Rosse sinkend in deinen verruchten waghalsigen Schlachten, das ist deine Zeit und Regierung, Ezzelin, du Verfluchter und Verdammter! Uns alle ziehst du in deine blutigen Gleise, alles Leben und Sterben wird neben dir gewaltsam und unnatürlich, und niemand endet mehr als reuiger Christ in seinem Bette!‹

›Du tust mir unrecht!‹ versetzte der andere. ›Ich zwar habe mit der Kirche nichts zu schaffen. Sie läßt mich gleichgültig. Aber dich und deinesgleichen habe ich nie gehindert, mit ihr zu verkehren. Das weißt du, sonst würdest du dich nicht erkühnen, mit dem Heiligen Stuhle Briefe zu wechseln. Was drehst du da in deinen Händen und verbirgst mir das päpstliche Siegel? Einen Ablaß? Ein Breve? Gib her! Wahrhaftig, ein Breve! Darf ich es lesen? Du erlaubst? Dein Gönner, der Heilige Vater, schreibt dir, daß, würde dein Stamm erlöschen bis auf deinen vierten und letzten, den Mönch, dieser ipso facto seiner Gelübde ledig sei, wenn er aus freiem Willen und eigenem Entschlusse in die Welt zurückkehre. Schlauer Fuchs, wie viele Unzen Goldes hat dich dieses Pergament gekostet?‹

›Verhöhnst du mich?‹ heulte der Alte. ›Was anderes blieb mir übrig nach dem Tode meines zweiten und dritten? Für wen hätte ich gesammelt und gespeichert? Für die Würmer? Für dich? Willst du mich berauben? ... Nein? So hilf mir, Gevatter‹ – der noch ungebannte Ezzelin hatte den dritten Knaben Vicedominis aus der Taufe gehoben, denselben, der sich für ihn auf dem Schlachtfelde geopfert –, ›hilf mir den Mönch überwinden, daß er wieder weltlich werde und ein Weib nehme, befiehl es ihm, du Allgewaltiger, gib ihn mir statt des Sohnes, den du mir geschlachtet hast, halte mir den Daumen, wenn du mich liebst!‹

›Das geht mich nichts an‹, erwiderte der Tyrann ohne die geringste Erregung, ›das mache er mit sich selbst aus. *Freiwillig*, sagt das Breve. Warum sollte er, wenn er ein guter Mönch ist, wie ich glaube, seinen Stand wechseln? Damit das Blut der Vicedomini nicht versiege? Ist das eine Lebensbedingung der Welt? Sind die Vicedomini eine Notwendigkeit?‹

Jetzt kreischte der andere in rasender Wut: ›Du Böser, du Mörder meiner Kinder! Ich durchblicke dich! Du willst mich beerben und mit meinem Gelde deine wahnsinnigen Feldzüge führen!‹ Da gewahrte er seine Schwiegertochter, welche vor dem zögernden Mönche durch das Gesinde und über die Schwelle getreten war. Trotz seiner Leibesschwachheit stürzte er ihr mit wankenden Schritten entgegen, ergriff und riß ihre Hände, als wollte er sie zur Verantwortung ziehen für das über sie beide gekommene Unheil. ›Wo hast du meinen Sohn, Diana?‹ keuchte er.

›Er liegt in der Brenta‹, antwortete sie traurig und ihre blauen Augen dunkelten.

›Wo meine drei Enkel?‹

›In der Brenta‹, wiederholte sie.

›Und dich bringst du mir als Geschenk? Dich behalte ich?‹ lachte der Alte mißtönig.

›Wollte der Allmächtige‹, sagte sie langsam, ›mich zögen die Wellen und die andern stünden hier statt meiner!‹

Sie schwieg. Dann geriet sie in einen jähen Zorn. ›Beleidigt dich mein Anblick und bin ich dir überlästig, so halte dich an diesen: er hat mich, da ich schon gestorben war, an den Haaren gerissen und ins Leben zurückgezogen!‹

Jetzt erst erblickte der Alte den Mönch, seinen Sohn, und sein Geist sammelte sich mit einer Kraft und Schnelligkeit, welche der schwere Jammer eher gestählt als gelähmt zu haben schien.

›Wirklich? Dieser hat dich aus der Brenta geholt? Hm! Merkwürdig! Die Wege Gottes sind doch wunderbar!‹

Er ergriff den Mönch an Arm und Schulter, als wollte er sich desselben, Leib und Seele, bemächtigen, und schleppte ihn und sich gegen seinen Krankenstuhl, auf welchen er hinfiel, ohne den gepreßten Arm des nicht Widerstrebenden freizugeben. Diana folgte und kniete sich auf der andern Seite des Sessels nieder mit hangenden Armen und gefalteten Händen, das Haupt auf die Lehne legend, so daß nur der Knoten ihres blonden Haares wie ein lebloser Gegenstand sichtbar blieb. Der Gruppe gegenüber saß Ezzelin, die Rechte auf das gerollte Breve wie auf einen Feldherrenstab gestützt.

›Söhnchen, Söhnchen‹, wimmerte der Alte mit einer aus Wahrheit und List gemischten Zärtlichkeit, ›mein letzter und einziger Trost! Du Stab und Stecken meines Alters wirst mir nicht zwischen diesen zitternden Händen zerbrechen! ... Du begreifst‹, fuhr er in einem schon trockneren, sachlichen Tone fort, ›daß, wie die Dinge einmal liegen, deines Bleibens im Kloster nicht länger sein kann. Ist es doch kanonisch, nicht wahr, Söhnchen, daß ein Mönch, dessen Vater verarmt oder versiecht, von seinem Prior beurlaubt wird, um das Erbgut zu bebauen und den Urheber seiner Tage zu ernähren. Ich aber brauche dich noch viel notwendiger. Deine Brüder und Neffen sind weg und jetzt bist du es, der die Lebensfak-

kel unseres Hauses trägt! Du bist ein Flämmchen, das ich
angezündet habe, und mir kann nicht dienen, daß es in
einer Zelle verglimme und verrauche! Wisse eines‹ – er
hatte in den warmen, braunen Augen ein aufrichtiges
Mitgefühl gelesen und die ehrerbietige Haltung des
Mönches schien einen blinden Gehorsam zu versprechen –, ›ich bin kränker, als du denkst. Nicht wahr,
Isaschar?‹ Er wendete sich rückwärts gegen eine schmale
Gestalt, welche mit Fläschchen und Löffel in den Händen durch eine Nebentür leise hinter den Stuhl des Alten getreten war und jetzt mit dem blassen Haupte bestä-
tigend nickte. ›Ich fahre dahin, aber ich sage dir, Astorre: Lässest du mich meines Wunsches ungewährt, so wei-
gert sich dein Väterchen, in den Kahn des Totenführers
zu steigen, und bleibt zusammengekauert am Dämmer-
strande sitzen!‹

Der Mönch streichelte die fiebernde Hand des Alten
zärtlich, antwortete aber mit Sicherheit zwei Worte: ›Meine Gelübde!‹

Ezzelin entfaltete das Breve.

›Deine Gelübde?‹ schmeichelte der alte Vicedomini.
›Lose Stricke! Durchfeilte Fesseln! Mache eine Bewegung und sie fallen. Die heilige Kirche, welcher du Ehrfurcht und Gehorsam schuldig bist, erklärt sie für ungül-
tig und nichtig. Da steht es geschrieben.‹ Sein dürrer
Finger zeigte auf das Pergament mit dem päpstlichen
Siegel.

Der Mönch näherte sich ehrerbietig dem Herrscher,
empfing die Schrift und las, von vier Augen beobachtet.
Schwindelnd tat er einen Schritt rückwärts, als stünde er
auf einer Turmhöhe und sähe das Geländer plötzlich
weichen.

Ezzelin griff dem Wankenden mit der kurzen Frage
unter die Arme: ›Wem hast du dein Gelübde gegeben,
Mönch? Dir oder der Kirche?‹

›Natürlich beiden!‹ schrie der Alte erbost. ›Das sind
verfluchte Spitzfindigkeiten! Nimm dich vor dem dort

in acht, Söhnchen! Er will uns Vicedomini an den Bettel-
stab bringen!‹

Ohne Zorn legte Ezzelin die Rechte auf den Bart und
schwur: ›Stirbt Vicedomini, so beerbt ihn der Mönch
hier, sein Sohn, und stiftet – sollte das Geschlecht mit
ihm erlöschen und wenn er mich und seine Vaterstadt
lieb hat – ein Hospital von einer gewissen Ausdehnung
und Großartigkeit, um welches uns die hundert Städte‹ –
er meinte die Städte Italiens – ›beneiden sollen. Nun,
Gevatter, da ich mich von dem Vorwurfe der Raubgier
gereinigt habe, darf ich an den Mönch ein paar weitere
Fragen richten? Du gestattest?‹

Jetzt packte den Alten ein solcher Ingrimm, daß er in
Krämpfe fiel. Noch aber ließ er den Arm des Mönches,
welchen er wieder ergriffen hatte, nicht fahren.

Isaschar näherte den vollen, mit einer stark duftenden
Essenz gefüllten Löffel vorsichtig den fahlen Lippen.
Der Gefolterte wendete mit einer Anstrengung den
Kopf ab. ›Laß mich in Ruhe!‹ stöhnte er, ›du bist auch
der Arzt des Vogts!‹ und schloß die Augen.

Der Jude wandte die seinigen, welche glänzend
schwarz und sehr klug waren, gegen den Tyrannen, als
flehe er um Verzeihung für diesen Argwohn.

›Wird er zur Besinnung zurückkehren?‹ fragte Ezzelin.

›Ich glaube‹, antwortete der Jude. ›Noch lebt er und
wird wieder erwachen, aber nicht für lange, fürchte ich.
Diese Sonne sieht er nicht untergehen.‹

Der Tyrann ergriff den Augenblick, mit Astorre zu
sprechen, der um den ohnmächtigen Vater beschäftigt
war.

›Stehe mir Rede, Mönch!‹ sagte Ezzelin und wühlte –
seine Lieblingsgebärde – mit den gespreizten Fingern
der Rechten in dem Gewelle seines Bartes. ›Wieviel haben dich die drei Gelübde gekostet, die du vor zehn und
einigen Jahren, ich gebe dir dreißig‹ – der Mönch nickte
– ›beschworen hast?‹

Astorre schlug die lautern Augen auf und erwiderte
ohne Bedenken: ›Armut und Gehorsam nichts. Ich habe
keinen Sinn für Besitz und gehorche leicht.‹ Er hielt inne
und errötete.

Der Tyrann fand Wohlgefallen an dieser männlichen
Keuschheit. ›Hat dir dieser hier deinen Stand aufgenö-
tigt oder dich dazu beschwatzt?‹ lenkte er ab.

›Nein‹, erklärte der Mönch. ›Seit lange her, wie der
Stammbaum erzählt, wird in unserm Hause von dreien
oder vieren der letzte geistlich, sei es, damit wir Vicedomini einen Fürbitter besitzen oder um das Erbe und die
Macht des Hauses zu wahren – gleichviel, der Brauch ist
alt und ehrwürdig. Ich kannte mein Los, welches mir
nicht zuwider war, von jung an. Mir wurde kein Zwang
auferlegt.‹

›Und das dritte?‹ holte Ezzelin nach – er meinte das
dritte Gelübde. Astorre verstand ihn.

Mit einem neuen, aber dieses Mal schwachen Erröten
erwiderte er: ›Es ist mir nicht leicht geworden, doch ich
vermochte es wie andere Mönche, wenn sie gut beraten
sind, und das war ich. Von dem heiligen Antonius‹, fügte er ehrfürchtig hinzu.

Dieser verdienstvolle Heilige, wie ihr wisset, Herrschaften, hat einige Jahre bei den Franziskanern in Padua
gelebt«, erläuterte Dante.

»Wie sollten wir nicht?« scherzte einer unter den Zuhörern. »Haben wir doch die Reliquie verehrt, die in
dem dortigen Klosterteiche herumschwimmt: ich meine
den Hecht, welcher weiland der Predigt des Heiligen
beiwohnte, sich bekehrte, der Fleischspeise entsagte, im
Guten standhielt und jetzt noch in hohem Alter als strenger Vegetarier« – er verschluckte das Ende des Schwan-
kes, denn Dante hatte gegen ihn die Stirn gerunzelt.

»Und was riet er dir?‹ fragte Ezzelin.

›Meinen Stand einfach zu fassen, schlecht und recht‹,

berichtete der Mönch, ›als einen pünktlichen Dienst, etwa wie einen Kriegsdienst, welcher ja auch gehorsame Muskeln verlangt, und Entbehrungen, die ein wackerer Krieger nicht einmal als solche fühlen darf: die Erde im Schweiße meines Angesichtes zu graben, mäßig zu essen, mäßig zu fasten, weder Mädchen noch jungen Frauen Beichte zu sitzen, im Angesichte Gottes zu wandeln und seine Mutter nicht brünstiger anzubeten, als das Breviarium vorschreibt.‹

Der Tyrann lächelte. Dann streckte er die Rechte gegen den Mönch aus, ermahnend oder segnend, und sprach: ›Glücklicher! Du hast einen Stern! Dein Heute ersteht leicht aus deinem Gestern und wird unversehens zu deinem Morgen! Du bist etwas und nichts Geringes; denn du übst das Amt der Barmherzigkeit, das ich gelten lasse, wiewohl ich anderes bekleide. Würdest du in die Welt treten, die ihre eigenen Gesetze befolgt, welche zu lernen es für dich zu spät ist, so würde dein klarer Stern zum lächerlichen Irrwisch und zerplatzte zischend nach ein paar albernen Sprüngen unter dem Hohne der Himmlischen!

Noch eines, und dies rede ich als der, welcher ich bin: der Herr von Padua. Dein Wandel war meinem Volke eine Erbauung, ein Beispiel der Entsagung. Der Ärmste getröstete sich deiner, den er seine karge Kost und sein hartes Tagewerk teilen sah. Wirfst du die Kutte weg, freiest du, ein Vornehmer eine Vornehme, schöpfest du mit vollen Händen aus dem Reichtume deines Hauses, so begehst du Raub an dem Volke, welches dich als einen seinesgleichen in Besitz genommen hat, du machst mir Unzufriedene und Ungenügsame, und entstünde daraus Zorn, Ungehorsam, Empörung, mich sollte es nicht wundern. Die Dinge verketten sich!

Ich und Padua können dich nicht entbehren! Mit deiner schönen und ritterlichen Gestalt stichst du der Menge in die Augen und hast auch mehr oder wenigstens einen edlern Mut als deine bäurischen Brüder. Wenn das Volk nach seiner rasenden Art diesen hier‹ – er deutete auf Isaschar – ›ermorden will, weil er ihm Hilfe bringt, was dem Juden in der letzten Pestzeit – wenig fehlte – geschehen wäre, wer verteidigt ihn, wie du tatest, gegen die wahnsinnige Menge, bis ich da bin und Halt gebiete?

Isaschar, hilf mir den Mönch überzeugen!‹ wendete sich Ezzelin gegen den Arzt mit einem grausamen Lächeln. ›Schon deinetwegen darf er sich nicht entkutten!‹

›Herr‹, lispelte dieser, ›unter deinem Zepter wird sich die unvernünftige Szene, welche du so gerecht wie blutig gestraft hast, kaum wiederholen, und meinthalb, dessen Glaube die Dauer des Stammes als Gottes höchsten Segen preist, darf der Erlauchte‹ – so und schon nicht mehr den Ehrwürdigen nannte er den Mönch – ›nicht unvermählt bleiben.‹

Ezzelin lächelte über die Feinheit des Juden. ›Und wohin gehen deine Gedanken, Mönch?‹ fragte er.

›Sie stehen und beharren! Doch ich wollte – Gott verzeihe mir die Sünde – der Vater erwachte nicht mehr, daß ich nicht hart gegen ihn sein muß! Hätte er nur schon die Zehrung empfangen!‹ Er küßte heftig die Wange des Ohnmächtigen, welcher darüber zur Besinnung kam.

Der wieder Belebte tat einen schweren Seufzer, hob die müden Augenlider und richtete aus dem grauen Gebüsche seiner hangenden Brauen einen Blick des Flehens auf den Mönch. ›Wie steht's?‹ fragte er. ›Was hast du über mich verhängt, Geliebtester? Himmel oder Hölle?‹

›Vater‹, bat Astorre mit bewegter Stimme, ›deine Zeit ist um! Dein Stündlein ist gekommen! Entschlage dich der weltlichen Dinge und Sorgen! Denke an die Seele! Siehe, deine Priester‹ er meinte die der Pfarrkirche – ›sind nebenan versammelt und harren mit den hochheiligen Sterbesakramenten.‹

Es war so. Die Türe des Nebengemaches hatte sich

sachte geöffnet, aus demselben schimmerte schwaches, in der Tageshelle kaum sichtbares Kerzenlicht, ein Chor präludierte gedämpft und das leise Schüttern eines Glöckchens wurde hörbar.

Jetzt klammerte sich der Alte, der seine Knie schon in die kalte Flut der Lethe versinken fühlte, an den Mönch, wie weiland Sankt Petrus auf dem See Genezareth an den Heiland. ›Du tust es mir!‹ lallte er.

›Könnte ich! Dürfte ich!‹ seufzte der Mönch. ›Bei allen Heiligen, Vater, denke an die Ewigkeit! Laß das Irdische! Deine Stunde ist da!‹

Diese verhüllte Weigerung entzündete das letzte Leben des Vicedomini zur lodernden Flamme. ›Ungehorsamer! Undankbarer!‹ zürnte er.

Astorre winkte den Priestern.

›Bei allen Teufeln‹, raste der Alte, ›laßt mich zufrieden mit eurem Geknete und Gesalbe! Ich habe nichts zu verspielen, ich bin schon ein Verdammter und bliebe es mitten im himmlischen Reigen, wenn mein Sohn mich mutwillig verstößt und meinen Lebenskeim verdirbt!‹

Der entsetzte Mönch, durch dieses graue Lästern im Tiefsten erschüttert, sah seinen Vater unwiderruflich der ewigen Unseligkeit anheimfallen. So meinte er und war fest davon überzeugt, wie ich es an seiner Stelle auch gewesen wäre. Er warf sich vor dem Sterbenden in dunkler Verzweiflung auf die Knie und flehte unter stürzenden Tränen: ›Herr, ich beschwöre Euch, habet Erbarmen mit Euch und mit mir!‹

›Laß den Schlaukopf seiner Wege gehen!‹ raunte der Tyrann. Der Mönch vernahm es nicht.

Wieder gab er den erstaunten Priestern ein Zeichen und die Sterbelitanei wollte beginnen.

Da kauerte sich der Alte zusammen wie ein trotziges Kind und schüttelte das graue Haupt.

›Laß den Arglistigen seine Straße ziehen!‹ mahnte Ezzelin lauter. ›Vater, Vater!‹ schluchzte der Mönch und seine Seele zerfloß in Mitleid.

›Erlauchter Herr und christlicher Bruder‹, fragte jetzt ein Priester mit unsicherer Stimme, ›seid Ihr in der Verfassung, Euern Schöpfer und Heiland zu empfangen?‹ Der Alte schwieg.

›Steht Ihr fest im Glauben an die heilige Dreifaltigkeit? Antwortet mir, Herr!‹ fragte der Geistliche zum andern Male und wurde bleich wie ein Tuch, denn: ›Geleugnet und gelästert sei sie!‹ rief der Sterbende mit starker Stimme, ›gelästert und –‹

›Nicht weiter!‹ schrie der Mönch und war aufgesprungen. ›Ich bin Euch zu Willen, Herr! Machet mit mir, was Ihr wollt! Nur daß Ihr Euch nicht in die Flammen stürzet!‹

Der Alte seufzte wie nach einer schweren Anstrengung. Dann blickte er erleichtert, ich hätte fast gesagt vergnügt um sich. Er ergriff mit tastender Hand den blonden Schopf Dianas, zog das sich von den Knien erhebende Weib in die Höhe, nahm ihre Hand, die sich nicht weigerte, öffnete die gekrampfte des Mönches und legte beide zusammen.

›Gültig! vor dem hochheiligen Sakramente!‹ frohlockte er und segnete das Paar. Der Mönch widersprach nicht und Diana schloß die Augen.

›Jetzt rasch, ehrwürdige Väter!‹ drängte der Alte, ›es eilt, wie ich meine, und ich bin in christlicher Verfassung.‹ Der Mönch und seine Braut wollten hinter die priesterliche Schar zurücktreten. ›Bleibt‹, murmelte der Sterbende, ›bleibt, daß euch meine getrösteten Augen zusammen sehen, bis sie brechen!‹ Astorre und Diana, kaum einige Schritte zurückweichend, mußten mit vereinigten Händen vor dem erlöschenden Blicke des hartnäckigen Greises verharren.

Dieser murmelte eine kurze Beichte, empfing die letzte Zehrung und verschied, während sie ihm die Sohlen salbten und der Priester den schon tauben Ohren jenes großartige: ›Brich auf, christliche Seele!‹ zurief. Das gestorbene Antlitz trug den deutlichen Ausdruck triumphierender List.

Der Tyrann hatte, während ringsum alles auf den Knien lag, die heilige Handlung sitzend und mit ruhiger Aufmerksamkeit betrachtet, etwa wie man eine fremde Sitte beschaut oder wie ein Gelehrter das auf einem Sarkophag abgebildete Opfer eines alten Volkes besichtigt. Er näherte sich dem Toten und drückte ihm die Augen zu.

Dann wendete er sich gegen Diana. ›Edle Frau‹, sagte er, ›ich denke, wir gehen nach Hause. Eure Eltern, wenn auch von Eurer Rettung unterrichtet, werden nach Euch verlangen. Auch tragt Ihr ein Gewand der Niedrigkeit, das Euch nicht kleidet.‹

›Fürst, ich danke und folge Euch‹, erwiderte Diana, ließ aber ihre Hand in der des Mönches ruhen, dessen Blicke sie bis jetzt gemieden hatte. Nun schaute sie dem Gatten voll ins Gesicht und sprach mit einer tiefen, aber wohlklingenden Stimme, während ihre Wangen sich mit dunkler Glut bedeckten: ›Mein Herr und Gebieter, wir durften die Seele des Vaters nicht umkommen lassen. So wurde ich Euer. Haltet mir bessere Treue als dem Kloster. Euer Bruder hat mich nicht geliebt. Vergebet mir, wenn ich so rede: ich sage die einfache Wahrheit. Ihr werdet an mir ein gutes und gehorsames Weib besitzen. Doch habe ich zwei Eigenschaften, welche Ihr schonen müßt. Ich bin jähzornig, wenn man mir Recht oder Ehre antastet, und darin peinlich, daß man mir nichts versprechen darf, ohne es zu halten. Schon als Kind habe ich das schwer oder nicht gelitten. Ich bin von wenig Wünschen und verlange nichts über das Alltägliche hinaus; nur wo mir einmal etwas gezeigt und zugesagt wurde, da bedarf ich der Erfüllung, sonst verliere ich den Glauben und kränke mich schwerer als andere Frauen über das Unrecht. Doch wie darf ich so zu Euch reden, mein Herr und Gebieter, den ich kaum kenne? Lebet wohl, mein Gemahl, und gebet mir neun Tage, Euern Bruder zu betrauern.‹ Jetzt löste sie langsam die Hand aus der seinigen und verschwand mit dem Tyrannen.

Inzwischen hatte die geistliche Schar den Leichnam weggehoben, um ihn in der Hauskapelle aufzubahren und einzusegnen.

Astorre stand allein in seinem verscherzten Mönchsgewande, welches eine von Reue erfüllte Brust bedeckte. Ein Heer von Dienern, das den seltsamen Vorgang belauscht und genügend begriffen hatte, näherte sich in unterwürfigen Stellungen und mit furchtsamen Gebärden seinem neuen Herrn, verblüfft und eingeschüchtert weniger noch durch den Wechsel der Herrschaft, als durch das vermeintliche Sakrilegium der gebrochenen Gelübde – das leise gelesene Breve war nicht zu ihren Ohren gelangt – und durch die Verweltlichung des ehrwürdigen Mönches. Diesem gelang es nicht, seinen Vater zu betrauern. Ihn beschlich jetzt, da er seines Willens wieder mächtig war, der Argwohn, was sage ich, ihn überkam die empörende Gewißheit, daß ein Sterbender seinen guten Glauben betrogen und seine Barmherzigkeit mißbraucht habe. Er entdeckte in der Verzweiflung des Alten den Schlupfwinkel der List und in der wilden Lästerung das berechnete Spiel an der Schwelle des Todes. Unwillig, fast feindselig wandte sich sein Gedanke gegen das ihm zugefallene Weib. Ihn versuchte der verzwickte mönchische Einfall, dasselbe nicht aus eigenem Herzen, sondern nur als Stellvertreter seines entseelten Bruders zu lieben; aber sein gesunder Sinn und sein redliches Gemüt verwarfen die schmähliche Auskunft. Da er sie nun als die Seinige betrachtete, erwehrte er sich einer gewissen Verwunderung nicht, daß ihm sein Weib mit so bündiger Rede und harter Wahrheitsliebe entgegengetreten und so sachlich mit ihm sich auseinandergesetzt habe, ohne Schleier und Wolke, eine viel derbere und wirklichere Gestalt als die zarten Erscheinungen der Legende. Er hatte sich die Frauen weicher gedacht.

Jetzt gewahrte der Mönch plötzlich sein Ordenskleid

und den Widerspruch seiner Gefühle und Betrachtungen mit demselben. Er schämte sich vor seiner Kutte und sie wurde ihm lästig. ›Gebt mir weltliches Gewand!‹ befahl er. Geschäftige Diener umringten ihn, aus welchen er bald in der Tracht seines ertrunkenen Bruders, mit dem er ungefähr von gleichem Wuchse war, hervortrat.

In demselben Augenblicke warf sich ihm der Narr seines Vaters, mit Namen Gocciola, zu Füßen und huldigte ihm, nicht um wie die andern Verlängerung seines Dienstes sich zu erbitten, sondern seinen Abschied und die Erlaubnis, den Stand zu wechseln, denn er sei der Welt überdrüssig, seine Haare ergrauen und es stünde ihm schlecht an, mit der läutenden Schellenkappe ins Jenseits zu gehen. Mit diesen weinerlichen Worten bemächtigte er sich der abgeworfenen Kutte, welche das Gesinde zu berühren sich gescheut hatte. Aber sein buntscheckiges Gehirn schlug einen Purzelbaum und er fügte lüstern bei: ›Einmal möchte ich noch Amarellen essen, ehe ich der Welt und ihren Täuschungen Valet sage! Hochzeit läßt hier nicht auf sich warten, ich glaube.‹ Er bedeckte sich die Maulwinkel mit seiner fahlen Zunge. Dann bog er ein Knie vor dem Mönche, schüttelte seine Schellen und entsprang, die Kutte hinter sich herschleifend.

Amarelle oder Amare«, erläuterte Dante, »heißt das paduanische Hochzeitsgebäck wegen seines bittern Mandelgeschmackes und zugleich mit anmutiger Anspielung auf das Verbum der ersten Konjugation.« Hier machte der Erzähler eine Pause und verschattete Stirn und Augen mit der Hand, den weitern Gang seiner Fabel übersinnend.

Inzwischen trat der Majordom des Fürsten, ein Alsatier, namens Burcardo, mit abgemessenen Schritten, umständlichen Bücklingen und weitläufigen Entschuldigungen, daß er die Unterhaltung stören müsse, vor Cangrande, welchen er in irgendeiner häuslichen Angelegenheit um Befehl bat. Deutsche waren dazumal an den ghibbelinischen Höfen Italiens keine eben seltene Erscheinung, ja sie wurden gesucht und den Einheimischen vorgezogen wegen ihrer Redlichkeit und ihres angeborenen Verständnisses für Zeremonien und Gebräuche.

Als Dante das Haupt wieder erhob, gewahrte er den Elsässer und hörte sein Welsch, das weich und hart beharrlich verwechselte, den Hof ergötzend, das feine Ohr des Dichters aber empfindlich beleidigend. Sein Blick verweilte dann mit sichtlichem Wohlgefallen auf den zwei Jünglingen, Ascanio und dem gepanzerten Krieger. Zuletzt ließ er ihn sinnend ruhen auf den beiden Frauen, der Herrin Diana, die sich belebt und deren marmorne Wange sich leicht gerötet hatte, und auf Antiope, der Freundin Cangrandes, einem hübschen und natürlichen Wesen. Dann fuhr er fort:

»Hinter der Stadtburg der Vicedomini dehnte sich vormals – jetzt, da das erlauchte Geschlecht längst erloschen ist, hat sich jener Platz völlig verändert – ein geräumiger Bezirk bis an den Fuß der festen und breiten Stadtmauern aus, so geräumig, daß er Weideplätze für Herden, Gehege für Hirsche und Rehe, mit Fischen gefüllte Teiche, tiefe Waldschatten und sonstige Weinlauben enthielt. An einem leuchtenden Morgen, sieben Tage nach der Totenfeier, saß im schwarzen Schatten einer Zeder, den Rücken an den Stamm gelehnt, und die Schnäbel seiner Schuhe in das brennende Sonnenlicht streckend, der Mönch Astorre; denn diesen Namen behielt er unter den Paduanern, obwohl er weltlich geworden war, während seines kurzen Wandels auf der Erde. Er saß oder lag einem Brunnen gegenüber, der aus dem Mund einer gleichgültigen Maske eine kühle Flut sprudelte, unfern einer Steinbank, welcher er das weiche Polster des schwellenden Rasens vorgezogen hatte.

Während er sann oder träumte, ich weiß nicht was,

sprangen auf dem beinahe schon mittäglich übersonnten Platze vor dem Palast zwei junge Leute von staubbedeckten Gäulen, der eine gepanzert, der andere mit Wahl gekleidet, obschon im Reisegewand. Ascanio und Germano, so hießen die Reiter, waren die Günstlinge des Vogts und zugleich die Jugendgespielen des Mönches, mit welchen er brüderlich gelernt und sich ergötzt hatte bis zu seinem fünfzehnten Jahre, dem Beginne seines Noviziates. Ezzelin hatte sie an seinen Schwieger, Kaiser Friedrich, gesendet.«

Dante hielt inne und verneigte sich vor dem großen Schatten.

»Mit beantworteten Aufträgen kehrten die zweie zu dem Tyrannen zurück, welchem sie noch übrigens die Neuigkeit des Tages mitbrachten: eine in der kaiserlichen Kanzlei verfertigte Abschrift des an den christlichen Klerus gerichteten Hirtenbriefes, worin der Heilige Vater den geistvollen Kaiser vor dem Angesichte der Welt der äußersten Gottlosigkeit anklagt.

Obwohl mit wichtigen, vielleicht Eile heischenden Aufträgen und den unheilschweren Dokumente betraut, brachten die beiden es nicht über sich, an dem Heim ihres Jugendgespielen vorbei nach dem Stadtturm des Tyrannen zu sprengen. Sie hatten in der letzten Herberge vor Padua, wo sie, ohne den Bügel zu verlassen, ihre Pferde fressen und saufen ließen, von dem geschwätzigen Schenkwirt das große Stadtunglück und das größere Stadtärgernis, den Untergang der Hochzeitsbarke und die weggeschleuderte Kutte des Mönches erfahren, so ziemlich mit allen Umständen, ohne die vereinigten Hände Dianas und Astorres jedoch, welche noch nicht offenbar geworden waren. Unzerstörliche Bande, die uns an die Gespielen unserer Kindheit fesseln! Von dem seltsamen Schicksale Astorres betroffen, konnten die beiden keine Ruhe finden, bis sie ihn mit Augen gesehen, den Wiedergewonnenen. Während langer Jahre waren sie nur dem Mönche begegnet, zufällig auf der Straße, ihn mit einem zwar freundlichen, aber durch aufrichtige Ehrfurcht vertieften und etwas fremden Kopfnicken begrüßend.

Gocciola, den sie im Hofe des Palastes fanden, wie er mit einer Semmel beschäftigt auf einem Mäuerlein saß und die Beine baumeln ließ, führte sie in den Garten. Ihnen voranwandelnd, unterhielt der Narr die Jünglinge nicht von dem tragischen Schicksale des Hauses, sondern nur von seinen eigenen Angelegenheiten, welche ihm als das weit Wichtigere erschienen. Er erzählte, daß er brünstig nach einem seligen Ende strebe, und verschluckte darüber den Rest der Semmel, ohne ihn mit seinen wackligen Zähnen gekaut zu haben, so daß er fast daran erstickte. Über die Gesichter, die er schnitt, und über seine Sehnsucht nach der Zelle brach Ascanio in ein so lustiges Gelächter aus, daß er damit den Himmel entwölkte, wenn dieser heute nicht schon aus eigener Freude in leuchtenden Farben geschwelgt hätte.

Ascanio versagte sich nicht das Tröpfchen zu foppen, schon um den lästigen Begleiter loszuwerden. ›Ärmster‹, begann er, ›du wirst die Zelle nicht erreichen, denn, unter uns, im tiefsten Vertrauen, mein Ohm, der Tyrann, hat ein begehrliches Auge auf dich geworfen. Laß dir sagen: er besitzt vier Narren, den Stoiker, den Epikuräer, den Platoniker, den Skeptiker, wie er sie benennt. Diese vier stellen sich, wann der Ernste spaßen will, auf seinen Wink in die vier Ecken eines Saales, an dessen Wölbung der gestirnte Himmel und die Planetenbilder prangen. Der Ohm, im Hauskleide, tritt in die Mitte des Raumes, klatscht in die Hände und die Philosophen wechseln hopsend die Winkel. Vorgestern ist der Stoiker heulend und winselnd draufgegangen, weil der Unersättliche viele Pfunde Nudeln auf einmal verschlang. Der Ohm hat mir flüchtig angedeutet, er gedenke ihn zu ersetzen, und werde sich von dem Mönche, deinem neuen Herrn, als Erbsteuer dich, o Gocciola, erbitten. So steht es. Ezzelin fahndet nach dir. Wer weiß, ob er nicht hinter dir geht.‹ Dieses war eine Anspielung auf die Allgegenwart des Tyrannen, welche die Paduaner in Furcht und beständigem Zittern hielt. Gocciola stieß einen Schrei aus, als falle die Hand des Gewaltigen auf seine Schulter, blickte sich um, und obwohl niemand hinter ihm ging als sein kurzer Schatten, flüchtete er sich zähneklappernd in irgendein Versteck.

Ich streiche die Narren Ezzelins«, unterbrach sich Dante mit einer griffelhaltenden Gebärde, als schriebe er seine Fabel, statt sie zu sprechen, wie er tat. »Der Zug ist unwahr, oder dann log Ascanio. Es ist durchaus undenkbar, daß ein so ernster und ursprünglich edler Geist wie Ezzelin Narren gefüttert und sich an ihrem Blödsinn ergötzt habe.« Diesen geraden Stich führte der Florentiner gegen seinen Gastfreund, auf dessen Mantel Gocciola saß, den Dichter angrinsend.

Cangrande tat nicht dergleichen. Er versprach sich im stillen, bei erster Gelegenheit mit Wucher heimzuzahlen.

Befriedigt, fast heiter setzte Dante seine Erzählung fort.

»Endlich entdeckten die beiden den entmönchten Mönch, welcher, wie gesagt, den Rücken an den Stamm einer Pinie lehnte –«

»An den Stamm einer Zeder, Dante«, verbesserte die aufmerksam gewordene Fürstin.

»– einer Zeder lehnte und sich die Fußspitzen sonnte. Er bemerkte die sich ihm von beiden Seiten Nähernden nicht, so tief war er in sein leeres oder volles Träumen versunken. Jetzt bückte sich der mutwillige Ascanio nach einem Grashalm, brach denselben und kitzelte damit die

Nase des Mönches, daß dieser dreimal kräftig nieste. Astorre ergriff freundlich die Hände seiner Jugendgespielen und zog sie rechts und links neben sich auf den Rasen nieder. ›Nun, was saget ihr dazu?‹ fragte er in einem Tone der eher schüchtern als herausfordernd klang.

›Zuerst mein aufrichtiges Lob deines Priors und deines Klosters‹, scherzte Ascanio, ›sie haben dich frisch bewahrt. Du schaust jugendlicher als wir beide. Freilich die knappe weltliche Tracht und das glatte Kinn mögen dich auch verjüngen. Weißt du, daß du ein schöner Mann bist? Du liegst unter deiner Riesenzeder gleich dem ersten Menschen, den Gott, wie die Gelehrten behaupten, als einen Dreißigjährigen erschuf, und ich‹, fuhr er mit einer unschuldigen Miene fort, da er den Mönch über seinen Mutwillen erröten sah, ›bin wahrlich der letzte, dich zu tadeln, daß du dich aus der Kutte befreitest, denn sein Geschlecht zu erhalten, ist der Wunsch alles Lebenden.‹

›Es war nicht mein Wunsch noch freier Entschluß‹, bekannte der Mönch wahrhaft. ›Widerstrebend tat ich den Willen eines sterbenden Vaters.‹

›Wirklich?‹ lächelte Ascanio. ›Erzähle das niemandem, Astorre, als uns, die dich lieben. Andern würde dich diese Unselbständigkeit lächerlich oder gar verächtlich machen. Und, weil wir vom Lächerlichen reden, gib acht, ich bitte dich, Astorre, daß du den Menschen aus dem Mönche entwickelst ohne den guten Geschmack zu beleidigen! Der heikle Übergang will sorgfältig geschont und abgestuft sein. Nimm Rat an! Du reisest ein Jährchen, zum Beispiel an den Hof des Kaisers, von wo nach Padua und zurück die Boten nicht zu laufen aufhören. Du lässest dich von Ezzelin nach Palermo senden! Dort lernst du neben dem vollkommensten Ritter und dem vorurteilslosesten Menschen – ich meine unsern zweiten Friedrich – auch die Weiber kennen und gewöhnst dir die Mönchsart ab, sie zu vergöttern oder gering zu schätzen. Das Gemüt des Herrschers färbt Hof und Stadt. Wie das Leben hier in Padua geworden ist, unter meinem Ohm, dem Tyrannen, wild und übertrieben und gewalttätig, gibt es dir ein falsches Weltbild. Palermo, wo sich unter dem menschlichsten aller Herrscher Spiel und Ernst, Tugend und Lust, Treue und Unbestand, guter Glaube und kluges Mißtrauen in den richtigen Verhältnissen mischen, bietet das wahrere. Dort vertändelst du den Reigen eines Jahres mit unsern Freundinnen in erlaubter oder läßlicher Weise‹ – der Mönch runzelte die Stirn –, ›machst etwa einen Feldzug mit, ohne jedoch unbesonnen dich auszusetzen – denke an deine Bestimmung – nur daß du dich wieder erinnerst, wie Pferd und Klinge geführt wird – als Knabe verstundest du das – behältst deine muntern braunen Augen, die – bei der Fackel der Aurora! – leuchten und sprühen, seit du das Kloster verlassen hast, überall offen und kehrst uns als ein Mann zurück, der sich und andere besitzt.‹

›Er muß dort beim Kaiser eine Schwäbin heiraten‹, riet der Gepanzerte gutmütig. ›Sie sind frömmer und verläßlicher als unsere Weiber.‹

›Schweigst du wohl?‹ drohte ihm Ascanio mit dem Finger. ›Mache mir keine Langeweile mit semmelblonden Zöpfen!‹ Der Mönch aber drückte die Rechte Germanos, welche er noch nicht hatte fahren lassen.

›Aufrichtig, Germano‹, forschte er, ›was sagst du dazu?‹

›Wozu?‹ fragte dieser barsch.

›Nun, zu meinem neuen Stande?‹

›Astorre, mein Freund‹, antwortete der Schnurrbärtige etwas verlegen, ›ist es getan, frägt man nicht mehr herum nach Beirat und Urteil. Man behauptet sich, wo man steht. Willst du aber meine Meinung durchaus wissen, nun, schau, Astorre, verletzte Treue, gebrochenes Wort, Fahnenflucht und so weiter, dem gibt man in Germanien grobe Namen. Natürlich bei dir ist's etwas ganz anderes, das läßt sich gar nicht vergleichen – und dann der sterbende Vater – Astorre, mein lieber Freund, du hast ganz hübsch gehandelt, nur wäre das Gegenteil noch hübscher gewesen. Das ist meine Meinung‹, schloß er treuherzig.

›So hättest du mir, wärest du dagewesen, die Hand deiner Schwester verweigert, Germano?‹

Dieser fiel aus den Wolken. ›Die Hand meiner Schwester? der Diana? Derselben, die deinen Bruder betrauert?‹

›Derselben. Sie ist meine Verlobte.‹

›O herrlich!‹ rief jetzt der weltkluge Ascanio, und ›Erfreulich!‹ fiel Germano bei. ›Laß dich umarmen, Schwager!‹ Der Gepanzerte hatte trotz seiner Geradheit gute Lebensmanier. Aber er unterdrückte einen Seufzer. So herzlich er die herbe Schwester achtete, dem Mönche, wie dieser neben ihm saß, hätte er, nach seinem natürlichen Gefühle, ein anderes Weib gegeben.

So drehte er den Schnurrbart und Ascanio das Steuerruder des Gespräches. ›Eigentlich, Astorre‹, plauderte der Heitere, ›müssen wir damit anfangen, uns wieder kennenzulernen; nicht weniger als deine fünfzehn beschaulichen Klosterjahre liegen zwischen unserer Kindheit und heute. Nicht daß wir inzwischen unser Wesen geändert hätten, wer ändert es? Doch wir haben uns ausgewachsen. Dieser zum Beispiel‹ – er deutete gegen Germano – ›freut sich jetzt eines schönen Waffenruhmes; aber ich habe ihn zu verklagen, daß er ein halber Deutscher geworden ist. Er‹ – Ascanio krümmte den Arm, als leere er den Becher – ›und hernach wird er tiefsinnig oder händelsüchtig. Auch verachtet er unser süßes Italienisch. *Ich werde deutsch mit euch reden!* prahlte er und brummt die Bärenlaute einer unmenschlichen Sprache. Dann erbleicht sein Gesinde, seine Gläubiger fliehen und unsere Paduanerinnen kehren ihm die stattlichen Rücken zu. Dergestalt ist er vielleicht so jungfräulich geblieben als du, Astorre‹, und er legte dem Mönch traulich die Hand auf die Schulter.

Germano lachte herzlich und erwiderte auf Ascanio zeigend: ›Und dieser hier hat seine Bestimmung gefunden, indem er der perfekte Höfling wurde.‹

›Da irrst du dich, Germano‹, widersprach der Günstling Ezzelins. ›Meine Bestimmung war, das Leben leicht und heiter zu genießen.‹ Und zum Beweise dessen rief er freundlich gebietend das Kind des Gärtners herbei, das er in einiger Entfernung sich vorüberstehlen und sich nach seiner neuen Herrschaft, dem Mönche, schielen sah. Das hübsche Ding trug einen mit Trauben und Feigen überhäuften Korb auf dem lachenden Haupte und schaute eher schelmisch als schüchtern. Ascanio war aufgesprungen. Er legte die Linke um die schlanke Seite des Mädchens und holte sich mit der Rechten aus dem Korb eine Traube. Zugleich suchte sein Mund die schwellenden Lippen. ›Mich durstet‹, sagte er. Das Mädchen tat schämig, hielt aber stille, weil es seine Früchte nicht verschütten wollte. Unmutig wendete sich der Mönch von den zwei Leichtsinnigen ab, und das erschreckende Dirnchen entrann, da es die harte mönchische Gebärde erblickte, den Pfad ihrer Flucht mit rollenden Früchten bestreuend. Ascanio, der seine Traube in der Hand hielt, hob hinter den flüchtigen Stapfen noch zwei andere auf, deren eine er Germano bot, welcher aber die ungekelterte verächtlich ins Gras warf. Die andere reichte der Mutwillige dem Mönche, der sie eine Weile ebenfalls unberührt ließ, dann aber gedankenlos eine saftige Beere und bald noch eine zweite und die dritte kostete.

›Ein Höfling?‹ fuhr Ascanio fort, der sich, belustigt durch die Zimperlichkeit des dreißigjährigen Mönches, wieder neben ihn auf den Rasen geworfen hatte. ›Glaube das nicht, Astorre! Glaube das Gegenteil! Ich bin der einzige, welcher meinem Ohm leise aber verständlich zuredet, daß er nicht unbarmherzig werde, daß er ein Mensch bleibe.‹

›Er ist nur gerecht und sich selbst getreu!‹ meinte Germano. ›Über seine Gerechtigkeit!‹ jammerte Ascanio,

›und über seine Logik! Padua ist Reichslehen. Ezzelin ist Vogt. Wer ihm mißfällt, lehnt sich gegen das Reich auf. Hochverräter werden –‹ Er brachte es nicht über die Lippen. ›Abscheulich!‹ murmelte er. ›Und überhaupt: warum dürfen wir Welsche kein eigenes Leben unter unserer warmen Sonne führen? Warum dieses Nebelphantom des Reiches, das uns den Atem beengt? Ich rede nicht für mich. Ich bin an den Ohm gefesselt. Stirbt der Kaiser, den Gott erhalte, so wirft sich ganz Italien mit Flüchen und Verwünschungen über den Tyrannen Ezzelin und den Neffen erwürgen sie so nebenbei.‹ Ascanio betrachtete über der üppigen Erde den strahlenden Himmel und stieß einen Seufzer aus.

›Uns beide‹, ergänzte Germano kaltblütig. ›Das aber hat Weile. Der Gebieter besitzt eine feste Prophezeiung. Der Gelehrte Guido Bonatti und Paul von Bagdad, welcher mit seinem langen Barte den Staub der Gasse zusammenfegt, haben ihm, so sehr sich die aufeinander Eifersüchtigen gewöhnlich widersprechen, ein neues seltsames Sternbild einmütig folgendermaßen enträtselt: in einer Kürze oder Länge wird ein Sohn der Halbinsel die ungeteilte Krone derselben erringen mit Hilfe eines germanischen Kaisers, der für sein Teil jenseits der Gebirge alles Deutsche in einen harten Reichsapfel zusammenballt. Ist Friedrich dieser Kaiser? Ist dieser König Ezzelin? Das weiß Gott, der Zeit und Stunde kennt, aber der Gebieter hat darauf seinen Ruhm und unsere Köpfe verwettet.‹

›Geflechte von Vernunft und Wahn!‹ ärgerte sich Ascanio, während der Mönch erstaunte über die Macht der Sterne, den weiten Ehrgeiz der Herrscher und den alles mitreißenden Strom der Welt. Auch erschreckte ihn das Gespenst der beginnenden Grausamkeit Ezzelins, in welchem der Unschuldige die verkörperte Gerechtigkeit gesehen hatte.

Ascanio beantwortete seine schweigenden Zweifel, indem er fortfuhr: ›Mögen sie beide einen bösen Tod fin-

den, der stirnrunzelnde Guido und der bärtige Heide!
Sie verleiten den Ohm, seinen Launen und Lüsten zu
gehorchen, indem er das Notwendige zu tun glaubt.
Hast du ihm schon zugeschaut, Germano, wie er bei seinem kargen Mahle ·in dem durchsichtigen Kristall des
Bechers sein Wasser mit den drei oder vier blutroten
Tropfen Sizilianer färbt, welche er sich gönnt? wie sein
aufmerksamer Blick das Blut verfolgt, das sich langsam
wölkt und durch den lautern Quell verbreitet? oder wie
er den Toten die Lider zuzudrücken liebt, so daß es zur
Höflichkeit geworden ist, den Vogt wie zu einem Fest an
die Sterbelager zu bitten und ihm diese traurige Handlung zu überlassen? Ezzelin, mein Fürst, werde mir nicht
grausam!‹ rief der Jüngling aus, von seinem Gefühl
überwältigt.

›Ich denke nicht, Neffe‹, sprach es hinter ihm. Es war
Ezzelin, welcher ungesehen herangetreten war und, ob-
wohl kein Lauscher, den letzten schmerzlichen Ausruf
Ascanios vernommen hatte.

Die drei Jünglinge erhoben sich rasch und begrüßten
den Herrscher, der sich auf die Bank niederließ. Sein
Gesicht war ruhig wie die Maske des Brunnens.

›Ihr meine Boten‹, stellte er Ascanio und Germano zur
Rede, ›was kam euch an, diesen hier‹ – er nickte leicht
gegen den Mönch – ›vor mir aufzusuchen?‹

›Er ist unser Jugendgespiele und hat Seltsames erfahren‹, entschuldigte der Neffe, und Ezzelin ließ es gelten.
Er empfing die Briefschaften, die ihm Ascanio, das Knie
biegend, überreichte. Alles schob er in den Busen außer
der Bulle. ›Siehe da‹, sagte er, ›das Neueste! Lies vor,
Ascanio! Du hast jüngere Augen als ich.‹

Ascanio rezitierte den apostolischen Brief, während
Ezzelin die Rechte in den Bart vergrub und mit dämoni-
schem Vergnügen zuhörte.

Zuerst gab der dreigekrönte Schriftsteller dem geistreichen Kaiser den Namen eines apokalyptischen Unge-
heuers. ›Ich kenne das, es ist absurd‹, sagte der Tyrann.

›Auch mich hat der Pontifex in seinen Briefen ausschweifend betitelt, bis ich ihn ermahnte, mich, welcher Ezzelin der Römer heißt, fortan in klassischer Sprache zu schelten. Wie nennt er mich dieses Mal? Ich bin neugierig. Suche nur die Stelle, Ascanio – es wird sich eine finden –, wo er meinem Schwager seinen bösen Umgang vorhält. Gib her!‹ Er ergriff das Schreiben und fand bald den Ort: hier beschuldigte der Papst den Kaiser, den Gatten seiner Tochter zu lieben, ›Ezzelino da Romano, den größten Verbrecher der bewohnten Erde.‹

›Korrekt!‹ lobte Ezzelin und gab Ascanio das Schreiben zurück. ›Lies mir die Gottlosigkeiten des Kaisers, Neffe‹, lächelte er.

Ascanio las, Friedrich habe geäußert, es gebe neben vielem Wahn nur zwei wahre Götter: Natur und Vernunft. Der Tyrann zuckte die Achseln.

Ascanio las ferner, Friedrich habe geredet: drei Gaukler, Moses, Mohammed und – er stockte – hätten die Welt betrogen. ›Oberflächlich‹, tadelte Ezzelin, ›sie hatten ihre Sterne; aber, gesagt oder nicht, der Spruch gräbt sich ein und wiegt für den unter der Tiara ein Heer und eine Flotte. Weiter.‹

Nun kam eine wunderliche Mär an die Reihe: Friedrich hätte, durch ein wogendes Kornfeld reitend, mit seinem Gefolge gescherzt und in lästerlicher Anspielung auf die heilige Speise den Dreireim zum besten gegeben:

> So viele Ähren, so viele Götter sind,
> Sie schießen empor in der Sonne geschwind
> Und wiegen die goldenen Häupter im Wind –

Ezzelin besann sich. ›Seltsam!‹ flüsterte er. ›Mein Gedächtnis hat dieses Verschen aufbewahrt. Es ist durchaus authentisch. Der Kaiser hat es mir mit fröhlich lachendem Munde zugerufen, da wir zusammen im Angesichte der Tempeltrümmer von Enna jene strotzenden Ährenfelder durchritten, mit welchen Göttin Ceres die sizilische Scholle gesegnet hat. Darauf besinne ich mich mit derselben Klarheit, welche an jenem Sommertage über der Insel glänzte. Ich bin es nicht, der diesen heitern Scherz dem Pontifex mitgeteilt hat. Dazu bin ich zu ernsthaft. Wer tat es? Ich mache euch zu Richtern, Jünglinge. Wir ritten zu dreien und der dritte – auch dessen bin ich gewiß, wie dieser leuchtenden Sonne‹ – sie warf gerade einen Strahl durch das Laub – ›war Petrus de Vinea, der Unzertrennliche des Kaisers. Hätte der fromme Kanzler für seine Seele gebangt und sein Gewissen durch einen Brief nach Rom erleichtert? Reitet ein Sarazene heute? Ja? Rasch, Ascanio. Ich diktiere dir eine Zeile.‹

Dieser zog Täfelchen und Stift hervor, ließ sich auf das rechte Knie nieder und schrieb, das gebogene linke als Pult gebrauchend:

›Erhabener Herr und geliebter Schwieger! Ein schnelles Wort. Das Verschen in der Bulle – Ihr seid zu geistreich, um Euch zu wiederholen – haben nur vier Ohren gehört, die meinigen und die Eures Petrus, in den Kornfeldern von Enna, vor einem Jahre, da Ihr mich an Euern Hof beriefet und ich mit Euch die Insel durchritt. Kein Hahn kräht danach, wenn nicht der im Evangelium, welcher den Verrat des Petrus bekräftigte. Wenn Ihr mich und Euch liebet, Herr, so versuchet Euern Kanzler mit einer scharfen Frage.‹

›Blutiges Wortspiel! Das schreibe ich nicht! Die Hand zittert mir!‹ rief der erblassende Ascanio. ›Ich bringe den Kanzler nicht auf die Folter!‹ und er warf den Stift weg.

›Dienstsache‹, bemerkte Germano trocken, hob den Stift auf und beendigte das Schreiben, welches er unter seine Eisenhaube schob. ›Es läuft noch heute‹, sagte er. ›Mir für meine einfache Person hat der Capuaner nie gefallen: er hat einen verhüllten Blick.‹

Der Mönch Astorre schauderte zusammen trotz der Mittagssonne. Zum ersten Male griff der aus dem Klosterfrieden Geschiedene, gleichsam mit Händen, wie die

445

schlüpfrigen Windungen einer Natter, den Argwohn oder den Verrat der Welt. Aus seinem Brüten weckte ihn ein strenges Wort Ezzelins, welches dieser an ihn richtete, von seiner Steinbank sich erhebend.

›Sprich, Mönch, warum vergräbst du dich in dein Haus? Du hast es noch nie verlassen, seit du weltliches Gewand trägst. Du scheust die öffentliche Meinung? Tritt ihr entgegen! Sie weicht zurück. Machst du aber eine Bewegung der Flucht, so heftet sie sich an deine Sohle wie eine heulende Meute. Hast du deine Braut Diana besucht? Die Trauerwoche ist vorüber. Ich rate dir: heute noch lade deine Sippen, und heute noch vermähle dich mit Diana!‹

›Und dann rasch mit euch auf dein entlegenstes Schloß!‹ beendigte Ascanio.

›Das rate ich nicht‹, verbot der Tyrann. ›Keine Furcht. Keine Flucht. Heute vermählst du dich, und morgen hältst du Hochzeit mit Masken. Valete!‹ Er schied, Germano winkend, ihm zu folgen.«

»Darf ich unterbrechen?« fragte Cangrande, der höflich genug gewesen war, eine natürliche Pause der Erzählung abzuwarten.

»Du bist der Herr«, versetzte der Florentiner mürrisch.

»Traust du dem unsterblichen Kaiser jenes Wort von den drei großen Gauklern zu?«

»Non liquet.«

»Ich meine: in deinem innersten Gefühle?«

Dante verneinte mit einer deutlichen Bewegung des Hauptes.

»Und doch hast du ihn als einen Gottlosen in den sechsten Kreis der Hölle verdammt. Wie durftest du das? Rechtfertige dich!«

»Herrlichkeit«, antwortete der Florentiner, »die Komödie spricht zu meinem Zeitalter. Dieses aber liest die fürchterlichste der Lästerungen mit Recht oder Unrecht auf jener erhabenen Stirne. Ich vermag nichts gegen die fromme Meinung. Anders vielleicht urteilen die Künftigen.«

»Mein Dante«, fragte Cangrande zum andern Mal, »glaubst du Petrus de Vinea unschuldig des Verrats an Kaiser und Reich?«

»Non liquet.«

»Ich meine: in deinem innersten Gefühle?«

Dante verneinte mit derselben Gebärde.

»Und du lässest den Verräter in deiner Komödie seine Unschuld beteuern?«

»Herr«, rechtfertigte sich der Florentiner, »werde ich, wo klare Beweise fehlen, einen Sohn der Halbinsel mehr des Verrats bezichtigen, da schon so viele Arglistige und Zweideutige unter uns sind?«

»Dante, mein Dante«, sagte der Fürst, »du glaubst nicht an die Schuld und du verdammst! Du glaubst an die Schuld und du sprichst frei!« Dann führte er die Erzählung in spielendem Scherze weiter:

»Auch der Mönch und Ascanio verließen jetzt den Garten und betraten die Halle.« Doch Dante nahm ihm das Wort.

»Keineswegs, sondern sie stiegen in eine Turmstube, dieselbe, die Astorre als Knabe mit ungeschorenen Locken bewohnt: denn dieser mied die großen und prunkenden Gemächer, welche er sich erst gewöhnen mußte als sein Eigentum zu betrachten, wie er auch den ihm hinterlassenen goldenen Hort noch mit keinem Finger berührt hatte. Den beiden folgte, auf einen gebietenden Wink Ascanios, der Majordom Burcardo in gemessener Entfernung mit steifen Schritten und verdrießlichen Mienen.«

Der gleichnamige Haushofmeister Cangrandes war nach verrichtetem Geschäfte neugierig lauschend in den Saal zurückgetreten, denn er hatte gemerkt, daß es sich um wohlbekannte Personen handle; da er nun sich selbst nennen hörte und unversehens und lebensgroß im Spiegel der Novelle erblickte, fand er den Mißbrauch seiner Ehrenperson verwegen und durchaus unziemlich im Munde des beherbergten Gelehrten und geduldeten Flüchtlings, welchem er in gerechter Erwägung der Verhältnisse und Unterschiede auf dem obern Stockwerke des fürstlichen Hauses eine denkbar einfache Kammer eingeräumt hatte. Was die andern lächelnd gelitten, empfand er als ein Ärgernis. Er runzelte die Brauen und rollte die Augen. Der Florentiner weidete sich mit ernsthaftem Gesichte an der Entrüstung des Pedanten und ließ sich in seiner Fabel nicht stören. »›Würdiger Herr‹, befragte Ascanio den Majordom – habe ich gesagt, daß dieser von Geburt ein Alsatier war? – ›wie heiratet man in Padua? Astorre und ich sind unerfahrene Kinder in dieser Wissenschaft.‹

Der Haushofmeister warf sich in Positur, starr seinen Herrn anschauend, ohne Ascanio, der ihm nach seinen Begriffen nichts zu befehlen hatte, eines Blickes zu würdigen.

›Distinguendem est‹ sagte er feierlich. ›Es ist auseinanderzuhalten: Werbung, Vermählung, Hochzeit.‹

›Wo steht das geschrieben?‹ scherzte Ascanio.

›Ecce!‹ antwortete der Majordom, indem er ein großes Buch entfaltete, das ihn niemals verließ. ›Hier!‹ und er wies mit dem gestreckten Finger der linken Hand auf den Titel, welcher lautete: ›Die Zeremonien von Padova nach genauer Erforschung zu Nutz und Frommen aller Ehrbaren und Anständigen zusammengestellt von Messer Godoscalco Burcardo.‹ Er blätterte und las: ›Erster Abschnitt: Die Werbung. Paragraph eins: Der ernsthafte Werber bringt einen Freund gleichen Standes als gültigen Zeugen mit –‹

›Bei den überflüssigen Verdiensten meines Schutzheiligen‹, unterbrach ihn Ascanio ungeduldig, ›laß uns zufrieden mit ante und post, mit Werbung und Hochzeit, serviere uns das Mittelstück: wie vermählt man sich in Padua?‹

›In Batova‹, krähte der gereizte Alsatier, dessen barbarische Aussprache in der Gemütsbewegung noch mehr als gewöhnlich hervortrat, ›werden zu den adeligen Sbosalizien geladen die zwölf großen Geschlechter‹ – er zählte sie aus dem Gedächtnisse her – ›zehn Tage voraus, nicht früher, nicht später, von dem Majordome des Bräutigams, gefolgt von sechs Dienern. In dieser erlauchten Versammlung werden die Ringe gewechselt. Man schlürft Cybrier und verzehrt als Hochzeitsgepäck die Amarellen –‹

›Gott gebe, daß wir uns nicht die Zähne ausbeißen!‹ lachte Ascanio, und dem Majordom das Buch entreißend, durchlief er die Namen, von welchen sechs Familienhäupter – sechse von zwölfen – und einige Jünglinge mit breiten Strichen ausgelöscht waren. Sie mochten sich in irgendeine Verschwörung gegen den Tyrannen verwickelt und darin den Untergang gefunden haben.

›Merk auf, Alter!‹ befahl Ascanio, für den Mönch handelnd, welcher in einen Sessel gesunken war und in Gedanken verloren die freundliche Bevormundung sich gefallen ließ. ›Du hältst deinen Umgang mit den sechs Tagedieben zur Stunde, jetzt gleich, ohne Verzug, verstehst du? und ladest auf heute zur Vesperzeit.‹

›Zehn Tage voraus‹, wiederholte Herr Burcardo majestätisch, als verkünde er ein Reichsgesetz.

›Heute und auf heute, Starrkopf!‹

›Unmöglich‹, sprach der Majordom ruhig. ›Ändert Ihr den Lauf der Gestirne und Jahreszeiten?‹

›Du rebellierst? Jückt dich der Hals, Alter?‹ warnte Ascanio mit einem sonderbaren Lächeln.

Das genügte. Herr Burcardo erriet. Ezzelin hatte befohlen und der hartnäckigste der Pedanten fügte sich ohne Murren, so eisern war die Rute des Tyrannen.

›Dann ladest du die beiden Herrinnen Canossa nicht, die Olympia und die Antiope.‹

›Warum diese nicht?‹ fragte der Mönch plötzlich, wie von einem Zauberstabe berührt. Die Luft färbte sich vor seinem Blicke und ein Bild entstand, dessen erster Umriß schon seine ganze Seele fesselte.

›Weil die Gräfin Olympia eine Törin ist, Astorre. Kennst du die Geschichte des armen Weibes nicht? Doch du stakest ja damals noch in den Windeln, will sagen in der Kutte. Es war vor drei Jahren, da die Blätter gilbten.‹

›Im Sommer, Ascanio. Eben jährt es sich‹, widersprach der Mönch.

›Du hast recht – kennst du denn die Geschichte? Doch wie solltest du? Zu jener Zeit munkelte der Graf Canossa mit dem Legaten, wurde belauscht, ergriffen und verurteilt. Die Gräfin tat einen Fußfall vor dem Ohm, der sich in sein Schweigen hüllte. Sie wurde dann auf die sträflichste Weise von einem habgierigen Kämmerer getäuscht, welcher ihr Gewinnes wegen vorspiegelte, der Graf werde vor dem Blocke begnadigt werden. Das ging nicht in Erfüllung, und da man der Gräfin einen Enthaupteten brachte, warf sich ihm die aus der Hoffnung kopfüber in die Verzweiflung Geschleuderte durch das Fenster entgegen, wunderbarerweise ohne sich zu verletzen, außer daß sie sich den Fuß verstauchte. Aber von jenem Tage an war ihr Geist zerrüttet. Wenn natürliche Stimmungen sich unmerklich ineinander verlieren wie das erlöschende Licht in die wachsende Dämmerung, wechseln die ihrigen in rasendem Umschwung von Hell und Dunkel zwölfmal in zwölf Stunden. Von beständiger Unruhe gestachelt, eilt das elende Weib aus ihrem veröterten Stadtpalast auf ihr Landgut und aus diesem in die Stadt zurück, in ewigem Irrgange. Heute will sie ihr Kind einem Pächterssohn vermählen, weil nur Niedrigkeit Schutz und Frieden gewähre, morgen wäre ihr der edelste Freier, der übrigens aus Scheu vor einer solchen Mutter sich nicht einstellt, kaum vornehm genug –‹

Hätte Ascanio, während seine Rede floß, den flüchtigen Blick auf den Mönch geworfen, er hätte staunend innegehalten, denn das Antlitz des Mönches verklärte sich vor Mitleid und Erbarmen.

›Wenn der Tyrann‹, fuhr der Achtlose fort, ›an der Behausung Olympias vorüber auf die Jagd reitet, stürzt sie ans Fenster und erwartet, er werde an ihrer Schwelle vom Pferde steigen und die in Ungnade Geratene, aber nun genug Geprüfte, günstig und gnädig an seinen Hof zurückführen, wozu er wahrlich keine Lust hat.

Eines andern Tages, oder noch an demselben, wähnt sie sich von Ezzelin, welcher sich nicht um sie bekümmert, verfolgt und geächtet. Sie glaubt sich verarmt und ihre Güter, die er unberührt ließ, eingezogen.

So brennt und friert sie im Wechselfieber der schroffsten Gegensätze, ist nicht nur selbst verrückt, sondern verrückt auch, was sie in die wirbelnden Kreise ihres Kopfes zieht, und stiftet – denn sie ist nur eine halbe Törin und redet mitunter treffend und witzig – überall Unheil, wo ihr geglaubt wird. Es kann nicht die Rede davon sein, sie unter die Leute und an ein Fest zu bringen. Ein Wunder ist, daß ihr Kind, die Antiope, welches sie vergöttert und dessen Verheiratung sich im Mittelpunkt ihrer Phantasie dreht, auf diesem schwanken Boden den Verstand behält. Aber das Mädchen, das in seiner Frühblüte steht und leidlich hübsch ist, hat eine gute Natur ... ‹ So ging es noch eine Weile fort.

Astorre aber versank in seinem Traume. So sage ich, weil das Vergangene Traum ist. Denn der Mönch sah, was er vor drei Jahren erlebt hatte: einen Block, den Henker daneben, und sich selbst an der Stelle eines erkrankten Mitmönches als geistlichen Tröster, der einen armen Sünder erwartet. Dieser – der Graf Canossa – erschien gefesselt, wollte aber durchaus nicht herhalten, sei es, weil er wähnte, seine Begnadigung werde, jetzt da er vor dem Blocke stehe, nicht säumen, sei es einfach, weil er die Sonne liebte und die Gruft verabscheute. Er ließ den Mönch hart an und verschmähte seine Gebete. Ein entsetzliches Ringen stand bevor, wenn er fortfuhr, sich zu sträuben und zu stemmen; denn er hielt sein Kind an der

Hand, welches ihm – von den Wachen unbemerkt – zugesprungen war und ihn umklammerte, die ausdrucksvollsten Augen und die flehendsten Blicke auf den Mönch heftend. Der Vater drückte das Mädchen fest an seine Brust und schien sich mit diesem jungen Leben gegen die Vernichtung decken zu wollen, wurde aber von dem Henker nieder und mit dem Haupte auf den Block gedrückt. Da legte das Kind Kopf und Nacken neben den väterlichen. Wollte es das Mitleid des Henkers erwecken? Wollte es den Vater ermutigen, das Unabwendbare zu leiden! Wollte es dem Unversöhnten den Namen eines Heiligen ins Ohr murmeln? Tat es das Unerhörte ohne Besinnen und Überlegung, aus überströmender kindlicher Liebe? Wollte es einfach mit ihm sterben?

Jetzt leuchteten die Farben so kräftig, daß der Mönch die zwei nebeneinander liegenden Hälse, den ziegelroten Nacken des Grafen und den schneeweißen des Kindes mit dem gekräuselten goldbraunen Flaume wenige Schritte vor sich in voller Lebenswahrheit erblickte. Das Hälschen war von der schönsten Bildung und ungewöhnlicher Schlankheit. Astorre bebte, das fallende Beil möchte sich irren, und fühlte sich in tiefster Seele erschüttert, nicht anders als das erste Mal, nur daß ihm die Sinne nicht schwanden, wie sie ihm damals geschwunden waren, als die schreckliche Szene in Wahrheit und Wirklichkeit sich ereignete, und er erst wieder zu sich kam, als alles vorüber war.

›Hat mir mein Gebieter einen Auftrag zu geben?‹ störte den Verzückten die schnarrende Stimme des Majordoms, der es schwer ertrug, von Ascanio gemeistert zu werden.

›Burcardo‹, antwortete Astorre mit weicher Stimme, ›vergiß nicht, die zwei Frauen Canossa, Mutter und Tochter zu laden. Es sei nicht gesagt, daß der Mönch die von der Welt Gemiedenen und Verlassenen von sich fernhält. Ich ehre das Recht einer Unglücklichen‹ – hier stimmte der Majordom mit eifrigem Nicken bei –, ›von mir geladen und empfangen zu werden. Würde sie übergangen, es dürfte sie schwer kränken, wie sie beschaffen ist.‹

›Beileibe!‹ warnte Ascanio. ›Tu dir doch das nicht zuleide! Dein Verlöbnis ist schon abenteuerlich genug! Und das Abenteuerliche begeistert die Törichten. Sie wird nach ihrer Art etwas Unglaubliches beginnen und irgendein tolles Wort in die Feier schleudern, welche sonst schon alle Paduanerinnen aufregt.‹

Herr Burcardo aber, der die Berechtigung einer Canossa, ob sie bei Verstande sei oder nicht, sich zu den Zwölfen zu versammeln, mit den Zähnen festhielt und seinen Gehorsam dem Vicedomini und keinem andern verpflichtet glaubte, verbeugte sich tief vor dem Mönche. ›Deiner Herrlichkeit allein wird gehorcht‹, sprach er und entfernte sich.

›O Mönch, Mönch‹, rief Ascanio, ›der die Barmherzigkeit in eine Welt trägt, wo kaum die Güte ungestraft bleibt!‹

Doch wie wir Menschen sind«, flocht Dante ein, »oft zeigt uns ein prophetisches Licht den Rand eines Abgrundes, aber dann kommt der Witz und klügelt und lächelt und redet uns die Gefahr aus.

Dergestalt fragte und beruhigte sich der Leichtsinnige: Welche Beziehung auf der Welt hat die Närrin zu dem Mönche, in dessen Leben sie nicht die geringste Rolle spielt? Und am Ende – wenn sie zu lachen gibt, so würzt sie uns die Amarellen! Er ahnte nicht von ferne, was sich in der Seele Astorres begab, aber auch wenn er geraten und geforscht, dieser hätte sein keusches Geheimnis dem Weltkinde nicht preisgegeben.

So ließ Ascanio es gut sein, und sich des andern Befehles des Tyrannen erinnernd, den Mönch unter die Leute zu bringen, fragte er lustig: ›Ist für den Ehereif gesorgt, Astorre? Denn es steht in den Zeremonien geschrieben, Abschnitt zwei, Paragraph so und so: Die Reife werden gewechselt.‹ Dieser erwiderte, es werde sich dergleichen in dem Hausschatze finden.

›Nicht so, Astorre‹, meinte Ascanio. ›Wenn du mir folgst, kaufst du deiner Diana einen neuen. Wer weiß, was für Geschichten an den gebrauchten Ringen kleben. Wirf das Alte hinter dich. Auch schickt es sich ganz allerliebst: du kaufst ihr einen Ring bei dem Florentiner auf der Brücke. Kennst du den Mann? Doch wie solltest du! Höre: als ich heute in der Frühstunde mit Germano in die Stadt zurückkehrend, unsere einzige Brücke über den Kanal beschritt – wir mußten absitzen und die Pferde führen, so dicht war dort das Gedränge –, hatte, meiner Treu, auf dem verwitterten Kopfe des Brückenpfeilers ein Goldschmied seinen Laden aufgetan, und ganz Padua kramte und feilschte vor demselben. Warum auf der engen Brücke, Astorre, da wir so viele Plätze haben? Weil in Florenz die Schmuckläden auf der Arnobrücke stehen. Denn – bewundere die Logik der Mode! – wo kauft man feinen Schmuck, als bei einem Florentiner, und wo legt ein Florentiner aus, wenn nicht auf einer Brücke? Er tut es einmal nicht anders. Sonst wäre seine Ware ein plumpes Zeug und er selbst kein echter Florentiner. Doch dieser ist es, ich meine. Hat er doch mit riesigen Buchstaben über seine Bude geschrieben:

Niccolò Lippo dei Lippi der Goldschmied,
durch einen feilen und ungerechten Urteilsspruch,
wie sie am Arno gebräuchlich sind,
aus der Heimat vertrieben.

Auf, Astorre! gehen wir nach der Brücke!‹

Dieser weigerte sich nicht, da er selbst das Bedürfnis fühlen mochte, den Bann des Hausbezirkes zu brechen, welchen er, seit er seine Kutte niedergestreift, nicht mehr verlassen hatte.

›Hast du Geld zu dir gesteckt, Freund Mönch?‹ scherzte Ascanio. ›Dein Gelübde der Armut ist hinfällig und der Florentiner wird dich überfordern.‹ Er pochte an das Schiebfensterchen des im untern Flure, welchen die Jünglinge eben durchschritten, gelegenen Hauskontors. Es zeigte sich ein verschmitztes Gesicht, jede Falte ein Betrug, und der Verwalter der Vicedomini – ein Genuese, wenn ich recht berichtet bin – reichte seinem Herrn mit kriechender Verbeugung einen mit Goldbyzantinern gefüllten Beutel. Dann wurde der Mönch von einem Diener in den bequemen paduanischen Sommermantel mit Kapuze gehüllt.

Auf der Straße zog sich Astorre dieselbe tief ins Gesicht, weniger gegen die brennenden Strahlen der Sonne, als aus langer Gewöhnung, und wandte sich freundlich gegen seinen Begleiter. ›Nicht wahr, Ascanio‹, sagte er, ›diesen Gang tue ich allein? Einen einfachen Goldring zu kaufen, übersteigt meinen Mönchverstand nicht? Das traust du mir noch zu? Auf Wiedersehen bei meiner Vermählung, wann es Vesper läutet!‹ Ascanio ging und rief noch über die Schulter zurück: ›Einen, nicht zweie! Den deinigen gibt dir Diana! Merke dir das, Astorre!‹ Es war eine jener farbigen Seifenblasen, deren der Lustige mehr als eine täglich von den Lippen in die Luft jagte.

Fraget ihr mich, Herrschaften, warum der Mönch den Freund beurlaubte, so sage ich: er wollte den himmlischen Ton, welchen die junge Märtyrerin der Kindesliebe in seinem Gemüte geweckt hatte, rein ausklingen lassen.

Astorre hatte die Brücke erreicht, welche trotz des Sonnenbrandes randvoll war und von den nahen zwei Ufern ein doppeltes Menschengedränge vor den Laden des Florentiners führte. Der Mönch blieb unter seinem Mantel unerkannt, ob auch hin und wieder ein Auge fragend auf dem unbedeckten Teile seines Gesichtes ruhte. Adel und Bürgerschaft suchte sich den Vortritt abzugewinnen. Vornehme Weiber stiegen aus ihren Sänften und ließen sich drängen und drücken, um ein Paar Armringe oder ein Stirnband von neuester Mache zu erhandeln. Der Florentiner hatte auf allen Plätzen mit der Schelle verkündigen lassen, er schließe heute nach dem Ave Maria. Er dachte nicht daran. Doch was kostet einen Florentiner die Lüge!

Endlich stand der Mönch, von Menschen eingeengt, vor der Bude. Der bestürmte Händler, der sich verzehnfachte, streifte ihn mit einem erfahrenen Seitenblick und erriet sofort den Neuling. ›Womit diene ich dem gebildeten Geschmacke der Herrlichkeit?‹ fragte er. ›Gib mir einen einfachen Goldreif‹, antwortete der Mönch. Der Kaufmann ergriff einen Becher, auf welchem, nach florentinischer Kunst und Art, in erhabener Arbeit irgend etwas Üppiges zu sehen war. Er schüttelte den Kelch, in dessen Bauche hundert Reife wimmelten, und bot ihn Astorre.

Dieser geriet in eine peinliche Verlegenheit. Er kannte den Umfang des Fingers nicht, welchen er mit einem Reife bekleiden sollte, und deren mehrere heraushebend, zauderte er sichtlich zwischen einem weitern und einem engern. Der Florentiner konnte den Spott nicht lassen, wie denn ein versteckter Hohn aus aller Rede am Arno hervorkichert. ›Kennt der Herr die Gestalt des Fingers nicht, welchen er doch wohl zuweilen gedrückt hat?‹ fragte er mit einem unschuldigen Gesichte, aber als ein kluger Mann verbesserte er sich alsobald und in der heimischen Meinung, der Verdacht der Unwissenheit sei beleidigend, derjenige der Sünde aber schmeichle, gab er Astorre zwei Ringe, einen größern und einen kleinern, die er aus Daumen und Zeigefinger seiner beiden Hände geschickt zwischen die Daumen und Zeigefinger des Mönches hinübergleiten ließ. ›Für die zwei Liebchen der Herrlichkeit‹, wisperte er sich verneigend.

Ehe noch der Mönch über diese lose Rede ungehalten werden konnte, erhielt er einen harten Stoß. Es war das

Schulterblatt eines Roßpanzers, das ihn so unsanft streifte, daß er den kleinern Ring fallen ließ. In demselben
Augenblicke schmetterte ihm der betäubende Ton von
acht Tuben ins Ohr. Die Feldmusik der germanischen
Leibwache des Vogtes ritt in zwei Reihen, beide vier Rosse hoch, über die Brücke, den ganzen Menscheninhalt
derselben auseinanderwerfend und gegen die steinernen Geländer pressend.

Sobald die Bläser vorüber waren, stürzte der Mönch,
den festgehaltenen größern Ring rasch in seinem Gewande bergend, dem kleinern nach, welcher unter den
Hufen der Gäule weggerollt war.

Das alte Bauwerk der Brücke war in der Mitte ausge-
fahren und vertieft, so daß der Reif die Höhlung hinab
und dann durch seine eigene Bewegung getrieben die
andere Seite hinanrollte. Hier hatte eine junge Zofe, namens Isotta oder, wie man in Padua den Namen kürzt,
Sotte, das rollende und blitzende Ding gehascht, auf die
Gefahr hin, von den Pferden zerstampft zu werden. ›Ein
Glücksring!‹ jubelte das unkluge Geschöpf und steckte
seiner jugendlichen Herrin, welcher sie das Begleite gab,
mit kindlichem Frohlocken den Fund an den schlanken
Finger, den vierten der linken Hand, welcher ihr durch
seine zierliche Bildung des engen Schmuckes besonders
würdig und fähig schien. In Padua aber, wie auch hier in
Verona, wenn mir recht ist, pflegt man den Trauring an
der linken Hand zu tragen.

Das Edelfräulein zeigte sich unwillig über die Posse
der Magd, war aber doch auch ein bißchen belustigt davon. Sie bemühte sich eifrig, den fremden Ring, der ihr
wie angegossen saß, dem Finger wieder abzuziehen. Da
stand unversehens der Mönch vor ihr und hob die Arme
in freudiger Verwunderung. Seine Gebärde aber war,
daß er die geöffnete rechte Hand vor sich hin streckte,
die linke in der Höhe des Herzens hielt; denn er hatte,
trotz der entfalteten Blüte, an der auffallenden Schlankheit des Halses und wohl mehr noch an der Bewegung

seiner Seele das Kind wiedererkannt, dessen zartes Haupt er auf dem Blocke gesehen hatte.

Während das Mädchen bestürzte, fragende Augen auf den Mönch richtete und immerfort an dem widerspenstigen Ringe drehte, zauderte Astorre, denselben zurückzuverlangen. Doch es mußte geschehen. Er öffnete den Mund. ›Junge Herrin‹, begann er und fühlte sich von zwei starken gepanzerten Armen umfaßt, die sich seiner bemächtigten und ihn emporzogen. Im Augenblicke sah er sich, mit Hilfe eines andern Gepanzerten, ein Bein rechts, ein Bein links, auf ein stampfendes Roß gesetzt. ›Laß schauen‹, schallte ein gutmütiges Gelächter, ›ob du das Reiten nicht verlernt hast!‹ Es war Germano, welcher an der Spitze der von ihm befehligten deutschen Kohorte ritt, die der Vogt auf eine Ebene unweit Padua zur Musterung befohlen hatte. Da er unvermutet den Freund und Schwager im Freien erblickte, hatte er sich den unschuldigen Spaß gemacht, denselben neben sich auf ein Pferd zu heben, von welchem ein junger Schwabe auf seinen Wink abgesprungen war. Das feurige Tier, welches den veränderten Reiter spürte, tat ein paar wilde Sprünge, es entstand ein Rossegedränge auf der nicht geräumigen Brücke, und Astorre, dem die Kapuze zurückgefallen war, und der sich mit Mühe im Bügel hielt, wurde von dem entsetzt ausweichenden Volke erkannt. ›Der Mönch! der Mönch!‹ rief und deutete es von allen Seiten, aber schon hatte der kriegerische Tumult die Brücke hinter sich und verschwand um eine Straßenekke. Der unbezahlt gebliebene Florentiner rannte nach, aber kaum zwanzig Schritte, denn ihm wurde bange um seine unter der schwachen Hut eines Jüngelchens gelassene Ware, und dann belehrte ihn der Zuruf der Menge, daß er es mit einer bekannten und leicht aufzufindenden Persönlichkeit zu tun habe. Er ließ sich den Palast Astorres bezeichnen und meldete sich dort heute, morgen, übermorgen. Die zwei ersten Male richtete er nichts aus, weil in der Behausung des Mönches alles drunter und drüber ging, das dritte Mal fand er die Siegel des Tyrannen an das verschlossene Tor geheftet. Mit diesem wollte der Feigling nichts zu schaffen haben und so ging er der Bezahlung verlustig.

Die Frauen aber – zu Antiope und der leichtfertigen Zofe hatte sich noch eine dritte, durch den Brückentumult von ihnen abgedrängte wiedergefunden – schritten in der entgegengesetzten Richtung. Diese war ein seltsam blickendes, vorzeitig wie es schien gealtertes Weib mit tiefen Furchen, grauen Haarbüscheln, aufgeregten Mienen, und schleppte ihr vernachlässigtes, aber vornehmes Gewand mitten durch den Straßenstaub.

Sotte erzählte eben der Alten, offenbar der Mutter des Fräuleins, mit dummem Jubel den Vorgang auf der Brücke: Astorre – auch ihr hatte der Zuruf des Volkes ihn genannt –, Astorre, der Mönch, der stadtkundig freien müsse, habe Antiope verstohlenerweise einen Goldring zugerollt, und als sie – Sotte – den Wink der Vorsehung und die Schlauheit des Mönches verstehend, ihn dem lieben Mädchen angesteckt, sei der Mönch selbst vor dasselbe hingetreten, und da Antiope ihm den Ring in Züchten habe zurückgeben wollen, habe er – sie ahmte den Mönch nach – die Linke zärtlich auf das Herz gelegt, so! die Rechte aber zurückweisend ausgestreckt mit einer Gebärde, die in ganz Italien nichts anderes sage und bedeute als: Behalte, Schatz!

Endlich kam die erstaunte Antiope zu Worte und beschwor die Mutter, auf das alberne Geschwätz Isottens nichts zu geben, aber umsonst. Madonna Olympia hob die Arme gen Himmel und dankte auf offener Straße dem heiligen Antonius mit Inbrunst, daß er ihre tägliche Bitte über alles Hoffen und Erwarten erhört und ihrem Kleinod einen ebenbürtigen und tugendhaften Mann, einen seiner eigenen Söhne beschert habe. Dabei gebärdete sie sich so abenteuerlich, daß die Vorübergehenden lachend auf die Stirne wiesen. Die verwirrte Antiope gab sich alle erdenkliche Mühe, der Mutter das blendende

Märchen auszureden; aber diese hörte nicht und baute
leidenschaftlich an ihrem Luftschlosse weiter.

So langten die Frauen in dem Palaste Canossa an und
begegneten im Torbogen einem steif geputzten Majordom, dem sechs verschwenderisch geputzte Diener folgten. Herr Burcardo ließ, ehrerbietig zurücktretend, Madonna Olympia die Treppe voraufgehen, dann, in einer
öden Halle angelangt, machte er drei abgezirkelte Ver-
beugungen, eine immer näher und tiefer als die andere,
und redete langsam und feierlich: ›Herrlichkeiten, mich
sendet Astorre Vicedomini, hochdieselben untertänigst
zu seinen Sbosalizien zu laden, heute‹ – er verschluckte
schmerzhaft, ›in zehn Tagen‹ – ›wann es Vesper läutet.‹«

Dante hielt inne. Seine Fabel lag in ausgeschütteter Fülle
vor ihm; aber sein strenger Geist wählte und vereinfach-
te. Da rief ihn Cangrande.

»Mein Dante«, hub er an, »ich wundere mich, mit wie
harten und ätzend scharfen Zügen du deinen Florentiner umrissen hast! Dein Niccolò Lippo dei Lippi ist verbannt durch ein feiles und ungerechtes Urteil. Er selbst
aber ist ein Überteurer, ein Schmeichler, ein Lügner, ein
Spötter, ein Schlüpfriger und eine Memme, alles ›nach
Art der Florentiner‹. Und das ist nur ein winziges
Flämmchen aus dem Feuerregen von Verwünschungen,
womit du dein Florenz überschüttest, nur eine tröpfeln-
de Neige jener bittern von Essig und Galle triefenden
Terzinen, die du in deiner Komödie der Vaterstadt zu
kosten gibst. Lasse dir sagen, es ist unedel, seine Wiege
zu schmähen, seine Mutter zu beschämen! Es kleidet
nicht gut! Glaube mir, es macht einen schlechten Eindruck!

Mein Dante, ich will dir erzählen von einem Puppen-
spiele, dem ich jüngst, verkappt unter dem Volke mich
umtreibend, in unserer Arena zuschaute. Du rümpfst
die Nase, daß ich den niedrigen Geschmack habe, in
müßigen Augenblicken an Puppen und Narren mich zu

vergnügen. Dennoch begleite mich vor die kleine Bühne! Was schaust du da? Mann und Weib zanken sich. Sie wird geprügelt und weint. Ein Nachbar steckt den Kopf durch die Türspalte, predigt, straft, mischt sich ein. Doch siehe! das tapfere Weib erhebt sich gegen den Eindringling und nimmt Partei für den Mann. ›Wenn es mir beliebt, geprügelt zu werden!‹ heult sie.

Ähnlicherweise, mein Dante, spricht ein Hochherziger, welchen seine Vaterstadt mißhandelt: Ich will geschlagen sein!«

Viele junge und scharfe Augen hafteten auf dem Florentiner. Dieser verhüllte sich schweigend das Haupt. Was in ihm vorging, weiß niemand. Als er es wieder erhob, war seine Stirn vergrämter, sein Mund bitterer und seine Nase länger.

Dante lauschte, der Wind pfiff um die Ecken der Burg und stieß einen schlecht verwahrten Laden auf. Monte Baldo hatte seine ersten Schauer gesendet. Man sah die Flocken stäuben und wirbeln, von der Flamme des Herdes beleuchtet. Der Dichter betrachtete den Schneesturm, und seine Tage, welche er sich entschlüpfen fühlte, erschienen ihm unter der Gestalt dieser bleichen Jagd und Flucht durch eine unstete Röte. Er bebte vor Frost.

Und seine feinfühligen Zuhörer empfanden mit ihm, daß ihn kein eigenes Heim, sondern nur wandelbare Gunst wechselnder Gönner bedache und vor dem Winter beschirme, welcher Landstraße und Feldwege mit Schnee bedeckte. Alle wurden es inne und Cangrande, der von großer Gesinnung war, zuerst: Hier sitzt ein Heimatloser!

Der Fürst erhob sich, den Narren wie eine Feder von seinem Mantel schüttelnd, trat auf den Verbannten zu, nahm ihn an der Hand und führte ihn an seinen eigenen Platz, nahe dem Feuer. »Er gebührt dir«, sagte er, und Dante widersprach nicht. Cangrande aber bediente sich

des freigewordenen Schemels. Er konnte dort bequem
die beiden Frauen betrachten, zwischen welche jetzt der
Wanderer durch die Hölle saß, den das Feuer glühend
beschien und der seine Erzählung folgendermaßen fort-
setzte.

»Während die mindern Glocken in Padua die Vesper
läuteten, versammelte sich unter dem Zedergebälke des
Prunksaales der Vicedomini, was von den zwölf Ge-
schlechtern übriggeblieben war, den Eintritt des Hausherrn erwartend. Diana hielt sich zu Vater und Bruder.
Ein leises Geschwätz lief um. Die Männer besprachen
ernst und gründlich die politische Seite der Vermählung
zweier großer städtischer Geschlechter. Die Jünglinge
scherzten halblaut über den heiratenden Mönch. Die
Frauen schauderten, trotz dem Breve des Papstes, vor
dem Sacrilegium, welches nur die von knospenden
Töchtern umringten in milderem Lichte sahen, mit dem
Zwang der Umstände entschuldigten oder aus der Herzensgüte des Mönches erklärten. Die Mädchen waren
lauter Erwartung.

Die Anwesenheit der Olympia Canossa erregte Verwunderung und Unbehagen, denn sie war in auffallen-
dem, fast königlichen Staate, als ob ihr bei der bevorstehenden Feier eine Hauptrolle zustünde, und redete mit
unheimlicher Zungenfertigkeit in Antiope hinein, welche bangen Herzens die aufgebrachte Mutter flüsternd
und flehend zu beschwichtigen suchte. Madonna Olympia hatte sich schon auf den Treppen gewaltig geärgert,
wo sie – Herr Burcardo beschäftigte sich eben mit dem
Empfange zweier anderer Herrschaften – von Gocciola,
der eine neue scharlachrote Kappe mit silbernen Schellen in der Hand hielt, ehrfürchtig willkommen geheißen
wurde. Jetzt mit den andern im Kreise stehend, belästigte oder beängstigte sie durch ihr maßloses Gebärdenspiel ihre Standesgenossen. Mit Augenwinken und
Kinnheben wurde auf die Ärmste gedeutet. Keiner hätte

sie an des Mönches Statt geladen und jeder machte sich darauf gefaßt, sie werde einen ihrer Streiche spielen.

Burcardo meldete den Hausherrn. Astorre hatte sich von den Germanen bald losgemacht, war auf die Brücke zurückgeeilt, ohne dort den Ring noch die Frauen mehr zu finden, und sich darüber Vorwürfe machend, obschon im Grunde nur der Zufall anzuklagen war, hatte er in der ihm bis zur Vesper bleibenden Stunde den Entschluß gefaßt, in Zukunft immerdar nach den Regeln der Klugheit zu handeln. Mit diesem Vorsatz trat er in den Saal und in die Mitte der Versammelten. Der Druck der auf ihn gerichteten Aufmerksamkeit und die sozusagen in der Luft fühlbaren Formen und Forderungen der Gesellschaft ließen ihn empfinden, daß er nicht die Wirklichkeit der Dinge sagen dürfe, energisch und mitunter häßlich wie sie ist, sondern ihr eine gemilderte und gefällige Gestalt geben müsse. So hielt er sich unwillkürlich in der Mitte zwischen Wahrheit und schönem Schein und redete untadelig.

›Herrschaften und Standesbrüder‹, begann er, ›der Tod hat eine reiche Ernte unter uns Vicedomini gehalten. Wie ich in Schwarz gekleidet vor euch stehe, trage ich Trauer um den Vater, drei Brüder und drei Neffen. Daß ich, von der Kirche freigelassen, den Wunsch eines sterbenden Vaters, in Sohn und Enkel fortzuleben, nach ernster Erwägung‹ – hier verhüllte sich der Klang seiner Stimme – ›und gewissenhafter Prüfung vor Gott nicht glaubte ungewährt lassen zu dürfen, dieses werdet ihr verschieden beurteilen, billigend oder tadelnd, nach der Gerechtigkeit oder Milde, die euch innewohnt. Darin aber werdet ihr einig gehen, daß es mir bei meiner Vergangenheit nicht angestanden hätte zu zaudern und zu wählen, und daß hier nur das Nächstliegende und Ungesuchte Gott gefällig sein konnte. Wer aber stand mir näher, als die schon mit mir durch die trostlose Trauer um meinen letzten Bruder vereinigte jungfräuliche Witwe desselben? Dergestalt ergriff ich über einem teuern Ster bebette diese Hand, wie ich sie jetzt ergreife‹ – er trat zu Diana und führte sie in die Mitte – ›und ihr den Trauring um den Finger lege.‹ So tat er. Der Ring paßte. Diana tat dasselbe, indem sie dem Mönch einen goldenen Reif anlegte. ›Es ist der meiner Mutter‹, sagte sie, ›die ein wahrhaftes und tugendsames Weib war. Ich gebe dir einen Ring, der Treue gehalten hat.‹ Ein feierlich gemurmelter Glückwunsch aller Anwesenden beschloß die ernste Handlung, und der alte Pizzaguerra, ein würdiger Greis – denn der Geiz ist ein gesundes Laster und läßt zu Jahren kommen – weinte die übliche Träne.

Madonna Olympia sah ihr Traumschloß auflodern und brennen mit sinkenden Säulen und krachenden Balken. Sie tat einen Schritt vorwärts, als wolle sie ihre Augen überführen, daß sie sich betrügen, dann einen zweiten in wachsender Wildheit, und jetzt stand sie dicht vor Astorre und Diana, die grauen Haare gesträubt, und ihre rasenden Worte rannten und stürzten, wie ein Volk in Aufruhr.

›Elender!‹ schrie sie. ›Gegen den Ring an dem Finger dieser da zeugt ein anderer und zuerst gegebener.‹ Sie riß Antiope, welche ihr in wachsender Angst und mit den flehendsten Gebärden gefolgt war, hinter sich hervor und hob die Hand des Mädchens. ›Den Ring hier hast du meinem Kinde vor nicht einer Stunde auf der Brücke bei dem Florentiner an den Finger gesteckt!‹ So hatte ihr falscher Spiegel den Vorgang verschoben. ›Ruchloser Mensch! Ehebrecherischer Mönch! Öffnet sich die Erde nicht, dich zu verschlingen? Hängt den Bruder Pförtner, der im Rausche schnarchte und dich deiner Zelle entspringen ließ! Deinen Lüsten wolltest du frönen, du aber durftest dir eine andere Beute wählen, als eine ungerecht verfolgte, ratlose Wittib und eine unbeschützte Waise!‹

Die Marmordiele öffnete sich nicht und in den Blicken der Umstehenden las die Unglückliche, die einem gerechten Mutterzorne arme und schwache Worte zu geben glaubte, den hellen Hohn oder ein Mitleid anderer Art, als sie zu finden hoffte. Sie vernahm hinter sich das verständlich geflüsterte Wort ›Närrin!‹ und ihr Zorn schlug in ein wahnsinniges Gelächter um. ›Ei, seht mir einmal den Toren‹, hohnlachte sie, ›der so dumm zwischen diesen beiden wählen konnte! Ich mache euch zu Richtern, Herrschaften, und jeden, der Augen hat. Hier das herzige Köpfchen, die schwellende Jugend‹ – das übrige vergaß ich, aber ich weiß eines: alle Jünglinge im Saale Vicedominis, und mehr als einer unter ihnen mochte locker leben, alle Jünglinge, die enthaltsamen und die es nicht waren, wendeten Ohr und Auge ab von den empörenden Worten und Gebärden einer Mutter, welche Zucht und Scham unter die Füße trat vor dem Kinde, das sie geboren, und dieses preisgab wie eine Kupplerin.

Alle im Saale bemitleideten Antiope. Nur Diana, so wenig sie an der Treue des Mönches zweifelte, empfand ich weiß nicht welchen dumpfen Groll über die ihrem Bräutigam frech gezeigte Schönheit.

Antiope mochte es verschuldet haben dadurch, daß sie den unseligen Reif am Finger behielt. Vielleicht tat sie es, um die sich selbst betörende Mutter nicht zu reizen, in dem Gedanken, diese werde, durch die Wirklichkeit enttäuscht, aus dem Hochmut, nach ihrer Art, in Kleinmut verfallen und alles mit einem Augenrollen und ein paar gemurmelten Worten vorübergehen. Oder dann hatte die junge Antiope selbst eine Fingerspitze in den sprudelnden Märchenbrunnen getaucht. War die Begegnung auf der Brücke nicht wunderbar, und wäre ihre Erkiesung durch den Mönch wunderbarer gewesen, als das Schicksal, das ihn dem Kloster entriß?

Jetzt erlitt sie grausame Strafe. Soweit es eine zügellose Rede vermag, beraubte sie die eigene Mutter der schützenden Hüllen.

Eine dunkle Röte und eine noch dunklere fuhr ihr über Stirn und Nacken. Darauf begann sie in der allgemeinen Stille laut und bitterlich zu weinen.

Selbst die graue Mänade lauschte betroffen. Dann zuckte ihr ein entsetzlicher Schmerz über das Gesicht und verdoppelte ihre Wut. ›Und die andere‹, kreischte sie, auf Diana zeigend, ›dieses kaum aus dem Rohen gehauene Stück Marmor! Diese verpfuschte Riesin, die Gott Vater stümperte, als er noch Gesell war und kneten lernte! Pfui über den plumpen Leib ohne Leben und Seele! Wer hätte ihr auch eine gespendet? Die Bastardin, ihre Mutter? die stupide Orsola? Oder der dürre Knicker dort? Nur widerstrebend hat er ihr ein karges Almosen von Seele verabfolgt!‹

Der alte Pizzaguerra blieb gelassen. Mit dem klaren Verstande der Geizigen vergaß er nicht, wen er vor sich hatte. Seine Tochter Diana aber vergaß es. Durch die rohe Verhöhnung ihres Leibes und ihrer Seele aufgebracht, tief empört, zog sie die Brauen zusammen und ballte die Hände. Jetzt geriet sie außer sich, da die Närrin ihre Eltern ins Spiel zog, ihr die Mutter im Grabe beschimpfte, den Vater an den Pranger stellte. Ein bleicher Jähzorn packte und übermannte sie.

›Hündin!‹ schrie sie und schlug – in Antiopes Angesicht; denn das verzweifelnde und beherzte Mädchen hatte sich vor die Mutter geworfen. Antiope stieß einen Laut aus, der den Saal und alle Herzen erschütterte.

Nun drehte sich das Rad in dem Kopfe der Törin vollständig um. Die höchste Wut ging unter in unsäglichem Jammer. ›Sie haben mir mein Kind geschlagen!‹ stöhnte sie, sank auf die Knie und schluchzte: ›Gibt es keinen Gott mehr im Himmel?‹

Jetzt war das Maß voll. Es wäre schon früher übergelaufen, doch das Verhängnis schritt rascher, als mein Mund es erzählte, so rasch, daß weder der Mönch noch der nahestehende Germano den gehobenen Arm Dianas ergreifen und aufhalten konnte. Ascanio umschlang die Törin, ein anderer Jüngling faßte sie bei den Füßen, die sich kaum Sträubende wurde fortgetragen, in ihre Sänfte gehoben und nach Hause gebracht.

Noch standen sich Diana und Antiope gegenüber, eine bleicher als die andere, Diana reuig und zerknirscht nach schnell verrauchtem Jähzorn, nach Worten ringend; sie konnte nur nicht stammeln, sie bewegte lautlos die Lippen.

Wenn jetzt der Mönch Antiopes Hand ergriff, um der von seinem verlobten Weibe Mißhandelten das Geleite zu geben, so erfüllte er damit nur die ritterliche und gastwirtliche Pflicht. Alle fanden es selbstverständlich. Besonders Diana mußte wünschen, das Opfer ihrer Gewalttat aus den Augen zu verlieren. Auch sie entfernte sich dann mit Vater und Bruder. Die versammelten Gäste aber hielten es für das Zarteste, gleichfalls bis auf die letzte Ferse zu verschwinden.

Es klingelte unter dem mit Amarellen und Zyperwein bestellten Kredenztisch. Eine Narrenkappe kam zum Vorschein und Gocciola kroch auf allen Vieren aus seinem leckern Verstecke hervor. Alles war köstlich verlaufen nach seiner Ansicht; denn er hatte jetzt die volle Freiheit, Amarellen zu naschen und ein Gläschen um das andere zu leeren. So vergnügte er sich eine Weile, bis er nahende Schritte vernahm. Er wollte entwischen, aber einen verdrießlichen Blick auf den Störer werfend, erachtete er jede Flucht für unnötig. Es war der Mönch, der zurückkehrte, und der Mönch war ebenso frohlockend und ebenso berauscht wie er; denn der Mönch –«

»Liebte Antiope«, unterbrach den Erzähler die Freundin des Fürsten mit einem krampfhaften Gelächter.

»Du sagst es, Herrin, er liebte Antiope«, wiederholte Dante in tragischem Tone.

»Natürlich!« – »Wie anders?« – »Es mußte so kommen!« – »So geht es gewöhnlich!« scholl es dem Erzähler aus dem ganzen Hörerkreise entgegen.

»Sachte, Jünglinge«, murrte Dante. »Nein, so geht es nicht gewöhnlich. Meinet ihr denn, eine Liebe mit voller Hingabe des Lebens und der Seele sei etwas Alltägliches, und glaubet wohl gar, so geliebt zu haben oder zu lieben? Enttäuschet euch! Jeder spricht von Geistern, doch wenige haben sie gesehen. Ich will euch einen unverwerflichen Zeugen bringen. Es schleppt sich hier im Hause ein modisches Märchenbuch herum. Darin mit vorsichtigen Fingern blätternd, habe ich unter vielem Wuste ein wahres Wort gefunden. ›Liebe‹, heißt es an einer Stelle, ›ist selten und nimmt meistens ein schlimmes Ende.‹« Dieses hatte Dante ernst gesprochen. Dann spottete er: »Da ihr alle in der Liebe so ausgelernt und bewandert seid und es mir überdies nicht ansteht, einen von der Leidenschaft überwältigten Jüngling aus meinem zahnlosen Munde reden zu lassen, überspringe ich das verräterische Selbstgespräch des zurückkehrenden Astorre und sage kurz: da ihn der verständige Ascanio belauschte, erschrak er und predigte ihm Vernunft.«

»Wirst du deine rührende Fabel so kläglich verstümmeln, mein Dante?« wendete sich die entzündliche Freundin des Fürsten mit bittenden Händen gegen den Florentiner. »Laß den Mönch reden, daß wir teilnehmend erfahren, wie er sich abwendete von einer Rohen zu einer Zarten, einer Kalten zu einer Fühlenden, von einem steinernen zu einem schlagenden Herzen –«

»Ja, Florentiner«, unterbrach die Fürstin in tiefer Bewegung und mit dunkel glühender Wange, »laß deinen Mönch reden, daß wir staunend vernehmen, wie es kommen konnte, daß Astorre, so unerfahren und täuschbar er war, ein edles Weib verriet für eine Verschmitzte, – hast du nicht gemerkt, Dante, daß Antiope eine Verschmitzte ist? Du kennst die Weiber wenig! In Wahrheit, ich sage dir« – sie hob den kräftigen Arm und ballte die Faust –, »auch ich hätte geschlagen, nicht die arme Törin, sondern wissentlich die Arglistige, die sich um jeden Preis dem Mönch vor das Angesicht bringen wollte!« Und sie führte den Schlag in die Luft. Die andere erbebte leise.

Cangrande, welcher die zwei Frauen, denen er jetzt gegenübersaß, nicht aufhörte zu betrachten, bewunderte seine Fürstin und freute sich ihrer großen Leidenschaft. In diesem Augenblicke fand er sie unvergleichlich schöner als die kleinere und zarte Nebenbuhlerin, welche er ihr gegeben hatte, denn das Höchste und Tiefste der Empfindungen erreicht seinen Ausdruck nur in einem starken Körper und in einer starken Seele.

Dante für sein Teil lächelte zum ersten und einzigen Male an diesem Abende, da er die beiden Frauen so heftig auf der Schaukel seines Märchens sich wiegen sah. Er brachte es sogar zu einer Neckerei. »Herrinnen«, sagte er, »was verlangt ihr von mir? Selbstgespräch ist unvernünftig. Hat je ein weiser Mann mit sich selbst gesprochen?«

Nun erhob sich aus dem Halbdunkel ein mutwilliger Lockenkopf, und ein Edelknabe, der hinter irgendeinem Sessel oder einer Schleppe in traulichem Verstekke mochte gekauert haben, rief herzhaft: »Großer Meister, wie wenig du dich kennst oder zu kennen vorgibst! Wisse, Dante, niemand plaudert geläufiger mit sich selbst als du, in dem Grade, daß du nicht nur uns dumme Buben übersiehst, sondern selbst das Schöne dicht an dir vorübergehen lässest, ohne es zu begrüßen.«

»Wirklich?« sagte Dante. »Wo war das? Wo und wann?«

»Nun gestern auf der Etschbrücke«, lächelte der Knabe. »Du lehntest am Geländer. Da ging die reizende Lukrezia Nani vorüber, deine Toga streifend. Wir Knaben folgten, sie bewundernd und ihr entgegen schritten zwei feurige Kriegsleute, nach einem Blicke aus ihren sanften Augen haschend. Sie aber suchte die deinigen: denn nicht jeder hat mit heiler Haut in der Hölle gelustwandelt! Du, Meister, betrachtetest eine rollende Welle, welche in der Mitte der Etsch daherfuhr, und murmeltest etwas.«

»Ich ließ das Meer grüßen. Die Woge war schöner als das Mädchen. Doch zurück zu den zwei Toren! Horch, sie sprechen miteinander! Und bei allen Musen, fortan unterbreche mich keiner mehr, sonst findet uns Mitternacht noch am Märchenherde.

»Als der Mönch, nachdem er Antiope heimgeführt, seinen Saal wieder betrat – doch ich vergaß zu sagen, daß er Ascanio nicht begegnete, obwohl dieser mit der Sänfte und Madonna Olympia darin denselben Weg gemacht hatte. Denn der Neffe, nachdem er die gänzlich Vernichtete ihrer Dienerschaft übergeben, war schleunig zu seinem Ohm, dem Tyrannen, geeilt, ihm den tollen Vorgang als frisches Gebäcke aufzutischen. Er hinterbrachte Ezzelin lieber eine Stadtgeschichte als eine Verschwörung.

Ich weiß nicht, ob der Mönch so wohlgestaltet war, wie der Spötter Ascanio ihn genannt hatte. Aber ich sehe ihn, der wie der blühendste Jüngling schreitet. Mit beflügelten Füßen durchschwebt er den Saal, als trüge ihn Zephir oder führte ihn Iris. Seine Augen sind voller Sonne, und er murmelt Laute aus der Sprache der Seligen. Gocciola, der viel Zyperwein geschluckt hatte, fühlte sich gleichfalls beherzt und verjüngt. Auch unter seinen Sohlen löste sich der Marmorboden in weißes Gewölk auf. Er verspürte einen unbesiegbaren Durst, das Gemurmel auf den frischen Lippen Astorres, wie man sich über eine Quelle beugt, zu belauschen, und begann neben demselben die Länge des Saales zu durchmessen, bald mit gespreizten, bald mit hüpfenden Schritten, das Narrenzepter unter dem Arme.

›Das zärtliche Haupt, das sich für den Vater bot, hat sich auch für die Mutter geboten und gegeben!‹ lispelte Astorre. ›Das schamhafte! wie es brannte! Das mißhandelte! wie es litt! Das geschlagene! wie es aufschrie! Hat es mich je verlassen, seit es auf dem Blocke lag? Es wohnte in meinem Geiste. Es begleitete mich allgegenwärtig, schwebte in meinem Gebete, strahlte in meiner Zelle, bettete sich auf mein Kissen! Lag das herzige Haupt mit dem weißen, schmalen Hälschen nicht neben dem des heiligen Paulus –‹

›Des heiligen Paulus?‹ kicherte das Tröpfchen.

›Des heiligen Paulus auf unserm Altarbilde –‹

›Mit dem schwarzen Kraushaar und dem roten Hals auf dem breiten Blocke und dem Beil des Henkers darüber?‹ Gocciola verrichtete bei den Franziskanern zeitweilig seine Andacht.

Der Mönch nickte. ›Sah ich lange hin, so zuckte das Beil und ich bebte zusammen. Habe ich es nicht dem Prior gebeichtet?‹

›Und was sagte der Prior?‹ examinierte Gocciola.

›Mein Sohn‹, sagte er, ›was du sahest, war ein vorausgeeiltes Kind des himmlischen Triumphzuges. Dem ambrosischen Hälschen geschieht kein Leid!‹

›Aber‹, reizte der böse Narr, ›das Kind ist gewachsen, so hoch!‹ Er hob die Hand, dann senkte er sie und hielt sie über dem Boden. ›Und die Kutte Euer Herrlichkeit‹, grinste er, ›liegt so tief!‹

Das Gemeine konnte den Mönch nicht berühren. Ein schöpferisches Feuer war aus der Hand Antiopes in die seinige gefahren und begann zuerst zart und sanft, dann immer heißer und schärfer in seinen Adern zu brennen. ›Gepriesen sei Gott Vater‹, frohlockte er plötzlich, ›der Mann und Weib geschaffen hat!‹

›Die Eva?‹ fragte der Narr.

›Die Antiope!‹ antwortete der Mönch.

›Und die andere? Die Große? Was fängst du mit der an? Schickst du sie betteln?‹ Gocciola wischte sich die Augen.

›Welches andere?‹ fragte der Mönch. ›Gibt es ein Weib, das nicht Antiope wäre!‹

Dies war selbst dem Narren zu stark. Er glotzte Astorre erschreckt an, wurde aber von einer Faust am Kragen gepackt, gegen die Pforte geschleppt und auf den Flur gesetzt. Dieselbe Hand legte sich dann auf Astorres Schulter.

›Erwache, Traumwandler!‹ rief der zurückgekehrte Ascanio, welcher die letzte schwärmerische Rede des Mönches belauscht hatte. Er zog den Verzückten auf eine Fensterbank nieder, heftete fest Augen auf Augen, und: ›Astorre, du bist von Sinnen!‹ sprach er ihn an.

Dieser wich zuerst den prüfenden Blicken wie geblendet aus, dann begegnete er ihnen mit den seinigen, die noch voller Jubel waren, um sie scheu niederzuschlagen. ›Wunderst du dich?‹ fragte er dann.

›So wenig als über das Lodern einer Flamme‹, versetzte Ascanio. ›Aber da du kein blindes Element, sondern eine Vernunft und ein Wille bist, so tritt die Flamme aus, sonst frißt sie dich und ganz Padua. Muß dir das Weltkind göttliches und menschliches Gesetz predigen? Du bist vermählt! So redet dieser Ring an deinem Finger. Wenn du, wie erst dein Gelübde, jetzt dein Verlöbnis brichst, brichst du Sitte, Pflicht, Ehre und Stadtfrieden. Wenn du dir den Pfeil des blinden Gottes nicht rasch und heldenmütig aus dem Herzen ziehst, ermordet er dich, Antiope und noch ein paar andere, wen es gerade treffen wird. Astorre! Astorre!‹

Ascanios mutwillige Lippen erstaunten über die großen und ernsten Worte, welche er in seiner Herzensangst ihnen zu reden gab. ›Dein Name, Astorre‹, sagte er dann halb scherzend, ›schmettert wie eine Tuba und ruft dich zum Kampfe gegen dich selbst!‹

Astorre ermannte sich. ›Man hat mir ein Philtrum gegeben!‹ rief er aus. ›Ich rase, ich bin ein Wahnsinniger! Ascanio, ich gebe dir Macht über mich, feßle mich!‹

›An Dianen will ich dich fesseln!‹ sagte Ascanio. ›Folge mir, daß wir sie suchen!‹

›War es nicht Diana, die Antiope schlug?‹ fragte der Mönch.

›Das hast du geträumt! Du hast alles geträumt! Du warst deiner Sinne nicht mächtig! Ich beschwöre dich! Ich befehle es dir! Ich ergreife und führe dich!‹

Wenn Ascanio die Wirklichkeit verjagen wollte, so

führte sie der auf dem Flur klirrende Schritt Germanos zurück. Mit einem entschlossenen Gesichte trat der Bruder Dianens vor den Mönch und faßte seine Hand. ›Ein gestörtes Fest, Schwager!‹ sagte er. ›Die Schwester schickt mich – ich lüge, sie schickt mich nicht. Denn sie hat sich in ihre Kammer eingeschlossen und drinnen flennt sie und verflucht ihren Jähzorn – heute ersaufen wir in Weibertränen! Sie liebt dich, nur bringt sie es nicht über die Lippen – es ist in der Familie: ich kann es auch nicht. An dir hat sie keinen Augenblick gezweifelt. Es ist einfach: du hast irgendwo einen Ring verschleudert – wenn es der deinige war, den die kleine Canossa – wie heißt sie doch? richtig: Antiope! – am Finger trug. Die närrische Mutter fand ihn und hat daraus ihr Märchen gesponnen. Antiope ist natürlich an alledem unschuldig wie ein neugeborenes Kind – wer es anders meint, hat es mit mir zu tun!‹

›Nicht ich!‹ rief Astorre. ›Antiope ist rein wie der Himmel! Der Ring wurde von einem Zufall gerollt!‹ und er erzählte mit fliegenden Worten.

›Aber auch der Schwester, die zufuhr, darfst du es nicht anrechnen, Astorre‹, behauptete Germano. ›Ihr schoß das Blut zu Kopfe, sie sah nicht, wen sie vor sich hatte. Sie glaubte die Närrin zu treffen, die ihr die Eltern verhunzte, und schlug die liebe Unschuld. Diese aber muß vor Gott und Menschen wieder zu Ehren und Würden gezogen werden. Laß das meine Sache sein, Schwager! Ich bin der Bruder. Es ist einfach.‹

›Du redest in einem fort und bleibst doch dunkel, Germano! Was hast du vor? Wie vergütest du es der Ärmsten?‹ fragte Ascanio.

›Es ist einfach‹, wiederholte Germano. ›Ich biete Antiope Canossa meine Hand und mache sie zu meinem Weibe.‹

Ascanio griff sich an die Stirn. Der Streich betäubte ihn. Als er dann aber, schnell besonnen, näher zusah, fand er das heroische Mittel gar nicht so übel; doch warf er einen ängstlichen Blick auf den Mönch. Dieser, seiner selbst wieder mächtig, hielt sich mäuschenstille und horchte aufmerksam. Das Ehrgefühl des Kriegers scholl wie ein heller Ruf durch die Wildnis seiner Seele.

›So treffe ich zwei Fliegen mit einem Schlage, Schwager‹, erläuterte Germano. ›Das Mädchen wird in ihren Züchten und Ehren hergestellt. Den möchte ich sehen, der hinter meinem Weibe zischelte! Dann stifte ich Frieden zwischen euch Eheleuten. Diana braucht sich nicht länger vor dir noch vor sich selbst zu schämen und ist von ihrem Jähzorne gründlich geheilt. Ich sage dir: sie ist davon genesen, zeitlebens!‹

Astorre drückte ihm die Hand. ›Du bist brav!‹ sagte er. Der Wille, seine himmlische oder irdische Lust tapfer zu überwinden, erstarkte in dem Mönche. Doch dieser Wille war nicht frei und diese Tugend nicht selbstlos; denn sie klammerte sich an einen gefährlichen Sophismus: nicht anders als ich selbst eine Ungeliebte umarmen werde, tröstete sich Astorre, wird auch Antiope von einem Manne sich umfangen lassen, welcher sie kurzerdinge freit, um fremdes Unrecht gut zu machen. Wir verzichten alle! Entsagung und Kasteiung in der Welt wie im Kloster!

›Was geschehen muß, verschiebe ich nicht‹, drängte Germano. ›Sonst würde sie sich schlummerlos wälzen.‹ Ich weiß nicht meinte er Diana oder Antiope. ›Schwager, du begleitest mich als Zeuge: ich tue es in den Formen.‹

›Nein, nein!‹ schrie Ascanio erschreckt. ›Nicht Astorre! Nimm mich!‹

Germano schüttelte den Kopf. ›Ascanio, mein Freund‹, sagte er, ›dazu eignest du dich nicht. Du bist kein ernsthafter Zeuge in Ehesachen! Auch wird mein Bruder Astorre es sich nicht nehmen lassen, für mich zu werben. Es ist ja zum großen Teil seine eigene Angelegenheit. Nicht wahr, Astorre?‹ Dieser nickte. ›So bereite dich, Schwager. Mache dich hübsch! Hänge dir eine Kette um! ‹

›Und‹, scherzte Ascanio gezwungen, ›wann du über

den Hof gehst, tauche den Kopf in den Brunnen! Du selbst aber Germano, trägst Panzer? So kriegerisch? Schickt sich das zur Freite?‹

›Ich bin lange nicht aus der Rüstung gekommen und sie kleidet mich. Was betrachtest du mich von Kopf zu Füßen, Ascanio?‹

›Ich frage mich, woher dieser Gepanzerte seine Sicherheit nimmt, nicht mitsamt der Sturmleiter in den Graben geworfen zu werden?‹

›Das kann nicht in Frage stehen‹, meine Germano seelenruhig. ›Wird sich eine Beschämte und Geschlagene einem Retter verweigern? Da wäre sie eine noch größere Närrin als ihre Mutter. Das ist doch sonnenklar, Ascanio. Komm, Astorre.‹

Während der Zurückbleibende mit verschlungenen Armen diese neue Wendung der Dinge bedachte, zweifelnd, ob dieselbe auf einen Spielplatz blühender Kinder oder auf ein Camposanto führe, schritten seine Jugendfreunde den nicht langen Weg zu dem Palaste Canossa.

Der wolkenlose Tag verglomm in einem reinglühenden Abendgolde, und horch! es läutete Ave. Der Mönch sprach innerlich die Gewohnheitsgebete und sein etwas erhöht liegendes Kloster verlängerte zufällig das vertraute Geläute um ein paar friedlich wehmütige Schläge, welchen die andern Stadtglocken den Luftraum nicht länger streitig machten. Auch der Mönch wurde des allgemeinen Friedens teilhaft.

Da traf sein Blick das Gesicht des Freundes und ruhte auf den wetterharten Zügen. Sie waren hell und freudig, von erfüllter Pflicht ohne Zweifel, aber doch auch von dem unbewußten oder unbewachten Glück, unter dem von Ehre geschwellten Segel einer ritterlichen Handlung den Port einer seligen Insel zu erreichen. ›Die süße Unschuld!‹ seufzte der Krieger.

Rasend schnell begriff der Mönch, daß der Bruder Dianens sich selbst täuschte, wenn er sich für uneigennützig hielt, daß Germano Antiope zu lieben begann und sein Nebenbuhler war. Seine Brust empfand einen scharfen Biß, dann einen zweiten noch schärfern, daß er hätte aufschreien mögen. Und jetzt wühlte und wimmelte schon ein ganzes Nest grimmiger Schlangen in seinem Busen. Herrschaften, Gott möge uns alle, Männer und Weiber, vor der Eifersucht behüten! Sie ist die qualvollste der Peinen, und wer sie leidet, ist unseliger als meine Verdammten!

Mit verzogenem Gesichte und gepreßtem Herzen folgte der Mönch dem selbstbewußten Freier die Treppen des erreichten Palastes hinauf. Dieser stand leer und verwahrlost. Madonna Olympia mochte sich eingeschlossen haben. Kein Gesinde und alle Türen offen. Sie durchschritten ungemeldet eine Reihe schon dämmernder Gemächer: vor der Schwelle der letzten Kammer hielten sie stille, denn die junge Antiope saß am Fenster.

Sein in den Umriß eines Kleeblattes endigender Bogen war voller Abendglorie, welche die liebreizende Gestalt im Halbkreise von Brust zu Nacken umfing. Ihre gezauste Haarkrone ähnelte den Spitzen eines Dornenkranzes und die schmachtenden Lippen schlürften den Himmel. Das geschlagene Mädchen lag müde unter dem Druck der erduldeten Schande, mit zugefallenen Augendeckeln und erschlafften Armen; aber in der Stille ihres Herzens frohlockte sie und pries ihre Schmach, denn diese hatte sie mit Astorre auf ewig vereinigt.

Und entzündet sich nicht heute noch und bis ans Ende der Tage aus tiefstem Erbarmen höchste Liebe? Wer widersteht dem Anblicke des Schönen, wenn es ungerecht leidet? Ich lästere nicht und kenne die Unterschiede, aber auch das Göttliche wurde geschlagen und wir küssen seine Striemen und Wunden.

Antiope grübelte nicht, ob Astorre sie liebe. Sie wußte es. Da war kein Zweifel. Sie war davon überzeugter als von den Atemzügen ihrer Brust und den Schlägen ihres Herzens. Keine Silbe hatte sie mit Astorre gewechselt vom ersten Schritt des Weges an, den sie zusammen gingen. Die Hände hielten sich nicht fester beim letzten; sie verwuchsen, ohne sich zu drücken. Sie durchdrangen sich, wie zwei leichte geistige Flammen, und waren doch beim Scheiden wie die Wurzel aus der Erde kaum auseinander zu lösen.

Antiope vergriff sich an fremdem Eigentum und beging Raub an Dianen fast in Unschuld, denn sie hatte weder Gewissen mehr noch auch nur Selbstbewußtsein. Padua, das mit seinen Türmen vor ihr lag, Mutter, des Mönches Verlöbnis, Diana, die ganze Erde, alles war vernichtet: nichts als der Abgrund des Himmels, und dieser gefüllt mit Licht und Liebe.

Astorre hatte von der ersten zur letzten Stufe der Treppe mit sich gerungen und meinte den Sieg erkämpft zu haben. Ich werde das Opfer vollbringen, prahlte er gegen sich selbst, und Germano bei seiner Werbung zur Seite stehen. Auf dem obersten Tritte rief er noch alle seine Heiligen an, voraus Sankt Franziskus, den Meister der Selbstüberwindung. Er griff in die Brust und glaubte, durch den himmlischen Beistand stark wie Herkules, die Schlangen erwürgt zu haben. Aber der Heilige mit den vier Wundmalen hatte sich abgewendet von dem untreuen Jünger, der seinen Strick und seine Kutte verschmähte.

Der danebenstehende Germano entwarf indessen seine Rede, konnte aber nicht über die zwei Argumente hinauskommen, welche ihm gleich anfänglich eingeleuchtet hatten. Übrigens war er guten Mutes – hatte er doch schon öfter im Reiterkampfe seine Germanen angeredet – und fürchtete sich nicht vor einem Mädchen. Nur das Warten ertrug er ebensowenig als vor der Schlacht. Er klirrte leis mit dem Schwert an den Panzer.

Antiope schrak zusammen, blickte hin, erhob sich rasch und stand, den Rücken gegen das Fenster gewendet, mit dunkelm Antlitz den sich im Dämmerlichte vor ihr verbeugenden Männern gegenüber.

›Sei getrost, Antiope Canossa!‹ redete Germano. ›Ich

bringe dir diesen mit, Astorre Vicedomini, welchen sie
den Mönch nennen, den Gatten meiner Schwester Diana, als gültigen Zeugen: siehe, ich bin gekommen, dich –
ohne Vater wie du bist und bei einer solchen Mutter –
von dir selbst zum Weibe zu begehren. Meine Schwester
hat sich gegen dich vergessen‹ – er sträubte sich, ein stärkeres Wort zu brauchen und damit Dianen, die er verehrte, preiszugeben – ›und ich, der Bruder, bin da, gut
zu machen, was die Schwester schlecht gemacht hat. Diana mit Astorre, du mit mir, so euch entgegenkommend,
werdet ihr Weiber euch die Hände geben.‹

Das empfindliche Gemüt des lauschenden Mönches
verwundete diese rohe Gleichstellung des Mißhandelns
und des Leidens, der Schlagenden und der Geschlagenen – oder krümmte sich eine Natter? – ›Germano, so
wirbt man nicht!‹ raunte er dem Gepanzerten zu.

Dieser vernahm es, und da die dunkle Antiope mäuschenstill blieb, verstimmte er sich. Er fühlte, daß er weicher reden sollte, und redete barscher. ›Ohne Vater und
mit einer solchen Mutter‹, wiederholte er, ›bedürfet Ihr
einer männlichen Hut! Das konntet Ihr heute lernen,
junge Herrin. Ihr werdet nicht zum andern Male vor
ganz Padua beschämt und geschlagen werden wollen!
Gebet Euch mir, wie Ihr seid, und ich schirme Euch vom
Wirbel zur Zehe!‹ Germano dachte an seinen Panzer.

Astorre empfand diese Werbung von empörender
Härte: Germano, so schien ihm, behandelte Antiope wie
seine Kriegsgefangene – oder zischte die Schlange? – ›So
wirbt man nicht, Germano!‹ keuchte er. Dieser wendete
sich halb. ›Wenn du es besser verstehst‹, sagte er mißmutig, ›wirb du für mich, Schwager.‹ Er trat raumgebend
beiseite.

Da näherte sich Astorre, das Knie gebogen, hob die
Hände mit sich einander berührenden Fingerspitzen
und seine bangen Blicke befragten das zarte Haupt auf
dem blassen Goldgrunde. ›Findet Liebe Worte?‹ stammelte er. Dämmerung und Schweigen.

Endlich lispelte Antiope: ›Für wen wirbst du, Astorre?‹ – ›Für diesen hier, meinen Bruder Germano‹, preßte er hervor. Da barg sie das Antlitz mit den Händen.

Jetzt riß Germano die Geduld. ›Ich werde deutsch mit ihr reden‹, brach er los und: ›Kurz und gut, Antiope Canossa‹, ließ er das Mädchen rauh an, ›wirst du mein Weib oder nicht?‹

Antiope wiegte das kleine Haupt sanft und sachte, aber trotz der wachsenden Nacht mit deutlicher Verneinung.

›Ich habe meinen Korb‹, sprach Germano trocken. ›Komm, Schwager!‹ und er verließ den Saal mit ebenso festen Schritten als er ihn betreten hatte. Der Mönch aber folgte ihm nicht.

Astorre verharrte in seiner flehenden Stellung. Dann ergriff er, selbst zitternd, Antiopes zitternde Hände und löste sie von dem Antlitz. Welcher Mund den andern suchte, weiß ich nicht, denn die Kammer war völlig finster geworden.

Auch wurde es darin so stille, daß, wäre ihr Ohr nicht voll stürmischen Jubels und seliger Chöre gewesen, die Liebenden leicht in einem anstoßenden Gelasse gemurmelte Gebete hätten vernehmen können. Das verhielt sich so: neben Antiopes Kammer, einige Stufen tiefer, lag die Hauskapelle, und morgen jährte sich zum dritten Male der Tod des Grafen Canossa. Nach überschrittener Mitternacht sollte in Gegenwart der Witwe und der Waise die Seelenmesse gelesen werden. Schon hatte sich der Priester eingestellt, den Ministranten erwartend.

Ebensowenig als das unterirdische Gemurmel vernahm das Paar die schlurfenden Pantoffeln der Madonna Olympia, welche die Tochter suchte und nun bei dem spärlichen Scheine der Hausleuchte, die sie in der Hand trug, die Liebenden still und aufmerksam betrachtete. Daß die frechste Lüge einer ausschweifenden Einbildungskraft vor ihren Augen in diesen zärtlich verschlungenen Gestalten zu Tat und Wahrheit wurde, darüber wunderte sich Madonna Olympia nicht; aber, es sei der Törin zum Lobe gesagt, ebensowenig kostete sie einen Genuß der Rache. Sie weidete sich nicht an dem der gewalttätigen Diana bevorstehenden bittern Leiden, sondern es überwog die einfache mütterliche Freude, ihr Kind zu seinem Preise gewertet, begehrt und geliebt zu sehen.

Da jetzt, von einem scharfen Strahl aus ihrer Leuchte getroffen, die beiden verwundert aufblickten, fragte sie mit einer weichen und natürlichen Stimme: ›Astorre Vicedomini, liebst du die Antiope Canossa?‹

›Über alles, Madonna!‹ antwortete der Mönch.

›Und verteidigst sie?‹

›Gegen eine Welt!‹ rief Astorre verwegen.

›So ist es recht‹, begütigte sie, ›aber nicht wahr, du meinst es redlich? Du verstoßest sie nicht, wie Dianen? Du närrst mich nicht? Du machst eine arme Törin, wie sie mich nennen, nicht unglücklich? Du lässest mein Kindchen nicht wieder zu Schanden kommen? Du suchst keine Ausflüchte noch Aufschübe? Du gibst den Augen die Gewißheit und führst die Antiope gleich, als ein frommer Christ und wackerer Edelmann, zum Altar? Auch hast du nicht weit nach dem Pfaffen zu gehen. Hörst du es murmeln? Da unten kniet einer.‹

Und sie öffnete eine niedrige Tür, hinter welcher ein paar steile Stufen in das häusliche Heiligtum hinabführten. Astorre warf einen Blick: unter dem plumpen Gewölbe vor einem kleinen Altar bei dem ungewissen Licht einer Kerze betete ein Barfüßer, welcher ihm an Alter und Gestalt nicht unähnlich war und auch die Kutte und den Strick des heiligen Franziskus trug.

Ich glaube, daß dieser Barfüßer hier und gerade zu dieser Stunde durch göttliche Schickung knien und beten mußte, um Astorre zum letzten Male zu erschrecken und zu warnen. Doch in seinen lodernden Adern wurde die Arznei zum Gifte. Da er die Verkörperung seines Klosterlebens erblickte, kam ein trotziger Geist des Frevels und der Sicherheit über ihn. Mit gleichen Füßen habe ich über mein erstes Gelübde weggesetzt, lachte er, und siehe, die Schranke fiel unter meinem Sprunge – warum nicht über das zweite? Meine Heiligen haben mich unterliegen lassen! Vielleicht retten und beschützen sie den Sünder! Der Verwildernde bemächtigte sich Antiopes und trug sie, mehr als daß er sie führte, die Stufen hinunter; Madonna Olympia aber, die sich nach einem kurzen lichten Momente wieder verwirrte, schlug hinter dem Mönch und ihrem Kinde die schwere Tür zu, wie hinter einem gelungenen Fange, einer gehaschten Beute, und lauschte durch das Schlüsselloch.

Was sie sah, bleibt ungewiß. Nach der Meinung des Volkes hätte Astorre den Barfüßer mit gezogenem Schwerte bedroht und vergewaltigt. Das ist unmöglich, denn der Mann Astorre hatte niemals den Leib mit einem Schwerte gegürtet. Der Wahrheit näher mag es kommen, daß der Barfüßer – traurig zu sagen – ein schlechter Mönch war und vielleicht derselbe Beutel unter seine Kutte wanderte, den Astorre zu sich gesteckt hatte, da er für Diana den Ehereif kaufen ging.

Daß aber anfänglich der Priester sich sperrte, daß die zwei Mönche miteinander rangen, daß das schwere Gewölbe eine häßliche Szene verbarg – solches lese ich in dem verzerrten und entsetzten Gesichte der Lauscherin. Donna Olympia verstand, daß da unten ein Frevel begangen werde, daß sie als die Anstifterin und Mitschuldige desselben der Strenge des Gesetzes und der Rache der Verratenen sich preisgebe, und da sich die Hinrichtung des Grafen, ihres Gemahls, jährte, glaubte sie auch ihr törichtes Haupt dem Beile unrettbar verfallen. Sie wähnte den nahenden Schritt Ezzelins zu vernehmen: da floh sie und schrie: ›Hilfe! Mörder! ‹

Die Gequälte stürzte auf den Flur und an das in den engen innern Hof blickende Fenster. ›Mein Maultier! Meine Sänfte!‹ rief sie hinunter, und lachend über den doppelten Befehl, das Maultier war für das Land, die

Sänfte für die Stadt, erhob sich das Gesinde der Törin langsam und bequem aus einem Winkel, wo es bei einer Kürbislaterne trank und würfelte. Ein alter Stallmeister, welcher allein der unglücklichen Herrin Treue hielt, sattelte bekümmert zwei Maultiere und führte sie durch den Torweg auf den an der Gasse liegenden Vorplatz des Palastes: er hatte Donna Olympia schon auf mancher Irrefahrt begleitet. Die andern folgten witzereißend mit der Sänfte.

Auf der großen Treppe stieß die flüchtige Törin, welche der auch bei den Unseligen übermächtige Trieb der Selbsterhaltung ihr geliebtes Kind vergessen ließ, gegen den besorgten Ascanio, der, ohne Nachricht gelassen und von Unruhe getrieben, auf Kundschaft ausgegangen war.

›Was ist geschehen, Signora?‹ fragte er eilig.

›Ein Unglück!‹ krächzte sie wie ein auffliegender Rabe, rannte die Treppe hinab, saß auf ihrem Tiere, stachelte es mit rasender Ferse und verschwand im Dunkel.

Ascanio suchte durch die finstern Gemächer bis in die von der stehengebliebenen Ampel der Madonna Olympia erhellte Kammer Antiopes. Wie er sich darin umblickte, wurde die Tür der Hauskapelle geöffnet und zwei schöne Gespenster entstiegen der Tiefe. Der Mutige begann zu zittern. ›Astorre, du bist mit ihr vermählt!‹ Der schallvolle Name dröhnte im Echo des Gewölbes wie die Tuba jenes Tages. ›Und trägst Dianens Ring am Finger!‹

Astorre riß ihn ab und schleuderte ihn.

Ascanio stürzte an das offene Fenster, durch welches der Ring gesprungen war. ›Er ist in eine Spalte zwischen zwei Quadern geglitscht‹, sprach es aus der Gasse herauf. Ascanio erblickte Turbane und Eisenkappen. Es waren die Leute des Vogtes, welche ihre nächtliche Runde begannen.

›Auf ein Wort, Abu Mohammed!‹ rief er, rasch besonnen, einen weißbärtigen Greis, der höflich erwiderte: ›Dein Wunsch ist mir Befehl!‹ und mit zwei anderen Sarazenen und einem Deutschen im Tore des Palastes verschwand.

Abu-Mohammed-el-Tabîb überwachte nicht nur die Sicherheit der Straße, sondern betrat auch das Innerste der Häuser, um Reichsverräter – oder was der Vogt so benannte – zu verhaften. Kaiser Friedrich hatte ihn seinem Schwiegersohne, dem Tyrannen, gegeben, damit er diesem eine sarazenische Leibwache werbe, und an deren Spitze war er in Padua verblieben. Abu Mohammed war eine feine Erscheinung und hatte gewinnende Formen. Er nahm Anteil an dem Schmerze der Familie, deren Glied er in den Kerker oder zum Blocke führte, und tröstete die betrübte in seinem gebrochenen Italienisch mit Sprüchen arabischer Dichter. Ich vermute, daß er seinen Beinamen ›al Tabîb‹, das ist der Arzt, wenn er auch einige chirurgische Kenntnisse und Griffe besitzen mochte, zuerst und voraus gewissen ärztlichen Manieren verdankte: ermutigenden Handgebärden, beruhigenden Worten, wie zum Beispiel: ›Es tut nicht weh‹, oder: ›Es geht vorüber‹, womit die Jünger Galens eine schmerzliche Operation einzuleiten pflegen. Kurz, Abu Mohammed behandelte das Tragische gelinde und war zur Zeit meiner Fabel trotz seines strengen und bittern Amtes in Padua keine verhaßte Persönlichkeit. Später, da der Tyrann eine Lust daran fand, menschliche Leiber zu martern, woran du nicht glauben kannst, Cangrande!, verließ ihn Abu Mohammed und kehrte zu seinem gütigen Kaiser zurück.

Auf der Schwelle des Gemaches winkte Abu Mohammed seinen drei Begleitern, stehenzubleiben. Der Deutsche, der die Fackel trug, ein trotzig blickender Geselle, verharrte nicht lange. Er hatte heute zur Vesperstunde Germano nach dem Palaste Vicedomini begleitet und dieser ihm zugelacht: ›Laß mich jetzt! Ich verlobe hier mein Schwesterchen Diana dem Mönche!‹ Der Germane kannte die Schwester seines Hauptmanns und hatte eine Art stiller Neigung zu ihr, ihres hohen Wuchses und ihrer redlichen Augen halber. Da er nun den Mönch, welchem er heute mittag zur Seite geritten, Hand in Hand mit einem kleinen und zierlichen Weibe sah, das ihm, neben dem großen Bilde Dianens, als eine Puppe erschien, witterte er Treubruch, schmiß erzürnt die lodernde Fackel auf den Steinboden, wo sie der eine der Sarazenen behutsam aufhob, und eilte davon, Germano den Verrat des Mönches zu melden.

Ascanio, der den Deutschen erriet, bat Abu Mohammed, ihn zurückzurufen. Dieser aber weigerte sich. ›Er würde nicht gehorchen‹, sagte er sanft, ›und mir zwei oder drei meiner Leute niederhauen. Mit welchem andern Dienste, Herr, bin ich dir gefällig? Verhafte ich diese blühende Jugend?‹

›Astorre, sie wollen uns trennen!‹ schrie Antiope und suchte Schutz in den Armen des Mönches. Die am Altare Frevelnde hatte mit einer schuldlosen Seele auch die natürliche Beherztheit eingebüßt. Der Mönch, welchen seine Schuld vielmehr ermutigte und begeisterte, tat einen Schritt gegen den Sarazenen und riß ihm unversehens das Schwert aus der Scheide. ›Vorsichtig, Knabe, du könntest dich schneiden‹, warnte dieser gutmütig.

›Laß dir sagen, Abu Mohammed‹, erklärte Ascanio, ›dieser Rasende ist der Gespiele meiner Jugend und war lange Zeit der Mönch Astorre, den du sicherlich auf den Straßen Paduas gesehen hast. Der eigene Vater hat ihn um sein Klostergelübde geprellt und mit einem ungeliebten Weibe vermählt. Vor wenigen Stunden wechselte er mit ihr die Ringe, und jetzt, wie du ihn hier siehst, ist er der Gatte dieser andern.‹

›Verhängnis!‹ urteilte der Sarazene mild.

›Und die Verratene‹, fuhr Ascanio fort, ›ist Diana Pizzaguerra, die Schwester Germanos! Du kennst ihn. Er glaubt und traut lange, sieht und greift er aber, daß er ein Getäuschter und Betrogener ist, so spritzt ihm das Blut in die Augen und er tötet.‹

›Nicht anders‹, bestätigte Abu Mohammed. ›Er ist von

der Mutter her ein Deutscher und diese sind Kinder der Treue!‹

›Rate mir, Sarazene. Ich weiß nur eine Auskunft: vielleicht eine Rettung. Wir bringen die Sache vor den Vogt. Ezzelin mag richten. Inzwischen bewachen deine Leute den Mönch in seinem eigenen festen Hause. Ich eile zum Ohm. Diese aber bringst du, Abu Mohammed, zu der Markgräfin Cunizza, der Schwester des Vogts, der frommen und leutseligen Domina, die hier seit einigen Wochen Hof hält. Nimm die hübsche Sünderin! Ich anvertraue sie deinem weißen Barte.‹ – ›Du darfst es‹, versicherte Mohammed.

Antiope umklammerte den Mönch und schrie noch kläglicher, als das erstemal: ›Sie wollen mich von dir trennen! Laß mich nicht, Astorre! keine Stunde! keinen Augenblick! Oder ich sterbe!‹ Der Mönch hob das Schwert.

Ascanio, der jede Gewalttat verabscheute, blickte den Sarazenen fragend an. Dieser betrachtete die sich umschlungen Haltenden mit väterlichen Augen. ›Laß die Schatten sich umarmen!‹ sagte er dann weichgestimmt, sei es, daß er ein Philosoph war und das Leben für Schein hielt, sei es, daß er sagen wollte: vielleicht verurteilt sie morgen Ezzelin zum Tode, gönne den verliebten Faltern die Stunde!

Ascanio zweifelte nicht an der Wirklichkeit der Dinge; desto zugänglicher war er dem zweiten Sinne des Spruches. Nicht allein als der Leichtfertige, der er war, sondern auch als ein Gütiger und Menschlicher zauderte er, die Liebenden auseinanderzureißen.

›Astorre‹, fragte er, ›kennst du mich?‹

›Du warst mein Freund‹, antwortete dieser.

›Und ich bin es noch. Du hast keinen treuern.‹

›O trenne mich nicht von ihr!‹ flehte jetzt der Mönch in einem so ergreifenden Tone, daß Ascanio nicht widerstand. ›So bleibet zusammen‹, sagte er, ›bis ihr vor das Gericht tretet.‹ Er flüsterte mit Abu Mohammed.

Dieser näherte sich dem Mönche, entwand ihm sachte das Schwert, Finger um Finger von dem Griffe lösend, und ließ es in die Scheide an seiner Hüfte zurückfallen. Dann trat er ans Fenster, winkte seiner Schar, und die Sarazenen bemächtigten sich der auf dem Vorplatz stehengebliebenen Sänfte Madonna Olympias.

Durch eine enge finstere Gasse bewegte sich die schleunige Flucht: Antiope voran, von vier Sarazenen getragen, ihr zur Seite der Mönch und Ascanio, dann die Turbane. Abu Mohammed schloß den Zug.

Dieser eilte an einem kleinen Platz und einer erhellten Kirche vorüber. In die dunkle Fortsetzung der Gasse einmündend, stieß er in hartem Anprall mit einem ihm entgegenkommenden andern, von zahlreichem Volke begleiteten Zuge zusammen. Heftiges Gezänk erhob sich. ›Raum der Sposina!‹ rief die Menge. Chorknaben brachten aus der Kirche lange Kerzen herbei, deren wehende Flämmchen sie mit vorgehaltener Hand schützten. Der gelbe Schimmer zeigte eine geneigte Sänfte und eine umgestürzte Bahre. La Sposina war ein gestorbenes Bräutchen aus dem Volke, das zu Grabe getragen wurde. Die Tote regte sich nicht und ließ sich gelassen wieder auf ihre Bahre legen. Das versammelte Volk aber erblickte den Mönch, der die aus der Sänfte gesprungene Antiope schirmend umfing, und es wußte doch, daß der Mönch heute mit Diana Pizzaguerra sich vermählt hatte. Abu Mohammed schaffte Ordnung. Ohne weiteren Unfall erreichte man den Palast.

Astorre und Antiope wurden von der Dienerschaft mit erstaunten und bestürzten Blicken empfangen. Sie verschwanden im Tore, ohne von Abu Mohammed und Ascanio Abschied genommen zu haben. Dieser wickelte sich in sein Kleid und begleitete noch einige Schritte weit den Sarazenen, welcher die Stadtburg, die er bewachen sollte, umging, ihre Tore zählend und mit dem Blicke die Höhe ihrer Mauern messend.

›Ein gefüllter Tag‹, sagte Ascanio.

›Eine selige Nacht‹, erwiderte der Sarazene, den stern-
besäten Himmel betrachtend. Die ewigen Lichter, ob sie
nun unsere Schicksale beherrschen oder nicht, wander-
ten nach ihren stillen Gesetzen, bis ein junger Tag, der
jüngste und letzte Astorres und Antiopes, die göttliche
Fackel schwang.

In einer Morgenstunde desselben lauschte der Tyrann mit seinem Neffen durch ein kleines Rundbogen-
fenster seines Stadtturmes auf den anliegenden Platz
hinunter, den eine aufgeregte Menge füllte, murmelnd
und tosend wie die wechselnde Meereswoge.

Die gestrige Begegnung der Sänfte mit der Bahre und
der daraus entstandene Tumult hatte blitzschnell durch
die ganze Stadt verlautet. Alle Köpfe beschäftigten sich
wachend und träumend mit nichts anderem mehr, als
mit dem Mönche und seiner Hochzeit: nicht nur dem
Himmel habe der Ruchlose sein Gelübde gebrochen,
sondern jetzt auch der Erde, seine Braut habe er verraten, seinen Reif verschleudert, in rasend raschem Wechsel mit einmal aufgeloderten Sinnen ein neues Weib ge-
freit, ein fünfzehnjähriges Mädchen, die Blüte des Lebens, und aus der zerrissenen Kutte sei ein gieriger
Raubvogel aufgeflackert. Aber der gerechte Tyrann, der
kein Ansehen der Person kenne, lasse das Haus, das den
Verbrecher und die Verbrecherin verberge, von seinen
Sarazenen bewachen; er werde heute, bald, jetzt die Missetat der zwei Vornehmen – denn die junge Sünderin
Antiope sei eine Canossa – vor seinen Stuhl ziehen, der
keuschen Diana ihr Recht schaffen und dem durch das
schlechte Beispiel seines Adels beleidigten tugendhaften
Volke die blutenden Köpfe der zwei Schuldigen durch
das Fenster zuwerfen.

Der Tyrann ließ sich, während er einen beobachtenden Blick auf die gärende Masse warf, von Ascanio das
Gestrige berichten. Die Verliebung rührte ihn nicht, nur
der zugerollte Ring beschäftigte ihn einen Augenblick
als eine neue Form des Schicksals. ›Ich tadle‹, sagte er,

›daß du sie gestern nicht auseinandergerissen hast! Ich lobe, daß du sie bewachst! Die Vermählung mit Diana besteht zu Recht. Das mit dem Schwert erzwungene oder mit dem Beutel erkaufte Sakrament ist so nichtig als möglich. Der Pfaffe, der sich erschrecken oder bestechen ließ, verdient den Galgen und, wird er eingefangen, so baumelt er. Noch einmal: warum tratest du nicht zwischen den Unmündigen und das Kind? warum zerrtest du nicht einen Taumelnden aus den Armen einer Berauschten? Du gabest sie ihm! Jetzt sind sie Gatten.‹

Ascanio, welcher sich wieder hell und leichtfertig geschlafen hatte, verbarg ein Lächeln. ›Epikuräer!‹ strafte ihn Ezzelin. Er aber schmeichelte: ›Es ist geschehen, gestrenger Ohm. Wenn du den Fall in deinen Machtkreis ziehst, ist alles gerettet! Beide Parteien habe ich vor deinen Richterstuhl beschieden auf diese neunte Stunde.‹ Ein gegenüberstehender Campanile schlug sie. ›Wolle nur, Ezzelin, und deine feste und kluge Hand löst den Knoten spielend. Liebe verschwendet und Geiz kennt Ehre nicht. Der verliebte Mönch wird dem niederträchtigen Geizhals, als welchen wir alle diesen würdigen Pizzaguerra kennen, hinwerfen, was er verlangt. Germano freilich wird das Schwert ziehen, doch du heißest es ihn in die Scheide zurückstoßen. Er ist dein Mann. Er knirscht, aber er gehorcht.‹

›Ich frage mich‹, sagte Ezzelin, ›ob ich recht tue, den Mönch dem Schwerte meines Germano zu entziehen. Darf Astorre leben? Kann er es, jetzt da er nach verschleuderter Sandale auch den angezogenen ritterlichen Schuh zur Schlappe tritt und der Cantus firmus des Mönches in einem gellenden Gassenhauer vertönt? Ich – was an mir liegt – friste dem Wankelmütigen und Wertlosen das Dasein. Allein ich vermag nichts gegen sein Schicksal. Ist Astorre dem Schwerte Germanos bestimmt, so kann ich diesen es senken heißen, jener rennt doch hinein. Ich kenne das. Ich habe das erfahren.‹ Und er verfiel in ein Brüten.

Scheu wandte Ascanio den Blick seitwärts. Er wußte eine grausame Geschichte.

Einst hatte der Tyrann ein Kastell erobert und die Empörer, die es gehalten hatten, zum Schwerte verurteilt. Der erste beste Kriegsknecht schwang es. Da kniete, um den Todesstreich zu empfangen, ein schöner Knabe, dessen Züge den Tyrannen fesselten. Ezzelin glaubte die seinigen zu erkennen und fragte den Jüngling nach seinem Ursprunge.

Es war der Sohn eines Weibes, das Ezzelin in seiner Jugend sündig geliebt hatte. Er begnadigte den Verdammten. Dieser, von der eigenen Neugierde und den neidischen Sticheleien derer, welche ihre Söhne oder Verwandten durch jenes Bluturteil eingebüßt hatten, gereizt und verfolgt, ruhte nicht, bis er das Rätsel seiner Bevorzugung löste. Er soll den Dolch gegen die eigene Mutter gezückt und ihr das böse Geheimnis entrissen haben. Die enthüllte uneheliche Geburt vergiftete seine junge Seele. Er verschwur sich von neuem gegen den Tyrannen, überfiel ihn auf der Straße und wurde von demselben Kriegsknechte, der zufällig der erste war, Ezzelin zu Hilfe zu eilen, und mit demselben Schwerte niedergestoßen.

Ezzelin verbarg das Haupt eine Weile mit der Rechten und betrachtete den Untergang seines Sohnes. Dann erhob er sich langsam und fragte: ›Was aber wird aus Diana?‹

Ascanio zuckte die Achseln. ›Diana hat einen Unstern. Zwei Männer hat sie verloren, den einen an die Brenta, den andern an ein lieblicheres Weib. Und dazu der karge Vater! Sie geht ins Kloster. Was bliebe ihr sonst?‹

Jetzt erhob sich drunten auf dem Platze ein Murren, ein Schelten, ein Verwünschen, ein Drohen. ›Mordet den Mönch!‹ reizten einzelne Stimmen, doch da sie sich in einen allgemeinen Schrei vereinigen wollten, ging der Volkszorn auf eine seltsame Weise in ein erstauntes und bewunderndes ›Ach!‹ über. ›Ach, wie schön ist sie!‹ Der

Tyrann und Ascanio konnten durch ihr Fenster den Auftritt bequem beobachten: Sarazenen auf schlanken Berbern, den Mönch Astorre und sein junges Weib, die von Maultieren getragen wurden, umringend. Die neue Vicedomini ritt verhüllt. Aber wie die tausend Fäuste des Volkes sich gegen den Mönch, ihren Gemahl, ballten, hatte sie sich leidenschaftlich vor ihn geworfen. Die liebende Gebärde zerriß den Schleier. Es war nicht der Reiz ihres Antlitzes allein, noch die Jugend ihres Wuchses, sondern das volle Spiel der Seele, das gestaltete Gefühl, der Atem des Lebens, was die Menge entwaffnete und hinriß, wie gestern den Mönch, der jetzt als ein blühender Triumphator ohne die leiseste Furcht, denn er glaubte sich gefestet und gefeit, mit seiner warmen Beute einherzog.

Ezzelin betrachtete diesen Sieg der Schönheit fast verächtlich. Er wandte sein Auge teilnehmend gegen den zweiten Auftritt, welcher aus einer andern Gasse auf den Turmplatz mündete. Drei Vornehme, wie Astorre und Antiope zahlreich begleitet, suchten Bahn durch die Menge. In der Mitte ein schneeweißes Haupt, die würdige Erscheinung des alten Pizzaguerra. Ihm zur Linken Germano. Dieser hatte gestern schrecklich gezürnt, als ihm sein Deutscher die Kunde des Verrates brachte, und stürzte spornstreichs zur Rache, wurde aber von dem Sarazenen ereilt, welcher ihn, den Vater und die Schwester auf die nächste Frühstunde in den Turm und vor das Gericht des Vogtes lud. Er hatte darauf der Schwester den Frevel des Mönches, welchen er ihr lieber bis nach genommener Rache verheimlicht, offenbaren müssen und sich über ihre Fassung gewundert. Diana ritt zur Rechten des Vaters, keine andere als sonst, nur daß sie den breiten Nacken um einen schweren Gedanken tiefer als gestern trug.

Die Menge, welche die Gekränkte und ihr Recht Fordernde eine Minute früher mit zürnendem Jubel begrüßt hätte, begnügte sich jetzt, das Auge noch geblendet von dem Glanze Antiopes und den Verrat des Mönches begreifend und mitbegehend, der Gedrückten ein mitleidiges: ›Arme, Ärmste! Immer Geopferte!‹ zuzumurmeln.

Jetzt erschienen die fünfe vor dem Tyrannen, der in einem nackten Saale auf einem nur zwei Stufen über dem Boden erhöhten Stuhle saß.

Vor ihm standen Kläger und Verklagte sich gegenüber: hier die beiden Pizzaguerra und, ein wenig beiseite, die große Gestalt Dianas, dort, Hand in Hand verschlungen, der Mönch und Antiope, alle in Ehrfurcht, während Ascanio an den hohen Sessel des Tyrannen lehnte, als wolle er seine Unparteilichkeit und die Mitte wahren zwischen zwei Jugendgespielen.

›Herrschaften‹, begann Ezzelin, ›ich werde euern Fall nicht als eine Staatssache, wo Treubruch Verrat, und Verrat Majestätsverbrechen ist, behandeln, sondern als eine läßliche Familienangelegenheit. In der Tat, die Pizzaguerra, die Vicedomini, die Canossa sind ebenso edeln Blutes als ich, nur daß die Erhabenheit des Kaisers mich zu ihrem Vogte in diesen ihren Ländern gemacht hat.‹

Ezzelin neigte das Haupt bei der Nennung der höchsten Macht; er konnte es nicht entblößen, da er dasselbe, wenn er es nicht mit dem Streithelm bedeckte, überall, selbst in Wind und Wetter, nach antiker Weise bar trug. ›So bilden die zwölf Geschlechter eine große Familie, zu der auch ich durch eine meiner Ahnfrauen gehöre. Aber wie sind wir zusammengeschmolzen durch unselige Verblendung und strafbare Auflehnung einiger unter uns gegen das höchste weltliche Amt! Wenn ihr mir glaubet, so sparen wir nach Kräften, was noch vorhanden ist. In diesem Sinne halte ich die Rache der Pizzaguerra gegen Astorre Vicedomini auf, obwohl ich sie ihrer Natur nach eine gerechte nenne. Seid ihr‹, er wendete sich gegen die drei Pizzaguerra, ›mit meiner Milde nicht einverstanden, so höret und bedenket eines: ich, Ezzelino da Romano,

491

bin der erste und darum der Hauptschuldige. Hätte ich mein Roß nicht an einem gewissen Tage und zu einer gewissen Stunde längs der Brenta jagen lassen, Diana wäre standesgemäß vermählt und dieser hier murmelte sein Brevier. Hätte ich meine Deutschen nicht zur Musterung befohlen an einem gewissen Tage und zu einer gewissen Stunde, so hätte mein Germano den Mönch nicht unzeitig auf einen Gaul gesetzt und dieser der Frau, welche er jetzt an der Hand hält, den ihr von seinem bösen Dämon –‹

›Von meinem guten!‹ frohlockte der Mönch.

›– von seinem Dämon zugerollten Brautring wieder vom Finger gezogen. Darum, Herrschaften, begünstigt mich, indem ihr mir die verwickelte Sache entwirren und schlichten helfet; denn bestündet ihr auf der Strenge, so müßte ich auch mich und mich zuerst verurteilen!‹

Diese ungewöhnliche Rede brachte den alten Pizzaguerra keineswegs aus der Fassung, und als ihn der Tyrann ansprach: ›Edler Herr, Euer ist die Klage‹ sagte er kurz und karg: ›Herrlichkeit, Astorre Vicedomini verlobte sich öffentlich und ganz nach den Gebräuchen mit meinem Kinde Diana. Dann aber, ohne daß Diana sich gegen ihn vergangen hätte, brach er sein Verlöbnis. Unbegründet, ungesetzlich, kirchenschänderisch. Diese Tat wiegt schwer und verlangt, wo nicht Blut, welches deine Herrlichkeit nicht vergossen sehen will, schwere Sühne‹, und er machte die Gebärde eines Krämers, der Gewichtstein um Gewichtstein in eine Waagschale legt.

›Ohne daß Diana sich vergangen hätte?‹ wiederholte der Tyrann. ›Mich dünkt, sie verging sich. Hatte sie nicht eine Wahnsinnige vor sich? Und Diana schilt und schlägt. Denn Diana ist jähzornig und unvernünftig, wenn sie sich in ihrem Rechte gekränkt glaubt.‹

Da nickte Diana und sprach: ›Du sagst die Wahrheit, Ezzelin.‹

›Das ist es auch‹, fuhr der Tyrann fort, ›warum Astorre sein Herz von ihr abgekehrt hat: er erblickte eine Barbarin.‹

›Nein, Herr‹, widersprach der Mönch die Verratene von neuem beleidigend, ›ich habe Diana nicht angeschaut, sondern das süße Antlitz, das den Schlag empfing, und mein Eingeweide erbarmte sich.‹

Der Tyrann zuckte die Achseln. ›Du siehst, Pizzaguerra‹, lächelte er, ›der Mönch gleicht einem sittsamen Mädchen, das zum erstenmal einen starken Wein geschlürft hat und sich danach gebärdet. Wir aber sind alte nüchterne Leute. Sehen wir zu, wie die Sache sich austragen läßt.‹

Pizzaguerra erwiderte: ›Viel, Ezzelin, täte ich dir zu Gefallen wegen deiner Verdienste um Padua. Doch läßt sich beleidigte Hausehre sühnen anders als mit gezogenem Schwerte?‹ So redete der Vater Dianens und machte mit dem Arm eine edle Bewegung, welche aber in eine Gebärde ausartete, die einer geöffneten, wo nicht hingehaltenen Hand zum Verwechseln ähnlich sah.

›Biete, Astorre!‹ sagte der Vogt mit dem Doppelsinne: ›Biete die Hand! oder: Biete Geld und Gut!‹

›Herr‹, wendete sich jetzt der Mönch offen und edel gegen den Tyrannen, ›wenn du einen Haltlosen, ja einen Sinnberaubten in mir erblickst, ich zürne dir es nicht, denn ein starker Gott, den ich leugnete, weil ich sein Dasein nicht ahnen konnte, hat sich an mir gerächt und mich überwältigt. Noch jetzt treibt er mich wie ein Sturm und jagt mir den Mantel über den Kopf ... Muß ich mein Glück – bettelhaftes Wort! armselige Sprache! – muß ich das Höchste des Lebens mit dem Leben bezahlen: ich begreife es und finde den Preis niedrig gestellt! Darf ich aber leben und mit dieser leben, so markte ich nicht!‹ Er lächelte selig. ›Nimm meine Habe, Pizzaguerra!‹

›Herrschaften‹, verfügte der Tyrann, ›ich bevormunde diesen verschwenderischen Jüngling. Unterhandeln wir zusammen, Pizzaguerra. Du hörtest es: ich habe weite Vollmacht. Was denkst du von den Bergwerken der Vicedomini?‹

Der ehrbare Greis schwieg, aber seine nahe zusammenliegenden Augen glitzerten wie zwei Diamanten.

›Nimm meine Perlfischereien dazu!‹ rief Astorre, doch Ascanio, der die Stufen heruntergeglitten kam, verschloß ihm den Mund.

›Edler Pizzaguerra‹, versuchte jetzt Ezzelin den Alten, ›nimm die Bergwerke! Ich weiß, die Ehre deines Hauses geht dir über alles und steht um keinen Preis feil, aber ich weiß ebenfalls, du bist ein guter Paduaner und tust dem Stadtfrieden etwas zuliebe.‹

Der Alte schwieg hartnäckig.

›Nimm die Minen‹, wiederholte Ezzelin, der das Wortspiel liebte, ›und gib die Minne!‹

›Die Bergwerke und die Fischereien?‹ fragte der Alte, als wäre er schwerhörig.

›Die Bergwerke, sagte ich, und damit gut. Sie ertragen viele tausend Pfunde. Würdest du mehr fordern, Pizzaguerra, so hätte ich mich in deiner Gesinnung betrogen, und du setztest dich dem häßlichen Verdachte aus, um Ehre zu feilschen.‹

Da der Geizhals den Tyrannen fürchtete und nicht mehr erlangen konnte, verschluckte er seinen Verdruß und bot dem Mönche die trockene Hand. ›Ein schriftliches Wort, Lebens und Sterbens halber‹, sagte er dann, zog Stift und Rechenbüchlein aus der Gürteltasche, entwarf mit zitternden Fingern die Urkunden ›coram domini Azzolino‹ und ließ den Mönch unterzeichnen. Hierauf verbeugte er sich vor dem Vogt und bat, ihn zu entschuldigen, wenn er, obwohl einer aus den zwölfen, Altersschwäche halber der Hochzeit des Mönches nicht beiwohne.

Germano hatte seine Wut verbeißend neben dem Vater gestanden. Jetzt löste er den einen seiner Eisenhandschuhe. Er schleuderte ihn dem Mönch ins Gesicht, hätte ihm nicht eine Machtgebärde des Tyrannen Halt geboten.

›Sohn, willst du den öffentlichen Frieden brechen?‹ mahnte jetzt auch der alte Pizzaguerra. ›Mein gegebenes Wort enthält und verbürgt auch das deinige. Gehorche! Bei meinem Fluche! Bei deiner Enterbung!‹ drohte er.

Germano lachte. ›Kümmert Euch um Eure schmutzigen Hände, Vater!‹ warf er verächtlich hin. ›Doch auch du, Ezzelin, Herr von Padua, darfst es mir nicht verwehren! Es ist Mannesrecht und Privatsache. Verweigerte ich dem Kaiser und dir, seinem Vogte, den Gehorsam, so enthaupte mich; aber du hinderst mich nicht, gerecht wie du bist, diesen Mönch zu erwürgen, der meine Schwester geäfft und mich beheuchelt hat. Wäre Untreue straflos, wer möchte leben? Es ist des Platzes auf der Erde zu wenig für den Mönch und mich. Das wird er selbst begreifen, wenn er wieder zu Sinnen kommt.‹

›Germano‹, gebot Ezzelin, ›ich bin dein Kriegsherr. Morgen vielleicht ruft die Tuba. Du bist nicht dein eigen, du gehörst dem Reich! ‹

Germano erwiderte nichts. Er befestigte den Handschuh. ›Vorzeiten‹, sagte er dann, ›unter den blinden Heiden gab es eine Gottheit, welche gebrochene Treue rächte. Das wird sich mit dem Glockengeläute nicht geändert haben. Ihr befehle ich meine Sache!‹ Rasch erhob er die Hand.

›So steht es gut‹, lächelte Ezzelin. ›Heute abend wird im Palaste Vicedomini Hochzeit gefeiert, ganz wie gebräuchlich. Ich gebe das Fest und lade euch ein, Germano und Diana. Ungepanzert, Germano! Mit kurzem Schwerte!‹

›Grausamer!‹ stöhnte der Krieger. ›Kommt, Vater! Wie möget Ihr länger das Schauspiel unserer Schande sein?‹ Er riß den Alten mit sich fort.

›Und du, Diana?‹ fragte Ezzelin, da er vor seinem Stuhle nur noch diese und die Neuvermählten sah. ›Begleitest du nicht Vater und Bruder?‹

›Wenn du es gestattest, Herr‹, sagte sie, ›habe ich ein Wort mit der Vicedomini zu reden.‹ An dem Mönche vorüber blickte sie fest auf Antiope.

Diese, deren Hand Astorre nicht losgab, hatte an dem Gerichte des Tyrannen einen leidenden aber tief erregten Anteil genommen. Bald errötete das liebende Weib. Bald entfärbte sich eine Schuldige, die unter dem Lächeln und der Gnade Ezzelins sein wahres und ein sie verdammendes Urteil entdeckte. Bald jubelte ein der Strafe entwischtes Kind. Bald regte sich das erste Selbstgefühl der jungen Herrin, der neuen Vicedomini. Jetzt, von Diana ins Gesicht angeredet, warf sie ihr scheue und feindselige Blicke entgegen.

Diese ließ sich nicht beirren. ›Schau her, Antiope!‹ sagte sie. ›Hier mein Finger‹ – sie streckte ihn – ›trägt den Ring deines Gatten. Den darfst du nicht vergessen. Ich bin nicht abergläubischer als andere, aber an deiner Stelle wär mir schlimm zumute! Schwer hast du dich an mir versündigt, doch ich will gut und milde sein. Heute abend feierst du Hochzeit mit Masken nach den Gebräuchen. Ich werde dir erscheinen. Komme reuig und demütig und ziehe mir den Ring vom Finger!‹

Antiope stieß einen Schrei der Angst aus und klammerte sich an ihren Gatten. Dann, in seinen Armen geborgen, redete sie stürmisch: ›Ich soll mich erniedrigen? Was befiehlst du, Astorre? Meine Ehre ist deine Ehre! Ich bin nichts mehr als dein Eigentum, dein Herzklopfen, dein Atemzug und deine Seele. Wenn du willst und du gebietest, dann!‹

Astorre sprach, sein Weib zärtlich beruhigend, gegen Diana: ›Sie wird es tun. Möge dich ihre Demut versöhnen! und die meinige! Sei mein Gast heute nacht und bleibe meinem Hause günstig!‹ Er wendete sich zu Ezzelin, dankte ihm ehrerbietig für Gericht und Gnade, verneigte sich und entführte sein Weib. Auf der Schwelle aber wandte er sich noch fragend gegen Diana: ›Und in welcher Tracht wirst du bei uns erscheinen, daß wir dich kennen und dir Ehre bezeigen?‹

Diese lächelte verächtlich. Wieder wendete sie sich gegen Antiope. ›Kommen werde ich als die, welche ich mich nenne und welche ich bin: die Unberührbare, die Jungfräuliche!‹ sagte sie stolz. Dann wiederholte sie: ›Antiope, denke daran: reuig und demütig!‹

›Du meinst es ehrlich, Diana? Du führst nichts im Schilde?‹ zweifelte der Tyrann, da ihm die Pizzaguerra allein gegenüberstand.

›Nichts‹, erwiderte sie, jede Beteuerung verschmähend.

›Und was wird aus dir, Diana?‹ fragte er.

›Ezzelin‹, antwortete sie bitter, ›vor diesem deinem Richterstuhle hat mein Vater die Ehre und Rache seines Kindes um ein paar Erzklumpen verschachert. Ich bin nicht wert, daß mich die Sonne bescheine. Für solche ist die Zelle!‹ Und sie verließ den Saal.

›Allervortrefflichster Ohm!‹ jubelte Ascanio. ›Du vermählst das seligste Paar in Padua und machst aus einer gefährlichen Geschichte ein reizendes Märchen, womit ich einst, als ein ehrwürdiger Greis, meine Enkel und Enkelinnen am Herdfeuer ergötzen werde!‹

›Idyllischer Neffe!‹ spottete der Tyrann. Er trat ans Fenster und blickte auf den Platz hinunter, wo die Menge noch in fieberhafter Neugierde standhielt. Ezzelin hatte Befehl gegeben, die vor ihn Beschiedenen durch eine Hinterpforte zu entlassen.

›Paduaner‹, redete er jetzt mit gewaltiger Stimme und Tausende schwiegen wie eine Einöde. ›Ich habe den Handel untersucht. Er war verwickelt und die Schuld geteilt. Ich vergab, denn ich bin zur Milde geneigt jedesmal, wo die Majestät des Reiches nicht berührt wird. Heute abend halten Hochzeit mit Masken Astorre Vicedomini und Antiope Canossa. Ich, Ezzelin, gebe das Fest und lade euch alle. Lasset es euch schmecken, ich bin der Wirt! Euch gehören Schenke und Gasse! Den Palast Vicedomini aber betrete noch gefährde mir keiner, sonst, bei meiner Hand! – und jetzt kehre ruhig jeder in das Seinige; wenn ihr mich lieb habet!‹

Ein unbestimmtes Gemurmel drang empor. Es verrieselte und verrann.

›Wie sie dich lieben!‹ scherzte Ascanio.«

Dante schöpfte Atem. Dann endigte er in raschen Sätzen.

»Nachdem der Tyrann sein Gericht gehalten hatte, verritt er um Mittag nach einem seiner Kastelle, wo er baute. Er begehrte rechtzeitig nach Padua zurückzukehren, um die vor Diana sich demütigende Antiope zu betrachten.

Aber gegen Voraussicht und Willen wurde er auf der mehrere Miglien von der Stadt entfernten Burg festgehalten. Dorthin kam ihm ein staubbedeckter Sarazene nachgesprengt und überreichte ihm ein eigenhändiges Schreiben des Kaisers, das umgehende Antwort verlangte. Die Sache war von Bedeutung. Ezzelin hatte vor kurzem eine kaiserliche Burg im Ferrarischen, in deren Befehlshaber, einem Sizilianer, sein Scharfblick den Verräter argwöhnte, nächtlicherweile überfallen, eingenommen und den zweideutigen kaiserlichen Burgvogt in Fesseln gelegt. Nun verlangte der Staufe Rechenschaft über diesen klugen, aber verwegenen Eingriff in seinen Machtkreis. Die arbeitende Stirn in die Linke gelegt, ließ Ezzelin die Rechte über das Pergament gleiten und sein Stift zog ihn vom ersten zum zweiten und vom zweiten zu einem dritten. Gründlich unterhielt er sich mit dem erlauchten Schwiegervater über die Möglichkeiten und Ziele eines bevorstehenden oder wenigstens geplanten Feldzuges. So verschwand ihm Stunde und Zeitmaß. Erst als er sich wieder zu Pferde warf, erkannte er aus dem ihm vertrauten Wandel der Gestirne – sie Blitzten in voller Klarheit –, daß er Padua kaum vor Mitternacht erreichen werde. Sein Gefolge weit hinter sich lassend, schnell wie ein Gespenst, flog er über die nächtige Ebene. Doch er wählte seinen Weg und umritt vorsichtig einen wenig tiefen Graben, über welchen der kühne Rei-

ter an einem andern Tage spielend gesetzt hätte: er ver-
hinderte das Schicksal, seine Fahrt zu bedrohen und seinen Hengst zu stürzen. Wieder verschlang er auf ge-
strecktem Renner den Raum, aber Paduas Lichter wollten noch nicht schimmern.

Dort, vor der breiten Stadtfeste der Vicedomini, während sie sich in rasch wachsender Dämmerung schwärz-
te, hatte sich das trunkene Volk versammelt. Zügellose
wechselten mit possierlichen Szenen auf dem nicht großen Platze. In der gedrängten Menge gor eine wilde,
zornige Lust, ein bacchantischer Taumel, welchem die
ausgelassene Jugend der Hochschule ein Element des
Spottes und Witzes beimischte.

Jetzt ließ sich eine schleppende Kantilene vernehmen,
in der Art einer Litanei, wie unsere Landsleute zu singen
pflegen. Es war ein Zug Bauern, alt und jung, aus einem
der zahlreichen Dörfer im Besitze der Vicedomini. Dieses arme Volk, welches in seiner Abgelegenheit nichts
von der Verweltlichung des Mönches, sondern nur in
unbestimmten Umrissen die Vermählung des Erben erfahren, hatte sich vor Tagesanbruch mit den üblichen
Hochzeitsgeschenken aufgemacht und erreichte nun
sein Ziel nach einer langen Wallfahrt im Staube der
Landstraße. Es hielt und duckte sich zusammen, langsam über den wogenden Platz vorrückend, hier ein locki-
ger Knabe, fast noch ein Kind, mit einer goldenen Ho-
nigwabe, dort eine scheue, stolze Dirne, ein blökendes,
bebändertes Lämmchen in den sorglichen Armen. Alle
verlangten sie sehnsüchtig nach dem Angesichte ihres
neuen Herrn.

Nun verschwanden sie nach und nach in der Wölbung
des Tores, wo rechts und links die angezündeten Fackeln
in den Eisenringen loderten, mit der letzten Tageshelle
streitend. Im Torwege befahl Ascanio, als Ordner des
Festes, er, der sonst so freundliche, mit einer schreien-
den und gereizten Stimme.

Von Stunde zu Stunde wuchs der Frevelmut des Volkes, und als endlich die vornehmen Masken anlangten, wurden sie gestoßen, dem Gesinde die Fackeln entrissen und auf den Steinplatten ausgetreten, die Edelweiber von ihren männlichen Begleitern abgedrängt und lüstern gehänselt, ungerächt von dem Schwertstiche, der an gewöhnlichen Abenden die Frechheit sofort gestraft hätte.

Dergestalt kämpfte unweit des Palasttores ein hohes Weib in der Tracht einer Diana mit einem immer enger sich schließenden Ringe von Klerikern und Schülern niedersten Ranges. Ein hagerer Mensch ließ seine mythologischen Kenntnisse glänzen. ›Nicht Diana bist du!‹ näselte er verbuhlt, ›du bist eine andere! Ich erkenne dich. Hier sitzt dein Täubchen!‹ und er zeigte auf den silbernen Halbmond über der Stirne der Göttin. Diese aber schmeichelte nicht wie Aphrodite, sondern zürnte wie Artemis. ›Weg, Schweine!‹ schalt sie. ›Ich bin eine reinliche Göttin und verabscheue die Kleriker!‹ – ›Gurr, gurr!‹ girrte die Hopfenstange und tastete mit den Knochenhänden, stieß aber auf der Stelle einen durchdringenden Schrei aus. Wimmernd hob der Elende die Hand und zeigte seinen Schaden. Sie war durch und durch gestochen und überquoll von Blut: das ergrimmte Mädchen hatte hinter sich in den Köcher gelangt – den entwendeten Jagdköcher ihres Bruders – und mit einem der scharf geschliffenen Pfeile die ekle Hand gezüchtigt.

Schon wurde der rasche Auftritt von einem andern ebenso grausamen, wenn auch unblutigen verdrängt. Eine alle erdenklichen Widersprüche und schneidenden Mißtöne durcheinanderwerfende Musik, die einem rasenden Zanke der Verdammten in der Hölle glich, brach sich Bahn durch die betäubte und ergötzte Menge. Das niederste und schlimmste Volk – Beutelschneider, Kuppler, Dirnen, Betteljungen – blies, kratzte, paukte, pfiff, quiekte, meckerte und grunzte vor und hinter einem abenteuerlichen Paare. Ein großes, verwildertes Weib von zerstörter Schönheit ging Arm in Arm mit einem trunkenen Mönche in zerfetzter Kutte. Dieses war der Klosterbruder Serapion, der, von dem Beispiel Astorres aufgestachelt, nächtlicherweile aus der Zelle entsprungen war und sich seit einer Woche im Schlamm der Gasse wälzte. Vor einem aus der finstern Palastmauer vorspringenden erhellten Erker machte die Horde halt, und mit einer gellenden Stimme und der Gebärde eines öffentlichen Ausrufers schrie das Weib: ›Kund und zu wissen, Herrschaften: Über ein kurzes schlummert der Mönch Astorre neben seiner Gattin Antiope!‹ Ein unbändiges Gelächter begleitete diese Verkündigung.

Jetzt nickte aus dem schmalen Bogenfenster des Erkers die läutende Schellenkappe Gocciolas und ein melancholisches Gesicht zeigte sich der Gasse.

›Gutes Weib, sei stille!‹ klagte der Narr weinerlich auf den Platz hinunter. ›Du verletzest meine Erziehung und beleidigst mein Schamgefühl!‹

›Guter Narr‹, antwortete die Schamlose, ›stoße dich nicht daran! Was die Vornehmen begehen, dem geben wir den Namen. Wir setzen die Titel auf die Büchsen der Apotheke!‹

›Bei meinen Todsünden‹, jubelte Serapion, ›das tun wir! Bis Mitternacht soll die Hochzeit meines Brüderchens auf allen Plätzen Paduas ausgeschellt und hell verkündigt werden. Vorwärts, marsch. Hopsasa!‹ und er hob das nackte Bein aus den hangenden Lumpen der besudelten Kutte.

Dieser von der Menge wütend beklatschte Schwank verscholl an den steilen Mauern der nächtigen Burg, deren Fenster und Gemächer zum großen Teil gegen die innern Hofräume gingen.

In einem stillen, geschützten Gemache wurde Antiope von ihren Zofen, Sotte und einer anderen, gekleidet und geschmückt, während Astorre den nicht enden wollenden Schwarm der Gäste oben an den Treppen empfing. Sie schaute in ihre eigenen bangen Augen, die ihr aus einem Silberspiegel begegneten, welchen die Unterzofe mit einem neidischen Gesicht in nackten frechen Armen hielt.

›Sotte‹, flüsterte das junge Weib zu der Dienerin, die ihr die Haare flocht, ›du ähnelst mir und hast meinen Wuchs: wechsle mit mir die Kleider, wenn du mich lieb hast! Gehe hin und ziehe ihr den Ring vom Finger! Reuig und demütig! Verbeuge dich mit gekreuzten Armen vor der Pizzaguerra, wie die letzte Sklavin! Falle auf die Knie! Wälze dich am Boden! Wirf dich ganz weg! Nur nimm ihr den Ring! Ich lohne fürstlich!‹ und da sie Sotte zaudern sah: ›Nimm und behalte alles, was ich Köstliches trage!‹ flehte die Herrin, und dieser Versuchung widerstand die eitle Sotte nicht.

Astorre, welcher der Pflicht des Wirtes einen Augenblick entwendete, um sein Liebstes zu besuchen, fand im Gemache zwei sich umkleidende Frauen. Er erriet. ›Nein, Antiope!‹ verbot er. ›So darfst du nicht durchschlüpfen. Es muß Wort gehalten werden! Ich verlange es von deiner Liebe. Ich befehle es dir!‹ Indem er diesen strengen Spruch mit einem Kuß auf den geliebten Nakken zu einem Koseworte machte, wurde er weggerissen von dem herbeieilenden Ascanio, welcher ihm vorstellte, seine Bauern wünschen ihm ihre Gaben ohne Verzug zu überreichen, um in der Kühle der Nacht den Heimweg anzutreten. Da sich Antiope wendete, um den Gatten wiederzuküssen, küßte sie die Luft.

Jetzt ließ sie sich rasch fertig kleiden. Selbst die leichtfertige Sotte erschrak vor der Blässe des Angesichtes im Spiegel. Nichts lebte daran als die Angst der Augen und der Schimmer der zusammengepreßten Zähnchen. Ein roter Streif, der Schlag Dianens, wurde auf der weißen Stirne sichtbar.

Nach beendigtem Putze erhob sich das Weib Astorres mit klopfenden Pulsen und hämmernden Schläfen, verließ die sichere Kammer und durcheilte die Säle, Dianen suchend. Sie wurde gejagt von dem Mute der Furcht. Sie wollte jubelnd mit dem zurückeroberten Ringe ihrem Gatten entgegeneilen, dem sie den Anblick ihrer Buße erspart hätte.

Bald unterschied sie aus den Masken die hochgewachsene Göttin der Jagd, erkannte in ihr die Feindin und folgte, bebend und zornige Worte murmelnd, der gemessen Schreitenden, welche den Hauptsaal verließ und sich gnädig in eines der schwachbeleuchteten und nur halb so hohen Nebengemächer verlor. Die Göttin schien nicht öffentliche Demütigung, sondern Demut des Herzens zu verlangen.

Jetzt neigte sich im Halbdunkel Antiope vor Diana. ›Gib mir den Ring!‹ preßte sie hervor und tastete an dem kräftigen Finger.

›Demütig und reuig?‹ fragte Diana.

›Wie anders, Herrin?‹ fieberte die Unselige. ›Aber du treibst dein Spiel mit mir, Grausame! Du biegst deinen Finger, jetzt krümmst du ihn!‹

Ob Antiope es sich einbildete? Ob Diana wirklich dieses Spiel trieb? Wie wenig ist ein gekrümmter Finger! Cangrande, du hast mich der Ungerechtigkeit bezichtigt. Ich entscheide nicht.

Genug, die Vicedomini hob den geschmeidigen Leib und rief, die flammenden Augen auf die strengen der Pizzaguerra gerichtet: ›Neckst du eine Frau, Mädchen?‹ Dann bog sie sich wieder und suchte mit beiden Händen dem Finger den Ring zu entreißen – da durchfuhr sie ein Blitz. Ihr die linke Hand überlassend, hatte die strafende Diana mit der Rechten einen Pfeil aus dem Köcher gezogen und Antiope getötet. Diese sank zuerst auf die linke, dann auf die rechte Hand, drehte sich und lag, den Pfeil im Genick, auf die Seite gewendet.

Der Mönch, der nach Verabschiedung seiner ländlichen Gäste zurückgeeilt kam und sehnlich sein Weib suchte, fand eine Entseelte. Mit einem erstickten Schrei warf er sich neben sie nieder und zog ihr den Pfeil aus dem Halse. Ein Blutstrahl folgte. Astorre verlor die Besinnung.

Als er aus seiner Ohnmacht erwachte, stand Germano vor ihm mit gekreuzten Armen. ›Bist du der Mörder?‹ fragte der Mönch.

›Ich morde keine Weiber‹, antwortete der andere traurig. ›Es ist meine Schwester, die ihr Recht gesucht hat.‹

Astorre tastete nach dem Pfeile und fand ihn. Aufgesprungen in einem Satze und das lange Geschoß mit der blutigen Spitze wie eine Klinge handhabend, fiel er in blinder Wut den Jugendgespielen an. Der Krieger schauderte leicht vor dem schwarzgekleideten fahlen Gespenste mit den gesträubten Haaren und dem Pfeil in der Faust.

Er wich um einen Schritt. Das kurze Schwert ziehend, welches der Ungepanzerte heute trug, und den Pfeil damit festhaltend, sagte er mitleidig: ›Geh in dein Kloster zurück, Astorre, das du nie hättest verlassen sollen!‹

Da gewahrte er plötzlich den Tyrannen, der, gefolgt von dem ganzen Feste, welches dem längst Erwarteten bis ans Tor entgegengestürzt war, ihm gerade gegenüber durch die Türe trat.

Ezzelin streckte die Rechte, Friede gebietend, und Germano senkte ehrfürchtig seine Waffe vor dem Kriegsherrn. Diesen Augenblick ergriff der rasende Mönch und stieß dem Ezzelin Entgegenschauenden den Pfeil in die Brust. Aber auch sich traf er tödlich, von dem blitzschnell wieder gehobenen Schwerte des Kriegers erreicht.

Germano war stumm zusammengesunken. Der Mönch, von Ascanio gestützt, tat noch einige wankende Schritte nach seinem Weibe und bettete sich, von dem Freunde niedergelassen, zu ihr, Mund an Mund.

Die Hochzeitsgäste umstanden die Vermählten. Ezzelin betrachtete den Tod. Hernach ließ er sich auf ein Knie nieder und drückte erst Antiope, darauf Astorre die Augen zu. In die Stille klang es mißtönig herein durch ein offenes Fenster. Man verstand aus dem Dunkel: ›Jetzt schlummert der Mönch Astorre neben seiner Gattin Antiope.‹ Und ein fernes Gelächter.«

Dante erhob sich. »Ich habe meinen Platz am Feuer bezahlt«, sagte er, »und suche nun das Glück des Schlummers. Der Herr des Friedens behüte uns alle!« Er wendete sich und schritt durch die Pforte, welche ihm der Edelknabe geöffnet hatte. Aller Augen folgten ihm, der die Stufen einer fackelhellen Treppe langsam emporstieg.

INHALT

Weiterführende Literatur

Evans, Tamara S.: Formen der Ironie in Conrad Ferdinand Meyers Novellen. Bern – München 1980

Huber, Walter: Stufen dichterischer Selbstdarstellung in C. F. Meyers »Amulett« und »Jürg Jenatsch«. Bern 1979

Jackson, David A.: Conrad Ferdinand Meyer mit Selbstzeugissen und Bilddokumenten. Reinbek 1975

Kittler, Friedrich A.: Der Traum und die Rede. Eine Analyse der Kommunikationssituation Conrad Ferdinand Meyers. Bern – München 1977

Knapp, Gerhard P.: Conrad Ferdinand Meyer: »Das Amulett«. Historische Novellistik auf der Schwelle zur Moderne. Paderborn 1985

Pfeifer, Martin: Erläuterungen zu Conrad Ferdinand Meyer »Der Schuß von der Kanzel«; »Die Hochzeit des Mönchs«; »Die Richterin«. Hg. von Peter Beyersdorf, Gerd Eversberg und Reiner Poppe. Hollfeld 1981

Wiese, Benno v.: »Die Hochzeit des Mönchs«. In: Ders.: Die deutsche Novelle II. Düsseldorf 1964

Die Deutschen Klassiker

In der gleichen Reihe erscheinen:

Weitere Titel folgen.